Saul Bellow:
Der Regenkönig
Roman

Deutsch von Herbert A. Frenzel

W0266267

Deutscher
Taschenbuch
Verlag

dtv

Von Saul Bellow
sind im Deutschen Taschenbuch Verlag erschienen:
Die Abenteuer des Augie March (1414)
Humboldts Vermächtnis (1525)
Eine silberne Schale/Das alte System (10425)

Meinem Sohn Gregory

Ungekürzte Ausgabe
1. Auflage April 1964
3. Auflage Mai 1985: 51. bis 54. Tausend
Deutscher Taschenbuch Verlag GmbH & Co. KG,
München
Lizenzausgabe mit freundlicher Genehmigung des Verlags
Kiepenheuer & Witsch, Köln

Titel der amerikanischen Originalausgabe:
›Henderson the Rain King‹

ISBN 3-462-00028-4
Umschlaggestaltung: Celestino Piatti
Gesamtherstellung: C. H. Beck'sche Buchdruckerei,
Nördlingen
Printed in Germany · ISBN 3-423-00193-3

1

Warum machte ich eigentlich diese Reise nach Afrika? Das läßt sich nicht mit ein paar Worten erklären. Die Schwierigkeiten häuften sich immer mehr, und sehr bald waren sie einfach unlösbar.

Wenn ich an meinen Zustand im Alter von fünfundfünfzig zurückdenke, als ich mir die Flugkarte kaufte, ist es der reine Jammer. Die einzelnen Tatsachen stürzen auf mich ein, und bald spüre ich einen Druck in der Brust. Ein heilloses Durcheinander türmt sich vor mir auf – meine Eltern, meine Frauen, meine Mädchen, meine Kinder, meine Farm, meine Tiere, meine Gewohnheiten, mein Geld, meine Musikstunden, meine Trunkenheit, meine Vorurteile, meine Brutalität, meine Zähne, mein Gesicht, meine Seele! Ich muß schreien: »Nein, nein, weg mit euch, zum Teufel, laßt mich in Frieden!« Aber können sie mich denn in Frieden lassen? Sie gehören zu mir. Sie gehören mir. Und sie gehen von allen Seiten her auf mich los. Es gibt ein Chaos.

Nun – die Welt, die ich für einen so gewaltigen Tyrannen hielt, wütet nicht mehr gegen mich. Wenn ich Ihnen jetzt jedoch Einblick gebe und Ihnen erkläre, weshalb ich nach Afrika ging, muß ich den Tatsachen ins Auge sehen. Lassen Sie mich mit dem Geld beginnen. Ich bin reich. Von meinem alten Herrn erbte ich drei Millionen Dollar nach Abzug der Steuern, aber ich hielt mich für einen Vagabunden und hatte meine Gründe dafür, vor allem den, daß ich mich wie ein Vagabund benahm. Insgeheim jedoch, wenn es ganz schlimm um mich stand, blätterte ich häufig in Büchern, um vielleicht in ihnen ein paar hilfreiche Worte zu finden, und eines Tages las ich: »Die Vergebung der Sünden ist ewig, und der Rechtschaffenheit als Voraussetzung bedarf es nicht.« Das beeindruckte mich so tief, daß ich es ständig vor mich hin sagte. Aber dann vergaß ich, in welchem Buch es stand. Es war eines von Tausenden aus der Hinterlassenschaft meines Vaters, der auch eine Anzahl davon geschrieben hatte. Und ich suchte in Dutzenden von Bänden, aber alles, was zum Vorschein kam, war Geld, denn mein Vater hatte Geldscheine als Lesezeichen benutzt – so wie er sie gerade in seinen Taschen vorfand – Fünf-, Zehn- oder Zwanzigdollarnoten. Ein paar ungültige der dreißiger Jahre, diese großen gelben Lappen, kamen zum Vorschein. Da sie an vergangene Zeiten erinnerten, freute mich das Wiedersehen mit ihnen, ich schloß die Tür zur Bibliothek ab, um vor den Kindern sicher zu sein, und verbrachte den Nachmittag auf einer Leiter mit dem Ausschütteln von Büchern, und das Geld schwebte auf den Fußboden hinunter. Doch jene Äußerung über die Vergebung habe ich nie wiedergefunden.

Nächster Punkt der Tagesordnung: Ich habe eine Efeuliga-Universität absolviert – ich sehe keine Veranlassung, meine Alma mater durch Nennung ihres Namens in eine peinliche Lage zu bringen. Wäre ich nicht ein Henderson und nicht der Sohn meines Vaters gewesen, hätten sie mich hinausgeworfen. Beim Eintritt ins Leben wog ich vierzehn Pfund, und es war eine schwere Geburt. Ich wuchs heran. Ganze 1,93 m. Ich wiege 104 Kilo. Mein Kopf ist riesig, kantig, mit Haaren wie Persianerpelz. Mißtrauische Augen, gewöhnlich leicht zusammengekniffen. Polterndes Benehmen. Große Nase. Ich war eines von drei Kindern und das einzige überlebende. Mein Vater mußte alle seine Milde aufbieten, um mir das zu verzeihen, und ich glaube nicht, daß er es je völlig tat. Als ich in das heiratsfähige Alter kam, versuchte ich, ihm Freude zu machen, und entschied mich für ein Mädchen unserer eigenen sozialen Schicht. Eine bemerkenswerte Person, schön, groß, elegant, sehnig, mit langen Armen und goldenem Haar, zurückhaltend, fruchtbar und ruhig. Niemand von ihren Angehörigen kann mir verübeln, wenn ich hinzufüge, daß sie schizophren ist, denn sie ist es wirklich. Ich gelte gleichfalls für verrückt, und mit gutem Grund – ich bin launisch, schroff, tyrannisch und vermutlich übergeschnappt. Nach dem Alter der Kinder gerechnet, waren wir rund zwanzig Jahre lang verheiratet. Da wären zunächst Edward, Ricey, Alice, dann noch zwei weitere – du lieber Himmel, ich habe eine erkleckliche Zahl von Kindern. Der Herr segne den ganzen Haufen.

Auf meine Art habe ich mich abgerackert. Heftig zu leiden, ist Arbeit, und häufig war ich schon vor dem Lunch betrunken. Bald nachdem ich aus dem Krieg zurückgekehrt war (ich war für den Frontdienst zu alt, aber ich ließ mich durch nichts davon abhalten; ich fuhr nach Washington hinunter und bekniete die zuständigen Stellen, bis man mich zur kämpfenden Truppe schickte), wurden Frances und ich geschieden. Es geschah nach der deutschen Kapitulation. War es wirklich gleich damals? Nein, es muß im Jahre 1948 gewesen sein. Wie dem auch sei, Frances lebt jetzt in der Schweiz und hat eines unserer Kinder bei sich. Was sie mit dem Kind will, kann ich Ihnen nicht sagen, aber sie hat eines, na schön! Ich wünsche ihr alles Gute.

Über die Scheidung war ich recht froh. Sie gab mir die Möglichkeit, noch einmal im Leben von vorn anzufangen. Ich hatte bereits eine neue Frau aufgetan, und wir ließen uns bald trauen. Meine zweite Frau heißt Lily (Mädchenname Simmons). Wir haben zwei Buben, Zwillinge.

Ich verspüre jetzt wieder das heillose Durcheinander – ich habe Lily das Leben schwer gemacht, schwerer als Frances. Frances schloß sich ab, und das schützte sie, aber Lily nahm jeden Schlag hin. Vielleicht hat die Verbesserung meiner Lage mich ganz durcheinander gebracht; ich war einfach auf ein elendes Leben eingestellt. Wenn Frances verabscheute, was ich tat – und das geschah häufig –, wandte sie sich von mir ab. Sie war wie Shelleys Mond, zog ohne Begleiter dahin. Lily tat das nicht, und so habe ich mit Lily in der Öffentlichkeit getobt und sie zu Hause verflucht. In den Wirtshäusern rings um meine Farm geriet ich in Händel, und die Gendarmen sperrten mich ein. Ich wollte mit allen zusammen kämpfen, und sie hätten mich verdroschen, wäre ich in der Gegend nicht so prominent gewesen. Lily erschien und holte mich gegen eine Kaution heraus. Dann hatte ich Krach mit dem Tierarzt wegen eines meiner Schweine und ebenso mit dem Fahrer eines Schneepfluges auf der Autostraße, als er mich von der Straße abzudrängen versuchte. Ungefähr vor zwei Jahren fiel ich schließlich betrunken von einem Traktor, überfuhr mich selbst und brach mir ein Bein. Monatelang ging ich an Krücken, schlug jedes Wesen, das meinen Weg kreuzte, gleichgültig ob Mensch oder Tier, und machte Lily das Leben zur Hölle. Ich hatte die Statur eines Fußballspielers und die Hautfarbe eines Zigeuners, fluchte und brüllte, fletschte die Zähne und schüttelte den Kopf – kein Wunder, daß mir die Leute aus dem Wege gingen. Aber das war noch nicht alles.

Lily hat zum Beispiel Damengesellschaft, und ich trete mit meinem schmutzigen Gipsverband und in Schweißsocken ins Zimmer. Ich trage einen roten Velvet-Hausmantel, den ich mir bei Sulka in Paris in der Stimmung zu feiern kaufte, als Frances erklärte, sie wolle sich scheiden lassen. Außerdem trage ich eine rote wollene Jagdmütze. Und ich wische mir Nase und Bart an meinen Fingern ab und schüttele dann den Gästen mit den Worten: »Gestatten, Henderson« die Hände. Und ich gehe zu Lily hin und schüttele auch ihr die Hand, als wäre auch sie nur eine geladene Dame, eine Fremde wie alle übrigen. Und ich sage: »Guten Tag!« Ich denke mir, die Damen sagen sich: »Er kennt sie nicht, in seiner Vorstellung ist er noch immer mit der ersten verheiratet. Ist das nicht schrecklich?« Diese imaginäre Treue regt sie auf.

Aber sie sind alle im Irrtum. Wie Lily weiß, geschah das alles mit Absicht, und als wir allein sind, ruft sie unter Tränen: »Eugen, was soll das? Worauf willst du hinaus?«

Mit der roten Kordel umgürtet, trete ich ihr in meinem Velvet-Bademantel mit weit herausgestrecktem Hintern entgegen; der fußförmige Gipsverband schabt vernehmlich über den Boden; ich wiege den Kopf hin und her und sage: »Tschu-tschu-tschu!«

Als man mich nämlich in eben diesem verfluchten schweren Gipsverband aus dem Krankenhaus nach Hause brachte, hörte ich Lily am Telephon erklären: »Es war nur wieder einmal einer seiner Unfälle. Sie reißen bei ihm nicht ab, aber ach, er ist so zäh. Er ist gar nicht umzubringen.« Gar nicht umzubringen! Wie gefällt Ihnen das? Es hat mich sehr verbittert.

Nun, vielleicht sagte Lily es im Scherz. Sie scherzt am Telephon gern. Sie ist eine große, lebhafte Frau. Ihr Gesicht ist reizend, und ihr Charakter stimmt im allgemeinen mit ihrem Gesicht überein. Wir haben auch manche hübsche Stunde miteinander verlebt. Und dabei fällt mir ein, einige der nettesten ereigneten sich, als Lilys Schwangerschaft schon weit fortgeschritten war. Ehe wir schlafen gingen, rieb ich ihren Bauch stets mit Babyöl gegen die Folgen der Dehnung ein. Lilys rosa Brustwarzen waren rötlichbraun geworden, und die beiden kleinen Lebewesen bewegten sich in Lilys Bauch und veränderten seine Rundungen.

Ich rieb ganz leicht und mit größter Behutsamkeit, damit meine großen dicken Finger nicht den geringsten Schaden anrichteten. Ehe ich dann das Licht ausknipste, wischte ich meine Finger an meinem Haar ab. Wir gaben uns einen Gutenachtkuß, und im Duft des Babyöls schliefen wir ein.

Später war dann wieder Krieg zwischen uns, und als ich Lily sagen hörte, ich sei nicht umzubringen, deutete ich diese Äußerung wider besseres Wissen in feindlichem Sinn. Vor den Gästen behandelte ich Lily wie eine Fremde, weil ich es nicht ausstehen konnte, daß sie sich als Dame des Hauses benahm und gebärdete; denn ich, der alleinige Erbe dieses berühmten Namens und Vermögens, bin ein Vagabund, und sie ist keine Dame, sondern nur meine Frau – nur meine Frau.

Da mich die Winter immer unausstehlicher machten, bestimmte Lily, daß wir ein Kurhotel am Golf von Mexiko aufsuchen sollten, wo ich etwas angeln konnte. Ein fürsorglicher Freund hatte jedem der Zwillinge eine Schleuder aus Sperrholz geschenkt; eine dieser Schleudern fand ich beim Auspacken in meinem Koffer, und ich begann mit ihr zu schießen. Ich gab das Angeln auf, saß am Strand und schoß mit Steinen auf Flaschen. Damit die Leute sagen konnten: »Siehst du den großen massigen Kerl dort mit der riesigen Nase und dem Schnurrbart? Sein Urgroßvater war Außenminister, seine Großonkel waren Botschafter in England und Frankreich, und sein Vater war der berühmte Gelehrte Willard Henderson, der das Buch über die Albigenser geschrieben hat, ein Freund von William James und Henry Adams.« Haben sie das nicht gesagt? Verlassen Sie sich darauf, sie haben es gesagt! Da saß ich also in diesem Kurort mit meiner besorgten zweiten Frau, die ein reizendes Gesicht hatte und etwa 1,80 m groß war, und mit unseren Zwillingen. Im Speisesaal goß ich mir aus einer großen Flasche Whisky in meinen Morgenkaffee, und am Strand zertrümmerte ich Flaschen. Die Gäste beschwerten sich bei dem Geschäftsführer über die Glasscherben, und der Geschäftsführer trug den Fall Lily vor; mit mir wollten sie nicht in nähere Berührung kommen. Ein elegantes Etablissement, Juden werden nicht aufgenommen, und dann bekommen sie ausgerechnet mich. E. H. Henderson. Die anderen Kinder spielten nicht mehr mit unseren Zwillingen, und die Damen gingen Lily aus dem Weg.

Lily versuchte mich zur Vernunft zu bringen. Wir waren in unserer Suite, ich in Badehose, und sie eröffnete die Diskussion über die Schleuder und die Scherben sowie über mein Benehmen den übrigen Gästen gegenüber. Nun, Lily ist eine sehr intelligente Frau. Sie schimpft nicht, aber sie predigt gern Moral; sie tut es sogar sehr gern, und wenn sie in Fahrt ist, wird sie kreideweiß und beginnt zu flüstern. Nicht etwa, weil sie Angst vor mir hat, sondern weil es dabei in ihrem eigenen Innern zu einer Krise kommt.

Da die Diskussion mit mir sie jedoch zu keinem Ziel führte, begann Lily zu weinen, und als ich die Tränen sah, verlor ich den Kopf und schrie: »Ich jage mir eine Kugel in die Schläfe! Ich erschieße mich! Ich habe den Revolver nicht zu Hause gelassen. Ich habe ihn bei mir!«

»Ach, Eugen!« rief Lily weinend, bedeckte ihr Gesicht und lief davon.

Ich will Ihnen sagen, warum.

2

Weil Lilys Vater auf genau die gleiche Art Selbstmord begangen hatte, auch mit einem Revolver.

Eines der Bande zwischen Lily und mir ist die Tatsache, daß wir beide viel Plage mit den Zähnen haben. Lily ist zwanzig Jahre jünger als ich, aber wir tragen beide Brücken. Meine befinden sich an den Seiten, ihre vorn. Lily hat die vier oberen Schneidezähne verloren. Es passierte, als sie noch die High school besuchte, beim Golfspielen mit ihrem Vater, den sie vergötterte. Der arme Alte war ein Säufer und an jenem Tage viel zu betrunken, um sich auf einem Golfplatz zu tummeln. Ohne sich umzusehen oder es anzukündigen, spielte er vom ersten Erdhaufen los und traf beim Zurückschwingen seine Tochter. Es bringt mich jedesmal um, wenn ich an diesen verfluchten juliheißen Golfplatz, diesen Trunkenbold aus dem Klempnerbedarfsgeschäft und an das blutende fünfzehnjährige Mädchen denke. Zum Teufel mit solchen schwächlichen Trunkenbolden! Zum Teufel mit solchen haltlosen Männern! Ich kann diese Hanswürste nicht ausstehen, die immer gleich, wenn sie benebelt sind, hinauslaufen, um ihr gebrochenes Herz zu zeigen. Aber Lily wollte nie ein einziges Wort gegen ihren Vater hören und beweint eher ihn als sich selbst. Sie trägt sein Photo in ihrer Tasche.

Persönlich bin ich dem Alten nie begegnet. Als ich Lily kennenlernte, war er schon seit zehn oder zwölf Jahren tot. Bald nach seinem Tode heiratete Lily einen Mann aus Baltimore; einen recht angesehenen Mann, hat man mir gesagt – allerdings fällt mir ein, daß Lily es mir selber gesagt hat. Die beiden paßten dann jedoch nicht zueinander, und während des Krieges erwirkte Lily die Scheidung (ich kämpfte damals in Italien). Als wir uns kennenlernten, war Lily jedenfalls wieder zu Hause und lebte bei ihrer Mutter. Die Familie stammt aus Danbury, der Hutmacherstadt. Eines Abends im Winter waren Frances und ich zufällig auf einer Gesellschaft in Danbury, und Frances war nur halb bei der Sache, weil sie mit irgendeinem Intellektuellen oder so etwas drüben in Europa korrespondierte. Frances liest leidenschaftlich gern, schreibt mit Hingabe Briefe und raucht viel, und sobald sie an irgend etwas Philosophischem oder etwas anderem Feuer fing, sah ich sie wenig. Ich wußte dann nur, daß sie oben in ihrem Zimmer saß, Sobranie-Zigaretten rauchte, hustete und sich Notizen machte, etwas ausarbeitete. Wie gesagt, sie befand sich, als wir zu jener Gesellschaft fuhren, in einer dieser geistigen Krisen, und mitten darin fiel ihr plötzlich etwas ein, das sie sofort erledigen müsse; sie nahm also ihren Wagen und fuhr, ohne jeden Gedanken an mich, davon. Ich war an jenem Abend gleichfalls durcheinander, ich war der einzige Mann im Smoking. Mitternachtsblau. Ich muß in jener Gegend der erste mit einem blauen Smoking gewesen sein. Mir war, als trüge ich eine ganze Breitwand aus diesem blauen Stoff, während Lily, der ich etwa zehn Minuten zuvor vorgestellt worden war und mit der ich mich unterhielt, ein weihnachtlich rot und grün gestreiftes Kleid angezogen hatte.

Als Lily sah, was geschehen war, schlug sie vor, mich mitzunehmen, und ich sagte: »In Ordnung!« Wir stapften durch den Schnee zu ihrem Wagen.

Es war eine funkelnde Nacht, und der Schnee knirschte. Lily hatte auf einer Anhöhe geparkt, die vielleicht dreihundert Meter lang und glatt wie ein Bügeleisen war. Sobald der Wagen sich von dem Straßenrand entfernt hatte, geriet er ins Schleudern, und Lily verlor den Kopf und rief: »Eugen!« Sie fiel mir um den Hals. Auf dem ganzen Hügel und auf den gefegten Wegen, ja, so weit ich sehen konnte, in dem ganzen Viertel war sonst keine Seele. Der Wagen drehte sich vollständig um sich selbst. Lilys nackte Arme kamen aus den kurzen Pelzärmeln hervor und hielten meinen Kopf, während ihre großen Augen durch die Windschutzscheibe spähten und der Wagen über das Eis und den Rauhreif rutschte. Er war noch nicht eingekuppelt, und ich griff nach dem Schlüssel und schaltete die Zündung aus. Wir glitten, wenn auch nicht tief, in eine Schneewehe hinein, und ich setzte mich ans Steuer. Das Mondlicht war sehr grell.

»Woher wußten Sie meinen Namen?« fragte ich, und sie erklärte: »Nun, jeder weiß doch, daß Sie Eugen Henderson sind.«

Nachdem wir noch einige Worte gewechselt hatten, sagte sie zu mir: »Sie sollten sich von Ihrer Frau scheiden lassen.«

Ich entgegnete: »Was reden Sie da? Sagt man so etwas? Außerdem, ich bin alt genug, um Ihr Vater zu sein.«

Erst im Sommer sahen wir uns wieder. Diesmal machte Lily Einkäufe; sie trug einen Hut und ein weißes Pikeekleid, dazu weiße Schuhe. Es sah nach Regen aus, und sie wollte in dieser Garderobe (die, wie ich bemerkte, bereits beschmutzt war) nicht davon überrascht werden; und sie fragte mich, ob ich sie mitnehmen würde. Ich hatte in Danbury Bauholz für die Scheune gekauft, und der Kombiwagen war damit beladen. Lily wollte mir den Weg zu ihrem Hause zeigen, verlor aber in ihrer Nervosität die Orientierung; sie war sehr schön, jedoch schrecklich nervös. Es war schwül, und dann begann es zu regnen. Lily sagte, ich solle rechts einbiegen, und so kamen wir zu einem grauen Zaun, der sich um einen mit Wasser gefüllten Steinbruch zog – also in eine Sackgasse. Es war so dunkel geworden, daß das Netz des Zaunes weiß wirkte. Lily rief weinerlich: »Oh, drehen Sie um, bitte!

Schnell, fahren Sie zurück! Ich weiß die Straßen nicht mehr und muß nach Hause.«

Schließlich, gerade als der Sturm einsetzte, gelangten wir dorthin; es war ein kleines Haus, in dem es wie in geschlossenen Räumen bei heißem Wetter roch.

»Meine Mutter spielt Bridge«, sagte Lily. »Ich muß sie anrufen und ihr sagen, daß sie nicht nach Hause kommen soll. Ich habe einen Apparat in meinem Schlafzimmer.« Also gingen wir hinauf. Lily hatte nichts Leichtsinniges oder Zweideutiges, das können Sie mir glauben. Als sie ihre Kleider auszog, stieß sie mit zitternder Stimme hervor: »Ich liebe dich! Ich liebe dich!« Und als wir uns in den Armen lagen, sagte ich zu mir selbst: »Wie kann sie dich lieben – dich – ausgerechnet dich!« Draußen begann es heftig zu donnern, dann ergoß sich ein Wasserfall auf Straßen, Bäume, Dächer, Scheiben, und es blitzte auch. Alles wurde davon voll und geblendet. Aber ein warmer Geruch wie von frischen Brötchen stieg von Lily auf, als wir in ihren Bettüchern lagen, die von der warmen Finsternis des Sturmes geschwärzt waren. Von Anfang bis Ende hatte Lily immer wieder gesagt: »Ich liebe dich!« Jetzt lagen wir ruhig da, und die frühen Stunden des Abends begannen, ohne daß die Sonne noch einmal wiederkam.

Lilys Mutter wartete im Wohnzimmer. Es war mir nicht sehr lieb. Lily hatte angerufen und ihr gesagt: »Komm vorläufig nicht nach Hause«, und deshalb hatte ihre Mutter sofort die Bridgegesellschaft verlassen und sich durch eins der seit vielen Jahren schlimmsten Sommergewitter hindurchgekämpft. Nein, es gefiel mir nicht. Nicht, daß die alte Dame mich aus der Fassung brachte, aber ich durchschaute die Geschichte. Lily hatte dafür gesorgt, daß sie entdeckt wurde. Ich lief als erster die Treppe hinunter und sah eine Lampe neben dem Sofa. Und als ich unten auf der Treppe angelangt war und der alten Dame Auge in Auge gegenüberstand, sagte ich: »Mein Name ist Henderson.« Lilys Mutter war eine korpulente, hübsche Frau, die sich für die Bridgegesellschaft ein Porzellanpuppengesicht angeschminkt hatte. Sie trug einen Hut und hatte, als sie jetzt dort saß, eine Lackledertasche auf ihren fülligen Knien. Ich merkte, daß sie im Geiste Lilys Schuldkonto belastete: »In meinem eigenen Hause! Mit einem verheirateten Mann!« Und so weiter. Gleichgültig saß ich in dem Wohnzimmer, unrasiert, mein Bauholz draußen in dem Kombiwagen. Lilys Duft, dieser Brötchenduft, muß um mich herum wahrnehmbar gewesen sein. Und Lily, ausnehmend schön, kam die Treppe herunter, um ihrer Mutter zu zeigen, was sie fertiggebracht hatte. Den Geistesabwesenden mimend, placierte ich meine großen Schuhe ein Stückchen auseinander auf dem Teppich und fuhr mir von Zeit zu Zeit über meinen Schnurrbart. Zwischen den beiden Frauen spürte ich die gewichtige Gegenwart von Simmons, Lilys Vater, dem Klempnerbedarf-Großhändler, der Selbstmord begangen hatte. Er hatte sich tatsächlich in dem Schlafzimmer neben Lilys Zimmer getötet. Lily gab ihrer Mutter die Schuld am Tode des Vaters. Und was war ich, das Instrument ihrer Wut? »Nein, mein Junge«, sagte ich mir, »das ist nichts für dich. Halte dich heraus!« Es schien, als habe sich die Mutter entschlossen, nett zu sein. Sie wollte sogar besonders nett sein und Lily bei diesem Spiel schlagen. Vielleicht war das ganz natürlich. Mir gegenüber gab sie sich jedenfalls durchaus als Dame, aber dann kam doch der Augenblick, in dem sie es nicht lassen konnte, zu sagen: »Ich kenne Ihren Sohn.«

»So? Einen schlanken jungen Mann? Edward? Er fährt einen roten MG. Man begegnet ihm gelegentlich in Danbury.«

Kurz darauf ging ich. Zu Lily sagte ich: »Du bist ein nett aussehendes großes Mädchen, aber das hättest du deiner Mutter nicht antun sollen.«

Die korpulente alte Dame saß mit gefalteten Händen auf dem Sofa, und durch die Tränen oder den Verdruß bildeten ihre Augen eine durchgehende gerade Linie unter den Brauen.

»Auf Wiedersehen, Eugen«, sagte Lily.

»Auf Wiedersehen, Miß Simmons«, sagte ich.

Wir schieden nicht gerade als Freunde.

Dennoch sahen wir uns bald wieder, aber in New York, denn Lily hatte sich von ihrer Mutter getrennt, Danbury verlassen und sich eine Wohnung ohne Warmwasser in der Hudson Street gemietet, wo die Betrunkenen im Treppenhaus vor dem Wetter Zuflucht suchten. Ich erschien, ein Schwergewicht, ein Riesenschatten auf diesen Treppen, mein Gesicht gezeichnet von Landluft und Alkohol, gelbe schweinslederne Handschuhe an den Händen und in meinem Herzen eine Stimme, die unaufhörlich sagte: *Ich darbe, ich darbe, ich darbe, ach, ich darbe – ja, nur weiter so*, sagte ich zu mir selbst, *Schlag zu, schlag zu, schlag zu, schlag zu!* Und in meinem dicken, wattierten Mantel, mit Schweinslederhandschuhen und Schweinslederschuhen, eine Schweinslederbrieftasche in meiner Tasche, stieg ich die Treppe hinauf, siedend von Sinnenlust und siedend vor Seelenschmerz, und ich spürte, wie mein Blick dem obersten Geländer entgegenfunkelte, wo Lily die Tür geöffnet hatte und wartete. Ihr Gesicht war rund, weiß und voll, ihre Augen waren klar und leicht zusammengekniffen.

»Himmel! Wie kannst du bloß in dieser stinkigen Spelunke wohnen? Hier stinkt es doch«, sagte ich. In dem Haus befanden sich die Toiletten auf den Treppenabsätzen, die Ketten zum Ziehen hatten sich grün verfärbt, und die Türen hatten Scheiben aus pflaumenfarbenem Glas.

Lily liebte die Menschen der Elendsviertel, besonders die alten und die Mütter. Sie sagte, sie verstehe, warum diese Leute Fernsehgeräte hätten, obwohl sie Unterstützung bezögen; sie gestattete ihnen, ihre Milch und ihre Butter bei ihr im Kühlschrank aufzubewahren, und sie füllte ihnen ihre Formulare für die Sozialversicherung aus. Ich glaube, sie hatte das Gefühl, sie tue ihnen Gutes und zeige diesen Einwanderern und Italienern, wie nett eine Amerikanerin sein könne. Jedenfalls versuchte sie aufrichtig, ihnen zu helfen, lief, leicht erregbar wie sie war, umher, und äußerte eine Menge zusammenhangloser Dinge.

Die Gerüche dieses Hauses griffen dem Eintretenden geradezu ins Gesicht, und als ich die Treppe heraufkam, sagte ich: »Puh – ich bin am Ende!«

Wir gingen in Lilys Wohnung im obersten Stock. Sie war gleichfalls schmutzig, hatte aber wenigstens Licht. Wir setzten uns hin, um uns zu unterhalten, und Lily sagte zu mir: »Willst du auch noch den Rest deines Lebens vergeuden?«

Mit Frances war es ein hoffnungsloser Fall. Nur einmal, nachdem ich vom Militär zurückgekehrt war, kam es zwischen uns zu etwas Persönlicherem, danach war es aus, daher ließ ich sie mehr oder weniger in Ruhe. Abgesehen davon, daß wir eines Morgens in der Küche eine Unterredung hatten, die uns ein für allemal trennte. Es waren nur ein paar Worte. Etwa so:

»Und was möchtest du denn jetzt tun?«

(Ich verlor damals gerade die Lust an der Farm.)

»Ich überlege«, sagte ich, »ob es schon zu spät für mich ist, Arzt zu werden – ob ich noch Medizin studieren könnte.«

Frances öffnete ihren Mund, diesen gewöhnlich so nüchternen, um nicht zu sagen trübseligen und schnurgeraden Mund, und lachte mich aus; und als sie lachte, sah ich nichts als ihren dunklen offenen Mund und nicht einmal Zähne, und das ist gewiß seltsam, denn sie hat Zähne, weiße. Was war mit ihnen passiert? »Schon gut, schon gut«, sagte ich.

Ich merkte also, daß Lily völlig recht hatte mit Frances. Trotzdem kam sie bei mir nicht zum Ziel.

»Ich muß ein Kind haben. Ich kann nicht mehr allzu lange warten«, sagte Lily. »In ein paar Jahren bin ich dreißig.«

»Bin ich dafür verantwortlich?« sagte ich. »Was ist mit dir los?«

»Du und ich, wir gehören zusammen«, sagte sie.

»Wer sagt das?«

»Wenn wir nicht zusammenbleiben, werden wir sterben«, sagte sie.

Es verging etwa ein Jahr, ohne daß es Lily gelang, mich zu überzeugen. Ich glaubte nicht, es könne so einfach sein. Plötzlich heiratete sie dann einen Mann aus New Jersey, er hieß Hazard und war Makler. Dabei fällt mir ein, daß sie von ihm schon ein paarmal gesprochen hatte, aber ich vermutete, es handele sich wieder nur um einen Erpressungsversuch von ihr. Denn Lily war eine Erpresserin. Jedenfalls heiratete sie ihn. Es war ihre zweite Heirat. Ich nahm damals Frances und die beiden Mädchen und reiste auf ein Jahr nach Europa, nach Frankreich.

Ich hatte mehrere Jahre meiner Kindheit im Süden des Landes, in der Nähe der Stadt Albi, verbracht, wo mein alter Herr seinen Forschungen nachging. Vor fünfzig Jahren hatte ich immer wieder ein Kind von gegenüber geneckt: »François, oh, François, ta sœur est constipée.« Mein Vater war ein großer Mann, gediegen und sauber. Seine langen Unterhosen waren aus irischem Leinen, seine Hutschachteln waren mit rotem Velvet gefüttert, seine Schuhe bezog er aus England und seine Handschuhe von Vitale Milano, Rom. Er spielte ziemlich gut Geige. Meine Mutter schrieb in der Backstein-Kathedrale von Albi Gedichte. Sie erzählte mit Vorliebe eine Geschichte von einer sehr affektierten Dame aus Paris. Die beiden Frauen begegneten sich in einer engen Kirchentür, und die Dame sagte: »Voulez-vous que je passasse?« Darauf sagte meine Mutter: »Passassassez, Madame.« Diesen kleinen Scherz erzählte sie jedem, und viele Jahre lang lachte sie bisweilen auf und sprach flüsternd vor sich hin: »Passassassez.« Entschwunden, diese Zeiten. Vorbei, besiegelt, dahin.

Aber Frances und ich fuhren mit den Kindern nicht nach Albi. Frances besuchte das Collège de France, das Hauptquartier aller Philosophen. Wohnungen waren schwer zu bekommen, aber ich mietete eine Suite von einem russischen Fürsten. De Vogüé erwähnt des Fürsten Großvater, der unter Nikolaus I. Minister war. Der Fürst war ein hochgewachsener, edler Mann; seine Frau war Spanierin, und seine spanische Schwiegermutter, Señora Guirlandes, zankte ständig mit ihm. Der Gute hatte viel unter ihr zu leiden. Seine Frau und die Kinder wohnten mit der alten Dame zusammen, während er in das Mädchenzimmer in der Mansarde zog. Ich besitze rund drei Millionen Dollar. Ich nehme an, ich hätte etwas tun können, um ihm zu helfen. Aber zu jener Zeit verzehrte sich mein Herz in dem von mir erwähnten Notschrei – *Ich darbe, ich darbe!* Armer Fürst, da oben in der Mansarde! Seine Kinder waren krank, und er sagte mir, wenn sich seine Lage nicht bessere, werde er sich aus dem Fenster stürzen.

Ich antwortete: »Seien Sie doch nicht verrückt, Fürst.«

Mit einem Schuldgefühl bewohnte ich seine Räume, schlief in seinem Bett und badete zweimal täglich in seiner Wanne. Statt sie zu lindern, verschlimmerten diese beiden warmen Bäder nur meine Melancholie. Nachdem Frances über meinen Traum von einer ärztlichen Laufbahn gelacht hatte, besprach ich nie wieder etwas mir ihr. Jeden Tag lief ich straßauf, straßab durch Paris; den ganzen Weg zu den Gobelinfabriken und dem Père-Lachaise-Friedhof und nach St. Cloud ging ich zu Fuß. Die einzige Person, die sich Gedanken über mein Leben machte, war Lily, jetzt Lily Hazard. Beim American-Expreß fand ich ein paar Zeilen von ihr vor, die sie lange nach dem Datum der Hochzeit auf eine der Heiratsanzeigen geschrieben hatte. Ich barst vor Kummer, und da es in der Gegend um die Madeleine herum von Huren wimmelt, musterte ich einige von ihnen genauer, aber den schrecklichen Kehrreim in meinem Innern – *Ich darbe, ich darbe!* – brachte keines der Gesichter, die ich sah, zum Schweigen. Und ich sah eine ganze Menge Gesichter.

›Vielleicht kommt Lily‹, dachte ich. Und sie kam. Sie durchkreuzte die Stadt in einem Taxi, hielt Ausschau nach mir, und in der Nähe der Métrostation Vavin holte sie mich ein. Groß und strahlend rief sie mich aus dem Wagen an. Sie öffnete die altmodische Tür und versuchte, auf dem Trittbrett zu stehen. Ja, sie war schön – ein gutes Gesicht, ein klares, reines Gesicht, warm und weiß. Ihr Hals, als sie sich aus der Tür des Taxis herausbeugte, war kräftig und wohlgestaltet. Ihre Oberlippe zitterte vor Freude. Aber so erregt sie auch war, dachte sie doch an ihre Vorderzähne und entblößte sie nicht. Was machten mir in diesem Augenblick neue Porzellanzähne aus. Gepriesen sei Gott für die Gnadenbeweise, die Er mir immer wieder zukommen läßt!

»Lily! Wie geht es dir, Kleines? Wo kommst du her?«

Ich war schrecklich froh. Sie fand, ich sei ein großes Wickelkind, aber dennoch von wirklichem Wert, ich müsse leben und dürfe nicht sterben (noch ein weiteres Jahr wie dieses in

Paris, und irgend etwas in mir wäre für immer eingerostet), und daß auch von mir noch etwas Gutes kommen könne. Sie liebe mich.

»Was hast du mit deinem Mann gemacht?« sagte ich.

Auf dem Wege zurück zu ihrem Hotel, den Boulevard Raspail hinunter, erzählte sie mir: »Ich dachte, ich müsse Kinder haben. Ich würde zu alt.« (Lily war damals siebenundzwanzig.) »Aber auf dem Wege zur Trauung sah ich, daß es ein Irrtum war. Bei einem Stoplicht versuchte ich, in meinem Hochzeitskleid aus dem Wagen zu springen, aber er packte mich und zerrte mich zurück. Er schlug mir ins Auge«, sagte sie, »und es war gut, daß ich einen Schleier trug, denn das Auge wurde blau, und ich weinte während der ganzen Zeremonie. Übrigens, meine Mutter ist tot.«

»Was! Er hat dich geschlagen?« sagte ich wütend. »Sollte ich ihn je erwischen, werde ich ihn in Stücke reißen. Daß deine Mutter gestorben ist, tut mir leid.«

Ich küßte Lily auf die Augen, und dann kamen wir in ihrem Hotel am Quai Voltaire an und waren, als wir uns umarmt hielten, auf dem Gipfel der Seligkeit. Es folgte eine glückliche Woche; wir gingen überall hin, und Hazards Privatdetektiv folgte uns. Ich mietete deshalb einen Wagen, und wir machten eine Rundreise durch die Städte mit Kathedralen. Und Lily in ihrer wunderbaren Art – sie tut alles wunderbar – begann mich zu quälen. »Du denkst, du kannst ohne mich leben, aber du kannst es ebensowenig«, sagte sie, »wie ich ohne dich leben kann. Die Schwermut drückt mich einfach zu Boden. Weshalb habe ich mich wohl von Hazard getrennt? Aus Schwermut. Wenn er mich küßte, empfand ich sie ganz besonders. Ich fühlte mich völlig verlassen. Und wenn er...«

»Das genügt. Ich will nichts weiter hören«, sagte ich.

»Es war besser, als er mir ins Auge schlug. Darin lag eine gewisse Wahrheit. Jedenfalls fühlte ich mich nicht so zu Boden gedrückt.«

Ich fing zu trinken an, stärker als je zuvor, und war in jeder der großen Kathedralen betrunken – in Amiens, Chartres, Vézelay und so weiter. Lily mußte häufig am Steuer sitzen. Es war ein kleiner Wagen (ein Deux-Cent-Deux décapotable oder Kabriolett), und wir beide ragten bei unserer Größe aus den Sitzen heraus, helle Haut neben dunkler Haut, Schönheit neben Trunkenheit. Meinetwegen war Lily den weiten Weg aus Amerika hergekommen, und ich wollte sie ihre Mission nicht erfolgreich beenden lassen. So fuhren wir die ganze Strecke bis hinauf nach Belgien und wieder zurück zu dem Zentralmassiv, und für jemand, der

Frankreich liebt, wäre das prachtvoll gewesen, aber ich liebte Frankreich nicht. Vom ersten bis zum letzten Tage hatte Lily nur dieses eine Thema, sie predigte Moral: man könne nicht für dieses leben, sondern müsse für jenes leben, nicht böse, sondern gut, nicht der Tod, sondern das Leben, nicht Illusion, sondern Wirklichkeit. Lily spricht nicht deutlich; ich nehme an, man hat ihr im Pensionat beigebracht, eine Dame spreche leise, und infolgedessen murmelt sie; ich aber höre auf der rechten Seite schwer, und der Wind, die Reifen und der kleine Motor mischten ihre Geräusche auch noch hinein. Aus der freudigen Erregung von Lilys großem reinem weißem Gesicht entnahm ich jedoch, daß sie noch immer predigte. Mit strahlendem Antlitz und fröhlichen Augen verfolgte sie mich. Ich konnte beobachten, daß Lily in vielem nachlässig und sogar unsauber war. Sie vergaß, ihre Wäsche zu waschen, bis ich es ihr in meiner Betrunkenheit einfach befahl. Vielleicht lag der Grund darin, daß sie es so sehr mit der Moral und dem Denken hatte, denn als ich sagte: »Wasch dir dein Zeug«, begann sie mit mir darüber zu streiten. »Die Schweine auf meiner Farm sind sauberer als du«, sagte ich; und das führte zu einer Debatte. Die Erde selbst ist ähnlich, verrottet. Ja, aber sie ist in ständiger Umgestaltung begriffen. »Ein einzelnes Individuum kann den Stickstoffkreislauf nicht allein besorgen«, sagte ich zu Lily; und sie sagte, das stimme, aber ob ich denn wisse, was Liebe vermöge? Ich schrie sie an:

»Halt den Mund.« Sie wurde darüber nicht wütend. Sie empfand Mitleid mit mir.

Die Rundreise ging weiter, und ich war ein doppelt Gefangener – gefangen von der Religion und der Schönheit der Kirchen, die ich trotz meiner Betrunkenheit durchaus wahrnahm, und ebenso von Lily, ihrem Glühen, ihrem Murmeln, ihren Umarmungen. Hundertmal hat sie zu mir gesagt: »Komm mit mir zurück in die Staaten. Ich bin gekommen, um dich heimzuholen.«

»Nein«, sagte ich, »wenn du eine Spur von Herz hättest, würdest du mich nicht quälen, Lily. Ich habe es satt, vergiß nicht, daß ich Träger des Verwundetenabzeichens bin. Ich habe meinem Lande gedient. Ich bin über fünfzig, und ich habe schon Sorgen genug gehabt.«

»Um so mehr Anlaß, daß du jetzt etwas tust«, sagte sie.

Schließlich erklärte ich ihr in Chartres: »Wenn du jetzt nicht damit aufhörst, jage ich mir eine Kugel durch den Kopf.«

Dies war grausam von mir, da ich wußte, was ihr Vater getan hatte. Trotz meiner Betrunkenheit konnte ich selbst die Grausamkeit kaum ertragen. Der alte Mann hatte sich nach einem Familienstreit erschossen. Er war ein reizender Mann gewesen, schwach, mit einem weichen Herzen, zärtlich und sentimental. Mit Whisky vollgetankt kam er nach Hause und sang dann Lily und der Köchin Lieder aus alter Zeit vor; er erzählte in der Küche Witze, führte Steptänze und freche Varietényummern vor, machte all diese Witze mit seinem Schluckauf – ein schlechter Dienst an seiner Tochter. Lily hat mir alle Einzelheiten erzählt, bis ihr Vater mir so gegenwärtig wurde, daß auch ich den alten Bastard liebte und verabscheute. »He, du alter Schuhplattler, du alter Herzensbrecher, du jämmerlicher Spaßvogel – du Clown!« sagte ich zu seinem Geist. »Was denkst du dir eigentlich dabei, dergleichen mit deiner Tochter zu tun und sie dann mir zu überlassen?« Als ich in der Kathedrale von Chartres, im Angesicht dieser heiligen Schönheit, mit Selbstmord drohte, hielt Lily den Atem an. Der Glanz in ihrem Gesicht wurde so zart wie der einer Perle. Wortlos verzieh sie mir.

»Es ist mir völlig gleichgültig, ob du mir verzeihst oder nicht«, sagte ich.

In Vézelay kam es zum Eclat. Unser Aufenthalt in diesem Ort war von Anfang an merkwürdig. Als wir am Morgen hinunterkamen, hatte das Deux-Cent-Deux-Kabriolett einen Plattfuß. Da es herrliches Juniwetter war, hatte ich es abgelehnt, den Wagen in einer Garage unterzustellen, und meiner Meinung nach hatte die Hoteldirektion die Luft aus dem Reifen gelassen. Ich beschuldigte das Hotel und schrie in der Gegend herum, bis man im Büro die eisernen Läden herunterließ. Ich wechselte rasch den Reifen, benutzte keinen Wagenheber, sondern hob in meiner Wut den kleinen Wagen selber und schob einen großen Stein unter die Achse. Nach der Auseinandersetzung mit dem Geschäftsführer des Hotels (wobei wir beide nur immer wieder »Pneu, pneu« sagten) war meine Stimmung besser, und wir spazierten um die Kathedrale herum, kauften ein Kilo Erdbeeren in einem Papiertrichter und gingen auf die Wälle hinaus, um uns in die Sonne zu legen. Aus den Lindenbäumen fiel gelber Staub herab, und an den Stämmen der Apfelbäume wuchsen wilde Rosen. Blaßrot, sattrot, feurig, schmerzhaft, herb wie Zorn, süß wie berauschende Drogen. Lily zog ihre Bluse aus, damit die Sonne ihre Schultern beschien. Dann zog sie auch ihren Unterrock aus, und nach einer Weile ihren Büstenhalter, und legte sich in meinen Schoß. Verärgert sagte ich: »Woher glaubst du zu wissen, was ich will?« Milder gestimmt dann durch die Rosen an all den Baumstämmen, ihr Drängen, Ranken, Lodern, setzte ich hinzu: »Kannst du dich denn nicht einfach der Schönheit dieses Kirchhofs hingeben?«

»Es ist kein Kirchhof, es ist ein Obstgarten«, sagte sie.

Darauf ich: »Gerade gestern hat deine Periode eingesetzt. Worauf willst du also hinaus?«

Sie sagte, ich hätte doch bisher nie etwas dagegen gehabt, und das stimmte auch. »Aber jetzt habe ich etwas dagegen«, sagte ich, und wir begannen uns zu streiten, und der Streit wurde so hitzig, daß ich ihr erklärte, sie solle mit dem nächsten Zug allein nach Paris zurückfahren.

Lily schwieg. Jetzt habe ich dich, dachte ich. Aber nein, es schien ihr nur zu beweisen, wie sehr ich sie liebte. Ihr verzücktes Gesicht verfinsterte sich unter der Spannung von Liebe und Freude.

»Du wirst mich nie umbringen, ich bin viel zu abgehärtet!« schrie ich sie an. Und dann begann ich zu weinen, von all den unerträglichen Leiden in meinem Herzen. Ich weinte und schluchzte.

»Hinein mit dir, du Hure«, sagte ich unter Tränen. Und ich klopfte das Dach des Kabrioletts auf. Es hat Stangen, die man herausnimmt, und dann rollt man das Verdeck zurück.

Keuchend, bleich vor Angst, aber auch gezeichnet von ihrer verfluchten exaltierten Verklärung stammelte Lily, während ich am Steuer schluchzte, etwas von Stolz und Stärke, von Seele, Liebe und dergleichen.

Ich fuhr sie an: »Scher dich zum Teufel, du bist ja übergeschnappt!«

»Ohne dich – vielleicht! Vielleicht bin ich dann nicht ganz beieinander und schwer von Begriff«, sagte sie. »Aber wenn wir zusammen sind, dann *weiß* ich es einfach.«

»Einen Dreck weißt du. Wieso weiß ich dann nichts!? Bleib mir vom Halse. Du machst mich völlig kaputt.«

Ich schmiß Lilys albernen Handkoffer mit den ungewaschenen Kleidungsstücken auf den Bahnsteig. Noch immer schluchzend wendete ich auf dem Bahnhof, der rund zwanzig Kilometer von Vézelay entfernt lag, und steuerte auf Südfrankreich zu. Ich fuhr zu einem Ort an der Côte Vermeille mit Namen Banyules. Dort befindet sich eine meeresbiologische Forschungsstelle, und in dem Aquarium hatte ich ein seltsames Erlebnis. Es war Zwielicht. Ich betrachtete einen Tintenfisch, und das Tier schien auch mich zu betrachten und seinen weichen Kopf an das Glas zu pressen, ganz flach, so daß das Fleisch blaß wurde und körnig – gebleicht, gesprenkelt. Die Augen sprachen kalt zu mir. Sprechender aber noch, und noch kälter, war der weiche Kopf mit seinen Farbtupfen und die Brownsche Bewegung in diesen Tupfen, eine kosmische Kälte, in der ich spürbar hinstarb. Die Fangarme pochten und tasteten durch das Glas, die Luftblasen fuhren in die Höhe, und ich dachte: ›Dies ist mein letzter Tag. Der Tod gibt mir ein Zeichen.‹

Soviel über meine Selbstmorddrohung Lily gegenüber.

3

Und jetzt ein paar Worte über meine Gründe, nach Afrika zu gehen.

Als ich aus dem Krieg zurückkehrte, hatte ich vor, Schweinezüchter zu werden, und das veranschaulicht vielleicht, was ich vom Leben im allgemeinen hielt.

Monte Cassino hätte nie bombardiert werden sollen; manche schreiben es der Dummheit der Generale zu. Aber nach dem blutigen Gemetzel, bei dem so viele Männer aus Texas umkamen und später auch mein Haufen zusammengeschossen wurde, waren nur noch Nicky Goldstein und ich von der ursprünglichen Mannschaft übrig, und das war merkwürdig, weil wir die beiden größten Männer in der Einheit waren und die besten Ziele boten. Danach bin auch ich verwundet worden, von einer Landmine. Aber damals lagen Goldstein und ich unter den Olivenbäumen – einige dieser Knorren laufen aus wie Klöppelspitzen und lassen das Licht durch –, und ich fragte ihn, was er nach dem Krieg tun wolle. Er sagte: »Nun, ich und mein Bruder, wenn wir leben bleiben und gesund, werden in den Catskills eine Nerzfarm aufmachen.« Darauf sagte ich, oder mein Dämon sagte für mich: »Ich werde Schweine züchten.« Und nachdem diese Worte gesprochen waren, wußte ich, daß ich, wäre Goldstein nicht Jude gewesen, wahrscheinlich Rinder und nicht Schweine gesagt hätte. Jetzt war es jedenfalls zu spät, einen Rückzieher zu machen. Soweit ich weiß, haben Goldstein und sein Bruder eine Nerzfarm, und ich habe – etwas anderes. Ich nahm all die hübschen alten Bauernhäuser, den Wagenschuppen mit den getäfelten Boxen – in früheren Zeiten wurden die Pferde eines reichen Mannes behandelt wie Opernsänger –, und die hübsche alte Scheune mit dem Belvedere über dem Heuboden, ein schönes Stück Architektur, und füllte sie bis an den Rand mit Schweinen, einem ganzen Schweinereich, mit Schweineställen auf dem Rasen und im Blumengarten. Das Gewächshaus ebenfalls – ich ließ die Schweine die alten Knollen herauswühlen. Die Statuen aus Florenz und Salzburg wurden umgelegt. Das ganze Gelände stank nach Speiseabfällen, Schweinen, Schweinefutter und Mist. Wütend jagten mir meine Nachbarn den Amtsarzt auf den Hals. Ich erklärte ihm trotzig, er solle mich doch verklagen. »Die Hendersons«, sagte ich zu diesem Mann, einem gewissen Dr. Bullock, »sitzen seit über zweihundert Jahren auf diesem Gut.«

Meine damalige Frau, Frances, sagte nichts weiter als: »Bitte, halte wenigstens die Auffahrt von ihnen frei.«

»Ich rate dir, keins der Schweine zu überfahren«, sagte ich. »Diese Tiere sind jetzt ein Teil von mir.« Und dem Dr. Bullock sagte ich: »Sie sind von all diesen Zivilisten und Untauglich-Geschriebenen aufgehetzt. Diesen Proleten! Essen die nie Schweinefleisch?« Haben Sie auf der Fahrt von New Jersey nach New York die gegiebelten Ställe und die Koppeln bemerkt, die Modellen von deutschen Schwarzwalddörfern ähneln? Haben Sie (ehe der Zug in den Tunnel unter dem Hudson einfährt) ihren Geruch geschnuppert? Es sind Schweinemästereien. Wenn die Schweine nach ihrer Reise aus Iowa und Nebraska mager und knochig sind, werden sie hier aufgepäppelt. Nun also, ich war Schweinezüchter. Und schon der Prophet Daniel warnte König Nebukadnezar: »Man wird dich von den Leuten stoßen, und mußt bei den Tieren auf dem Felde bleiben.« Säue fressen ihre Jungen, weil sie Phosphor brauchen. Sie sind vom Kropf bedroht, genau wie Frauen. Oh, ich habe diese zum Tode verdammten klugen Tiere ziemlich gründlich studiert. Alle Schweinezüchter wissen nämlich, wie klug diese Tiere sind. Die Entdeckung, daß sie so intelligent waren, gab mir eine Art Trauma. Hätte ich aber Frances nicht belogen, und wären diese Tiere tatsächlich ein Teil von mir geworden, dann wäre es doch merkwürdig gewesen, daß ich das Interesse an ihnen verlor.

Aber ich sehe, ich habe immer noch nicht die eigentlichen Gründe für meine Reise nach Afrika dargelegt, und ich beginne wohl lieber an irgendeiner anderen Stelle.

Soll ich mit meinem Vater beginnen? Er war ein berühmter Mann. Er trug einen Bart und spielte Geige, und er ...

Nein, nicht das.

Also dann so: Meine Vorfahren haben den Indianern Land gestohlen. Sie bekamen von der Regierung noch mehr dazu und betrogen außerdem andere Siedler, so bin ich der Erbe eines großen Gutes geworden.

Nein, auch so geht's nicht. Was hat das schon mit der ganzen Sache zu tun?

Dennoch, eine Erklärung ist unerläßlich, denn mir wurde der lebendige Beweis von etwas höchst Bedeutungsvollem zuteil, und so bin ich gezwungen, davon zu sprechen. Und von allen Schwierigkeiten ist es nicht gerade die geringste, daß es wie in einem Traum geschah.

Nun also, es muß ungefähr acht Jahre nach Beendigung des Krieges gewesen sein. Ich war von Frances geschieden und mit Lily verheiratet, und ich hatte das Gefühl, daß irgend etwas unternommen werden müsse. Ich ging mit einem Freunde, mit Charlie Albert, nach Afrika. Auch er ist Millionär.

Mein Temperament ist seit je eher das eines Soldaten als das eines Zivilisten. Als ich beim Militär war und Läuse bekam, wollte ich mir Puder holen. Als ich aber erklärte, was ich hätte, packten mich vier Sanis, und zwar unmittelbar an der Straßenkreuzung, und zogen mich im Freien splitternackt aus. Sie seiften mich gründlich ab und rasierten mir jedes Haar vom Leibe, vorn und hinten, in den Achselhöhlen, die Schamhaare, den Bart, die Augenbrauen, einfach alle. Das war dicht an der Seefront bei Salerno. Lastwagen, vollbepackt mit Soldaten, fuhren vorüber, und Fischer und Bauern, Kinder, Mädchen und Frauen sahen zu. Die GIs scherzten und lachten, die Bauern lachten, die ganze Küste lachte, und sogar ich lachte, während ich die vier Mann am liebsten umgebracht hätte. Sie liefen davon und ließen mich stehen: kahl und fröstelnd, abstoßend, nackt; zwischen den Beinen und unter den Armen juckte es mich, ich tobte, lachte und schwur Rache. Dergleichen vergißt ein Mann nie, und erst später weiß er es richtig zu schätzen. Der wundervolle Himmel, das wahnsinnige Jucken und die Rasiermesser. Das Mittelmeer, die Wiege der Menschheit. Die Milde der Luft oben, die Milde des Wassers unten, in dem Odysseus sich verlor, in dem auch er nackt war, als die Sirenen sangen.

Übrigens – die Läuse fanden in einer Spalte Zuflucht; ich bekam es mit diesen listigen Tierchen hinterher wieder zu tun.

Der Krieg bedeutete für mich viel. Ich wurde verwundet, als ich auf eine Landmine trat, und bekam das Verwundetenabzeichen. Ich habe eine ziemlich lange Zeit in Neapel im Lazarett gelegen. Glauben Sie mir, ich war dankbar, daß ich mit dem Leben davonkam. Das ganze Erlebnis versetzte mein Herz in eine große, echte Erregung. Und diese Erregung brauche ich immer.

Im letzten Winter hackte ich neben meiner Kellertür Brennholz – der Mann, der die Bäume beschnitt, hatte mir ein paar Kiefernäste dagelassen –, und ein Klumpen Holz sprang vom

Hauklotz in die Höhe und traf mich an der Nase. Wegen der außergewöhnlichen Kälte bemerkte ich erst, als ich das Blut auf meiner Joppe sah, was geschehen war. Lily schrie: »Du hast dir die Nase gebrochen.« Nein, sie war nicht gebrochen. Sie ist durch eine dicke Fleischschicht geschützt, aber ich hatte an dieser Stelle eine ganze Weile eine Quetschwunde. Als ich den Schlag spürte, war jedoch mein einziger Gedanke: *Wahrheit!* Kommt Wahrheit mit Schlägen? Dies ist zweifellos eine soldatische Vorstellung. Ich versuchte, Lily etwas davon zu sagen, auch sie hatte die Kraft der Wahrheit gespürt, als ihr zweiter Mann, Hazard, ihr ins Auge schlug.

Nun, ich bin immer so gewesen: als Junge stark und gesund, rüde und angriffslustig und so etwas wie ein Raufbold; auf dem College trug ich goldene Ohrringe, um Streit zu provozieren, und während ich, meinem Vater zuliebe, den M. A. erwarb, benahm ich mich stets wie ein ungehobelter Vagabund. Als ich mit Frances verlobt war, fuhr ich nach Coney Island und ließ mir ihren Namen in purpurnen Lettern auf die Brust tätowieren. Es hat auf sie freilich wenig Eindruck gemacht. Schon im Jahre sechsundvierzig oder siebenundvierzig, als ich nach der Kapitulation in Europa (Donnerstag, den 8. Mai) zurückkehrte, widmete ich mich den Schweinen, und dann vertraute ich Frances an, mich reize das Studium der Medizin, und sie lachte mich aus; sie dachte daran, wie sehr ich mich mit achtzehn Jahren für Sir Wilfred Grenfell und später für Albert Schweitzer begeistert hatte.

Was tut man mit sich, wenn man ein Temperament hat wie ich? Ein Psychologe erklärte mir einmal, daß man, wenn man seine Wut an leblosen Dingen auslasse, nicht nur alle Lebewesen schone, was ein zivilisierter Mensch tun solle, sondern sich auch von dem üblen Zeug befreie, das man in sich herumträgt. Dies schien mir einleuchtend, und ich versuchte es. Ich versuchte es aus vollem Herzen, durch Holzhauen, Heben, Pflügen, dadurch, daß ich Zementblöcke legte, Beton schüttete, Futter für die Schweine kochte. Auf meinem eigenen Gut, wie ein Sträfling bis zur Taille entblößt, brach ich mit einem Vorschlaghammer Steine. Es half, aber nicht genug. Rohes zeugt Rohes, und jeder Schlag einen Schlag; wenigstens in meinem Falle; beides zeugte nicht nur, sondern vermehrte sich. Zorn vermehrt durch Zorn. Was also tut man mit sich? Über drei Millionen Dollar! Nach Abzug der Steuern, nach Abzug des Unterhaltsbeitrages und aller Unkosten bleiben mir noch immer glatt hundertundzehntausend Dollar Einkommen. Wozu brauche ich es, ein soldatischer Charakter wie ich! Steuerlich waren sogar die Schweine einträglich. Ich konnte kein Geld verlieren. Die Schweine wurden geschlachtet, und sie wurden gegessen. Sie ergaben Schinken, Handschuhe, Gallert und Dünger. Was ergab ich selbst? Nun, eine Art Denkmal, nehme ich an. Ein Mann wie ich kann so etwas wie ein Denkmal werden. Gewaschen, sauber und mit teuren Kleidungsstücken angetan. Unter dem Dach ist Isolierung, in den Fenstern Thermopane, auf den Fußböden Teppichbelag und auf den Teppichen Möbel und auf den Möbeln jeweils ein Bezug und auf jedem Stoffbezug ein Plastikbezug, und ringsherum Tapete und Stoffbespannung! Alles säuberlich gekehrt und ausstaffiert. Und wer befindet sich mitten darin? Wer sitzt dort? Er! Ein Mensch!

Aber es kommt der Tag, es kommt stets der Tag der Tränen und des Wahnsinns.

Ich habe schon erwähnt, daß in meinem Herzen Aufruhr war, eine Stimme, die sich dort vernehmlich machte und sagte: *Ich darbe, ich darbe, ich darbe!* Es geschah an jedem Nachmittag, und wenn ich die Stimme zu unterdrücken versuchte, wurde sie nur noch lauter. Sie sagte nur immer dies eine: *Ich darbe, ich darbe!*

Und ich fragte jedesmal: »Was begehrst du denn?« Aber mehr als das sagte die Stimme mir nie. Sie hat niemals mehr gesagt als: *Ich darbe, ich darbe, ich darbe!*

Bisweilen behandelte ich sie wie ein kränkliches Kind, dem man ein Lied singt oder Süßigkeiten schenkt. Ich führte sie spazieren, ich ließ sie traben. Ich sang ihr vor, oder ich las ihr vor. Es nützte nichts. Ich schlüpfte in Overalls, stieg auf die Leiter und verschmierte Risse in der Decke; ich hackte Holz, ging hinaus und fuhr einen Traktor, arbeitete im Stall unter den Schweinen. Nein, nein! Alles Mühen, alle Trunkenheit, alle Arbeit wurden von der Stimme übertönt, auf dem Lande, in der Stadt. Keine Anschaffung, auch die kostspieligste nicht, vermochte sie einzuschläfern. Schließlich erklärte ich: »Gut also, sage es mir. Worüber beklagst du dich? Über Lily? Lechzt du nach einer üblen Hure? Bist du geil?« Aber mit dieser Vermutung kam ich der Sache nicht näher als bisher. Das Verlangen meldete sich nur lauter: *Ich darbe, ich darbe, ich darbe, ich darbe, ich darbe!* Ich heulte, ich flehte: »Ach, so sage es mir doch. Sage mir, wonach du lechzt!« Und am Ende entschied ich: »Gut denn. An einem dieser Tage, du Dummkopf. Warte nur!«

Dies ist die Erklärung für mein Benehmen. Um drei Uhr herum war ich verzweifelt. Erst bei Sonnenuntergang verstummte die Stimme. Und bisweilen meinte ich, dies sei vielleicht mein Beruf, weil es um fünf Uhr von allein aufhörte. Amerika ist so groß, und jeder schuftet, schafft, schaufelt, baggert, karrt, lädt und so weiter, und ich nehme an, die Leidenden leiden im gleichen Maß. Schließlich will jeder am gleichen Strange ziehen. Ich versuchte es mit allen Heilmitteln, die sich denken lassen. Aber in einer Zeit des Wahnsinns zu erwarten, daß man nicht vom Wahnsinn angesteckt werde, ist natürlich selber eine Form von Wahnsinn. Hinter der Vernunft herzulaufen, kann ebenfalls eine Form von Wahnsinn sein.

Unter anderen Mitteln griff ich zur Geige. Als ich eines Tages in einer Rumpelkammer herumstöberte, stieß ich auf den verstaubten Kasten, und ich öffnete ihn: in dem kleinen Sarkophag lag das Instrument, auf dem mein Vater gespielt hatte, mit dem schmalen, verschnörkelten Hals und der eingezogenen Taille. Das Haar des Bogens war gelockert und lag lose herum. Ich zog die Schraube des Bogens an und kratzte über die Saiten. Sie erwachten mit grellem Kreischen. Es war, als sei ein empfindendes Wesen allzu lange vernachlässigt worden. Dann rief ich mir meinen alten Herrn ins Gedächtnis. Er würde es vielleicht voller Unwillen bestreiten, aber wir sind uns sehr ähnlich. Auch er konnte sich nicht mit einem ruhigen Leben abfinden. Zu meiner Mutter war er bisweilen sehr hart; einmal ließ er sie zwei Wochen lang in ihrem Nachthemd vor der Tür seines Zimmers liegen, ehe er bereit war, ihr ein paar törichte Worte zu verzeihen, vielleicht Worte wie Lilys am Telephon, als sie sagte, ich sei nicht umzubringen. Mein Vater war auch ein sehr kräftiger Mann, aber als seine Stärke nachließ, besonders nach dem Tode meines Bruders Dick (wodurch ich zum Erben wurde), schloß er sich ab und geigte mehr und mehr. Dann fiel mir ein, daß sein Rücken gebeugt war, daß seine Hüften unausgeprägt oder lahm gewesen sind und daß sein Bart ein Protest schien, der unmittelbar seiner Seele entströmte – weiß gewaschen vom zittrig schwachen Blut hohen Alters. Sein einst so mächtiger Backenbart verlor seine Kräuselung und wurde von dem Instrument auf sein Schlüsselbein zurückgeschoben, während er mit dem linken Auge auf das Griffbrett blickte, sein dicker, hohler Ellbogen vor- und zurückglitt und die Geige zitterte und weinte.

In diesem Augenblick faßte ich den Entschluß: »Ich will es auch versuchen.« Ich schlug den Deckel zu, schloß die Haken und fuhr geradenwegs nach New York zu einem Instrumentenbauer in der 57. Straße, um mir die Geige wieder instandsetzen zu lassen. Sobald sie fertig war, nahm ich Unterricht bei einem alten

Ungarn namens Haponyi, der in der Nähe von Barbizon-Plaza wohnte.

Ich lebte zu dieser Zeit allein auf dem Lande, war geschieden. Eine alte Dame, Miß Lenox von gegenüber, kam und machte mir mein Frühstück, und mehr als das brauchte ich damals nicht. Frances war drüben in Europa geblieben. Und eines Tages dann, als ich, den Kasten unter dem Arm, zu meiner Stunde in der 57. Straße jagte, traf ich Lily. »Nanu!« sagte ich. Ich hatte sie seit über einem Jahr nicht gesehen, seit ich sie damals in den Zug nach Paris gesetzt hatte, aber wir waren gleich wieder miteinander so vertraut wie früher. Lilys großes, reines Gesicht war unverändert. Es würde nie ausgeglichen sein, aber es war schön. Allerdings hatte Lily ihr Haar gefärbt. Es war jetzt orangefarben, was nicht nötig war, und es war in der Mitte der Stirn geteilt wie die beiden Hälften eines Vorhangs. Es ist bisweilen der Fluch dieser großen Schönheiten, daß es mit dem Geschmack hapert. Außerdem hatte Lily ihre Augenwimpern getuscht, so daß sie nicht mehr gleichmäßig lang waren. Was tut man, wenn eine solche Person »noch immer dieselbe« ist? Und was soll man denken, wenn diese große Frau von etwa 1,80 m in einer Art von grünem Plüschkostüm, so ein Stoff, wie man ihn früher in Pullman-Wagen verwendete, und auf hohen Absätzen schwankt; trotz stabiler Beine, trotz kräftiger Knie schwankt sie. Und mit einem Blick wirft sie alle Grundsätze über Bord, die für das Benehmen in der 57. Straße gelten, als streute sie das Plüschkostüm, die Bluse, die Strümpfe und den Gürtel in alle Winde und riefe: »Eugen! Ohne dich ist mein Leben eine Misere«?

Das erste jedoch, was sie wirklich sagte, war: »Ich bin verlobt.«

»Was, schon wieder?« sagte ich.

»Ja, ich könnte deinen Rat brauchen. Wir sind doch Freunde. Du bist doch mein Freund, das weißt du. Ich glaube, von uns beiden hat wohl keiner irgendwo in der Welt einen besseren Freund. Nimmst du Musikunterricht?«

»Na, wenn's nicht Musik ist, kommt ja wohl nur noch Raubüberfall in Frage«, sagte ich. »Denn dieser Kasten enthält entweder eine Geige oder eine Maschinenpistole.« Ich glaube, ich war ziemlich verlegen. Lily begann mir dann von dem neuen Verlobten zu erzählen, sie murmelte wieder. »Sprich doch nicht so undeutlich«, sagte ich. »Was ist mit dir los? Schnaube dir die Nase! Was soll dieses vornehme Gesäusel? Dieses sanfte Geflüster? Du willst damit doch bloß gewöhnlichen Sterblichen imponieren und sie zwingen, sich vorzubeugen, wenn sie dich verstehen wollen.

Du weißt, ich bin ein wenig taub«, sagte ich. »Sprich etwas lauter. Sei nicht so eingebildet. Welche feudale Schule hat dein Verlobter besucht – Choate oder St. Paul's? Dein letzter Ehemann ging doch auf die von Präsident Roosevelt.«

Lily sprach jetzt deutlicher und sagte: »Meine Mutter ist gestorben.«

»Gestorben?« sagte ich. »Das ist ja schrecklich. Aber warte einmal, hast du mir nicht schon in Frankreich gesagt, daß sie gestorben sei?«

»Ja«, sagte sie.

»Wann ist sie denn nun eigentlich gestorben?«

»Genau vor zwei Monaten. Damals stimmte es nicht.«

»Und warum hast du es dann gesagt? Das ist doch keine Art. Das kannst du nicht machen. Willst du mit dem Begräbnis deiner Mutter scherzen? Du hast versucht, mich reinzulegen.«

»Ach, es war schlecht von mir, Eugen. Ich habe es nicht böse gemeint. Aber diesmal stimmt es.« Und ich sah die warmen Schatten von Tränen in Lilys Augen. »Sie ist jetzt von mir gegangen. Ich mußte ein Flugzeug chartern, um ihre Asche, wie sie es wollte, über dem George-See auszustreuen.«

»Das hast du getan? Gott, das tut mir leid«, sagte ich.

»Ich habe ihr zuviel Kummer gemacht«, sagte Lily. »Wie damals, als ich dich mit in die Wohnung nahm. Aber sie war nun einmal ein Kampfhahn, und ich bin auch einer. Mit meinem Verlobten hattest du recht. Er war auf der Groton-Schule.«

»Hah,hah, da habe ich also richtig getippt, nicht wahr?«

»Er ist ein netter Mann. Nicht, was du denkst. Er ist sehr anständig, und er unterstützt seine Eltern. Aber wenn ich mich frage, ob ich ohne ihn leben könnte, dann ist die Antwort wohl Ja. Ich lerne eben, allein durchzukommen. Das Weltall bleibt einem immer noch. Eine Frau muß nicht heiraten, und es gibt durchaus gute Gründe dafür, weshalb die Menschen einsam bleiben sollen.« Mitleid ist wohl zwecklos; manchmal kommt es mir jedenfalls so vor. Es führt zu Unannehmlichkeiten. Mein Herz litt mit Lily, und sie versuchte mich reinzulegen.

»Nun schön, Kind, und was willst du jetzt tun?«

»Das Haus in Danbury habe ich verkauft. Ich lebe in einer Mietwohnung. Es war da etwas, das ich dir übrigens gern schenken wollte; ich habe es dir geschickt.«

»Ich brauche nichts.«

»Es handelt sich um eine Brücke«, sagte sie. »Hast du sie noch nicht erhalten?«

»Aber was soll ich denn mit deiner vermaledeiten Brücke? Lag sie in deinem Zimmer?«

»Nein.«

»Du lügst. Es ist die Brücke aus deinem Schlafzimmer.«

Lily bestritt es, und als die Brücke auf der Farm ankam, nahm ich sie an; ich hatte das Gefühl, es zu müssen. Sie sah jämmerlich aus und war verschossen, eine Bagdad-Brücke in Mostrich-Farbe, das Gewebe war von den Jahren mitgenommen, und überall schimmerten blaue Stellen durch. Sie war so häßlich, daß ich lachen mußte. Dieser elende Lappen. Ich fand ihn urkomisch. Ich legte ihn auf den Fußboden meines Geigenzimmers unten im Keller. Ich hatte den Boden selber betoniert, freilich nicht dick genug, denn die Feuchtigkeit schlägt durch. Jedenfalls dachte ich, die Brücke könne vielleicht die Akustik verbessern.

Na gut. Ich fuhr dann weiter zu meinen Stunden bei dem fetten Ungarn Haponyi in die Stadt, und ich traf mich auch mit Lily. Wir spielten etwa anderthalb Jahre lang verlobt, dann heirateten wir, und dann kamen die Kinder. Was die Geige betraf, so war ich kein Heifetz, aber ich ließ nicht locker. Plötzlich erhob sich wieder die tägliche Stimme *Ich darbe*, *ich darbe*. Das Zusammenleben mit Lily war nicht ganz das, was ein Optimist prophezeit haben könnte; ich bin jedoch überzeugt, daß sie mehr einhandelte, als sie erwartet hatte. Eine der ersten Entscheidungen, die sie traf, nachdem sie das ganze Gut als Dame des Hauses in Augenschein genommen hatte, war, daß sie ihr Porträt malen und neben denen der übrigen Familie aufhängen ließ. Die Sache mit dem Porträt war ihr sehr wichtig und beschäftigte sie bis rund sechs Monate vor meiner Abreise nach Afrika.

Sehen wir uns einmal einen typischen Morgen meines ehelichen Zusammenlebens mit Lily an! Nicht im Hause selbst, sondern außerhalb des Hauses, denn drinnen ist es dreckig. Nehmen wir an, es ist einer jener samtenen Tage des Frühherbstes, wenn die Sonne auf die Kiefern scheint und die Luft von einer Prise Kälte gewürzt ist und einem das Behagen in die Lungen sticht. Ich sehe eine große Kiefer auf meinem Gut, und in der grünen Dunkelheit unter ihr, die aus irgendeinem Grunde nie von den Schweinen aufgesucht wird, wachsen rote Knollenbegonien, und eine von meiner Mutter angebrachte zerbrochene Steintafel verkündet: »Geh, glückliche Rose . . .« Mehr steht nicht darauf. Unter den Nadeln liegen sicher noch weitere Bruchstücke. Die Sonne gleicht einer großen Walze, und sie plättet das Gras. Unter diesem Gras steckt die Erde wahrscheinlich voller Kadaver, aber das nimmt einem Tage wie diesem nichts, denn sie sind zu Humus geworden, und das Gras gedeiht. Wenn die Luft sich bewegt, bewegen sich auch die funkelnden Blumen in dem dunklen Grün unter den Bäumen. Sie berühren meinen offenen Geist, denn ich stehe mitten darin und trage den roten Velvet-Hausmantel aus der Rue de Rivoli, den ich an jenem Tage kaufte, als Frances das Wort Scheidung aussprach. Ich bin da, und ich suche Streit. Die karmesinroten Begonien, das dunkle Grün und das strahlende Grün und die stechende Würze und das liebliche Gold, die verwandelten Toten, die Blumen, die das berühren, was unter meiner Oberfläche ist – für mich ist das ein riesiger Jammer. Mich macht das alles vor lauter Jammer wahnsinnig. Diese Dinge sind doch wohl jemandem zugedacht, aber dieser Jemand bin nicht ich in dem roten Velvetgewand. Was also soll ich hier?

Da erscheint Lily mit den beiden Kindern, unseren Zwillingen; sie sind sechsundzwanzig Monate alt, zart, stecken in ihren kurzen Hosen und niedlichen grünen Strickjacken, das dunkle Haar ist in ihre Stirnen hinuntergebürstet. Lily betritt die Szene mit diesem unschuldigen Gesicht für ihre Porträtsitzungen. Ich stehe auf einem Bein in dem roten Velvetgewand, schwerfällig, an den Füßen schmutzige Farmstiefel, jene Langschäfter, die ich zu Hause so gern trage, weil sie so leicht an- und auszuziehen sind.

Lily will in den Kombiwagen steigen, und ich sage: »Nimm das Kabriolett. Ich möchte nachher nach Danbury fahren, um etwas zu holen, und ich brauche den Kombiwagen.« Mein Gesicht ist schwarz und ärgerlich. Mein Zahnfleisch schmerzt. Alles ist aus den Fugen, aber Lily will fort, und die Kinder sollen drinnen im Atelier spielen, während sie für das Porträt sitzt. Sie verfrachtet also die Kleinen auf dem Rücksitz des Kabrioletts und fährt davon.

Ich gehe in mein Übungszimmer im Keller, nehme die Geige und beginne mich an meinen Sevcik-Übungen warm zu spielen. Ottokar Sevcik ist der Erfinder einer Technik für den schnellen und genauen Lagenwechsel auf der Geige. Der Schüler übt, indem er seine Finger immer wieder über die Saiten schleifen oder gleiten läßt – aus der ersten Lage in die dritte und aus der dritten in die fünfte und aus der fünften in die zweite –, solange, bis Ohr und Finger geschult sind und die Töne genau treffen. Man beginnt auch nicht mit Tonleitern, sondern mit Phrasen und bewegt sich kriechend die Saiten hinauf und hinunter. Es ist schrecklich, aber Haponyi, dieser fette Ungar, der vom Englischen ungefähr fünfzig Wörter kennt, macht mir mühselig klar, daß dies die einzig richtige Methode sei.

Ich bin, wie Sie wissen, im Kriege Stoßtruppler gewesen. Mit diesen meinen Händen habe ich die Schweine hin- und hergeschubst; ich habe Keiler auf den Boden geworfen, sie festgehalten und kastriert. Und jetzt werben nun diese gleichen Finger um die Klänge einer Geige, ergreifen ihren Hals und placken sich mit Sevcik-Übungen ab. Es klingt, als zerschmettere man Eierkisten. Trotzdem: wenn ich mich, so dachte ich, anstrenge, erklingt vielleicht am Ende die Stimme von Engeln. Daß ich mich zu einem Künstler vervollkommnen würde, erwartete ich freilich kaum. Mein Hauptziel war, meinem Vater dadurch nahezukommen, daß ich auf seiner Geige spielte.

Unten im Keller des Hauses mühte ich mich so hartnäckig ab, wie ich es bei allem tue. Mir war, ich sei dem Geiste meines Vaters auf der Spur, und ich flüsterte: »Ach, Vater, Pa. Erkennst du die Töne? Ich bin es, dein Sohn Eugen, auf deiner Violine, ich versuche, dir nahezukommen.« Denn ich habe mich nun einmal nicht davon überzeugen können, daß die Toten endgültig tot sind. Ich bewundere Verstandesmenschen und beneide sie um ihre klaren Köpfe, aber was nützt es, sich etwas vorzumachen? Ich spielte in dem Keller für meinen Vater und für meine Mutter, und als ich ein paar Stücke konnte, flüsterte ich: »Mutter, ich spiele jetzt die ›Humoreske‹ für dich.« Oder: »Vater, hör zu – ›Meditation‹ aus *Thaïs*.« Ich spielte mit Hingabe, mit Gefühl, mit Sehnsucht, Liebe – spielte bis zum seelischen Zusammenbruch. Ich sang auch unten in meinem Zimmer, wenn ich spielte: »Rispondi! Anima bella« (Mozart). »Er ward verschmähet und verachtet, ein Mann der Schmerzen und gewohnt an Gram« (Händel). Da ich den Hals des kleinen Instrumentes umklammerte, als schnüre sich mein Herz zusammen, bekam ich im Nacken und in den Schultern einen Krampf.

Ich hatte mir den kleinen Kellerraum im Laufe der Jahre für mich selbst zurechtgemacht, ihn mit Kastanienholz getäfelt und einen Lufttrockner eingebaut. Dort unten bewahre ich meinen kleinen Geldschrank, meine Akten und Kriegsandenken auf; ich habe dort auch einen Schießstand für Pistolen. Den Fußboden bedeckte jetzt Lilys Brücke. Auf ihr Drängen hin hatte ich die meisten Schweine abgeschafft. Aber sie selbst war nicht sehr sauber, und aus diesem oder jenem Grunde konnten wir niemand aus der Nachbarschaft bekommen, der bei uns rein machte. Nun ja, Lily fegte gelegentlich einmal, aber auf die Tür zu und nicht zur

Tür hinaus, und deshalb häufte sich in der Tür der Staub. Dann begannen ihre Porträtsitzungen, und sie lief aus dem Hause fort, während ich Sevcik und Stücke aus Opern und Oratorien spielte. Den Takt gab die Stimme in meinem Innern an.

4

Ist es ein Wunder, daß ich nach Afrika gehen mußte? Aber ich habe Ihnen ja gesagt, es kommt stets ein Tag der Tränen und des Wahnsinns.

Ich hatte Auseinandersetzungen, ich hatte Streit mit den Polizisten, ich drohte mit Selbstmord, und dann kam am letzten Weihnachtsfest meine Tochter Ricey aus dem Internat nach Hause. Sie hat manche von den Familienschwächen. Um es geradeheraus zu sagen: ich möchte nicht, daß dieses Kind in Wolkenkuckucksheim landet, und ich sagte zu Lily: »Hab bitte ein Auge auf sie.«

Lily war sehr bleich. Sie sagte: »Oh, ich will ihr gern helfen. Ich will es wirklich. Aber ich muß mir ihr Vertrauen erwerben.«

Ich überließ Lily alles weitere, stieg die hintere Küchentreppe zu meinem Zimmer hinunter und griff zur Geige, die von Kolophoniumstaub glitzerte, und begann unter der Lichtröhre des Notenständers Sevcik zu üben. Ich beugte mich in meinem Hausmantel hinunter und runzelte bei dem Kreischen und Piepsen dieses schrecklichen Gestreiches die Stirn. Oh Gott, Herr über Leben und Tod! Die Spitzen meiner Finger waren wund, besonders die stählerne E-Saite schnitt sich ein, mein Schlüsselbein schmerzte, und auf meiner Wange bildete sich ein flammendroter Fleck, wie Ausschlag. Die Stimme meines Innern aber fuhr fort: *Ich darbe, ich darbe!*

Bald jedoch ertönte noch eine andere Stimme im Hause. Vielleicht hatte die Musik Ricey hinausgejagt. Lily und Spohr, der Maler, arbeiteten angestrengt, um das Porträt bis zu meinem Geburtstag fertigzustellen. Lily ging fort, und Ricey, sich selbst überlassen, fuhr nach Danbury, um eine Schulfreundin zu besuchen, fand jedoch nicht den Weg zur Wohnung des Mädchens. Als sie statt dessen durch die abgelegenen Straßen von Danbury schlenderte, kam sie an einem parkenden Wagen vorüber und hörte das Weinen eines neugeborenen Kindes auf dem Rücksitz dieses alten Buick. Das Kind lag in einem Schuhkarton. Es war ein schrecklich kalter Tag; Ricey nahm daher den Findling mit und versteckte ihn im Kleiderschrank ihres Zimmers. Am einundzwanzigsten Dezember, beim Mittagessen, sagte ich: »Kinder, heute ist Wintersonnenwende«, und da klang uns aus den Heizröhren vom Regler unter dem Büffet her das Weinen des Säuglings entgegen. Ich zog den dicken wollenen Schirm meiner Jagdmütze herunter, die ich – zufällig – beim Mittagessen aufhatte und begann, von etwas anderem zu sprechen, um meine Überraschung zu unterdrücken. Denn Lily lachte zu mir herüber, wobei sie die Oberlippe, wie es typisch für sie ist, über ihre Vorderzähne zog, und ihre weiße Haut erglühte. Als ich Ricey ansah, bemerkte ich in ihren Augen den Ausdruck stillen Glücks. Mit ihren fünfzehn Jahren ist dieses Mädchen so etwas wie eine Schönheit, wenn auch meistens etwas gleichgültig. Aber jetzt war sie nicht gleichgültig; sie war ganz von dem Säugling erfüllt. Da ich damals nicht wußte, um was für ein Kind es sich handelte oder wie es in das Haus gekommen war, war ich überrascht, fassungslos, und ich sagte zu den Zwillingen: »Oben ist noch ein kleines Kätzchen, wie?« Die beiden ließen sich nichts vormachen. Vergebliche Liebesmüh. Ricey und Lily hatten auf dem Küchenherd Säuglingsflaschen zum Sterilisieren. Dieser große Kessel voller Flaschen fiel mir auf, als ich zum Üben in den Keller zurückkehrte, ich sagte aber nichts. Den ganzen Nachmittag lang hörte ich durch die Heizröhren das Schreien des Säuglings, und ich ging spazieren, konnte aber die Dezember-Ruinen meines gefrorenen Gutes und meines einstigen Schweinereichs nicht ertragen. Einige wenige prämiierte Tiere hatte ich nicht verkauft. Ich konnte mich noch nicht von ihnen trennen.

Ich wollte am Heiligen Abend »Das erste Weihnachtsfest« spielen, und daher probte ich das Stück gerade, als Lily herunterkam, um mit mir zu sprechen.

»Ich will nichts hören«, sagte ich.

»Aber, Eugen«, sagte Lily.

»Du trägst die Verantwortung«, schrie ich, »du trägst die Verantwortung, sieh zu, wie du damit fertig wirst.«

»Eugen, wenn du leidest, leidest du stärker als alle Menschen, die ich kenne.« Sie mußte lächeln, natürlich nicht, weil ich litt, sondern über die Art, in der ich litt. »Niemand erwartet das. Am allerwenigsten Gott«, sagte sie.

»Da du in der Lage bist, für Gott zu sprechen«, sagte ich, »würde ich gern wissen, was Er davon hält, daß du dieses Haus täglich verläßt, um dein Porträt malen zu lassen.«

»Oh, ich glaube nicht, daß du dich über mich wirst schämen müssen«, sagte Lily.

Oben war das Kind, jeder seiner Atemzüge ein Schrei, aber um das Kind ging es nicht mehr. Lily glaubte, ich hätte etwas gegen ihre soziale Herkunft – sie stammte von Deutschen und kleinbürgerlichen Iren ab. Weiß Gott, ich hatte keine Vorurteile. Mich regte etwas ganz anderes auf.

Niemand hat heutzutage noch wirklich eine Position im Leben. Meistens haben die Menschen das Gefühl, den Platz einzunehmen, der eigentlich einem andern zukäme. Es gibt überall *displaced persons*.

»Denn wer mag den Tag Seiner (des Rechtmäßigen) Zukunft erleiden?«

»Und wer besteht, wenn Er (der Rechtmäßige) erscheinet?«

Wenn der Rechtmäßige erscheint, werden wir alle aufstehen und wegtreten, frohen Herzens und höchst erleichtert, und werden sagen: »Gesegnet sei deine Heimkehr, Freund. Dies alles ist dein. Ställe und Häuser sind dein. Die Schönheit des Herbstes ist dein. Nimm es, nimm es, nimm es!«

Vielleicht ging Lily nach dieser Strategie zu Werke; vielleicht sollte das Bild ihr Beweis dafür sein, daß sie und ich die Rechtmäßigen waren. Von mir aber hängt bereits ein Konterfei zwischen all den übrigen. Sie haben steife Kragen und Backenbärte, während ich am Ende einer Reihe hänge, in der Uniform der Nationalgarde, und ein Bajonett in der Hand halte. Und was hat dieses Bild mir genutzt? Ich konnte daher die von Lily vorgeschlagene Lösung unseres Problems nicht ernst nehmen.

Hören Sie: ich habe meinen älteren Bruder Dick wirklich geliebt. Er war der Vernünftigste von uns allen, hatte sich im Ersten Weltkrieg ausgezeichnet, war ein Mordskerl. Aber einen einzigen Augenblick lang hat er mir, seinem jüngeren Bruder, geähnelt, und das war sein Ende. Dick befand sich auf Urlaub, saß in der Nähe von Plattsburg im Staate New York an der Theke eines griechischen Restaurants namens Akropolis, trank mit einem Freunde eine Tasse Kaffee und schrieb gerade eine Postkarte nach Hause. Da bockte sein Füllfederhalter, Dick verwünschte ihn und sagte zu seinem Freund: »Hier, halte mal diesen Füllfederhalter in die Höhe!« Der junge Mann tat es, Dick zog seinen Revolver heraus und schoß ihm den Füllfederhalter aus der Hand. Es wurde niemand dabei verletzt. Das Getöse war schrecklich. Dann entdeckte man, daß die Kugel, die den Füllfederhalter in Stücke riß, auch die Kaffeemaschine durchschlagen und aus ihr einen Springbrunnen gemacht hatte, der sich quer durch das Restaurant in einem heißen Strom zum gegenüberliegenden Fenster hin ergoß. Der Grieche rief telephonisch die Polizei herbei, und während der Verfolgungsjagd knallte Dicks Wagen gegen eine Uferböschung. Er und sein Freund versuchten darauf, durch den Fluß zu schwimmen, und der Freund hatte die Geistesgegenwart, seine Kleider auszuziehen, Dick jedoch trug Reitstiefel, sie liefen voll und zogen ihn in die Tiefe. So blieb mein Vater mit mir allein auf der Welt zurück, denn meine Schwester war im Jahre 1901 gestorben. Ich arbeitete in jenem Sommer gerade für Wilbur, einem Mann in unserer Gegend; ich schlachtete alte Wagen aus.

Aber jetzt ist die Weihnachtswoche. Lily steht auf der Kellertreppe. Paris, Chartres, Vézelay und die 57. Straße liegen weit hinter uns. Ich halte die Geige in den Händen, und unter meinen Füßen liegt die verhängnisvolle Brücke aus Danbury. Meinen Rücken bedeckt das rote Gewand. Und die Jagdmütze? Manchmal denke ich, sie hält meinen Kopf zusammen. Der graue Dezemberwind fegt über den Dachvorsprung und bläst auf den losen Regenrohren Fagott. Trotz dieses Geräusches höre ich den Säugling weinen. Und Lily sagt: »Kannst du es hören?«

»Ich kann gar nichts hören, du weißt, ich bin ein wenig taub«, sagte ich, und das stimmt.

»Wie kannst du dann die Geige hören?«

»Nun, ich stehe ganz dicht neben ihr, da dürfte ich sie doch wohl hören«, sagte ich. »Unterbrich mich, wenn ich mich irren sollte«, fuhr ich fort, »aber soweit ich mich erinnere, hast du mir einmal gesagt, ich sei dein einziger Freund auf der ganzen Welt.«

»Aber – «, sagte Lily.

»Ich kann dich nicht verstehen«, sagte ich. »Geh!«

Um zwei Uhr kamen einige Besucher, und sie hörten das Weinen von oben, waren aber zu gut erzogen, um ein Wort darüber zu verlieren. Darauf hatte ich gebaut. Um jedoch die Spannung zu beenden, sagte ich: »Möchte jemand zu meinem Schießstand mitkommen?« Ich fand keine Interessenten; so ging ich allein hinunter und schoß ein paar Runden. Die Kugeln machten einen ungeheuren Lärm zwischen den Heißluftleitungen. Bald darauf hörte ich, wie sich die Besucher verabschiedeten.

Später, als der Säugling schlief, redete Lily Ricey zu, auf dem Teich Schlittschuh zu laufen. Ich hatte für alle Schlittschuhe gekauft, und Ricey ist noch jung genug, um von so etwas angesprochen zu werden. Als sie aus dem Hause waren und Lily mir diese günstige Gelegenheit verschafft hatte, legte ich die Geige beiseite und stahl mich hinauf in Riceys Zimmer. Leise öffnete ich die Schranktür und sah den Säugling auf den Hemden und Strümpfen in Riceys Handkoffer schlafen, den sie noch nicht fertig ausgepackt hatte. Es war ein Negerkind und machte auf mich einen feierlichen Eindruck. Die kleinen Fäuste lagen beiderseits des breiten Kopfes. Um den Leib war eine dicke Windel aus einem Frottiertuch gewickelt. In meinem roten Gewand, die Langschäfter an den Füßen, beugte ich mich über das kleine Wesen; mein Gesicht glühte so stark, daß mein Kopf unter der wollenen Mütze juckte. Sollte ich den Koffer schließen und das Kind den Behörden übergeben? Als ich das kleine Wesen, dieses Kind des Kummers, so eingehend betrachtete, war mir wie Pharao beim Anblick des kleinen Moses. Dann drehte ich mich um, ging hinaus und machte einen Spaziergang im Wald. Auf dem Eis des Teiches klirrten die kalten Stahlschienen. Die Sonne ging früh unter, und ich dachte: ›Gut denn, Gott segne euch, Kinder.‹

Abends, im Bett, sagte ich zu Lily: »Also schön, ich bin bereit, die Sache mit dir zu besprechen.«

Lily sagte: »Ach, Eugen, ich bin sehr froh.« Sie rechnete mir meine Worte hoch an und sagte: »Schön, daß du dich jetzt besser mit der Wirklichkeit abfinden kannst.«

»Was?« sagte ich. »Ich weiß mehr von der Wirklichkeit, als du je wissen wirst. Ich stehe mit der Wirklichkeit auf verdammt gutem Fuße, vergiß das nicht.«

Nach einer Weile jedoch begann ich zu brüllen, und Ricey, die mich toben hörte und die vielleicht durch die Tür sah, wie ich drohte und, in meiner kurzen Hose im Bett stehend, die Fäuste erhob, fürchtete vielleicht um ihr Baby. Am siebenundzwanzigsten Dezember lief sie mit dem Kind davon. Ich wollte nicht, daß sich die Polizei damit befaßte, und telephonierte mit Bonzini, einem Privatdetektiv, der für mich einige Aufträge ausgeführt hat, aber bevor er sich dem Fall widmen konnte, rief die Direktorin von Riceys Internat an und teilte mit, daß Ricey eingetroffen sei und den Säugling im Schlafsaal versteckt halte. »Du begibst dich sofort hin«, sagte ich zu Lily.

»Aber, Eugen, wie kann ich das denn?«

»Woher soll ich wissen, wie du das kannst?«

»Ich kann doch die Zwillinge nicht allein lassen«, sagte sie.

»Ich nehme eher an, es stört deine Porträtpläne, nicht wahr? Nun, ich bin bald soweit, das Haus und alle Bilder darin in Flammen aufgehen zu lassen.«

»Das ist es nicht«, murmelte Lily, vor Erregung bleich. »Ich habe mich daran gewöhnt, daß du mich mißverstehst. Ich wollte stets gern verstanden sein, aber anscheinend muß man zu leben versuchen, ohne verstanden zu werden. Vielleicht ist es eine Sünde, daß man verstanden sein möchte!«

So fuhr ich, und die Direktorin erklärte mir, Ricey könne nicht mehr in ihrem Institut bleiben, da sie schon eine ganze Weile auf Bewährung da sei. Sie sagte: »Wir müssen an das psychologische Wohl der anderen Mädchen denken.«

»Was wollen Sie denn? Diese Kinder können von meiner Ricey edle Regungen lernen«, sagte ich, »und das ist besser als Psychologie.« Ich war an diesem Tage ziemlich betrunken. »Ricey hat ein impulsives Wesen. Sie gehört zu den gefühlvollen Mädchen«, sagte ich. »Gerade weil sie nicht so viel redet . . .«

»Woher stammt das Baby?«

»Sie hat meiner Frau gesagt, sie habe es in Danbury in einem parkenden Wagen gefunden.«

»Hier hat sie etwas anderes gesagt. Sie behauptet, die Mutter zu sein.«

»Ich muß mich doch sehr über Sie wundern«, sagte ich. »Sie müßten davon eigentlich etwas verstehen. Ricey hat erst im letzten Jahr Brüste bekommen. Das Mädchen ist unberührt. Sie ist fünfzigmillionenmal reiner als Sie oder ich.«

Ich mußte meine Tochter von der Schule herunternehmen.

Ich sagte zu ihr: »Ricey, wir müssen den kleinen Jungen zurückgeben. Es ist noch zu früh für dich, einen eigenen kleinen Jungen zu haben. Seine Mutter verlangt ihn zurück. Sie hat ihre Ansicht geändert, mein Kind.« Ich habe heute das Gefühl, daß ich an meiner Tochter ein Unrecht beging, als ich sie von diesem Säugling trennte. Nachdem er von den Behörden in Danbury übernommen worden war, war Ricey äußerst teilnahmslos. »Du weißt doch, daß du nicht die Mutter des Kleinen bist, nicht wahr?« sagte ich. Das Mädchen öffnete nicht den Mund und gab keine Antwort.

Als wir uns auf dem Wege nach Providence, Rhode Island, befanden, wo Ricey bei ihrer Tante, Frances' Schwester, bleiben sollte, sagte ich: »Liebling, dein Vater hat nur getan, was jeder andere Vater tun würde.« Wieder keine Antwort, und jeder weitere Versuch war zwecklos, denn das stumme Glück des einundzwanzigsten Dezember war aus Riceys Augen gewichen.

Als ich dann von Providence allein nach Hause fuhr, machte ich mir heftige Vorwürfe, und im Salonwagen holte ich ein Kartenspiel hervor und legte mir eine Patience. Mehrere Reisende wollten gern Platz nehmen, aber ich belegte den Tisch allein, und ich war angesäuselt. Kein Mensch von einiger Vernunft hätte gewagt, mich zu stören. Ich sprach laut vor mich hin, knurrte, und die Karten fielen mir beständig auf den Boden. In Danbury mußten der Schaffner und ein anderer Mann mir aus dem Zug helfen, und ich lag dann in dem Bahnhofsgebäude auf einer Bank und schimpfte: »Es liegt ein Fluch auf diesem Land. Es braut sich etwas Übles zusammen. Irgend etwas stimmt nicht. Es liegt ein Fluch auf diesem Land!«

Ich kannte den Stationsvorsteher seit langem; er ist ein guter alter Kerl und hielt die Polizisten davon ab, mich abzuführen. Er rief Lily telephonisch herbei, und sie kam in dem Kombiwagen an.

Was nun aber den wirklichen Tag der Tränen und des Wahnsinns betrifft, so geschah folgendes: Es ist ein Wintermorgen, und ich streite mich beim Frühstückstisch mit meiner Frau über unsere Mieter. Sie hat ein Haus auf dem Gutsgelände umbauen lassen, eins der wenigen, die ich nicht für die Schweine benutzt hatte, weil es alt war und abseits lag. Ich hatte ihr gesagt, sie solle nur machen, aber dann rückte ich keine Moneten heraus, und statt Holz waren im Zusammenhang mit anderen Sparmaßnahmen dieser Art Faserplatten eingebaut worden. Lily hatte das Haus mit einer neuen Toilette versehen und es innen und außen streichen lassen. Aber es hatte keine Isolierung. Es wurde November, und die Mieter begannen zu frieren. Es waren Leseratten; sie bewegten sich zu wenig, um ihre Körper warmzuhalten. Nach mehreren Klagen sagten sie zu Lily, sie wollten ausziehen. »Nun gut, laß sie«, sagte ich. Natürlich wollte ich nicht den Kostenzuschuß zurückzahlen, sondern erklärte ihnen einfach, sie sollten verschwinden.

So stand das umgebaute Haus leer, und das Geld, das wir in Hartfaserplatten, eine neue Toilette, einen Ausguß und all das übrige gesteckt hatten, war verloren. Die Mieter hatten auch einen Kater zurückgelassen. Und ich war gereizt und krakeelte beim Frühstück und schlug mit der Faust auf den Tisch, bis die Kaffeekanne umkippte.

Plötzlich wurde Lily, die ganz erschrocken war, eine Weile still und lauschte auf etwas, und ich lauschte mit ihr. Sie sagte: »Hast du Miß Lenox in den letzten fünfzehn Minuten gesehen? Sie sollte doch die Eier bringen.«

Miß Lenox war die alte Dame, die jenseits der Straße wohnte und uns immer das Frühstück machte. Eine wunderliche, verrückte kleine alte Jungfer; sie trug ein Barett, und ihre Wangen waren rot und geschwollen. Sie stöberte wie eine Maus in den

Ecken herum und schleppte leere Flaschen, Kartons und ähnlichen Trödel zu sich nach Hause.

Ich ging in die Küche und fand dies alte Wesen tot auf dem Fußboden liegen. Während meines Wutanfalls hatte ihr Herz ausgesetzt. Die Eier kochten noch; sie bumsten gegen die Innenseiten des Topfes, wie Eier es stets tun, wenn das Wasser kocht. Ich drehte das Gas aus. Tot! Miß Lenox' kleines, zahnloses Gesicht, auf das ich meine Hand legte, wurde langsam kalt. Die Seele entschwand wie ein Lufthauch oder ein Zugwind oder ein Bläschen zum Fenster hinaus. Ich starrte die Tote an. Das also ist es, das Ende – der Abschied? Die ganze Zeit lang, alle diese Tage und Wochen, hatte der winterliche Garten nur immer wieder von dieser einzigen Tatsache zu mir gesprochen, und bis zu diesem Augenblick hatte ich nicht begriffen, was dieses Grau, Weiß und Braun, was die Rinde, der Schnee, die Zweige mir hatten mitteilen wollen. Ich sagte Lily nichts. Da ich nicht wußte, was ich sonst tun sollte, schrieb ich einen Zettel BITTE NICHT STÖREN! und befestigte ihn an dem Rock der alten Dame. Dann ging ich durch den gefrorenen winterlichen Garten und über die Straße zu ihrem Häuschen.

In ihrem Garten hatte sie einen alten Katalpabaum, dessen Stamm und untere Äste hellblau angestrichen waren. Miß Lenox hatte dort kleine Spiegel angebracht und alte Fahrradlichter, die im Dunkel leuchteten, und im Sommer war sie dann gern hinaufgeklettert, hatte dort mit ihren Katzen gesessen und eine Flasche Bier getrunken. Jetzt blickte mich eine dieser Katzen vom Baum her an, und als ich darunter vorbeiging, wies ich jeden Vorwurf von mir, mit dem der Blick des Tieres mich vielleicht belasten wollte. Wie konnte man mir einen Vorwurf machen – weil meine Stimme laut und mein Zorn so groß war?

In dem Häuschen mußte ich von Zimmer zu Zimmer über die Kartons, die Kinderwagen und die Kisten klettern, die Miß Lenox zusammengetragen hatte. Die Kinderwagen stammten zum Teil noch aus dem vorigen Jahrhundert, und so war vielleicht auch mein eigener darunter, denn sie hatte ihr Gerümpel in der ganzen Umgegend aufgelesen. Flaschen, Lampen, alte Butterdosen und Armleuchter standen auf dem Fußboden, Einkaufstaschen voll von Bindfaden und Lappen, gezinkte Öffner, wie sie die Milchgeschäfte zum Abheben der Papierverschlüsse von den Milchflaschen mitgeben, außerdem Körbchen voller Knöpfe und porzellanener Türknäufe. Und an den Wänden Kalender, Wimpel und alte Photographien.

Und ich dachte: ›Oh, Schande, Schande! Himmelschreiende Schande! Wie können wir nur? Wieso bringen wir das fertig? Was tun wir nur? Das letzte enge Modergemach wartet bereits. Ohne Fenster. Um Gotteswillen, unternimm etwas, Henderson, reiß dich zusammen! Auch du wirst an dieser Seuche sterben. Der Tod wird dich vernichten, nichts wird übrigbleiben; was zurückbleibt, ist nichts als Trödel. Da nichts gewesen sein wird, wird auch nichts zurückbleiben. Noch aber *ist* etwas – jetzt, heute! Um aller Beteiligten willen, sieh zu, daß du hier herauskommst!‹

Lily weinte über die arme alte Frau.

»Warum hast du den Zettel hingelegt?« fragte sie.

»Damit niemand etwas an ihrer Lage ändert, bis die Polizei dagewesen ist«, sagte ich. So verlangt es das Gesetz. Auch ich habe sie kaum angerührt. Ich bot dann Lily etwas zu trinken an, aber sie mochte nicht, und ich füllte das Wasserglas mit Whisky und kippte ihn hinunter. Die einzige Wirkung war ein Sodbrennen. Whisky vermochte die schreckliche Tatsache nicht wegzuschwemmen. Die alte Dame war meiner Wut zum Opfer gefallen, wie manche Leute bei Hitzewellen umkippen, oder wenn sie die Treppe aus der Untergrundbahn heraufkommen. Lily wußte das und fing an, irgend etwas vor sich hinzumurmeln. Sie war sehr nachdenklich und wurde ganz still, und ihre reine weiße Haut begann um die Augen herum dunkel zu werden.

Der Leichenbestatter unserer Stadt hat das Haus gekauft, in dem ich einmal Tanzstunde hatte. Vor vierzig Jahren ging ich in meinen Lackschuhen dorthin. Als der Leichenwagen rückwärts die Auffahrt heraufkam, sagte ich: »Lily, du hast doch von der Reise gehört, die Charlie Albert nach Afrika machen will? Er fährt in ein paar Wochen ab, und ich will mich ihm und seiner Frau anschließen. Wir werden den Buick aufbocken. Du wirst nicht zwei Wagen brauchen.«

Dieses eine Mal hatte Lily gegen eine Idee von mir nichts einzuwenden. »Vielleicht solltest du mitfahren«, sagte sie.

»Ich muß etwas unternehmen.«

So fuhr Miß Lenox auf den Friedhof, und ich fuhr nach Idlewild und bestieg ein Flugzeug.

5

Ich glaube, ich hatte als kleiner Junge noch keine zwei Schritte in die Welt hinaus getan, als Charlie meinen Weg kreuzte, Charlie, der mir in so vieler Hinsicht ähnelt. 1915 besuchten wir gemeinsam die Tanzstunde (in dem Hause, von dem aus Miß Lenox beerdigt wurde), und derartige Bindungen sind von Dauer. Was das Alter betrifft, ist er nur ein Jahr hinter mir zurück, und was den Reichtum betrifft, ist er mir etwas voraus, denn wenn seine alte Mutter einmal stirbt, erbt er noch ein weiteres Vermögen. Mit Charlie also begab ich mich nach Afrika, wo ich ein Heilmittel gegen meinen Zustand zu finden hoffte. Ich glaube, es war ein Fehler, mit ihm zu reisen, aber ich hätte nicht gewußt, wie ich allein ins Innere Afrikas hätte gelangen können. Man muß etwas ganz Bestimmtes vorhaben. Der Vorwand war, daß Charlie und seine Frau die Afrikaner und die Tiere filmen wollten, denn Charlie war während des Krieges Kameramann bei Pattons Armee gewesen – er hielt es in der Heimat ebensowenig aus wie ich –, und so lernte er diese Branche. Zu meinen Interessen gehört das Photographieren nicht.

Ich hatte Charlie im letzten Jahr gebeten, zu mir herauszukommen und einige meiner Schweine zu photographieren. Diese Gelegenheit, einmal zu zeigen, was er auf seinem Gebiet leistete, war ihm sehr willkommen, und er machte ein paar ausgezeichnete Aufnahmen. Dann kamen wir aus dem Stall zurück, und er sagte, er sei verlobt. Ich erklärte ihm: »Charlie, ich vermute, du weißt viel von Huren, aber weißt du überhaupt etwas von Frauen?«

»Ach«, sagte er, »es stimmt, ich weiß nicht viel von ihnen, aber ich weiß, daß *sie* einmalig ist!«

»Natürlich! Ich kenne diese Masche! Einmalig!« sagte ich. (Ich hatte das alles von Lily gehört, aber Lily war jetzt überhaupt nicht mehr zu Hause.)

Trotzdem gingen wir in mein Studio hinunter, um auf seine Verlobung anzustoßen, und er bat mich, sein Trauzeuge zu sein. Er hat fast keine Freunde. Wir tranken, pflaumten uns an, wärmten Erinnerungen aus der Tanzstunde auf und ließen uns gegenseitig die Wehmutstränen in die Augen treten. In diesem Augenblick, als wir beide völlig hingeschmolzen waren, forderte er mich auf, nach Afrika mitzukommen, wo er und seine Frau die Flitterwochen verbringen wollten.

Ich nahm an der Hochzeit teil und war Charlies Trauzeuge. Weil ich jedoch die Braut nach der Feierlichkeit zu küssen vergaß, entwickelte sich bei ihr eine gewisse Kühle, und schließlich wurde sie mein Feind. Die Expedition, die Charlie organisierte, verfügte über alle neuen Errungenschaften und war in jeder Hinsicht modern. Wir hatten einen transportablen Generator, eine Dusche und heißes Wasser, und ich stand all dem von Anfang an kritisch gegenüber. Ich sagte: »Charlie, so haben wir den Krieg nicht gewonnen. Mann, wir sind doch zwei alte Soldaten. Was soll denn das?« Es tat mir einfach weh, in dieser Weise in Afrika umherzureisen.

Aber ich sollte auf diesem Kontinent länger bleiben. Als ich in New York den Flug buchte, kämpfte ich auf dem dortigen Büro der Fluggesellschaft (in der Nähe des Battery Parks) im stillen mit mir, ob ich einen Flug hin und zurück nehmen sollte oder nicht. Und zum Zeichen, daß ich es ernst meinte, entschloß ich mich, nur den Hinflug zu buchen. So flogen wir von Idlewild nach Kairo. In einem Bus fuhr ich zur Sphinx und den Pyramiden, und dann flogen wir ins Innere weiter. Afrika sprach mich sofort an, sogar schon in der Luft, von wo es wie das altehrwürdige Bett der Menschheit aussah. Und in einer Höhe von 5000 m, über den Wolken sitzend, fühlte ich mich wie ein in der Luft segelndes Samenkorn. Aus den Rissen in der Erde blinkten die Flüsse zur Sonne hinauf. Sie leuchteten wie geschmolzenes Erz, dann bekamen sie eine Kruste und waren zugedeckt. Was das Pflanzenreich betraf, so war es, aus der Luft gesehen, kaum vorhanden; es schien mir nicht höher als ein Fingerhut. Und ich träumte aus den Wolken hinunter und dachte daran, wie ich als Kind zu ihnen hinaufgeträumt hatte, und wenn man – wie keine Menschengeneration zuvor – die Wolken in beiden Richtungen angeträumt hat, sollte man seinem Tod eigentlich sehr leichten Herzens entgegensehen können. Wir landeten jedoch jedesmal glatt und sicher. Da mich nun aber die oben beschriebenen Umstände in diese Gegend verschlagen hatten, grüßte ich sie natürlich mit gewisser Erregung. Ja, ich brachte eine erhebliche Last mit, und ich dachte immer wieder: »Freigebiges Leben! Oh, wie freigebig ist das Leben doch!« Ich spürte, daß ich hier vielleicht eine Chance hatte. Zunächst einmal war die Hitze genau, was ich liebte, viel heißer als am Golf von Mexiko, und außerdem taten mir die Farben selbst ungeheuer wohl. Ich verspürte keinen Druck in der Brust und hörte nicht die Stimme in meinem Innern. Sie war damals verstummt. Charlie, seine Frau und ich zelteten zusammen mit Eingeborenen, den Lastwagen und der Ausrüstung in der Nähe irgendeines Sees. Das Wasser war hier sehr weich, voller Schilf und verfaulter Wurzeln, und in dem Sande gab es Krabben. Die Krokodile ruderten zwischen den Lilien umher, und wenn sie ihre Rachen öffneten, wurde mir klar, wie heiß eine feuchte Kreatur in ihrem Innern sein kann. Die Vögel hüpften zwischen die Kiefer der Krokodile und säuberten ihnen die Zähne. Aber die

Menschen in dieser Gegend waren sehr niedergeschlagen, gar nicht munter. Auf den Bäumen wuchs ein federähnlicher Flaum, und die Papyrusstauden erinnerten mich an die Federbüschel von Leichenzügen. Nach ungefähr dreiwöchiger Zusammenarbeit mit Charlie, dem ich beim Filmen zur Hand ging und für dessen photographische Probleme ich mich zu interessieren versuchte, kehrte meine Unzufriedenheit zurück. Eines Nachmittags hörte ich die vertraute alte Stimme in meinem Innern. Wieder begann sie: *Ich darbe, ich darbe, ich darbe!*

Ich sagte zu Charlie: »Sei bitte nicht gekränkt, aber ich glaube nicht, daß das gut geht, mit uns dreien gemeinsam in Afrika.«

Unerschüttert betrachtete mich Charlie durch seine Sonnenbrille von oben bis unten. Wir waren am Wasser. War das der junge Mann, den ich in der Tanzstunde gekannt hatte? Wie die Zeit uns beide verändert hatte! Dennoch trugen wir heute wie damals kurze Hosen. Charlie hat einen breiten Brustkasten. Da ich der bei weitem Größere bin, blickte er zu mir auf, aber er war verärgert, nicht eingeschüchtert. Während er überlegte, wölbte sich das Fleisch um seinen Mund, und dann sagte er: »So? Warum nicht?«

»Nun«, sagte ich, »ich habe die Gelegenheit ergriffen, hierherzukommen, Charlie, und ich bin sehr dankbar, weil ich von jeher so etwas wie ein Afrikaschwärmer war, aber jetzt wird mir klar, daß ich nicht hergekommen bin, um Aufnahmen davon zu machen. Verkaufe mir einen der Jeeps, und ich ziehe los.«

»Wohin willst du denn?«

»Im Augenblick weiß ich nur, daß dies nichts für mich ist«, sagte ich.

»Schön, wenn du willst, zieh los. Ich will dich nicht halten, Eugen.«

All das, weil ich vergessen hatte, Charlies Frau nach der Trauung zu küssen und sie mir nicht verzeihen konnte. Weswegen wollte sie von mir einen Kuß haben? Manche Menschen wissen nicht, was gut für sie ist. Ich kann nicht sagen, weshalb ich sie nicht geküßt habe; ich dachte wahrscheinlich gerade an etwas anderes. Ich nehme jedoch an, sie zog daraus den Schluß, daß ich auf Charlie eifersüchtig sei, und jedenfalls verdarb ich ihr irgendwie ihre afrikanischen Flitterwochen.

»Also, nichts für ungut, nicht wahr, Charlie? Aber ich habe nichts davon, wenn ich so herumreise.«

»Schon gut. Ich will dich nicht halten. Zieh los.«

Und das tat ich auch. Ich organisierte eine eigene Expedition, die besser zu meinem soldatischen Temperament paßte. Ich engagierte zwei von Charlies Eingeborenen, und als wir in dem Jeep abfuhren, fühlte ich mich gleich wohler. Um alles noch weiter zu vereinfachen, entließ ich ein paar Tage darauf einen der Männer und hatte mit dem übriggebliebenen Afrikaner, Romilayu, eine lange Unterhaltung. Wir gelangten zu einem Einvernehmen. Er sagte, wenn ich ein paar Orte abseits der ausgetretenen Pfade kennenlernen wolle, könne er mich zu ihnen führen.

»Genau das will ich«, sagte ich. »Du hast es erfaßt. Ich bin nicht hierhergekommen, um mit einer Frau über einen Kuß zu streiten.«

»Ich Sie führen weit, weit«, sagte er.

»Oh, Mann! Je weiter, desto besser. Also, gehen wir, gehen wir«, sagte ich. Ich hatte den Mann gefunden, den ich brauchte, genau den richtigen. Wir entledigten uns noch weiteren Gepäcks, und da ich wußte, wie sehr er an dem Jeep hing, sagte ich ihm, ich würde ihm den Jeep schenken, wenn er mich weit genug führe. Er antwortete, der Ort, zu dem er mich zu führen gedenke, sei so entlegen, daß wir ihn nur zu Fuß erreichen könnten. »So?« sagte ich. »Dann gehen wir zu Fuß. Wir werden den Jeep aufbocken, und wenn wir zurückkehren, gehört er dir!« Das gefiel ihm ungemein, und als wir zu einer Stadt namens Talusi gelangten, stellten wir das Auto in einer Grashütte unter. Von hier nahmen wir ein Flugzeug nach Baventai, eine alte Bellanca, die Flügel drohten jeden Moment abzufallen, und der Pilot war ein Araber und flog mit nackten Füßen. Es wurde ein außergewöhnlicher Flug und endete auf einem harten Lehmacker jenseits des Berges. Große Negerkuhhirten mit eingefetteten Locken und wulstigen Lippen kamen auf uns zu. Ich hatte nie Menschen gesehen, die so wild wirkten, und ich sagte zu Romilayu, meinem Führer: »Ist das etwa der Ort, an den du mich zu bringen versprachst?«

»O nein, Sir«, sagte er.

Wir hatten noch eine ganze Woche zu marschieren, immer zu Fuß, zu Fuß.

Geographisch hatte ich nicht die entfernteste Vorstellung, wo wir uns befanden, und es war mir auch ziemlich egal. Es fiel mir nicht ein, Fragen zu stellen, denn ich war mit der Absicht hergekommen, gewisse Dinge hinter mir zu lassen. Im übrigen hatte ich zu Romilayu, dem alten Burschen, großes Vertrauen. Tagelang führte er mich durch Dörfer, über Bergpfade und in weit, weit entlegene Wüsteneien. Er selbst konnte mir mit seinem bißchen Englisch nicht viel über unser Ziel mitteilen. Er sagte nur, wir seien auf dem Wege zu einem Stamm, den er die Arnewi nannte.

»Du kennst diese Leute?« fragte ich ihn.

Vor langer Zeit, noch ehe er richtig erwachsen war, hatte Romilayu gemeinsam mit seinem Vater oder seinem Onkel die Arnewi besucht – er sagte es mir immer wieder, aber ich konnte nicht herausbekommen, mit wem von den beiden.

»Offenbar willst du also an die Stätten deiner Jugend zurück«, sagte ich. »Ich bin im Bilde.«

Hier draußen in der Wüste zwischen dem Gestein hatte ich eine großartige Zeit, und ich beglückwünschte mich beständig, daß ich Charlie und seine Frau verlassen und den richtigen Eingeborenen bei mir behalten hatte. Einen Mann wie Romilayu gefunden zu haben, der ahnte, wonach ich mich sehnte, war ein riesiges Glück. Er sei Ende Dreißig, sagte er, aber wegen seiner vorzeitigen Runzeln sah er bedeutend älter aus. Seine Haut saß nicht straff. Das kommt bei vielen Schwarzen bestimmter Herkunft vor, und man sagt, es habe etwas mit der Verteilung des Fettes am Körper zu tun. Romilayu hatte einen Büschel staubigen Haars, das er bisweilen, wenn auch vergeblich, glatt zu streichen versuchte. Diesem Haar war mit einer Bürste nicht beizukommen, und an den Seiten von Romilayus Kopf breitete es sich aus wie eine Zwergkiefer. Alte Stammeskennzeichen waren in seinen Wangen eingeschnitten, und seine Ohren waren so verstümmelt, daß sie den Nackenfedern eines Hahnes glichen, und die Spitzen versanken in seinem Haar. Seine Nase war hübsch und, wie bei den Abessiniern, nicht platt. Die Narben und Verstümmelungen ließen erkennen, daß er als Heide auf die Welt gekommen war, aber irgendwann auf seinem Lebensweg war er bekehrt worden, und jetzt betete er jeden Abend. Auf den Knien liegend, preßte er seine purpurnen Hände unter seinem fliehenden Kinn aneinander und sprach, wobei seine Lippen sich vorschoben und die kräftigen, aber kurzen Muskeln unter der Haut seiner Arme auf und abschnellten, seine Gebete. Aus seiner Brust holte er tiefe Laute hervor, vertrauliche Seufzer seiner Seele. Es geschah stets, sobald wir haltmachten, um ein Nachtlager zu finden, in jener Zwielichtstunde, in der die Schwalben hin und her schwirrten. Ich saß dann auf der Erde und bestärkte Romilayu: »Beginne«, sagte ich. »Sag es. Und lege auch ein Wort für mich ein.«

Ich hatte alles hinter mir gelassen, und wir kamen in eine Gegend, die einer von Bergen umgebenen Tanzfläche glich. Es war heiß, heiter und trocken, und nach einer Reihe von Tagen sahen wir keine menschlichen Fußspuren mehr. Auch Pflanzen fanden sich nur in spärlicher Zahl; überhaupt gab es hier nicht viel, alles war schlicht und großartig, und ich hatte das Gefühl, in die Vergangenheit einzutreten – in wirkliche Vergangenheit, nicht in Geschichte oder ähnlichen Plunder. In die vormenschliche Vergangenheit. Ich glaubte, daß irgendeine Verbindung zwischen dem Gestein und mir bestand. Die Berge waren nackt, in ihren Formen vielfach schlangenartig, baumlos, und man konnte beobachten, wie Wolken auf den Abhängen geboren wurden. Aus diesem Felsgestein kam Dampf, doch war er nicht wie gewöhnlicher Dampf, er warf einen funkelnden Schatten. Ich war jedenfalls während dieser ersten langen Tage, so heiß sie auch waren, in glänzender Form. Des Nachts, wenn Romilayu gebetet hatte und wir auf der Erde lagen, atmete das Gesicht der Luft uns an, Atem für Atem. Über uns standen gelassen die Sterne, wandelten ihre Bahn und sangen, und die Vögel der Nacht schwangen sich mit plumpen Körpern vorüber. Ich hätte Besseres nicht erbitten können. Wenn ich mein Ohr an den Boden legte, glaubte ich, Hufe zu hören. Mir war, ich läge auf dem Fell einer Trommel. Vielleicht waren Wildesel in der Nähe oder Zebras, die in Herden umherjagten. So reiste Romilayu, und ich vergaß ganz, welchen Tag wir hatten. Wahrscheinlich war auch die Welt froh, mich eine Weile zu vergessen.

Die Regenzeit war sehr kurz gewesen; die Flüsse waren alle ausgetrocknet, und die Büsche wären aufgelodert, hätte man ein Streichholz an sie gehalten. Nachts machte ich Feuer mit meinem Feuerzeug, einem jener in Österreich gebräuchlichen mit dem langen freihängenden Docht. Im Dutzend kommen sie auf rund vierzehn Cents das Stück; eine einmalige Gelegenheit. Wir waren jetzt auf einer Hochebene, die Romilayu Hinchagara nannte – dieses Gebiet ist nie auf einer Karte richtig eingezeichnet worden. Als wir über diese heiße und (so kam es mir vor) leicht konkave Hochebene marschierten, bildete sich eine Art olivgrünen, heißen, rauchartigen Nebels unter den Bäumen, die niedrig und spröde waren, wie Aloë oder Wacholderpflanzen (aber ich bin kein Botaniker), und Romilayu, der hinter mir ging, kam mir durch die merkwürdige Form seines Schattens wie eine lange hölzerne Bäckerschaufel vor, die in den Ofen hineinschießt. In dieser Gegend war es auch wirklich so heiß wie in einem Backofen.

Eines Morgens fanden wir uns schließlich im Bett eines ansehnlichen Flusses, des Arnewi, und wir liefen darin stromabwärts, denn es war trocken. Der Schlamm hatte sich in Lehm verwandelt, und die Geröllblöcke saßen wie Goldklumpen in dem Staubgeflimmer. Dann sichteten wir das Dorf Arnewi und sahen die runden Dächer, die in einer Spitze ausliefen. Ich wußte, daß sie nur aus Stroh bestanden und zerbrechlich, porös und leicht sein mußten; sie wirkten wie Federn und doch schwer – wie schwere Federn. Aus diesen Dächern stieg Rauch in den stummen Glanz. Auch von dem alten Stroh kam ein lebloses Gleißen. »Romilayu«, sagte ich, stehenbleibend, »ist das nicht ein Gemälde? Wo sind wir? Wie alt ist dieser Ort?«

Über meine Frage erstaunt, sagte er: »Ich nicht weiß, Sir.«

»Ich habe bei seinem Anblick ein komisches Gefühl. Sieht aus wie vom Anfang aller Zeiten. Er muß älter sein als die Stadt Ur.« Selbst der Staub, fand ich, roch alt, und ich sagte: »Ich hab die Ahnung, daß dieser Ort mir sehr gut tun wird.«

Die Arnewi waren Viehzüchter. Wir scheuchten ein paar der dürren Tiere an den Uferböschungen auf, und sie setzten sich sogleich in Trab. Bald fanden wir uns inmitten einer Schar afrikanischer Kinder, nackter Jungen und Mädchen, die bei unserem Anblick in Geschrei ausbrachen. Auch die winzigsten von ihnen mit den dicken Bäuchen legten ihre Gesichter in Falten und kreischten mit den übrigen; sie übertönten das Gebrüll der Rinder, und Schwärme von Vögeln, die auf Bäumen gesessen hatten, flatterten durch das verdorrte Laub davon. Noch ehe ich sie sah, klang es, als prasselten Steine auf und nieder, und ich glaubte schon, man griffe uns an. Ich lachte und fluchte unter dem falschen Verdacht, man steinige uns. Es erheiterte mich, daß man mich vielleicht mit Felsbrocken bewarf, und ich sagte: »Jesus, ist das ihre Art, Touristen zu empfangen?« Aber dann sah ich die Vögel, die durch die Luft das Weite suchten.

Romilayu erklärte mir, die Arnewi seien sehr feinfühlend, was den Zustand ihrer Rinder betreffe, die sie mehr oder weniger als Familienangehörige und nicht als Haustiere ansähen. Rindfleisch werde hier nicht gegessen. Und man schicke nicht nur ein Kind mit der Herde auf die Weide, sondern jede Kuh habe hier zwei oder drei Kinder als Gefährten; sobald die Tiere unruhig würden, liefen die Kinder zu ihnen hin, um sie zu beschwichtigen. Die Erwachsenen hingen sogar noch merkwürdiger an ihren Tieren. Das verstand ich nicht gleich. Dagegen erinnere ich mich, daß ich sofort bedauerte, für die Kinder nicht ein paar Süßigkeiten mitgenommen zu haben. Als ich in Italien kämpfte, hatte ich für die Bambinos stets Hershey-Riegel und Erdnüsse aus der PX bei mir. Als wir jetzt das Flußbett herunterkamen und uns der Stadtmauer näherten, die aus Dornengestrüpp mit etwas Dünger bestand und durch Lehm verstärkt war, sahen wir, daß einige der Kinder uns erwarteten, während die übrigen losgelaufen waren, um unsere Ankunft zu melden. »Sind sie nicht großartig?« sagte ich zu Romilayu. »Sieh dir einmal ihre Bäuchlein und die dichten Locken an. Die meisten haben noch nicht einmal ihre zweiten Zähne.« Die Kinder hüpften laut schreiend auf und nieder, und ich sagte: »Ich wünschte wirklich, ich könnte ihnen irgend etwas schenken, aber ich habe nichts bei mir. Glaubst du, es würde ihnen Spaß machen, wenn ich mit diesem Feuerzeug einen Busch ansteckte?« Und ohne Romilayus Rat abzuwarten, holte ich das österreichische Feuerzeug mit dem herabhängenden Docht hervor, schnellte mit meinem Daumen das kleine Rädchen herum, und gleich darauf ging ein Busch in Flammen auf, die bei dem starken Sonnenlicht freilich nahezu unsichtbar waren. Sie prasselten, sie boten ein glänzendes Schauspiel, sie reckten sich zu äußerster Höhe auf und erloschen dann im Sande. Ich hielt noch immer das Feuerzeug in der Hand, und der Docht hing wie ein dünnes weißes Barthaar aus meiner Faust herunter. Alle Kinder waren verstummt, sie schauten nur zu, und ich beobachtete sie. Das also ist der sogenannte dunkle Traum der Wirklichkeit? Dann stoben sie plötzlich auseinander, und die Kühe setzten sich in Trab. Die glühende Asche des Busches war neben meinen Füßen zu Boden gefallen.

»Nun, wie machte sich das?« fragte ich Romilayu. »Ich habe es gut gemeint.« Ehe wir jedoch weiter darüber sprechen konnten, kam eine Gruppe nackter Menschen auf uns zu. Ihnen allen voran ging eine junge Frau, ein Mädchen, nicht viel älter als meine Tochter Ricey, schien mir. Sobald sie mich erblickte, brach sie in Schluchzen aus.

Ich hätte nie erwartet, daß mich das so ergreifen würde. Es wäre unrealistisch gewesen, in die Welt hinauszuziehen und nicht auf Prüfungen, Belastungsproben und Leiden gefaßt zu sein, aber der Anblick dieser jungen Frau erschütterte mich sehr. Tränen von Frauen bringen mich allerdings stets aus der Fassung, und vor nicht allzu langer Zeit, als Lily in unserer Hotelsuite am Golf von Mexiko zu weinen anfing, hatte ich meine fürchterlichste Drohung ausgestoßen. Da diese junge Frau aber eine Fremde war, läßt sich weniger leicht erklären, weshalb ihr Weinen in mir eine so schreckliche Erregung auslöste. Sofort überlegte ich: ›Was habe ich getan?‹

›Soll ich in die Wüste zurücklaufen‹, dachte ich, ›und dort bleiben, bis der Teufel von mir gewichen ist und ich wieder menschlichen Wesen gegenübertreten kann, ohne sie beim ersten Anblick zur Verzweiflung zu bringen? Ich habe noch nicht genügend Wüste hinter mir. Ich sollte mein Gewehr, meinen Helm, das Feuerzeug und allen anderen Plunder fortwerfen, und vielleicht kann ich auch mein unbändiges Wesen loswerden und dort draußen von Würmern leben. Von Heuschrecken. Bis alles Böse in mir ausgebrannt ist. Ach, das Böse! All das Verkehrte und Unrechte! Was kann ich dagegen tun? Was kann ich gegen den angerichteten Schaden tun? Mein Charakter! Weiß Gott, ich habe alles verpfuscht, und ich kann mich nicht an den Folgen vorbeidrücken. Ein einziger Blick auf mich sagt anscheinend alles!‹

Sehen Sie, ich hatte mir einzureden begonnen, daß diese wenigen beschwingten Tage, als ich mit Romilayu über das Hinchagara-Plateau gezogen war, mich schon sehr verwandelt hätten. Es schien jedoch, daß ich für den Umgang mit Menschen noch nicht geeignet war. Der Umgang mit Menschen geht über meine Kraft. Allein bin ich vielleicht gar nicht so übel, aber ich brauche nur unter Menschen zu kommen, dann ist der Teufel los. Beim Anblick dieses weinenden Mädchens hätte ich fast selber losgeheult, denn ich dachte an Lily, die Kinder, meinen Vater, die Geige, das Findelkind und alle die Kümmernisse meines Lebens. Ich spürte, wie meine Nase anschwoll und ganz rot wurde.

Hinter dem weinenden Mädchen schluchzten andere Eingeborene leise vor sich hin. Ich sagte zu Romilayu: »Verdammt, was geht da eigentlich vor?«

»Sie große Scham«, sagte Romilayu sehr ernst; sein Haarschopf stand wieder einmal in die Höhe.

Das kräftige, jungfräulich wirkende Mädchen weinte immer noch, weinte einfach – ohne irgendeine Gebärde; die Arme hingen demütig zu beiden Seiten herab, und alles (alles Körperliche) war der Welt preisgegeben. Die Tränen tropften von den breiten Backenknochen auf die Brüste herunter.

Ich sagte: »Was bekümmert dieses Kind? Was meinst du mit ›Scham‹; das ist scheußlich, wenn du meine Meinung hören willst, Romilayu. Ich glaube, wir sind in eine fatale Situation geraten, und der Anblick gefällt mir gar nicht. Warum lassen wir diese Stadt nicht links liegen und begeben uns zurück in die Wüste? Ich habe mich dort draußen erheblich wohler gefühlt.«

Offensichtlich merkte Romilayu, daß ich durch diese in Tränen aufgelöste Abordnung aus der Fassung geraten war, und er sagte: »Nein, nein, Sir, Sie keine Schuld.«

»Vielleicht war das mit dem Busch ein Fehler?«

»Nein, nein, Sir. Sie nicht sie weinen machen.«

Da schlug ich mir mit der flachen Hand vor den Kopf und sagte: »Natürlich! Typisch für mich.« (Nämlich, zuerst an mich selbst zu denken.) »Die arme Seele hat Kummer? Kann ich etwas für sie tun? Sie sucht Hilfe bei mir. Ich spüre es. Vielleicht hat ein Löwe ihre Familie aufgefressen? Gibt es hier in der Gegend Menschenfresser? Frage sie, Romilayu. Sage, daß ich gekommen sei, um zu helfen, und wenn es in der Nachbarschaft Mörder gibt, werde ich sie erschießen.« Ich ergriff mein H und H Magnum mit dem Zielfernrohr und zeigte es der Menge. Zu meiner großen Erleichterung dämmerte mir, daß ich an diesem Weinen nicht schuld war und daß sich etwas tun ließ, daß ich nicht den Anblick dieser überkochenden Tränen aushalten und hinnehmen mußte. »Alle einmal herhören! Vertraut auf mich«, sagte ich. »Seht her, seht her!« Und ich begann ihnen sämtliche Gewehrgriffe vorzuexerzieren und dabei die von den Unteroffizieren angewendeten Kommandorufe nachzuahmen.

Trotzdem weinten alle weiter. Nur die ganz kleinen Kinder mit ihren Maskengesichtern schienen von meiner Vorführung beglückt. Alle übrigen waren noch nicht am Ende ihrer Trauer; sie bedeckten ihre Gesichter mit den Händen, und ihre nackten Körper zitterten.

»Nun, Romilayu«, sagte ich, »ich erreiche nichts, und unsere Anwesenheit macht ihnen sehr zu schaffen, das ist sicher.«

»Sie weinen wegen tote Kuh«, sagte er. Und er setzte mir eingehend auseinander, daß sie um die Kühe trauerten, die in der Dürre umgekommen waren, und daß sie die Verantwortung für die Dürre auf sich selbst nähmen – die Götter waren gekränkt, oder etwas Ähnliches; es war von einem Fluch die Rede. Jedenfalls müßten sie, da wir Fremde seien, vor uns hintreten, uns alles beichten und uns fragen, ob wir den Grund ihres Unglücks wüßten.

»Woher soll ich das wissen? Abgesehen von der Dürre! Eine Dürre ist nun einmal eine Dürre«, sagte ich. »Aber ich fühle mit ihnen, denn ich weiß, was es heißt, ein Tier zu verlieren, das man geliebt hat.« Und ich sagte ihnen, ich schrie fast: »Es ist alles in bester Ordnung, meine Dame – alles ist in Ordnung, ihr Burschen, hört bitte auf! Es ist genug. Ich habe begriffen.« Dies hatte tatsächlich eine gewisse Wirkung auf sie, denn ich nehme an, am Ton meiner Stimme hörten sie, daß auch ich ein bestimmtes Maß an Leid empfand. Ich sagte daher zu Romilayu: »Frage sie, was ich für sie tun soll. Ich möchte etwas unternehmen, und ich meine es wirklich ernst.«

»Was Sie tun, Sir?«

»Mach dir keine Sorgen. Es muß doch etwas geben, das nur ich tun kann. Frage nur!«

Darauf sprach Romilayu zu ihnen, und die glatthäutigen, buckligen Rinder grunzten weiter mit ihren sanften Bässen (die afrikanischen Kühe muhen nicht wie unsere). Das Weinen jedoch ließ nach. Nach und nach bemerkte ich, daß die Farbe dieser Menschen recht eigentümlich war und daß die Bräune um die Augen herum tiefer eingebrannt schien, während die Innenflächen der Hände die Farbe frischgewaschenen Granits hatten. Etwa so, als hätten sie mit dem Licht Haschen gespielt und einiges davon wäre abgegangen. Diese Eigentümlichkeiten der Farbe waren mir völlig neu. Romilayu war beiseitegetreten, um mit jemandem zu sprechen, und hatte mich bei den Eingeborenen stehengelassen, deren Schluchzen fast aufgehört hatte. In diesem Augenblick wurde ich mir meiner körperlichen Absonderlichkeiten ganz besonders bewußt. Mein Gesicht ist eine Art Endstation; es ähnelt dem Grand-Central-Bahnhof in New York, ich meine, die große Pferdenase und der breite Mund, der fast in die Nasenlöcher übergeht, und die Augen, die wie Tunnel sind. So stand ich wartend da, umgeben von dieser schwarzen Menschheit, in dem würzigen Staub und jenem leblosen Gleißen, das dem Stroh der in der Nähe gelegenen Hütten entstieg.

Dann trat der Mann, mit dem Romilayu gesprochen hatte, auf mich zu und redete mich auf englisch an, was mich erstaunte, denn mir wäre nie der Gedanke gekommen, daß Menschen, die Englisch sprachen, eines so gefühlsbetonten Verhaltens fähig sein könnten. Der Mann gehörte dann allerdings auch nicht zu den Gefühlsbetonten. Allein schon seiner Größe wegen hatte ich den Eindruck, er müsse eine bedeutende Persönlichkeit sein, denn er war von sehr kräftigem Körperbau und einige Zentimeter größer als ich. Aber er war im Gegensatz zu mir nicht massig, er war muskulös, er war auch nicht nackt wie die übrigen, sondern trug ein Stück weißen Stoff, das er mehr an seinen Oberschenkeln als an den Hüften zusammengebunden hatte; um seinen Bauch war ein grüner Seidenschal geschlungen. Außerdem besaß er eine Art Kadettenbluse; kurz und weit; er trug sie sehr locker, um genügend Spielraum für seine Arme zu haben, den sie wegen der starken Muskeln auch brauchten. Im ersten Augenblick wirkte sein Gesichtsausdruck recht düster, und ich nahm an, er suche Händel, denn er schien in mir eine Art menschlichen Pilzes zu sehen, dessen Größe zwar ganz imponierend war, den man aber mühelos umlegen konnte. Ich war sehr bestürzt; was mich jedoch bestürzte, war nicht sein Gesichtsausdruck, der sich bald aufhellte, sondern unter anderem die Tatsache, daß er mich englisch anredete. Ich weiß nicht, warum mich das eigentlich so sehr überraschte – richtiger gesagt, enttäuschte. Englisch ist die große Weltreichssprache von heute, die Griechisch, Latein und so weiter abgelöst hat. Die Römer waren nicht überrascht, nehme ich an, wenn ein Parther oder Numider sie lateinisch anredete; wahrscheinlich hielten sie es für selbstverständlich. Als jedoch dieser Athlet von Mann mit seinem herabhängenden weißen Tuch, seinem Schal und der Kadettenbluse, mich englisch anredete, war ich zugleich bestürzt und betrübt. Ehe er sprach, brachte er zunächst seine bleichen, etwas sommersprossigen Lippen in die entsprechende Lage, indem er sie vorschob, und sagte dann: »Ich bin Itelo. Ich bin hier, um vorzustellen. Willkommen!«

»Wie bitte, wie?« sagte ich und hielt die Hand hinters Ohr.

»Itelo.« Er verneigte sich.

Schnell verneigte auch ich mich in meinen kurzen Hosen und dem weißen Tropenhelm. Mein Gesicht mit der großen Nase war erhitzt. Es kann wie das Klingen einer Glocke sein, und weil ich rechts schwer höre, habe ich mir angewöhnt, die linke Seite vorzuschieben, im Profil hinzuhören, und meine Augen zur Unterstützung meiner Konzentration auf irgendeinen Gegenstand zu heften. Das tat ich auch jetzt. Ich wartete, ob er noch mehr sagen würde; da ich völlig verwirrt war, brach mir am ganzen Leibe der Schweiß aus. Ich konnte es nicht fassen; ich war doch so sicher, die Welt hinter mir gelassen zu haben. Und wer konnte mir Vorwürfe machen, jetzt, nach diesem Zug über die Hochebene, auf der sich keine Fußspur befand; wo die Sterne wie Apfelsinen geglüht hatten; diese Multimillionen Tonnen explodierendes Gas hatten auf dem dunklen Grunde des Himmels so mild und wenn gewirkt; überhaupt diese Frische, diese herbstliche Frische, frisch man des Morgens aus dem Hause tritt und entdeckt, daß die Blumen in dem Frost zu prallem Leben erwacht sind? Als ich dies in der Wildnis erlebte, abends und morgens, und dabei das Gefühl hatte, daß alles so einfach war, war ich ganz sicher, die Welt hinter mir gelassen zu haben, denn die Welt ist – wie man überall weiß – kompliziert. Und außerdem hatte das hohe Alter der Gegend mich völlig überrascht, ich war überzeugt, auf etwas ganz Neues gestoßen zu sein. Und dann die weinende Abordnung. Hier aber war jemand, der offenbar weit herumgekommen war, denn er sprach Englisch, und ich hatte geprahlt: »Zeigt mir eure Feinde, und ich werde sie töten. Wo ist der Menschenfresser? Führt mich zu ihm.« Ich hatte Büsche angezündet, Gewehrgriffe vorexerziert und mich wie ein richtiger Clown benommen. Ich kam mir äußerst lächerlich vor und blickte Romilayu finster und wütend an, als sei es sein Fehler, mich nicht richtig informiert zu haben.

Dieser Eingeborene, Itelo, hatte jedoch nicht die Absicht, mich wegen meines Benehmens bei der Ankunft zurechtzuweisen. Ein solcher Gedanke schien ihm überhaupt völlig fern. Er nahm meine Hand, legte sie flach auf seine Brust und sagte: »Itelo.«

Ich tat das gleiche und sagte: »Henderson.« Ich wollte kein hochnäsiger Affe sein, sehen Sie, aber es fällt mir nun einmal schwer, meine Gefühle zu unterdrücken. Ganze Massen von Gefühlen, und zwar besonders die häßlichen, winken der Welt von den Galerien meines Gesichtes aus zu. Ich vermag sie nicht daran zu hindern. »Guten Tag«, sagte ich. »Und sagen Sie mir, was geht hier eigentlich vor? Alles weint zum Steinerweichen. Mein Begleiter sagt, es sei wegen der Kühe. Offenbar ist dies gerade kein guter Zeitpunkt für einen Besuch, nicht wahr? Vielleicht sollte ich lieber wieder gehen und ein andermal kommen?«

»Nein, Sie sein Gast«, sagte Itelo und hieß mich willkommen. Er hatte jedoch bemerkt, daß ich enttäuscht war und daß mein Angebot, umzukehren, nicht purer Höflichkeit und Großzügigkeit entsprang, und er sagte: »Sie dachten, erster Schritt? Etwas Neues? Es tut mir sehr leid. Wir sind entdeckt.«

»Wenn ich das erwartet haben sollte«, entgegnete ich, »ist es mein eigener blöder Fehler. Ich weiß, daß die Welt entdeckt ist. Himmel, ich müßte von allen guten Geistern verlassen sein. Ich bin kein Entdeckungsreisender, jedenfalls bin ich nicht deswegen hergekommen.« Indem ich mir so ins Gedächtnis rief, weshalb ich gekommen war, begann ich mir den Mann näher daraufhin anzusehen, was er vielleicht von den größeren und tieferen Dingen des Lebens wissen mochte. Zunächst erkannte ich, daß sein finsterer Gesichtsausdruck einen irreführte und daß es sich bei ihm um einen im Grunde gutmütigen Menschen handelte. Nur war er sehr würdevoll. Zwei große Bogenlinien, die über seinen Nasenlöchern begannen, liefen neben seinem Mund herab und gaben ihm das von mir falsch gedeutete Aussehen. Er stand kerzengerade da, und das unterstrich die beachtliche Stärke seiner Beine und Knie, und in den Winkeln seiner Augen, die von der gleichen dunkleren Tönung eingerahmt waren wie bei den anderen Stammesangehörigen, bemerkte ich ein Glitzern, das mich an Blattgold erinnerte.

»Ich sehe«, sagte ich, »Sie haben sich offenbar draußen in der Welt umgetan. Oder ist das Englische hier jedermanns zweite Sprache?«

»Nein, Sir«, sagte er, »nur ich Englisch.« Seine leicht nasale Aussprache war vielleicht durch seine breite Nase begründet. »Malindi-Schule. Ich sie besucht und auch mein toter Bruder. Viele junge Männer von überall auf die Malindi-Schule geschickt. Danach Beirut-Schule. Ich überall gereist. Daher ich allein Englisch. Viele, viele Meilen weit sonst niemand, sondern nur Wariri-König Dahfu.«

Ich hatte völlig vergessen, danach zu fragen, und sagte daher jetzt: »Oh, entschuldigen Sie, sind Sie vielleicht selbst aus der Königlichen Familie?«

»Die Königin ist meine Tante«, sagte er. »Willatale. Und Sie werden wohnen bei anderer Tante, Mtalba. Sir, sie Ihnen leiht ihr Haus.«

»Oh, das ist großartig«, sagte ich. »Das ist gastfreundlich. Und so sind Sie also ein Prinz?«

»Ja.«

Mehr konnte man nicht verlangen. Aus seiner Größe und Erscheinung hatte ich von Anfang an geschlossen, er müsse etwas Besonderes sein. Um mich dann zu trösten, sagte er, ich sei, soweit er wisse, der erste weiße Besucher hier seit über dreißig Jahren. »Ja, Hoheit«, sagte ich. »Es ist nur gut, daß Sie nicht so viele Außenstehende anlocken. Ich finde, Sie haben es hier sehr schön. Ich kann nicht sagen, was es ist, aber ich kenne aus eigener Anschauung einige der ältesten Ruinen Europas, und sie wirken nicht halb so alt wie Ihr Dorf. Machen Sie sich keine Sorgen, daß ich vielleicht über Ihre Residenz eine Rundfunksendung oder von ihr Aufnahmen machen werde. Das liegt mir völlig fern.« Für diese Zusicherung dankte er mir, aber er sagte, es gebe hier nicht viel Wertvolles, das Touristen anlocken könne. Ich bin auch heute noch nicht davon überzeugt, daß ich nicht über das geographisch Bekannte hinaus vorgedrungen war. Nicht, daß ich mir aus Geographie allzuviel mache; es ist eine despotische Vorstellung, nach der über einen Ort nichts mehr zu sagen ist, sofern man ihn nur lokalisiert.

»Mr. Henderson, Sir. Bitte kommen Sie mit herein in Stadt«, sagte er.

Und ich sagte: »Ich nehme an, Sie möchten, daß ich alle kennenlernen soll.«

Es war prachtvolles Wetter, wenn auch viel zu trocken, überall Strahlenglanz, und der bloße Staub in dem ganzen Umkreis des Ortes aromatisch und anregend. Auf uns wartete eine Gruppe von Frauen, Itelos Gemahlinnen, nackt, und die dunkle Farbe war, wie durch eine besondere Einwirkung der Sonne, rings um die Augen tief eingesengt. Die hellere Haut der Hände erinnerte mich fortgesetzt an blaßroten Stein. Hände wie Finger wirkten dadurch größer als üblich. Später sah ich einige dieser jüngeren Frauen stundenlang mit einem Stück Schnur ein Maschenspiel spielen; bei fast jedem Spielerpaar standen mehrere Zuschauer, und wenn eine der beiden Frauen eine verwickelte Figur übernahm, riefen sie: »Awho!« Die Zuschauerinnen legten dann ihre Handgelenke zusammen und klappten mit den Händen; dies war ihre Form des Beifalls. Die Männer steckten ihre Finger in den Mund und pfiffen, bisweilen im Chor. Da inzwischen das Weinen ganz aufgehört hatte, lachte ich mit breitem Munde unter dem großen angeschmutzten Helm.

»Wir wollen jetzt«, sagte Itelo, »zu Willatale, der Königin, meiner Tante, gehen, und danach oder vielleicht gleichzeitig, zu der anderen, Mtalba.« Inzwischen waren zwei gleichartige Regenschirme aufgetaucht, die von zwei Frauen getragen wurden. Die Sonne schien mit aller Kraft, und ich schwitzte, und diese beiden Staatsschirme, zwischen zwei und drei Meter groß und wie Kürbisblüten geformt, gaben aus solcher Höhe sehr wenig Schatten. Alle Anwesenden sahen außerordentlich gut aus; manche von ihnen hätten den Ansprüchen von Michelangelo genügt. Unter Itelos Führung setzten wir uns dann, jeweils zwei und zwei, mit beträchtlicher Feierlichkeit in Bewegung. Ich grinste, tat aber so, als käme das von der Sonne. Wir schritten auf das Haus der Königin zu.

Und jetzt begann ich zu begreifen, was der alle bedrückende Kummer, was der Grund all der Tränen war. Als wir zu einem Pferch kamen, sahen wir einen Mann mit einem großen plumpen Holzkamm über eine Kuh gebeugt stehen – eine Kuh mit Buckel wie alle anderen, aber darum geht es jetzt nicht. Es geht darum, daß er die Kuh in einer von mir nie zuvor beobachteten Weise striegelte und tätschelte. Mit dem Kamm bearbeitete er ihr Stirnhaar, das über dem Wulst mit den Hörnern sehr dicht war. Er streichelte und liebkoste die Kuh, und sie war nicht gesund; man brauchte nicht, wie ich, auf dem Lande aufgewachsen zu sein, um sofort zu sehen, daß mit dem Tier etwas nicht in Ordnung war. Die Kuh gab ihm nicht einmal mit ihrem Kopf einen Stoß, wie es jede Kuh tut, die anschmiegsam ist, und der Mann selbst war, als er sie so schwermütig kämmte, völlig niedergeschlagen. Eine Atmosphäre der Hoffnungslosigkeit umgab beide. Ich brauchte eine gewisse Zeit, um mir aus all den Einzelheiten ein Bild zu machen. Man muß begreifen, daß diese Menschen ihr Vieh wie Brüder und Schwestern, wie Kinder, lieben; sie verfügen über mehr als fünfzig Ausdrücke allein für die Beschreibung der verschiedenen Formen der Hörner, und Itelo erklärte mir, es gebe Hunderte von Wörtern für den jeweiligen Gesichtsausdruck der Rinder und eine ganze Sprache für das Verhalten der Kuh. Bis zu einem gewissen Grad konnte ich dies verstehen. Ich selbst habe einmal große Zärtlichkeit für bestimmte Schweine empfunden. Ein Schwein aber ist im Grunde ein Karriere-Tier; es reagiert sehr genau auf den Ehrgeiz und die Wünsche des Menschen und bedarf daher keines gesonderten Vokabulars.

Die Prozession mit Itelo und mir war stehengeblieben, und alle beobachteten den Mann und seine Kuh. Als ich merkte, wie sehr dieser Anblick ins Herz schnitt, begann ich weiterzugehen; aber das Nächste, was ich sah, war noch trauriger. Ein Mann von etwa fünfzig Jahren, weißhaarig, war niedergekniet, weinte und zitterte und bewarf sein Haupt mit Staub, weil seine Kuh im Sterben lag. Alle sahen voller Wehmut zu, wie der Mann sie bei den lyraförmigen Hörnern faßte und sie anflehte, ihn nicht zu verlassen. Sie befand sich jedoch schon im Zustand der Apathie; sie runzelte ein wenig das Fell über ihren Augen, als hielte der Mann sie gerade noch wach. Ich war davon ergriffen; ich empfand Mitleid, und ich sagte: »Prinz, um Himmels willen, läßt sich denn nichts dagegen tun?«

Itelos breite Brust hob sich unter der kurzen, lose sitzenden Kadettenbluse, und er seufzte tief auf, als wolle er meinen Besuch nicht durch all die Kümmernis und Trauer belasten. »Ich glaube nicht«, sagte Itelo.

In eben diesem Augenblick geschah etwas völlig Unerwartetes: ich entdeckte plötzlich Wasser, und zwar in beträchtlicher Menge. Zuerst hielt ich es für eine Metallplatte, die immer wieder vor meinen Augen grell glitzerte. Aber die Nähe von Wasser hat etwas Unverkennbares. Ich roch es ja auch, und so bat ich den Prinzen, stehenzubleiben, und sagte zu ihm: »Bitte, Prinz, helfen

Sie mir! Hier wehklagt sich dieser Mann zu Tode, und wenn ich nicht irre, erkenne ich dort hinten links den Schimmer von Wasser. Sehe ich wirklich recht?«

Er gab zu, daß es Wasser war.

»Und die Kühe kommen inzwischen vor Durst um?« fuhr ich fort. »Dann muß doch etwas mit dem Wasser nicht in Ordnung sein. Ist es verunreinigt? Aber«, sagte ich weiter, »Sie müssen doch etwas mit dem Wasser tun können, es durchseihen oder sonst etwas. Sie könnten große Töpfe, Bottiche herstellen. Sie könnten die unreinen Bestandteile herauskochen. Nun, vielleicht glauben Sie, daß läßt sich nicht durchführen, aber Sie würden erstaunt sein, wenn Sie den ganzen Ort mobilisierten und jeder sich ins Zeug legte – hauruck! Ich weiß, wie lähmend eine Situation wie diese sich auswirken kann.«

Obwohl der Prinz die ganze Zeit nickte, als stimme er zu, war er nicht meiner Meinung. Seine kräftigen Arme lagen über seiner Kadettenbluse verschränkt, und er stand unter dem zerfetzten Schatten des Kürbisblütenschirms, den die nackten Frauen mit ihren vier Händen hochhielten, als könnte der Wind sie davontragen. Nur wehte gar kein Wind. Die Luft war so still, als wäre sie an den Zenit geknotet und hinge dort, ausgedörrt und blau, ein Meisterstück mittäglicher Schönheit.

»Oh, . . . ich danke Ihnen«, sagte er, »für gute Absicht.«

»Aber ich sollte mich lieber um meine eigenen Angelegenheiten kümmern!? Vielleicht haben Sie recht. Ich will nicht in Ihre Bräuche eingreifen. Aber es ist nicht einfach, all dies hier mit anzusehen und nicht einmal einen Vorschlag zu machen. Kann ich mir Ihren Wasservorrat wenigstens einmal ansehen?«

Mit einem gewissen Widerstreben sagte er: »Ja. Ich nehme an.« Und Itelo und ich – beide etwa gleich groß – ließen seine Gemahlinnen und die übrigen Dorfbewohner stehen und gingen zu dem Wasser hin. Ich sah es mir genau an, aber bis auf etwas Schlick oder Seegras wirkte es ganz normal und war bestimmt eine Menge. Eine dicke Mauer aus dunkelgrünem Stein, halb Zisterne und halb Deich, umschloß es. Ich dachte mir, unten müsse sich eine Quelle befinden; ein ausgetrockneter Wasserlauf, der vom Berg herkam, ließ erkennen, worin normalerweise die Hauptzufuhr für den Wasservorrat bestand. Zur Verhütung des Verdunstens war über dieser Zisterne ein großes Strohdach von mindestens fünfzehn mal zwanzig Meter Größe aufgestellt. Nach meiner langen Wanderung wäre ich dankbar gewesen, meine Kleider ablegen und in dieses schattige, warme, wenn auch ein wenig schaumige Wasser springen zu können, um darin herumzuschwimmen und mich treiben zu lassen. Nichts hätte mir mehr behagt, als unter diesem Dach aus offenbar dünnem Stroh auf dem Rücken liegend dahinzutreiben.

»Was ist denn eigentlich damit, Prinz?« sagte ich. »Weshalb können Sie dieses Wasser nicht benutzen?«

Nur der Prinz war mit mir an diesen tief eingelassenen Tank herangetreten; die anderen standen etwa zwanzig Meter entfernt, sichtlich unruhig und erregt, und ich sagte: »Was bekümmert Ihre Leute? Ist etwas in diesem Wasser?« Und ich starrte hinein und stellte fest, daß unmittelbar unter der Oberfläche eine starke Bewegung herrschte. Durch das Gespinst des Lichtes hindurch erkannte ich zunächst Kaulquappen mit riesigen Köpfen, und zwar in allen Stufen der Entwicklung, mit voll ausgebildeten Schwänzen wie riesiges Sperma und mit knospenden Füßen. Ferner mächtige Frösche, gesprenkelt; sie schwammen mit ihren halslosen dicken Köpfen und langen weißen Beinen herum, die kurzen Vorderbeine ließen deutlich Bestürzung erkennen. Von all den Lebewesen im Umkreis, keines ausgenommen, schienen sie es mir am besten zu haben, und ich beneidete sie geradezu. »Sie brauchen mir nichts zu sagen! Sind es die Frösche?« sagte ich zu Itelo. »Hindern sie Sie daran, das Vieh zu tränken?«

Er schüttelte melancholisch den Kopf. Ja, es seien die Frösche.

»Wie sind sie denn hier hereingekommen? Woher stammen sie?«

Diese Fragen konnte Itelo nicht beantworten. Das Ganze war mystisch. Alles, was er mir sagen konnte, war, daß diese Tiere, die man nie zuvor gesehen hatte, etwa vor einem Monat in der Zisterne aufgetaucht waren und das Tränken des Viehes verhinderten. Dies sei der vorhin erwähnte Fluch.

»Das nennen Sie einen Fluch?« sagte ich. »Aber Sie haben sich doch draußen in der Welt umgetan. Hat man Ihnen nie in der Schule einen Frosch gezeigt – mindestens die Abbildung eines Frosches? Diese Tiere sind völlig harmlos.«

»Oh ja, gewiß«, sagte der Prinz.

»Dann wissen Sie doch, daß Sie Ihr Vieh nicht verenden zu lassen brauchen, weil ein paar dieser Tiere in dem Wasser sind.«

Er war dagegen jedoch machtlos. Er hob seine großen Hände und sagte: »In Trinkwasser kein Tier sein darf.«

»Und warum entledigen Sie sich denn nicht dieser Tiere?«

»Oh nein, nein. Niemals ein Tier in Trinkwasser anrühren.«

»Aber Prinz, das ist doch Papperlapapp«, sagte ich. »Wir könnten sie ausfiltern. Wir könnten sie vergiften. Wir könnten hunderterlei tun.«

Itelo preßte seine Lippe zwischen die Zähne und schloß die Augen; dabei stieß er laut den Atem aus, um mir zu bedeuten, wie unmöglich meine Vorschläge seien. Er blies die Luft durch seine Nasenlöcher und schüttelte den Kopf.

»Prinz«, sagte ich, »lassen Sie uns beide darüber sprechen.« Ich begann, mich für die Sache zu erwärmen. »Wenn das so weitergeht, wird man hier binnen kurzem alle Kühe begraben müssen. Mit Regen ist kaum zu rechnen. Die Regenzeit ist vorüber. Sie brauchen Wasser. Sie haben diesen Vorrat.« Ich senkte die Stimme. »Sehen Sie, ich bin selber ein wenig unvernünftig, aber weiterleben will doch jeder.«

»Oh, Sir«, sagte der Prinz, »die Leute haben Angst. Niemand hat je solch Tier gesehen.«

»Nun ja«, sagte ich, »die letzte Froschplage, von der ich gehört habe, trat in Ägypten auf.« Dieser Gedanke bestärkte mein Gefühl der Abneigung, das der Ort gleich von Anfang an in mir geweckt hatte. Es hing mit diesem Fluch zusammen, daß die von der Jungfrau angeführten Menschen mich an der Stadtmauer mit Tränen begrüßt hatten. Es war zumindest ungewöhnlich. Als sich jetzt alles zu einem Bilde fügte, wurde das ruhige Wasser der Zisterne in meinen Augen genauso schwarz wie der See der Finsternis. In der Tat war es eine unübersehbare Zahl von Tieren, die da herumquollen und sich drängten, dahinstrichen, sich das Wasser über ihren Rücken und ihre gesprenkelte Haut rinnen ließen, als gehöre ihnen einfach dieses Element. Sie krochen auch heraus, quakten aus übervollen, erregten Kehlen auf dem nassen Gestein herum und blinkten mit ihren eigenartig rot, grün und weiß marmorierten Augen, und ich schüttelte mehr über mich selbst als über sie den Kopf, als mir der Gedanke kam, daß ein Tor, der in die Welt hinauszieht, zwangsläufig und schicksalhaft auf törichte Phänomene stößt. Dennoch, sprach ich zu diesen Tieren, wartet nur ab, ihr kleinen Hurensöhne, bevor es mit mir aus ist, quakt ihr in der Hölle!

6

Die Mücken tanzten über der sonnendurchglühten Zisterne, die abwechselnd grün, gelb und schwärzlich war. Ich sagte zu Itelo: »Ihnen ist es verwehrt, diese Tiere anzutasten; wenn nun aber ein Fremder käme – zum Beispiel ich – und an Ihrer Stelle mit ihnen aufräumte?« Ich war mir klar darüber, daß ich nicht eher ruhen würde, als bis ich etwas mit diesen Tieren angestellt und der Plage ein Ende gemacht hatte.

Aus Itelos Haltung entnahm ich, daß er mich nach einem ungeschriebenen Gesetz in meiner Absicht nicht bestärken durfte, daß er und all die übrigen Arnewi aber in mir ihren größten Wohltäter sehen würden. Denn Itelo wollte keine unverhohlene Antwort geben, sondern seufzte erneut und wiederholte: »Oh, sehr traurige Zeit. Mächtig böse Zeit.« Ich warf ihm daraufhin einen vielsagenden Blick zu, sagte: »Itelo, überlassen Sie das mir«, und sog die Luft durch die Zähne, denn ich hatte das Gefühl, Herr über Leben und Tod dieser Frösche zu sein. Man muß wissen, daß die Arnewi nur Milch trinken und die Kühe ihr ganzer Lebensunterhalt sind; sie essen niemals Fleisch, es sei denn aus zeremoniellen Gründen, sobald eine Kuh eines natürlichen Todes stirbt, und selbst darin sehen sie eine Form von Kannibalismus, und sie essen unter Tränen. Der Tod von ein paar Tieren war daher ein ausgesprochenes Unglück, und die Familien der Hingeschiedenen vollzogen jeden Tag Totenriten, weinten und aßen Fleisch, und deshalb war es kein Wunder, daß sie sich jetzt in dieser Verfassung befanden. Als wir weitergingen, war es mir, als habe sich diese Zisterne des problematischen Wassers mit seinen Algen und seinen Fröschen bei mir Einlaß verschafft, als nehme sie in meinem Innern einen breiten Raum ein und schwappe bei jeder meiner Bewegungen hin und her.

Wir gingen zu meiner Hütte (Itelos und Mtalbas Hütte), denn ich wollte mich vor meinem Antrittsbesuch bei der Königin ein wenig säubern, und auf dem Wege hielt ich dem Prinzen einen kurzen Vortrag. Ich sagte: »Wissen Sie, warum die Juden von den Römern besiegt wurden? Weil sie an einem Sonnabend nicht kämpfen wollten. Und genauso ist es mit Ihrer Wasserfrage. Wessen Weiterleben steht auf dem Spiel? Das Ihre, das der Kühe oder das eines alten Brauches? Ich würde meinen, das Ihre. Erhalten Sie Ihr Leben«, sagte ich, »und führen Sie einen neuen Brauch ein! Weshalb wollen Sie sich von Fröschen zugrunde richten lassen?« Der Prinz hörte zu und sagte nur: »Hm, sehr interessant. Stimmt das? Seltsam.«

Wir kamen zu dem Haus, in dem Romilayu und ich wohnen sollten; es stand in einem Hof und war, wie alle übrigen Häuser, rund und aus Lehm gebaut und hatte ein kegelförmiges Dach. Das ganze Innere wirkte sehr zerbrechlich, leicht und leer. Rauchgebräunte Stangen waren in Abständen von etwa einem Meter an der Decke angebracht, und die langen Rippen der Palmblätter über diesen Stangen ähnelten Fischbein. Hier setzte ich mich nieder, und Itelo, der mit mir eingetreten war und seine Begleitung draußen in dem Sonnenlicht stehen gelassen hatte, setzte sich mir gegenüber, während Romilayu auszupacken begann. Die Tageshitze hatte jetzt ihren Höhepunkt erreicht, und die Luft war vollkommen still; nur in dem Rohr über uns, in jenem leichten, bernsteinfarbenen Strohkegel, dem der Geruch trockener Pflanzen entströmte, hörte ich kleine Tiere, Käfer und vielleicht Mäuse oder Vögel, die in Bewegung waren, um sich schlugen und die Federn sträubten. Ich war in diesem Augenblick zu ermüdet, um auch nur einen Schluck zu mir zu nehmen (wir hatten ein paar Feldflaschen mit Whisky bei uns), und ich dachte nur beständig an die kritische Situation und an eine Methode, die Frösche in der Zisterne zu vernichten. Der Prinz jedoch wollte sich mit mir unterhalten; zuerst hielt ich das für eine gesellige Geste, aber dann merkte ich, daß er auf etwas Bestimmtes abzielte, und ich wurde aufmerksam.

»Ich in Malindi zur Schule gegangen«, sagte er. »Wundervolle, schöne Stadt.« Diese Stadt Malindi habe ich mir später näher angesehen; es war ein alter, vom arabischen Sklavenhandel her bekannter Dau-Hafen an der Ostküste. Itelo sprach von seinen Wanderungen und Reisen. Er und sein Freund Dahfu, der jetzige König der Wariri, waren gemeinsam losgezogen, und zwar von Süden aus. Sie hatten das Rote Meer auf ein paar alten Kähnen befahren und bei der Eisenbahn gearbeitet, auf der Strecke, die die Türken vor dem Ersten Weltkriege bis nach Medina gebaut hatten. Mit diesen Dingen war ich ein wenig vertraut, denn meine Mutter war ganz in der armenischen Frage aufgegangen, und aus Büchern und Aufsätzen über den Arabien-Lawrence wußte ich schon seit langem, wie außerordentlich verbreitet die amerikanische Bildung im Mittleren Osten war. Die Jungtürken und Enver Pascha selbst haben, wenn ich mich nicht irre, amerikanische Schulen besucht – es wäre ein interessantes Thema, wie sie von Longfellow auf Kriege, Verschwörungen und Blutbäder verfielen. Aber dieser Prinz Itelo aus dem obskuren Viehzüchterstamm auf dem Hinchagara-Plateau war auf einer Missionsschule in Syrien gewesen, und ebenso sein Freund. Beide waren dann in ihre ferne Heimat zurückgekehrt. »Ich nehme an«, sagte ich, »daß es für Sie ein großes Erlebnis war, sich in der Welt umzusehen und den Dingen auf den Grund zu gehen.«

Der Prinz lächelte, doch hatte sich seine Haltung zugleich sehr gestrafft; seine Knie bildeten einen weit geöffneten Winkel, und den Daumen und das Fingergelenk der einen Hand preßte er auf den Boden. Er lächelte weiter, und ich entnahm daraus, daß sich etwas Besonderes vorbereitete. Wir saßen uns auf einem Paar niedriger Stühle in dieser Strohhütte gegenüber, die wie ein großer Nähkorb wirkte; alles, was sich kürzlich begeben hatte – die lange Wanderung, das nächtliche Lauschen auf die Zebras, der Sonne tägliches Steigen und Sinken (gleich dem Auf und Ab einer Note in der Musik), Afrikas Farbe, das Vieh und die trauernden Menschen, das gelbliche Zisternenwasser und die Frösche – es hatte so stark auf meinen Geist und mein Gefühl eingewirkt, daß mein inneres Gleichgewicht gerade noch gewahrt schien. Oder war es das schon nicht mehr?

»Prinz«, sagte ich, »worauf wollen Sie hinaus?«

»Wenn fremder Gast kommt, machen wir stets Bekanntschaft durch Ringkampf. Ohne Ausnahme.«

»Das ist ja eine strenge Vorschrift«, sagte ich, ziemlich unschlüssig. »Nun, könnten Sie nicht einmal davon absehen oder ein Weilchen warten, da ich so völlig ausgepumpt bin?«

»Oh nein«, sagte er. »Neue Ankunft, gleich ringen. Immer.«

»Aha«, sagte ich, »Sie sind hier wohl der Meister im Ringen?«

Diese Frage konnte ich mir allein beantworten. Selbstverständlich war er der Meister, und deshalb war er mir auch entgegengekommen und in die Hütte eingetreten. Damit erklärte sich auch die Aufregung der Kinder dort in dem Flußbett, die wußten, daß ein Ringkampf bevorstand. »Nun, Prinz«, sagte ich, »ich bin fast bereit, mich ohne Kampf geschlagen zu geben. Sie sind ausnehmend gut gebaut, und ich bin, wie Sie sehen, ein älterer Mann.«

Diesem Angebot schenkte er überhaupt keine Beachtung. Vielmehr griff er nach meinem Nacken und begann, mich auf den Boden hinunterzuziehen. Überrascht, aber noch immer voll Respekt, sagte ich: »Lassen Sie das, Prinz. Tun Sie's nicht! Ich glaube, gewichtsmäßig bin ich Ihnen gegenüber im Vorteil.« Tatsächlich wußte ich nicht, wie ich mich jetzt verhalten sollte. Romilayu stand dabei, ließ aber den Blick, den ich ihm zuwarf, unbeantwortet. Mein weißer Helm, mit Paß, Geld und Papieren, die dort hineingeklebt waren, fiel herunter, und das seit langem nicht geschnittene Karakulhaar sträubte sich im Nacken, als mich Itelo mit sich hinunterzog. Bei alledem versuchte ich angestrengt, das, was sich hier abspielte, irgendwie einzuordnen. Dieser Itelo war entsetzlich stark, in seiner weiten weißen Hose und der kurzen Bluse warf er sich mit gespreizten Beinen über mich und zwang mich auf den Boden der Hütte hinunter. Ich dagegen hielt meine Arme steif ausgestreckt, als wären sie auf beiden Seiten angebunden, und ließ ihn mich nach Lust und Laune stoßen und ziehen. Jetzt lag ich auf dem Bauch, das Gesicht im Staube, und meine Beine schleiften über dem Boden.

»Los, los«, sagte er. »Sie müssen mit mir kämpfen, Sir.«

»Prinz«, entgegnete ich, »mit Verlaub, ich kämpfe ja.«

Man konnte ihm keinen Vorwurf daraus machen, daß er mir nicht glaubte. Mit seinen langen Beinen in der tief herunterhängenden weißen Hose und mit seinen nackten Füßen, die von der gleichen hellen Farbe waren wie seine Hände, stieg er über mich, ließ sich auf die Seite fallen, schob ein Bein als Stütze unter mich und packte mich an der Kehle. Er atmete schwer und sagte (dichter an meinem Gesicht, als mir lieb war): »Kämpfen Sie. Kämpfen Sie, Henderson. Was ist los?«

»Hoheit«, sagte ich, »ich bin so etwas wie Nahkampfspezialist. Ich war im Kriege, und in Camp Blanding hat man uns nach allen Regeln ausgebildet. Man brachte uns das Töten, nicht bloß ein bißchen Ringen, bei. Vom Ringen verstehe ich daher nichts. Aber im Kampf Mann gegen Mann kann ich sehr unangenehm werden. Ich kenne da so mancherlei, zum Beispiel, wie man einem Menschen die Wange aufreißt, indem man einen Finger in seinem Mund festhakt, oder wie man Knochen zerbricht und Augen herausdrückt. Natürlich behagt mir solche Art von Auseinandersetzungen nicht. Ich versuche eigentlich immer, jede Gewalttätigkeit zu vermeiden. Als ich neulich nur etwas lauter sprach, hatte es sehr üble Folgen. Sie verstehen«, keuchte ich, da mir der Staub in die Nase gekommen war, »man hat uns alle diese gefährlichen Griffe und Kniffe beigebracht, und ich gestehe Ihnen, ich schrecke davor zurück. Kämpfen wir also lieber nicht. Wir stehen doch«, fuhr ich fort, »auf einer viel zu hohen Stufe der Zivilisation – wir sollten statt dessen unsere ganze Kraft der Frage der Frösche widmen.«

Da er mich auch jetzt noch mit seinem Arm an der Gurgel zu zerren versuchte, deutete ich an, daß ich ihm etwas wirklich Ernstes sagen wolle. Und dann erklärte ich ihm: »Hoheit, ich bin sozusagen auf der Suche.«

Er ließ mich los. Ich nehme an, ich war nicht so impulsiv oder lebhaft – entgegenkommend, meine ich –, wie er es gern gesehen hätte. Ich konnte das alles in seinem Gesicht lesen, als ich mir mit einem Stück indigofarbenen Tuches, das der Dame des Hauses gehörte, den Staub aus dem Gesicht wischte. Ich hatte es von dem Dachsparren heruntergezogen. Soweit es ihn betraf, brauchte ich jetzt keine weitere Visitenkarte abzugeben. Da er etwas von der Welt gesehen hatte, mindestens von Malindi in Afrika aus die ganze Strecke hinauf bis nach Kleinasien, muß er gewußt haben, was traurige Säcke waren, und im Augenblick, das sah man seiner Miene an, gehörte ich zu dieser Kategorie. Natürlich stimmte es, daß ich sehr niedergeschlagen gewesen war, das hing mit der Stimme zusammen, die sagte: *Ich darbe*, und mit allem anderen. Ich betrachtete die Erscheinungen des Lebens allmählich wie so viele Arzneimittel, die meinen Zustand entweder heilten oder verschlimmerten. Aber der Zustand! Ach, mein Zustand! An allem war dieser Zustand schuld. Ich lief herum, die Hand auf der Brust, wie Montcalm auf dem alten Bild, das den Sterbenden auf den weiten Ebenen von Abraham zeigt. Und ich muß Ihnen sagen, die maßlose Traurigkeit hat mich körperlich schwerfällig gemacht, während ich früher einmal für mein Gewicht leicht und flink war. Bis um die Vierzig herum spielte ich Tennis, und in einer Saison brachte ich es zu der Rekordleistung von fünftausend Sätzen; ich aß und schlief praktisch nur noch außer dem Hause. Ich stürmte über den Tennisplatz wie ein regelrechter Zentaur, erjagte jeden Ball, der mir vor die Augen kam, riß dabei Löcher in den Lehmboden, zerschellte die Schläger und holte mit meinen Flugbällen das Netz herunter. Ich berichte das als Beweis dafür, daß ich nicht immer so traurig und langsam gewesen bin.

»Ich nehme an, Sie sind hier der ungeschlagene Meister«, sagte ich.

Und er sagte: »Das stimmt. Ich gewinne immer.«

»Es erstaunt mich nicht im geringsten.«

Er antwortete mir nachlässig mit einem Blinken aus den Winkeln seiner Augen, denn da ich mich mit dem Gesicht nach unten hatte im Staube wälzen lassen, meinte er, wir hätten uns bereits gründlich bekannt gemacht; er zog einfach den Schluß, ich sei zwar ein Koloß, aber hilflos, dem Aussehen nach furchterregend, aber aus einem einzigen Stück, wie ein Totempfahl, oder ich sei eine Art menschlicher Galapagosschildkröte. Ich mußte mich darum rühren, wollte ich seine Achtung wiedergewinnen, und so beschloß ich, doch noch mit ihm zu ringen. Ich legte also meinen Helm beiseite, zog mein Unterhemd aus und sagte: »Nun, dann versuchen wir es einmal ernstlich, Hoheit.« Romilayu war davon ebensowenig erfreut wie von Itelos Herausforderung, aber er war nicht der Typ, sich einzumischen, und steckte einfach seine abessinische Nase geradeaus, über die sein Haar einen breiten Schatten warf. Der Prinz, der mit entspanntem, gleichgültigem Gesichtsausdruck dagesessen hatte, wurde lebhaft und begann zu lachen, als ich mein Unterhemd auszog. Er erhob sich, beugte sich vor und wehrte mit den Händen ab; ich tat das gleiche. Wir kreisten in der kleinen Hütte herum. Dann fingen wir an, Griffe auszuprobieren, und alle Muskeln an seinen Schultern gerieten in Bewegung. Ich beschloß, mir meinen Gewichtsvorteil zunutze zu machen, ehe mein Temperament mit mir durchgehen konnte, denn falls Itelo mir arg zusetzen sollte – und mit diesen Muskeln war es sehr leicht möglich –, würde ich unter Umständen den Kopf verlieren und dann auf die Nahkampftricks verfallen. Ich tat also etwas sehr Einfaches: ich versetzte Itelo einen Schubs mit meinem Bauch (auf dem sich der vor langen Jahren eintätowierte Name von Frances etwas in die Länge gezogen hatte), stellte gleichzeitig mein Bein hinter ihn und stieß ihm ins Gesicht, und mittels dieser ganz elementaren Überrumpelung warf ich ihn um. Ich war selber überrascht, daß es so leicht gegangen war, wenn auch Itelo meine beiden Hände und meinen Bauch ziemlich hart zu spüren bekommen hatte, und ich glaubte, er gehe vielleicht nur zu Boden, um irgendeinen Trick bei mir zu landen; ich setzte daher auf Nummer Sicher und drückte mit meinem ganzen Volumen nach, während meine beiden Hände sein Gesicht zudeckten. Auf diese Weise schnitt ich ihm Seh- und Atmungsvermögen ab und ließ seinen Kopf mit einem hörbaren Bums auf den Boden aufschlagen; trotz seiner Größe machte ich Itelo kampfunfähig. Als er unter meinem Ansturm hinsackte, kniete ich mich blitzschnell auf seine Arme und hielt ihn am Boden fest.

Froh darüber, daß ich meine Mordtechnik nicht hatte anzuwenden brauchen, ließ ich Itelo sofort wieder los. Ich gebe zu, daß das Überraschungselement (oder das Glück) in überwältigender Weise auf meiner Seite gestanden hatte und man daher nicht von einem fairen Messen der Kräfte sprechen konnte. Daß Itelo verärgert war, erkannte ich daran, daß seine Farbe gewechselt hatte, obwohl der dunkle Rahmen um die Augen keine Veränderung zeigte. Itelo sagte kein Wort, sondern zog seine Bluse aus, legte sein grünes Taschentuch beiseite und holte tief Atem, wobei seine Bauchmuskeln sich nach innen zum Rückgrat hin zusammen zogen. Wir begannen noch einmal uns zu drehen und kreisten mehrere Male in der Hütte. Ich konzentrierte mich auf meine Beinarbeit, denn sie ist mein schwächster Punkt, meist ziehe ich nach vorn wie ein Ackergaul, nämlich mit aller Kraft des Halses, der Brust, des Bauches und, ja, auch der des Gesichtes. Itelo schien jetzt zu merken, daß seine größte Chance darin lag, mich auf die Matte hinunterzuzwingen, wo ich meine Körpermasse nicht gegen ihn einsetzen konnte. Als ich, vorsichtig, die Ellbogen nach außen gestemmt wie ein Krebs, in gebeugter Haltung auf ihn zuging, duckte er sich daher geschwind, griff mir unter das Kinn, trat blitzschnell hinter mich, schnappte sich meinen Kopf und begann ihn kräftig zu drücken. Es war kein richtiger Kopfgriff, sondern eher das, was die alte Generation Schwitzkasten nannte. Itelo hatte den einen Arm frei und hätte mir also ins Gesicht schlagen können, aber das schien im Widerspruch zu den Regeln zu stehen. Statt dessen beförderte er mich auf den Boden und versuchte, mich auf dem Rücken landen zu lassen, aber ich fiel auf die Vorderseite, und das tat so weh, daß ich glaubte, ich hätte mich vom Nabel an aufwärts aufgeschlitzt. Außerdem bekam ich einen furchtbaren Schlag auf die Nase und fürchtete, die Nasenwurzel sei gespalten; ich spürte fast, wie die Luft zwischen den auseinandergerissenen Knochen einströmte. Trotz allem brachte ich es fertig, in meinem Gehirn ein Eckchen für Ermahnungen zur Mäßigung freizuhalten, und das war keine geringe Leistung. Seit jenem eisig kalten Tage, als ich beim Holzhacken von dem herumfliegenden Klotz getroffen wurde und dachte: »Die Wahrheit kommt mit Schlägen«, hatte ich offensichtlich entdeckt, wie man solche Erlebnisse auswertet, und das kam mir jetzt zustatten, nur nahm es eine andere Form an; es wurden nicht die Worte: »Die Wahrheit kommt mit Schlägen«, sondern andere, und diese Worte konnten kaum seltsamer sein. Sie lauteten: »Sehr wohl weiß ich die Stunde noch, die meines Geistes Schlaf gesprengt.«

Prinz Itelo versuchte jetzt einen Griff mit seinen Beinen hoch oben an meiner Brust; wegen meines Umfanges hätte er mich weiter unten niemals mit ihnen umklammern können. Als er sie enger zog, fühlte ich, wie mein Blut stillstand und meine Lippen die Luft ausbliesen, während meine Zunge hechelte und meine Augen zu tränen begannen. Meine Hände waren aber nicht faul; indem ich mit beiden Daumen in der Nähe des Knies auf Itelos Oberschenkel drückte, dabei bis in den Muskel eindrang (ich glaube, er heißt Adduktor), gelang es mir, sein Bein geradezubiegen und seinen Griff zu lösen. Während ich mich hochwand, schnappte ich mir Itelos Kopf; sein Haar war sehr kurz, ließ sich aber trotzdem fassen. Ich griff ihn am Haar, packte ihn im Rücken und riß ihn herum. Ich hielt ihn am Bund jener lose sitzenden Unterhose – meine Finger innen –, dann hob ich ihn hoch. Ich wirbelte ihn nicht gerade durch die Luft, denn das hätte das Dach weggefegt. Ich warf ihn auf den Boden und stieg wieder auf ihn; damit preßte ich die Luft doppelt aus seiner Lunge.

Wahrscheinlich war Itelo sehr zuversichtlich gewesen, als er mich sah – einen massiven, aber alten Kerl, mit vorspringendem Bauch und heftig schwitzend, schwerfällig und traurig. Man konnte es ihm nicht verargen, daß er sich für den Überlegeneren hielt. Und jetzt hätte ich fast gewünscht, er hätte gewonnen, denn als er, den Kopf voran, hinfiel, sah ich – wie man gelegentlich einen einzelnen Gegenstand sieht, etwa eine Flasche, die die Niagarafälle hinunterstürzt –, wieviel Bitternis in seinem Gesicht war. Er konnte es nicht fassen, daß ein plumper alter Trumm wie ich ihm die Meisterschaft abnahm. Und als ich zum zweiten Male auf ihm landete, verdrehten sich seine Augen, und das kam bestimmt nicht nur von dem Gewicht, das ich auf ihn schleuderte. Es stand mir durchaus nicht zu, mir nun ins Fäustchen zu lachen oder mich sonstwie als stolzer Sieger aufzuspielen, das können Sie mir glauben. Mir war fast so elend zumute wie Itelo. Das ganze Strohgehäuse wäre fast um uns zusammengebrochen, als der Rücken des Prinzen auf dem Boden aufschlug. Romilayu stand abseits gegen die Wand gedrückt. Die Brust schmerzte mir bei diesem Sieg, und mein Herz krampfte sich zusammen, dennoch kniete ich auf dem Prinzen, um wirklich festzustellen, daß er bezwungen dalag; denn hätte ich ihn ohne dieses unzweideutige Niederzwingen aufstehen lassen, wäre er tief beleidigt gewesen.

Wenn sich bei dem Wettkampf nur physische Kräfte gemessen hätten, dann hätte – darauf gehe ich jede Wette ein – Itelo gewonnen. Aber er war nicht gegen Knochen und Muskeln angetreten. Es war auch eine Frage des Geistes gewesen, denn wenn es zum Kampf kommt, vertrete ich eine Sonderklasse. Ich habe seit frühester Zeit gekämpft, ohne mir je Ruhe zu gönnen. Trotzdem sagte ich: »Hoheit, nehmen Sie es nicht so schwer.« Er hatte sein Gesicht mit den Händen bedeckt, Händen von der Farbe ausgewaschener Steine, und er machte nicht einmal den Versuch, sich vom Boden zu erheben. Als ich ihn zu trösten versuchte, fielen mir nur Dinge ein, wie sie Lily gesagt hätte. Ich weiß nur zu gut, daß ihr Gesicht weiß angelaufen wäre, daß sie starr vor sich hingeblickt und ziemlich zusammenhanglos leise vor sich hingeredet hätte. Sie hätte gesagt, daß jeder Mann eben doch nichts als Fleisch und Knochen sei, daß jeder, der sich etwas auf seine Kraft zugute tue, nach und nach gedemütigt werde, und ähnliches. Ich kann Ihnen ellenlang wiedergeben, was Lily gesagt hätte, aber ich selbst konnte nur stumm mit ihm fühlen. Es war noch nicht genug damit, daß diese Menschen unter der Dürre und der Froschplage litten, sondern obendrein mußte ich noch aus der Wüste auftauchen, mich mit meinem österreichischen Feuerzeug in dem ausgetrockneten Bett des Arnewiflusses manifestieren, in die Stadt kommen und Itelo zweimal nacheinander zu Boden strecken. Der Prinz kniete sich jetzt hin und schaufelte Staub auf sein Haupt; dann ergriff er meinen Fuß in dem mit Gummi besohlten Wüstenschuh aus Wildleder und stellte ihn auf seinen Kopf. In dieser Lage weinte er viel mehr als die junge Frau und die Abordnung, die uns an der Lehm- und Dornenmauer der Stadt begrüßt hatte. Ich muß Ihnen aber sagen, daß es nicht die Niederlage allein war, die ihn so weinen ließ. Es war für ihn eine sehr verwickelte innere Erfahrung. Ich versuchte, meinen Fuß von seinem Kopf fortzuziehen, aber er hielt ihn beharrlich fest und sagte: »Oh, Mister Henderson! Henderson, ich kenne Sie jetzt. Oh, Sir, ich kenne Sie jetzt.«

Ich konnte nicht aussprechen, was ich empfand: »Nein, Sie kennen mich nicht. Das können Sie nie. Der Kummer hat mich in guter Verfassung erhalten, und deshalb ist dieser Körper so zäh. Das Heben von Steinen, das Zementieren, Holzhacken und die Plackerei mit den Schweinen – meine Stärke ist keine glückliche Stärke. Es war kein fairer Kampf. Glauben Sie es mir, Sie sind besser als ich.«

Seltsamerweise habe ich es nie fertiggebracht, bei irgendeinem Wettkampf zu verlieren, so sehr ich es auch versuchte. Auch wenn ich mit meinen Kindern Dame spielte, ganz gleich, was ich tat, sie gewinnen zu lassen, und während ihre Lippen vor Enttäuschung zitterten (ach, die Kleinen haßten mich sicher), sprang ich doch immer wieder über das ganze Brett und verkündete dann grob: »Ich bin König!« obwohl ich die ganze Zeit zu mir sagte: »Oh, du Dummkopf, du Dummkopf, du Dummkopf!«

Was der Prinz empfand, verstand ich jedoch erst völlig, als er sich erhob, mich mit seinen Armen umschlang, sein staubiges Haupt an meine Schulter lehnte und sagte, wir seien jetzt Freunde. Dies traf mich an meinem Lebensnerv, unmittelbar im Zentrum meines Daseins, erfüllte mich mit Trauer und Befriedigung. Ich sagte: »Hoheit, ich bin stolz, ich bin froh.« Itelo ergriff meine Hand, und das war zwar peinlich, aber zugleich erregend. Flammende Röte trat in mein Gesicht, jenes Leuchten, das einen älteren Mann nach einem solchen Sieg wohl verzeihlicherweise durchglüht. Ich versuchte aber, das alles herabzusetzen, und sagte zu

Itelo: »Ich habe eben die Erfahrung. Sie werden nie wissen, wieviel und welcher Art.«

Er antwortete: »Ich kenne Sie jetzt, Sir. Ich kenne Sie wirklich.«

7

Als wir die Hütte verließen, verkündete der Staub auf Itelos Haupt und die Art, in der er neben mir herschritt, meinen Sieg, so daß die Leute, als ich ins Sonnenlicht hinaustrat, mein Unterhemd anzog und den Helm wieder aufsetzte, mir zujubelten. Die Frauen legten ihre Handgelenke aneinander und schlugen die Hände, mir zu Ehren, zusammen, und sie öffneten die Münder fast genauso weit wie die Hände. Die Männer pfiffen auf den Fingern, wobei sie die Backen kräftig auseinanderrissen. Weit entfernt davon, den armen Sünder oder den Verärgerten zu mimen, beteiligte sich der Prinz selbst an den Ovationen, indem er auf mich zeigte und lächelte, und ich sagte zu Romilayu: »Weißt du was? Diese Afrikaner sind wirklich reizende Menschen. Ich liebe sie.«

Königin Willatale und ihre Schwester Mtalba erwarteten mich unter einem Strohdach im Hofe der Königin. Die Königin saß auf einer aus Stangen hergestellten Bank, und hinter ihr war eine rote Decke wie eine Flagge entfaltet. Als wir vortraten, Romilayu den Sack mit den Geschenken auf dem Rücken, öffnete die alte Dame ihre Lippen und lächelte mir zu. Für mich war sie die typische Vertreterin einer bestimmten Gruppe älterer Damen. Sie werden vielleicht verstehen, was ich meine, wenn ich sage, daß das Fleisch ihres Arms den Ellbogen überdeckte. Für mich ist dies das goldene Siegel des Charakters. Sie hatte nicht viele Zähne, aber sie lächelte warmherzig, und sie streckte ihre Hand aus, eine verhältnismäßig kleine Hand. Wohlwollen entströmte ihr; es kam mit jedem Atemzug aus ihr heraus, als sie lächelnd dasaß und ihre Huld, ihren Glückwunsch, ihren Willkommensgruß erregt zum Ausdruck brachte. Itelo deutete mir an, ich solle der alten Dame die Hand geben, und ich war erstaunt, als sie meine Hand nahm und sie zwischen ihren Brüsten vergrub. Dies ist hier die übliche Form der Begrüßung – Itelo hatte meine Hand auf seine Brust gelegt –, aber von einer Frau hatte ich das nicht erwartet. Zu allem übrigen, ich meine, zu der strahlenden Wärme und der fleischlichen Fülle, die meine Hand verspürte, kam das ruhige Klopfen ihres Herzens, das an unserer Begrüßung teilnahm. Es war so regelmäßig wie die Umdrehung der Erde, und es war eine Überraschung für mich;

mein Mund öffnete sich, und meine Augen erstarrten, als rührte ich an das Geheimnis des Lebens. Aber ich konnte meine Hand ja nicht ewig dort ruhen lassen, ich kam wieder zu mir und zog sie zurück. Dann erwiderte ich diese Geste der Höflichkeit, legte die Hand der Königin auf meine Brust und sagte: »Ich bin Henderson, Henderson.« Der gesamte Hof quittierte mit Beifall, wie schnell ich begriffen hatte. Daher dachte ich: ›Gut gemacht, Henderson!‹ und atmete auf.

Die Königin war das Urbild in sich ruhender Kraft. Ihr Kopf war weiß, ihr Gesicht breit und kräftig, und sie hatte sich in ein Löwenfell gehüllt. Hätte ich schon damals von Löwen gewußt, was ich jetzt weiß, hätte mir das viel über die Königin gesagt. Aber auch so machte es Eindruck auf mich. Es war das Fell eines Löwen mit Mähne. Den breiten Teil trug die Königin nicht vorn, wo man ihn erwartet hätte, sondern auf dem Rücken. Der Schwanz fiel über ihre Schulter herab, die Klaue war von unten heraufgezogen, und diese beiden Enden waren auf dem Bauch der Königin in einem Knoten verschlungen. Ich vermag nicht entfernt zu schildern, wie sehr mir das gefiel. Die Mähne mit dem wallenden Haar trug die Königin als Kragen, und auf diesem grauen und wahrscheinlich kratzenden Haar ruhte ihr Kinn. Ihr Gesicht aber leuchtete vor Glück. Dabei bemerkte ich freilich, daß sie ein krankes Auge hatte, offenbar war es grauer Star, das Auge wirkte bläulich weiß. Ich machte vor der alten Dame eine tiefe Verbeugung, und sie brach in Lachen aus, ihr löwenumschlossener Bauch erzitterte, und sie schüttelte den Kopf mit seinem trockenen weißen Haar über den Anblick, den ich bot, als ich mich in der kurzen Hose mit hochrotem Gesicht vor ihr verneigte, denn das Blut schoß mir bei dem Bücken in den Kopf.

Ich äußerte mein Bedauern über den Kummer, den die Dürre, das Vieh und die Frösche dem Stamme machten, und ich sagte, ich glaube zu wissen, was es heiße, unter einer Plage zu leiden, und hätte tiefstes Mitgefühl. Ich wisse, daß sie sich vom Brot der Tränen nähren müßten, und ich hoffte, ich würde hier nicht zur Last fallen. Dies wurde von Itelo übersetzt, und ich glaube, es wurde von der Königin gut aufgenommen; nur als ich von den Kümmernissen sprach, lächelte sie unverhohlen, so gelassen, wie das Mondlicht auf dem Grunde eines Stromes. Mein Herz freilich war voller Aufruhr, und ich schwor mir alle zwei Minuten, daß ich etwas tun, daß ich hier einen Beitrag leisten wolle. ›Ich hoffe, ich sterbe‹, sagte ich zu mir selbst, ›wenn ich diese Frösche nicht vertreibe, vertilge, zermalme.‹

Ich befahl dann Romilayu, mit der Verteilung der Geschenke zu beginnen. Als erstes holte er einen Kunststoffregenmantel in einer Kunststoffhülle hervor. Ich warf Romilayu einen tadelnden Blick zu, denn ich schämte mich, der alten Königin dieses billige Zeug anzubieten; tatsächlich hatte ich jedoch eine vollkommen ausreichende Entschuldigung, nämlich die, daß ich mit leichtem Gepäck reiste. Außerdem wollte ich hier einen Dienst leisten, neben dem sich das größte Geschenk albern ausnehmen würde. Aber die Königin legte ihre Hände an den Handgelenken aneinander und klappte sie zusammen, mich damit bewußter ansprechend, als es die anderen Damen getan hatten; sie lächelte mit einer wundervollen angeborenen Fröhlichkeit. Einige der Damen ihres Gefolges taten das gleiche, und jene, die ihre Kinder bei sich hatten, hoben sie in die Höhe, als wollten sie ihnen den phänomenalen Fremden für immer ins Gedächtnis einprägen. Die Männer zogen ihre Münder in die Breite und pfiffen harmonisch auf ihren Fingern. Vor vielen, vielen Jahren hatte der Sohn unseres Chauffeurs, Vince, versucht, mir das beizubringen, und ich hatte meine Finger solange im Munde stecken, bis ich Falten in der Haut bekam, aber diese schrillen Töne hatte ich nie herauszubringen vermocht. Ich beschloß daher, mir als Belohnung dafür, daß ich sie von dem Ungeziefer befreite, von den Männern Unterweisung im Pfeifen zu erbitten. Ich fand, es mußte wunderbar sein, auf meinen Fingern so zu pfeifen.

Ich sagte zu Itelo: »Prinz, bitte verzeihen Sie dieses schäbige Geschenk. Es ist mir höchst fatal, während einer Dürre einen Regenmantel zu schenken. Es ist ja wie ein Hohn – falls Sie wissen, was ich meine.«

Der Prinz erklärte jedoch, das Geschenk mache die Königin glücklich, und das tat es augenscheinlich auch. Ich hatte auf Anzeigen in der Times hin in der Third Avenue, in den Pfandleihen und in Armee- und Marineläden allerlei Schmuck und Kinkerlitzchen gekauft. Dem Prinzen überreichte ich einen Kompaß mit angelötetem kleinem Feldstecher, der selbst für Vogelbeobachter nicht sehr brauchbar war. Für die fette Schwester der Königin, Mtalba, die, wie ich sah, rauchte, holte ich eines jener österreichischen Feuerzeuge mit dem langen weißen Docht heraus. An einigen Stellen, besonders an ihrer Büste, war Mtalba so dick, daß sich ihre Haut infolge der Dehnung rosa gefärbt hatte. Mtalba war ein Beispiel für die Ernährungsweise von Frauen bestimmter Teile Afrikas, in denen man fettleibig sein muß, wenn man für eine wirkliche Schönheit gelten will. Sie war bestens verpackt, denn bei einem solchen Gewicht kann eine Frau nicht ohne die Hilfe von Kleidungsstücken herumlaufen. Mtalbas Hände waren mit Henna gefärbt, und ihr Haar starrte vor lauter Indigo. Sie glich einem sehr glücklichen und verhätschelten Menschenkind, etwa dem Jüngsten der Familie; sie schimmerte und funkelte vor Fett und Feuchtigkeit, ihr Fleisch warf Falten und blühte wie richtiger Brokat. An den Hüften unter dem lose herabwallenden Kleid war sie so breit wie ein Sofa. Auch Mtalba ergriff meine Hände und legte sie auf ihre Brust; dabei sagte sie: »Mtalba. Mtalba awhonto.« Ich bin Mtalba. Mtalba bewundert Sie.

»Ich bewundere sie gleichfalls«, sagte ich zu dem Prinzen.

Ich versuchte, ihn dazu zu bringen, der Königin zu erklären, daß der Mantel, den sie jetzt anhabe, wasserdicht sei, und da er kein Wort für wasserdicht zu finden schien, hob ich den Ärmel etwas an und beleckte ihn. Da die Königin das mißverstand, ergriff sie mich und beleckte mich genauso. Ich wollte aufschreien.

»Nicht schreien, Sir«, sagte Romilayu, und zwar mit einem nachdrücklichen Unterton. Darauf fügte ich mich, und die Königin leckte mich am Ohr und an der stacheligen Wange und drückte schließlich meinen Kopf an ihre Taille.

»Was soll denn das?« sagte ich, und Romilayu nickte mit seinem Haarbusch und antwortete: »Kay, Sir. Okay.« Kurz gesagt, es war ein besonderer Gunstbeweis der alten Dame. Itelo schob seine Lippen hervor, um mir zu zeigen, man erwarte von mir, daß ich die Königin auf den Bauch küsse. Um zunächst meinen Mund trocken zu machen, schluckte ich ein paarmal. Beim Hinfallen während des Ringkampfes war meine Unterlippe aufgeplatzt. Dann gab ich den erwarteten Kuß, und die Wärme, auf die ich stieß, ließ mich zusammenfahren. Mein Gesicht hatte, ehe es versank, den Knoten des Löwenfells beiseite geschoben. Ich spürte den Nabel der alten Dame, und ich hörte ihre inneren Organe dumpfe Laute von sich geben. Mir war, als triebe ich in einem Ballon über den Gewürzinseln und schwebte in heißen Wolken, während von unten exotische Düfte zu mir aufstiegen. Meine eigenen Barthaare stachen mich; sie stachen mir in die Lippe. Als ich mich schließlich aufrichtete (ich war in dieser bedeutungsvollen Minute mit einer gewissen – unverkennbaren! – Kraft in Berührung gekommen, die dem Leib dieser Frau entströmte), griff auch Mtalba nach meinem Kopf; wie ihre zarten Gesten andeuteten, wollte sie das gleiche wie eben die Königin, aber ich tat, als verstünde ich nicht, und sagte zu Itelo: »Wie kommt es, daß

Ihre Tanten beide so heiter sind, während alle übrigen trauern?« Er sagte: »Sie beide Bittah-Frauen.«

»Bitter? Ich will nicht behaupten, besonders viel von bitter und süß zu verstehen«, sagte ich, »aber wenn dies nicht ein Paar glücklicher Schwestern ist, muß mein Geist völlig getrübt sein. Es geht ihnen doch glänzend!«

»Oh, glücklich! Ja, glücklich! Sehr Bittah«, sagte Itelo. Und er begann, mir alles zu erklären. Ein Bittah sei ein wirklich vermögender Mensch. Etwas Höheres oder Besseres lasse sich nicht erreichen. Ein Bittah sei nicht nur eine Frau, sondern gleichzeitig ein Mann. Als die Ältere habe Willatale auch den höheren Rang in Bittahnis. Einige dieser Leute im Hofe seien ihre Ehemänner und andere ihre Ehefrauen. Von beiden habe Willatale eine große Menge. Die Frauen sprächen von Willatale als ihrem Gatten, die Kinder bezeichneten sie sowohl als Vater wie als Mutter. Willatale sei erhaben über die gewöhnlichen menschlichen Beschränkungen, und auf Grund ihrer erwiesenen Überlegenheit in allen Bezirken tue sie, was sie wolle. Auch Mtalba sei Bittah und steige immer höher.

»Meine beiden Tanten lieben Sie. Es ist für Sie sehr gut, Henderson«, sagte Itelo.

»Haben sie eine gute Meinung von mir, Itelo? Tatsächlich?« sagte ich.

»Eine sehr gute. Prima. Klasse A. Sie bewundern Ihr Aussehen und wissen auch, daß Sie mich besiegt.«

»Ach, bin ich froh, daß meine körperliche Stärke zu etwas gut ist«, sagte ich, »statt wie die meiste Zeit meines Lebens eine Last zu sein. Nur eines müssen Sie mir noch sagen: können Bittah-Frauen nichts gegen Frösche unternehmen?«

Die Frage stimmte Itelo sehr ernst, und er sagte nein.

Nun war die Königin an der Reihe, Fragen zu stellen, und sie sagte zunächst, sie freue sich über meinen Besuch. Sie konnte beim Sprechen nicht stillhalten, vielmehr bekundete sie mir durch zahlreiche kleine Bewegungen ihres Kopfes ihre Huld; ihr Atem entströmte ihren Lippen, und ihre offene Hand fuhr ständig vor ihrem Gesicht hin und her. Dann hielt sie schließlich inne und lächelte, doch ohne den Mund zu öffnen; ihr gesundes Auge strahlte mir entgegen, und das trockene weiße Haar sträubte oder legte sich je nach der sanften Bewegung ihrer Stirn.

Ich hatte zwei Dolmetscher, denn Romilayu konnte nicht übergangen werden. Er hatte Gefühl für Würde und Rang, er war ein Muster der Korrektheit in afrikanischem Sinn, als sei er für das

Leben am Hofe erzogen, er sprach in hoher Tonlage, vornehm gedehnt und mit eingeklemmtem Kinn, während er mit einem seiner Finger feierlich nach oben zeigte.

Nachdem die Königin mich begrüßt hatte, wollte sie wissen, wer ich sei und woher ich käme. Als ich diese Frage vernahm, fiel ein Schatten auf all die Freude und Beschwingtheit dieser Stunde, und ich begann zu leiden. Ich wünschte, ich könnte erklären, weshalb es mich bedrückte, etwas über mich mitzuteilen, aber es war so, und ich wußte nicht, was ich sagen sollte. Sollte ich der Königin sagen, daß ich ein reicher Mann aus Amerika sei? Möglicherweise wußte sie überhaupt nicht, wo Amerika lag, denn auch gebildete Frauen interessieren sich nicht für Geographie, da ihnen ihre eigene Welt wichtiger ist. Lily könnte sich weitschweifig über den Sinn des Lebens auslassen oder darüber, was ein Mensch erwarten oder nicht erwarten sollte, doch glaube ich nicht, daß sie sagen könnte, ob der Nil nach Norden oder nach Süden fließt. Ich war daher überzeugt, daß eine Frau wie Willatale eine solche Frage nicht nur stellte, um den Namen eines Kontinents vorgesetzt zu bekommen. Ich überlegte also hin und her, was ich sagen sollte. Ich war verdrießlich, zerbrach mir den Kopf, mein Bauch (mit den Kratzern unter dem Hemd, die ich mir bei dem Kampf mit Itelo geholt hatte) hing schlaff herunter, meine Augen zogen sich zusammen, schlossen sich fast. Und mein Gesicht – ich muß es wiederholen – ist kein Allerweltsgesicht, sondern gleicht einer unvollendeten Kirche. Ich bemerkte, daß einige Frauen ihre Säuglinge von der Brust wegzerrten, um sie in die Höhe zu heben und ihnen diese denkwürdige Erscheinung zu zeigen. Da die Natur in Afrika zu Extremen neigt, glaube ich, daß sie für meine Eigentümlichkeiten ein echtes Verständnis aufbrachten. Die kleinen Wesen aber weinten darüber, daß ihnen die Brust verwehrt wurde, und sie erinnerten mich an das Baby, das meine unglückliche Tochter Ricey aus Danbury mitgebracht hatte. Das fiel mir schwer aufs Gemüt, und als ich meine Lage bedachte, stand ich wieder vor all den alten Schwierigkeiten. Ein Haufen von Fakten stürzte auf mich ein und verursachte wieder den Druck in der Brust. Wer – wer war ich? Ein millionenschwerer Vagabund. Ein brutaler und gewalttätiger Mann, den es in die Welt hinausgetrieben hatte. Ein Mann, der sein Heimatland, das von seinen Vorvätern besiedelt worden war, hinter sich gelassen hatte. Ein Bursche, dessen Herz *Ich darbe, ich darbe* rief. Der vor Verzweiflung und auf der Suche nach Engelsstimmen Geige spielte. Der den Schlaf des Geistes sprengen mußte oder sonstwas.

Was konnte ich also dieser alten Königin in einem Löwenfell und dem Regenmantel (sie hatte ihn übergezogen und zugeknöpft) sagen? Daß ich, was mir ursprünglich an Gütern zuteil geworden war, mißbraucht hatte und nun herumreiste, um ein Heilmittel zu finden? Oder daß ich irgendwo gelesen hatte, die Vergebung der Sünden währe ewig, das Buch aber mit der für mich typischen Schlampigkeit verloren hätte? Ich sagte zu mir: »Du mußt der Frau eine Antwort geben, Henderson. Sie wartet darauf. Aber welche?« Und alles begann wieder von vorn. Wieder ging es darum: Wer bist du? Und ich mußte gestehen, daß ich nicht wußte, wo ich anfangen sollte.

Aber die Königin sah, daß ich bedrückt und trotz meines gewandten Auftretens und rauhen Äußeren schwermütig war; sie wechselte daher das Thema. Sie hatte inzwischen begriffen, daß der Mantel regendicht war, und so rief sie eine der langhalsigen Frauen zu sich, ließ sie auf den Stoff spucken, den Speichel hineinreiben und danach die Innenseite befühlen. Sie war erstaunt und sagte es jedem, wobei sie ihren Finger anfeuchtete und ihn auf ihren Arm legte, und wieder brachen alle in den Ruf »Awho«, in das Pfeifen und Händeklatschen aus, und Willatale umarmte mich von neuem. Zum zweiten Male versank mein Gesicht in ihrem Bauch, jener mächtigen, nach Safran riechenden Fleischmasse, in die auch der Knoten aus Löwenfell versank, und ich spürte wieder die ihm entströmende Kraft. Ich irrte mich nicht. Und wie zuvor mußte ich an jenes Wort denken von der *Stunde, die des Geistes Schlaf gesprengt*. Die athletenhaften Männer setzten inzwischen ihr harmonisches Pfeifkonzert fort, wobei sie ihre Münder wie Satyrn aufrissen (nicht, daß sie im übrigen an Satyrn erinnerten). Auch das Händeklatschen wurde fortgesetzt, und zwar genau, wie wenn Frauen Fangball spielen (auch sie beugen ihre Knie, wenn der Ball herankommt). Beim ersten Anblick der Stadt hatte ich gespürt, daß das Zusammenleben mit solchen Menschen einen Mann vielleicht zu seinem Bessern verändern könne. Ja, ich konnte sagen, daß es mir bereits ein wenig gut getan hatte. So drängte es mich, etwas für diese Menschen zu tun – es war ein geradezu heftiges Verlangen. »Wenn ich«, dachte ich, »wenigstens Arzt wäre, so würde ich Willatales Auge operieren.« Nun, ich weiß, was Staroperationen sind, und ich hatte nicht die Absicht, wirklich einen Versuch zu unternehmen. Aber ich schämte mich sonderbarerweise, nicht Arzt zu sein – vielleicht war es auch eine Schande, einen so weiten Weg gemacht zu haben und dann so wenig ausrichten zu können. Es kostete Findigkeit, technische Voraussetzungen und Zusammenwirken verschiedenster Kräfte, um einen Mann so schnell und so tief in das Innere Afrikas zu schaffen! Und dann – ist es der Falsche! Wieder einmal war ich davon überzeugt, daß ich im Leben einen Platz einnahm, den eigentlich jemand anders einnehmen müßte. Wahrscheinlich war es lächerlich, bekümmert darüber zu sein, daß ich nicht Arzt war, denn schließlich sind auch manche Ärzte ziemlich miese Charaktere, und ich habe viele gekannt, die sich nur die Taschen füllten, aber ich dachte vor allem an das Idol meiner Kindheit, Sir Wilfred Grenfell aus Labrador. Vor vierzig Jahren, als ich auf der Veranda seine Bücher las, schwor ich mir, Arzt und Missionar zu werden. Es ist schlimm – aber Leiden ist so ungefähr das einzige zuverlässige Sprengmittel für den Schlaf des Geistes. Ein altes Gerücht sagt, auch Liebe komme dafür in Frage. Wie dem auch sei, mir schien, im Augenblick hätte ein nützlicherer Mensch unter den Arnewi eintreffen sollen, denn trotz allen Charmes der beiden Bittahnis-Frauen war die Krise wirklich akut. Und ich erinnerte mich an eine Unterhaltung mit Lily. Ich hatte sie gefragt: »Liebling, findest du, daß es für mich zu spät ist, noch Medizin zu studieren?« (Lily ist allerdings nicht die ideale Frau zur Beantwortung einer praktischen Frage wie dieser.) Aber Lily hatte gesagt: »Durchaus nicht, Liebling. Es ist niemals zu spät. Du kannst hundert Jahre alt werden.« – Eine Folge ihrer Ansicht, ich sei nicht umzubringen. Ich hatte ihr darauf erklärt: »So lange müßte ich auch leben, daß es sich lohnt. Erst mit dreiundsechzig Jahren würde ich als Assistenzarzt beginnen, wenn andere Männer sich von ihren Geschäften zurückziehen. Aber auch darin gleiche ich nicht anderen Männern, denn ich habe keine Geschäfte, von denen ich mich zurückziehen könnte. Ich kann jedoch nicht mit fünf oder sechs Leben rechnen, Lily. Mehr als die Hälfte der Menschen, die ich in meiner Jugend kannte, ist dahingegangen, und ich sitze hier und mache noch Zukunftspläne. Auch die Tiere, die ich immer um mich hatte, sind dahin. Ein Mann besitzt in seinem Leben sechs oder sieben Hunde, und dann ist es auch für ihn Zeit, zu verschwinden. Wie kann ich jetzt an Lehrbücher, Instrumente, Vorlesungen und das Studium eines Leichnams denken? Wo sollte ich die Geduld hernehmen, jetzt noch Anatomie, Chemie und Geburtshilfe zu lernen?« Aber Lily hatte wenigstens nicht über mich gelacht, wie Frances. ›Wenn ich etwas von Wissenschaft verstünde‹, dachte ich mir jetzt, ›fiele mir wahrscheinlich eine einfache Methode zur Vertilgung dieser Frösche ein.‹

Trotz allem war ich ganz vergnügt, und nun war ich an der Reihe, Geschenke zu empfangen. Von den Schwestern erhielt ich ein mit Leopardenfell bezogenes Kissen, und man brachte einen Korb voll kalter gebackener Jamswurzeln, der mit einem Stück Strohmatte zugedeckt war. Mtalbas Augen wurden immer größer, ihre Brauen schoben sich langsam in die Höhe, und sie schien irgend etwas mit der Nase zu haben – lauter Anzeichen dafür, daß sie sich in mich verguckt hatte. Mit ihrer schmalen Zunge leckte sie meine Hand, und ich zog die Hand zurück und wischte sie an meiner Hose ab.

Ich hielt mich jedoch für sehr glücklich. Der Ort war schön, seltsam, eigenartig, und er ergriff mich. Ich war überzeugt, die Königin könne mich, falls sie es wollte, wieder in Ordnung bringen; sie könne jetzt gleich ihre Hand öffnen und es mir zeigen: die Quelle, den Keim – die Chiffre. Das Geheimnis, Sie verstehen. Ich war völlig davon überzeugt, daß sie es konnte. Die Erde ist ein riesiger Ball, den nichts als ihre eigene Bewegung und Anziehungskraft im Weltenraum hält, und wir denkenden Wesen, die sie bevölkern, glauben, auch wir müßten uns bewegen in unserem eigenen Raum. Wir könnten es uns nicht gestatten, uns einfach hinzulegen, unser Teil nicht zu tun und der größeren Einheit nicht nachzueifern. So sind wir eben eingestellt. Aber nun sehe man sich Willatale an, diese Bittah-Frau; sie hatte solche Empfindungen aufgegeben. In ihr war nichts von ängstlicher Besorgtheit, und sie war doch gut aufgehoben. Ihr widerfuhr nichts Böses. Im Gegenteil, alles schien bestens zu sein! Sah sie nicht glücklich aus, diese lächelnde Frau mit der flachen Nase, den Zahnlücken, dem Perlmutterauge und dem gesunden Auge? Hatte sie nicht einen prachtvollen weißen Kopf? Es tat mir wohl, sie anzusehen, und ich hatte das Gefühl, hier lernen zu können, daß auch ich gut aufgehoben war, wenn ich ihrem Beispiel folgte. Ja, ich glaubte, die Stunde meiner Befreiung rücke heran, in der endlich der Schlaf des Geistes gesprengt würde.

Diese glückliche Erregung preßte mir die Zähne aufeinander. Gewisse Empfindungen verursachen in meinen Zähnen einen Juckreiz. Besonders geht mir das bei ästhetischen Erlebnissen so. Ja, wenn ich bewundernd vor etwas Schönem stehe, bekomme ich plötzlich diese Zahnschmerzen, und mein Zahnfleisch ist gereizt. Zum Beispiel an jenem Herbstmorgen, als die Knollenblumen so rot waren, als ich in meinem Velvet-Bademantel unter dem grünen Dach der Fichte stand, als die Sonne dem Fell eines Fuchses glich und die Tiere bellten, als die Krähen auf den goldenen verwesenden Stoppelresten ihr lautes Wesen trieben – damals hatte mein Zahnfleisch geradezu stechend geschmerzt, und jetzt war es ähnlich; dabei schien all meine lästige, oft verwünschte und so bedrohliche Arroganz von mir zu weichen, und selbst die Widerspenstigkeit meines Bauches gab nach und fiel in sich zusammen. Ich sagte zu Prinz Itelo: »Hoheit, könnten Sie es einrichten, daß ich mit der Königin in ein wirkliches Gespräch komme?«

»Sprechen Sie denn nicht?« sagte er, ein wenig überrascht. »Sie sprechen doch, Mister Henderson.«

»Oh, ich meine ein wirkliches Gespräch. Nicht gesellschaftliche Schaumschlägerei. Mit allem Ernst«, sagte ich. »Ein Gespräch über Lebensweisheit. Denn ich weiß, sie hat sie, und ich möchte nicht ohne eine Probe davon weiterziehen. Es wäre Wahnsinn.«

»Oh, ja. Sehr gut, sehr gut«, sagte er. »Da Sie mich geschlagen, werde ich Ihnen diese schwierige Dolmetscherdienst nicht weigern.«

»Sie wissen also, was ich meine?« sagte ich. »Großartig. Wunderbar. Ich werde Ihnen bis zu meinem letzten Atemzuge dankbar sein, Prinz. Sie können sich gar nicht vorstellen, wie glücklich mich das macht.« Die jüngere Bittahnis-Schwester, Mtalba, hielt inzwischen meine Hand, und ich sagte: »Was will sie?«

»Oh, sie haben große Zuneigung zu Ihnen. Sehen Sie nicht, sie ist schönste Frau, und Sie stärkster aller starken Männer. Sie haben ihr Herz erobert.«

»Zum Teufel mit ihrem Herzen«, sagte ich. Dann begann ich darüber nachzudenken, wie eine Unterredung mit Willatale einzuleiten wäre. Worauf sollte ich mich konzentrieren? Auf Ehe und Glück? Auf Kinder und Familie? Pflicht? Tod? Die Stimme, die *Ich darbe* sagte? (Wie konnte ich ihr und Itelo dies erklären?) Ich mußte die einfachsten, wesentlichsten Punkte herausfinden, aber all mein Denken ist nun einmal kompliziert. Ich will ein Beispiel für diese Denkweise geben, das mir gerade vor Augen schwebte, als ich in diesem ausgedörrten Hof unter dem milden Schatten des Strohs stand: Lily, mein trotz allem geliebtes Weib – und sie ist die unersetzliche Frau – wollte, wir sollten uns gegenseitig aus unserer Einsamkeit herausreißen. Sie war jetzt nicht mehr allein, aber ich war es noch immer, und wie ließ sich das erklären? Nächster Schritt: Hilfe kommt entweder von anderen menschlichen Wesen oder – aus einer ganz anderen Richtung. Und zwischen menschlichen Wesen gibt es nur zwei Möglichkeiten, Brüderlichkeit oder Frevel . . . Und was macht gute Menschen zu solchen Lügnern? Sie lügen doch, sobald sie den Mund auftun. Offenbar glauben sie, ohne Frevel gehe es nicht, und das

Lügen sei der nützlichste Frevel, da es wenigstens einem guten Zweck dient. Nun, wenn's sein muß, bin ich natürlich für die Guten, aber ich bin ihnen gegenüber sehr argwöhnisch ... Kurz, was ist die beste Art zu leben?

An einem so fortgeschrittenen Punkt meines Denkens konnte ich aber mit der Bittahnis-Frau nicht beginnen. Ich mußte Schritt für Schritt vorgehen, um nicht den Boden unter den Füßen zu verlieren. Darum sagte ich zu Itelo: »Bitte, verehrter Freund, sagen Sie der Königin in meinem Namen, daß die einfache Tatsache, sie zu sehen, einen wundervollen Einfluß auf mich ausübt. Ich weiß nicht, ob das ihre allgemeine Erscheinung macht oder das Löwenfell oder das, was ich von ihr ausgehen fühle – jedenfalls, meine Seele findet Ruhe.«

Meine Worte wurden von Itelo übersetzt, und dann beugte sich die Königin mit einem leichten Schwanken ihres mächtigen Körpers lächelnd vor und sprach.

»Sie sagt, auch sie von Ihrer Gegenwart erfreut.«

»Oh, wirklich.« Ich strahlte. »Das ist einfach großartig. Das ist ein großer Augenblick für mich. Der Himmel öffnet sich mir. Ich empfinde es als großes Privileg, hier zu sein.« Ich entzog Mtalba meine Hand, legte meinen Arm um den Prinzen und schüttelte den Kopf, denn ich war geradezu selig, und mein Herz wollte überlaufen. »Sie wissen, Prinz, daß Sie in Wirklichkeit stärker sind als ich«, sagte ich. »Ich bin stark, gewiß, aber es ist die falsche Art der Stärke, die grobe Art; denn ich bin verzweifelt. Sie dagegen sind in Wirklichkeit stark – einfach stark.« Der Prinz war von diesen Worten stark bewegt und wollte etwas einwenden, aber ich sagte: »Glauben Sie es mir! Wenn ich den Versuch machen wollte, dies alles im einzelnen zu erklären, würden ganze Monate vergehen, ehe Sie auch nur einen Schimmer von dem erfaßten, um was es geht. Meine Seele gleicht einer Pfandleihe. Ich meine, sie ist voll von uneingelösten schönen Dingen, alten Klarinetten, Kameras, vermotteten Pelzen. Aber«, fuhr ich fort, »lassen wir uns nicht in eine Debatte darüber ein. Ich versuche nur, Ihnen zu sagen, welche Gefühle mich hier bei diesem Volksstamm ergreifen. Sie sind wunderbar, Itelo. Ich liebe Sie. Ich liebe auch die alte Dame. Sie alle sind prachtvolle Menschen, und ich will Sie von diesen Fröschen befreien, müßte ich auch mein Leben dafür hingeben.« Alle sahen, daß ich bewegt war, und die Männer begannen, auf ihren Fingern das hohle Pfeifkonzert hervorzubringen und nach Art der Satyrn ihre Münder auseinanderzuziehen, doch liebenswert und gefällig.

»Meine Tante fragt, was Sie wünschen, Sir.«

»Oh, wirklich? Das ist ja herrlich. Um ins Gespräch zu kommen, fragen Sie sie, was sie in mir sieht, da es mir so schwerfällt, ihr zu sagen, wer ich bin.«

Itelo übersetzte die Frage, und Willatale zog die Stirn mit jener für sämtliche Arnewi bezeichnenden Geschmeidigkeit in die Höhe, wobei der halbe Augapfel sichtbar wurde – ganz rein und mit dem Schimmer menschlicher Wärme; das andere Auge dagegen, das weiße, strahlte, obwohl blind, Humor aus, als wollte Willatale mir einen Wink für mein ganzes Leben geben. Auch dieser geschlossene weiße Fensterladen bekundete mir Willatales Zuneigung. Sie sprach leise, ohne den Blick abzuwenden, und ihre Finger tänzelten auf ihrem alten, infolge ihrer Leibesfülle kurzen Oberschenkel, als läse sie Blindenschrift. Itelo übersetzte Willatales Worte. »Sie sind wuchtige Persönlichkeit, Sir. Stark. (Ich stimme ihr bei.) Ihr Geist ist voll Gedanken. Hat aber auch gewisse Grundlagen für Bittahnis.« (Gut, gut!) »Sie lieben Sensa ...« (Itelo brauchte mehrere Sekunden, um das richtige Wort zu finden, während ich wartend dastand, ganz erfüllt – in diesem farbenreichen Hof, auf diesem goldenen Boden, alles um mich herum in Hochrot oder Schwarz getaucht, die Zweige der Büsche braun und nach Zimt riechend – ganz erfüllt von dem Wunsch, aus Willatales weißem Munde meinen Urteilsspruch zu hören.) »Sensationen.« Ich nickte, und Willatale fuhr fort: »Sie sagt ... Sie sind sehr betrübt, Sir! Mister Henderson. Ihr Herz bellt.« »Das stimmt«, sagte ich, »mit allen drei Köpfen, wie Cerberus, der Wachhund. Aber warum bellt es?« Itelo jedoch hörte genau hin, was seine Tante sagte, und neigte sich auf den Fußballen vornüber, als sei er darüber entsetzt, mit was für einem Menschen er bei der üblichen Begrüßungszeremonie die Matte betreten hatte. »Verstört«, sagte er. »Ja, ja, ich kann es bestätigen«, sagte ich. »Die Frau ist wirklich begabt.« Und ich ermunterte sie: »Sagen Sie mir, sagen Sie mir es, Königin Willatale! Ich will die Wahrheit. Ich will nicht, daß Sie mich schonen.« »Leiden«, sagte Itelo, und Mtalba ergriff voller Mitgefühl meine Hand. »Ja, das stimmt, ich leide.« »Sie sagt jetzt, Mister Henderson, daß Sie große Fähigkeit haben, wie Ihre Größe zeigt, besonders Ihre Nase.« Meine Augen waren groß und traurig, als ich mir ins Gesicht faßte. Schönheit ist zweifellos vergänglich. »Ich sah früher einmal recht gut aus«, sagte ich. »Aber es ist bestimmt eine Nase, mit der ich die ganze Welt riechen kann. Sie ist ein Erbteil von dem Stammvater der Familie Henderson. Er war ein holländischer

Wurstfabrikant und wurde der skrupelloseste Kapitalist von Amerika.« »Sie müssen der Königin verzeihen. Die Königin mag Sie gern und sagt, sie möchte Ihnen nicht Kummer machen.«

»Weil ich schon genug habe. Aber sehen Sie, Hoheit, ich bin nicht zu Firlefanzereien hierhergekommen, sagen Sie daher nichts, was die Königin zurückhalten könnte. Ich will Aufrichtigkeit.«

Die Bittahnis-Frau begann wieder zu sprechen, leise, ihr einäugiger träumerischer Blick verweilte auf meiner Erscheinung.

»Was sagt sie – was sagt sie?«

»Sie sagt, Sie möchten ihr mitteilen, Sir, weshalb Sie kommen. Sie weiß, daß Sie Berge überqueren und sehr lange gehen mußten. Sie nicht jung, Mr. Henderson. Sie wiegen vielleicht hundertfünfzig Kilo; Ihr Gesicht haben viele Farben. Sie sind gebaut wie ein alter Lokomotiv. Sehr stark, ja, ich weiß. Ich gebe zu, Sir. Aber soviel Fleisch wie ein großes Denkmal . . .«

Ich hörte ihm zu; ich litt bei seinen Worten, meine Augen zuckten zusammen, flüchteten sich in die sie umgebenden Runzeln. Dann seufzte ich und sagte: »Ich danke Ihnen für Ihre Offenheit. Ich weiß, es ist merkwürdig, daß ich mit meinem Führer diesen ganzen Weg durch die Einöde gegangen bin. Bitte, sagen Sie der Königin, ich habe es für meine Gesundheit getan.« Dies überraschte Itelo, und er lachte erstaunt auf. »Ich weiß«, sagte ich, »äußerlich mache ich keinen kranken Eindruck. Und es klingt haarsträubend, daß jemand mit meinem Äußeren sich noch immer über sich selbst, seine Gesundheit oder sonst etwas Sorgen macht. Aber es ist so. Oh, es ist ein Jammer, Mensch zu sein. Man wird von so sonderbaren Leiden befallen. Einfach, weil man Mensch ist, aus keinem anderen Grund. Ehe man's sich versieht, ist man eines schönen Tages genauso wie die anderen Menschen, die man kennengelernt hat, mit all diesen besonderen menschlichen Übeln, genauso ein Gefäß für Launen, Eitelkeiten, Unbesonnenheiten und dergleichen. Wer will das alles, wer hat etwas davon? Diese Dinge machen sich an der Stelle breit, wo des Menschen Seele sein sollte. Da die Königin nun einmal angefangen hat, soll sie mir auch mein ganzes Sündenregister vorhalten. Ich kann ihr viel Ergänzendes sagen, aber ich glaube, ich brauche das gar nicht. Sie scheint im Bilde zu sein. Lust, Zorn und all das andere. Ein regelrechter Widerwärtigkeiten-Ausverkauf . . .«

Itelo zögerte, dann übersetzte er der Königin davon so viel, wie er vermochte. Sie nickte mit teilnahmsvollem Ernst; langsam öffnete und schloß sie ihre Hand auf dem Knoten aus Löwenfell und blickte unverwandt das Dach der Hütte an – jene Rohre aus bernsteinfarbenem Bambus und die friedvollen symmetrischen Palmblätter darüber. Ihr Haar umschwebte sie wie Tausende von Spinnenfäden, und das Fett an ihren Armen hing über ihre Ellbogen hinab. »Sie sagt«, dolmetschte Itelo sorgfältig, »die Welt ist fremd für ein Kind. Sind Sie nicht ein Kind, Sir?«

»Oh, wie wundervoll sie ist«, sagte ich. »Es ist wahr, nur zu wahr. Ich habe mich im Leben nie zu Hause gefühlt. Mein ganzer Verfall hat sich an einem Kinde vollzogen.« Ich faltete die Hände, starrte auf den Boden und begann, über diese Eingebung nachzudenken. Sobald es sich jedoch um Nachdenken handelt, gleiche ich dem dritten Mann in einem Stafettenlauf. Ich kann es kaum erwarten, endlich den Stab zu bekommen, aber wenn ich ihn dann bekomme, laufe ich selten in der nötigen Richtung. Ich dachte ungefähr folgendes: Die Welt mag einem Kind vielleicht fremd vorkommen, aber das Kind fürchtet sie nicht so, wie sie ein Erwachsener fürchtet. Es wundert sich über sie. Der Erwachsene dagegen fürchtet sie vor allem. Und weshalb? Wegen des Todes. Darum tut er alles, um sich entführen zu lassen, wie ein Kind. Und was dann passiert, ist nicht seine Schuld. Und wer ist dieser Kindesentführer – dieser Zigeuner? Die Fremdheit des Lebens – etwas, das den Tod in größere Ferne rückt, so weit weg wie in der Kindheit. Ich kann Ihnen sagen, ich war ziemlich stolz auf mich. Und zu Itelo sagte ich: »Bitte, teilen Sie der alten Dame in meinem Namen mit, daß die meisten Menschen es verabscheuen, sich näher mit dem Kummer eines Menschen zu befassen. Kummer stinkt. Ich werde daher ihre Großmut nicht vergessen. Hören Sie – hören Sie einmal her«, sagte ich zu Willatale, Mtalba, Itelo und den Angehörigen des Hofes. Ich begann, aus Händels *Messias* zu singen: »Er ward verschmähet und verachtet, ein Mann der Schmerzen und vertraut mit Gram«, und dann stimmte ich eine andere Stelle des gleichen Oratoriums an: »Denn wer mag den Tag Seiner Zukunft erleiden, und wer besteht, wenn Er erscheinet?« So sang ich, und Willatale, die Bittahnis-Frau, Königin der Arnewi, schüttelte leise ihr Haupt; vielleicht aus Bewunderung. In Mtalbas Gesicht erstrahlte ein ähnlicher Ausdruck, und ihre Stirn faltete sich dem steif in die Höhe stehenden indigofarbenen Haar entgegen. Die Damen klatschten, und die Männer pfiffen im Chor. »Oh, eine gute Vorführung, Sir, mein Freund«, sagte Itelo. Nur Romilayu, untersetzt, muskulös, breit und voller Runzeln, schien meinen Gesang zu mißbilligen; aber durch seine Runzeln hatte er immer diesen mißbilligenden Ausdruck, und vielleicht tat er es gar nicht.

»Grun-tu-molani«, sagte die alte Königin.

»Was? Was sagt sie?«

»Sie sagt, Sie darben nach Leben. Grun-tu-molani. Der Mensch darbt nach Leben.«

»Ja, ja, ja! Molani. Ich molani. Das sieht sie? Gott wird es ihr lohnen, übersetzen Sie ihr das, daß sie mir das sagt. Ich werde es ihr auch lohnen. Ich werde diese Frösche vernichten und aus der Zisterne sprengen, hoch in die Luft; sie werden wünschen, nie aus den Bergen heruntergekommen zu sein, um Ihnen Ungelegenheiten zu machen. Ich molani nicht nur für mich, sondern für jeden einzelnen. Ich konnte es nicht ertragen, wie traurig alles in der Welt geworden ist, und so bin ich wegen dieses molani losgezogen. Grun-tu-molani, alte Dame – alte Königin. Grun-tu-molani, jeder einzelne!« Ich winkte der gesamten Familie und den Angehörigen des Hofes mit meinem Helm zu. »Grun-tu-molani. Gott würfelt nicht mit unseren Seelen, und deshalb grun-tu-molani.« Man lächelte mir zu, man murmelte als Antwort »Tu-molani.« Mtalba, die ihre Lippen geschlossen hatte, deren übriges Gesicht aber sichtlich vor Glück zerfloß und deren kleine, in Henna getauchte Hände mit den faltigen Handgelenken auf ihren Hüften ruhten, senkte ihren Blick in meine Augen und schmolz dahin.

8

Ich stamme aus einem Geschlecht, das seit über hundert Jahren verflucht und verspottet wird, und als ich am Strande des ewigen Meeres saß und Flaschen zerschmetterte, erinnerten sich die Leute nicht nur meiner großen Vorfahren, der Gesandten und Staatsmänner, sondern auch der Verrückten. Einer wurde in den Boxeraufstand verwickelt, da er sich für einen Orientalen hielt, einer wurde für dreihunderttausend Dollar von einer italienischen Schauspielerin gekapert, einer entschwebte in einem Ballon, als er gerade das Frauenstimmrecht propagierte. Es hat in unserer Familie eine Menge impulsiver oder närrischer Leute gegeben. In der vorigen Generation erhielt ein Henderson den Orden Corona Italia, weil er bei dem Erdbeben in Messina auf Sizilien so vielen Menschen das Leben gerettet hatte. Er war es leid, in Rom durch Untätigkeit langsam zu vermodern. Das Leben langweilte ihn, und er ritt manchmal in seinem Palazzo auf seinem Pferd aus seinem Schlafzimmer in den Salon hinunter. Nach dem Erdbeben traf er mit dem ersten Zug in Messina ein, und es heißt, er habe zwei ganze Wochen nicht geschlafen, sondern Hunderte von Ruinen durchwühlt und unzählige Familien gerettet. Hieraus geht hervor, daß in unserer Familie ein Ideal des Dienens herrscht, das sich freilich bisweilen in Form einer verrückten Angewohnheit äußert. Einer der alten Hendersons, der zwar alles andere als Geistlicher war, hielt seinen Nachbarn Predigten und rief sie zusammen, indem er in seinem Garten mit einem Brecheisen gegen eine Glocke schlug. Sie mußten alle kommen.

Man behauptet, ich ähnelte ihm. Wir haben dieselbe ungewöhnliche Halsweite. Ich könnte natürlich die Tatsache anführen, daß ich in Italien eine halb gesprengte Brücke abgestützt und solange vor dem Einsturz bewahrt habe, bis die Pioniere eintrafen. Aber so etwas ist einfach Soldatenpflicht, und ein besseres Beispiel bietet mein Verhalten im Krankenhaus, als ich mir das Bein gebrochen hatte. Ich verbrachte die ganze Zeit in der Kinderstation, wo ich die Kinder unterhielt und belustigte. Auf meinen Krücken hopste ich im Krankenkittel überall herum; ich hatte nicht die Geduld, mir erst die Gürtelbänder zuzubinden, und war hinten unbekleidet, und die alten Schwestern rannten mir nach, um meine Blöße zu bedecken, aber ich hielt nie still.

Hier waren wir nun in den entlegensten afrikanischen Bergen – weiß Gott, viel entlegener konnten sie nicht sein! –, und es war eine Schande, daß diese braven Menschen so unter den Fröschen leiden mußten. Es war nur natürlich, daß ich sie von dieser Plage befreien wollte. Das war doch das mindeste, was ich unter diesen Umständen tun konnte. Schließlich hatte die Königin Willatale viel für mich getan – hatte meinen Charakter gedeutet, mir das Grun-tu-molani offenbart. Ich stellte mir vor, daß diese Arnewi – darin machten sie keine Ausnahme – sich nicht auf allen Gebieten gleichmäßig entwickelt hatten: sie hatten vielleicht das Geheimnis des Lebens enträtselt, aber wenn es sich um Frösche handelte, standen sie hilflos da. Das hatte ich mir schon zu meiner eigenen Genugtuung klargemacht. Die Juden hatten ihren Jehova, wollten sich aber am Sabbat nicht verteidigen. Und die Eskimos gingen inmitten all ihrer Karibus vor Hunger ein, weil es verboten war, in der Fisch-Saison Karibu und in der Karibu-Saison Fisch zu essen. Es hängt alles von den Idealen ab – den Idealen. Und wo ist die Wirklichkeit? Ich frage Sie, wo ist sie? Ich selbst, der ich vor Elend und Langeweile starb, war von Glück, von objektivem Glück, umgeben, in so überreichem Maße, wie das Wasser in der Zisterne, von dem das Vieh nicht trinken durfte. Und daher dachte ich, hier ist ein Abkommen auf gegenseitige Hilfeleistung angebracht: Wo die Arnewi nicht weiterwissen, helfe ich ihnen, und wo ich nicht weiterweiß, helfen sie mir.

Der Mond war bereits aufgegangen, er hatte sein langes Gesicht dem Osten zugekehrt, und Schäfchenwolken umschwebten ihn. Er ermöglichte es mir, die Höhe der Berge abzuschätzen, und ich glaube, sie lag bei dreitausend Meter. Der Abendhimmel verfärbte sich in ein intensives Grün, das freilich den Mondstrahlen ihr leuchtendes Weiß nicht nahm. Das Stroh auf den Dächern ähnelte mehr denn je dunklen, schweren Federn. Ich sagte zu Prinz Itelo, als wir neben einem dieser schillernden Haufen standen – die ihn begleitenden Frauen und Verwandten waren mit den Kürbisblüten-Schirmen noch immer in der Nähe –: »Prinz, ich werde diesen Tieren in der Zisterne beizukommen versuchen. Ich bin nämlich sicher, daß ich mit ihnen fertig werde. Sie werden überhaupt nicht in die Sache hineingezogen, und Sie brauchen sich nicht einmal in dieser oder jener Richtung zu äußern. Ich tue das auf meine eigene Verantwortung.«

»Oh, Mister Henderson – Sie sind ein außergewöhnlicher Mann. Aber Sir! Lassen Sie sich nicht fortreißen!«

»Ha, ha, Prinz, verzeihen Sie, aber jetzt sind Sie völlig auf dem Holzwege. Wenn ich mich nicht fortreißen lasse, bringe ich niemals etwas zustande. Aber schon gut. Belasten Sie sich nicht weiter damit.«

Darauf verließ Itelo unsere Hütte, und Romilayu und ich nahmen unser Abendbrot ein, das in der Hauptsache aus kalten Jamswurzeln und Schiffszwieback bestand, und das ich durch einige Vitaminpillen ergänzte. Als Abschluß gönnte ich mir einen Schluck Whisky, und dann sagte ich: »Komm, Romilayu, wir wollen zu der Zisterne hinübergehen und sie uns bei Mondlicht besehen.« Ich nahm eine Taschenlampe mit, die ich unter dem Stroh anknipsen wollte, denn über der Zisterne war, wie bereits erwähnt, ein Wetterdach errichtet.

Diese Frösche hatten es wirklich besser als irgend jemand sonst. Hier wuchs – wegen der vorhandenen Feuchtigkeit – das einzige Unkraut im ganzen Dorf, und diese merkwürdige, grün und weiß gefleckte Sorte von Bergfrosch sprang, planschte und schwamm nur so herum. Man sagt, die Luft sei die letzte Heimstatt der Seele; ich finde jedoch, für unsere Sinne gibt es wahrscheinlich kein lieblicheres Element als das Wasser. Das Leben dieser Frösche mußte herrlich sein, und sie schienen es auszukosten, als sie sich mit ihrer glänzenden nassen Haut, ihren weißen Beinen, den blasenähnlichen Augen und den zitternden Kehlen zu unseren

Füßen am Rande der Zisterne entlangbewegten. Die gesamte Umwelt, die im Augenblick durch Romilayu und mich repräsentiert wurde, glühte, schwitzte, verbrannte. Mein Gesicht, auf dem der Schatten der Nacht und des Zisternendaches lag, glühte wie der Krater eines Vulkans. Meine Kiefer waren geschwollen. Ich glaubte fast die Taschenlampe ausknipsen zu können – bei dem grellen Licht, das von mir ausging, hätten wir die Frösche in der Zisterne ohnehin erkannt!

»Sie haben es sehr gut, diese Tiere«, sagte ich zu Romilayu, »wenn nichts dazwischen kommt.« Und ich schwang die große Taschenlampe über dem Wasser, in dem sie versammelt waren. Unter anderen Umständen wäre ich ihnen möglicherweise mit Toleranz oder sogar mit einer gewissen Zuneigung begegnet. Im Grunde nämlich hatte ich nichts gegen sie.

»Was lachen Sie, Sir?«

»Lache ich? Das habe ich gar nicht gemerkt«, sagte ich. Diese Frösche sind wirklich große Sänger. Bei uns in Connecticut haben wir meistens Piepser, aber diese hier haben Baßstimmen. »Hör einmal hin«, sagte ich, »ich kann allerlei heraushören. Ta damdam-dum. Agnus Dei – Agnus Dei qui tollis peccata mundi, miserere no-ho-bis! Das ist Mozart. Mozart, ich schwöre es! Sie haben ein Recht, miserere zu singen, die armen kleinen Viecher, denn das Tor des Schicksals schlägt bald hinter ihnen zu.«

»Arme kleine Viecher«, sagte ich zwar, aber in Wirklichkeit lachte ich mir ins Fäustchen – ha, ha, ha! Das Herz schwoll mir in Erwartung ihres Todes. Wir hassen den Tod, wir fürchten den Tod, aber wenn man sich die Sache bei Licht besieht, ist er doch etwas ganz Besonderes. Mir taten die Kühe leid, ja, und in puncto Humanität war ich nicht zu überbieten. Dennoch konnte ich es kaum erwarten, mit diesen Tieren in der Zisterne kurzen Prozeß zu machen.

Gleichzeitig sah ich selbstverständlich die Unterschiede zwischen uns. Auf der einen Seite diese im Grunde harmlosen kleinen Semifische, die man nicht für die Angst verantwortlich machen konnte, mit der die Arnewi sie betrachteten. Auf der anderen Seite ein mehrfacher Millionär, 1,93 m groß, 104 Kilo schwer, gesellschaftlich prominent, Nahkampfoffizier mit dem Verwundetenabzeichen und anderen Orden. Aber war ich etwa dafür verantwortlich? Festzuhalten bleibt jedenfalls, daß ich vom Schicksal erneut in eine Auseinandersetzung mit Tieren verwickelt war, ganz im Sinne jener Worte des Propheten Daniel, die ich noch immer nicht hatte loswerden können: »Man wird dich von den

Leuten stoßen, und mußt bei den Tieren auf dem Felde bleiben.« Abgesehen von den Schweinen, denen ich mit vollem Recht als Züchter gegenübergetreten war, hatte es erst in allerjüngster Vergangenheit eine Auseinandersetzung mit einem Tier gegeben, die mein Denken und Gewissen schwer belastete. Am Vorabend meines Anschlages auf die Frösche fiel mir dieses Tier, eine Katze, ein, und ich erzähle am besten, aus welchem Grunde.

Ich sprach bereits von dem Haus auf unserem Gut, das Lily hatte umbauen lassen. Sie vermietete es dann an einen Mathematiklehrer und seine Frau. Das Haus hatte keine Isolierung, und die Mieter beschwerten sich darüber, und ich setzte sie an die Luft. Die Mieter und ihre Katze waren der Anlaß zu dem Krach zwischen Lily und mir, als Miß Lenox tot umfiel. Es war ein junger Kater mit braunem und rauchgrauem Fell.

Die Mieter sind zweimal bei uns erschienen, um die Heizungsfrage zu besprechen. Obwohl ich so tat, als berühre mich das Ganze nicht, verfolgte ich den Vorgang mit Interesse. Als die beiden ankamen, beobachtete ich sie beide heimlich von oben. Dann lauschte ich auf ihre Stimmen im Wohnzimmer und hörte, daß Lily sie zu beschwichtigen versuchte. In meinem roten Bademantel und den Langschäftern lag ich in der oberen Diele auf der Lauer. Als Lily danach den Versuch machte, mit mir darüber zu reden, sagte ich: »Das ist dein Problem! Ich habe hier nie fremde Leute gewollt.« Ich nahm an, Lily hatte diese Leute in das Haus gesetzt, um mit ihnen zu verkehren, und ich war dagegen. »Was paßt ihnen denn nicht? Vielleicht die Schweine?« »Nein«, sagte Lily, »sie haben kein Wort gegen die Schweine gesagt.« »Ha! Ich habe ihre Gesichter gesehen, als das Schweinefutter gekocht wurde«, sagte ich, »und ich begreife nicht, warum du ein weiteres Haus instandsetzen lassen mußtest, wenn du dich nicht einmal um das eine kümmerst.«

Das zweite und letzte Mal traten die Mieter mit ihrer Beschwerde bedeutend entschlossener auf, und ich beobachtete sie vom Schlafzimmer aus, wo ich mein Haar mit zwei Bürsten bearbeitete; ich sah den rauchfarbenen Kater hinter ihnen herkommen, er sprang durch die abgebrochenen Stiele des Gemüsegartens. Spargelkohl sieht, wenn er Frost bekommt, merkwürdig aus. Unten begann die Aussprache, und ich konnte sie nicht länger mit anhören und fing an, auf dem Fußboden über dem Wohnzimmer aufzustampfen. Schließlich schrie ich die Treppe hinunter: »Machen Sie, daß Sie hinauskommen, und scheren Sie sich von meinem Grundstück!«

Der Mieter sagte: »Das wollen wir ja, aber wir verlangen unseren Baukostenzuschuß zurück, und Sie müßten eigentlich auch für die Umzugskosten aufkommen.«

»Kommen Sie nur herauf und holen Sie sich das Geld von mir«, antwortete ich, stapfte in meinen schweren Langschäftern wütend durch das Treppenhaus und brüllte: »Jetzt aber hinaus!«

Sie zogen auch aus, aber worauf es hier ankommt, ist, daß sie ihre Katze daließen, und ich wollte auf meinem Gut keine streunende Katze haben. Herumstreunende Katzen sind eine üble Sache, und hier handelte es sich um ein sehr kräftiges Tier. Ich hatte den Kater beobachtet, wie er ein Eichhörnchen jagte und mit ihm spielte. Vor fünf Jahren hatten wir unter einem solchen Kater gelitten, der in der Nähe des Teiches in einem alten Murmeltierbau hauste. Er griff sämtliche Kater im Stall an, schlug ihnen Wunden, die eiterten, und kratzte ihnen die Augen aus. Ich hatte versucht, ihn mit Hilfe von vergifteten Fischen und Rauchgranaten zu töten, und ganze Tage bei seinem Bau kniend im Walde verbracht, um ihn zu kriegen. Deshalb sagte ich zu Lily: »Falls dieses Tier verwildert wie das damals, wirst du es zu bereuen haben.«

»Die Leute wollen wegen des Katers noch einmal wiederkommen«, sagte sie.

»Das glaube ich keine Sekunde. Sie haben ihn zurückgelassen. Und du ahnst gar nicht, wie wild Katzen werden können. Sie sind schlimmer als ein Luchs.«

Wir hatten einen landwirtschaftlichen Gehilfen namens Hannock, und ich ging in die Scheune und sagte zu ihm: »Wo ist der Kater, den diese verdammten Spießer zurückgelassen haben?« Es war schon Spätherbst, und der Mann lagerte gerade Äpfel ein, wobei er das Fallobst für die noch übriggebliebenen Schweine aussortierte. Hannock hatte eine ausgesprochene Antipathie gegen die Schweine, die das Gras und den Garten ruiniert hatten.

»Von dem Kater ist nichts zu befürchten, Mr. Henderson. Er ist ein braves schönes Tier«, sagte er.

»Sind Sie bezahlt worden, damit Sie sich um ihn kümmern?« sagte ich, und Hannock hatte nicht den Mut, mit Ja zu antworten, und belog mich. In Wirklichkeit hatten sie ihm zwei Flaschen Whisky und eine Büchse Trockenmilch (Starlac) gegeben.

Er sagte: »Nein, aber ich werde es machen. Er tut mir nichts.«

»Auf meinem Gut läuft mir kein Tier herrenlos herum«, sagte ich, und ich ging zum Hof hinüber und rief »Mies – mies – mies!« Schließlich kam der Kater zu mir heran und ließ es sich gefallen, daß ich ihn am Genick hochhob, in eine Bodenkammer trug und dort einschloß. Ich schickte den Besitzern einen eingeschriebenen Eilbrief und gab ihnen bis um vier Uhr des darauffolgenden Tages Zeit, den Kater abzuholen. Andernfalls, drohte ich, würde ich ihn töten.

Ich zeigte Lily die Quittung über den Einschreibebrief und sagte ihr, der Kater sei in meiner Gewalt. Sie versuchte mich umzustimmen, und sie erschien sogar zum Abendessen fein angezogen, mit Puder auf dem Gesicht. Bei Tisch spürte ich, wie sie zitterte, und ich merkte, sie wollte mir gut zureden. »Was ist los? Du ißt ja nicht«, sagte ich, denn Lily ißt normalerweise eine ganze Menge, und mir haben Leute aus dem Gaststättengewerbe gesagt, sie hätten niemals eine Frau erlebt, die soviel verspeisen konnte. Zwei Riesensteaks und sechs Flaschen Bier schafft sie, wenn sie in Form ist. Ich bin auf Lilys Fassungsvermögen sehr stolz.

»Du ißt ja auch nicht«, war Lilys Antwort.

»Mir geht etwas im Kopf herum. Ich bin äußerst gereizt«, sagte ich. »Ich bin außer mir.«

»Aber, Liebling, laß das doch«, sagte sie.

Die Erregung, oder was es sonst war, hatte mich so gepackt, daß mein Fleisch gegen meine Knochen revoltierte. Mir war hundeelend.

Ich sagte Lily nicht, was ich plante, aber am nächsten Tag um 3 Uhr 59, als von den Ex-Mietern keine Antwort eingegangen war, stieg ich die Treppe hinauf, um meine Drohung wahrzumachen. Ich hatte eine Einkaufstasche bei mir, und darin befand sich die Pistole. In der kleinen tapezierten Bodenkammer war es noch hell. Ich erklärte dem Kater: »Sie haben dich hinausgeschmissen, mein Kätzchen.« Er drückte sich flach gegen die Wand, machte einen Buckel, und sein Fell sträubte sich. Ich versuchte, von oben her auf ihn zu zielen, und mußte mich schließlich auf den Fußboden setzen und ihn zwischen den Beinen eines dort befindlichen Bridgetisches aufs Korn nehmen. In dem kleinen Raum wollte ich nicht mehr als einen Schuß abgeben. Aus Büchern und Aufsätzen über Pancho Villa kannte ich die mexikanische Methode der Schießkunst, die darin besteht, mit dem Zeigefinger entlang dem Lauf zu zielen und dann mit dem Mittelfinger abzudrücken, weil der Zeigefinger die Richtung am genauesten angibt. Auf diese Weise bekam ich den Mittelpunkt seines Kopfes unter meinen (leicht gekrümmten) Zeigefinger und feuerte, aber mein Wille war nicht völlig auf den Tod des Katers gerichtet, und ich schoß daneben. Das ist die einzige Erklärung, wenn man in einer Entfernung von zweieinhalb Metern danebenschießt. Ich öffnete die Tür, und der Kater sprang davon. Auf der Treppe stand, den hübschen Hals vorgereckt und das Gesicht bleich vor Furcht, Lily. Für sie bedeutete ein Pistolenknall in einem Hause nur eins – er erinnerte sie an den Tod ihres Vaters. Mich lähmte noch die Wirkung des Schusses, die leere Einkaufstasche hing an meiner Seite.

»Was hast du getan?« sagte Lily.

»Ich habe versucht zu tun, was ich angekündigt hatte. Donnerwetter!«

Das Telephon begann zu läuten, und ich ging an Lily vorbei, um den Hörer abzunehmen. Es war die Frau des Mieters, und ich sagte: »Warum haben Sie solange gewartet? Jetzt ist es fast zu spät.«

Sie brach in Tränen aus, und mir selbst war sehr übel. Ich schrie: »Holen Sie endlich Ihren verfluchten Kater ab! Ihr Städter habt kein Herz für Tiere. Sie können eine Katze doch nicht einfach sich selbst überlassen.«

Das Merkwürdige ist, daß ich stets ein richtiges Grundgefühl habe, und weshalb ich dann alles so falsch mache, kann ich nie begreifen.

Als ich jetzt hier am Rande der Zisterne stand, schwemmte das Problem, wie die Frösche zu beseitigen wären, das frühere Erlebnis wieder an die Oberfläche. ›Aber das ist etwas anderes‹, dachte ich. ›Hier liegt der Fall klar, und außerdem wird sich nun zeigen, was ich damit zum Ausdruck bringen wollte, daß ich dem Kater nachstellte.‹ So hoffte ich jedenfalls, denn mein Herz litt unter der Erinnerung daran, und ich war schrecklich traurig. Es war doch sehr übel gewesen – fast eine Todsünde.

Angesichts der gegebenen Situation erwog ich verschiedene Möglichkeiten, etwa Netze oder Gift, aber keine von ihnen schien ratsam. Ich sagte zu Romilayu: »Die einzig wirksame Methode ist eine Bombe. Eine einzige Explosion wird all diese kleinen Biester umbringen, und wenn sie dann tot auf der Oberfläche herumschwimmen, brauchen wir sie bloß noch abzuschöpfen, und die Arnewi können ihr Vieh wieder tränken. Es ist ganz einfach.«

Als meine Idee bei ihm schließlich ankam, sagte er: »O nein, nein, nein, Sir.«

»Wieso ›Nein, nein, Sir?‹ Sei kein Trottel, ich bin ein alter Soldat, und ich weiß, wovon ich rede.« Es hatte jedoch keinen Zweck, mit ihm darüber zu debattieren, der Gedanke an eine Explosion entsetzte ihn, und ich sagte: »Nun gut, Romilayu, gehen wir jetzt zu unserer Hütte und schlafen wir ein paar Stunden! Es war ein großer Tag, und wir haben morgen viel vor.«

So gingen wir zu der Hütte zurück, und Romilayu fing zu beten an. Er hatte allmählich das richtige Bild von mir; ich glaube, er mochte mich, aber ihm dämmerte nach und nach, daß ich tollkühn war, eine unglückliche Hand hatte und ohne ausreichende Überlegung handelte. Er sank also auf die Knie, und seine Schenkel drückten seine Wadenmuskeln breit; unten sah man seine breiten Hacken. Unter dem Kinn preßte er die Hände aneinander, Handfläche gegen Handfläche, die Finger weit gespreizt. Mehrmals sagte ich oder murmelte: »Leg' ein gutes Wort für mich mit ein«, und halb meinte ich es auch.

Als Romilayu mit dem Beten fertig war, legte er sich auf die Seite und klemmte die eine Hand zwischen seine hochgezogenen Knie. Die andere Hand schob er unter seine Wange. Er schlief stets in dieser Lage. Auch ich legte mich in der dunklen Hütte, doch außerhalb des Mondscheins, auf meine Decke. Ich leide nicht häufig unter Schlaflosigkeit, aber in dieser Nacht ging mir vielerlei durch den Kopf, die Weissagung Daniels, der Kater, die Frösche, die so urtümliche Landschaft, die weinende Abordnung, der Ringkampf mit Itelo, der Blick der Königin in mein Herz und ihre Botschaft des Grun-tu-molani. All dies geriet in meinem Hirn durcheinander und erregte mich außerordentlich, und ich dachte beständig über die beste Methode nach, diese Frösche in die Luft zu sprengen. Natürlich wußte ich einiges über Sprengstoffe, und ich dachte, ich könnte die beiden Batterien herausnehmen und in dem Gehäuse meiner Taschenlampe eine leidlich gute Bombe herstellen, indem ich sie mit dem Pulver aus den Patronen für meine 0,9 mm H und H Magnum füllte. Sie haben es in sich, glauben Sie mir, und ließen sich gegen einen Elefanten verwenden. Ich hatte die 0,9 speziell für diesen Abstecher nach Afrika gekauft, nachdem ich in *Life* oder *Look* darüber gelesen hatte. Ein Mann aus Michigan, der eine besaß, hatte sich gleich nach Beginn seines Urlaubs nach Alaska begeben; er war nach Alaska geflogen und hatte sich einen Führer genommen, um einen Kodiak-Bären aufzuspüren; sie fanden den Bären, jagten ihn über Klippen und Sümpfe und erlegten ihn auf eine Entfernung von dreihundertfünfzig Metern. Ich selbst hatte stets ein gewisses Interesse für die Jagd, aber als ich älter wurde, schien mir das eine seltsame Art der Beziehung zur Natur. Ich will damit sagen: ein Mann tritt in die Welt hinaus, und dann weiß er nichts anderes mit ihr anzufangen, als auf sie zu schießen? Das hat doch keinen Sinn. Wenn daher im Oktober die Saison beginnt, der Pulverrauch aus den Büschen aufsteigt und die Tiere in panischer Angst hin und her laufen, mache ich mich auf den Weg und nehme die Jäger wegen unerlaubten Schießens auf meinem Grund und Boden fest. Ich schleppe sie vor den Kadi, und er verdonnert sie zu einer Geldstrafe.

Als ich nun in der Hütte beschlossen hatte, die Patrone zu nehmen und sie für meine Bombe zu verwenden, feixte ich über die Überraschung, die den Fröschen bevorstand, und etwas auch über mich selbst, weil ich mir schon die Dankbarkeit Willatales, Mtalbas, Itelos und all der anderen vorstellte; ich malte mir sogar aus, daß die Königin mich in eine ihr gleichgeordnete Stellung erheben werde. Ich würde jedoch sagen: »Nein, nein. Ich bin nicht von zu Hause weggegangen, um Macht oder Ruhm zu erwerben, und meine kleinen Gefälligkeiten für Sie sind kostenlos.«

Innerlich mit allen diesen Dingen beschäftigt, konnte ich nicht schlafen, und wenn ich morgen die Bombe vorbereiten sollte, brauchte ich dringend meine Ruhe. In puncto Schlaf bin ich eine ziemlich komische Kruke, denn wenn ich zum Beispiel statt auf acht Stunden nur auf siebeneinviertel komme, fühle ich mich krank und schleppe mich nur so herum, obwohl mir nichts Richtiges fehlt. Es ist bloß wieder so eine Idee. Denn so ist es ja mit meinen Ideen: je schwächer ich bin, desto kühner werden sie. Während ich wach dalag, erhielt ich den Besuch Mtalbas. Bei ihrem Eintritt in die Hütte versperrte sie dem Mondlicht jeden Zugang durch die Türöffnung, dann setzte sie sich neben mich auf den Fußboden, seufzte, ergriff meine Hand, sprach leise und ließ mich ihre Haut berühren, die wirklich wunderbar weich war; Mtalba hatte ein Recht, sich etwas darauf einzubilden. Obwohl ich es fühlte, war ich nicht recht bei der Sache und wollte nicht darauf reagieren; mein Leib aber lag ausgestreckt auf der Decke, und ich heftete meinen Blick auf das Strohdach, während ich mich auf die Zusammensetzung der Bombe zu konzentrieren versuchte. Ich schraubte (in Gedanken) das Oberteil der Taschenlampe ab und kippte die vorn befindlichen Batterien hinaus; ich schnitt die Patronen auf und ließ das Pulver in das Taschenlampengehäuse rieseln. Wie aber sollte ich es zum Zünden bringen? Das Wasser stellte mich vor ein besonderes Problem. Was sollte ich als Zünder verwenden, und wie sollte ich verhüten, daß vorher Feuchtigkeit eindrang? Ich konnte vielleicht ein paar Fasern aus dem Docht meines österreichischen Feuerzeuges nehmen und sie lange in dem Benzin tränken. Oder auch einen Schnürsenkel; ein gewachster Schnürsenkel wäre sicherlich ausgezeichnet. Dies waren so meine Gedanken, und während der ganzen Zeit saß Prinzessin Mtalba neben mir, beleckte mich und tätschelte meine Finger. Ich hatte dabei ein sehr schlechtes Gewissen und dachte, wenn Mtalba wüßte, welche Vergehen ich mit eben diesen Händen begangen hatte, würde sie es sich wahrscheinlich zweimal überlegen, ehe sie die Hände an ihre Lippen führte. Jetzt hatte sie es gerade mit dem Finger, mit dem ich den Revolver auf den Kater eingestellt hatte, und ein zuckender Schmerz schoß durch ihn hindurch, dann den Arm hinauf und schließlich durch das ganze übrige Nervensystem. Hätte Mtalba mich verstehen können, so hätte ich gesagt: »Schöne Dame« (denn sie galt als große Schönheit, und ich verstand, warum) – »schöne Dame, ich bin nicht der Mann, für den Sie mich halten. Ich habe unglaubliche Dinge auf dem Gewissen und bin ein Hitzkopf. Sogar meine Schweine hatten Angst vor mir.«

Doch es ist nicht immer leicht, Frauen abzuschrecken. Sie lassen sich mit derartigen Typen von Männern – Trinkern, Idioten, Verbrechern – ein. Die Liebe gibt ihnen wohl die Kraft dazu, über alle diese schrecklichen Dinge hinwegzusehen. Ich bin nicht auf den Kopf gefallen und nicht blind, und ich habe beobachtet, daß zwischen der Liebe der Frauen und den großen Prinzipien des Lebens eine Verbindung besteht. Wäre ich nicht von selbst darauf gekommen, hätte mich gewiß Lily darauf hingewiesen. Romilayu erwachte nicht, sondern schlief weiter, die eine Hand unter seine narbige Wange gelegt, und das Haar rutschte ganz auf die Seite. Der Mond schickte glasige Regenbogen durch den Eingang der Hütte, und draußen brannten Feuer aus getrocknetem Dung und Dornenzweigen. Die Arnewi wachten bei ihrem sterbenden Vieh. Als Mtalba fortfuhr zu seufzen, mich zu liebkosen und zu tätscheln und mit meinen Fingerspitzen über ihre Haut und ihre Lippen zu streichen, wurde mir klar, daß sie zu einem bestimmten Zweck gekommen war, diese riesige Frau mit dem indigofarbenen Haar, und ich hob meinen Arm und ließ ihn auf Romilayus Gesicht hinunterfallen. Er öffnete jetzt zwar die Augen, zog aber seine Hand nicht unter der Wange hervor und änderte auch sonst seine Lage nicht.

»Romilayu.«

»Was wollen Sie, Sir?« sagte er, immer noch im Liegen.

»Steh auf, steh auf. Wir haben Besuch bekommen.« Dies überraschte ihn nicht, und er erhob sich. Durch das Flechtwerk und die Tür strömte Mondlicht herein, denn der Mond wurde immer klarer und reiner, als leuchtete er nicht nur, sondern duftete auch. Mtalbas Arme ruhten jetzt gelassen auf den Hängen ihres Leibes. »Suche herauszubekommen, was der Zweck dieses Besuches ist«, sagte ich.

Romilayu schickte sich an, Mtalba anzureden; er tat es in aller Form, denn er hielt sehr auf Korrektheit, Korrektheit im afrikanischen Stil, und glänzte auch mitten in der Nacht mit seiner Kenntnis des höfischen Zeremoniells. Dann begann Mtalba zu sprechen. Sie hatte eine liebliche Stimme, sprach manchmal sehr schnell und verweilte dann wieder auf einem Ton. Aus der Unterhaltung ergab sich, daß Mtalba wünschte, ich solle sie kaufen, und da sie wußte, daß ich nicht über den Brautpreis verfügte, hatte sie ihn mir in dieser Nacht gebracht. »Man muß bezahlen, Sir, für Frauen.«

»Das weiß ich, alter Freund.«

»Wenn Sie nicht bezahlen, dann Frauen keine Achtung, Sir.«

Ich wollte gerade erklären, daß ich ein reicher Mann sei und jede Summe aufbringen könne, aber ich sah ein, daß es sich hier nicht um Geld drehte, und ich sagte: »Ha, das ist sehr nett von ihr. Sie sieht aus wie der Mount Everest, hat aber sehr viel Zartgefühl. Sage ihr, ich ließe sehr danken, und schicke sie nach Hause. Wie spät ist es eigentlich? Wenn ich jetzt nicht zum Schlafen komme, bin ich morgen nicht in der Lage, mir die Frösche vorzuknöpfen. Siehst du nicht, Romilayu, daß ich dabei ganz auf mich allein angewiesen bin?«

Romilayu sagte jedoch, alles was Mtalba mitgebracht habe, liege draußen, und sie wolle, daß ich es mir ansehe. Daher erhob ich mich, wenn auch höchst unwillig, und wir traten aus der Hütte. Mtalba war mit Gefolge gekommen, und als man mich mit meinem Tropenhelm im Mondlicht stehen sah, begann man mir beifällig zuzurufen, als wäre ich bereits der Bräutigam – man tat es leise, da es schon spät war. Die Geschenke lagen auf einer großen Matte und bildeten einen riesigen Hügel – Gewänder, Schmucksachen, Trommeln, Farben: Mtalba überreichte Romilayu ein Verzeichnis all der Sachen, und er gab es an mich weiter.

»Sie ist eine imposante Person. Ein großartiger Mensch«, sagte ich. »Hat sie denn noch keinen Mann?« Darauf ließ sich keine eindeutige Antwort geben, denn Mtalba war eine Bittahnis-Frau, und es spielte gar keine Rolle, wie oft sie heiratete. Es wäre zwecklos, wußte ich, ihr zu sagen, ich hätte bereits eine Frau. Es hatte Lily nicht abgehalten, und es würde sicherlich auch auf Mtalba keinen Eindruck machen.

Um die Größe der Mitgift ins rechte Licht zu rücken, begann Mtalba einige der Gewänder anzulegen; jemand aus ihrer Begleitung, ein Bursche mit einem dicken, knotigen Ring auf einem Finger, spielte dazu auf einem Xylophon, das aus Knochen hergestellt war. Er lächelte, als sei es schon die Hochzeitszeremonie, und Mtalba führte indes die Kleider und Decken vor, legte sie um ihre Schultern und wand sie um ihre Hüften, was eine besondere und etwas kräftigere Bewegung erforderte. Manchmal trug sie über ihrem Nasenrücken einen Halbschleier, nach Art der Araberinnen, der ihre liebenden Augen betonte und den sie von Zeit zu Zeit fortzog, wobei sie mit ihren gebleichten Händen klimperte – ein massiges, doch heiteres Geschöpf, das mich über die Schulter hinweg mit jenen Zeichen des Leidens an Nase und Lippen anschmachtete, die nur die Liebe hervorruft. Manchmal schlenderte sie dahin, manchmal wieder wippte sie auf und nieder, je nach dem Rhythmus des kleinen Xylophons aus hohlen Knochen – vielleicht den von Ameisen ausgehöhlten Füßen eines Rhinozeros. All dies spielte sich bei blauem Mondlicht ab, während rings am Horizont da und dort große weiße Feuerflecken brannten.

»Ich möchte, daß du ihr erklärst, Romilayu«, sagte ich, »sie sei eine verdammt attraktive Frau und habe wirklich eine imponierende Aussteuer.«

Ich bin sicher, daß Romilayu dies in ein konventionelles afrikanisches Kompliment übertrug.

»Aber«, fügte ich hinzu, »ich habe noch ein Geschäft mit diesen Fröschen zu erledigen. Sie und ich haben morgen ein Rendezvous, und ehe ich die Frösche nicht ein für allemal vertilgt habe, kann ich nicht an etwas anderes Wichtiges denken.«

Ich nahm an, dies werde Mtalba vertreiben, aber sie fuhr fort, mir ihre Kleider vorzuführen, zu tanzen, schwerfällig, doch schön – was waren das für Schenkel und Hüften! –, ihre Stirn beziehungsvoll in die Höhe zu rollen und mir aus ihren Augen Blicke zuzuschießen. Als die Nacht und das Tanzen kein Ende zu nehmen schienen, wurde mir klar, daß dies Verzauberung war. Dies war Poesie, der ich mich nicht verschließen durfte. Mochte sie die praktische Aufgabe, die Frösche in der Zisterne zu vernichten, mit ihrem Geist erfüllen! Und was ich empfunden hatte, als ich beim Abstieg durch das Flußbett zum ersten Male die Strohdächer sah, nämlich, daß sie so alt wirkten – es lief auf das gleiche hinaus – auf Poesie, auf Verzauberung. Irgendwie bin ich rettungslos allem Schönen verfallen, und es ist das einzige, auf das ich baue, doch es fesselt mich nicht lange; ich habe für das Schöne nie genug Ausdauer. Ich weiß, wann es nahe ist, denn mein Zahnfleisch beginnt zu schmerzen; ich gerate innerlich durcheinander, meine Brust zerfließt, und dann päng! ist die Geschichte vorbei. Wieder einmal sitze ich im falschen Zug. Dieser Volksstamm jedoch, die Arnewi, schien Schönes in Hülle und Fülle zu haben. Ich stellte mir vor, die Arnewi würden mich, sobald ich mein großes Unternehmen gegen die Frösche durchgeführt hatte, in ihr Herz schließen. Den Prinzen Itelo hatte ich bereits gewonnen, die Königin bewies mir große Zuneigung, und Mtalba wollte mich heiraten. Es fehlte also nur noch der Beweis (und die Gelegenheit war günstig: sie hätte meinen Fähigkeiten nicht besser entgegenkommen können), daß ich all dessen würdig war.

Als Mtalba meine Hände ein letztes Mal voller Glück mit ihrer Zunge berührt und sich mir mit all ihrer Habe angeboten hatte – recht betrachtet, war es eine glänzende Gelegenheit –, sagte ich: »Ich danke herzlich und wünsche allen, allen eine gute Nacht.«

Sie sagten: »Awho!«

»Awho, Awho. Grun-tu-molani.«

Sie antworteten: »Tu-molani.«

Mein Herz war voll glücklicher Erregung, und ich wollte jetzt nicht mehr schlafen, denn ich fürchtete, wenn sie gegangen wären, würde, sobald ich die Augen schloß, das Gefühl der Verzauberung verschwinden. Als Romilayu daher nach einem weiteren kurzen Gebet – wieder auf seinen Knien und Hand gegen Hand gepreßt, wie ein Mann, der gerade in die Ewigkeit eintaucht – – – als Romilayu einschlief, lag ich mit offenen Augen da, gebadet in seligen Gefühlen.

9

Sie erfüllten mich noch bei Tagesanbruch, als ich aufstand. Es war ein glühender Sonnenaufgang, der das Innere unserer Hütte dunkel wie einen Kartoffelkeller erscheinen ließ. Ich nahm mir aus dem Korb eine gebackene Jamswurzel zum Frühstück und zog sie wie eine Banane ab. Auf dem Erdboden sitzend, verspeiste ich sie in der kühlen Morgenluft, und durch die Tür sah ich den runzligen Romilayu noch immer schlafend auf der Seite liegen; er wirkte wie aus Holz geschnitzt.

Ich dachte: ›Dies wird einer meiner größten Tage.‹ Denn mich erfüllten nicht nur noch immer die hohen Gefühle der Nacht, die sozusagen eine Rekordhöhe erreicht hatten, sondern ich war mehr und mehr davon überzeugt (und bin auch jetzt noch davon überzeugt), daß die Dinge um mich herum, die Welt der Gegenstände selber, mir eine Art von Startzeichen gaben. Es ging nicht so vor sich, wie ich es bei dem Zusammensein mit Willatale erwartet hatte. Ich hatte gedacht, sie könne ihre Hand öffnen und mir den Keim, die wahre Chiffre zeigen, Sie erinnern sich vielleicht – falls nicht, so sage ich es Ihnen hiermit noch einmal. Nein, was geschah, ähnelte keiner früheren Beobachtung; es nahm einfach die Form des Lichtes bei Tagesanbruch auf dem Hintergrund des weißen Lehms der Wand neben mir an, und übte eine außergewöhnliche Wirkung aus, denn ich verspürte plötzlich jene Empfindung in meinem Zahnfleisch, die etwas Liebliches ankündigt, und zugleich ein beengendes und schmerzliches Gefühl in der Brust. Menschen, die gegen Federn oder Pollen allergisch sind, werden wissen, wovon ich spreche; sie bemerken ihr Vorhandensein mit feingestufter Empfindlichkeit. In meinem Fall war das erregende Moment an diesem Morgen die Farbe der Wand mit dem Sonnenaufgang darauf, und als sie intensiver wurde, mußte ich die gebackene Jamswurzel, an der ich gerade kaute, beiseitelegen und mich mit den Händen auf dem Boden stützen, denn mir war, als wanke die Welt unter mir, und hätte ich auf einem Pferd gesessen, hätte ich nach dem Sattelknopf gegriffen. Mit anderen Worten: eine machtvolle, nicht-menschliche Herrlichkeit schien unter mir zu sein. Und es war wieder die gleiche milde rosa Farbe, die dem Saft der Wassermelone glich. Ich erkannte die Bedeutung des Vorgangs sofort, denn mein ganzes Leben hindurch hatte ich diese Augenblicke erfahren, in denen das Stumme zu sprechen beginnt und ich die Stimmen der Gegenstände und Farben vernehme: das physikalische Universum beginnt sich zu falten, zu verändern, zu heben und sich wieder zu glätten, so daß es scheint, als müßten selbst die Hunde sich zitternd an einen Baum lehnen. Auf dieser weißen Wand mit ihren Pickeln, auf dieser Gänsehaut der Materie, lag das rosafarbene Licht, und es war, wie wenn man bei Sonnenaufgang in 3000 Meter Höhe über die weißen Punkte des Meeres fliegt. Es muß mindestens fünfzig Jahre her sein, seit ich auf eine solche Farbe gestoßen war, und ich glaubte mich zu erinnern, wie ich als winziges Bürschchen, als ich allein in einem Doppelbett, einem schwarzen Bett, erwachte und zur Decke aufblickte, an der ein großes Stuckoval im alten Stil, mit Birnen, Geigen, Weizengarben und Engelsgesichtern war; draußen hatte der weiße dreieinhalb Meter hohe Fensterladen die gleiche rosa Farbe.

Sagte ich winziges Bürschchen? Ich war wohl niemals winzig, sondern ich glich im Alter von fünf Jahren einem Zwölfjährigen und war schon damals ein sehr derbes Kind. In der Stadt in den Adirondacks, wo wir immer den Sommer verbrachten, dort, wo mein Bruder Dick ertrank, befand sich eine Wassermühle, und ich lief immer wieder mit einem Stock bewaffnet hinein, schlug auf die Mehlsäcke und entwischte dann in der Staubwolke, während der Müller fluchte. Mein alter Herr trug Dick und mich in den Mühlteich und stellte sich, auf jedem Arm einen von uns, unter den Wasserfall. Wie ein Triton wirkte er mit seinem Bart – mit seinen hervorspringenden Muskeln und diesem lächelnden Bart. In dem grünen kalten Wasser konnte ich sehen, wie ein paar Meter entfernt die langen Fische lungerten. Schwarz, mit Feuerflecken; mit Wasserglut. Wie junge Männer auf dem Bürgersteig herumlungern. Wie gesagt, es war Abend, und ich lief mit meinem Stock in die Mühle und schlug, an dem weißen Puder fast erstickend, auf die Mehlsäcke ein. Der Müller schrie: »Du verflixtes kleines Biest. Ich zerbreche dir deine Knochen wie einem Huhn.« Lachend lief ich davon und in diese gleiche rosa Farbe hinein, die so ganz anders war als die übliche Farbe des Abends. Ich sah sie auf der mehligen Seite der Mühle, wenn das Wasser auf das Rad tropfte. Eine leuchtende dünne rote Rose am Himmel.

Ich hätte nie erwartet – ich schwöre es –, eine solche Farbe in Afrika anzutreffen. Und ich fürchtete, sie könne entschwinden, ehe ich all das empfangen hatte, was sie mir geben sollte. So drückte ich mein Gesicht, meine Nase, auf die Oberfläche dieser Wand. Ich preßte meine Nase an sie, als wäre es eine kostbare Rose, und kniete dort auf diesen alten Knien, diesen gefurchten und gramvoll wirkenden Knien – wie Mohrrüben; und ich sog den Duft ein, filterte ihn durch die Nase und streichelte die Wand zärtlich mit der Wange. Meine Seele war in Schwingung, aber nicht hektisch erregt: es war ein Zustand, mild wie die Farbe selbst. Ich sagte zu mir: »Ich habe ja gewußt, daß dieser Ort etwas Urtümliches ist.« Ich meine damit, ich empfand vom ersten Augenblick an, daß ich hier vielleicht auf urtümliche Dinge stoßen würde, die ich erblickte, als ich noch unschuldig war, nach denen ich mich seither, mein ganzes Leben lang, gesehnt hatte – und ohne die ich einfach nichts vor mich bringen konnte. Mein Geist, versichere ich Ihnen, hat in diesem Augenblick keineswegs geschlafen, sondern äußerte sich mit kräftigem: Oh, ho, ho, ho, ho, ho, ho!

Allmählich wandelte sich das Licht, wie es natürlich war, aber ich hatte es doch wenigstens noch einmal gesehen, gleich dem

Rand des Nirwana, und ich ließ es kampflos dahingehen, in der Hoffnung, es werde wiedererscheinen, ehe wieder fünfzig Jahre vergingen. Denn sonst würde ich verdammt sein, als simpler alter Krawallmacher oder Dummkopf mit drei Millionen Dollar zu sterben, ein Sklave niedriger Furcht und Unruhe.

Als ich jetzt meine Gedanken wieder der Hilfe für die Arnewi zuwandte, war ich ein anderer Mensch, oder ich glaubte doch, es zu sein. Ich war durch etwas gegangen, durch eine lebenswichtige Erfahrung. Mit dem Tintenfisch in dem Bassin in Banyules-sur-Mer war es genau das Gegenteil gewesen. Er hatte zu mir vom Tode gesprochen, und nachdem ich diesen kalten, gegen das Glas gepreßten und immer bleicher und bleicher werdenden Kopf gesehen hatte, hätte ich mich nie in irgendein großes Unternehmen eingelassen. Nach dem guten Omen des Lichtes aber machte ich mich voller Vertrauen an die Herstellung einer Bombe, obgleich mich das vor viele Probleme stellte. Es würde alle meine Kenntnisse in Anspruch nehmen. Besonders der Zünder, aber auch die ganze Frage des Zeitpunktes. Ich würde bis zum letzten möglichen Augenblick warten müssen, ehe ich meinen Apparat in das Wasser warf. Nun, ich hatte mit großem Interesse die Zeitungsberichte von dem Bombenattentäter in New York gelesen, jenem Mann, der eine Auseinandersetzung mit dem Elektrizitätswerk gehabt hatte und auf Rache erpicht war. Zeichnungen von seinen Bomben, die man in einem Gepäckfach des Grand-Central-Bahnhofes entdeckt hatte, waren in den »News« oder im »Mirror« erschienen, und ich war so in sie vertieft gewesen, daß ich meine Untergrundbahnstation verpaßte (den Geigenkasten zwischen den Knien). Denn ich hatte ziemlich genaue Vorstellungen von dem Schema einer Bombe und fand sie stets höchst interessant. Der Mann hatte, glaube ich, Gasrohre benutzt. Ich dachte damals, ich hätte bei mir zu Hause eine bessere Bombe herstellen können, aber ich war natürlich dadurch im Vorteil, daß ich auf der Infanterieschule, deren Lehrplan eine bestimmte Ausbildung im Guerillakrieg vorsah, zum Offizier ausgebildet worden war. Freilich hätte in dieser Zisterne vielleicht sogar eine fabrikmäßig hergestellte Granate versagt, und das Ganze verlangte beträchtliches Kopfzerbrechen.

Ich saß auf dem Boden, mein Material zwischen den Beinen und den Helm zurückgeschoben, und konzentrierte mich auf die mir bevorstehende Aufgabe. Ich brach die Patronen auf und schüttete das Pulver in den Taschenlampenbehälter. Ich habe großes Talent, ganz im Praktischen aufzugehen. Gott weiß, daß es auf dem

Lande, wo ich so viele Auseinandersetzungen hatte, für mich immer schwerer geworden war, eine Hilfe zu finden, und so war ich zwangsläufig mein eigener »Mann für alles« geworden. Besonders tüchtig bin ich in grober Zimmermannsarbeit, im Dachdecken und Anstreichen, nicht ganz so geschickt dagegen als Elektriker oder Klempner. Vielleicht ist es nicht richtig, wenn ich sage, daß ich Talent habe, ganz im Praktischen aufzugehen; es ist aber so, daß ich mich intensiv anstrenge, und das tue ich sogar, wenn ich eine Patience lege. Ich nahm das Glasende der Taschenlampe mit der kleinen Glühbirne heraus und verschloß sie mit einem kreisrunden Stückchen Holz, das ich passend zurechtgeschnitzelt hatte. Durch dieses Stückchen Holz bohrte ich ein Loch für den Zünder. Jetzt kam der verzwickte Teil, denn das Funktionieren des Apparates hing von dem Tempo ab, in dem der Zünder brennen würde. Damit experimentierte ich eine Weile herum, und ich blickte nicht häufig zu Romilayu hin; wenn ich es jedoch tat, sah ich, wie er zweifelnd den Kopf schüttelte. Ich versuchte, seinem Benehmen keine Beachtung zu schenken, aber schließlich sagte ich: »Zum Teufel, verbreite nicht soviel Trübsinn! Siehst du denn nicht, daß ich weiß, was ich will?« Ich konnte jedoch erkennen, daß ich sein Vertrauen nicht besaß, und daher verfluchte ich ihn im stillen und beschäftigte mich nur noch mit meinem Feuerzeug, indem ich kurze Stücke aus verschiedenem Material anzündete, um festzustellen, wie sie brennen würden. Während mich also Romilayu nicht im geringsten unterstützte, kehrte wenigstens Mtalba in früher Morgenstunde zurück. Sie trug jetzt eine durchsichtige violette Hose und über ihrer Nase einen jener Schleier, und sie ergriff meine Hand und drückte sie heftig auf ihre Brust, als wären wir uns in der Nacht zuvor einig geworden. Sie war voller Pep. Von dem Xylophon aus Rhinozerosfußknochen und gelegentlich einem Chor von Pfiffen begleitet, begann sie einherzuschreiten – wenn dies das richtige Wort dafür ist (zu waten?) – und einen Tanz aufzuführen, ihr üppiges Fleisch wankte und wogte, und ihr Gesicht trug die Zierde eines koketten und liebenden Lächelns. Mtalba beschrieb dabei dem Hof, was sie tat und was ich tat (Romilayu übersetzte es). »Die Bittahnis-Frau, die den großen Ringer liebt, den Mann, der zwei aneinandergewachsenen Männern gleicht, kam des Nachts zu ihm.« »Sie kam zu ihm«, sprachen die anderen. »Sie brachte ihm den Brautpreis« – hier folgte die Aufzählung von etwa zwanzig namentlich und mit ihrem Stammbaum angegebenen Rindern –, »und der Brautpreis war sehr ansehnlich. Denn sie ist Bittah und sehr schön. Und das Gesicht des Bräutigams hat viele Farben.« »Farben, Farben.« »Und es ist mit Haar bedeckt, die Wangen hängen herab, und er ist stärker als viele Bullen. Das Herz der Braut ist bereit, seine Tore stehen offen. Der Bräutigam stellt einen Gegenstand her.« »Einen Gegenstand.« »Mit Feuer.« »Feuer«. Von Zeit zu Zeit küßte Mtalba ihre eigene Hand, um anzudeuten, wie sie meine küsse, und hielt mir die Hand entgegen, und ihr Gesicht ließ an den Linien um die Nase herum die bekannten Anzeichen von Liebesleid und Liebesschmerz erkennen. Ich verbrannte inzwischen einen in Feuerzeugbenzin getauchten Schnürsenkel und beobachtete, den Kopf zwischen die Knie gebeugt, genau, wie er auf den Funken reagierte. Nicht schlecht, dachte ich. Es sah vielversprechend aus. Ein wenig Asche fiel zu Boden. Was Mtalba betraf, so gab es freilich einmal eine Zeit, in der die Liebe, die sie mir entgegenbrachte, andere Empfindungen in mir ausgelöst hätte. Ich hätte etwas weit Ernsteres darin gesehen. Aber, ach! Neben meinen Ohren zeigen sich bereits die ersten tiefen Falten, und wenn ich gelegentlich vor dem Spiegel den Kopf hebe, kommt in meiner Nase ein weißes Haar zum Vorschein; deshalb sagte ich mir, der Mann, in den sich Mtalba verliebt hat, sei ein imaginärer Henderson, ein Henderson, der in ihrem Kopf existiert. Bei diesen Gedanken senkte ich die Augenlieder und schüttelte den Kopf. Trotzdem aber verbrannte ich weiter kleine Stückchen Docht und Senkel und sogar Papierbüschel, und es ergab sich, daß ein Endchen Schnürsenkel, das man zwei Minuten lang in Feuerzeugbenzin gehalten hat, besser geeignet war als jedes andere Material. Ich präparierte daraufhin ein Stückchen von dem Schnürsenkel, das ich aus einem meiner Wüstenschuhe gezogen hatte, fädelte es durch das in das Holzstück gebohrte Loch und sagte danach zu Romilayu: »Ich glaube, so wird es gehen.«

Dadurch, daß ich mich über die Arbeit gebeugt hatte, spürte ich im Hinterkopf einen Schwindel, aber es war nichts Besonderes. Dem Anblick des rosa Lichtes verdankte ich es, daß ich zielbewußt war und an mich selbst glaubte, und ich konnte es Romilayu nicht gestatten, daß er seine Zweifel und bösen Ahnungen so offen zur Schau trug. Ich sagte: »Romilayu, das mußt du jetzt lassen. Ich habe einen Anspruch auf dein Vertrauen, wenigstens dieses Mal. Ich sage dir, es wird klappen.«

»Ja, Sir«, sagte er.

»Ich möchte nicht, daß du glaubst, ich könne nichts Nützliches leisten.«

Wieder sagte er: »Ja, Sir.«

»Es gibt da dieses Gedicht von der Nachtigall, die singt, die Menschheit vertrage allzuviel Wirklichkeit nicht. Wieviel Unwirklichkeit aber kann sie vertragen? Kannst du mir folgen? Verstehst du mich?«

»Ich verstehen, Sir.«

»Ich habe der Nachtigall diese Frage zurückgepfeffert. Was soll denn sein, wenn die Wirklichkeit vielleicht schrecklich ist? Sie ist besser als das, was wir sonst haben.«

»Kay, Sir, Okay.«

»Nun schön, ich will dich aus dem Spiel lassen. Die Wirklichkeit ist besser als das, was ich sonst habe. Aber jeder Mensch spürt aus tiefster Seele, daß er seinem Leben eine bestimmte Tiefe geben muß. Und ich kann mich noch nicht zur Ruhe setzen, denn ich habe diese Tiefe noch nicht erreicht. Hast du begriffen?«

»Ja, Sir.«

»Haha! Das Leben denkt vielleicht, es habe mich schon abgeschrieben. Henderson: Typ soundso, zusammen mit dem Alk und dem Schnabeltier und weiteren Experimenten ein Beleg für den und den Grundsatz und damit abgetan. Das Leben wird noch einmal überrascht sein, denn schließlich sind wir ja Menschen. Ich bin ein Mensch – ich, so eigenartig es auch scheinen mag. Ein Mensch. Und der Mensch hat das Leben schon viele Male hinters Licht geführt, wenn das Leben dachte, es habe ihn unter Kontrolle.«

»Okay.« Romilayu gab jeden Widerstand auf und streckte mir resignierend seine dicken schwarzen Hände hin.

Das viele Sprechen hatte mich ermüdet, und ich ergriff jetzt die Bombe in ihrem Aluminiumbehälter, bereit, das Versprechen einzulösen, das ich Itelo und seinen beiden Tanten gegeben hatte. Die Dorfbewohner wußten, daß dies ein großes Ereignis war, und sie kamen in Scharen herbei, schwatzend, in die Hände klatschend und singend. Mtalba, die fortgegangen war, kam in einem anderen Gewand aus rotem Stoff zurück, der wie Fries aussah. Ihr indigogefärbtes Haar war frisch gebuttert. Sie trug große Messingringe in den Ohren und eine Messingkette um den Hals. Ihre Leute wirbelten in bunten Lumpen herum, und an Halftern und Stricken wurden Kühe herbeigeführt. Die Tiere waren offenbar etwas schwach, und die Menschen gingen hin, um sie zu küssen und nach ihrem Gesundheitszustand zu fragen, so als ob es Vettern und Kusinen wären. Manche der jungen Mädchen trugen zahme Hennen auf den Armen oder hatten sie auf ihren Schultern sitzen.

Es herrschte eine sengende Hitze, und der Himmel war steil und ausgedörrt.

»Dort ist Itelo«, sagte ich. Ich fand, daß auch er besorgt aussah. »Keiner von diesen Burschen hat Zutrauen zu mir«, sagte ich zu mir selbst, und obgleich ich merkte, weshalb ich nicht gerade Vertrauen einflößte, waren meine Gefühle dennoch verletzt. »Hallo, Prinz«, sagte ich. Er war ernst, nahm meine Hand, so wie es alle hier taten, und führte sie an seine Brust, so daß ich die Wärme seines Körpers durch die weiße Bluse hindurch spürte, denn er war wie gestern mit seinen losen weißen Gewändern und dem grünen Seidenschal bekleidet. »Nun, dies ist der Tag«, sagte ich, »und dies die Stunde.« Ich zeigte Seiner Hoheit den Aluminiumbehälter mit dem Schnürsenkelzünder, und ich sagte zu Romilayu: »Wir sollten Vorbereitungen für das Einsammeln und Begraben der toten Frösche treffen. Wir wollen die Formalitäten der Bestattung festlegen. Prinz, mit welchen Gefühlen betrachten Ihre Stammesbrüder diese Tiere, wenn sie tot sind? Noch immer tabu?«

»Mr. Henderson. Sir. Wasser ist . . .« Itelo fand nicht die rechten Worte, um zu beschreiben, wie kostbar dieses Element war, und er rieb seine Finger mit dem Daumen, als ob er Samt befühle. »Ich weiß. Ich weiß genau, wie die Lage ist. Aber eins kann ich Ihnen sagen, genau wie ich es Ihnen gestern sagte, ich liebe alle diese Menschen. Ich muß etwas tun, um meine Freundschaft zu beweisen. Und ich bin mir bewußt, daß ich, der ich aus der großen Fremde komme, die Pflicht habe, alles auf meine Kappe zu nehmen.«

Unter dem schweren weißen Schneckenhaus des Korkhelms begannen die Fliegen zu stechen; das Vieh hatte sie, wie das nun einmal ist, mitgebracht, und so sagte ich: »Es ist Zeit, daß wir anfangen.« Wir machten uns zu der Zisterne auf, ich selbst mit der Bombe in der Hand an der Spitze. Ich sah nach, ob das Feuerzeug sich in meiner Hosentasche befand. Der eine Schuh schlappte, da ich den Schnürsenkel herausgezogen hatte, trotzdem schritt ich flott auf den Wasserbehälter zu, wobei ich die Bombe über meinem Kopf hielt, wie die Freiheitsfackel im Hafen von New York, und dabei zu mir selbst sagte: »Okay, Henderson. Jetzt ist es soweit. Löse dein Versprechen ein. Drücke dich nicht lange herum«, und so weiter. Sie können sich meine Gefühle vorstellen!

Bei drückender Hitze erreichten wir die Zisterne, und ich ging allein zwischen den am Rande wildwachsenden Pflanzen weiter. Alle übrigen blieben zurück, nicht einmal Romilayu kam mit mir.

Das war auch ganz recht so. In einer Krise muß ein Mann darauf gefaßt sein, allein zu stehen, und alleinstehen, das kann ich. Ich dachte: ›Eigentlich müßte ich gut abschneiden, wenn ich bedenke, wieviel Erfahrung ich darin habe, meinen Weg allein zu gehen.‹ Und mit der Bombe in meiner linken Hand, in der andern das Feuerzeug mit dem dünnen weißen Docht – diesem patriarchalisch wirkenden Docht –, blickte ich in das Wasser. Dort in ihrem angestammten Element waren die Tiere, die Kaulquappen mit fetten Köpfen und mageren Schwänzen und ihren knospenden kleinen Gehwerkzeugen, und die ausgewachsenen Tiere, mit Augen wie reife Stachelbeeren, untergetaucht in ihre schlammigen Slums. Ich dagegen, Henderson, wie eine große Fichte, deren Wurzeln über- und untereinander verlaufen und sich gegenseitig in die Quere kommen – aber reden wir jetzt nicht von mir. Das Sinnbild ihres Jüngsten Gerichtes, so stand ich über ihnen, und die Frösche wußten nicht – konnten's ja auch nicht wissen –, was ich für sie bedeutete. In diesen Augenblicken spielte sich in mir die ganze Chemie besorgter Furcht ab, die ich so gut kenne und so sehr hasse – das Licht flackerte vor meinen Augen, der Speichel trocknete ein, meine Schamteile zogen sich zurück, und die Taue meines Halses verhärteten sich. Ich hörte das Geschwätz der erwartungsvollen Arnewi, die ihr Vieh an verzierten Stricken hielten, wie ein ertrinkender Mann die am Strand Badenden hört, und ich sah Mtalba, die zwischen ihnen und mir stand: in ihrem roten Fries wie eine Mohnblüte, Schwarzes in der Mitte des lodernden Rot. Dann blies ich auf den Docht des von mir konstruierten Apparates, um ihn vom Staub zu befreien (oder als toi, toi, toi), und drehte das Rad des Feuerzeuges, und als es mit einer Flamme reagierte, setzte ich den Zünder, meinen ehemaligen Schnürsenkel, in Brand. Er fing Feuer, und zunächst fiel die Metallspitze ab. Der Funke näherte sich ziemlich gleichmäßig dem mit Pulver gefüllten Behälter. Mir blieb nichts anderes übrig, als den Apparat in der Hand zu behalten und meine Augen auf ihn zu heften; meine der Hitze ausgesetzten Beine waren starr. Das Brennen nahm geraume Zeit in Anspruch, und auch als sich die Spitze des Funkens durch das Loch in dem Holz hindurchfraß, hielt ich noch immer fest, weil ich es nicht riskieren konnte, ihn ausgehen zu lassen. Nun mußte ich mich auf Intuition plus Glück verlassen, und da es jetzt in der äußeren Welt nichts gab, das ich besonders zu sehen wünschte, schloß ich die Augen und wartete, daß der Geist mich bewege. Es war noch nicht soweit, noch immer nicht soweit, und ich preßte den Behälter und glaubte, ich hörte den

Funken den Senkel fressen und nach dem Pulver lecken. Im letzten Augenblick nahm ich Leukoplast, das ich für diesen Moment bereitgehalten hatte, und klebte es über das Loch. Dann warf ich die Bombe in die Höhe, wobei ich mit der Hand dagegen schlug. Sie berührte das Strohdach und drehte sich nur einmal um sich selbst, ehe sie in das gelbe Wasser fiel. Die Frösche stieben bei dem Aufschlag auseinander, und die Wasserfläche schloß sich wieder; die kleinen Wellen verbreiteten sich nach außen, und das war alles. Aber dann begann eine neue Bewegung: das Wasser in der Mitte stieg, und ich stellte fest, daß etwas im Gange war. Wahrhaftig, auch meine Seele stieg gemeinsam mit dem Wasser in die Höhe, noch ehe es zu spritzen begann, folgte der gleichen treibenden Kraft, und ich rief mir zu: »Hallelujah! Henderson, du blödes Vieh, diesmal hast du es geschafft!« Dann schoß das Wasser in die Höhe. Es war vielleicht nicht Hiroshima, aber es genügte zu einem Guß für mich, und es begann Froschkörper aufwärts zu regnen. Sie sprangen infolge des Luftdrucks auf das Dach zu, und Haufen von Schlamm, Steinen und Kaulquappen wurden gegen das Stroh geschleudert. Ich hätte nicht gedacht, daß etwa ein Dutzend Patronen aus der 0,9 eine solche Kraft in sich trug, und von der Peripherie meiner Intelligenz stürmten die nebensächlichsten Gedanken, die immer die schnellsten und leichtesten sind, in die Mitte, als ich mich beglückwünschte; der erste Gedanke dabei war: ›In der Schule wären sie jetzt auf den alten Henderson stolz.‹ (In der Infanterieschule. Als ich sie besuchte, war ich keine Leuchte.) Die langen Beine und weißen Bäuche und die dickeren Leiber der jungen Frösche füllten die Wassersäule. Ich selbst war mit dem Schlamm bespritzt, aber ich rief: »Hallo, Itelo – Romilayu! Wie gefällt den Herren das? Eine richtige Explosion! Aber mir hatte ja niemand glauben wollen!«

Ich hatte ein größeres Resultat erzielt, als ich im ersten Augenblick wissen konnte, und statt einer Antwort hörte ich Schreie der Eingeborenen, und als ich mich umsah, worum es ging, entdeckte ich, daß die toten Frösche sich zusammen mit dem Wasser aus der Zisterne ergossen. Die Explosion hatte die abschließende Wand an der Stirnseite in die Luft gesprengt. Die großen Steinblöcke waren herausgefallen, und der gelbliche Wasserbehälter leerte sich schnell. »Um Gottes willen!« Ich faßte nach meinem Kopf. Die Übelkeit, die diese Katastrophe hervorrief, erregte sofort Schwindelgefühle. Ich sah das Wasser wie einen Mühlenbach mit den Überbleibseln dieser Frösche davonfließen. »Schnell, schnell!« rief ich. »Romilayu! Itelo! Ach, was geht da vor! Faßt zu, helft, Leute, helft!« Ich warf mich auf den Boden, dem davonfließenden Wasser entgegen, und versuchte, mich dagegenzustemmen und die Steine wieder an ihren Platz zu heben. Die Frösche schossen wie Backpflaumen auf mich zu und fielen in meine Hose und in den offenen Schuh, dessen Senkel nun auch verloren war. Das Vieh begann durchzugehen, es zerrte an den Halteriemen und strebte zum Wasser hin. Das Wasser aber war beschmutzt, und niemand hätte zugelassen, daß das Vieh davon trank. Es war ein entsetzlicher Augenblick, die Kühe gehorchten selbstverständlich ihrer Natur, die Eingeborenen bestürmten sie und weinten, und der ganze Vorrat an Wasser entschwand in den Boden. Der Sand sog ihn vollständig auf. Romilayu watete zu mir heran und tat, was er konnte, aber diese Steinblöcke überstiegen unsere Kräfte, und da die Zisterne auch als Damm diente, befanden wir uns dem natürlichen Stromgefälle gegenüber oder was es sonst war. Das Wasser jedenfalls war verloren – verloren! Innerhalb weniger Minuten sah ich (es machte mich krank!), wie sich dort der gelbe Schlamm des Bodens und die toten Frösche breitmachten. Bei diesen war der Tod infolge der Erschütterung sofort eingetreten und damit alles vorüber. Aber die Eingeborenen und die Kühe, die nur unter Protest wegzubewegen waren und nach dem Wasser stöhnten! Bald waren alle außer Itelo und Mtalba fortgegangen.

»O Gott, was ist geschehen?« sagte ich zu ihnen. »Das ist der Untergang. Ich habe eine Katastrophe verursacht.« Und ich zog mein nasses und fleckiges Unterhemd hoch und verbarg mein Gesicht darin. Auf diese Weise entblößt, sagte ich durch den Stoff hindurch: »Itelo, töten Sie mich! Alles, was ich noch anbieten kann, ist mein Leben. Nehmen Sie es also. Los, ich warte!«

Ich lauschte, ob er an mich herantreten würde, aber statt Schritten hörte ich nur die herzzerreißenden Laute, die Mtalba ausstieß. Mein Bauch hing schlaff vornüber, und ich war auf den Messerstoß gefaßt.

»Mr. Henderson. Sir! Was ist geschehen?«

»Erstechen Sie mich«, sagte ich, »fragen Sie mich nicht. Stechen Sie zu. Nehmen Sie mein Messer, wenn Sie Ihr eigenes nicht bei sich haben. Es kommt alles auf eins hinaus, und verzeihen Sie mir nicht. Ich könnte es nicht ertragen. Ich möchte lieber tot sein.«

Dies war Gottes eigene Wahrheit, denn mit der Zisterne hatte ich, schien mir, auch alles sonst zerstört. Und so vergrub ich mein Gesicht in das sackige triefende Hemd, denn der Aufruhr in meinem Herzen war unerträglich. Ich wartete, daß Itelo mich aufschneiden würde; mein nackter Leib mit all seinem Fieber und seinem Leid war auf die Hinrichtung vorbereitet. Unter mir verwandelte sich das Wasser der Zisterne in heißen Dampf, und in der Sonne begannen bereits die Leichen der toten Frösche zu verwesen.

10

Ich hörte Mtalba rufen: »Aii, yelli, yelli.«

»Was sagt sie?« fragte ich Romilayu.

»Sie sagte Wiedersehen. Auf immer.«

Und Itelo sagte zu mir mit zitternder Stimme: »Bitte, Mistah Henderson, decken Sie ab Ihr Gesicht.«

Ich fragte: »Was ist los? Wollen Sie denn nicht mein Leben nehmen?«

»Nein, nein. Sie mich besiegt. Sie wollen sterben, Sie selber sterben müssen. Sie sind ein Freund.«

»Ein schöner Freund«, sagte ich.

Ich konnte hören, daß er gegen einen starken Druck in der Kehle ansprach, der Kloß in seinem Hals mußte riesig sein. »Ich hätte mein Leben dafür gegeben, euch zu helfen«, sagte ich. »Sie haben gesehen, wie lange ich die Bombe hielt. Ich wünschte, sie wäre in meinen Händen explodiert und hätte mich in Stücke gerissen. Es ist mit mir immer dieselbe alte Geschichte; sobald ich unter Menschen komme, geht durch meine Schuld etwas schief – ich mache Blödsinn. Sie hatten ganz recht, zu weinen, als ich auftauchte. Sie müssen das Elend gerochen und gewußt haben, und ich wußte, daß ich eine Katastrophe verursachen würde.«

Unter dem Schutz des Hemdes ließ ich meinen Gefühlen freien Lauf, auch den Gefühlen des Dankes. Ich fragte mich: »Warum konnte mein Herzenswunsch nicht einmal, wenigstens ein einzigesmal, erfüllt werden? Ich bin dazu verdammt, immer zu stümpern.« Und ich dachte, jetzt liegt mein Lebensplan enthüllt da, und nach einer solchen Enthüllung kann ebensogut der Tod eintreten.

Aber da Itelo mich nicht erstechen wollte, zog ich das von der Zisterne bespritzte Hemd herunter und sagte: »Na gut, Prinz, wenn Sie Ihre Hände nicht mit meinem Blut beflecken wollen.«

»Nein, nein«, sagte er.

Und ich sagte: »Dann danke ich Ihnen, Itelo. Dann muß ich eben versuchen, von hier weiterzukommen.«

Darauf murmelte Romilayu: »Was wir tun, Sir?«

»Wir werden aufbrechen, Romilayu. Das ist das beste, was ich jetzt zum Wohle meiner Freunde tun kann. Leben Sie wohl, Prinz. Leben Sie wohl, verehrte Dame, und sagen Sie der Königin Lebewohl. Ich hoffte, von ihr die Weisheit des Lebens zu lernen, aber ich bin wohl einfach zu ungestüm. Ich eigne mich nicht zu einer solchen Gemeinschaft. Aber ich liebe die alte Dame. Ich liebe euch alle, Leute. Gott segne euch alle. Ich würde bleiben«, sagte ich, »und wenigstens eure Zisterne reparieren . . .«

»Besser Sie nicht, Sir«, sagte Itelo.

Ich hielt mich an sein Wort; schließlich übersah er die Situation am besten. Und außerdem war ich zu verstört, um mich mit ihm in Meinungsverschiedenheiten einzulassen. Romilayu ging zur Hütte zurück, um unser Zeug zu holen, während ich aus der verlassenen Stadt herausging. Nirgends eine Seele in den Gassen, selbst die Rinder waren eingetrieben worden, damit sie mich nicht noch einmal zu erblicken brauchten. Ich wartete an der Stadtmauer, und als Romilayu erschien, gingen wir zusammen zurück in die Wildnis. So schied ich, in Schande und Demütigung, nachdem ich ihr Wasser und meine Hoffnungen zerstört hatte. Denn nun würde ich nie noch mehr über das Grun-tu-molani erfahren.

Natürlich wollte Romilayu nach Baventai zurück, und ich sagte ihm, ich sei mir klar, daß er seinen Vertrag erfüllt habe. Der Jeep sei sein, sobald er ihn wolle. »Freilich«, fragte ich, »wie kann ich nun in die Staaten zurückkehren? Itelo wollte mich nicht töten. Er ist ein edler Charakter, und Freundschaft bedeutet ihm etwas. Aber ich könnte ebensogut diese 0,9 nehmen und mir auf der Stelle eine Kugel in den Kopf jagen, wie nach Hause fahren.«

»Was Sie meinen, Sir?« sagte Romilayu fassungslos.

»Ich meine, Romilayu, daß ich ein letztes Mal in die Welt hinausgezogen bin, um bestimmte Ziele zu erreichen, und du hast selber gesehen, was passiert ist. Wenn ich also jetzt Schluß mache, werde ich mich wahrscheinlich in ein Zombie verwandeln. Mein Gesicht wird weiß werden wie Wachs, und ich werde auf meinem Bett liegen, bis ich verröchle. Wahrscheinlich verdiene ich nichts Besseres. Es liegt also ganz bei dir. Ich kann jetzt keine Befehle erteilen und überlasse es dir. Wenn du nach Baventai gehen willst, mußt du es allein tun.«

»Sie allein gehen, Sir?« sagte er erstaunt.

»Wenn ich muß, ja, Kamerad«, sagte ich. »Denn ich kann nicht zurück. Es ist auch gar nicht so schwierig. Ich habe ein paar Rationen und vier Eintausend-Dollarnoten in meinem Hut, und ich werde wohl auf dem Wege Nahrung und Wasser finden. Ich kann Heuschrecken essen. Wenn du mein Gewehr willst, kannst du auch das noch haben.«

»Nein«, sagte Romilayu nach kurzem Nachdenken. »Sie nicht allein gehen, Sir.«

»Auf dich kann man sich wirklich verlassen. Du bist ein guter Mann, Romilayu. Ich bin bloß ein alter Versager, der einfach bei allem stümpert, das er unternimmt. Ich scheine die Gabe des Midas mit umgekehrtem Vorzeichen zu haben, daher mag meine Ansicht nichts wert sein, aber ich denke nun einmal so. Also«, sagte ich, »was liegt vor uns? Wohin gehen wir?«

»Ich nicht wissen«, sagte Romilayu. »Vielleicht Wariri?«

»Oh, die Wariri. Prinz Itelo ist mit ihrem König zusammen zur Schule gegangen – wie war doch sein Name?«

»Dahfu.«

»Richtig, Dahfu. Wollen wir dorthin gehen?«

Widerstrebend sagte Romilayu: »Okay, Sir.« Er schien gegen seinen eigenen Vorschlag Bedenken zu haben.

Ich lud mir mehr als meinen Gepäckanteil auf und sagte: »Laß uns gehen. Vielleicht entschließen wir uns nicht, ihre Stadt zu betreten. Wir werden später sehen, wie wir darüber denken. Aber laß uns gehen. Ich habe nicht viel Hoffnung, ich weiß bloß, daß ich zu Hause ein toter Mann wäre.«

So brachen wir zu den Wariri auf, während ich über die Bestattung des Ödipus auf Kolonos nachdachte – er hatte den Leuten wenigstens Glück gebracht, als er dann schließlich tot war. Ich wäre damals fast bereit gewesen, mich mit einer solchen Lösung abzufinden.

Wir zogen weitere acht oder zehn Tage durch eine Landschaft, die dem Hinchagara-Plateau sehr ähnlich war. Nach dem fünften oder sechsten Tag veränderte sich die Gegend. Es war mehr Gehölz auf den Bergen, obwohl die Hänge meistens noch immer unfruchtbar waren. Mesas und heißer Granit, Türme und Akropolen verkrampften sich in die Erde; ich meine, sie klammerten sich an sie und widerstrebten dem Entschwinden mit den Wolken, die sie, schien es, zu verschlingen suchten. Vielleicht wirkte auch alles wegen meines Trübsinns so trügerisch verdreht. Dieses Marschieren durch schwieriges Gelände machte Romilayu nichts aus, der für einen solchen Marsch geschaffen war, wie ein Matrose dafür geschaffen ist, auf See zu sein. Fracht oder Heuer oder Ziel machen schließlich nicht viel Unterschied. Mit seinen mageren Füßen gewann er Boden, und für ihn war schon das allein sinnvoll. Er war sehr geschickt im Auffinden von Wasser, er wußte, wo er einen Strohhalm in den Boden stecken und einen Trunk bekommen konnte, er las Flaschenkürbisse und anderes Zeug auf, das ich nicht einmal bemerkt hätte, und kaute es, weil es feucht und nahrhaft war. Nachts unterhielten wir uns manchmal. Romilayu war der Meinung, daß die Arnewi nun, weil die Zisterne leer war, wahrscheinlich einen Treck nach Wasser unternehmen würden. Und während ich an die Frösche und vieles andere dachte, saß ich am Feuer und starrte in die Glut, dachte an meine Schande und Verworfenheit, aber ein Mann lebt weiter, und bei diesem Weiterleben werden für ihn die Dinge entweder besser oder schlimmer. Das wird nie aufhören, und alle Überlebenden wissen es. Wenn man an einem Kummer nicht stirbt, wird man irgendwie anfangen, ihn umzuformen – Nutzen daraus zu ziehen, meine ich.

Wir sahen riesige Spinnen und Netze, die zwischen den Kakteen wie Radarstationen ausgespannt waren. Es gab in dieser Gegend Ameisen, deren Körper wie Diabolos geformt waren, und ihre Bauten bildeten große graue Höcker in der Landschaft. Wie die Strauße es fertigbrachten, bei dieser Hitze so schnell zu rennen, konnte ich nie begreifen. Ich kam nahe genug an einen heran, um zu erkennen, wie rund seine Augen waren, und dann schlug er die Erde mit seinen Füßen und entschwand mit einem heißen Wind in den Federn und einer weißen Staubwolke hinter sich.

Manchmal, wenn Romilayu zur Nacht gebetet und sich niedergelegt hatte, hielt ich ihn wach und erzählte ihm die Geschichte meines Lebens, um zu sehen, ob dieser seltsame Hintergrund, die Wildnis, die Strauße und Ameisen, die Nachtvögel und das gelegentliche Gebrüll der Löwen ihm etwas von dem Fluch nehmen würden, aber ich erwies mich als bei weitem exotischer und phantastischer als alle Ameisen, Strauße, Berge. Und ich sagte: »Was würden die Wariri sagen, wenn sie wüßten, wer zu ihnen auf dem Wege ist?«

»Ich nicht wissen, Sir. Sie nicht so gute Leute wie Arnewi.«

»Nein? Nicht? Aber von den Fröschen und der Zisterne wirst du nichts sagen, nicht wahr, Romilayu?«

»Nein, nein, Sir.«

»Danke, Freund«, sagte ich. »Ich habe nicht viel aufzuweisen, aber alles in allem hatte ich schließlich nur gute Absichten. Wahrlich, der Gedanke bringt mich um, wie die Rinder jetzt dort ohne Wasser leiden müssen. Ich meine das ganz ernst. Aber angenommen, ich hätte meinen größten Ehrgeiz erfüllt, und ich wäre ein

Arzt geworden wie Dr. Grenfell oder Dr. Schweitzer – oder Chirurg? Gibt es irgendwo einen Chirurgen, dem nicht hin und wieder ein Patient stirbt? Manche dieser Herren müssen eine ganze Flotte von Seelen hinter sich herziehen.«

Romilayu lag auf dem Boden und hatte die Hand unter seine Wange geschoben. Seine gerade abessinische Nase zeigte große Geduld.

»Der König der Wariri, Dahfu, war Itelos Schulfreund. Aber du sagst, es sind keine guten Leute, die Wariri. Was ist los mit ihnen?«

»Sie Kinder der Finsternis.«

»Du bist wirklich ein bibelfester Christ, Romilayu«, sagte ich. »Du meinst, sie sind klüger in ihrem Geschlechte, und wie es dann weiter heißt. Aber was mich und diese Leute betrifft – wer müßte sich deiner Meinung nach mehr Sorgen machen?«

Ohne seine Lage zu verändern, sagte er, während ein Glitzern grimmigen Humors in seinem großen, sanften Auge spielte: »Oh, vielleicht die da, Sir.«

Wie Sie sehen, hatte ich meine Absicht, die Wariri zu umgehen, geändert, und dies zum Teil wegen der Andeutungen, die Romilayu über sie gemacht hatte. Denn ich hatte das Gefühl, wenn sie so rauhe oder weltliche Wilde waren, konnte ich kaum irgendwelchen Schaden bei ihnen anrichten.

So marschierten wir neun oder zehn Tage lang, und gegen Ende dieser Zeit änderte sich der Charakter des Gebirges beträchtlich. Domartige weiße Felsen türmten sich hier und dort zu riesigen Haufen, und inmitten dieser weißen Steinkreise trafen wir, ich glaube am zehnten Tage, einen Menschen. Es geschah, als wir am späten Nachmittag unter einer sich langsam rötenden Sonne aufwärts stiegen. Hinter uns zeigten die hohen Berge, aus denen wir aufgetaucht waren, ihre verwitterten Spitzen und prähistorischen Grate. Vor uns wuchsen zwischen diesen Felsendomen Sträucher, die weiß waren wie Porzellan. Da erhob sich vor uns dieser Wariri-Hirte in einem Lederschurz, einen gebogenen Stab in der Hand, und obwohl er nichts weiter tat, sah er gefährlich aus. Irgend etwas an seiner Gestalt wirkte biblisch auf mich, und insbesondere erinnerte er mich an den Mann, den Joseph traf, als er auszog, seine Brüder zu suchen, und der ihn nach Dothan wies. Ich glaube, daß dieser Mann in der Bibel ein Engel gewesen sein muß und gewiß wußte, daß die Brüder Joseph in die Grube werfen würden. Aber er schickte ihn trotzdem weiter. Unser schwarzer Mann trug nicht nur einen Lederschurz, sondern schien überhaupt ledern zu sein, und wenn er Flügel gehabt hätte, wären sie gleichfalls aus Leder gewesen. Seine Züge waren tief in das Gesicht gegraben, das klein, verschlossen und sogar in den unmittelbaren Strahlen der roten Sonne sehr schwarz war. Wir unterhielten uns mit ihm. Ich sagte: »Hallo, hallo«, so laut, als nähme ich an, sein Gehör sei so tief eingesunken wie seine Augen. Romilayu fragte ihn nach der Richtung, und der Mann zeigte uns mit seinem Stock den Weg, den wir zu gehen hätten. So muß Wanderern einst der Weg gewiesen worden sein. Ich entbot dem Mann einen Gruß, aber er schien nicht viel davon zu halten, und sein ledernes Gesicht blieb starr. Darauf mühten wir uns zwischen den Felsen aufwärts, den Weg entlang, den er uns angegeben hatte.

»Weit?« sagte ich zu Romilayu.

»Nein, Sir. Er sagen, nicht weit.«

Ich dachte nun, wir könnten die Nacht in einer Stadt verbringen, und nach zehn Tagen mühsamer Wanderung freute ich mich allmählich auf ein Bett und gekochtes Essen und sogar auf ein Strohdach über mir.

Der Weg wurde immer steiniger, und das machte mich mißtrauisch. Wenn wir uns einer Stadt näherten, hätten wir jetzt eigentlich einen Pfad finden müssen. Statt dessen lagen hier nur diese durcheinandergewürfelten weißen Steine, die aussahen, als seien sie von einer unwissenden Hand aus den unsinnigsten Elementen ausgekämmt. Es gibt wohl auch blöde Teile des Himmels, und diese Steine waren geradenwegs von dort herniedergerollt. Ich bin kein Geologe, aber das Wort kalkhaltig schien hier zu passen. Sie bestanden aus Kalk, und sie stammten sicherlich aus einem Gewässer. Jetzt waren sie mehr als trocken, aber durchsetzt mit kleinen Höhlen, aus denen kühlere Luft strömte – idealen Plätzchen für eine Ruhepause in der Mittagshitze, vorausgesetzt, daß keine Schlangen auftauchten. Aber die Sonne war im Untergehen, die Fanfaren ihres Lichtes klangen ab. Die Höhleneingänge waren offen, und dann war also dort dieser rohe, plumpe, knorrige weiße Stein.

Wir waren gerade um die Ecke eines Felsbrockens gekommen, um unseren Aufstieg fortzusetzen, als Romilayu mich verblüffte. Er hatte seinen Fuß hochgestellt, um einen langen Schritt zu tun, aber zu meiner Bestürzung begann er auf den Händen vorwärts zu gleiten, und anstatt zu steigen, legte er sich auf die Steine des Abhanges. Als ich ihn niedergestreckt sah, sagte ich: »Was ist mit dir? Was tust du? Ist das ein Ort, um sich hinzulegen? Steh auf!« Aber sein ausgestreckter Körper, Gepäck und alles, schmiegte sich an den Abhang, während sein krauses Haar reglos zwischen den Steinen lag. Er antwortete nicht, und es war auch keine Antwort mehr nötig, denn als ich aufblickte, sah ich vor uns und etwa zwanzig Meter über uns eine Gruppe von Kriegern. Drei Stammesangehörige knieten mit auf uns angelegtem Gewehr, während acht oder zehn andere, die hinter ihnen standen, ihre Gewehrläufe zusammenhielten, so daß wir glatt vom Abhang heruntergeknallt werden konnten; sie hatten die ausreichende Feuerkraft dazu. Wenn man sich einem Dutzend Gewehrmündungen gegenübersieht, ist das eine faule Sache, darum ließ ich meine 0,9 fallen und hob die Hände. Trotz allem gefiel mir das Ganze, es kam meiner militärischen Veranlagung entgegen. Der lederne Mann hatte uns also in einen Hinterhalt geschickt, und aus irgendwelchen Gründen befriedigte auch diese elementare List mich. Es gibt Dinge, in denen die menschliche Seele keine Unterweisung braucht. Ha, ha! Wissen Sie, ich fand an der Sache gewissermaßen Vergnügen, und ich machte es wie Romilayu. In den Staub gesunken, legte ich mein Gesicht zwischen die Kiesel und wartete grinsend ab. Romilayu lag willenlos hingestreckt, auf afrikanische Art. Schließlich stieg einer der Männer, von den übrigen gedeckt, herunter, und ohne zu sprechen, aber stoisch, wie Soldaten das so an sich haben, nahm er die 0,9, Munition, Messer und sonstige Waffen und befahl uns, aufzustehen. Als wir das taten, untersuchte er uns von neuem. Die Gruppe vor uns senkte die Gewehre. Es waren alte Waffen, entweder vom Berber-Typ, mit langen Läufen und eingelegten Kolben, oder alte europäische Waffen, die vielleicht dem General Gordon bei Khartum abgenommen und dann über ganz Afrika verteilt worden waren. Ja, dachte ich, der alte Chinesen-Gordon, der arme Kerl, mit seinen Bibelstudien. Aber es war besser, so zu sterben, als im muffigen alten England. Ich habe für das eiserne Zeitalter der Technik sehr wenig übrig. Ich empfinde Sympathie für einen Mann wie Gordon, weil er tapfer und verworren war.

In einem Hinterhalt entwaffnet zu werden, erschien mir in den ersten paar Minuten als ein Spaß, aber als uns befohlen wurde, unser Gepäck aufzuheben und uns vorwärts zu bewegen, änderte ich allmählich meine Ansicht. Diese Männer waren kleiner, dunkler und gedrungener als die Arnewi, aber sehr zähe. Sie trugen grellbunte Lendentücher und marschierten kraftvoll, und nachdem wir eine Stunde oder länger gegangen waren, war mir nicht mehr so fröhlich zumute wie zuvor. In mir regte sich heftiger Widerwille gegen diese Burschen, und nur allzu gern hätte ich sie mit meinen Armen zusammengefegt, das ganze runde Dutzend, und sie über die Klippe gejagt. Es bedurfte der Erinnerung an die Frösche, daß ich an mich hielt. Ich unterdrückte meine schnell aufflammenden Gefühle und verfolgte eine Politik des Wartens und der Geduld. Romilayu sah sehr kläglich aus, und ich legte meinen Arm um ihn. Der Staub der Unterwerfung hatte sein Gesicht völlig zerfurcht, und sein Pudelhaar starrte vor grauem Pulver; sogar sein verstümmeltes Ohr war weißlich wie ein Zukkerplätzchen.

Ich sprach zu ihm, aber er war so verstört, daß er kaum zu hören schien. Ich sagte: »Freund, hab doch nicht solche Angst, was können sie uns denn tun? Einsperren? Deportieren? Für Lösegeld festhalten? Uns kreuzigen?« Aber mein Zutrauen ließ ihn kalt. Darauf sagte ich zu ihm: »Warum fragst du sie nicht, ob sie uns zum König bringen? Er ist Itelos Freund. Ich bin sicher, daß er Englisch spricht.« Mit mutloser Stimme versuchte Romilayu, aus einem der Soldaten etwas herauszubringen, aber der sagte nur: »Harrrff.« Und seine Wangenmuskeln zeigten die bekannte Spannung, die zum Soldatenberuf gehört. Ich erkannte es sofort. Nach zwei oder drei Meilen dieses schnellen Marsches aufwärts, kletternd, kriechend und trabend, tauchte die Stadt vor uns auf. Ihre Häuser waren größer als die des Arnewi-Dorfes, manche davon aus Holz, und sie erstreckte sich weithin unter dem roten Licht dieser Tageszeit, zwischen Sonnenuntergang und Nachtschwärze. Auf der einen Seite war die Nacht bereits hereingebrochen, und der Abendstern hatte zu flimmern und zu pulsieren begonnen. Das weiße Gestein der Umgebung hatte die Eigenschaft, sich in runden Formen, Schalen oder Kreisen von den Kuppeln zu lösen, und diese Schalen wurden in der Stadt zu Schmuckzwecken verwendet. Vor dem Palast, dem größten der roten Häuser, wuchsen Blumen in diesen Schalen. Davor zogen sich Zäune aus Dornengestrüpp entlang, und diese Felsen, von der Größe menschenfressender Riesenmuscheln, enthielten leuchtend rote wilde Blumen. Als wir vorbeikamen, nahmen zwei Wachen Haltung an, aber man führte uns nicht zwischen sie hindurch. Zu meiner Überraschung ging es an ihnen vorbei, durch das Zentrum der Stadt hindurch und hinaus zwischen die Hütten. Einige Leute ließen ihr Abendbrot stehen, um einen Blick auf uns zu werfen, sie kamen lachend angelaufen und stießen schrille Rufe aus. Die Hütten waren recht herkömmlich, bienenkorbförmig und strohgedeckt. Man sah Rinder, und im letzten Tageslicht erkannte ich die Umrisse von Gärten. Ich schloß daraus, daß man hier besser mit Wasser versorgt und in dieser Beziehung vor meiner Hilfe sicher war. Ich nahm es nicht übel, daß man über mich lachte, sondern raffte mich zu einer aufmunternden Haltung auf, winkte mit der Hand und tippte an meinen Helm. Freilich gefiel mir das Ganze nicht. Es ärgerte mich, daß man mir nicht sofort eine Audienz bei König Dahfu gewährte.

Man führte uns in einen Hof und befahl uns, uns auf den Boden nahe der Wand eines Hauses zu setzen, das etwas größer schien als die übrigen. Ein über die Tür gemalter weißer Streifen deutete an, daß es ein Amtsgebäude war. Die Patrouille, die uns gefangen hatte, ging weg und ließ nur einen Burschen zu unserer Bewachung zurück. Ich hätte mir sein Gewehr schnappen und mit einem einzigen Griff Altmetall daraus machen können, aber was hätte das für einen Zweck gehabt? Ich ließ ihn hinter meinem Rücken stehen und wartete. Fünf oder sechs Hühner pickten in diesem umfriedeten Hof zu einer Stunde, in der sie längst hätten auf ihre Stange fliegen müssen, und ein paar nackte Kinder spielten so etwas wie Seilspringen und sangen mit dicken Zungen. Im Gegensatz zu den Arnewi-Kindern kamen sie nicht zu uns heran. Der Himmel war wie Terrakotta und dann wie rosa Gummi, und meinen Nüstern fremd. Dann endgültige Dunkelheit. Die Hühner und Kinder verschwanden, und damit waren wir zu Füßen des bewaffneten Burschen allein.

Wir warteten, und für einen aufbrausenden Menschen ist Warten oft die Quelle von Unannehmlichkeiten. Ich hatte den Eindruck, daß der Mann, der uns warten ließ, der schwarze Bürgermeister der Wariri, der Friedensrichter oder Untersuchungsbeamte, uns einfach nur abkühlen lassen wollte. Vielleicht hatte er einen Blick durch die Türritzen geworfen, solange es noch hell genug war, um mein Gesicht zu erkennen. Das konnte ihn in Erstaunen versetzt haben, und so dachte er darüber nach und versuchte sich darüber klarzuwerden, wie er sich mir gegenüber verhalten sollte. Oder vielleicht lauerte er auch nur da drinnen wie eine Ameise, um meine Geduld zu erschöpfen.

Und ich war bestimmt aufgewühlt; ich war sehr erregt. Wahrscheinlich bin ich der schlechteste Warter der Welt. Ich weiß nicht, wie das kommt, aber ich kann nicht gut warten, und es beeinflußt irgendwie meine Gemütsverfassung. So saß ich da auf dem Boden, müde und beunruhigt, und meine Gedanken waren hauptsächlich Ängste. Inzwischen kroch die wunderbare Nacht weiter heran als ein Kontinuum aus Dunkelheit und Wärme und zog den Hauptstern mit. Und dann erschien der Mond, unvollständig und gefleckt. Der unbekannte Examinator saß drinnen, und wahrscheinlich frohlockte er über die unwürdige Behandlung des großen weißen Reisenden, dem man seine Waffen abgenommen hatte und der ohne Abendessen warten mußte.

Und jetzt geschah eins von den Dingen, die das Leben mir nicht ersparen wollte. Während ich hier in dieser exotischen Nacht wartend saß, biß ich in einen harten Zwieback und zerbrach mir eine meiner Brücken. Ich hatte mir Gedanken darüber gemacht – was würde ich in der afrikanischen Wildnis tun, falls mir etwas mit meinem künstlichen Gebiß passierte? Die Angst davor hatte mich von manchem Kampf abgehalten, und in dem Augenblick, als ich mit Itelo rang und so heftig mit dem Gesicht auf den Boden geschleudert wurde, hatte ich an die Wirkung auf meine Zähne gedacht. Zu Hause, wenn ich im Kino gedankenlos einen Sahnebonbon aß oder im Restaurant in ein Hühnerbein biß, verspürte ich – ich weiß nicht wie oft – ein Ziehen oder Knirschen und fühlte sofort mit der Zunge nach, wobei mein Herz fast aussetzte. Diesmal war das gefürchtete Malheur wirklich eingetreten, und mit dem Schiffszwieback kaute ich jetzt zerbrochene Zähne. Ich spürte den gezackten Stumpf der Brücke und war wütend, empört, geängstigt; verdammt! Ich war verzweifelt, und mir traten die Tränen in die Augen.

»Was ist?« sagte Romilayu.

Ich nahm das Feuerzeug, ließ es aufflammen und zeigte ihm die Bruchstücke von Zähnen in meiner Hand. Ich zog meine Lippen auseinander und hielt die Flamme so hoch, daß er in den Mund blicken konnte. »Ich habe mir ein paar Zähne zerbrochen«, sagte ich.

»Oh! Schlimm! Sie viel Schmerzen haben, Sir?«

»Nein, keine Schmerzen. Nur Seelenqualen«, sagte ich. »Es hätte zu keinem unpassenderen Zeitpunkt geschehen können.« Dann wurde mir klar, daß er entsetzt war, diese Molaren in meiner Handfläche zu sehen, und ich blies das Licht aus.

Unweigerlich fiel mir die Geschichte meiner Zahnbehandlungen ein.

Die erste wesentliche Arbeit wurde nach dem Kriege in Paris von Mlle. Montecuccoli geleistet. Sie hat mir die ursprüngliche Brücke eingesetzt. Ein Mädchen namens Berthe, die zur Betreuung unserer beiden Töchter angestellt war, hatte mir diese Dame empfohlen. Ein General Montecuccoli war der letzte Gegenspieler des großen Marschalls Turenne. In den alten Zeiten pflegten Feinde dem Begräbnis ihrer Gegner beizuwohnen, und Montecuccoli ging zu Turennes Begräbnis, schlug sich an die Brust und schluchzte. Ich schätzte diese Verbindung. Freilich war dann mancherlei auszusetzen. Mlle. Montecuccoli hatte einen großen Busen, und wenn sie sich in der Arbeit vergaß, preßte sie sich über mein Gesicht und erstickte mich, und in meinem Mund waren so viele Drains, Befestigungen und Holzblöcke, daß ich nicht einmal schreien konnte. Mlle. Montecuccoli starrte inzwischen mit furchtsam aufgerissenen schwarzen Augen hinein. Sie hatte ihre Praxis in der Rue du Colisée. Dort war ein gepflasterter Hof, ganz gelb und grau, mit verwitterten Müllkästen, Katzen, die Kehricht herauszerrten, Besen, Eimern und einer Latrine mit Trittbrettern für die Schuhe. Der Aufzug glich einer Sänfte und bewegte sich so langsam, daß man die Leute im Treppenhaus, das sich um den Aufzug wand, nach der Uhrzeit fragen konnte. Ich trug einen Tweedanzug und schweinslederne Schuhe. Während wir im Hof vor der Hütte mit dem amtlichen Streifen über der Tür warteten, Romilayu neben mir und die Wache über uns beiden, fiel mir all dies wieder ein ... Aufwärts im Fahrstuhl. Mein Herz schlägt schnell, und dann Mlle. Montecuccoli, deren fünfzigjähriges Gesicht herzförmig ist, und die ein schmales, langes Lächeln von französisch-italienischem und rumänischem (mütterlicherseits!) Pathos hat; und den großen Busen. Ich setze mich hin, voller Furcht, und sie beginnt mich zu ersticken, als sie den Nerv aus einem Zahn zieht, um die Brücke verankern zu können. Und während sie sie anpaßt, steckt sie mir einen Stab in den Mund und sagt: »Grincez! Grincez les dents! Fâchez-vous.« Und ich grince also und fâche mit den Zähnen nach besten Kräften und esse das Holz. Sie knirscht mit den eigenen Zähnen, um mir zu zeigen, wie ich es machen soll.

Die Mademoiselle hielt die amerikanische Zahntechnik aus künstlerischen Erwägungen für unverzeihlich, und sie wollte mir vorn eine neue Krone verpassen, so wie die, die sie für Berthe, die Erzieherin unserer Kinder, gemacht hatte. Als Berthe der Blinddarm herausgenommen wurde, habe nur ich sie im Krankenhaus besucht. Meine Frau war zu sehr im Collège de France beschäftigt. Darum ging ich, und ich trug einen Derbyhut und Handschuhe. Dann spielte diese Berthe Delirium und wälzte sich vor Fieber im Bett. Sie nahm meine Hand und biß hinein, und auf diese Weise wußte ich, daß die Zähne, die Mlle. Montecuccoli ihr gemacht hatte, gut und stark waren. Berthe hatte auch weite, gut geformte Nüstern und ein Paar muntere Beine. Ich verlebte durch diese Berthe eine Reihe unruhiger Wochen.

Aber um beim Thema zu bleiben, die Brücke, die mir Mlle. Montecuccoli verpaßte, war fürchterlich. Sie fühlte sich in meinem Munde wie ein Wasserhahn an, und meine Zunge wurde auf eine Seite hinübergedrängt. Sogar meine Kehle schmerzte davon, und ich fuhr stöhnend in dem kleinen Fahrstuhl hinauf. Ja, gab sie zu, es sei alles ein bißchen geschwollen, aber sie meinte, ich würde mich bald daran gewöhnen, und beschwor mich, die Ausdauer eines Soldaten zu beweisen. Das tat ich auch. Aber als ich nach New York zurückkehrte, mußte die ganze Chose hinaus.

Alle diese Mitteilungen sind wesentlich. Die zweite Brücke, die ich gerade mit dem Schiffszwieback zerbrochen hatte, stammt von einem gewissen Dr. Spohr in New York, der ein direkter Vetter von Klaus Spohr war, dem Maler, der Lilys Porträt malte. Während ich auf dem Stuhl des Zahnarztes saß, saß Lily dem Künstler draußen auf dem Lande. Zahnarzt und Geigenstunden hielten mich für zwei Tage in der Woche in der Stadt fest. In Dr. Spohrs Praxis erschien ich schnaufend mit meinem Geigenkasten, nach zwei Untergrundbahnfahrten und ein paar Pausen in Bars am Wege, die Seele voller Widerstreben und im Herzen immer dasselbe alte Lied. Wenn ich in die Straße einbog, wünschte ich manchmal, ich könnte das ganze Haus in den Mund nehmen und in zwei Teile beißen, wie Moby Dick es mit den Booten gemacht hat. Ich stolperte in die unteren Räume der Praxis, wo Dr. Spohr ein Laboratorium hatte und wo ein Techniker aus Puerto Rico Abgüsse machte und Platten auf seiner kleinen Drehscheibe abschliff.

Ich langte hinter ein paar Kittel nach dem Lichtschalter, knipste das Licht in der Toilette an und ging hinein, und nachdem ich die Spülung gezogen hatte, schnitt ich mir selbst Grimassen, sah mir selber in die Augen und sagte: »Nun?« »Und wenn?« »Und wo bist du, Soldat?« »Zahnlos! Mon Capitaine. Deine eigene Seele bringt dich um« und »Du selbst machst die Welt zu dem, was sie ist. Du selbst bist die Wirklichkeit.«

Die Empfangsdame sagte immer: »Waren Sie zu Ihrer Geigenstunde, Mr. Henderson?«

»Ja.«

Während ich auf den Zahnarzt wartete, so wie ich jetzt mit den Bruchstücken seiner Arbeit in der Hand wartete, grübelte ich immer über die Kinder und meine Vergangenheit und Lily und meine Zukunft mit ihr. Ich wußte, daß sie in diesem Augenblick mit ihrem strahlenden Gesicht, kaum fähig, vor Gefühlsspannung ihr Kinn stillzuhalten, in Spohrs Atelier saß. Ihr Bild war eine Quelle des Ärgers zwischen mir und meinem ältesten Sohn

Edward. Dem mit dem roten MG. Er ist wie seine Mutter und hält sich für besser als mich. Nun, er irrt sich. Von Amerikanern werden große Dinge vollbracht, aber nicht von solchen Leuten wie er und ich. Sie werden von Leuten wie jenem Slocum vollbracht, der die großen Dämme baut. Tag und Nacht, Tausende von Tonnen Zement, Maschinen, die die Erde bewegen, Berge einebnen und das Punjab-Tal mit Zementmörtel füllen. Das ist der Typ, der etwas vollbringt. Darin wird meine Gesellschaftsklasse, Edwards Klasse, die Klasse, in die Lily unbedingt hineinheiraten wollte, zur Null. Edward ist immer mit der Menge gegangen. Das Selbständigste, was er je tat, war, einen Schimpansen als Cowboy anzuziehen und ihn in seinem offenen Wagen in New York herumzufahren. Nachdem das Tier sich erkältet hatte und verendet war, spielte er in einer Jazzband die Klarinette und wohnte in der Bleecker Street. Sein Einkommen belief sich auf mindestens zwanzigtausend Dollar, und er wohnte unmittelbar neben Mills Asyl, wo man die Betrunkenen lagenweise stapelt.

Aber ein Vater bleibt schließlich ein Vater, und ich war bis nach Kalifornien gereist, um zu versuchen, mit Edward zu reden. Ich fand ihn in einer Badekabine am Pazifik in Malibu wohnen, und so lagen wir dann im Sand und versuchten, ein Gespräch in Gang zu bringen. Das Wasser war geisterhaft, träge, langsam, einschläfernd, mit einem weiten, dumpfen Schimmer. Kupferfarben. Ein weißer Schoß. Blässe, Dunst, Leere, mattes Gold, Weite, Trübheit, Glanz, geisterhaftes Aufblitzen. »Edward, wo sind wir?« sagte ich. »Wir sind am Rande der Welt. Warum hier?« Dann sagte ich zu ihm: »Das ist ein höllischer Ort für eine Begegnung. Er hat kein Fundament außer Dunst. Junge, ich muß mit dir über Verschiedenes sprechen. Es ist wahr, ich bin rauh. Vielleicht stimmt es, daß ich verrückt bin, aber das alles hat eine Ursache. ›Das Gute, das ich wollte und nicht tue.‹«

»Das verstehe ich nicht, Papa.«

»Du solltest Arzt werden. Warum studierst du nicht Medizin? Bitte, melde dich doch an, Edward.«

»Warum?«

»Es gibt viele gute Gründe dafür. Ich weiß zum Beispiel, daß du dir Sorgen um deine Gesundheit machst. Du nimmst Bienenkönigin-Tabletten. Nun weiß ich, daß . . .«

»Du hast diese weite Reise gemacht, um mir etwas zu sagen – war es das?«

»Du glaubst vielleicht, daß dein Vater kein denkender Mensch ist, nur deine Mutter. Nun, mach dir nichts vor, ich habe einige deutliche Beobachtungen gemacht. Vor allem, wenige Menschen sind normal. Das mag dich überraschen, Edward, aber es ist wirklich so. Weiter, die Sklaverei ist niemals wirklich abgeschafft worden. Es sind mehr Leute den verschiedensten Dingen versklavt, als du glaubst. Aber es hat keinen Zweck, dir ein Resümee meiner Gedanken geben zu wollen. Es stimmt, ich bin oft durcheinander, aber gleichzeitig bin ich ein Kämpfer. Oh, ich bin ein Kämpfer. Ich kämpfe sehr hart.«

»Wofür kämpfst du, Papa?« sagte Edward.

»Wie«, sagte ich, »wofür ich kämpfe? Nun, für die Wahrheit natürlich. Ja, die Wahrheit! Gegen Falschheit. Aber vor allem kämpfe ich gegen mich selbst.«

Ich verstand sehr gut, daß Edward von mir wissen wollte, wofür er leben sollte, und gerade daran haperte es. Das war es, was mich peinigte. Jeder Sohn erwartet klare Grundsätze, und jeder Vater möchte sie geben. Und außerdem möchte jeder Mann möglichst seine Kinder vor der Bitterkeit der Dinge bewahren.

Ein Seehundbaby fiepte im Sand, und ich mußte immer wieder hinhören, denn ich malte mir aus, daß die Herde es zurückgelassen hatte. Ich ließ Edward eine Büchse Thunfisch aus dem Laden holen, während ich gegen die streunenden Hunde Wache stand, aber einer der Strandwächter erzählte mir, daß dieser Seehund ein Bettler sei, und wenn ich ihn fütterte, ermutigte ich ihn, als Parasit am Strande zu bleiben. Dann klatschte er ihm auf das Hinterteil, und ohne Widerstreben hoppelte das Tier auf seinen Flossen zum Wasser, wo die Pelikan-Patrouillen langsam hin- und herflogen, und tauchte in den weißen Schaum. »Wird dir nicht kalt in der Nacht am Strand, Eddy?« sagte ich.

»Es macht mir nicht viel aus.«

Ich empfand Liebe zu meinem Sohn und ertrug es nicht, ihn so zu sehen. »Entschließ dich, und werde Arzt, Eddy«, sagte ich. »Wenn du kein Blut sehen kannst, wirst du eben Internist, oder wenn du keine Erwachsenen magst, wirst du Kinderarzt, und wenn du nicht für Kinder bist, kannst du dich vielleicht auf Frauen spezialisieren. Du hättest die Bücher von Dr. Grenfell lesen sollen, die ich dir immer zu Weihnachten schenkte. Ich weiß ganz genau, du hast niemals auch nur die Pakete geöffnet. Um Gottes willen, wir sollten Kontakt mit Menschen suchen.«

Ich fuhr allein wieder nach Connecticut. Kurz danach kehrte der Junge mit einem Mädchen von irgendwo aus Mittelamerika zurück und sagte, daß er sie heiraten wolle, eine Indianerin mit dunklem Blut, schmalem Gesicht und engstehenden Augen.

»Papa, ich bin verliebt«, sagt er.

»Was ist los? Ist sie in anderen Umständen?«

»Nein. Ich sage dir, ich liebe sie.«

»Edward, mute mir das nicht zu«, sage ich. »Ich kann es nicht glauben.«

»Wenn dich ihre Herkunft stört, wie ist es dann mit Lily?« sagt er.

»Ich möchte kein einziges Wort gegen deine Stiefmutter hören. Lily ist eine großartige Frau. Wer ist diese Indianerin? Ich werde Nachforschungen über sie anstellen lassen.«

»Dann verstehe ich nicht«, sagt er, »warum du nicht zulassen willst, daß Lily ihr Porträt bei den anderen aufhängt. Laß Maria Felucca in Ruhe.« (Wenn das ihr Name war.) »Ich liebe sie«, sagt er mit brennendem Gesicht.

Ich betrachte diesen sonderbaren Sohn Edward, mit seinem kurzgeschorenen Haar, dem hüftlosen Rumpf, dem anknöpfbaren Kragen und Princeton-Binder, den weißen Schuhen – seinem eigentlich gesichtslosen Gesicht. »Ihr Götter!« denke ich. »Kann dies der Sohn meiner Lenden sein? Was, zum Teufel, geht hier vor? Wenn ich ihn bei diesem Mädchen lasse, wird sie ihn in drei Bissen verschlucken.«

Aber selbst dabei, merkwürdig genug, fühlte ich im Herzen eine aufbrandende Liebe zu diesem Jungen. Mein Sohn! Unrast hat mich so gemacht, Kummer hat mich so gemacht. Nimm es nicht so schwer! Sauve qui peut! Heirate ein ganzes Dutzend Maria Feluccas, und wenn es irgendwie nützt, laß sie sich auch einen Maler suchen, der ihr Porträt malt.

So kehrte Edward mit seiner Maria Felucca aus Honduras nach New York zurück.

Ich hatte mein eigenes Porträt in der Uniform der National Guard heruntergenommen. Weder Lily noch ich selbst sollten künftig in der Haupthalle hängen.

Das war noch nicht alles, was mir wieder einfiel, als Romilayu und ich in dem Wariri-Dorf warteten. Denn ich habe Lily wiederholt erklärt: »Jeden Morgen ziehst du los, um dich malen zu lassen, und du bist genauso schlampig wie immer. Unter dem Bett und im Zigarrenbehälter finde ich Kinderwindeln. Der Spültisch ist voll Abfall und Fett, und das Haus sieht aus, als hause hier ein Poltergeist. Du rennst mir weg. Ich weiß ganz genau, daß du in dem Buick mit den Kindern auf dem Rücksitz hundertzwanzig Kilometer fährst. Mach kein ärgerliches Gesicht, wenn ich diese Dinge zur Sprache bringe. Sie mögen zu dem gehören, was du als die niedere Welt betrachtest, aber ich muß dort sehr viel Zeit zubringen.«

Lily sah dabei sehr weiß aus; sie wandte ihr Gesicht ab und lächelte, als brauchte ich eine lange Zeit, um zu verstehen, wie gut es mir tue, wenn dieses Porträt gemalt würde.

»Ich weiß«, sagte ich. »Die Damen der Gegend hier haben dich bei der Sammlung für die Schulspeisung übergangen. Sie wollten dich nicht ins Komitee aufnehmen. Ich weiß alles.«

Woran ich mich aber an diesem Abend in den afrikanischen Bergen, mit den zerbrochenen Zähnen in der Hand, ganz besonders erinnerte, das war die Geschichte, wie ich mich mit der Frau des Malers und der Kusine des Zahnarztes, Mrs. K. Spohr, in Schande gebracht hatte. Vor dem Ersten Weltkrieg (sie ist in den Sechzigern) soll sie eine berühmte Schönheit gewesen sein, und sie hat deren Verfall nie überwunden, sie kleidet sich noch immer wie ein junges Mädchen mit Rüschen und Blumen. Sie mag früher ein heißes Blut gewesen sein, wie sie behauptet, obwohl dies bei großen Schönheiten selten ist. Aber Zeit und Natur hatten ihr Werk getan, und sie war nur noch ein Wrack. Trotzdem war ihre Geschlechtskraft noch lebendig und versteckte sich in ihren Augen, wie ein sizilianischer Bandit, wie ein Giuliano. Ihr Haar ist rot wie Chili-Pulver, und etwas von diesem Rot ist in Sommersprossen über ihr Gesicht versprenkelt.

An einem Winternachmittag traf ich Clara Spohr auf dem Grand-Central-Bahnhof. Ich hatte meine Sitzung bei Spohr, dem Zahnarzt, und die Stunde bei dem Geigenlehrer Haponyi hinter mir. Mißgelaunt stürmte ich zum unteren Bahnsteig, so daß meine Schuhe und Hosen mir kaum folgen konnten – stürmte durch den dunklen, braunen, abfallenden Gang mit den ohnmächtigen Lichtern und dem Pflaster, über das Milliarden Schuhe getrampelt sind und auf dem zu Amöbenformen breitgetretene Kaugummis liegen. Ich sah Clara Spohr, wie sie aus der Oyster Bar kam oder in diese See hinausgespült wurde, abgetakelt, wie sie sich im Schiffbruch ihrer Schönheit an ihre Seele klammerte. Aber sie schien zu sinken. Als ich vorbeikam, winkte sie mir und nahm meinen Arm, den, der nicht von der Geige in Anspruch genommen war, und wir stiegen in den Salonwagen und fingen an zu trinken oder tranken weiter. Zu dieser gleichen Winterstunde saß Lily Claras Mann Modell, und so sagte sie: »Warum kommen Sie nicht mit zu mir und fahren dann mit Ihrer Frau zusammen nach Hause?« Was sie mir eigentlich sagen wollte, war: »Baby, warum jetzt nach Connecticut? Laß uns aus dem Zug springen und die Stadt auf den Kopf stellen.« Aber der Zug verließ den Bahnhof, und bald fuhren wir am Long Island Sound entlang, mit Schnee, mit Sonnenuntergang, die Atmosphäre verzerrte die Gestalt der späten Sonne, und die schwarzen Boote riefen »Fuh!« und ergossen ihren Rauch über die Wellen. Und Clara brannte, und sie redete und redete und bearbeitete mich mit ihren Augen und ihrer kühnen Nase. Man konnte den alten Übermut am Werke sehen, den Lebenshunger, der nicht abdanken wollte. Sie erzählte mir, wie sie in ihrer Jugend Samoa und Tonga besucht und leidenschaftliche Liebe am Meeresstrande, auf Flößen, unter Blumen erlebt hatte. Es war wie Churchills Blut, Schweiß und Tränen; Schwüre, an den Ufern zu kämpfen und so weiter. Ich konnte nicht anders als mitfühlen. Aber ich bin der Ansicht, wenn die Leute anfangen, vor einem auszupacken, soll man sie gewähren lassen. Sollen sie dann ihre Päckchen wieder allein verschnüren. Zum Schluß, als wir in die Station einfuhren, weinte sie, das alte, verschrobene Ding, und mir war scheußlich zumute. Ich habe Ihnen schon erzählt, was ich empfinde, wenn Frauen weinen. Ich war auch erregt. Wir gingen hinaus in den Schnee, und ich half ihr und rief ein Taxi.

Als wir Claras Haus betraten, versuchte ich, ihr beim Ausziehen der Gummischuhe behilflich zu sein, aber mit einem Aufschrei hob sie mein Gesicht empor und begann mich zu küssen, woraufhin ich, wie ein Narr, statt sie wegzustoßen, sie gleichfalls küßte. Jawohl, ich gab die Küsse zurück. Mit der gerade neuen Brücke im Mund. Es war bestimmt ein sonderbarer Augenblick. Mit den Gummischuhen zugleich hatte ich ihre Schuhe abgestreift. Wir umarmten uns in der überheizten, lampenerhellten Diele, die mit Andenken von Samoa und der Südsee gefüllt war, und küßten uns, als sollten wir im nächsten Moment durch den Tod getrennt werden. Ich habe diese närrische Sache niemals verstanden, denn ich war nicht passiv. Ich sage Ihnen, ich küßte gleichfalls.

Oh, ho! Mr. Henderson. Was? Kummer? Wollust? Beim Küssen ehemaliger Schönheiten? Betrunken? In Tränen? Verrückt wie eine Pferdebremse an der Fensterscheibe?

Außerdem sahen Lily und Klaus Spohr alles. Die Ateliertür war offen. Drinnen brannte ein Kohlenfeuer auf dem Rost.

»Warum küßt ihr euch so?« sagte Lily.

Klaus Spohr verlor darüber nie ein Wort. Was Clara zu tun für angebracht hielt, war ihm recht.

Und nun habe ich Ihnen die Geschichte dieser Zähne erzählt, die aus einem als Acrylic bezeichneten Material hergestellt waren, das unzerbrechlich sein soll – fort comme la mort. Aber mein Energieaufwand hat sie abgenutzt. Mir ist gesagt worden (von Lily, von Frances oder von Berthe? Ich kann mich nicht erinnern, von wem), daß ich im Schlaf mit den Zähnen knirsche, und zweifellos hat das eine schlechte Auswirkung gehabt. Oder vielleicht habe ich das Leben zu heftig geküßt und den ganzen Apparat geschwächt. Wie dem auch sei, ich zitterte am ganzen Körper, als ich diese Molaren ausspuckte, und ich dachte: ›Vielleicht hast du zu lange gelebt, Henderson.‹ Und ich nahm einen Schluck Whisky aus der Feldflasche, der auf der Schnittwunde in meiner Zunge brannte. Dann spülte ich die Bruchstücke in Whisky und knöpfte sie in meine Tasche ein, denn es konnte ja sein, daß mir selbst hier draußen jemand über den Weg lief, der es verstand, sie wieder an ihrem Platz einzukleistern.

»Warum lassen sie uns so warten, Romilayu?« sagte ich. Dann senkte ich die Stimme und fragte: »Du glaubst doch nicht, daß sie etwas über die Frösche erfahren haben, nicht wahr?«

»Wie, nein, ich nicht so denken, Sir.«

Vom Palast her hörten wir dann ein tiefes Gebrüll, und ich sagte: »Ob das ein Löwe ist?«

Romilayu erwiderte, er glaube es.

»Ja, das dachte ich auch«, sagte ich. »Aber das Tier muß in der Stadt sein. Sollten sie im Palast einen Löwen haben?«

Er sagte unsicher: »Sie müssen wohl.«

In der Stadt roch es wirklich auffallend nach Tieren.

Schließlich erhielt der Bursche, der uns bewachte, im Dunkeln ein Zeichen, das ich nicht sah, denn er befahl uns aufzustehen, und wir betraten die Hütte. Drinnen wurde uns gesagt, wir sollten uns setzen, und wir hockten uns auf ein paar niedrige Schemel. Zwei Frauen, die beide kahlgeschoren waren, hielten Fackeln über uns. Die so zum Vorschein kommenden Köpfe waren edel geformt, wenn auch groß. Die Frauen öffneten ihre breiten Lippen und lächelten uns zu, und dieses Lächeln wirkte auf mich ein wenig beruhigend. Als wir uns gesetzt hatten, unterdrückten die Frauen ihr Lachen, so daß die Fackeln schwankten, und das Licht flackerte unruhig und rauchte; herein kam ein Mann aus dem hinteren Teil des Hauses, und meine Beruhigung verflog. Sie verdorrte ganz, als er mich anblickte, und ich dachte: ›Er hat bestimmt etwas über mich gehört, entweder die verdammte Sache mit den Fröschen oder etwas anderes.‹ Die Kralle des Gewissens hackte mir tief ins Fleisch. Völlig wider alle Vernunft.

Trug er eine Perücke? Es war irgendeine Art offizieller Kopfputz, ein hanfartig aussehendes Gebilde. Er nahm auf einer glatten Bank zwischen den Fackeln Platz. Auf den Knien hielt er einen Stab oder eine Rute aus Elfenbein, die sehr amtlich wirkte; über seine Handgelenke hingen lange Quasten aus Leopardenfell.

Ich sagte zu Romilayu: »Mir gefällt die Art nicht, wie dieser Mann uns ansieht. Er hat uns lange Zeit warten lassen, und ich mache mir Sorgen. Was hältst du davon?«

»Ich nicht wissen«, sagte er.

Ich schnürte das Bündel auf und holte ein paar Gegenstände heraus – die üblichen Feuerzeuge und ein Vergrößerungsglas, das ich zufällig bei mir hatte. Diese Gegenstände, die ich auf den Boden legte, fanden keine Beachtung. Man brachte ein riesiges Buch herbei, ein Zeichen der Bildung, das mich verwunderte und beunruhigte. Was war es, ein Gästebuch oder etwas Ähnliches? Mir kamen plötzlich die seltsamsten Vermutungen, die jetzt als Hirngespinste völlig abgetan sind. Das Buch erwies sich jedoch als Atlas, und der Mann öffnete es vor mir; er verstand sich auf das Umwenden großer Seiten und befeuchtete immer mit der Zunge zwei Finger. Romilayu sagte zu mir: »Er sagen, du zeigen Heimat.«

»Das ist eine vernünftige Forderung«, sagte ich, kniete mich hin, brütete über Nordamerika und fand mit Hilfe von Feuerzeug und Vergrößerungsglas Danbury in Connecticut. Dann zeigte ich meinen Paß, während die Frauen mit den komischen, zarten, kahlen Köpfen über mein schwerfälliges Knien und Stehen, meine Beleibtheit und die nervösen, heftigen, doch versöhnlichen Verzerrungen oder finsteren Blicke meines Gesichtes lachten. Dieses Gesicht, das mir manchmal so groß erscheint wie ein ganzer Kinderkörper, unterliegt ständigen Verwandlungen. Es ist so geschäftig, so seltsam und wandelbar wie ein Wesen der tropischen See, das unter einem Riff liegt, bald von der Farbe der Nelken, bald von der Farbe einer Süßkartoffel, herausfordernd, tätig, lauschend, grübelnd, mit allen menschlichen Leidenschaften in einem Grad der Fragwürdigkeit – ich meine, ihre Menschlichkeit sei fragwürdig. Eine große Mannigfaltigkeit des Ausdrucks sprang über meine Nase von Auge zu Auge und verzerrte die Brauen. Ich hatte guten Grund, mein Temperament zu zügeln und zu versuchen, mich bescheiden zu benehmen, denn meine Karriere in Afrika war bisher nicht gerade glorreich.

»Wo ist der König?« sagte ich. »Dieser Herr ist nicht der König, nicht wahr? Ich könnte mit ihm sprechen. Der König kann Englisch. Was soll das alles? Sag ihm, ich möchte geradenwegs zu Seiner Königlichen Hoheit.«

»Wie, nein, Sir«, sagte Romilayu. »Wir ihm nicht sagen. Er Polizei.«

»Ha, ha, du machst Witze.«

Aber der Bursche verhörte mich tatsächlich wie ein Polizeibeamter, und wenn Sie sich an meinen Konflikt mit den Gendarmen entsinnen (sie kamen damals, um mich in Kowinskys Taverne nahe der Autostraße 7 festzunehmen, und Lily mußte mich auslösen), können Sie sich ausmalen, wie ich als wohlhabender Mann und Aristokrat, und ungeduldig wie ich bin, auf Polizeiverhöre reagiere. Besonders als amerikanischer Staatsbürger. An diesem primitiven Ort. Mir sträubten sich die Federn. Freilich, ich hatte eine ganze Masse im Sinn und auf dem Gewissen, und ich gab mich so höflich und vorsichtig, wie es mir nur möglich ist. Ich ließ also die Fragen dieses kleinen Burschen über mich ergehen. Er war sehr grimmig und sachlich. Wann waren wir aus Baventai eingetroffen? Wie lange hatten wir uns bei den Arnewi aufgehalten, und was hatten wir getan? Ich versuchte mit meinem gesunden Ohr etwas aufzuschnappen, das den Wörtern Zisterne, Wasser oder Frosch ähnelte, obwohl mir jetzt klar war, daß ich Romilayu vertrauen konnte und daß er für mich einstehen würde. So ist das, man stößt als Teilnehmer einer Filmexpedition an einem tropischen See mit Krokodilen ganz zufällig auf irgendwelche Menschen, und man entdeckt, daß das Gute in ihnen fast unbegrenzt ist. Freilich mußte Romilayu von der bedrohlichen Dürre dort am Arnewi-Fluß berichtet haben, denn dieser Mann, der Examinator, erklärte mit aller Entschiedenheit, daß die Wariri bald eine Zeremonie veranstalten und allen Regen erzeugen wollten, den sie brauchten. »Wak-ta!« sagte er, und beschrieb einen Regenguß, indem er die Finger beider Hände herunterhängen ließ. Um meinen Mund spielte ein Ausdruck von Skepsis, doch ich hatte die Geistesgegenwart, ihn zu unterdrücken. Aber ich war bei diesem Verhör sehr gehemmt, da mich die Ereignisse der letzten Woche ausgelaugt hatten. Ich war ganz und gar ausgelaugt. »Frage ihn«, sagte ich, »warum man uns unsere Gewehre weggenommen hat und wann wir sie zurückerhalten werden.«

Die Antwort lautete, die Wariri erlaubten keinem Fremden, in ihrem Gebiet Waffen zu tragen. »Das ist eine verdammt gute Vorschrift«, sagte ich. »Ich nehme es diesen Burschen nicht übel.

Sie sind sehr schlau. Es wäre für alle Beteiligten besser gewesen, hätte ich nie eine Feuerwaffe zu Gesicht bekommen. Bitte ihn trotzdem, sie möchten mit dem Zielfernrohr vorsichtig umgehen. Ich bezweifle, daß diese Leute viel von solchen hochqualifizierten Geräten verstehen.«

Der Examinator zeigte eine Reihe seltsam verstümmelter Zähne. Lachte er? Dann sprach er, und Romilayu übersetzte. Was war der Zweck meiner Reise, und warum reiste ich auf diese Weise? Wieder diese Frage! Wieder! Es war wie die von Tennyson aufgeworfene Frage nach der Blume in der geborstenen Mauer. Das heißt, um sie zu beantworten, müßte man die Geschichte des Universums aufrollen. Ich wußte nicht mehr darauf zu erwidern als damals, als Willatale mir die Frage gestellt hatte. Was sollte ich diesem Menschen erzählen? Daß mir das Dasein verhaßt geworden war? Das war nicht gerade die Art von Antwort, die ich unter diesen Umständen bieten konnte. Konnte ich sagen, daß die Welt, die Welt als Ganzes, die gesamte Welt, gegen das Leben aufgestanden war und sich ihm widersetzte – einfach nieder mit dem Leben, sonst nichts –, aber daß ich trotzdem lebendig war und es irgendwie unmöglich fand, mich damit abzufinden? Daß etwas in mir, mein Grun-tu-molani, sich dagegen sträubte und es mir unmöglich machte, klein beizugeben? Nein, das konnte ich auch nicht sagen.

Auch nicht: »Sehen Sie, Herr Examinator, alles ist so ungeheuerlich und so in Mitleidenschaft gezogen, nicht wahr, wir sind nichts weiter als Instrumente dieses Weltgeschehens.«

Auch nicht: »Ich bin nun einmal so, Ruhe ist qualvoll für mich, und ich muß Bewegung haben.«

Auch nicht: »Ich versuche, etwas zu lernen, ehe mir alles entgleitet.«

Wie Sie selbst sehen, sind all dies unmögliche Antworten. Nachdem ich sie in Gedanken durchgegangen war, kam ich zu dem Schluß, es sei am besten, zu versuchen, ihm etwas Sand in die Augen zu streuen. So sagte ich, ich hätte viele erstaunliche Berichte über die Wariri gehört. Da ich mir im Augenblick keine Einzelheiten ausdenken konnte, war ich heilfroh, daß er mich nicht aufforderte, mich genauer zu äußern.

»Könnten wir zum König? Ich kenne einen seiner Freunde, und ich brenne darauf, ihm zu begegnen«, sagte ich.

Meine Bitte fand kein Gehör.

»Dann lassen Sie mich ihm wenigstens eine Nachricht senden. Ich bin ein Freund seines Freundes Itelo.«

Auch darauf erfolgte keine Antwort. Die Fackeln tragenden Frauen kicherten über Romilayu und mich.

Wir wurden darauf zu einer Hütte geführt und allein gelassen. Sie stellten keinen Posten zu unserer Bewachung auf, aber sie gaben uns auch nichts zu essen. Es gab kein Fleisch, keine Milch, kein Obst, kein Feuer. Das war eine merkwürdige Art von Gastfreundschaft. Man hielt uns bereits seit Anbruch der Nacht fest, und ich schätzte, es war jetzt halb elf oder elf Uhr. Allerdings – was hatte diese samtene Nacht mit Uhrzeiten zu tun? Sie verstehen mich? Aber mein Magen knurrte, und der bewaffnete Bursche, der uns zu unserer Hütte gebracht hatte, war fortgegangen und hatte uns allein gelassen. Das Dorf schlief. Man hörte nur leise Laute der Art, wie sie Tiere in der Nacht von sich geben. Wir kampierten neben diesem schmutzigen Schuppen aus altem, haarähnlichem Gras, und ich bin sehr empfindlich darin, wo ich schlafe, und ich wollte Abendbrot haben. Mein Magen war vielleicht weniger leer als erregt. Ich berührte mit der Zunge den Stumpf der zerbrochenen Brücke und beschloß, keine Trockenrationen zu essen. Ich rebellierte bei diesem Gedanken. Deshalb sagte ich zu Romilayu: »Wir werden ein Feuerchen machen.« Ihm gefiel dieser Vorschlag nicht, aber, so dunkel es auch war, er sah oder fühlte, welche Stimmung in mir aufkam, und er versuchte, mich davor zu warnen, irgendwelche Störung zu verursachen. Aber ich sagte ihm: »Kratze ein paar Späne zusammen, sag ich dir, und ein bißchen plötzlich.«

Daraufhin ging er zaghaft hinaus, um ein paar Stöcke und trockenen Dung zu sammeln. Er dachte vielleicht, ich würde die Stadt niederbrennen, aus Rache für die schlechte Behandlung. Rücksichtslos riß ich Hände voll Bündel aus dem Strohdach, öffnete dann das Päckchen getrockneter Hühner-Nudelsuppe und rührte es mit ein wenig Wasser und einem Schuß Whisky an, um besser einzuschlafen. Ich goß das Ganze in den Aluminium-Kochtopf, und Romilayu machte dicht an der Tür ein kleines Feuer. In Anbetracht der Gerüche wagten wir uns nicht zu weit hinein. Die Hütte schien ein Lagerhaus für allerlei Trödel zu sein, abgenutzte Matten und löcherige Körbe, alte Hörner und Knochen, Messer, Netze, Seile und dergleichen. Wir tranken die Suppe lauwarm, da sie infolge des erbärmlichen Feuers anscheinend nie zum Kochen kommen wollte. Die Nudeln rutschten beinahe unwillig hinunter. Danach sprach Romilayu, kniend, seine üblichen Gebete. Und mein Mitgefühl strömte zu ihm hin, denn das schien kein guter Ort, an dem wir jetzt unser Haupt betten wollten. Er preßte seine zusammengelegten Finger dicht unter das Kinn, stöhnte aus tiefster Brust und neigte sein gläubiges Haupt mit den verstümmelten Wangen. Er war sehr bekümmert, und ich sagte: »Heute mußt du deine Sache besonders gut machen, Romilayu.« Ich sprach hauptsächlich zu mir selbst.

Aber ganz plötzlich sagte ich: »Ah!«, und meine ganze rechte Seite wurde steif, wie gelähmt, und ich konnte nicht einmal die Lippen zusammenbringen. Als ob mir die sonderbare Medizin der Angst durch die Nase eingeflößt wäre, und ich begann zu husten und nach Luft zu ringen. Denn bei einem kurzen Aufzucken einiger der größeren Feuerspäne glaubte ich einen großen, glatten schwarzen Körper hinter mir an der Hüttenwand zu sehen.

»Romilayu!«

Er hörte auf zu beten.

»Da ist jemand in der Hütte.«

»Nein«, sagte er, »niemand hier. Bloß ich – Sie.«

»Ich sage dir, da ist jemand. Er schläft. Vielleicht gehört dieses Haus jemandem. Sie hätten uns sagen müssen, daß wir es mit einer anderen Partei zu teilen hätten.«

Angst und ähnliche Gefühle überfallen mich oft auf dem Wege durch die Nase. Es ist, wie wenn man eine Novokainspritze bekommt und die kalte Flüssigkeit in den Schleimhäuten und den winzigen Knöchelchen dieser Partie spürt.

»Warte, bis ich mein Feuerzeug gefunden habe«, sagte ich. Und ich drehte das Rädchen meines österreichischen Feuerzeuges kräftig mit dem Daumen. Es flammte auf, und als ich tiefer in die Hütte hineintrat, wobei ich es über mich hielt, damit das Licht auf den Boden fiel, sah ich den Körper eines Mannes. Ich fürchtete, meine Nase könnte unter dem Druck des Entsetzens zerspringen. Gesicht, Kehle und Schultern waren in das Anschwellen und Zittern einbezogen, das mich überfiel, und meine Beine drehten sich unter mir weg und fühlten sich sehr schwach.

»Schläft er?« sagte ich.

»Nein. Er tot«, sagte Romilayu.

Ich wußte das sehr gut, besser, als ich wünschte.

»Sie haben uns hier zusammen mit einem Leichnam untergebracht. Was kann das zu bedeuten haben? Was bezwecken sie damit?«

»Wehe! Sir, Sir!«

Ich breitete meine Arme vor Romilayu aus, um ihm etwas inneren Halt zu geben, und ich sagte: »Nimm dich doch zusammen.«

Aber ich selbst spürte, wie sich in meinem Leib alles zusammenzog, und das machte mich sehr schwach und ohnmächtig. Nicht, daß mir Tote fremd wären. Ich habe mein Quantum gesehen und mehr. Trotzdem dauerte es mehrere Sekunden, bis ich mich von dieser Überschwemmung durch Furcht erholte, und ich dachte (unter meinen Brauen): was für ein Sinn mag dahinter stecken? Warum bekam ich in letzter Zeit lauter Leichen zu sehen – erst die alte Dame auf meinem Küchenfußboden und nur ein paar Monate später diesen Burschen auf dieser staubigen Bahre? Er lag gegen das Rohr und den Bast gepreßt, womit dieses alte Haus gebaut war. Ich wies Romilayu an, ihn umzudrehen. Er wollte nicht; er war nicht fähig zu gehorchen, und so reichte ich ihm das Feuerzeug, das anfing, heiß zu werden, und tat es selber. Ich erblickte einen großen Menschen, nicht mehr jung, aber noch kräftig. Irgend etwas an seinem Gesichtsausdruck ließ vermuten, daß da ein Geruch gewesen war, den er nicht riechen wollte, und seinen Kopf abgewandt hatte, aber der arme Kerl mußte ihn schließlich doch riechen. Irgend so etwas muß wohl dabei vor sich gehen; bis es soweit ist, werden wir es nicht wissen. Aber er blickte finster und hatte eine Furche auf der Stirn, etwa wie eine Hochwasser-Markierung oder eine Flutlinie, um zu zeigen, daß das Leben die letzte Flut erreicht hatte und dann gewichen war. Ursache des Todes nicht erkennbar.

»Er ist noch nicht lange hinüber«, sagte ich, »denn der arme Schlucker ist noch nicht steif. Untersuche ihn, Romilayu. Kannst du irgend etwas über ihn sagen?«

Romilayu konnte es nicht, da der Leichnam nackt war und also wenig aussagte. Ich suchte mit mir selbst darüber zu Rate zu gehen, was ich unternehmen sollte, aber ich kam zu keinem vernünftigen Schluß, weil ich beleidigt und verärgert war.

»Das haben sie mit Absicht getan, Romilayu«, sagte ich. »Darum haben sie uns so lange warten lassen, und deshalb haben diese Weiber mit den Fackeln gelacht. Die ganze Zeit haben sie an dieser Szene gearbeitet. Wenn dieser kleine Schuft mit dem gebogenen Stab uns in einen Hinterhalt schicken konnte, dann traue ich ihnen auch zu, uns diesen Streich zu spielen. Sie sind die Kinder der Finsternis, ganz richtig, genau wie du gesagt hast. Vielleicht ist das ihre Vorstellung von einem saftigen, handfesten Streich. Wir sollten bei Tagesanbruch aufwachen und feststellen, daß wir die Nacht bei einer Leiche verbracht haben. Aber höre, du gehst und sagst ihnen, Romilayu, daß ich mich weigere, in einer Totenhalle zu schlafen. Ich bin zwar schon neben Toten aufgewacht, aber das war auf dem Schlachtfeld.«

»Wem ich sagen?« sagte Romilayu.

Ich machte ihm Beine. »Marsch«, sagte ich. »Ich habe dir einen Befehl gegeben. Geh, wecke irgend jemand. Judas! Das ist ja wohl die Höhe!«

Romilayu rief: »Mr. Henderson, Sir, was ich tun?«

»Tu, was ich dir sage«, schrie ich, und der Abscheu vor dem Toten, den ich empfand, und die ganze Wut eines müden Mannes, dem seine Brücke entzweigegangen ist, erfüllte mich.

Und so ging Romilayu widerwillig hinaus, und wahrscheinlich setzte er sich irgendwo auf einen Stein und betete oder weinte, daß er sich mir angeschlossen hatte oder von dem Jeep in Versuchung geführt worden war, und wahrscheinlich bereute er, daß er nach der Explosion der Frösche nicht allein nach Baventai zurückgekehrt war. Bestimmt war er zu schüchtern, irgend jemanden mit meiner Klage zu wecken. Und vielleicht war ihm der Gedanke gekommen, wie er mir jetzt kam, daß wir wahrscheinlich eines Mordes beschuldigt werden würden. Ich eilte zur Tür und beugte mich in die undurchdringliche Nacht hinaus, die mir jetzt übel zu riechen schien, und ich sagte, so laut ich es wagte, und in Absätzen: »Komm zurück, Romilayu, wo bist du? Ich habe meine Ansicht geändert. Komm zurück, alter Bursche.« Denn ich fand, ich durfte ihn nicht von mir jagen, da wir morgen vielleicht unser Leben zu verteidigen hatten. Als er zurückkam, kauerten wir uns beide neben dem toten Mann nieder, um zu beraten, und was ich jetzt empfand, war weniger Furcht als Trauer, ein richtiger ziehender Schmerz der Trauer. Ich fühlte, wie mein Mund sich vor Kummer weitete, und während wir den Leichnam ansahen, litten wir beide eine Weile schweigend. Der tote Mann in seiner Stummheit vermittelte mir dabei eine Botschaft: »Hier, Mann, ist dein Sein, das du für so schrecklich hältst.« Und ebenso stumm antwortete ich: »Ach, sei ruhig, Toter, um Christi willen.«

Ich war jetzt davon überzeugt, daß die Anwesenheit dieser Leiche eine Herausforderung bedeutete, der begegnet werden mußte, und ich sagte zu Romilayu: »Damit werden sie mich nicht fertigmachen.« Ich sagte ihm, was meiner Ansicht nach zu tun war.

»Nein, Sir«, sagte er heftig.

»Ich habe es beschlossen.«

»Nein, nein, wir schlafen draußen.«

»Niemals«, sagte ich. »Das würde aussehen, als sei ich weich. Sie haben diesen Mann auf uns abgeschoben, und nun bleibt uns nichts anderes übrig, als ihn ihnen sofort zurückzugeben.«

Romilayu begann wieder zu jammern: »Weh, weh, was wir tun, Sir?«

»Wir werden tun, was ich gesagt habe. Paß jetzt auf. Ich sage dir, ich durchschaue die ganze Geschichte. Sie werden vielleicht versuchen, uns die Sache anzuhängen. Möchtest du gern vor Gericht kommen?«

Noch einmal entzündete ich mit dem Daumen das Feuerzeug, und als ich es hochhielt, sahen Romilayu und ich uns unter der kleinen, spitzen, orangefarbenen Flamme an. Er litt unter der Angst vor dem Toten, während mich am stärksten die Beleidigung, die Herausforderung erschütterte. Es erschien mir absolut notwendig, mich körperlich zu betätigen, da ich ungeheuer aufgewühlt war. Und mein Plan war gefaßt; ich hatte beschlossen, den Mann aus der Hütte zu ziehen.

»Los, wir wollen ihn hinausziehen«, sagte ich.

Aber Romilayu blieb fest: »Nein, nein. Wir gehen hinaus. Ich mache Ihnen Bett auf der Erde.«

»Du wirst nichts dergleichen tun. Ich werde ihn nehmen und direkt vor dem Palast abladen. Ich kann mir kaum vorstellen, daß Itelos Freund, der König, in eine solche Verschwörung gegen einen Gast verwickelt ist.«

Romilayu begann wieder zu jammern: »Weh, nein, nein, nein! Man Sie festnehmen wird.«

»Nun, ihn vor dem Palast abzuladen, ist vielleicht zu riskant«, gab ich zu. »Wir werden ihn irgendwo anders hinlegen. Aber ich ertrage es nicht, überhaupt nichts zu unternehmen.«

»Warum Sie müssen?«

»Weil ich muß. Es ist einfach meine Veranlagung. Ich kann solche Dinge nie hinnehmen und still dabeisitzen. Sie dürfen uns so etwas nicht antun«, sagte ich. Ich war zu sehr außer mir, um mir Vernunft predigen zu lassen. Romilayu legte seine Hände, die mit ihren Schatten wie Hummern aussahen, an sein gefurchtes Gesicht.

»Weh, sie werden wütend sein.«

Daß man mich mit diesem Leichnam provozierte, stachelte meine Seele auf. Seine Anwesenheit machte mich verrückt. Das Feuerzeug war wieder heiß geworden, und ich blies es aus und sagte zu Romilayu: »Dieser Leichnam verschwindet, und zwar sofort.« Diesmal ging ich selber hinaus, um das Terrain zu sondieren.

Das Firmament war wie ein blauer Wald – so still! Was für ein Gobelin! Der Mond war gelb, ein afrikanischer Mond in seinem friedlichen blauen Wald, nicht bloß schön, sondern voll Sehnsucht oder Verlangen, noch schöner zu werden. Die weißen

Häupter der Berge reflektierten immer neue Ansichten seiner Schönheit. Wieder glaubte ich, Löwen zu hören, doch gedämpft, als befänden sie sich in einem Keller. Aber alles schien zu schlafen. Ich schlich an den schlafenden Türen vorbei. Etwa hundert Meter vom Hause entfernt endete die Gasse, und ich blickte in eine Schlucht hinunter. ›Gut‹, dachte ich. ›Ich werde ihn hier hineinwerfen. Dann mögen sie mir die Schuld an seinem Tode geben.‹ Am anderen Ende der Schlucht brannte ein Hirtenfeuer; im übrigen war der Ort wie ausgestorben. Kein Zweifel, Ratten und andere Unratvertilger kamen und gingen; sie taten das immer, aber ich konnte nicht versuchen, den Burschen zu begraben. Es war nicht meine Aufgabe, mir darüber Gedanken zu machen, was mit ihm in der Finsternis dieser Grube geschehen mochte.

Das Mondlicht war ein großes Hindernis, aber noch größere Gefahr drohte von den Hunden. Einer beschnupperte mich, als ich zur Hütte zurückkehrte. Sobald ich still stand, lief er fort. Hunde sind freilich in bezug auf Tote sonderbar. Das ist etwas, das erforscht werden sollte. Darwin wies nach, daß Hunde überlegen können. Er hatte einen, der beobachtete, wie ein Sonnenschirm über den Rasen hinschwebte, und darüber nachdachte. Aber diese afrikanischen Dorfhunde erinnerten an Hyänen. Mit einem englischen Hund, besonders einem Familienliebling, kann man argumentieren, aber was sollte ich tun, wenn diese fast wilden Hunde angerannt kamen, während ich den Leichnam zur Schlucht trug? Wie sollte ich mit ihnen fertig werden? Mir fiel ein, wie Dr. Wilfred Grenfell, als er mit seinem Schlittengespann auf einer Eisscholle dahintrieb, einige Hunde schlachten und sich in die Felle wickeln mußte, um sein Leben zu retten. Er errichtete mit den gefrorenen Beinen und Pfoten eine Art Mast. Das löste jedoch nicht mein Problem. Aber ich dachte: wie, wenn nun des toten Mannes eigener Hund auftauchte?

Außerdem war es möglich, daß man uns beobachtete. Wenn es kein Zufall war, daß wir mit dieser Leiche zusammen untergebracht worden waren, so war vielleicht der ganze Stamm an diesem übeln Scherz beteiligt; sie mochten sogar jetzt auf der Lauer liegen, sich den Mund zuhalten und vor Lachen ersticken. Während Romilayu weinte und stöhnte und ich vor Empörung kochte. Ich setzte mich an der Tür meiner Hütte nieder und wartete, daß die blauweißen segelnden Wolken den unvollständigen Mond verdunkelten und der Schlaf der Dorfbewohner, falls sie schliefen, sich vertiefte.

Endlich, nicht weil die Zeit reif war, sondern weil ich das

Warten nicht mehr aushielt, erhob ich mich und knüpfte eine Decke unter mein Kinn, eine Vorsichtsmaßnahme gegen Flecke. Ich hatte mich entschlossen, den Mann auf dem Rücken zu tragen, falls wir rennen mußten. Romilayu war nicht stark genug, die Hauptlast auf die Schultern zu nehmen. Zuerst zog ich den Körper von der Wand fort. Dann faßte ich ihn an den Handgelenken, und mit einer schnellen Wendung beugte ich mich hinunter und lud ihn auf meinen Rücken. Ich fürchtete, daß die Arme von hinten einen Druck auf meinen Hals ausüben könnten. Tränen der Wut und des Abscheus traten mir in die Augen. Ich kämpfte darum, diese Gefühle in meiner Brust zurückzudrängen. Und ich dachte: wie, wenn dieser Mann sich als ein Lazarus erweist? Ich glaube an Lazarus. Ich glaube an die Erweckung der Toten. Ich bin sicher, daß es wenigstens für einige wenige eine Auferstehung gibt. Nie war ich mir meines Glaubens stärker bewußt als in diesem Augenblick, während ich mich mit meinem schweren Leib hinunterbeugte, das Gesicht weit vorgestreckt und in den Augen Tränen der Furcht und der kummervollen Verstörtheit.

Aber dieser tote Mann auf meinem Rücken war kein Lazarus. Er war kalt, und die Haut in meinen Händen war tot. Sein Kinn war auf meine Schulter gefallen. Entschlossen, wie nur ein Mann sein kann, der sein Leben retten will, spannte ich meine Kiefermuskeln und preßte die Zähne zusammen, um meine Eingeweide zurückzuhalten, die in mir hochzukommen schienen. Ich befürchtete – wenn man mir den Toten absichtlich aufgehalst hatte, und der Stamm wach war und aufpaßte, würden sie vielleicht, sobald ich auf dem halben Wege zur Schlucht war, hervorbrechen und schreien: »Totendieb! Vampir! Gib unseren Toten heraus!« Und sie würden mir auf den Schädel schlagen und mich für mein Sakrileg niederstrecken. So würde ich enden – ich, Henderson, mit all meinem Streben und Eifer.

»Du verdammter Narr«, sagte ich zu Romilayu, der halb verborgen abseits stand. »Heb die Füße dieses Burschen auf und hilf mir tragen. Wenn wir irgend jemanden sehen, kannst du sie einfach fallen lassen und dich aus dem Staube machen. Ich werde allein hinlaufen.«

Er gehorchte mir, und wie in einen zweiten Mann gekleidet und ächzend, den Kopf erfüllt von Blitzen und dumpfen Geräuschen, trat ich in die Gasse. Und in mir erhob sich eine Stimme und sagte: ›Liebst du den Tod so sehr? Dann, bitte, bediene dich.‹

»Ich liebe ihn nicht«, sagte ich. »Wer hat das behauptet? Das ist ein Irrtum.«

In der Nähe hörte ich das Knurren eines Hundes, und ich wurde für ihn gefährlicher, als er mir es vielleicht sein konnte. Ich schwor, wenn er Sperenzien machte, würde ich die Leiche fallen lassen und ihn mit meinen Händen in Stücke reißen. Als er mit gesträubtem Fell herauskam und ich im Mondlicht seinen Nacken sah, machte ich ein drohendes Geräusch in meiner Kehle, und das Tier war entsetzt und schrak vor mir zurück. Es stieß ein langes Winseln aus und gab es auf. Sein Winseln war so unnatürlich, daß es eigentlich jemanden geweckt haben müßte, aber nein, alles schlief weiter. Die Hütten gähnten wie offene Heumieten. Aber wenn sie auch wie ein Haufen Heu aussehen mochten, so war doch jede ein sorgfältiger Bau, und drinnen lagen die schlafenden Familien und atmeten. Mehr denn je glich die Luft einem blauen Walde, und der Mond sandte sanfte Ströme von Gelb aus. Als ich rannte, drehten sich die Berge riesenhaft um mich, der Körper wurde durchgeschüttelt, und Romilayu, den Kopf abgewandt, zur Seite gedreht, gehorchte mir noch und trug die Beine. Die Schlucht war nahe, aber das zusätzliche Gewicht der Leiche ließ meine Füße in den weichen Boden einsinken, und der Sand schwappte über meine Stiefelspitzen. Ich trug Schuhe, wie sie die britische Infanterie in Nordafrika übernommen hatte, und ich hatte mir aus einem Streifen Segeltuch einen neuen Schnürsenkel gemacht, und der hielt nicht gut. Ich strengte mich auf dem kurzen Abhang, der zum Rande der Schlucht anstieg, mächtig an, und ich sagte zu Romilayu: »Nu mal los. Kannst du mir denn nicht ein kleines bißchen mehr von dem Gewicht abnehmen?« Statt anzuheben, stieß er, und ich stolperte und brach unter der Last des Leichnams zusammen. Es war ein harter Sturz, und ich lag gefangen in dem staubigen Sand. Meinen nassen Augen erschienen die Sterne in die Länge gezogen, jeder glich einem Ellenmaß.

Dann sagte Romilayu heiser: »Sie kommen, sie kommen.«

Ich kroch unter der Last hervor, und als ich mich befreit hatte, stieß ich den Leichnam von mir fort in die Schlucht. Etwas in mir bat den toten Mann um Verzeihung – ungefähr so: ›Oh, du Fremder, sei nicht böse. Wir haben uns getroffen und getrennt. Ich habe dir nichts zuleide getan. Nun geh deinen Weg, und nimm mir dies nicht übel.‹ Mit geschlossenen Augen gab ich ihm einen Schwung, und er fiel flach auf den Rücken, wie ich an dem dumpfen Aufprall hörte.

Auf den Knien wandte ich mich dann um, um zu sehen, wer kam. In der Nähe unserer Hütte waren mehrere Fackeln, und es schien, daß jemand entweder nach uns oder dem Leichnam ausspähte. Sollten wir auch in die Schlucht springen? Das hätte uns zu Flüchtlingen gestempelt, und es war nur gut für mich, daß ich nicht die Kraft hatte, diesen Sprung zu wagen. Ich war viel zu fertig, und ich hatte stechende Schmerzen in den Munddrüsen. So blieben wir an derselben Stelle, bis wir im Mondlicht entdeckt wurden und ein Bursche mit einem Gewehr zu uns gerannt kam. Aber sein Verhalten war nicht feindselig, und wenn mich meine Einbildungskraft nicht täuschte, war es sogar respektvoll. Er sagte zu Romilayu, daß der Examinator uns noch einmal sehen wolle, und er blickte nicht einmal über den Rand der Schlucht, und von der Leiche war überhaupt nicht die Rede.

Wir wurden zum Hof zurückgebracht und unverzüglich dem Examinator vorgeführt. Als ich nach den beiden Frauen ausschaute, entdeckte ich, daß sie auf ein paar Fellen zu beiden Seiten der Lagerstatt ihres Mannes schliefen. Die Boten, die er nach uns ausgesandt hatte, traten mit ihren Fackeln ein.

Wenn sie mir ein Verfahren wegen Sakrilegs anhängen wollten, war ich zweifellos schuldig, denn ich hatte die Ruhe ihres Toten gestört. Ein paar Punkte sprachen zwar für mich, aber ich hatte nicht die Absicht, mich zu verteidigen. So wartete ich, ein Auge fast geschlossen, darauf, was dieser magere Bursche mit der Hanfperücke, der Examinator mit seinen Leopardenfell-Manschetten, sagen würde. Mir wurde befohlen, mich zu setzen, und ich ließ mich zusammengekrümmt auf den niedrigen Schemel nieder, die Hände auf den Knien und das Gesicht sehr aufmerksam vorgereckt.

Der Examinator erwähnte aber überhaupt nichts von einer Leiche, sondern stellte mir statt dessen eine Reihe sonderbarer Fragen, zum Beispiel nach meinem Alter, meinem allgemeinen Befinden, ob ich verheiratet sei und ob ich Kinder hätte. Bei allen meinen Antworten, die von dem armen Romilayu, dessen Stimme vor Angst gepreßt klang, übersetzt wurden, verbeugte sich der Examinator tief und runzelte die Stirn, aber wohlwollend, und er schien zu billigen, was er hörte. Da er den Toten nicht erwähnte, neigte ich zu Verbindlichkeit und – wenn Sie nichts dagegen haben – zu Entgegenkommen, und ich dachte mit gewisser Befriedigung, vielleicht sogar mit Triumph, ich hätte die Probe bestanden, die sie mir auferlegt hatten. Es hatte mich krank gemacht, es hatte mich ausgepumpt, aber schließlich hatte sich meine Kühnheit gelohnt.

Ob ich meine Unterschrift geben wolle? Zum Vergleich mit der Unterschrift in meinem Paß, nahm ich an. Bereitwillig haute ich die Unterschrift mit befreiten und leichten Fingern hin und sagte mir innerlich: ›Ha, ha! Oh, ha, ha, ha, ha, ha, ha! In Ordnung! Du kannst mein Autogramm haben.‹ Wo waren die Damen? Sie schliefen, mit ihren großen, zufriedenen, waagerechten Mündern und den runden, geschorenen, feinen Köpfen. Und die Fackelträger? Sie hielten die zischenden Lichter, aus denen ein haarfeiner Rauch aufstieg.

»Nun, ist jetzt alles in Ordnung? Ich vermute, es ist okay.« Ich war wirklich tief befriedigt und hatte das Gefühl, etwas geleistet zu haben.

Da stellte der Examinator ein seltsames Ansinnen. Ob ich wohl, bitte, mein Hemd ausziehen würde? Ich stutzte etwas darüber und wollte wissen, warum. Romilayu konnte es mir nicht sagen. Ich war ein bißchen beunruhigt und sagte leiser zu ihm: »Hör mal, was soll das alles bedeuten?«

»Ich nicht wissen.«

»Nun, frage den Kerl.«

Romilayu tat, wie ich ihn geheißen hatte, erhielt aber nur eine Wiederholung der Aufforderung.

»Frage ihn«, sagte ich, »ob er uns dann in Frieden schlafen lassen wird.«

Der Examinator nickte, als ob er meine Worte verstanden hätte, und ich streifte mein Unterhemd ab, das eine Wäsche dringend nötig hatte. Der Examinator kam darauf zu mir herüber und betrachtete mich sehr eingehend, was mir recht unbehaglich war. Ich fragte mich, ob ich vielleicht bei den Wariri zu einem Ringkampf aufgefordert werden sollte, wie es bei Itelo geschehen war; ich dachte, vielleicht habe ich mich in einen Teil Afrikas verlaufen, in dem der Ringkampf die übliche Form ist, sich miteinander bekannt zu machen. Doch so schien es nicht zu sein.

»Nun, Romilayu«, sagte ich, »es könnte sein, daß sie uns in die Sklaverei verkaufen wollen. In Saudiarabien soll man sich noch Sklaven halten. Gott! Was für einen Sklaven würde ich abgeben! Ha, ha!« Wie Sie sehen, war ich immer noch zum Spaßen aufgelegt. »Oder wollen sie mich in eine Grube werfen, mit Kohlen bedecken und backen? Die Pygmäen machen das mit Elefanten. Es dauert etwa eine Woche.«

Während ich noch so scherzte, fuhr der Examinator fort, mich genau zu mustern. Ich zeigte auf den Namen von Frances, den ich mir vor so vielen Jahren in Coney Island hatte eintätowieren lassen, und ich erklärte, dies sei der Name meiner ersten Frau. Es schien ihn nicht sehr zu interessieren.

Ich zog mein schweißiges Hemd wieder an und sagte: »Frage ihn, ob wir zum König können.« Diesmal war der Examinator bereit zu antworten. Der König, übersetzte Romilayu, wolle mich morgen empfangen und mit mir in meiner eigenen Sprache sprechen.

»Das ist ausgezeichnet«, sagte ich. »Ich habe ihm eine oder zwei Fragen zu stellen.«

Morgen, wiederholte Romilayu, wolle König Dahfu mich empfangen.

Ja, ja. Am Morgen, ehe man mit den Zeremonien zur Beendigung der Dürre anfing, die sich über den ganzen Tag erstreckten.

»Oh, wirklich?« sagte ich. »Dann wollen wir noch ein bißchen schlafen.«

Darauf wurde uns endlich erlaubt, zu ruhen; von der Nacht war nicht mehr viel übrig. Schon sehr bald krähten die Hähne, und ich erwachte und nahm zuerst schäumende rote Wolken wahr und den riesigen Lichtstreifen des anbrechenden Sonnenaufgangs. Dann richtete ich mich auf; ich erinnerte mich, daß der König uns zeitig zu sehen wünschte. Unmittelbar hinter der Pforte an der Wand, fast in der gleichen Haltung wie ich, saß der tote Mann. Irgend jemand hatte ihn aus der Schlucht zurückgeholt.

12

Ich fluchte. »Das ist Gehirnwäsche.« Und ich nahm mir vor, daß sie mich nie und nimmer um meinen Verstand bringen sollten. Ich hatte schon vordem Tote gesehen, massenhaft. Im letzten Kriegsjahr teilte ich den europäischen Kontinent mit rund fünfzehn Millionen Toten, freilich ist der individuelle Fall stets der schlimmste. Der Leichnam war jämmerlich mit dem Staub bedeckt, in den ich ihn geworfen hatte, und jetzt, da man ihn zurückgebracht hatte, waren meine Beziehungen zu ihm kein Geheimnis, und ich beschloß, unerschütterlich zu bleiben und die Entwicklung der Dinge abzuwarten. Mehr gab es für mich nicht zu tun. Romilayu schlief noch, eine Hand zwischen die Knie gepreßt, die andere unter seiner runzligen Wange. Ich sah keine Veranlassung, ihn zu wecken. Und ich ließ ihn in der Hütte mit dem toten Mann, während ich an die frische Luft ging. Ich gewahrte etwas überaus Seltsames, entweder an mir selbst oder an dem Tage oder an beidem. Ich mußte mir das Fieber zugezogen haben, unter dem ich eine ganze Weile leiden sollte. Es war von einem kratzenden Gefühl in der Brust begleitet, etwas wie Begierde oder Sehnsucht.

In den Nerven zwischen den Rippen war es besonders spürbar. Es war so ein gemischtes Gefühl, wie man es hat, wenn man den Dunst von Benzin riecht. Die Luft war warm und strich sanft über mein Gesicht; alle Farben waren stark. Diese Farben waren ungewöhnlich. Zweifellos waren meine Eindrücke eine Folge der Anspannung und des mangelnden Schlafes.

Da heute ein Festtag war, begann die Stadt sich schon zu regen, die Leute liefen umher, und mir ist nie aufgegangen, ob sie wußten, wen Romilayu und ich in der Hütte beherbergten. Ein süßer, würziger Duft von Eingeborenen-Bier drang aus den Strohwänden. Das Trinken begann hier offenbar bei Sonnenaufgang; auch ließ ein ziemlich lauter Lärm auf Betrunkene schließen. Ich unternahm einen vorsichtigen Rundgang. Niemand beachtete mich sonderlich, was ich als gutes Zeichen deutete. Anscheinend gab es allerhand Familienstreit, und einige der älteren Leute waren besonders ausfallend und zänkisch, was mich wunderte. Ein kleiner Stein traf mich am Helm, doch nahm ich an, daß er nicht auf mich gezielt war, denn ein paar Kinder bewarfen sich mit Kieseln, rangen und rollten sich im Staub. Eine Frau rannte aus ihrer Hütte und scheuchte die Kinder mit Kreischen und Püffen fort. Sie schien nicht besonders erstaunt, sich mir gegenüber zu finden, denn sie drehte sich um und trat wieder in ihr Haus. Ich lugte hinein und sah einen alten Mann auf einer Strohmatte liegen. Sie trat mit den bloßen Füßen auf seinen Rücken, in einer Art Massage, die wohl seine Wirbelsäule gerade richten sollte. Danach übergoß sie ihn mit flüssigem Fett und rieb ihm geschickt Rippen und Bauch ein. Seine Stirn war zerfurcht und sein graugesprenkelter Bart geteilt. Er lächelte mir zu, wobei sich seine großen alten Zähne entblößten und seine Augen sich zu dem Eingang hindrehten, in dem ich stand. ›Was ist hier los?‹ dachte ich, und ich spazierte durch die kleinen engen Gassen und spähte in die Höfe und über die Zäune, natürlich vorsichtig und in Gedanken an den schlafenden Romilayu und den Toten, der an der Mauer saß. Mehrere junge Frauen schmückten die Hörner der Rinder und bemalten und schmückten sich auch gegenseitig, indem sie Straußenfedern, Geierfedern und Schmuck anlegten. Einige der Männer trugen Menschenkieferknochen als Halsschmuck unter dem Kinn. Die Idole und Fetische wurden aufpoliert und weiß getüncht und erhielten Opfergaben. Eine alte Frau mit kleinen, steifen Zöpfen hatte gelbes Mehl über eine dieser Figuren gestäubt und schwang nun ein frisch geschlachtetes Huhn darüber. Inzwischen schwoll der Lärm an, jede Minute kam etwas Neues hinzu, eine Rassel, eine Saitentrommel, eine tiefere Trommel, ein Hornruf oder ein Gewehrschuß.

Ich sah Romilayu aus der Hüttentür treten, und man brauchte kein guter Beobachter zu sein, um zu erkennen, in welcher Verfassung er war. Ich ging auf ihn zu, und als er mich über der sich sammelnden Menge erblickte – wahrscheinlich erkannte er zunächst nur die weiße Schale auf meinem Kopf, meinen Helm, ehe er irgend etwas anderes von mir sah –, legte er verzweifelt die Hand an seine Wange.

»Ja, ja, ja«, sagte ich, »aber was können wir tun? Wir müssen einfach abwarten. Vielleicht hat das gar nichts zu bedeuten. Wie dem auch sei, der König – wie hieß er doch gleich, Itelos Freund – wir sollen heute morgen zu ihm. Jeden Augenblick kann er nach uns schicken, und ich werde mit ihm reden. Mach dir keine Sorgen, Romilayu, ich werde bald herausfinden, was los ist. Laß dich auf nichts ein. Hol unser Zeug aus der Hütte und behalte es im Auge.«

Mit einer Art schnellem Marsch, der auf den Trommeln gespielt wurde – tiefen Trommeln, die Frauen von ungewöhnlichem Wuchs, die weiblichen Soldaten oder Amazonen des Königs Dahfu, trugen –, kam jetzt ein Zug Menschen in die Straße, die große Staatsschirme trugen. Unter einem der Schirme, einem großen, fuchsienfarbenen Seidending, marschierte ein stämmiger Mann. Einer der anderen Schirme war unbenutzt, und ich erriet richtig, daß er für mich bestimmt war. »Schau«, sagte ich zu Romilayu, »sie würden dieses luxuriös aussehende Ding nicht für einen Mann schicken, den sie reinlegen wollen. Das ist eine blitzartige Schlußfolgerung. Einfach eine Intuition, aber ich glaube, wir brauchen uns keine Sorgen zu machen, Romilayu.«

Die Trommler marschierten schnell voran. Die Schirme, rund und schwer, sich drehend und tanzend, hielten Schritt. Als diese riesigen, seidenbespannten Baldachine mit Fransen sich näherten, wichen die Wariri zur Seite. Der stämmige Mann lächelte. Er hatte mich schon gesehen und streckte mir seine fleischigen Arme entgegen. Seine Kopfhaltung und die Art seines Lächelns sollten wohl zeigen, daß er mich herzlich willkommen hieß. Er hieß Horko und erwies sich als Onkel des Königs. Sein Kleid aus scharlachrotem, feinem Tuch war von den Knöcheln über die Brust bis in die Achselhöhlen hinein gebunden. Es war so straff geschnürt, daß das Fett unter seinem Kinn und über die Schultern emporquoll. Zwei Rubine (vielleicht Granate?) zogen das weiche Fleisch der Ohren herunter. Es hatte ein mächtiges, flaches Gesicht. Als er aus dem Schatten seines Staatsbaldachins heraustrat, flammte die Sonne stark in seinen Augen und ließ sie ebenso rot wie schwarz erscheinen. Wenn er die Brauen hob, zog sich die ganze Kopfhaut zurück und bildete ein Dutzend Furchen bis zum Hinterkopf hin. Sein Haar wuchs dicht und kurz, wie Pfefferkorn, in winzigen, tropfenartigen Löckchen.

Liebenswürdig und in zivilisierter Weise reichte er mir seine Hand zum Schütteln und lachte. Er zeigte eine breite, glücklich wirkende, geschwollene Zunge, die so rot gefärbt war, als hätte er einen Bonbon gelutscht. Meine Stimmung der seinen anpassend, lachte ich gleichfalls – Leichnam hin, Leichnam her –, und ich stieß Romilayu in die Rippen und sagte: »Siehst du? Siehst du? Was habe ich dir gesagt?« Romilayu war vorsichtig; er wollte sich durch so schwache Beweise nicht in Sicherheit wiegen lassen. Dorfbewohner umringten uns, lachten mit uns, wenn auch wilder als Horko, zuckten die Schultern und gestikulierten mir zu. Viele waren von Pombo, dem Eingeborenen-Bier, betrunken. Die Amazonen, in ärmellosen Lederwesten, stießen die Leute fort. Sie sollten nicht zu dicht an Horko und mich herankommen. Die korsettähnlichen Westen waren die einzige Bekleidung dieser großen Frauen, die ziemlich schwer oder kompakt gebaut und hinten ungewöhnlich ausladend waren.

»Willkommen, willkommen«, sagte ich zu Horko, und er lud mich ein, den Platz unter dem freien Schirm einzunehmen. Es war ein echter Luxusartikel, ein Millionen-Dollar-Schirm, wenn ich je einen gesehen habe.

»Die Sonne brennt«, sagte ich, »obgleich es noch nicht acht Uhr morgens sein kann. Ich weiß die Höflichkeit zu schätzen.« Ich wischte mir das Gesicht und versuchte freundschaftlich dreinzublicken. Mit anderen Worten, ich versuchte die Situation so weit wie möglich zu nutzen und den größtmöglichen Abstand zwischen uns und den Leichnam zu bringen.

»Ich Horko«, sagte er. »Onkel von Dahfu.«

»Oh, Sie sprechen meine Sprache«, sagte ich, »welches Glück für mich. Und König Dahfu ist also Ihr Neffe! Was Sie nicht sagen! Und werden wir ihn jetzt besuchen? Die Herren, die uns letzte Nacht vernommen haben, sagten es.«

»Ich Onkel, ja«, sagte er. Dann gab er den Amazonen einen Befehl, und sie machten sofort eine Kehrtwendung, die laut gewesen wäre, hätten sie Stiefel an den Füßen gehabt, und begannen wieder den gleichen Marschrhythmus auf den Baßtrommeln zu schlagen. Die großen Schirme fingen von neuem an zu blitzen und zu schwanken, und bei dem Gedrehe spielte das Licht wunderbar auf der moirierten Seide. Sogar die Sonne schien sich gierig darauf zu lagern. »Gehen zum Palast«, sagte Horko.

»Gehen wir«, sagte ich. »Ja, ich brenne darauf. Gestern, als wir in die Stadt kamen, sind wir daran vorbeigekommen.«

Warum sollte ich es nicht zugeben, ich war noch immer beunruhigt. Itelo schien große Stücke von seinem alten Schulfreund Dahfu zu halten, und er hatte von ihm gesprochen, als sei er etwas ganz Besonderes. Auf Grund meiner bisherigen Erfahrungen mit den Wariri hatte ich freilich wenig Veranlassung, mich behaglich zu fühlen.

Über den Lärm der Trommeln hinweg sagte ich: »Romilayu, wo ist mein Mann Romilayu?« Ich machte mir Sorgen, wissen Sie, sie könnten beschlossen haben, ihn im Zusammenhang mit dem Leichnam zu behalten. Ich wollte ihn an meiner Seite haben. Man erlaubte ihm, in der Prozession hinter mir zu gehen und die ganze Ausrüstung zu tragen. Erprobt in Stärke und Geduld, beugte er sich unter der doppelten Last; es kam gar nicht in Frage, daß ich etwas trug. Wir marschierten. In Anbetracht des Umfangs der Schirme und Trommeln war es erstaunlich, welche Geschwindigkeit wir erreichten. Wir strömten vorwärts, vor uns und hinter uns die trommelnden Amazonen. Und wie anders die Stadt heute aussah! Unser Weg war gesäumt von Zuschauern, von denen einige sich vorbeugten, um mein Gesicht unter dem doppelten Schutz von Schirm und Tropenhelm zu erspähen. Tausende von Händen und ruhelosen Füßen sah ich, und Gesichter, die vor Hitze und Neugier, vor Anspannung oder Festtagsfreude glühten. Hühner und Schweine rannten quer über den Marschweg. Schriller Lärm, Quietschen und Affengeschrei schwirrte über dem Dröhnen der Trommeln.

»Das ist entschieden ein Kontrast«, sagte ich, »zu gestern, als alles so ruhig war. Warum war das so, Mr. Horko?«

»Gestern Tag traurig. Alle Leute fasten.«

»Hinrichtungen?« sagte ich plötzlich. An einem Galgen in einiger Entfernung links vom Palast sah ich oder glaubte ich Körper zu sehen, die mit den Füßen nach oben hingen. Durch eine Besonderheit des Lichtes erschienen sie klein wie Puppen. Die Atmosphäre wirkt manchmal auch wie ein Verkleinerungsglas, nicht nur wie ein Vergrößerungsglas. »Ich hoffe stark, daß es sich da um Bilder handelt«, sagte ich, aber mein zweifelndes Herz sprach anders. Kein Wunder, daß sie keine Erhebungen über die Leiche angestellt hatten. Was bedeutete ihnen eine einzige Leiche? Sie hatten es offenbar mit Leichen en gros zu tun. Dadurch stieg mein Fieber, dazu das Kratzen in der Brust, und in meinem Gesicht entwickelte sich ein merkwürdiges, überreifes Gefühl. Angst. Ich zögere nicht, es einzugestehen. Ich blickte mich nach Romilayu um, aber er ging geduckt unter dem Gewicht der Ausrüstung, und wir waren durch ein Glied trommelnder Amazonen getrennt. So sagte ich zu Horko, und ich war wegen der Trommeln gezwungen zu schreien: »Scheint eine ganze Menge toter Leute zu sein.« Wir hatten die engen Gassen verlassen, befanden uns auf einer großen Zufahrtstraße und näherten uns dem Palast.

Horko schüttelte seinen großen Kopf, lächelte mit seiner rotfleckigen Zunge und berührte eines seiner Ohren, an dessen Läppchen ein roter Edelstein baumelte. Er hörte mich nicht.

»Tote Leute!« sagte ich. Und dann sagte ich zu mir selbst: ›Verlange nicht so verzweifelt nach Aufklärung.‹ Mein Gesicht war wirklich heiß und riesig und angsterfüllt.

Er lachte. Er konnte ja nicht zugeben, daß er mich verstanden hatte, nicht einmal, als ich durch eine Geste das Hängen am Ende eines Seiles andeutete. Ich hätte auf der Stelle bare viertausend Dollar gezahlt, hätte ich Lily für einen einzigen Augenblick herbringen können, um zu sehen, wie sie solche Dinge mit ihren Vorstellungen von Güte in Einklang bringen würde. Und von Wirklichkeit. Wir hatten jenen fürchterlichen Streit über die Wirklichkeit gehabt, als dessen Folge Ricey davongelaufen und mit dem Kind von Danbury zur Schule zurückgekehrt war. Ich habe immer behauptet, daß Lily die Wirklichkeit weder kennt noch liebt. Und ich? Ich liebe die alte Metze genauso, wie sie ist, und ich denke gern, daß ich stets sogar auf das Schlimmste gefaßt bin, das sie mir zu zeigen hat. Ich bin ein aufrichtiger Anbeter des Lebens, und wenn ich nicht bis in sein Antlitz hinaufreiche, so pflanze ich meine Küsse irgendwo tiefer unten hin. Wer das versteht, braucht keine weiteren Erläuterungen.

Es tröstete mich in meiner Angst, mir vorzustellen, daß Lily unfähig wäre zu antworten. Allerdings kann ich mir in diesem Augenblick auch nicht eine Sekunde lang vorstellen, daß irgend etwas sie aus der Fassung bringen würde. Sie würde bestimmt eine Antwort parat habe. Inzwischen hatten wir jedoch den Paradeplatz überquert, und die Wachen hatten das rote Tor geöffnet. Hier waren die hohlen Steinschalen von gestern mit ihren flammenden Blumen, die Geranien ähnelten; und hier war das Innere des Palastes. Er war drei Stockwerke hoch, mit offenen Treppen und Galerien, rechteckig und scheunenartig. Im Erdgeschoß waren die Räume ohne Türen, wie enge Boxen, offen und kahl. Hier konnte kein Irrtum vorliegen – ich hörte von unten das Gebrüll eines wilden Tieres. Keine Kreatur außer einem Löwen konnte so brüllen. Abgesehen davon war der Palast im Vergleich zu den Straßen der Stadt ruhig. Im Hof standen zwei kleine Hütten, wie Puppenhäuser, jede von einem gehörnten Götzenbild besetzt, das heute morgen frisch getüncht worden war. Zwischen den beiden lief eine Spur von frischem Kalk. Eine rostfarbene Fahne, die zuviel Sonne erlebt hatte, hing vom Türmchen herab. Sie wurde diagonal von einer sich schlängelnden weißen Linie unterteilt.

»Wo geht es zum König?« fragte ich.

Aber Horko war nach den Regeln der Etikette gezwungen, mich vor meiner Audienz bei Dahfu zu unterhalten und zu bewirten. Seine Räume lagen im Erdgeschoß. Die Schirme wurden mit viel Zeremonie aufgestellt, und die Amazonen trugen einen alten Bridgetisch heraus. Eine in arabischen Phantasiemustern rot und gelb bestickte Decke, wie sie von syrischen Händlern verkauft werden, wurde darüber gebreitet. Dann wurde ein silbernes Service gebracht, Teekanne, Marmeladeschälchen, zugedeckte Schüsseln und dergleichen. Es gab heißes Wasser und ein Getränk aus Milch und frischem Rinderblut, was ich ablehnte, Datteln, Ananas, Pombo, kalte Süßkartoffeln und andere Gerichte – Mäusepfoten, die man mit einer Art Sirup aß und die ich gleichfalls dankend zurückwies. Ich aß ein paar Süßkartoffeln und trank Pombo, ein starkes Gebräu, das sich sofort auf meine Beine und Knie auswirkte. Bei meiner Aufregung und meinem Fieber schluckte ich mehrere Tassen davon, da mir nichts äußeren Halt gab, denn der Bridgetisch war äußerst wackelig; ich brauchte mindestens eine innere Stütze. Fast hoffte ich, mir würde übel werden. Ich kann solche Erregung, wie ich sie hier empfand, nicht ertragen. Ich tat mein Bestes, das gesellschaftliche Palaver mit Horko durchzustehen. Er wünschte, daß ich seinen Bridgetisch bewunderte, und um Horko zu gewinnen, machte ich ihm darüber mehrere Komplimente. Ich sagte, ich hätte einen ganz ähnlichen zu Hause. Habe ich nämlich auch – auf dem Boden. Ich saß darunter, als ich versuchte, die Katze zu erschießen. Ich erzählte ihm, er sei nicht so hübsch wie seiner. Ach, es war zu schade, daß wir nicht wie zwei Herren annähernd gleichen Alters zusammensitzen und uns des schönen warmen Hauches eines friedlichen Morgens in Afrika erfreuen konnten. Aber ich war ein Flüchtling und vielfacher Übeltäter und von den Ereignissen der vergangenen Nacht stark beunruhigt. Ich erwartete, mit dem König ins reine zu kommen, und mehrmals glaubte ich, es sei Zeit zum Aufbruch; ich gab meiner Körperfülle einen Ruck und setzte sie in Bewegung, aber das Protokoll ließ es noch nicht zu. Ich versuchte geduldig zu sein und verfluchte die überflüssige Verschwendung von Angst. Horko beugte sich schnaufend über den gebrechlichen Tisch, seine Fingergelenke glichen Baumstämmen, und ergriff den Henkel der Silberkanne. Er goß ein heißes Getränk ein, das wie gedämpftes Heu schmeckte. Vor lauter Hemmungen hob ich die Tasse und nippte mit äußerster Höflichkeit.

Schließlich war mein Empfang bei Horko beendet, und er deutete an, wir sollten jetzt aufstehen. In Rekordzeit räumten die Amazonen den Tisch und die Sachen fort und formierten sich in Linie, bereit, uns zum König zu geleiten. Ihre Hintern waren narbig wie Siebe. Ich setzte meinen Tropenhelm gerade, zog meine kurze Hose hoch und wischte die Hände an meinem Unterhemd ab, denn sie waren feucht, und ich wollte dem König eine trockene, warme Hand reichen. Das macht viel aus. Wir begannen zu einer der Treppen zu marschieren. Wo war Romilayu? Ich fragte Horko. Er lächelte und sagte: »Oh, fein. Oh, oh, fein.« Wir stiegen die Treppe hinauf, und ich sah Romilayu unten, er wartete, niedergeschlagen, die Hände mutlos über den Knien hängend, seine gebeugte Wirbelsäule stach hervor. Armer Bursche! dachte ich. Ich muß etwas für ihn tun. Sobald sich diese Sache hier aufgeklärt hat, werde ich es tun. Ich will es unbedingt. Nach den Katastrophen, in die ich ihn hineingezogen habe, schulde ich ihm eine wirkliche Belohnung.

Die Außentreppe, breit, bequem und unregelmäßig, machte eine Wendung und brachte uns auf die andere Seite des Gebäudes. Dort stand ein Baum, der erzitterte und knirschte, weil mehrere Männer mit einer merkwürdigen Aufgabe beschäftigt waren; sie hievten mit Seilen und einem rohen, hölzernen Flaschenzug große Felsbrocken in die Zweige. Sie schrien zur Bodenmannschaft hinunter, die diese Steinblöcke aufstemmte, und die Gesichter glänzten im Licht harter Arbeit. Horko sagte mir, und ich verstand nicht ganz, wie er das meinte, diese Steine hingen mit den Regenwolken zusammen, die man in der bald beginnenden Zeremonie erzeugen wollte. Sie alle schienen voller Vertrauen, daß man heute Regen machen könne. Der Examinator gestern abend hatte mit seinem Ausdruck »Wak-ta« den Regenguß mit den Fingern beschrieben. Doch am Himmel zeigte sich nichts. Er war bis auf die Sonne vollkommen blank. Bis jetzt waren nur diese runden

Felsblöcke in den Zweigen vorhanden, die offenbar Regenwolken darstellen sollten.

Wir kamen in den dritten Stock, wo König Dahfu seine Gemächer hatte. Horko führte mich durch mehrere große, doch niedrige Räume, die auf eine unerklärliche Weise von unten gestützt schienen; Balken konnte ich nicht entdecken. Ringsherum waren Vorhänge und Draperien. Aber die Fenster waren schmal, und man konnte wenig sehen, außer wenn einmal ein Sonnenstrahl hier oder dort einbrach und einen Ständer mit Speeren, einen niedrigen Sitz oder ein Tierfell erkennen ließ. An der Tür zu den Gemächern des Königs zog Horko sich zurück. Das hatte ich nicht erwartet und sagte: »He, wo gehen Sie hin?« Aber eine der Amazonen packte mich an meinem bloßen Arm und schob mich durch die Tür. Ehe ich Dahfu selbst sah, erblickte ich eine Menge Frauen – zwanzig oder dreißig nach meiner ersten Schätzung –, und die Zusammenballung nackter Frauen – ihre volupté (hier paßt nur ein französisches Wort) bedrängte mich von allen Seiten. Die Hitze war groß und der vorherrschende Duft feminin. Nach Temperatur und Dichte ließ sich dies nur mit einer Brutanstalt vergleichen, und die niedrige Decke trug gleichfalls zu dieser Assoziation bei. An der Tür saß auf einem hohen Schemel, der dem Schemel eines altmodischen Buchhalters ähnelte, eine graue, schwere, alte Frau in der Weste der Amazonen plus einer Militärmütze der Art, die bei der italienischen Armee um die Jahrhundertwende aus der Mode kam. Im Namen des Königs schüttelte sie mir die Hand.

»Guten Tag«, sagte ich.

Der König! Seine Frauen bahnten mir einen Pfad, indem sie mir langsam aus dem Wege gingen, und ich erblickte ihn am gegenüberliegenden Ende des Raumes, ausgestreckt auf einem grünen Sofa von etwa drei Metern Länge, das halbmondförmig, dick gepolstert, tief eingedellt und ausgebaucht war. Der König ruhte auf diesem luxuriösen Ding vollkommen entspannt, so daß sein gut entwickelter, athletischer Körper darauf zu treiben schien. Er trug eine knielange, purpurne Hose aus einer Art Seidenkrepp, und um seinen Hals war ein weißer, goldgestickter Schal geschlungen. An den Füßen saßen dazu passende Pantoffeln aus weißer Seide. Trotz all meiner Ängste und des Fiebers empfand ich Bewunderung, als ich ihn mir näher ansah. Er war ein stattlicher Mann, wie ich selbst, ich schätzte einsachtzig oder mehr, und prächtig entspannt. Frauen achteten auf jeden seiner Wünsche. Hin und wieder wischte eine sein Gesicht mit einem Flanelltuch, eine andere strich über seine Brust, eine dritte hielt seine Pfeife gefüllt, zündete sie an und rauchte, um sie für ihn in Brand zu halten.

Ich näherte mich oder tappte vielmehr vorwärts. Ehe ich zu nahe herankommen konnte, hielt eine Hand mich zurück, und etwa eineinhalb Meter vor dem grünen Sofa wurde für mich ein Schemel aufgestellt. Ich setzte mich. Zwischen uns lagen in einer großen hölzernen Schüssel ein paar Menschenschädel, Wange an Wange lehnend. Die beiden Stirnen leuchteten in der gelblichen Art von Schädeln zu mir herüber, und ich sah mich den vereinten Augen- und Nasenhöhlen und den doppelten Zahnreihen gegenüber.

Der König beobachtete, wie vorsichtig ich zu ihm hinsah, und er schien zu lächeln. Seine Lippen waren groß und wulstig, das negroideste Merkmal seines Gesichts, und er sagte: »Fühlen Sie sich nicht beunruhigt. Diese sind für die Zeremonien des heutigen Nachmittags vorgesehen.«

Manche einmal vernommenen Stimmen hören nie auf, in der Erinnerung nachzuklingen, und eine solche Stimme erkannte ich hier bei seinen ersten Worten. Ich beugte mich vor, um besser sehen zu können. Der König amüsierte sich darüber, wie ich meine Hände über Brust und Bauch spreizte, wie um etwas zurückzuhalten, und er erhob sich ein wenig, um mich forschend zu betrachten. Eine Frau schob ein Kissen hinter seinen Kopf, aber er stieß es auf den Boden und legte sich wieder hin. Ich dachte: ›Noch ist mein Glück nicht dahin.‹ Denn ich sah, daß der Hinterhalt, unsere Gefangennahme und Vernehmung sowie, daß man uns mit dem Toten zusammen eingesperrt hatte, nicht vom König ausgegangen sein konnte. Er war nicht der Typ dafür, und wenn ich auch noch nicht genau wußte, was für ein Typ er möglicherweise war, fing ich doch bereits an, unsere Begegnung zu genießen.

»Gestern nachmittag ich haben bekommen Nachricht von Ihrer Ankunft. Ich war so aufgeregt. Ich haben kaum geschlafen letzte Nacht, immer über unsere Begegnung nachgedacht . . . Oh, ha, ha, das war nicht gut für mich«, sagte er.

»Das ist komisch, ich habe auch nicht allzuviel Schlaf gehabt«, sagte ich. »Ich mußte mit ein paar Stunden auskommen. Aber ich freue mich, Ihre Bekanntschaft zu machen, König.«

»Oh, ich sein sehr erfreut. Riesig. Tut mir leid für Ihren Schlaf. Aber für mich selbst sein erfreut. Für mich ist das großes Ereignis. Sehr bedeutend. Ich heiße Sie willkommen.«

»Ich bringe Ihnen Grüße von Ihrem Freund Itelo«, sagte ich.

»Oh, sind Sie bei den Arnewi gewesen? Sie wollen wohl entlegene Orte besuchen? Wie geht es meinem lieben Freund? Ich vermisse ihn. Haben Sie gerungen?«

»Ja, gewiß«, sagte ich.

»Und wer hat gewonnen?«

»Es endete so gut wie unentschieden.«

»Nun«, sagte er, »Sie scheinen höchst interessante Person. Besonders im Hinblick auf Körperbau. Ungewöhnlich. Ich glaube nicht, daß ich Ihrer Kategorie je begegnet bin. Nun, er sehr stark. Ich konnte ihn nicht werfen, was ihm viel Freude machte. Zweifellos.«

»Ich beginne mein Alter zu spüren«, sagte ich.

Der König sagte: »Oh, wieso, Unsinn. Ich finde, Sie sind wie ein Denkmal. Glauben Sie mir, ich habe nie einen Menschen mit Ihrer besonderen Ausstattung gesehen.«

»Ich hoffe, Sie und ich müssen uns nicht auf die Matte begeben, Hoheit«, sagte ich.

»Oh, nein, nein. Wir haben diesen Brauch nicht. Er bei uns nicht heimisch. Ich muß Sie um Verzeihung ersuchen, daß ich mich nicht zum Händeschütteln erhoben habe. Ich bitte meine Generalin Tatu, es für mich zu vollziehen, weil es mir so widerstrebt aufzustehen. Im Prinzip.«

»So? So?« sagte ich.

»Je weniger Bewegung ich verschwende und je mehr ich mich ruhe, um so leichter für mich, meinen Pflichten nachzukommen. Allen meinen Pflichten. Einschließlich der Ansprüche dieser vielen Frauen. Sie werden es vielleicht auf den ersten Blick nicht glauben, aber es ist sehr kompliziertes Dasein, das verlangt, daß ich mit meinen Kräften haushalte. Sir, sagen Sie mir offen –«

»Henderson ist mein Name«, sagte ich. Aus der Art, wie er zögerte und an seiner Pfeife zog, schloß ich, daß ich besonders geprüft wurde.

»Mr. Henderson. Ja, ich hätte Sie danach fragen sollen. Es tut mir sehr leid, daß ich das Gesetz Höflichkeit verletzte. Aber ich konnte kaum an mich halten, daß Sie hier sind, Sir, eine Gelegenheit zur Unterhaltung auf Englisch. Seit meiner Rückkehr habe ich Fehlen vieler Dinge empfunden, was ich nicht vermutet hätte, als ich noch auf der Schule war. Sie sind mein erster zivilisierter Besucher.«

»Kommen nicht viele Leute hierher?«

»Es ist uns lieber, nicht. Wir bevorzugen seit vielen Generationen Abgeschlossenheit, und wir sind in diesen Bergen wunderbar versteckt. Sie sind überrascht, daß ich Englisch spreche? Ich vermute, nein. Unser Freund Itelo muß es Ihnen erzählt haben. Ich bewundere den Charakter dieses Mannes. Wir sind durch viele Erlebnisse fest verbunden. Für mich ist es eine heftige Enttäuschung, Sie nicht mehr überrascht zu haben«, sagte er.

»Keine Sorge, ich bin reichlich überrascht. Prinz Itelo hat mir alles über die Schule erzählt, die er und Sie in Malindi besucht haben.« Wie ich bereits betont habe, war ich in einer besonderen Verfassung. Ich hatte ein Angst-Fieber und war von den Ereignissen der letzten Nacht verwirrt. Aber an diesem Mann war etwas, das mir die Überzeugung gab, wir könnten uns zusammen an das Äußerste wagen. Ich urteilte nur nach seiner Erscheinung und dem Ton seiner Stimme, aber soviel schien mir sicher, daß in seiner Haltung ein Hauch von Frivolität lag und daß er mich auf die Probe stellte. Infolge der Abgeschiedenheit der Wariri und bei meiner sonderbaren geistigen Verfassung erschien die Welt so anders; sie hatte plötzlich die Merkmale eines Organismus, eines geistigen Wesens, zwischen dessen Zellen ich gewandert war. Der Antrieb kam aus dem Geist, und durch den Geist wurde mir mein Weg vorgeschrieben, und darum konnte mich nichts auf Erden wirklich überraschen.

»Mr. Henderson, ich würde es schätzen, wenn Sie die Frage, die ich Ihnen jetzt stellen will, einer aufrichtigen Antwort würdigten. Keine dieser Frauen kann verstehen, darum ist keine Zurückhaltung nötig. Beneiden Sie mich?«

Dies war nicht der Augenblick zu lügen.

»Meinen Sie, ob ich mit Ihnen tauschen möchte? Nun, zum Teufel, Hoheit – mit aller Ehrerbietung – Sie scheinen mir in einer sehr verlockenden Lage zu sein. Aber schließlich könnte es mir ja auch kaum schlimmer gehen«, sagte ich. »Im Vergleich zu mir schneidet fast jeder besser ab.«

Sein schwarzes Gesicht hatte eine aufgestülpte Nase, doch sie war nicht ohne Rücken. Das gerötete Dunkel seiner Augen mußte ein Familienmerkmal sein, da ich es auch bei seinem Onkel Horko beobachtet hatte. Aber an dem König war der Helligkeitsgrad höher oder stärker. Und nun wollte er wissen, indem er in der gleichen Richtung weiterfragte: »Etwa wegen all dieser Frauen?«

»Nun, ich habe selber eine ganze Menge gekannt, Hoheit«, sagte ich, »wenn auch nicht alle gleichzeitig. Das scheint Ihr Problem zu sein. Aber zur Zeit bin ich sehr glücklich verheiratet. Meine Frau ist ein großartiger Mensch, und wir haben ein sehr geistiges

Verhältnis zueinander. Ich bin gegenüber ihren Schwächen nicht blind. Manchmal sage ich ihr, sie sei der Altar meines Ichs. Sie ist eine gute Frau, aber sie hat etwas von einem Erpresser an sich. Man kann das Herumtadeln an der Natur zu weit treiben. Ha, ha.« Ich habe bereits gesagt, daß ich mich geistig etwas aus den Fugen geraten fühlte. Und nun sagte ich: »Warum ich Sie beneide? Sie leben im Schoße Ihres Volkes. Man braucht Sie. Sehen Sie doch, wie sie herandrängen und Ihnen die Wünsche von den Augen ablesen. Es ist ganz offenkundig, wie sehr man Sie schätzt.«

»Solange ich im Besitz meiner ursprünglichen Jugendkraft und Stärke bin«, sagte er, »aber haben Sie eine Vorstellung davon, was eintritt, wenn ich schwächer werde?«

»Was soll denn . . .?«

»Dieselben Damen, die so ungewöhnlich aufmerksam sind, werden mich anzeigen, und dann schleppt mich der Bunam, der hier Oberpriester ist, zusammen mit anderen Priestern der Gilde hinaus in den Busch, und dort werde ich erwürgt.«

»Oh, nein, um Himmels willen!« sagte ich.

»Es ist so. Ich erzähle Ihnen mit äußerster Aufrichtigkeit, was ein König unseres Volkes, der Wariri, zu gewärtigen hat. Der Priester wird dabeisitzen, bis sich eine Made auf meinem toten Leib zeigt, die wird er dann in einen Streifen Seide wickeln und dem Volk bringen. Er wird sie der Öffentlichkeit zeigen und verkünden, dies sei die Seele des Königs, meine Seele. Dann wird er wieder in den Busch zurückgehen und, wenn eine festgesetzte Zeit verstrichen ist, wird er ein Löwenjunges in die Stadt tragen und erklären, daß die Made sich nun in einen Löwen verwandelt hat. Und nach einer weiteren Zeitspanne werden sie dem Volk die Tatsache verkünden, daß der Löwe sich in den nächsten König verwandelt hat. Das wird mein Nachfolger sein.«

»Erwürgen? Sie? Das ist bestialisch. Was ist das für ein Haufen hier?«

»Beneiden Sie mich noch immer?« sagte der König, und er formte die Worte sanft mit seinem großen, warmen, geschwollen wirkenden Mund.

Ich zögerte, und er bemerkte: »Meine Schlußfolgerung nach kurzer Beobachtung ist – daß Sie wahrscheinlich zu einer solchen Schwäche neigen.«

»Was für eine Schwäche? Sie meinen, ich sei neidisch?« sagte ich pikiert und vergaß mich gegenüber dem König. Die Amazonen der Wache, die hinter den Frauen an den Wänden des Raums entlang postiert waren, vernahmen den verärgerten Ton und begannen sich zu regen und wachsam zu werden. Eine einzige Silbe des Königs brachte sie zur Ruhe. Dann räusperte er sich, wobei er sich auf dem Sofa aufrichtete, und eine der nackten Schönen hielt ihm einen Napf hin, damit er ausspeien konnte. Da er aus seiner Pfeife etwas Tabaksaft eingesogen hatte, war er mißgestimmt und warf das Ding fort. Eine andere Dame hob die Pfeife wieder auf und reinigte den Stiel mit einem Lappen.

Ich lächelte, aber ich bin sicher, daß mein Lächeln wie Kummer wirkte. Die Haare um meinen Mund verdrehten sich dabei. Es war mir freilich klar, daß ich für diese Bemerkung keine Erklärung verlangen konnte. So sagte ich: »Hoheit, in der letzten Nacht ist etwas sehr Ungewöhnliches vorgefallen. Ich beklage mich nicht, daß ich bei meiner Ankunft in eine Falle gegangen bin oder daß man mir meine Waffen abgenommen hat, aber in der letzten Nacht lag eine Leiche in meiner Hütte. Das soll keine direkte Beschwerde sein, denn ich werde mit Toten durchaus allein fertig. Trotzdem dachte ich, Sie sollten darüber Bescheid wissen.«

Der König sah wirklich aufgebracht aus; es war kein Schimmer von Unaufrichtigkeit in seiner Empörung, und er sagte: »Was? Ich bin sicher, es handelt sich um ein Durcheinander der Organisation. Wenn mit Absicht, werde ich sehr aufgebracht sein. Das ist eine Angelegenheit, die ich untersuchen lassen muß.«

»Ich muß bekennen, Hoheit, daß ich darin eine gewisse Unfreundlichkeit gesehen habe, und *ich* war aufgebracht. Mein Träger verfiel in Hysterie. Und jetzt kann ich Ihnen auch gleich mein Herz ausschütten. Ich wollte Ihrem Toten nichts antun, aber ich nahm es auf meine Kappe, den Leichnam fortzuschaffen. Nur, was soll das alles bedeuten?«

»Was kann es?« sagte er. »Soweit ich sehe, gar nichts.«

»Oh, dann bin ich erleichtert«, sagte ich. »Mein Träger und ich hatten deswegen eine oder zwei sehr üble Stunden. Und im Lauf der Nacht wurde der Tote zurückgebracht.«

»Verzeihung«, sagte der König. »Ganz aufrichtig. Wahrhaftig. Ich kann mir vorstellen, daß es schrecklich und auch beschwerlich war.«

Er fragte mich nicht nach Einzelheiten. Er sagte nicht: »Wer war es? Wie sah der Mann aus?« Es schien ihn nicht einmal zu kümmern, ob es ein Mann, eine Frau oder ein Kind gewesen war. Ich war so froh, der Unruhe über diese Geschichte zu entrinnen, daß mir dieser merkwürdige Mangel an Interesse in diesem Augenblick gar nicht auffiel.

»Bei Ihnen muß es zur Zeit eine ganze Menge Todesfälle geben«, sagte ich. »Ich könnte schwören, daß ich auf dem Wege zum Palast mehrere Burschen hängen sah.«

Er antwortete nicht direkt, sondern sagte nur: »Wir müssen Sie aus dieser unliebsamen Unterkunft herausbringen. Bitte, seien Sie mein Gast im Palast.«

»Vielen Dank.«

»Man wird nach Ihren Sachen schicken.«

»Mein Träger, Romilayu, hat sie schon mitgebracht, aber er hat noch kein Frühstück gehabt.«

»Seien Sie versichert, man wird sich um ihn kümmern.«

»Und mein Gewehr . . .«

»Wann immer Sie Gelegenheit zum Schießen haben, wird es in Ihren Händen sein.«

»Ich höre immerzu einen Löwen«, sagte ich. »Hängt das irgendwie zusammen mit Ihren Mitteilungen über den Tod von . . .« Ich beendete die Frage nicht.

»Was führt Sie zu uns, Mr. Henderson?«

Ich verspürte einen Impuls, mich ihm anzuvertrauen – er flößte mir Vertrauen ein –, aber da er dem Thema über das Löwengebrüll, das ich deutlich von unten hörte, ausgewichen war, konnte ich nicht so einfach offen drauflos sprechen, und so sagte ich: »Ich bin bloß ein Reisender.« Meine Haltung auf dem dreibeinigen Schemel deutete an, daß ich mich dort duckte, um weitere Fragen zu vermeiden. Die Situation erforderte einen Gleichmut und eine Seelenruhe, die mir abgingen. Ich wischte und rieb meine Nase ununterbrochen mit meinem Woolworth-Seidentuch. Ich versuchte herauszufinden: ›Welche dieser Frauen könnte die Königin sein?‹ Dann, da es vielleicht nicht höflich war, die einzelnen Mitglieder des Harems anzustarren, von denen die meisten so sanft, geschmeidig und schwarz waren, blickte ich auf den Boden und merkte, daß der König mich beobachtete. Er schien die Behaglichkeit selbst, und ich die völlige Verklemmung. Er war entspannt, hingegossen. Ich dagegen verkrampft und gefesselt. Meine Kniekehlen schwitzten. Ja, er schwang sich empor wie ein Geist, während ich sank wie ein Stein. Ich konnte es nicht verhindern, daß meine übermüdeten Augen ihn grollend ansahen (und ich mich damit tatsächlich der Schwäche schuldig machte, die er bei mir beobachtet hatte), wie er da saß in seinen Farben, umgeben von zärtlicher Aufmerksamkeit. Und wenn dafür eines schönen Tages wirklich ein solcher Preis zu zahlen war? Mir schien, er bekam den vollen Gegenwert.

»Würden Sie eine weitere Frage gestatten, Mr. Henderson? Was für eine Art Reisender sind Sie?«

»Oh, ... das kommt darauf an. Ich weiß es noch nicht. Das bleibt abzuwarten. Wissen Sie«, sagte ich, »man muß sehr reich sein, um eine solche Reise unternehmen zu können.« Ich hätte hinzufügen können, wie mir gerade einfiel, daß manche Leute Befriedigung im *Sein* fanden (Walt Whitman: »Genug, das bloße Sein! Genug zu atmen! O Freude! Freude! Unfaßbare Freude!«) *Sein.* Andere waren völlig mit dem *Werden* ausgefüllt. Seiende Menschen haben alle Chancen. Werdende Menschen sind sehr unglücklich, immer im Druck. Die Werdenden müssen immer Erklärungen abgeben oder sich vor den Seienden rechtfertigen. Da die Seienden diese Erklärungen herausfordern. Ich habe das ehrliche Gefühl, daß dies etwas ist, worüber sich jeder bei mir im klaren sein sollte. Willatale, die Königin der Arnewi und Hauptvertreterin der »Bittahnis«, war ein Seiender, wenn es je einen gab. Und im Augenblick König Dahfu. Wenn ich wirklich der wachen Bewußtheit fähig gewesen wäre, die hierzu erforderlich war, dann hätte ich bekannt, daß das Werden mir allmählich aus allen Poren drang. Genug! Genug! Zeit, geworden zu sein. Zeit, zu sein! Sprenge des Geistes Schlaf. Erwache, Amerika! Verblüffe die Fachleute. Statt dessen erzählte ich diesem König der Wilden: »Ich muß wohl eine Art Tourist sein.«

»Oder ein Wanderer«, sagte er. »Ich bin schon ganz angetan von dem schüchternen Zug, den ich an Ihnen feststelle.«

Ich versuchte, eine Verbeugung zu machen, als er dies sagte, wurde aber durch eine Reihe von Faktoren daran gehindert, hauptsächlich durch meine geduckte Haltung mit dem Bauch auf meinen nackten Knien (nebenbei bemerkt, ich hatte dringend ein Bad nötig, wie mir diese sitzende Stellung zum Bewußtsein brachte). »Sie erweisen mir zuviel Ehre«, sagte ich. »Zu Hause hält mich ein Haufen Leute bloß für einen Landstreicher.«

An dieser Stelle unserer Unterhaltung suchte ich zu ergründen, suchte es wie mit den Fingern abzutasten, welches die Hauptkennzeichen der Situation waren. Die Dinge schienen glatt zu laufen, doch wie glatt konnten sie wirklich sein? Nach Itelos Meinung war dieser König Dahfu ein Mordskerl. Nicht mit Gold zu bezahlen. Klasse A, wie Itelo selber gesagt hätte. Prima. Tatsächlich war ich auch schon sehr von ihm angetan, doch es war nötig, sich daran zu erinnern, was ich an diesem Morgen gesehen hatte, daß ich mich unter Wilden befand, daß ich bei einem Leichnam einquartiert worden war und an den Füßen aufgehängte Leute gesehen hatte, und daß der König mindestens eine zweifelhafte Anspielung gemacht hatte. Außerdem stieg mein Fieber, und es bedurfte besonderer Kraftanstrengung, um auf der Hut zu bleiben. Daraus entwickelte sich eine heftige Anspannung im Nacken und in den Augen. Ich glotzte auf alles, was mich umgab, auch auf diese Frauen, die etwas ganz anderes hätten bewirken müssen. Meine Absicht war, das Wesentliche, nur das Wesentliche, nichts als das Wesentliche zu sehen und mich vor Halluzinationen zu hüten. Die Dinge sind sowieso nicht, was sie scheinen.

Was den König betraf, so schien sein Interesse an mir immer mehr zu wachsen. Halb lächelnd erforschte er mich mit zunehmender Eindringlichkeit. Wie sollte ich je die Absichten und Ziele erraten, die sich in seinem Herzen verbargen? Gott hat mir nicht halb soviel Intuition verliehen, wie ich ständig nötig hätte. Da ich dem König nicht vertrauen konnte, mußte ich ihn zu verstehen suchen. Ihn verstehen? Wie sollte ich das anfangen? Zum Teufel! Das wäre etwa so, als versuchte man, einen Aal aus der Suppe zu fischen, nachdem er in Stücke zerkocht ist. Auf diesem Planeten leben Milliarden Bewohner, denen unzählige Milliarden voraufgegangen sind und denen weitere Milliarden folgen werden, und keinen von ihnen, keinen einzigen, werde ich wohl je verstehen. Niemals! Und wenn ich bedenke, wieviel Vertrauen ich stets in das Verstehen gesetzt habe – Sie wissen doch –, ach, es ist zum Heulen! Selbstverständlich könnten Sie fragen, was Zahlen damit zu tun haben. Und das ist auch richtig. Wir lassen uns von ihnen zu sehr deprimieren und sollten doch großen Zahlen gegenüber gelassener sein. Da wir größenmäßig genau in der Mitte zwischen den Sonnen und den Atomen stehen und mit astronomischen Begriffen leben, während jeder Daumen und Fingerabdruck ein Geheimnis ist, sollten wir uns daran gewöhnen, mit Riesenziffern umzugehen. Seit die Welt besteht, hat es viele Menschen gegeben, es gibt viele, und es wird viele geben, und bei einem bißchen Nachdenken ist das wunderbar und nicht deprimierend. Manch einer wird davon trübsinnig, weil er glaubt, von der Quantität lebendig begraben zu werden. Das ist einfach verrückt. Zahlen sind sehr gefährlich, aber die Hauptsache ist dabei, daß sie unseren Stolz dämpfen. Und das ist gut. Ich aber habe stets großes Vertrauen in das Verstehen gesetzt. Man nehme einmal einen Satz wie: »Vater, vergib ihnen, denn sie wissen nicht, was sie tun.« Das läßt sich als Verheißung deuten, daß wir zu gegebener Zeit von der Blindheit erlöst werden sollen und verstehen werden. Andererseits kann es auch bedeuten, daß wir mit der

Zeit unsere eigenen Ungeheuerlichkeiten und Verbrechen verstehen werden, und das klingt mir wie eine Drohung.

So saß ich da und machte ein nachdenkliches Gesicht. Oder vielleicht wäre es richtiger und plastischer, wenn ich sagte, daß ich auf das Knurren meines Geistes lauschte. Da bemerkte der König zu meiner Überraschung: »Sie sehen von der Reise nicht sehr erschöpft und mitgenommen aus. Ich schätze, Sie sind sehr stark. Oh, mächtig. Ich sehe es mit einem Blick. Sie erzählen mir, daß Sie Itelo standzuhalten vermochten? Vielleicht haben Sie nur Höflichkeit geübt. Bei oberflächlicher Beurteilung scheinen Sie nicht so sehr höflich. Ich will Ihnen aber nicht verhehlen, daß Sie ein Musterstück der Entwicklung sind, von dem ich nicht behaupten kann, es je angetroffen zu haben.«

Erst hatte der Examinator mitten in der Nacht die Frage der Leiche beiseitegeschoben und verlangt, ich solle mein Hemd ausziehen, damit er meinen Körper untersuchen könne, und nun äußerte der König ein ähnliches Interesse. Ich hätte mich brüsten können: »Ich bin stark genug, um mit einer eurer Leichen auf dem Rücken einen hundert Meter hohen Hügel hinaufzurennen.« Denn ich empfinde einen gewissen Stolz auf meine Stärke (Kompensationsstreben). Aber meine Gefühle hatten beträchtliche Schwankungen durchgemacht. Zuerst hatte ich durch die Person, Haltung und Stimme des Königs meine Sicherheit wiedergefunden. Ich hatte gejubelt. Mein Herz hatte einen Festtag verkündet. Dann gewann wieder das Mißtrauen die Oberhand, und jetzt brach mir bei der sonderbaren Frage nach meinem Körper erneut der Angstschweiß aus. Ich dachte daran, falls sie mich als Opfer auserkoren haben sollten, durfte ein ideales Opfer keinerlei Makel haben. Und so sagte ich, daß ich wirklich nicht bei bester Gesundheit sei und mich heute fiebrig fühle.

»Sie können kein Fieber haben, da Sie sichtlich schwitzen«, sagte Dahfu.

»Das ist auch wieder so eine meiner Merkwürdigkeiten«, sagte ich. »Ich kann hohe Temperatur haben und dabei vor Schweiß zerfließen.« Er wischte das beiseite. »Und erst gestern abend ist mir etwas Furchtbares passiert, als ich ein Stück Schiffszwieback aß«, sagte ich. »Ein wahres Unglück. Ich habe mir meine Brücke zerbrochen.« Ich zog mit den Fingern meinen Mund in die Breite und warf den Kopf zurück und forderte ihn damit auf, die Lücke zu betrachten. Ich knöpfte auch meine Tasche auf und zeigte ihm die Zähne, die ich dort zur Sicherheit aufbewahrt hatte. Der König blickte in den ungeheuren Abgrund, meinen Mund. Ich vermag nicht genau zu beschreiben, welchen Eindruck er hatte, aber er sagte: »Es sieht außerordentlich unangenehm aus. Wo ist das passiert?«

»Ach, gerade ehe mich dieser Bursche piesackte«, sagte ich. »Wie nennen Sie ihn?«

»Den Bunam«, sagte er. »Finden Sie ihn sehr hoheitsvoll? Er ist der oberste aller Priester. Es läßt sich unschwer vorstellen, wie verärgert Sie waren, daß Sie sich die Zähne zerbrachen.«

»Ich war soweit, daß man mich hätte anbinden müssen«, sagte ich. »Ich hätte mir selbst den Schädel einschlagen können für meine Dummheit. Natürlich kann ich mit den Stümpfen kauen. Aber was soll werden, wenn sich die Krone löst? Ich weiß nicht, wie vertraut Sie mit der Zahnheilkunde sind, Hoheit, aber darunter ist alles bis auf die Pulpa abgeschliffen und wenn ich auf diesen Stümpfen Zugluft verspüre – glauben Sie mir, damit läßt sich kein Schmerz vergleichen. Ich habe mit den Zähnen großes Pech gehabt, wie auch meine Frau. Natürlich kann man nicht erwarten, daß Zähne ewig halten. Sie nutzen sich ab. Aber das ist noch nicht alles . . .«

»Kann es noch anderes geben, was Sie quält?« sagte er. »Sie bieten wirklich ein Bild vollkommenster und solider Körperbeschaffenheit.«

Ich errötete und antwortete: »Ich habe eigentlich ziemlich viel über Hämorrhoiden zu klagen, Hoheit. Außerdem leide ich an Ohnmachtsanfällen.«

Teilnehmend fragte er: »Doch nicht an Fallsucht – petit mal oder grand mal?«

»Nein«, sagte ich, »was ich habe, widerstrebt jeder Klassifizierung. Ich bin deswegen bei den größten Kapazitäten in New York gewesen, und sie meinen, es sei keine Epilepsie. Aber seit ein paar Jahren bekomme ich Ohnmachtsanfälle, aus heiterem Himmel, ohne besondere Anzeichen. Ich bekomme sie zum Beispiel, während ich die Zeitung lese, oder auf einer Trittleiter, wenn ich eine Jalousie befestige. Und ich wurde ohnmächtig, während ich Geige spielte. Dann passierte es mir vor etwa einem Jahr, als ich im Expreßfahrstuhl des Chryslerbuildings hinauffuhr. Es muß an der Geschwindigkeit gelegen haben, mit der die Schwerkraft überwunden wurde. Neben mir stand eine Dame im Nerzmantel. Ich legte meinen Kopf auf ihre Schulter, und sie kreischte laut auf, und ich fiel um.«

Da ich seit so vielen Jahren Stoiker bin, habe ich kein Geschick darin, meine Leiden überzeugend vorzutragen. Auch weiß ich aus reichlicher Lektüre medizinischer Schriften, wie stark das Seelische, und nur das Seelische (wir brauchen nicht vom Alkohol oder dergleichen zu sprechen) die Wurzel meiner Leiden ist. Es war eine Perversität des Charakters, die mich ohnmächtig werden ließ. Außerdem wiederholte mein Herz so oft *Ich darbe*, daß ich auf eine kleine Galgenfrist Anspruch zu haben glaubte, und ich fand es sehr erholsam, ab und zu bewußtlos zu sein. Trotzdem begann mir klar zu werden, daß der König mich, wenn er könnte, als Werkzeug benutzen würde, denn trotz aller Freundlichkeit war er doch auch im Hinblick auf seine Frauen in einer heiklen Lage. Da er nicht sehr alt werden würde, hatte er keinen Grund, auf mich besondere Rücksichten zu nehmen.

Mit lauter Stimme sagte ich: »Majestät! Das war ein wunderbarer und interessanter Besuch. Wer hätte das gedacht! Mitten in Afrika! Itelo hat mir Eure Majestät in höchsten Tönen gepriesen. Er sagte, Sie seien überwältigend, und ich sehe, daß Sie es wirklich sind. All das könnte nicht eindrucksvoller sein, aber ich möchte nicht länger verweilen, als ich willkommen bin. Ich weiß, daß Sie heute Regen machen wollen, und wahrscheinlich werde ich nur im Wege sein. Ich danke daher für die Einladung in den Palast, und ich wünsche Ihnen alles Glück für die Zeremonie, aber ich denke, nach dem Essen werden mein Träger und ich uns besser aus dem Staube machen.«

Sobald er meine Absicht erkannte und während ich noch sprach, begann er den Kopf zu schütteln, und als er dies tat, sahen mich die Frauen mit einem Ausdruck bar jeder Freundlichkeit an, als ob ich den König verärgerte oder erregte und ihm Kraft kostete, die besser zu verwenden wäre.

»Oh, nein, Mr. Henderson«, sagte er. »Es ist gar nicht vorstellbar, daß wir so kurz nach Ihrer Ankunft wieder auf Sie verzichten sollten. Sie haben großen gesellschaftlichen Charme, mein lieber Gast. Sie müssen mir glauben, daß ich einen wirklich grausamen Verlust erleiden würde, wenn ich Ihre Gesellschaft verlöre. Außerdem glaube ich, das Schicksal beabsichtigt, uns einander viel näherzubringen. Ich habe Ihnen erzählt, wie aufgeregt ich bin seit der Ankündigung Ihres Erscheinens aus der Welt da draußen. Und da die Zeit für den Beginn der Zeremonien gekommen ist, lade ich Sie hiermit ein, mein Gast zu sein.«

Er setzte einen riesigen, breitkrempigen Hut auf von der gleichen Purpurfarbe wie seine Hose, nur daß dieser aus Samt war. Oben am Hut waren Menschenzähne angenäht, die ihn vor dem bösen Blick schützen sollten. Der König erhob sich von dem grünen Sofa, aber nur, um sich wieder in eine Hängematte zu legen. Amazonen, mit ihren kurzen Lederwesten bekleidet, waren die Träger. Vier auf jeder Seite hoben die Stangen auf die Schultern, und obwohl sie Amazonen waren, wölbten sich diese Schultern sanft. Körperliche Fähigkeiten machen mir immer starken Eindruck, besonders bei Frauen. Ich sehe mir gern die Filme von den Olympischen Spielen am Times Square an, insbesondere die vitalen Atalantas beim Laufen und Speerwurf. Ich sage immer: »Sehen Sie sich das an! Meine Damen und Herren– sehen Sie, wie Frauen sein können!« Es spricht den Soldaten in mir ebenso an wie den Verehrer der Schönheit. Ich suchte in Gedanken diese acht Amazonen durch acht Frauen meiner Bekanntschaft zu ersetzen – Frances, Mlle. Montecuccoli, Berthe, Lily, Clara Spohr und andere –, aber von allen hatte nur Lily die richtige Statur. Ich konnte mir keine zueinander passende Mannschaft vorstellen. Berthe war zwar kräftig, aber zu breit, und Mlle. Montecuccoli hatte einen großen Busen, aber ihr fehlten die Schultern. Diese Freundinnen, Bekannten und Geliebten hätten den König nicht tragen können.

Auf die Bitte Seiner Majestät schritt ich neben ihm die Treppe hinunter und auf den Hof. Er lag nicht etwa faul in seiner Hängematte; seine Figur war von wahrer Eleganz, sie zeigte seine Herkunft. Wenn ich ihn und Itelo während ihrer Studentenzeit in Beirut getroffen hätte, wäre vielleicht nichts dergleichen in Erscheinung getreten. Wir alle haben Studenten aus Afrika kennengelernt, und gewöhnlich tragen sie ausgebeulte Anzüge, und ihre Kragen sind zerknittert, weil es nicht zu ihren Bräuchen gehört, sich eine Krawatte zu binden.

Im Hof vermehrte sich die Prozession um Horko mit seinen Schirmen, Amazonen, Frauen, Kindern, die lange Maisgarben trugen, Kriegern, die im Arm Götzenbilder und Fetische hielten, die frisch mit Ocker und Kalk bestrichen und so häßlich waren, wie menschliche Vorstellung sie machen konnte. Manche waren eigentlich nur Zähne, andere nur Nüstern, während mehrere Werkzeuge trugen, die größer als ihre Körper waren. Im Hof wimmelte es plötzlich von Menschen. Die Sonne sengte und loderte. Acetylen löst Farbe nicht gründlicher, als es diese Sonne mit den Türen meines Herzens tat. Idiotischerweise redete ich mir ein, daß ich in Ohnmacht zu fallen drohte. (Idiotisch erschien das wegen meiner Größe und Stärke.) Und ich dachte, dies war ganz wie an einem Sommertag in New York. Ich hatte die falsche U-Bahn erwischt, und anstatt am oberen Broadway anzukommen, war ich zur Lenox Avenue und 125. Straße gefahren und kämpfte mich zum Bürgersteig empor.

Der König sagte zu mir: »Haben die Arnewi auch Schwierigkeiten mit dem Wasser, Mr. Henderson?«

Ich dachte: ›Alles ist verloren. Der Bursche hat von der Zisterne gehört.‹ Aber dies schien doch nicht der Fall zu sein. Aus seinem Verhalten ergaben sich keine Anzeichen dafür; er schaute nur aus seiner Hängematte in das windfreie und wolkenlose Blau hinauf. »Nun, ich kann Ihnen sagen, König«, erwiderte ich. »Die Leute in jenem Gebiet hatten nicht viel Glück.«

»Oh?« sagte er nachdenklich. »Es ist bei ihnen etwas Sonderbares mit dem Glück, wissen Sie das? Es gibt eine Sage, die erzählt, daß wir einst eine große Einheit waren, ein einziger Stamm, aber die Frage des Glücks hat uns getrennt. In unserer Sprache ist das Wort für die Arnewi *nibai*. Das kann mit ›unglücklich‹ übersetzt werden. Ja, das ist in unserer Sprache das entsprechende Wort dafür.«

»Wirklich? Die Wariri halten sich für glücklich, ja?«

»O ja. In zahlreichen Fällen. Wir halten uns für das Gegenteil. Man sagt, *Wariri ibai*. Mit anderen Worten: Glückliche Wariri.«

»Was Sie nicht sagen! Schau, schau. Und was ist Ihre Ansicht darüber? Besteht dieses Wort zu Recht?«

»Sind wir Wariri glücklich?« fragte er. Unmißverständlich wies er mich zurecht, weil ich ihn mit dieser Frage herausgefordert hatte. Ich kann Ihnen sagen! Es war ein Erlebnis. Es war mir eine Lehre. Er ließ mich seine Majestät so unauffällig spüren, daß es kaum wahrzunehmen war. »Wir haben Glück«, sagte er. »Unbestreitbar, es ist eine Tatsache mit dem Glück. Sie können sich nicht im Traum vorstellen, wie beständig es ist.«

»So glauben Sie, daß Sie heute Regen bekommen werden? sagte ich mit einem grimmigen Grinsen.

Er antwortete sehr milde: »Ich habe Regen an Tagen gesehen, die wie dieser begonnen haben.« Und dann fügte er hinzu: »Ich glaube, ich kann Ihre Einstellung verstehen. Sie entspringt der Freundlichkeit der Arnewi. Sie haben auf Sie den Eindruck gemacht, den sie gewöhnlich erwecken. Vergessen Sie nicht, daß Itelo mein spezieller Freund und Genosse in Situationen war, die eine starke Verbundenheit schaffen. Ach ja, ich kenne die Qualitäten. Großzügig. Sanftmütig. Gut. Ersatzqualitäten sollte man nicht gelten lassen. In diesem Punkt stimme ich voll und ganz mit Ihnen überein, Mr. Henderson.«

Ich hielt meine Faust vor das Gesicht und blickte zum Himmel, während ich kurz auflachte und dachte: Du lieber Gott! Daß man solch einen Menschen in dieser Entfernung von der Heimat antrifft. Ja, Reisen ist zu empfehlen. Und glauben Sie mir, die Welt ist eine geistige Erscheinung. Reisen ist geistiges Reisen. Ich hatte das immer geahnt. Was wir Wirklichkeit nennen, ist nichts als Pedanterie. Ich hätte nicht mit Lily zu streiten brauchen, als ich in unserem Ehebett über ihr stand und schrie, bis Ricey es mit der Angst bekam und mit dem Kinde floh. Ich sagte, ich stünde mit der Wirklichkeit auf besserem Fuße als sie. Ja, ja, ja. Die Welt der Tatsachen ist wirklich, immer gut, und nicht zu ändern. Das Physische ist ganz greifbar, und es gehört der Wissenschaft. Aber daneben gibt es den numinosen Bereich, und in ihm sind wir schöpferisch, schöpferisch, schöpferisch. Wenn wir unsere ganz abgeschirmten Wege trotten, meinen wir, wir wüßten, was wirklich ist. In gewisser Weise habe ich Lily die Wahrheit gesagt. Ich wußte es besser, ja, aber ich wußte es, weil es meine Wahrheit war, erfüllt, fließend und strömend mit meinen eigenen Ebenbildern, so wie ihre mit *ihren* Ebenbildern erfüllt war. Oh, welche Offenbarung! Die Wahrheit sprach zu mir. Zu *mir*, Henderson!

Des Königs Augen leuchteten in die meinen mit einer so bedeutungsvollen Kraft, daß ich fühlte, er könnte, wenn er wollte, geradenwegs in meine Seele eindringen. Er konnte sie glatt einstecken. Ich spürte es. Aber weil ich in höheren Dingen unwissend und unbelehrt bin – in höheren Dingen bin ich ein blutiger Anfänger, denn meine Natur ist mißbraucht worden –, wußte ich nicht, worauf ich mich einstellen sollte. Trotzdem begriff ich unter dem Leuchten in König Dahfus Augen, daß ich mit dem Bombardieren der Zisterne nicht meine letzte Chance verspielt hatte. Nein, Sir. Ganz und gar nicht.

Horko, des Königs Onkel, leitete noch immer die Prozession. Über die Palastmauern drangen heulende Laute und Töne, die alles übertrafen, was ich je aus menschlichen Kehlen oder Lungen vernommen hatte. Als aber eine Pause eintrat, sagte der König zu mir: »Ich errate leicht, Herr Reisender, daß Sie ausgezogen sind, um etwas sehr Wichtiges zu vollbringen.«

»Richtig, Majestät. Vollkommen richtig«, sagte ich und verbeugte mich. »Andernfalls hätte ich im Bett bleiben können und mir einen Bilderatlas oder Diapositive von Angkor Wat ansehen können. Ich habe einen Kasten voll davon, in Farben.«

»Teufel! Das gerade meinte ich«, sagte er. »Und Sie haben Ihr Herz bei unseren Arnewi-Freunden gelassen. Wir stimmen überein, sie sind hervorragend. Ich habe sogar Mutmaßungen darüber angestellt, ob es an der Umwelt oder der natürlichen Veranlagung liegt. Häufig neigte ich dazu, es für Veranlagung und nicht Erziehung zu halten. Manchmal möchte ich meinen Freund Itelo sehen. Ich würde einen kostbaren Schatz dafür geben, seine Stimme zu hören. Leider kann ich nicht fort. Mein Amt ... Dienstpflichten. Das Gute beeindruckt Sie, nicht wahr, Mr. Henderson?«

Im Strahl der Sonne tanzten winzige goldene Funken vor meinen Augen und blendeten mich. Ich nickte. Ich sagte: »Ja, Hoheit. Ohne Scherz. Das wahrhaft Gute. Das vor Gott aufrichtig Gute.«

»Ja, ich weiß, wie Sie darüber denken«, sagte er und sprach mit einer seltsamen Sanftheit oder Sehnsucht. Ich hätte nie geglaubt, daß ich mir das von irgend jemandem sagen lassen könnte oder müßte, und zu allerletzt von diesem Menschen in der königlichen Hängematte, mit dem purpurnen breitkrempigen Hut mit aufgenähten Zähnen, den riesigen, sanften exzentrischen Augen mit einem leichten Anflug von Rot und diesem rosa schwellenden Mund. »Man sagt«, fuhr er fort, »daß das Böse leicht Eindruck macht, Schwung hat oder Bravour und die Seele schneller mitreißt als das Gute. Oh, das ist nach meiner Ansicht falsch. Vielleicht gilt es für das übliche Gute. Viele, viele nette Leute. Oh, ja. Ihr Wille befiehlt ihnen, gut zu handeln, und sie tun es. Wie gewöhnlich! Bloße Arithmetik. ›Ich habe die etceteras unterlassen, die ich hätte tun sollen, und die etceteras getan, die ich nicht hätte tun sollen.‹ Das ergibt noch kein Leben. Ach, wie erbärmlich ist es, Buch zu führen. Meine gesamte Auffassung ist anders oder entgegengesetzt, daß das Gute weder Anstrengung noch Konflikt sein kann. Wenn es hoch und groß ist, ist es zu erhaben. Oh, Mr. Henderson, es ist weit eindrucksvoller. Es ist mit Inspiration verbunden und nicht mit Konflikt, denn wo ein Mensch in Konflikt gerät, wird er fallen, und wenn er das Schwert nimmt, kommt er durch das Schwert um. Ein langweiliger Wille schafft sehr langweiliges Gutes, von keinerlei Interesse. Wo ein Kerl seine Schlacht schlägt, wird er vermutlich gefunden werden, tot, ein Zeugnis für die große Stärke des Bemühens, und nur des Bemühens.«

Ich sagte eifrig: »Oh, König Dahfu – oh, Majestät!« Er hatte mich so sehr aufgewühlt. Kaum waren diese wenigen Worte gesprochen, da lehnte er sich in die Hängematte zurück. »Kennen Sie die Königin da drüben, diese Frau der Bittahnis, Willatale? Sie ist Itelos Tante, Sie wissen. Sie wollte mich im Grun-tu-molani unterweisen, aber es kam dies und jenes dazwischen und –«

Aber die Amazonen hatten ihre Rücken unter die Stangen geschoben, und die Hängematte hob sich und bewegte sich vorwärts. Und die Schreie, die Erregung! Das Brüllen, die dumpfen Trommellaute, als sprächen die Tiere erneut mittels der Häute, die einst ihre Körper bedeckt hatten! Es war ein mächtiges Aufbranden des Lärms, wie Coney Island oder Atlantic City oder Times Square am Silvesterabend; die mächtige Kakophonie beim Auszug des Königs durch das Tor übertraf bei weitem alle meine früheren Lärmerlebnisse.

Schreiend fragte ich den König: »Wo . . .?«

Ich beugte mich dicht zu ihm hinüber, um die Antwort aufzuschnappen: ». . . besitze eine besondere . . . einen Ort . . . Arena«, sagte er.

Ich hörte nichts mehr. Die Raserei war so groß, war weltstadtmäßig. Es war ein solcher Wirbel von Männern, Frauen und Fetischen, Knurren wie bei einer Hundebalgerei, Wimmern wie Sensenschärfen, Hornstöße und Tuten in der Luft, daß sich die Skala nicht beschreiben läßt. Die Grenzen der Lautstärke waren im Begriff gesprengt zu werden. Ich versuchte mein gesundes Ohr zu schützen, indem ich es mit dem Daumen zustopfte, und sogar mein beschädigtes Ohr bekam mehr ab, als es vertragen konnte. Mindestens eintausend Dorfbewohner müssen in dieser Volksmenge gewesen sein, die meisten nackt, viele bemalt und grellbunt, und alle verwendeten Lärminstrumente und stießen Schreie aus. Die Luft war schwer, schwül, so daß mein Körper juckte. Es war eine scheußliche, staubige Hitze, und bisweilen hatte ich das Gefühl, mein Gesicht sei in Serge gewickelt. Aber ich hatte keine Zeit, das Unbehagen zu beachten, da ich neben dem König davongetragen wurde. Die Prozession trat in ein Stadion – ich fasse den Begriff weit –, einen großen Platz, der mit Holz eingezäunt war. Drinnen waren vier Bankreihen, die aus dem bereits erwähnten weißen Kalkstein gehauen waren. Für den König gab es eine Königsloge, in der ich ebenfalls saß, unter einem Baldachin mit flatternden Bändern, mit Frauen, Würdenträgern und anderen Mitgliedern des königlichen Hauses. Die Amazonen mit ihren korsettähnlichen Westen und den großen, glatten Körpern und feinen, geschorenen, mächtigen Köpfen, rund wie Melonen, oval wie Beutelmelonen, lang wie Kürbisse, waren ringsum postiert. Begleitet von seinem Gefolge und seinen Schirmen, verbeugte sich Horko und grüßte ehrerbietig den König. Die Familienähnlichkeit zwischen diesen beiden Männern ließ vermuten, daß sie

Gedanken austauschen konnten, indem sie sich nur ansahen; manchmal ist das so. Die gleichen Nasen, die gleichen Augen, die gleiche stumme Aussage der Rasse. So, ohne jedes Wort, schien mir Horko seinen königlichen Neffen zu drängen, etwas zu tun, was vorher abgesprochen war. Aber nach dem Aussehen des Königs zu schließen, wollte er nichts versprechen. Er führte hier den Befehl, das stand außer allem Zweifel.

Von vier Amazonen getragen, an jedem Bein eine, kam der Bridgetisch. Darauf stand die Schale mit zwei Schädeln, die ich eben erst in der Wohnung des Königs gesehen hatte. Aber jetzt waren durch die Augenhöhlen Bänder gezogen, sehr lang und schimmernd, von dunkelblauer Farbe. Die Schädel wurden vor den König niedergestellt, der sie mit einer Augendrehung ansah und dann nicht mehr beachtete. Inzwischen nahm sich der riesige Horko, der so eingeschnürt war, daß er Hacken bei Hacken in seiner karminroten Toga stand und das Fett bis zu seinem Kinn und den Schultern emporquoll, die Freiheit, meinen Ausdruck nachzuäffen. Wenigstens glaubte ich meine eigene Verdrießlichkeit auf seinem Gesicht wiederzuerkennen. Ich machte mir nichts daraus. Ich verbeugte mich kurz, um anzudeuten, daß er mich recht gut getroffen hatte. Politiker, der er war, winkte er mir frech-fröhlich zu. Der farbige Schirm drehte sich über ihm, und er ging wieder in seine Loge zur Linken des Königs und setzte sich zusammen mit dem Examinator, der mich in der letzten Nacht hatte warten lassen, diesem Kerl, den Dahfu als Bunam bezeichnet hatte, sowie dem verrunzelten, alten, schwarzledernen Burschen, der uns in den Hinterhalt geschickt hatte. Der aus den weißen Felsen aufgetaucht war wie der Mann, den Joseph getroffen hatte. Der Joseph nach Dothan schickte. Dann erblickten die Brüder Joseph und sprachen: »Sehet, der Träumer kommt daher.« Jeder sollte die Bibel studieren. Glauben Sie mir, ich kam mir wie ein Träumer vor, und das ist nicht gelogen.

»Wer ist jener Mann, der so verschrumpelt wie eine griechische Olive aussieht?« sagte ich.

»Wie bitte?« sagte der König.

»Der bei dem Bunam und Ihrem Onkel?«

»Oh, natürlich. Ein rangälterer Priester. Eine Art Wahrsager.«

»Gestern trafen wir ihn mit einem gebogenen Stab«, sagte ich gerade, als mehrere Trupps Amazonen mit Musketen aufmarschierten und auf den Himmel zu zielen begannen. Ich konnte die 0,9 nirgends entdecken. Diese großen Frauen fingen an Salut zu feuern, erst zu Ehren des Königs und des verstorbenen Vaters des

Königs, Gmilo, und für verschiedene andere. Dann, so sagte mir der König, kam ein Salut für mich.

»Für mich? Sie scherzen, Hoheit«, sagte ich. Aber er scherzte nicht, deshalb fragte ich ihn: »Soll ich aufstehen?«

»Ich denke, das würde sehr gewürdigt werden«, sagte er.

Ich erhob mich, und es ertönten laute Rufe und Schreie. Ich dachte: ›Es hat sich herumgesprochen, was ich mit der Leiche angestellt habe. Sie wissen, daß ich keine Memme bin, sondern ein Mensch voll Kraft und Mut. Mit einer Menge Energie.‹ Ich fing an, den Geist der Situation zu verspüren – durchflutet von barbarischen Empfindungen –, das Kratzen in meiner Brust nahm mächtig zu. Ich hatte keine Worte zur Verfügung, keinen Mörser und keine Panzerfaust in Feuerbereitschaft, um auf die Gewehre der Amazonen zu antworten. Aber ich war gezwungen, einen Laut von mir zu geben, und darum stieß ich ein Gebrüll aus wie der große assyrische Bulle. Wissen Sie, unter Hunderten von Menschen Mittelpunkt der Aufmerksamkeit zu sein, regt mich immer auf und irritiert mich. Das war schon so gewesen, als die Arnewi weinten und als sie sich bei der Zisterne versammelten. Auch als man mich in Italien bei der Festung der alten Guiscardos rasierte, damals in Salerno. Auch mein Vater neigte dazu, in einer großen Menschenansammlung aufgeregt zu werden. Einmal hob er das Rednerpult in die Höhe und warf es in den Orchesterraum hinunter.

Wie dem auch sei, ich brüllte. Und der Beifall war großartig. Denn ich wurde gehört. Man sah, wie ich mir beim Brüllen an die Brust griff. Die Menge geriet dabei aus dem Häuschen, und ihre Schreie waren mir, ich muß es gestehen, ein Labsal. Ich sinnierte: also das ist es, was die Männer des öffentlichen Lebens davon haben? Schön, schön. Ich wunderte mich nicht mehr, daß dieser Dahfu aus der Zivilisation zurückgekehrt war, um König seines Stammes zu werden. Teufel auch, wer würde nicht König sein wollen, wär's auch nur ein kleiner König? Es war kein Privileg, auf das sich verzichten ließ. (Für einen starken jungen Kerl lag der Fälligkeitstag in weiter Ferne; die Frauen konnten nicht genug Aufmerksamkeiten und Ausdrücke des Dankes erfinden; er war der Liebling ihrer Herzen.)

Ich blieb stehen, solange es angängig war, sonnte mich in diesem Beifall, lachte und setzte mich erst, als ich es mußte.

Da erblickte ich entsetzt ein grinsendes Gesicht mit einem Mund wie ein großes, offenes Loch und einer unendlich zerknitterten Stirn. Es war eine Vision der Art, wie man sie in einer

Fensterscheibe der Fifth Avenue haben kann, und wenn man sich dann umdreht, um zu sehen, was für eine phantastische Erscheinung New York hinter einem ausgespien hat, ist niemand da. Dieses Gesicht freilich verschwand nicht und hielt stand, während es zu der Gesellschaft in der Königsloge hinübergrinste. Inzwischen wurden tiefe, blutige Schnitte auf der Brust gemacht, die zu diesem Gesicht gehörte. Ein grünes, altes Messer – eine grausige Klinge. Oh, der Mann wird zerschlitzt und erstochen. Halt! Halt! Heiliger Gott! Aber da wird ja ein Mord begangen, sagte ich. Ich erzitterte in den Tiefen, wie ein großes Gebäude erzittert, wenn durch einen Tunnel darunter ein Zug fährt.

Aber die Schnitte waren nicht tief, sondern länglich und oberflächlich, und trotz der Hast des bemalten Priesters, der das Messer führte, vollzog sich alles nach einem Plan und mit Geschick. In die Wunden wurde Ocker gerieben, der entsetzlich peinigen mußte, aber der Bursche grinste, und der König sagte: »Dieses Verfahren ist nur halb-üblich, Mr. Henderson. Sie brauchen darüber nicht zu erschrecken. Er wird auf diese Weise in seiner Laufbahn als Priester gefördert und ist daher sehr befriedigt. Was das Blut betrifft, so erwartet man davon, daß es den Himmel ebenfalls zum Fließen anregt oder die Pumpen des Firmaments in Bewegung setzt.«

»Ha, ha!« Ich lachte und rief: »Was Sie nicht sagen, König! Wie ist das? Oh, Jesus – noch einmal! Die Pumpen des Firmaments? Wenn das nicht köstlich ist!«

Nun, der König hatte keine Zeit für mich. Auf ein Signal aus Horkos Loge hin setzte ein alles durchdringendes Tsching-bum, großer Salut der Gewehre und gleichzeitig ein Dröhnen der tiefreinen Baßtrommeln ein. Der König erhob sich. Wildes Hosianna! Sprudelnde Begeisterung! Gesichter, die vor Stolz wild schrien und sich unter allen möglichen Eingebungen verzerrten. Aus dem schwarzen Fleischesgrund dieses Negerstammes brach oder sprang eine Welle roter Farbe, und alle Leute erhoben sich auf den weißen Steinen der Haupttribüne und schwenkten rote Gegenstände, winkten oder paradierten. Karmesinrot war die Festtagsfarbe der Wariri. Die Amazonen grüßten mit Purpurbannern, der Farbe des Königs. Sein purpurner Baldachin wurde emporgehoben, und das straffe Dach schwankte.

Der König selbst war nicht mehr neben mir. Er war aus der Loge hinuntergestiegen, um einen Platz in der Arena einzunehmen. Auf der anderen Seite des Kreises, der nicht größer als das Innenfeld eines Baseballplatzes war, erhob sich eine große, schlanke Frau. Sie war nackt bis zum Gürtel, und der Kopf war wollig gelockt. Als sie näher kam, sah ich, daß ihr Gesicht mit einem wundervollen Narbenmuster bedeckt war, das wie Blindenschrift aussah. Zwei Spitzen davon verliefen neben jedem Ohr nach unten, und eine dritte stieg zum Nasenrücken hinab. Bis zum Bauch war die Frau mit einer braunroten oder dumpfgoldenen Farbe bemalt. Sie war jung, denn ihre Brüste waren klein und tanzten nicht, während sie schritt, wie die schon reiferer Frauen, und ihre Arme waren lang und dünn. Sie ließen die drei Hauptknochen erkennen; ich meine den spitz zulaufenden Humerus, den Radius und die Ulna. Ihr Gesicht war klein und fiel leicht ab, und als ich sie zuerst über das Feld hinweg erblickte, hatte sie nicht mehr Merkmale als ein Flaggenknopf; auf einige Entfernung glich ihr Gesicht einem vergoldeten Apfel. Sie trug eine purpurne Hose, die zu der des Königs paßte, und war sein Partner in einem Spiel, das sie jetzt begannen. Da erst bemerkte ich, daß eine Gruppe verhüllter Figuren in der Mitte der Arena stand – sagen wir: etwa dort, wo beim Baseball der Werfer steht. Ich schloß ganz richtig, daß dies die Götter waren. Um sie herum und über sie hinweg begannen der König und diese vergoldete Frau ein Wettspiel mit den beiden Schädeln. Sie wirbelten sie an den langen Bändern herum, nahmen dabei einen kurzen Anlauf und warfen sie dann hoch in die Luft, über die hölzernen Figuren hinweg, die unter den Decken standen – das größte dieser Götzenbilder etwa so hoch wie ein altmodisches Steinway-Klavier. Die beiden Schädel flogen in die Höhe, und dann fingen der König und das Mädchen sie auf. Es war sehr geschickt. Aller Lärm war erstorben, war verschwunden wie die Falten eines Stoffes unter dem heißen Bügeleisen. Den ersten Würfen folgte ein vollkommenes Schweigen, so daß man sogar hören konnte, wie hohl das Fangen klang. Bald drang sogar das Pfeifen, das die Schädel erzeugten, wenn sie herumgewirbelt wurden, in mein unbeschädigtes Ohr. Die Frau warf ihren Schädel. Die dicken purpurnen und blauen Bänder ließen ihn wie eine Blume in der Luft erscheinen. Ich schwöre bei Gott, er sah genau aus wie ein Enzian. Mitten in der Luft flog er an dem Schädel vorbei, der aus der Hand des Königs kam. Beide kamen herabgerauscht, und die blauen Satinbänder folgten ihnen, als wären es zwei Meerespolypen. Bald begriff ich, daß dies nicht nur ein Spiel, sondern ein Wettkampf war, und natürlich setzte ich auf den König. Ich wußte es nicht, aber vielleicht stand als Strafe darauf, daß man einen dieser Schädel fallen ließ, der Tod. Nun, ich selbst bin mit dem Tode mehr als vertraut, nicht nur wegen meines Alters, sondern auch aus einer Reihe anderer Gründe, die jetzt aufzuzählen unnötig ist. Der Tod und ich stehen auf du und du. Aber der Gedanke, dem König könne irgend etwas zustoßen, war mir einfach schrecklich. Obgleich sein Selbstvertrauen groß schien und seine Biegungen und schnellen Wendungen und seine Sicherheit eine Augenweide waren, denn er erwärmte sich für das Spiel wie ein guter Tennisspieler oder großer Reiter, und er – nun also, er wirkte in einem Grade viril, daß alle Befürchtungen überflüssig waren; ein solcher Mann übernimmt die volle Verantwortung für sein Tun selbst; trotzdem zitterte und bebte ich um ihn. Auch um das Mädchen machte ich mir Sorgen. Stolperte einer der beiden oder ließ die Bänder los, oder die Schädel prallten zusammen, mußten sie dafür unter Umständen den höchsten Preis zahlen, genau wie der arme Kerl, den ich in meiner Hütte gefunden hatte. Der war bestimmt nicht eines natürlichen Todes gestorben. Mir kann man nichts vormachen; ich hätte einen hartgesottenen Untersuchungsrichter abgegeben. Aber der König und die Frau waren in Hochform, woraus ich schloß, daß er nicht seine ganze Zeit auf dem Rücken liegend verbrachte und von seinen Puppen verzärtelt wurde, denn er rannte und sprang wie ein Löwe, voller Kraft, und er sah blendend aus. Er hatte nicht einmal den Hut aus purpurnem Samt mit seiner Verzierung aus Menschenzähnen abgenommen. Und er war der Frau ebenbürtig, denn meiner Ansicht nach trat sie als Herausforderin auf. Sie benahm sich wie eine Priesterin und achtete darauf, daß er das gesteckte Ziel erreichte. Infolge der goldenen Bemalung und der Blindenschrift-Zeichen auf dem Gesicht wirkte sie irgendwie nicht menschenähnlich. Wenn sie sprang und tanzte, waren ihre Brüste fest, als bestünden sie wirklich aus Gold, und durch ihre Größe und Schlankheit wirkte sie bei ihren Sprüngen fast übernatürlich, wie eine riesige Heuschrecke.

Noch ein paar letzte Würfe, und das Fangspiel war beendet. Jeder nahm einen Schädel unter seinen Arm, wie eine Fechtmaske; beide verbeugten sich. Ein ungeheurer Lärm folgte, und wieder flammten die roten Fahnen und Tücher empor.

Der König atmete schwer, als er zurückkehrte, mit seinem Hut à la Franz I., wie Tizian ihn gemalt haben könnte. Er setzte sich. Während er dies tat, umgaben ihn die Frauen mit einem Laken, damit niemand ihn in der Öffentlichkeit trinken sehen konnte. Das war tabu. Dann trockneten sie ihm den Schweiß und massierten die Muskeln seiner starken Beine und seinen keuchenden Leib und lösten die goldene Durchzugschnur seiner purpurnen Hose.

Ich hatte das Bedürfnis, ihm zu sagen, wie großartig er gewesen sei. Ich sehnte mich danach, auszusprechen, was ich fühlte. Etwa: »Oh, König, das haben Sie königlich gemacht. Wie ein wahrer Künstler. Verdammt noch mal, ein Künstler! König, ich liebe Adel und Schönheit der Haltung.« Aber ich konnte überhaupt nichts sagen. Ich habe diese brutale Verschlossenheit an mir. Das ist die Sklaverei unserer Zeit. Man erwartet von uns, daß wir kaltschnäuzig sind. Wie ich meinem Sohn Edward sagte – Sklaverei! Und er dachte, ich sei ein altmodischer Pedant, als ich sagte, ich liebte die Wahrheit. Oh, das schmerzte! Jedenfalls möchte ich oft dies und jenes sagen und bringe es nicht über die Lippen. Deshalb existiert es auch nicht wirklich, man kann es nicht für sich beanspruchen, wenn es nie an die Außenwelt dringt. Durch die Erwähnung des Firmaments hatte mir der König selbst den Weg gezeigt, und ich hätte ihm auf der Stelle eine Menge sagen können. Was? Nun, zum Beispiel, daß das Chaos nicht das Letzte sei. Daß dies kein krankhafter, hastiger und hilfloser Ritt durch einen Traum ins Vergessen sei. Nein, Sir! Er läßt sich durch ein oder zwei Dinge aufhalten. Durch die Kunst zum Beispiel. Die Geschwindigkeit wird kontrolliert, die Zeit wird neu eingeteilt. Maß! Dieser große Gedanke. Mysterium! Die Stimmen der Engel! Warum, zum Teufel, spielte ich sonst Geige? Und warum schmolzen meine Gebeine in den großen Kathedralen Frankreichs, so daß ich es nicht aushalten konnte und mich besaufen und Lily verfluchen mußte? Und ich dachte, wenn ich dem König davon etwas sagen und ihm erzählen würde, was in meinem Herzen vorging, könnte er mein Freund werden. Aber die Frauen mit ihren nackten Schenkeln waren zwischen uns, und ihre Hintern waren mir zugekehrt; es wäre die höchste Unhöflichkeit gewesen, hätte es sich nicht um Wilde gehandelt. So hatte ich keine Gelegenheit, in diesem Höhenflug der Stimmung zum König zu sprechen. Wenige Augenblicke später, als ich wieder mit ihm reden konnte, sagte ich: »König, ich hatte das Gefühl, wenn Sie oder die junge Dame versagt hätten, wären die Folgen alles andere als schön gewesen!«

Ehe er antwortete, befeuchtete er seine Lippen, und sein Brustkasten war noch immer in heftiger Bewegung. »Ich kann Ihnen erklären, Mr. Henderson, warum der Faktor des Versagens außer acht gelassen werden kann.« Seine Zähne strahlten mich an, und sein Keuchen wirkte wie Lächeln, obgleich es nichts zu lächeln gab. »Eines Tages werden die Bänder hier durchgezogen.« Mit zwei Fingern zeigte er auf seine Augen. »Dann hebt mein eigener Schädel sich in die Lüfte.« Er machte eine Geste des Aufschwingens und sagte: »Im Fluge.«

Ich sagte: »Waren das die Schädel von Königen? Von Angehörigen?« Ich hatte nicht die Nerven, eine direkte Frage nach seiner Verwandtschaft mit jenen Köpfen zu stellen. Bei dem Gedanken, ein ähnliches Fangspiel zu veranstalten, prickelte und kribbelte das Fleisch meiner Hände.

Aber es war keine Zeit, der Sache nachzugehen. Die Ereignisse überstürzten sich. Jetzt wurden die Rinderopfer vollzogen, und sie gingen fast ohne Zeremoniell vor sich. Ein Priester mit Straußenfedern, die sich nach allen Richtungen hin sträubten, warf seinen Arm um den Nacken einer Kuh, ergriff das Maul, hob ihren Kopf und schlitzte ihr die Kehle auf, als striche er an seinem Hosenboden ein Streichholz an. Sie fiel zu Boden und starb. Niemand achtete weiter darauf.

13

Darauf folgten Stammestänze und Vorstellungen, die völlig auf ein Varietéprogramm hinausliefen. Eine alte Frau rang mit einem Zwerg, aber der Zwerg wurde wütend und versuchte sie zu verletzen, und sie hörte auf und schimpfte. Eine der Amazonen betrat das Feld und ergriff den winzigen Mann; mit schwingendem Schritt trug sie ihn unter dem Arm fort. Hurrarufe und Händeklatschen von den Tribünen. Es folgte eine weitere Vorstellung unernster Art. Zwei Burschen zielten gegenseitig mit Peitschen auf ihre Beine und sprangen in die Luft. Solche römischen Volksbelustigungen konnten mich nicht in Sicherheit wiegen. Ich war sehr nervös. Ich zitterte vor Nervosität und einer Vorahnung kommender Greuel. Natürlich konnte ich nicht Dahfu bitten, mir zu sagen, was noch kommen würde. Er atmete tief und sah mit undurchdringlicher Ruhe zu.

Schließlich sagte ich: »Trotz all dieser Veranstaltungen scheint noch die Sonne, und es sind keine Wolken zu sehen. Ich bezweifle sogar, daß die Luftfeuchtigkeit zugenommen hat, obgleich es sehr schwül ist.«

Der König antwortete mir: »Ihre Beobachtung stimmt allem Anschein nach. Ich widerspreche Ihnen nicht, Mr. Henderson. Dennoch habe ich erlebt, daß alle Erwartungen trogen und Regen an Tagen wie diesem eintraf. Ja, genau.«

Ich warf ihm einen schrägen, eindringlichen Blick zu. Es war ein sehr bedeutungsvoller Blick, und ich will jetzt nicht versuchen, seine Bedeutung abzuschwächen. Mag sein, daß sich eine gewisse Anmaßung eingeschlichen hatte. Was er aber hauptsächlich ausdrückte, war: »Machen wir uns doch nichts vor, Königliche Hoheit. Denken Sie, es sei so leicht, von der Natur zu erhalten, was man gern möchte? Ha, ha! Ich habe nie erhalten, was ich erbat.« Tatsächlich aber sagte ich: »Ich wäre fast gewillt, mit Ihnen zu wetten, König.«

Ich hatte nicht erwartet, daß der König mich so schnell beim Wort nehmen würde. »Ach? Schön! Möchten Sie mir eine Wette vorschlagen, Mr. Henderson?«

Mein Herz hungerte nach einer Herausforderung. Ich wurde mitgerissen. Leidenschaftlich. Und natürlich gegen alle Vernunft. Und ich sagte: »Oh, sicher, wenn Sie wetten wollen, ich bin dabei!«

»Einverstanden«, sagte der König, mit lächelndem Blick, aber eigensinnig.

»Hören Sie, König Dahfu, Prinz Itelo hat gesagt, Sie seien wissenschaftlich interessiert.«

»Hat er Ihnen das erzählt«, sagte dieser Afrikaner mit sichtlichem Vergnügen, »hat er Ihnen gesagt, daß ich Medizin studiert habe?«

»Nein!«

»Sie können es glauben. Volle zwei Jahre.«

»Nicht möglich! Sie ahnen nicht, wie wichtig das ist, als Information. Aber unter diesen Umständen – was für eine Wette sollen wir abschließen? Sie wollen mir bloß den Spaß nicht verderben. Wissen Sie, Hoheit, meine Frau Lily abonniert das *Scientific American*, und daher bin ich über das Regenproblem auf dem laufenden. Das Verfahren, die Wolken mit Trockeneis zu berieseln, hat sich nicht bewährt. Einige neuere Auffassungen gehen dahin, daß der Regen vor allem durch Staubfälle aus höheren Schichten erzeugt wird. Wenn dieser Staub auf die Atmosphäre stößt, löst er etwas aus. Die andere Theorie, die mir mehr zusagt, ist, daß der Salzdunst des Ozeans, mit anderen Worten der Meerschaum, einer der Hauptbestandteile des Regens sei. Die Feuchtigkeit haftet und kondensiert sich an diesen Kristallen, die in die Luft getragen werden, da sie etwas braucht, woran sie sich kondensieren kann. Es ist also ein ganz toller Vorgang, Hoheit. Wenn es keinen Meerschaum gäbe, gäbe es keinen Regen, und ohne Regen gäbe es kein Leben. Was würden all diese Neunmalklugen dann sagen? Wenn der Ozean nicht diese einzigartige Form der Schönheit hätte, wäre das Land kahl.« Mit zunehmender Intimität, als wären wir ganz vertraut, lachte ich und sagte: »Majestät, Sie haben keine Ahnung, wie mich das Ganze aufregt. Das Leben entsteht aus dem Gischt der See. Wir sangen in der Schule ein Lied: ›O Marianina. Komm, o komm, und verwandle uns in Schaum‹.« Ich sang ihm einige Töne vor, fast sotto voce. Es gefiel ihm, ich sah es.

»Sie haben keinen gewöhnlichen Stimmapparat«, sagte er, lächelnd und heiter. Ich begann zu spüren, daß der Mann mich gern hatte. »Und Ihre Belehrung ist wirklich faszinierend.«

»Ha, ich bin froh, daß Sie die Sache so ansehen. Das ist etwas, nicht wahr? Aber das macht unsere Wette wohl hinfällig.«

»Nicht im entferntesten. Trotz alledem – wir werden wetten.«

»Schön, König Dahfu, ich habe den Mund etwas voll genommen. Erlauben Sie mir, das, was ich über den Regen gesagt habe, zurückzunehmen. Ich bin bereit, klein beizugeben. Natürlich, als König müssen Sie hinter der Regenzeremonie stehen. Ich bitte also um Verzeihung. Warum sagen Sie nicht einfach, ›Nun halten Sie aber endlich die Luft an, Henderson‹, und begraben den Vorfall?«

»Oh, durchaus nicht. Kein Grund dazu. Wir werden wetten, und warum nicht?« Er sprach mit solcher Entschiedenheit, daß mir kein Ausweg mehr blieb.

»Schön, Hoheit, wie Sie wollen.«

»Ehrenwort. Um was wetten wir?« sagte er.

»Um was Sie wollen.«

»Sehr gut. Was ich will.«

»Das ist von mir nicht fair. Ich muß Ihnen Vorgabe bieten«, sagte ich. Er winkte mit der Hand, an der ein großer, roter Edelstein prangte. Sein Leib war in die Hängematte zurückgesunken, denn er saß und lag abwechselnd. Ich konnte sehen, daß es ihm Spaß machte, etwas aufs Spiel zu setzen; das Wetten lag ihm offenbar. Immerhin, meine Augen ruhten auf seinem Ring, einem riesigen Granat, der in viel Gold gefaßt und von kleineren Steinen umgeben war. Der König sagte: »Gefällt Ihnen der Ring?«

»Er ist recht hübsch«, sagte ich mit dem Unterton, daß es mir widerstrebte, irgendeinen Gegenstand näher zu bezeichnen.

»Was wetten Sie?«

»Ich habe Bargeld bei mir, aber das interessiert Sie sicherlich nicht. In meinem Tornister habe ich eine recht gute Rolleiflex. Aber ich habe nur gelegentlich Aufnahmen gemacht. Ich war hier in Afrika zu beschäftigt. Dann wäre da noch mein Gewehr, ein H und H Magnum 0,9 mit Zielfernrohr.«

»Ich wüßte nicht, wofür ich es verwenden sollte, wenn ich gewänne.«

»Zu Hause habe ich einiges, das ich gern zur Verfügung stellen würde«, sagte ich. »Ich habe noch ein paar prachtvolle Tamworth-Schweine.«

»So? Wirklich?«

»Ich sehe, daß Sie nicht interessiert sind.«

»Es wäre passend, um irgend etwas Persönliches zu wetten«, sagte er.

»Oh, ja. Der Ring ist etwas Persönliches. Ich verstehe. Wenn ich meine Sorgen losmachen könnte, würde ich sie verwetten. Die sind etwas Persönliches. Ho, ho. Nur daß ich sie meinem ärgsten Feinde nicht wünschen würde. Schön, warten Sie, was habe ich, das Sie gebrauchen könnten; was besitze ich, das einem König anstehen würde? Teppiche? Ich habe einen hübschen in meinem Studio. Dann ist da noch ein Velvet-Morgenrock, der Ihnen gut stehen würde. Und sogar eine Guarneri-Geige. Aber halt, ich hab's – Gemälde. Da ist eins von mir und eins von meiner Frau. In Öl.«

In diesem Augenblick war ich nicht sicher, daß er mir zuhörte, aber er sagte: »Sie sollten durchaus nicht annehmen, daß Sie auf Nummer Sicher gehen.«

Dann sagte ich: »So? Was ist, wenn ich verliere?«

»Es wird sehr interessant sein.«

Das begann mich zu beunruhigen.

»Gut, es ist abgemacht. Wir können den Ring gegen Ölporträts setzen. Oder sagen wir, wenn ich gewinne, werden Sie mein Gast bleiben, eine gewisse Zeit lang.«

»Gut. Aber wie lange?«

»Oh, das ist zu theoretisch«, sagte er, und blickte weg. »Lassen wir das im Augenblick eine offene Frage bleiben.«

Nachdem diese Abmachung getroffen war, blickten wir beide auf. Der Himmel war ein nacktes, blasses Blau und ruhte auf den Bergen, windstill. Ich dachte, daß dieser König doch sehr viel Takt habe. Er wollte mich für die Geschichte mit der Leiche gestern nacht entschädigen und gleichzeitig andeuten, daß er es schätzen würde, wenn ich eine Zeitlang als Gast bei ihm bliebe. Das Gespräch endete damit, daß er eine lebhafte afrikanische Geste machte, als zöge er seine Handschuhe aus oder als probte er die Übergabe des Ringes. Ich schwitzte stark, aber mein Körper kühlte sich nicht ab. Um die Hitze möglichst zu mildern, sperrte ich den Mund auf.

Dann sagte ich: »Ha, ha! Majestät, das ist eine verdrehte Wette.« In diesem Augenblick erklang wildes oder zänkisches Geschrei, und ich dachte: ›Ha, der freundliche Teil der Zeremonie ist vorbei.‹ Mehrere Männer in schwarzem Federschmuck, wie schäbige Vogelmenschen – die verschossenen Federn hingen ihnen über die Schultern – fingen an, die Decken von den Göttern herunterzunehmen. Sie zogen sie respektlos fort. Diese mangelnde Ehrerbietung war nicht zufällig, wenn Sie verstehen, was ich meine. Es geschah, um Gelächter zu wecken, und das tat es auch. Diese Vogel- oder Federmänner gingen, vom Gelächter ermutigt, dazu über, komische Possen zu treiben; sie traten den Götterbildern auf die Füße, kegelten einige der kleineren herum und stießen sie, verhöhnten sie und so weiter. Der Zwerg wurde auf die Knie einer Göttin gehoben, und er brachte die Menge damit zum Johlen, daß er seine unteren Lider hinunterzog, die Zunge herausstreckte und sich dabei wie ein verschrumpelter Verrückter gebärdete. Die Familie der Götter, alle mit sehr kurzen Beinen und langem Rumpf, nahm diese Schändungen sehr gleichgültig hin. Die meisten hatten disproportionierte kleine Gesichter auf langem Hals. Alles in allem sahen sie nicht gerade wie eine gestrenge Versammlung aus. Trotz allem verkörperten sie Würde – Mysterium; trotz allem waren sie Götter und verhängten Schicksalssprüche. Sie regierten die Luft, die Berge, Feuer, Pflanzen, Rinder, Glück, Krankheit, Wolken, Geburt und Tod. Verdammt, selbst der Untersetzteste, der auf seinen Bauch herumgerollt war, regierte über irgend etwas. Der Stamm schien zu meinen, daß man sich den Göttern nähern und seine Bosheit ruhig zur Schau stellen konnte, da ihnen von den vergänglichen Menschen sowieso nichts verborgen blieb. Ich verstand den Sinn, aber im Grunde dachte ich, daß dies ein grober Mißgriff sei. Ich wollte dem König sagen: »Wollen Sie mir weismachen, daß alle diese Rüpeleien nötig sind?« Auch grübelte ich darüber nach, daß ein solcher Mann König über eine derartige Bande sein sollte. Er nahm das alles jedoch ziemlich ruhig hin.

Nach und nach begannen sie das ganze Pantheon zu bewegen. Körperlich. Sie fingen mit den kleineren Göttern an, die sie sehr rauh und mit beträchtlicher Bosheit behandelten. Sie ließen sie fallen oder rollten sie herum, wobei sie auf die Götter schimpften, als ob sie ungeschickt seien. Teufel! dachte ich. In meinen Augen war das ein ziemlich schäbiges Benehmen, obgleich ich, um objektiv zu sein, viele Gründe für Ressentiments gegen die Götter sah. Dennoch gefiel es mir ganz und gar nicht. Murrend saß ich unter dem Dach meines Helms und versuchte eine gleichgültige Miene aufzusetzen.

Als dieser Rabenschwarm an die größeren Statuen gelangte, stießen und zogen sie, aber sie erreichten nichts, und sie mußten die Volksmenge um Hilfe bitten. Ein starker Mann nach dem anderen sprang in die Arena, um ein Götzenbild aufzuheben und es von seinem ursprünglichen Platz zu einem, sagen wir, kurzen Mittelfeld zu schaffen, während von den Tribünen Hurragebrüll und Anfeuerungsrufe ertönten. Aus dem Körperbau und der Muskelentwicklung der Sportgrößen, die mit den schwereren Götterbildern hantierten, schloß ich, daß diese Zurschaustellung von Kraft einen traditionellen Teil der Zeremonie bildete. Einige näherten sich den größeren Göttern von hinten und umklammerten sie in der Mitte, andere stellten sich mit dem Rücken gegen sie wie Männer, die Mehlsäcke an der Hinterseite eines Lastwagens entladen, und luden sie auf die Schultern. Einige packten die Arme einer Figur, wie ich es bei der Leiche in der vergangenen Nacht getan hatte. Als ich mein eigenes Verfahren angewandt sah, schnappte ich nach Luft.

»Was ist, Mr. Henderson?« sagte der König.

»Nichts, nichts, nichts«, sagte ich.

Die Gruppe der Götter schrumpfte zusammen. Die starken Männer hatten sie abtransportiert, fast alle. Die letzten dieser Kerle waren hervorragende Exemplare, und ich habe einen guten Blick für die Merkmale starker Männer. In einer gewissen Periode meines Lebens interessierte ich mich sehr für Gewichtheben und trainierte mit Hanteln. Wie jeder weiß, spielt es dabei eine große Rolle, daß die Oberschenkel besonders kräftig werden. Ich suchte meinen Sohn Edward dafür zu erwärmen; vielleicht hätte es keine Maria Felucca gegeben, wenn es mir gelungen wäre, ihn zur Ausbildung seiner Muskeln zu überreden. Trotz alledem habe ich es doch zu dieser stattlichen Vorderfront und den anderen merkwürdigen Entstellungen gebracht, die allen größeren Individuen einer Spezies anhaften. (Wie den Mammuterdbeeren aus Alaska.) Oh, mein Körper, mein Körper! Warum sind wir uns nie richtig als Freunde nähergekommen? Ich habe ihn mit meinen Lastern beladen, wie ein Floß, wie eine Barke. Ach, wer erlöst mich von dem Körper dieses Todes? Von diesen Entstellungen, die sich aus meinen Maßen ergeben, und von dem Werk, das meine Seele vollbracht hat. Manchmal riet mir eine verrückte Stimme: »Verbrenne die Erde. Warum soll ein guter Mensch sterben? Mag man doch einen unseligen Narren in das Grab kippen.«

Was für eine Verruchtheit! Welche Perversität! Ach, was alles in einem Menschen vorgeht!

Trotzdem – ich war ein immer eifrigerer Zuschauer –, als nur noch zwei Götter übriggeblieben waren, die beiden größten (Hummat, der Gott der Berge, und Mummah, die Göttin der Wolken), traten mehrere starke Männer heraus und schafften es nicht. Ja, sie versagten. Sie rüttelten vergeblich an diesem Hummat, der einen Schnurrbart wie ein Katzenfisch und auf der ganzen Stirn Furchen hatte, dazu ein Paar Schultern wie Felsblöcke. Nachdem mehrere weitere aufgegeben hatten und ausgepfiffen und verhöhnt worden waren, trat ein Bursche vor, der einen roten Fez und etwas, das wie ein flottes Höschen aus Wachstuch aussah, trug. Er lief schnell und schwang seine offenen Hände, dieser Mann, der Hummat heben wollte, und warf sich vor dem Götzen nieder – die erste demütige Haltung bis jetzt. Dann trat er hinter die Statue und steckte seinen Kopf unter einem der Arme durch. Ein kleiner steifer Bart glitzerte um sein rundes Gesicht. Er spreizte die Beine und suchte mit tastenden Füßen, auf dem Boden hin und her tappend, einen sicheren Stand. Danach wischte er sich seine Hände an den eigenen Knien ab und bekam Hummat in den Griff, indem er ihn am Arm und von unten zwischen den Beinen packte. Mit großen, starren Augen, die infolge der geballten Kraftanstrengung feucht wurden, begann er den großen Hummat zu heben. Von seinem Munde, der sich so verzerrte, daß die Kinnbacken auf das Schlüsselbein stießen, zweigten die Sehnen wie die dünnen Speichen eines Fahrrades ab, und seine Hüftmuskeln bildeten dicke Knoten an den Lenden, die neben der beschmutzten Hose aus dem Wachstuch quollen. Das war ein guter Mann, und er gefiel mir. Er war mein eigener Typ. Man stellte eine Last vor ihn hin, und er packte sie, er warf sich darauf, er hob sie, er ging bis an die Grenze seiner Kraft. »So ist's recht«, sagte ich. »Nimm deine Rückenmuskeln zu Hilfe.« Als alle, außer Dahfu, jubelten, sprang ich gleichfalls auf und begann zu rufen: »Ja, jaaa, gut! Du hast ihn. Du schaffst es. Du bist stramm genug. Stoßen – so! Nun hoch! Ja, er schafft's. Er wird ihn zerschmettern. Oh, Gott segne den Burschen. Ein Prachtkerl! Das ist der wahre Mann – das ist der Typ, den ich liebe. Mach weiter. Hauruck, hau! Da geht er ab! Er hat es geschafft. Ah, Gott sei Dank!« Dann kam mir zum Bewußtsein, wie ich geschrien hatte, und ich setzte mich wieder neben den König und staunte über meine eigene Hitze.

Der Champion kippte Hummat auf seine Schulter zurück und

trug den Gott der Berge mehrere Dutzend Meter weit. Zwischen den anderen setzte er ihn auf seinen Sockel nieder. Erschöpft drehte sich der Mann dann um und blickte auf Mummah zurück, die allein in der Mitte des Ringes stand. Sie war noch größer als Hummat. Während des Beifalls musterte der große Sportsmann sie. Und sie erwartete ihn. Sie war sehr fettleibig, um nicht zu sagen abstoßend, diese weibliche Gestalt. Sie hatten sie sehr schwerfällig geschaffen, und den starken Mann schien schon ihr Anblick zu entmutigen. Nicht, daß sie jede Annäherung verboten hätte. Nein, trotz ihrer abstoßenden Häßlichkeit schien sie recht tolerant, sogar sorglos unbekümmert wie die meisten Götter. Freilich war ihr das Vertrauen in ihre eigene Unbeweglichkeit anzusehen. Die Menge stachelte den Mann an, alle standen; sogar Horko und seine Freunde in ihrer Loge hatten sich erhoben. Sein Schirm warf jetzt einen altrosa Schatten, und in seinem straffen roten Gewand streckte er seinen kräftigen Arm aus und deutete mit dem Daumen auf Mummah – diese große, hölzerne, glückliche Mummah, deren Knie unter dem Gewicht der Brüste und des Bauches ein wenig nachgaben, so daß sie die Finger auf den Oberschenkeln zur Unterstützung spreizen mußte. Und wie manche dicken Frauen hatte sie elegante, anmutige Hände. Sie erwartete den Mann, der sie bewegen würde.

»Du kannst sie schaffen, Kerl«, rief auch ich. Ich fragte den König: »Wie heißt der Bursche?«

»Der starke Mann? Oh, das ist Turombo.«

»Was ist los, glaubt er nicht, daß er sie bewegen kann?«

»Offensichtlich fehlt ihm der Mut. Jedes Jahr kann er Hummat bewegen, aber nicht Mummah.«

»Oh, er muß es können.«

»Ganz im Gegenteil, fürchte ich«, sagte der König in seinem seltsamen nasalen, afrikanischen Singsang-Englisch. Seine großen schwellenden Lippen waren röter, als die der anderen seines Stammes, und sein Mund war darum sichtbarer, als es Münder sonst sind. »Dieser Mann, wie Sie sehen, ist kräftig und ein guter Mann, wie Sie, glaube ich, gerufen haben. Aber wenn er Hummat bewegt hat, ist er erschöpft, und das ist alle Jahre so. Sehen Sie, Hummat muß zuerst bewegt werden, weil er sonst den Wolken den Weg über die Berge nicht erlauben würde.«

Die wohlwollende Mummah – ihr fettes Gesicht leuchtete voll Glanz zur Sonne empor. Ihre hölzernen Haarflechten glichen einem Storchennest und verbreiterten sich nach oben hin – eine gemütliche, glückliche, dumme, geduldige Figur, lud sie Turombo oder irgendeinen anderen Meister ein, seine Kraft zu erproben.

»Wissen Sie, was der Grund ist?« sagte ich zum König. »Es ist die Erinnerung an frühere Niederlagen – frühere Niederlagen, bei *mir* können Sie sich Belehrung über dieses Problem der früheren Niederlagen holen. Bruder, ich könnte Ihnen wirklich etwas erzählen. Das hat ihn gepackt. Ich weiß es.«

Turombo, ein für seinen Umfang und seine Stärke sehr kleiner Mann, schien tatsächlich gegen eine ganze Menge Zweifel anzukämpfen. Seine Augen, die vor Anstrengung groß und feucht geworden waren, als er Hummat packte, waren jetzt trüber. Er war auf ein Versagen vorbereitet, und die Bewegung seiner Augen, die zu uns und zur Menge rollten, zeigte dies. Ich muß Ihnen sagen, ich sah das sehr ungern. Immerhin, er tippte grüßend an seinen Fez mit einer dem König geltenden ehrerbietigen Geste, die bereits die Niederlage eingestand. Er machte sich über Mummah keine Illusionen. Trotzdem war er bereit, es zu versuchen. Er rieb seinen kurzen Bart mit den Fingerknöcheln und ging langsam zu der Göttin hinüber und umfaßte sie mit einem Blick, der sagte, daß er es ernst meinte.

Ehrgeiz muß im Leben Turombos eine geringe Rolle gespielt haben. Während in meiner Brust ein Fluß – nein, das ist zu eng – eine Flut, eine riesige Bucht von Hoffnung und Ehrgeiz aufbrach. Denn hier war meine Chance. Ich wußte, daß ich dies fertigbrächte. Ihr Götter! Ich zitterte, und mir war kalt. Ich wußte ganz einfach, daß ich Mummah heben könnte, und ich floß über, ich brannte darauf, hinzugehen und es zu tun. Ein wildes Verlangen danach, zu zeigen, was in mir steckte, brennend wie der Busch, den ich mit meinem österreichischen Feuerzeug für die Kinder der Arnewi angesteckt hatte. Ich war bestimmt stärker als Turombo. Und sollte bei dem Nachweis mein Herz zerspringen, mochte der alte Beutel platzen, na schön, dann laßt mich eben sterben. Es machte mir nichts mehr aus. Ich hatte mich danach gesehnt, den Arnewi etwas Gutes zu tun, als ich ankam und ihre Not sah. Statt Erfolg zu haben, hatte ich unbesonnen das volle Gewicht meines blinden Willens und Ehrgeizes auf jene Frösche geworfen. Ich kam an, in Licht gekleidet, oder glaubte es wenigstens, und ich schied, gekleidet in Schatten und Finsternis, gedemütigt, so daß es vielleicht besser gewesen wäre, dem ersten Impuls bei meiner Ankunft zu gehorchen, als die junge Frau in Tränen ausbrach und ich mir sagte, daß ich vielleicht besser mein Gewehr und meine Wildheit von mir werfen und in die Wildnis gehen sollte, bis ich dazu taugte, wieder Menschen zu begegnen. Mein Verlangen, dort etwas Gutes zu vollbringen, weil ich mich so stark zu den Arnewi und besonders zu der alten, halbblinden Willatale hingezogen fühlte, war ernst und intensiv, aber es war nur ein Bruchteil des Verlangens, das ich jetzt in der königlichen Loge neben dem halbbarbarischen König in Hose und purpurnem Samthut empfand. So glühend war mein Wunsch, etwas zu *tun*. Denn ich sah etwas, das ich tun konnte. Mochten diese Wariri, die ich bis dahin (mit der Leiche in der Nacht und alles in allem) nicht besonders mochte – mochten sie schlimmer als die Söhne von Sodom und Gomorra zusammen sein, so konnte ich doch diese Gelegenheit, etwas zu *tun* und mich auszuzeichnen, nicht vorbeigehen lassen. Den richtigen Stich in das Muster meiner Bestimmung einzuarbeiten, ehe es zu spät war. So war ich froh, daß Turombo kleinmütig war. Ich dachte: ›Er soll nur kleinmütig sein.‹ Noch ehe er Mummah berührte, hatte er insgeheim gestanden, daß er nie in der Lage sein würde, sie vom Fleck zu bewegen. Und gerade das wünschte ich mir. Sie war mein! Und ich wollte zum König sagen: »Ich kann es. Laßt mich hin.« Diese Worte blieben freilich ungesagt, da Turombo bereits von hinten an die Göttin herangetreten war. Er bückte sich, um sie hochzustemmen, während er seine dicken Arme um ihren Leib faltete. Dann erschien sein Gesicht neben ihrer Hüfte. Es war erfüllt von Anstrengung, Bereitschaft zur Mühe, Furcht und Leiden, als könnte Mummah stürzen und ihn unter ihrem Gewicht zerschmettern. Allerdings begann sie, von ihm umklammert, nachzugeben. Das Storchennest, ihre hölzernen Flechten, kippte und schwankte wie der Horizont bei rauhem Wetter auf See, wenn man am Bug eines Schiffes steht. Ich beschreibe das so, weil ich diese Bewegung in meinem Magen spürte. Turombo stemmte sich beim Anheben gegen den Boden wie ein Mann, der einen alten Baum aus der Erde reißen will. Mit dieser Methode hoffte er es zu schaffen. Aber obgleich er die alte Dame zum Wackeln brachte, konnte er ihren Sockel doch nicht vom Boden heben.

Die Menge schrie ihn nieder, als er schließlich zugab, daß dies über seine Kräfte ging. Er brachte es einfach nicht fertig. Und ich jubelte über sein Versagen. So etwas zuzugeben, tut einem in der Seele weh, aber es war eben doch so. ›Guter Mann‹, dachte ich, ›du bist stark, aber ich bin zufällig stärker. Das ist durchaus keine persönliche Angelegenheit.‹ Das Schicksal will es so! Wie im Fall von Itelo. Das ist eine Sache für mich. Ergib dich, ergib dich! Überlaß es mir! Denn hier kommt Henderson! Laß mich nur Hand anlegen an diese Mummah, und dann bei Gott . . . !‹

Ich sagte zu Dahfu: »Es tut mir wirklich leid, daß er es nicht geschafft hat. Es muß bitter für ihn sein.«

»Oh, es war vorauszusehen, daß er es nicht schafft«, sagte König Dahfu. »Ich war sicher.«

Dann begann ich mit tiefstem, grimmigstem Ernst, wie nur ich grimmig sein kann: »Majestät –«. Ich war erregt zum Zerspringen. Ich schwoll, mir war übel, und das Blut zirkulierte sonderbar durch meinen Körper – es war dick und ekstatisch zugleich. Es prickelte in meinem Gesicht, besonders in der Nase, als wollte es dort durchbrechen. Als ob eine Gaskrone auf meinem Kopf brannte, so gefoltert war ich. Und ich sagte: »Sir, Sire, ich meine . . . lassen Sie mich! Ich muß!«

Wenn der König etwas geantwortet hätte, hätte ich es in diesem Augenblick nicht hören können, weil ich nur ein einziges Gesicht in der heißen, trockenen Luft wahrnahm, dort zu meiner Linken, das gegen die rasenden Schreie der Menge über Turombo taub war. Ein Gesicht, das sich allein auf mich konzentrierte, so daß es von der ganzen übrigen Welt gelöst war. Es war das Gesicht des Examinators, des Burschen, mit dem ich gestern nacht zu tun hatte, des Mannes, den Dahfu den Bunam genannt hatte. Dieses Gesicht! In seinen Furchen waren unauslöschliche menschliche Erfahrungen eingegraben. Ich spürte an mir selbst, wie zum Platzen gefüllt seine Venen sein mußten. Ah, Heiliger Gott! Der Bursche sprach zu mir, unerbittlich. Mit den Furchen seines Gesichtes, durch das Zusammenpressen seiner Brauen und die übervollen Venen übermittelte er mir eine Botschaft. Und ich wußte, was er sagte. Ich hörte es. Die stumme Sprache der Welt, auf die meine geheimste Seele ständig lauschte, drang jetzt mit anschaulicher Klarheit zu mir. Innerlich – innerlich hörte ich. Oh, was ich hörte! Das erste strenge Wort war *Attrappe!* Ich war davon sehr erschüttert. Und doch war etwas daran. Es war wahr. Und ich war gezwungen, es war meine verdammte Pflicht, hinzuhören. *Und dennoch bist du ein Mann. Höre! Höre mir zu, du Dummkopf! Du bist blind. Die Fußtapfen waren vom Zufall gelenkt, aber die Bestimmung konnte keine andere sein. Mäßige daher jetzt nicht, o nein, Bruder, intensiviere lieber, was du bist. Das ist das einzig Richtige. – intensivieren. Solltest du überwältigt werden, du Schandfleck, so solltest du in deinem eigenen dicken Blut liegen, besinnungslos, und nichts von der Natur spüren, deren Gaben du verraten hast, die Welt wird bald zurücknehmen, was die Welt erfolglos hervorgebracht hat. Jede Besonderheit ist nur ein einzelner*

Impuls in einer Reihe aus dem innersten Herzen der Dinge – jenem alten Herzen der Dinge. Der Zweck wird am Ende schon erkennbar werden, wenn auch vielleicht nicht für dich. Die Stimme verhallte nicht. Sie brach einfach ab. Einfach so, sie beendete, was sie zu sagen hatte.

Aber ich verstand jetzt, weshalb der Leichnam bei mir untergebracht worden war. Der Bunam stand dahinter. Er schätzte mich richtig ein. Er hatte sehen wollen, ob ich stark genug war, das Götzenbild zu bewegen. Und ich hatte die Probe bestanden. Verdammt! Ich hatte sie um jeden Preis bestanden. Als ich den toten Mann gepackt hatte, kam mir sein Gewicht vor wie das Gewicht meiner eigenen Glieder, wenn sie eingeschlafen und schwer sind, aber ich hatte den Widerwillen bekämpft und unterdrückt, ich hatte den Mann hochgehoben. Und hier verkündete des Examinators grimmiges, verzücktes, geädertes, verkniffenes, schweigendes Gesicht das Ergebnis. Ich hatte bestanden. Mit den besten Noten. Hundertprozentig.

Und ich sagte laut: »Das muß ich probieren.«

»Was?« sagte Dahfu.

»Hoheit«, sagte ich, »wenn es nicht als Einmischung eines Fremden aufgefaßt wird – ich denke, daß ich die Statue – die Göttin Mummah – fortbewegen könnte. Ich würde wirklich gern zu Diensten sein, da ich gewisse Fähigkeiten habe, die zu wirklichem Nutzen verwendet werden sollten. Ich möchte Ihnen sagen, daß ich bei den Arnewi, bei denen ich ein ähnliches Gefühl hatte, nicht allzu gut abgeschnitten habe, König, ich sehnte mich danach, etwas Uneigennütziges und Reines zu vollbringen – meinen Glauben an etwas Höheres auszudrücken. Statt dessen landete ich in Kummer und Elend. Es ist nur recht, daß ich meine Brust befreie.« Ich konnte mich nicht beherrschen, und darum war ich nicht sicher, wie klar meine Worte waren, wenn auch meine Absicht im ganzen sehr verständlich gewesen sein muß. Auf des Königs Gesicht sah ich einen sehr gemischten Ausdruck von Neugier und Sympathie.

»Rasen Sie nicht zu ungestüm durch die Welt, Mr. Henderson?«

»Oh, ja, König, ich bin sehr ruhelos. Aber der springende Punkt ist, daß ich nicht so bleiben konnte, wie ich war, wo ich war. Es mußte irgend etwas geschehen. Wenn ich nicht nach Afrika gekommen wäre, hätte ich allenfalls noch im Bett bleiben können. Idealerweise –«

»Ja, was das Ideale anlangt, so unterliege ich völlig seiner Faszination. Was wäre das gewesen?«

»Nun, König, ich kann es wirklich nicht sagen. Es ist alles ein Rätsel. Mich treibt stets so eine Art Verlangen, anderen zu dienen. Ich habe immer Dr. Wilfred Grenfell bewundert. Wissen Sie, ich war rein vernarrt in diesen Mann. Ich hätte gern den Laufburschen der Barmherzigkeit gespielt. Nicht unbedingt mit einem Hundegespann. Aber das ist dabei unwesentlich.«

»Oh, ich spürte«, sagte er, »oder ich sollte lieber sagen, ich ahnte intuitiv eine solche Neigung.«

»Nun, ich wäre glücklich, darüber nachher zu sprechen«, sagte ich. »Im Augenblick frage ich nur: wie stehen die Dinge? Könnte ich meine Kraft an Mummah versuchen? Ich weiß nicht, was es ist, aber ich habe einfach das Gefühl, daß ich sie fortbewegen könnte.«

Er sagte: »Ich bin verpflichtet, Ihnen zu sagen, daß daraus Folgen entstehen könnten, Mr. Henderson.«

Ich hätte darauf eingehen und ihn fragen sollen, was er damit meinte, aber ich vertraute dem Burschen und konnte keine wirklich schlimmen Folgen voraussehen. Aber wie dem auch sei, dieses Brennen, dieses wilde Verlangen, dieser reißende Strom – verstehen Sie, was ich meine? –, eine mächtige Leidenschaft hatte mich gepackt, und ich war nicht mehr Herr der Lage. Außerdem, der König lächelte und hob dadurch seine Warnung halb auf.

»Sind Sie wirklich überzeugt, daß Sie es schaffen?« sagte er.

»Alles, was ich sagen kann, König, ist: lassen Sie mich an die Göttin heran. Alles, was ich wünsche, ist, meine Arme um sie zu legen.«

Ich war nicht in der Verfassung, die feinen Nuancen in der Haltung des Königs richtig zu erkennen. Er hatte jetzt die Ansprüche seines Gewissens, soweit vorhanden, befriedigt und mich außerdem gewonnen. Kein Mann kann mehr erreichen! Aber die Sache hatte mich gepackt, und sie hatte nur Bezug auf jahrelang Unbewältigtes – *Ich darbe, ich darbe*, und Lily, und das Grun-tu-molani und das kleine, farbige Kind, das meine Tochter aus Danbury angeschleppt hatte, und die Katze, die ich umbringen wollte, und das Schicksal von Miß Lenox, und die Zähne, und die Geige, und die Frösche in der Zisterne, und all das übrige.

Wie dem auch sei, der König hatte seine Zustimmung noch nicht erteilt.

In seinem Leopardenmantel stieg jetzt mit steifen Füßen und stelzenden Schritten der Bunam aus der Loge herab, in der er mit Horko gesessen hatte. Ihm folgten die beiden Frauen mit ihren großen rasierten, zart aussehenden Köpfen und ihren lustigen, kurzen Zähnen. Sie waren größer als ihr Ehemann und schlenderten lässig hinter ihm her.

Der Examinator, oder Bunam, blieb vor dem König stehen und verbeugte sich. Die Frauen verbeugten sich ebenfalls. Sie wechselten kleine Zeichen mit des Königs Frauen und Konkubinen, oder was sonst ihre Stellung war, während der Examinator sich an Dahfu wandte. Er reckte seinen Zeigefinger dicht am Ohr in die Höhe wie eine Startpistole und verbeugte sich oft und steif aus der Hüfte. Er sprach schnell, aber regelmäßig und schien sehr genau zu wissen, was er sagen wollte, und als er geendet hatte, senkte er wieder den Kopf und richtete seine Augen starr auf mich, wie zuvor, bedeutungsschwer. Die Venen auf seiner Stirn waren sehr prall.

Dahfu wandte sich in seiner festlichen Hängematte mir zu. Seine Finger hielten noch immer die Bänder, die an dem Schädel befestigt waren.

»Nach Ansicht des Bunam sind Sie erwartet worden. Sie sind auch zur rechten Zeit gekommen . . .«

»Hoheit, was das betrifft . . . wer kann das sagen? Wenn Sie glauben, daß die Vorzeichen gut sind, will ich mich Ihrer Ansicht anschließen. Hören Sie, Hoheit, ich sehe aus wie ein Berufsboxer, und ich bin merkwürdig begabt, vorwiegend körperlich; aber ich bin auch sehr empfindlich. Vor einer Weile sagten Sie zu mir etwas über den Neid, und ich muß gestehen, daß Sie damit in gewisser Weise meine Gefühle verletzten. Das ist wie ein Gedicht, das ich einmal las; es hieß ›Im Gefängnis geschrieben‹. Ich erinnere mich nicht mehr an alles, aber eine Stelle darin lautet: ›Ich neide selbst der Fliege ihren Freudenflug im grünen Wald‹, und es endet: ›Der Fliege neide ich den Sonnensitz auf ihrem grünen Blatt. Ob meine Reise bald ein Ende hat?‹ Nun, König, Sie wissen so gut wie ich, von welchem Reiseziel ich spreche. Hoheit, ich möchte wirklich nicht nach irgendeinem Gesetz des Verfalls leben. Sagen Sie mir doch, muß die Welt so bleiben, wie sie ist? Warum gibt es für das Leiden keine Hoffnung? Ich glaube nun einmal, daß sich etwas unternehmen ließe, und darum bin ich in die Welt hinausgestürmt, wie Sie bemerkt haben. Dahinter stehen alle möglichen Motive. Da ist meine Frau Lily, dann die Kinder – Sie müssen selbst einen ganzen Haufen Kinder haben, daher werden Sie vielleicht verstehen, was ich empfinde . . .«

Ich las Mitgefühl in seinem Gesicht, und ich wischte mich mit meinem Woolworth-Taschentuch ab. Meine Nase, unkontrollierbar wie so oft, juckte innen, und offenbar konnte ich nicht dagegen an.

»Es tut mir aufrichtig leid, wenn ich Sie verletzt habe«, sagte er.

»Nun, das ist in Ordnung. Ich bin ein ziemlich guter Menschenkenner, und Sie sind ein feiner Mensch. Und von Ihnen lasse ich mir das gefallen. Außerdem, Wahrheit bleibt Wahrheit. Unter uns gesagt, ich *habe* Fliegen beneidet, auch sie. Um so mehr Gründe, aus dem Gefängnis auszubrechen. Stimmt's? Hätte ich die geistige Verfassung, in der Nußschale zu leben und mich für den König der Unendlichkeit zu halten, wäre es schön. Aber so bin ich nicht, König. Ich bin ein Werdender. Aber sehen Sie, bei Ihnen ist das ganz anders. Sie sind ein Seiender. Ich muß einfach mit dem Werden aufhören. Herr des Himmels, wann beginnt mein Sein? Ich habe verdammt lange gewartet. Ich sollte wohl geduldiger sein, aber bei Gott, Hoheit, Sie müssen begreifen, wie es mit mir steht. Ich bitte Sie! Sie müssen mich dorthin lassen. Woher es kommt, kann ich nicht sagen, aber ich fühle mich dazu berufen, es zu tun, und das ist vielleicht die Chance meines Lebens.« Und ich sprach zu dem Examinator, der in seinem Leopardenmantel und den Manschetten dastand und den beinernen Stab emporhielt, und sagte. »Entschuldigen Sie, Sir.« Ich streckte ihm ein paar Finger entgegen und fügte hinzu: »Ich komme gleich.« Bei der Hitze meines Körpers und dem Fieber meiner Seele konnte ich mich beim Sprechen nicht im Zaum halten, und ich sagte: »König, ich werde mich jetzt vor Ihnen entblättern, Sie sollen mich ruhig nackt sehen. Jeder Mann auf der Welt muß in eine bestimmte Tiefe vorstoßen – sonst?! Nun, König, ich fange an, meine Tiefe zu erkennen. Sie werden doch wohl nicht erwarten, daß ich mich jetzt drücke, nicht wahr?«

Er sagte: »Nein, Mr. Henderson. Im Ernst, das würde ich nicht.«

»Nun, das eben ist einer dieser Augenblicke«, sagte ich.

Er hatte mich mit einer Art sanfter und sogar nachdenklicher Billigung angehört. »Schön, was auch daraus entstehen mag, ich erteile die Erlaubnis. Soweit es mich anlangt, sehe ich nicht ein, warum nicht.«

»Ich danke Ihnen, Majestät, ich danke Ihnen.«

»Alle warten.«

Ich stand sofort auf und zog mein Hemd über den Kopf, warf mich in die Brust und strich mit den Händen darüber und über mein Gesicht. Mochten diese Shorts auf meinem Körper komisch wirken – ich kam mir riesenhaft und groß vor, von der Sonne auf meinem Scheitel gebrandmarkt, stieg ich in die Arena hinunter. Ich kniete vor der Göttin nieder – auf ein Knie. Und ich schätzte sie ab, während ich meine feuchten Hände mit Staub trocknete und sie an meiner braunen Hose abwischte. Die gellenden Rufe der Wariri, selbst die tiefen Trommeln, drangen kaum an mein Ohr. Sie ereigneten sich auf einer kleinen, unendlich reduzierten Skala, am äußersten Rande eines großen Kreises. Die Wildheit und Unbändigkeit dieser Afrikaner, die ihre Götter verprügelten und die Toten an den Füßen aufhängten, hatte nichts zu tun mit den Gefühlen meines Herzens. Das war etwas anderes und ganz und gar Abgetrenntes, eine Sache für sich. Mein Herz ersehnte nur ein großes Ziel. Ich mußte meine Arme um diese riesige Mummah legen und sie hochheben.

Als ich näher kam, sah ich, wie riesig sie war, wie überquellend und formlos. Sie war geölt worden und glitzerte vor meinen Augen. Auf ihrer Oberfläche spazierten Fliegen. Eine dieser kleinen Sphinxe der Luft saß auf der Lippe und putzte sich. Wie flink eine bedrohte Fliege davoneilt! Der Entschluß ist unmittelbar, offenbar braucht kein Beharrungsvermögen überwunden zu werden, und an der Art, wie Fliegen flüchten, ist kein Zuviel. Als ich begann, flüchteten alle Fliegen mit einem wütenden Geräusch in die Hitze hinaus. Ohne zu zögern, umklammerte ich Mummah mit den Armen. Ich wollte kein Nein als Antwort. Ich preßte meinen Leib an sie und senkte die Knie ein wenig. Sie roch wie eine lebendige alte Frau. Wirklich, für mich war sie ein lebendiges Wesen, kein Götzenbild. Wir begegneten uns als Herausgeforderter und Herausforderin, aber auch als Vertraute. Und mit dem innigen Vergnügen, das man in einem Traum erlebt oder an einem jener wohltuenden, dahinfließenden, müßigen Tage, wenn alles Verlangen gestillt ist, lehnte ich meine Wange an ihren hölzernen Busen. Ich knickte meine Knie ein und sprach zu ihr: »Auf, auf mit dir, meine Liebe. Es hat keinen Zweck, sich schwerer zu machen; und wärst du auch doppelt so schwer, ich würde dich doch hochheben.« Das Holz gab meinem Druck nach, und die wohlwollende Mummah mit ihrem immer gleichen Lächeln ergab sich mir; ich hob sie vom Boden auf und trug sie ein halbes Dutzend Meter weiter zu ihrem neuen Platz zwischen den anderen Göttern. Die Wariri hüpften begeistert auf dem weißen Gestein ihrer Tribünen, schrien, sangen, rasten, umarmten sich und priesen mich.

Ich stand still. Dort neben Mummah an ihrem neuen Standort war ich von Glück erfüllt. Ich war so froh über das, was ich getan hatte, daß mein ganzer Körper von einem sanften Feuer durchglüht war, erfüllt von einem milden und heiligen Licht. Die Krankheitsgefühle, die ich seit heute morgen verspürt hatte, waren alle in ihr Gegenteil umgeschlagen. Diese unglücklichen Empfindungen hatten sich in Wärme und Wohlbehagen verwandelt. Wissen Sie, ähnliches ist bei mir schon früher vorgekommen. Ich habe schlimme Kopfschmerzen gehabt, die sich in einen Schmerz im Zahnfleisch verwandelten, der nur die Ankündigung von etwas Schönem war. Ich habe erlebt, daß es dann vom Zahnfleisch niederstieg und darauf in meiner Brust als ein Pochen der Wonne auftauchte. Ich habe auch Magenbeschwerden erlebt, die aus meinem Leib dahinschmolzen und sich in eine beglückende Hitze verwandelten und in die Genitalien wanderten. So bin ich nun einmal. Und so verwandelte sich mein Fieber in Jubel. Mein Geist war wach und hieß das Leben aufs neue willkommen. Verdammt das Ganze! Lebe aufs neue! Ich war noch lebendig und überschäumend, und ich hatte das alte Grun-tu-molani.

Strahlend vor mich hinlachend, vor Zufriedenheit leuchtend, ging ich zurück, setzte mich neben Dahfus Hängematte und wischte mein Gesicht mit einem Taschentuch, denn ich war mit Schweiß gesalbt.

»Mr. Henderson«, sagte der König in seinem afrikanisch-englischen Tonfall, »Sie sind tatsächlich eine Person von außerordentlicher Stärke. Ich könnte nicht mehr Bewunderung empfinden.«

»Ich danke Ihnen«, sagte ich, »daß Sie mir eine so wunderbare Chance gegeben haben. Nicht nur die alte Frau hochzuheben, sondern in meine Tiefe vorzustoßen. Jene wahre Tiefe. Ich meine die Tiefe, der ich immer zugehörte.«

Ich war ihm dankbar. Ich war jetzt sein Freund. Tatsächlich, in diesem Augenblick liebte ich den Burschen.

14

Als sich nach dieser Heldentat der Himmel mit Wolken zu füllen begann, war ich nicht so überrascht, wie ich es vielleicht hätte sein können. Mit halb geschlossenen Augen stellte ich fest, wie sie aufzogen. Ich war geneigt, sie als selbstverständliche Belohnung zu betrachten.

»Dieser Schatten ist genau das, was der Arzt verordnet hat«, sagte ich zu König Dahfu, als die erste Wolke vorüberzog. Denn der Baldachin seiner Loge bestand nur aus blauen und purpurnen

Seidenbändern, und dann waren da natürlich die seidenen Schirme, aber sie verhinderten das metallene Glühen nicht wirklich. Die große Wolke dagegen, die von Osten heransegelte, beschattete uns nicht nur, sie erlöste uns von der grellen Farbe. Nach meiner großen Kraftanstrengung saß ich jetzt ruhig da. Meine erregten Gefühle schienen verflogen oder verwandelt zu sein. Die Wariri aber demonstrierten noch immer mir zu Ehren, sie paradierten mit den Fahnen, sie klapperten mit den Rasseln, und sie klingelten mit Handschellen, während sie vor Freude übereinanderkletterten. Na, mochten sie! Ich verlangte für meine Leistung keine solche besondere Anerkennung, zumal wenn ich überlegte, wieviel ich persönlich dabei gewonnen hatte. Ich saß also da und schwitzte, und ich tat, als nähme ich keine Notiz von dem, was die Eingeborenen anstellten.

»Nanu, was will der denn hier schon wieder?« sagte ich. Der Bunam war nämlich wieder da. Er stand vor der Loge, und er hatte die Arme voller Laub, Girlanden, Gras und Fichten. Unmittelbar neben ihm, selbstbewußt und fesch in ihrer merkwürdigen Soldatenmütze italienischen Stils, stand die große Frau, deren Hand ich auf Dahfus Wunsch hatte schütteln müssen, als wir miteinander bekanntgemacht wurden, die Generalin, wie er sie nannte, die Führerin all der Amazonen. In ihrer Begleitung befanden sich mehrere dieser militärischen Frauen in ihren Lederwesten. Auch die große Frau, die mit dem König das Schädelspiel gespielt hatte, erschien, goldgeschmückt und glanzverbreitend, im Hintergrund. Sie war keine der Amazonen, nein; aber sie war eine Persönlichkeit, eine sehr hochstehende, und ohne sie war kein großes Ereignis vollkommen. Es machte mir nicht viel Vergnügen, den Bunam oder Examinator lächeln zu sehen, und ich fragte mich, ob er sich eingefunden habe, um seinen Dank zum Ausdruck zu bringen, oder ob er noch weiteres wünsche, wie mich die Reben, das Laub, die Girlanden und all das Grünzeug erwarten ließen. Auch die Frauen waren merkwürdig gerüstet. Zwei von ihnen trugen auf langen rostigen Eisenständern Schädel, während andere merkwürdig aussehende, aus Lederstreifen hergestellte Fliegenwedel in der Hand hielten. Aus der Art jedoch, mit der sie diese Instrumente anfaßten, schloß ich, daß sie nicht für Fliegen gedacht waren. Diese Wedel waren kleine Peitschen. Dann schlossen sich die Trommler der Gruppe vor der königlichen Loge an, und mir wurde klar, daß sie irgendeine neue Salbaderei beginnen wollten und nur darauf warteten, daß der König ein Zeichen gab.

»Was wollen sie?« fragte ich Dahfu, denn sein Blick war mehr auf mich als auf den Bunam und diese riesigen ausladenden nackten Frauen sowie die Generalin in ihrer antiquierten Soldatenmütze gerichtet. Auch alle übrigen blickten auf mich. Sie waren nicht zu dem König, sondern zu mir gekommen. Der schwarzlederne Gottesbote, der Mann, der mit seinem gebogenen Stock aus dem Boden auferstanden war und Romilayu und mich in den Hinterhalt geschickt hatte, hatte sich eigens eingefunden, er stand neben dem Bunam. Und diese Menschen hatten all die Dunkelheit, all die erwartungsvolle Gespanntheit, all die Wildheit, all die Macht ihrer Augen auf mich gerichtet. Ich selbst war noch immer entkleidet, halbnackt, kühlte mich nach der Anstrengung, die ich hinter mir hatte, ab und keuchte noch immer. Unter diesen vielen prüfenden Blicken aus schwarzen Augen begann ich, mir Gedanken zu machen. Der König hatte versucht, mich warnend darauf hinzuweisen, daß es Folgen haben könnte, wenn ich mich mit Mummah einließe. Aber ich hatte nicht versagt. Nein, ich stand glänzend da, war ein Tausendsassa.

»Was wollen sie von mir?« sagte ich zu Dahfu.

Im Grunde war auch er ein Wilder. Er schlenkerte noch immer mit einem Schädel (vielleicht dem seines Vaters) an dem langen glatten Seidenband, und auf seinen breitkrempigen Hut waren Menschenzähne genäht. Warum sollte ich von ihm irgendwelche Gnade erwarten, wenn er selber in dem Augenblick, in dem er sich als schwach erwies, gerichtet werden würde? Ich meine, falls er nicht zufällig von guten Motiven geleitet war, bestand kein Grund zu der Annahme, er werde einem fremden Eindringling eine unsanfte Behandlung ersparen. Nein, er würde es sicherlich zulassen, daß über mir die Hölle zusammenbrach. Unter dem Samtschatten seines weichgefalteten kronenähnlichen Hutes öffnete er seine schwellenden Lippen und sagte: »Nun, Mr. Henderson. Wir haben Neuigkeiten für Sie. Der Mann, der Mummah von der Stelle bewegt, nimmt, das ergibt sich daraus, die Stellung eines Regenkönigs der Wariri ein. Der Titel für diesen Posten ist der Sungo. Sie, Mr. Henderson, sind jetzt der Sungo, und darum sind sie alle hier.«

Darauf sagte ich, wachsam und voller Mißtrauen: »Erklären Sie es mir in schlichtem Englisch. Was bedeutet das?« Und zu mir selbst sagte ich: »Das ist eine hübsche Art, mich dafür zu belohnen, daß ich ihre Gottheit von der Stelle bewegt habe.«

»Heute sind Sie der Sungo.«

»Nun, das mag erfreulich sein oder nicht. Offen gestanden, ich habe nachgerade ein unbehagliches Gefühl. Diese Burschen dort sehen aus, als führten sie etwas im Schilde. Was mag das sein? Hoheit, machen Sie mit mir keine dummen Geschichten. Sie wissen, was ich meine? Ich dachte, Sie mochten mich.«

Aus seiner schwebenden Lage in der Hängematte rückte er mir, indem er sich mit den Fingern vom Boden abstieß, ein wenig näher und sagte: »Ich mag Sie. Alles, was bisher vorgefallen ist, hat meine Zuneigung vermehrt. Warum zerbrechen Sie sich den Kopf? Sie, Mr. Henderson, sind für diese Menschen der Sungo, man will, daß Sie als solcher auftreten.«

Ich weiß nicht warum, aber in diesem Augenblick konnte ich dem Burschen nicht ganz trauen. »Versprechen Sie mir wenigstens eines«, sagte ich. »Falls sich hier etwas Unangenehmes zusammenbraut, hätte ich gern die Möglichkeit, meiner Frau eine Nachricht zu schicken. Nur so ganz im allgemeinen einen herzlichen Abschiedsgruß, und sie sei mir im Grunde eine gute Ehefrau gewesen. Das genügt schon. Und tun Sie Romilayu nichts an. Er hat nichts verbrochen.« Ich hörte geradezu, wie die Leute zu Hause bei einer Party z. B. sagten: »*Jetzt hat man es dem fetten Henderson heimgezahlt. Haben Sie schon gehört? Er ist nach Afrika gefahren und im Innern verschwunden. Wahrscheinlich hat er ein paar Eingeborene terrorisiert, und sie haben ihn erstochen. Nur gut, daß wir ihn los sind. Es heißt, sein Vermögen belaufe sich auf drei Millionen Dollar. Ich vermute, er wußte, daß er wahnsinnig war, und er verachtete die anderen, daß sie ihm alles durchgehen ließen. Er war doch ein ganz übler Bursche.*« »*Ihr seid ja selber ganz üble Kunden, ihr Bastarde.*« »*Er fiel von einer Ausschweifung in die andere.*« »*Meine Herren, meine große Ausschweifung war, daß ich leben wollte. Vielleicht nahm ich alles in der Welt, als wäre es Medizin – nun ja! Was ist denn mit euch los? Versteht ihr denn überhaupt nichts? Glaubt ihr nicht an Wiedergeburt? Ihr denkt wohl, ein Mann wird einfach abserviert!*«

»Oh, Henderson«, sagte der König, »was für ein Verdacht! Wie kommen Sie auf den Gedanken, Ihnen oder Ihrem Mann drohe Unheil?«

»Ja, aber warum sehen sie mich denn alle so an?«

Ich meinte den Bunam, den ledernen Hirten und die barbarischen Negerfrauen.

»Sie brauchen nicht das geringste zu fürchten«, sagte Dahfu. »Es ist völlig harmlos. Nein, nein«, sagte dieser merkwürdige afrikanische Fürst, »sie wollen nur Ihre Hilfe bei der Reinigung der Teiche und Brunnen. Sie sagen, Sie seien zu diesem Zweck gesandt. Ha, ha, Mr. Henderson, Sie deuteten früher einmal an, es sei beneidenswert, im Herzen der Menschen zu ruhen. Aber dort sind Sie doch jetzt, auch Sie!«

»Ja. Aber ich verstehe davon überhaupt nichts, während Sie, Hoheit, dafür geboren sind!«

»Nun, seien Sie nicht undankbar, Henderson. Augenscheinlich müssen auch Sie für etwas geboren sein.«

Nun, bei diesem Satz horchte ich auf. Unter meinen Füßen war dieser seltsame, vielformige, kalkartige weiße Stein. Auch dieser Stein war eine Welt für sich, oder mehr als nur eine einzige Welt, Welt innerhalb einer Welt, in einer Traumreihe. Umtönt von Gesumm und Geschrei, das wie die Pausen zwischen den Spielen bei einer Fußballübertragung klang, schritt ich hinunter. Der Examinator trat von hinten an mich heran und nahm mir meinen Helm vom Kopf, während die steife und mächtige alte Generalin sich mühsam bückte und mir meine Schuhe auszog. Und danach dann – Widerstand war zwecklos – zog sie meine Bermuda-Shorts hinunter. So stand ich nur noch in meiner Unterhose da, der man die Schmutzspuren der Reise ansah. Aber auch damit war es noch nicht genug, denn während der Bunam mich mit den Reben und dem Laub bekleidete, begann die Generalin, mir auch noch die letzte Baumwollhülle auszuziehen. »Nein, nein«, sagte ich, aber in diesem Augenblick war die Unterhose bereits über meine Knie gerutscht. Das Schlimmste war eingetreten, und ich stand nackt da. Mein einziges Gewand war jetzt die Luft. Ich versuchte, mich mit dem Laub zu bedecken. Ich war ausgedörrt, ich war betäubt, ich brannte, und mein Mund arbeitete schweigend; ich versuchte, meine Nacktheit mit den Händen und dem Laub zu bedecken, aber Tatu, die Amazonengeneralin, zog meine Finger weg und klemmte eine dieser vielschnürigen Peitschen zwischen sie. Als mir meine Kleider fortgenommen waren, meinte ich, ich müsse aufschreien, zu Boden fallen und vor Scham vergehen. Aber ich wurde von der Hand der alten Amazone in meinem Rücken gestützt und dann vorwärts geschoben. Alle begannen zu rufen: »Sungo, Sungo, Sungolay.« Ja, der Sungo, das war ich, Henderson. Wir liefen los. Wir ließen den Bunam und den König zurück, auch die Arena, und kamen in die winkligen Gassen der Stadt. Die Füße von den Steinen zerschunden, betäubt, rannte ich dahin, den Bauch voll Entsetzen, ein Priester des Regens. Nein, König des Regens, der Regenkönig. Die Amazonen schrien und ließen kurze, laute, verwegene Silben ertönen. Die wuchtigen, kahlen, zarten Köpfe und die offenen Münder und die Kraft und Gewalt dieser Worte – diese Frauen mit den enggeknüpften kurzen Ledergewändern und ausladenden Figuren! Sie liefen. Und ich mitten unter diesen nackten Begleitern, selbst nackt, unbekleidet vorn und hinten in den Wimpeln aus Gras und Weinlaub, ich tanzte auf brennenden und aufgerissenen Füßen über die heißen Steine. Auch ich mußte schreien. Belehrt von der Generalin Tatu, die mit ihrem Gesicht dicht an das meine herankam und mit offenem Munde schrie, rief auch ich: »Ya-na-bu-ni-ho-no-mum-mah!« Einige Männer, meist alte, die zufällig am Wege standen, wurden von den Frauen geschlagen und trollten sich davon, um ihr Leben in Sicherheit zu bringen, und ich selbst, der ich nackt und nur mit dem losen Laub bekleidet einhersprang, erfüllte diese armen Teufel offenbar mit Entsetzen. Die Schädel auf den Eisenständern wurden neben uns hergetragen. Sie waren an Haltern befestigt. Wir machten einen großen Bogen um die Stadt bis zu den Galgen hin. Dort hingen die toten Männer, um jeden eine Meute von Geiern. Ich ging unter den schwankenden Schädeln dahin, ich hatte keine Zeit, hinzusehen, denn wir liefen jetzt angestrengt, ein schweres Stück Weg; ich keuchte und seufzte, und ich sagte zu mir: »Wo in aller Welt gehen wir bloß hin?« Wir hatten ein Ziel: eine große Viehtränke. Hier hielten die Frauen an, springend und singend, und dann warfen sich etwa zehn von ihnen auf mich. Sie hoben mich hoch und gaben mir einen Schwung, der mich in dem überhitzten sauren Wasser landen ließ, in dem ein paar langhörnige Rinder standen. Das Wasser war nur etwa fünfzehn Zentimeter tief; der weiche Schlamm war jedoch weit tiefer, und in ihn sank ich ein. Ich glaubte, sie wollten vielleicht, daß ich dort, auf dem Grund des Teiches, liegenbliebe, aber da hielten mir die Schädelträger ihre Eisenständer hin, ich griff nach ihnen und wurde vorwärtsgezogen. Fast wäre ich lieber dort in dem Schlamm geblieben, so schwach war mein Wille. Wut war zwecklos. Auch war keinesfalls ein Scherz beabsichtigt. Alles geschah in größtem Ernst. Ich trat, triefend von muffigem Schlamm, aus dem Teich. Ich hoffte, daß der Schlamm wenigstens meine Scham verhüllen werde, denn die losen Gräser, die mich umflatterten, hatten alles offengelassen. Nicht, daß diese gewaltigen grimmigen Frauen mich prüfend betrachteten. Nein, nein, das interessierte sie gar nicht. Aber mit den Peitschen, den Schädeln und den Gewehren wurde ich mit ihnen davongewirbelt, ich, ihr Regenkönig, und wie schon vorher schrie ich, von Schmutz starrend und halb wahnsinnig: »Ya-na-bu-ni-ho-no-mum-mah!« Ja, hier ist er, der Mann, der Mummah von der Stelle bewegt hat, der Meister, der

Sungo. Hier kommt Henderson, USA – Hauptmann Henderson, Träger des Verwundetenabzeichens, Veteran der Kämpfe in Nordafrika, Sizilien, Monte Cassino, und so weiter, ein Riesenschatten, ein Mann aus Fleisch und Blut, ein rastlos Suchender, jämmerlich und roh, ein halsstarriger alter Säufer mit zerbrochener Zahnbrücke, der mit Tod und Selbstmord droht. Oh, ihr Herren des Himmels! Oh, ihr Mächte des Jüngsten Gerichts! Oh, ich möchte bewußtlos hinsinken! Ich möchte tot umfallen, und sie sollen mich auf den Misthaufen werfen, und die Geier werden es sich in meinem Bauch bequem machen. Aus tiefster Not schrie ich: »Erbarmen, habt Erbarmen!« Und danach rief ich: »Nein, Gerechtigkeit!« Und danach besann ich mich eines anderen und rief: »Nein, nein, Wahrheit, Wahrheit!« Und dann: »Dein Wille geschehe! Nicht mein Wille, sondern Dein Wille!« Dieser jämmerliche grobe Kerl, dieser arme strauchelnde Raufbold, er rief den Himmel um Wahrheit an. Hören Sie es?

Wir schrien, sprangen und wirbelten durch aufgescheuchte Gassen, die Füße stampften, die Trommeln und Schädel hielten Schritt. Und inzwischen füllte sich der Himmel mit heißen, grauen, langen Schatten, mit Regenwolken, die freilich in meinen Augen eine ganz ungewöhnliche Form annahmen, zusammengepreßt wie Orgelpfeifen oder wie die Ammonshörner paläozoischer Zeiten. Mit geschwollenen Kehlen riefen und heulten die Amazonen, und ich, der ich mich hinter ihnen herschleppte, versuchte mich zu besinnen, wer ich war. Ich! Die mit Schlamm verklebten Blätter trockneten auf meiner Haut. König des Regens! Mir dämmerte, daß trotz allem darin eine gewisse Auszeichnung liegen mußte, aber von welcher Art, konnte ich nicht sagen.

Unter den dicht gewordenen Regenwolken erhob sich eine heiße, finstere Brise. Sie roch nach Rauch. Es war beklemmend, erstickend, drückend, ekelerregend. Begehrlich war diese Luft, und sie wirkte aufgeschwollen, schwer. Sie war sehr schwer. Sie sehnte sich nach Entladung, wie etwas Lebendiges. Von Schweiß bedeckt, schob mich die Generalin mit ihrem Arm vor sich hin, sie rollte ihre großen Augen und keuchte. Der zähe Schlamm trocknete an und umhüllte mich wie ein Anzug aus Lehm. In meinem Innern fühlte ich mich wie der Vesuv, mein ganzer Oberkörper war eine einzige Flamme, und das Blut drängte nach oben wie Pech oder Magma. Die Peitschen zischten und gaben einen trokkenen, bösen Laut von sich, und ich fragte mich, was man hier eigentlich anstellte! Auf den böigen Stoß der Brise folgte noch tiefere Dunkelheit, sie glich der stechenden Hitze der Eisenbahnzüge, wenn sie an einem menschenleeren Augusttag in den Tunnel des Grand-Central-Bahnhofs einfahren wie in die ewige Finsternis. In diesem Augenblick schloß ich stets die Augen.

Jetzt aber konnte ich sie nicht schließen. Wir liefen zu der Arena zurück, wo die Leute des Wariristamms uns erwarteten. Ein sehr dünner Damm, einer der allerdünnsten, hielt noch immer den Regen zurück, und auch die vielen Stimmen von meinem Ohr. Ich vernahm nur, wie Dahfu zu mir sagte: »Nun, Mr. Henderson, vielleicht verlieren Sie die Wette.« Wir waren nämlich wieder vor seiner Loge. Er gab Tatu, der Generalin, einen Befehl, und wir alle machten kehrt und stürzten in die Arena – ich mit allen übrigen, begeistert mitgerissen, trotz meines großen Gewichts, trotz der entzündeten Wunden an meinen Füßen. Mein Herz war in Aufruhr, mein Kopf verwirrt und mit etwas erfüllt, das dem Glanz jener weiten Szenerie am Pazifik glich, an der ich mit Edward entlanggegangen war. Nichts als weiß, kochend, und die Vögel um die Heringe streitend, und große Wolken ringsum. Auf den vielförmigen weißen Steinen sah ich diese Afrikaner stehen, herumspringen, außer sich, ganz unter dem Druck von Mummahs großen Wolken, diesen riesigen knolligen Formen dicht vor dem Aufbrechen. Es war ein großes Delirium. Die Menschen schrien, schrien. Und für alle diese Schreie war mein Kopf, der Kopf des Regenkönigs, der Bienenkorb. Alle Schreie flogen auf mich zu, drangen in mein Gehirn. Und über all diesem Lärm hörte ich das Brüllen von Löwen, während der Staub unter meinen Füßen erzitterte.

Die Frauen um mich herum tanzten, wenn man es so nennen will. Sie sprangen, schrien und wälzten ihre Leiber auf mich zu. Immer mehr näherten wir uns den Göttern, die in ihrer Gruppe standen und auf deren Köpfe Hummat und Mummah herabsahen. Ich hätte jetzt gewünscht, zu Boden zu fallen, um nicht teilzuhaben an dem, was mir schrecklich schien, denn diese Frauen, die Amazonen, stürzten sich mit den kurzen Peitschen auf die Figuren der Götter und schlugen sie: »Haltet ein!« schrie ich. »Laßt das! Was soll das? Seid ihr wahnsinnig?« Es wäre vielleicht etwas anderes gewesen, wenn es sich dabei nur um ein symbolisches Peitschen gehandelt hätte und die Götter mit den dicken Lederriemen nur berührt worden wären. Aber die Amazonen gingen mit großer Gewalt auf diese Figuren los, so daß die kleineren schwankten, als sie geschlagen wurden, während die größeren es widerstandslos und ohne jede Veränderung ihres Gesichtes hinnahmen. Diese Kinder der Finsternis, diese Neger, erhoben sich und schrien wie die Möwen über stürmischem Wasser. Und dann fiel ich tatsächlich zu Boden. Nackt wie ich war, warf ich mich hin und brüllte: »Nein, nein, nein!« Tatu jedoch ergriff mich am Arm und hob mich mit kräftigem Ruck auf meine Knie. So, auf meinen Knien, wurde ich, auf dem Boden kriechend, in das Geschehen hineingezogen. Meine Hand, die noch immer die Peitsche hielt, wurde einmal oder zweimal in die Höhe gehoben und gesenkt, so daß ich gegen meinen Willen die Pflicht des Regenkönigs vollziehen mußte. »Oh, das kann ich nicht tun. Ihr werdet mich nie dazu bringen«, sagte ich. »Oh, erschlagt mich und tötet mich. Jagt mir einen Bratspieß in den Leib und röstet mich über dem Feuer.« Ich versuchte, mich am Boden zu verbergen, und in dieser Lage wurde ich von einer Peitsche auf dem Hinterkopf und dann auch im Gesicht getroffen, als die Frauen jetzt die Peitschen in alle Richtungen schwangen und sich selbst ebenso wie die Götter schlugen. Als dieser Wahnsinn auch vor mir nicht haltmachte, wehrte ich kniend die Schläge ab, denn es schien mir, daß ich um mein Leben kämpfte, und ich schrie gellend. Bis plötzlich ein Donnerschlag zu hören war.

Und nun, nach einem großen, wiehernden, kalten Windstoß, öffneten sich die Wolken, und der Regen begann zu fallen. Wasserbrocken krepierten wie Handgranaten rings um mich herum und auf mir. Das Gesicht der Mummah, das von den Peitschen gestreift worden war, war jetzt von Silberblasen bedeckt, und der Erdboden fing an zu schäumen. Die Amazonen mit ihren feuchten Leibern umarmten mich. Ich war zu betäubt, um sie zurückzustoßen. Ich habe nie solch Wasser gesehen. Es war wie die Flut, die sich über Albas Männer ergoß, als die Holländer die Dämme öffneten. In diesem Regenguß waren die Menschen vor mir verborgen. Ich spähte nach Dahfus Loge aus, die bei dem Sturm außer Sicht gekommen war, und ich bahnte mir einen Weg um die Arena, wobei ich mich mit der Hand an dem weißen Stein entlangtastete. Dann stieß ich auf Romilayu, der vor mir zurückprallte, als könnte ich ihm gefährlich werden. Sein Haar war von dem Sturm flach gedrückt, und sein Gesicht verkündete große Angst. »Romilayu«, sagte ich, »bitte, du mußt mir helfen. Sieh, in welchem Zustand ich bin. Suche meine Kleidungsstücke. Wo ist der König? Wo sind sie alle? Suche meine Kleidungsstücke zusammen – meinen Helm. Ich muß meinen Helm haben.«

Ich hielt mich an ihm fest, nackt, und beugte mich vor, meine Füße glitten aus, als er mich zu der Loge des Königs führte. Vier Frauen hielten eine Decke über Dahfu, um ihn vor dem Regen zu schützen, und seine Hängematte hatten sie hochgehoben. Sie trugen den König gerade fort.

»König, König«, rief ich.

Er zog einen Zipfel der Decke beiseite, die sie über ihn geworfen hatten. Unter ihr sah ich ihn in seinem breitkrempigen Hut. Ich schrie ihm zu: »Was ist über uns gekommen?«

Er sagte schlicht: »Regen.«

»Regen? Wieso Regen? Die Sintflut! Es ist, als sei das Ende hereingebrochen . . .«

»Mr. Henderson«, sagte er, »Sie haben etwas Großes für uns vollbracht, und für die damit verbundene Mühe müssen auch wir Ihnen eine kleine Freude machen.« Und als er den Blick in meinem Gesicht sah, sagte er: »Sehen Sie, Mr. Henderson, die Götter kennen uns.« Und während er in seiner Hängematte, deren Stangen die acht Frauen trugen, von mir fortgetragen wurde, sagte er: »Sie haben die Wette verloren.«

Und so blieb ich allein zurück, in meinem Gewand aus Lehm, wie eine riesige Rübe.

15

So also wurde ich der Regenkönig. Es geschah mir wohl recht, weil ich mich in Dinge einmischte, die mich verdammt nichts angingen. Aber es war unwiderstehlich gewesen, ein Drang, gegen den man nicht ankämpfen konnte. In was hatte ich mich nun selbst hineingebracht? Was waren die Folgen? Schmutzig, nackt und zerschunden lag ich in einem kleinen Zimmer im Erdgeschoß des Palastes. Der Regen fiel und fiel, ertränkte die Stadt, tropfte, gespensterhaft und schwermütig, in schweren Fransen von dem Dach. Fröstelnd deckte ich mich mit Fellen zu und starrte mit runden Augen vor mich hin, bis an das Kinn in die Felle unbekannter Tiere gehüllt, und sagte: »Oh, Romilayu, falle nicht über mich her! Wie hätte ich wissen können, in was ich mich einließ?« Meine Oberlippe wurde lang und meine Nase war entstellt; sie schmerzte von den Peitschenhieben, und ich spürte, daß meine Augen blau und geschwollen waren. »Oh, mir geht es schlecht. Ich habe die Wette verloren und bin diesem Mann auf Gedeih und Verderb ausgeliefert.«

Aber wie schon vorher kam mir Romilayu zu Hilfe. Er versuchte mich ein wenig aufzumuntern und sagte, er glaube nicht, daß Schlimmeres zu befürchten sei, und deutete an, es sei verfrüht zu glauben, ich säße in einer Falle. Es klang alles ganz vernünftig.

Dann sagte er: »Sie jetzt schlafen, Sir. Morgen darüber denken.«

Und ich sagte: »Romilayu, ich lerne deine guten Seiten ständig mehr schätzen. Du hast recht, ich muß warten. Ich nehme hier eine Stellung ein und habe keinen Schimmer, was für eine es ist.« Dann machte auch er sich zum Schlafen fertig und ließ sich auf seine Schienbeine hinunter, faltete dabei die Hände, während die Muskeln unter seiner Haut zu spielen begannen und die Seufzer des Gebetes seiner Brust entstiegen. Ich muß zugeben, daß mich das etwas tröstete.

Ich sagte zu ihm: »Bete, bete. Oh, bete, Freund, bete mit allen Kräften. Bete im Hinblick auf unsere Lage.«

Als er dann fertig war, wickelte er sich in die Schlafdecke und zog die Knie an, und wie immer schob er eine Hand unter seine Wange. Aber ehe er die Augen schloß, sagte er: »Weswegen Sie es getan, Sir?«

»Oh, Romilayu«, sagte ich, »wenn ich es erklären könnte, wäre ich heute nicht, wo ich bin. Warum mußte ich diese verdammten Frösche in die Luft sprengen, ohne nach links oder rechts zu blikken? Ich weiß nicht, weshalb ich alles immer so intensiv tue. Das Ganze ist so merkwürdig, daß auch die Erklärung merkwürdig sein muß. Nachgrübeln wird mich zu nichts führen, das einzige, worauf ich warten muß, ist eine Erleuchtung.« Und im Gedanken daran, wie trostlos alles war und wie weit entfernt jede Erleuchtung, seufzte ich und stöhnte wieder.

Statt sich Sorgen darüber zu machen, daß ich ihm keine hinlängliche Antwort hatte geben können, schlief Romilayu ein, und auch mich überkam allmählich der Schlaf, während der Regen rann und der Löwe oder die Löwen unter dem Palast brüllten. Geist und Körper gingen zur Ruh. Es war wie eine Ohnmacht. Auf meinem Gesicht standen die Bartstoppeln von zehn Tagen. Träume und Visionen strömten auf mich ein, aber ich brauche nicht von ihnen zu sprechen; es genügt, wenn ich sage, daß die Natur freundlich zu mir war und daß ich zwölf Stunden geschlafen haben muß, ohne mich zu rühren, wund am ganzen Leib, die Füße durchgelaufen und das Gesicht verquollen.

Als ich erwachte, war der Himmel klar und warm, und Romilayu war aufgestanden und lief umher. Zwei Frauen, Amazonen, waren bei mir in dem kleinen Raum. Ich wusch mich, rasierte mich und verrichtete meine Notdurft in einem großen Becken, das, wie ich annahm, für diesen Zweck in der Ecke aufgestellt war. Dann kamen die Frauen, die ich hinausgeschickt hatte, mit einigen

Kleidungsstücken zurück, von denen Romilayu sagte, sie stellten die Ausstattung des Sungo oder Regenkönigs dar. Er sagte, es sei besser, ich zöge sie an, da es Ärgernis erregen könnte, wenn ich es ablehnte. Denn jetzt sei ich der Sungo. Ich sah mir daher diese Gewänder näher an. Sie waren grün und aus Seide gefertigt und im selben Schnitt wie König Dahfus – wie seine Hose, meine ich.

»Gehören Sungo«, sagte Romilayu. »Jetzt Sie Sungo.«

»Ja aber, diese verdammte Hose ist ja durchsichtig«, sagte ich, »doch ich glaube, ich werde sie lieber anziehen.« Ich hatte noch meine eben erwähnten fleckigen Shorts an, und ich zog die grüne Hose darüber. Trotz meines Schlafes war ich nicht in bester Verfassung. Ich hatte noch immer Fieber. Wahrscheinlich ist es ganz natürlich, daß Weiße in Afrika krank sind. Sir Richard Burton war so eisern, wie Fleisch nur sein kann, und er ist von dem Fieber schrecklich mitgenommen worden. Speke war sogar noch kränker. Mungo Park war krank und taumelte nur so herum. Dr. Livingstone war tagaus, tagein krank. Zum Teufel! Wie sollte dann ich immun sein? Eine der Amazonen, Tamba, an deren Kinn ein häßlicher Bart wuchs, trat hinter mich, nahm meinen Helm ab, und kämmte mit einem primitiven hölzernen Instrument an meinem Kopf herum. Diese Frauen waren offenbar dazu bestimmt, mich zu bedienen.

Sie sagte zu mir: »Joxi, joxi?«

»Was will sie? Was ist dieses Joxi? Frühstück? Ich habe keinen Appetit. Ich bin viel zu aufgewühlt, um etwas hinunterzubekommen.« Ich trank statt dessen ein wenig Whisky aus einer der Feldflaschen, einfach um meinen Verdauungstrakt offenzuhalten; ich dachte, es könne auch gegen mein Fieber gut sein.

»Sie Ihnen Joxi zeigen«, sagte Romilayu.

Tamba legte sich mit dem Gesicht nach unten auf den Boden, und die andere Frau, die Bebu hieß, stellte sich auf ihren Rücken, und knetete und massierte sie mit ihren Füßen und knackte ihre Wirbelsäule zurecht. Nachdem sie Tamba mit diesen häßlichen Füßen bearbeitet hatte – und nach Tambas Gesicht zu urteilen, empfand sie es als eine Wonne –, tauschten sie ihre Plätze. Hinterher versuchten sie dann mir zu zeigen, wie wohltuend es war und wie es sie erfrischte. Sie trommelten beide mit den Knöcheln auf den Brustkästen herum.

»Danke ihnen für ihre guten Absichten«, sagte ich zu Romilayu. »Es ist wahrscheinlich eine wundervolle Therapie, aber ich denke, ich schenke sie mir für heute.«

Tamba und Bebu lagen jetzt auf dem Fußboden und grüßten mich abwechselnd in aller Form. Jede ergriff meinen Fuß und stellte ihn auf ihren Kopf, wie es Itelo getan hatte, um meine Überlegenheit anzuerkennen. Die Frauen befeuchteten ihre Lippen, damit der Staub an ihnen haften blieb. Als sie fertig waren, erschien Tatu, die Generalin, um mich zu König Dahfu zu geleiten, und sie erniedrigte sich ebenso, die Militärmütze auf dem Kopf. Danach brachten mir die beiden Frauen auf einer hölzernen Platte eine Ananas, und ich zwang mich dazu, eine Scheibe davon hinunterzuwürgen.

Dann ging ich mit Tatu die Treppe hinauf, und sie gestattete mir heute, voranzugehen. Grinsen, Schreien, Segenswünsche, Händeklatschen und Singen empfingen mich; besonders die älteren Menschen schlugen mir gegenüber einen sehr ernsthaften Ton an. Ich war an das grüne Gewand noch nicht recht gewöhnt; es kam mir weit und lose an den Beinen vor. Von der oberen Galerie aus blickte ich ins Freie und sah die Berge. Die Luft war ungewöhnlich klar, und die Berge standen dicht neben- und voreinander, braun und weich wie das Fell eines Brahma-Stiers. Auch das Grün wirkte heute fein wie Pelz. Die Bäume waren gleichfalls klar und grün, und die Blüten unter ihnen in den Schalen aus weißem Fels waren frisch und rot. Ich sah die Frauen des Bunam unter uns vorübergehen, sah ihre kurzen Zähne, denn sie drehten ihre feinen, großen rasierten Köpfe um. Wahrscheinlich brachte ich sie mit dieser wallenden, schwellenden, grünen Hose des Sungo und mit dem Helm und meinen mit Gummi besohlten Wüstenschuhen zum Lächeln.

Wir durchschritten die Vorzimmer und betraten die Gemächer des Königs. Sein großes, mit Quasten versehenes Sofa war leer, aber die Frauen lagen auf ihren Kissen und Matten, schwatzten, kämmten ihr Haar und pflegten ihre Fingernägel und Zehen.

Es herrschte eine gesellige und gesprächige Stimmung. Die meisten Frauen ruhten, und die Form ihrer Entspannung war höchst seltsam; sie kreuzten die Beine, wie wir es vielleicht mit unseren Armen tun, und lehnten sich zurück, völlig knochenlos. Erstaunlich. Ich starrte sie an. Der Geruch in dem Raum war tropisch, wie bestimmte Teile des Botanischen Gartens, oder wie Holzkohlenrauch und Honig, wie heißer Buchweizen. Niemand sah nach mir, alle taten, als sei ich nicht vorhanden. Mir schien das fast unmöglich, es kam mir so vor, als wolle jemand die *Titanic* nicht sehen. Außerdem war ich die Sensation des Ortes, der weiße Sungo, der Mummah von der Stelle bewegt hatte. Aber ich deutete es mir so, daß es sich für mich nicht schickte, ihre Aufenthaltsräume zu besichtigen, und sie hatten keine andere Möglichkeit, als mich einfach zu ignorieren.

Wir verließen das Gemach durch eine niedrige Tür, und ich befand mich jetzt in dem Privatkabinett des Königs. Er saß auf einem niedrigen Sitz ohne Rückenlehne, auf einem viereckigen Stück roten Leders, das über einen breiten Rahmen gespannt war. Ein ähnlicher Sitz wurde für mich herbeigeschafft, und dann zog sich Tatu zurück und setzte sich unauffällig in die Nähe der Wand. Wieder waren er und ich einander Auge in Auge gegenüber. Dahfu trug jetzt nicht den mit Zähnen garnierten Hut, und jetzt gab es hier auch keine Schädel. Er trug die enganliegende Hose und die bestickten Pantoffeln. Neben ihm auf dem Boden lag ein ganzer Stapel von Büchern. Er hatte gelesen, als ich eintrat, und er knickte die Ecke der Seite ein, preßte sie mehrmals mit seinem Knöchel und legte den Band oben auf den Haufen. Welche Art von Lektüre interessierte wohl einen solchen Geist? Aber was für eine Art von Geist war es? Ich hatte keinen Anhaltspunkt.

»Oh«, sagte er, »nachdem Sie sich jetzt rasiert und ausgeruht haben, machen Sie eine sehr prächtige Figur.«

»Ich komme mir wie ein Wundertier vor, ja, genau, König. Aber ich begreife Ihren Wunsch, daß ich mich in dieser Weise auftakeln soll, und ich möchte mich nicht gern vor den Konsequenzen einer Wette drücken. Ich kann nur sagen, ich wäre unendlich dankbar, wenn Sie mir das erließen.«

»Ich verstehe«, sagte er. »Ich täte das sehr gern, aber diese Gewandung des Sungo ist wirklich unerläßlich. Abgesehen von dem Helm.«

»Ich muß mich vor einem Sonnenstich hüten«, sagte ich. »Ich laufe immer mit irgendeiner Kopfbedeckung herum. In Italien, während des Krieges, schlief ich sogar in meinem Helm. Und das war ein Metallhelm.«

»Aber zweifellos ist innerhalb des Hauses eine Kopfbedeckung nicht nötig«, sagte er.

Ich ging jedoch auf diesen Wink nicht ein. Ich saß weiter in meinem weißen Helm vor ihm.

Natürlich wirkte die besondere Schwärze der Haut des Königs auf mich ungeheuer fremdartig. Er war so schwarz wie – wie Reichtum. Im Gegensatz dazu waren seine Lippen rot, und sie waren wulstig; und das Haar auf seinem Kopf lebte (wuchs würde nicht genug besagen). Wie Horkos Augen zeigten seine eine Spur von Rot. Auch auf dem lehnenlosen Ledersitz saß der König lässig entspannt, genauso wie auf dem Sofa oder in der Hängematte.

»König«, sagte ich.

Aus der Bestimmtheit, mit der ich begann, entnahm er, worauf ich hinauswollte, und er sagte: »Mr. Henderson, Sie haben Anspruch auf jede Erklärung, die abzugeben in meiner Macht liegt. Sehen Sie, der Bunam war überzeugt, daß Sie stark genug sein würden, unsere Mummah von der Stelle zu bewegen. Als ich sah, wie Sie gebaut sind, gab ich ihm darin recht. Sofort.«

»Nun ja«, sagte ich, »schön, dann bin ich eben stark. Aber wieso ging alles glatt vonstatten? Mir scheint, Sie waren dessen sicher. Sie haben mit mir gewettet.«

»Es war wirklich nur eine Wettlaune und sonst nichts«, sagte er. »Ich wußte ebensowenig davon wie Sie.«

»Geht es immer so aus?«

»Ganz und gar nicht immer. Außerordentlich selten.«

Ich machte mein klügstes Gesicht, hob dabei bedeutungsvoll die Brauen, weil ich ihm damit zu verstehen geben wollte, daß der Vorgang noch nicht zu meiner Zufriedenheit erklärt war. Inzwischen versuchte ich mir über Dahfu klarzuwerden. Es war kein Getue und nichts Prahlerisches an ihm. Er gab seine Antworten mit Bedacht, aber ohne die Miene eines Denkers aufzusetzen. Und wenn er von sich selbst sprach, stimmten die Tatsachen, die er mir mitteilte, mit dem überein, was ich von Prinz Itelo gehört hatte. Im Alter von dreizehn Jahren war er in die Stadt Lamu geschickt worden, und später war er nach Malindi gegangen. »Alle vorangehenden Könige seit mehreren Generationen«, sagte er, »mußten sich in der Welt umsehen und sind im gleichen Lebensalter auf die Schule geschickt worden. Man erscheint eines Tages ganz einfach, besucht die Schule und kehrt wieder zurück. In jeder Generation wird ein Sohn nach Lamu geschickt. Ein Onkel begleitet ihn und wartet dort auf ihn.«

»Ihr Onkel Horko?«

»Ja, Horko. Er war das Bindeglied. Er wartete neun Jahre in Lamu auf mich. Ich war mit Itelo weitergezogen. Mir gefiel das Leben im Süden nicht. Die jungen Männer in der Schule wurden verzogen. Schminke auf die Augenränder. Rouge. Leeres Geschwätz. Ich wollte mehr als das.«

»Ja, Sie sind sehr ernst«, sagte ich. »Das sieht man sofort. So habe ich Sie von Anfang an eingeschätzt.«

»Nach Malindi kam Sansibar. Von dort fuhren Itelo und ich als Matrosen. Einmal nach Indien und Java. Dann das Rote Meer hinauf – Suez. Fünf Jahre in Syrien auf Missionsschule. Die Behandlung war äußerst großzügig. Von meinem Standpunkt aus war ganz besonders der naturwissenschaftliche Unterricht wertvoll. Ich steuerte auf den medizinischen Doktorgrad zu und hätte ihn auch erworben, aber der Tod meines Vaters kam dazwischen.«

»Das ist recht bemerkenswert«, sagte ich. »Ich versuche jetzt nur, das mit gestern in Einklang zu bringen. Mit den Schädeln und jenem Burschen, dem Bunam, und den Amazonen und all dem übrigen.«

»Es ist interessant, ich gebe es zu. Aber es ist ja auch nicht meine Aufgabe, Henderson – Henderson-Sungo –, in der Welt für Konsistenz zu sorgen.«

»Waren Sie vielleicht versucht, nicht zurückzukehren?« fragte ich. Wir saßen dicht beieinander, und wie ich schon bemerkte, seine tiefschwarze Haut machte ihn mir seltsam fremdartig. Wie alle Menschen, die eine starke Lebenskraft haben, warf er fast einen Extra-Schatten – ich schwöre es. Es war wie eine elektrische Ladung. Ich habe es gelegentlich an Lily beobachtet und besonders an jenem Sturmtage in Danbury bemerkt, als sie mich zu dem mit Wasser gefüllten Steinbruch dirigierte und dann vom Bett aus ihre Mutter anrief. Sie hatte es damals in auffallendem Maße. Es handelt sich um etwas Funkelndes und doch Abgedecktes; es ist rauchig, bläulich, zittert und schimmert wie köstliches Wasser. Es ähnelte dem, was ich auch bei Willatale gespürt hatte, als ich ihren Leib küßte. Aber dieser König Dahfu war stärker damit ausgestattet als irgendein Mensch, dem ich je begegnet bin.

Auf meine letzte Frage antwortete er: »Aus mehr als einem Grunde hätte ich gewünscht, daß mein Vater länger am Leben geblieben wäre.«

Wie ich mir sagte, muß der alte Herr erdrosselt worden sein.

Man sah mir wohl an, daß ich bereute, ihn an seinen Vater erinnert zu haben, denn er lachte, um mich wieder in eine unbeschwerte Stimmung zu versetzen, und sagte: »Machen Sie sich keine Gedanken, Mr. Henderson – ich muß Sie jetzt Sungo nennen, denn Sie sind jetzt der Sungo. Machen Sie sich keine Gedanken, ich wiederhole es. Es ist ein Thema, das sich nicht vermeiden ließ. Sie rühren es nicht unbedingt auf. Seine Zeit kam heran, er starb, und ich wurde König. Ich mußte den Löwen wiederfinden.«

»Von welchem Löwen sprechen Sie?« sagte ich.

»Nun, ich habe es Ihnen gestern gesagt. Vielleicht haben Sie es vergessen – den Leib des Königs, die Made, die in ihm lebt, die Seele des Königs, das Löwenjunge.« Ich erinnerte mich jetzt daran. Ja, das hatte er mir gesagt. »Nun also«, fuhr er fort, »dieses sehr junge Tier, das von dem Bunam in Freiheit gesetzt worden ist, muß der Nachfolger innerhalb eines oder zweier Jahre, wenn es herangewachsen ist, fangen.«

»Was? Sie müssen es jagen?«

Er lächelte. »Es jagen? Ich habe eine andere Aufgabe. Es lebend zu fangen und bei mir zu behalten.«

»Dann ist das also das Tier, das ich unten höre? Ich hätte schwören können, daß ich dort unten einen Löwen hörte. Also das ist es«, sagte ich.

»Nein, nein, nein«, sagte er in seiner sanften Art. »Das ist es nicht, Mr. Henderson-Sungo. Sie haben ein ganz anderes Tier gehört. Ich habe Gmilo noch nicht gefangen. Darum bin ich im Amt des Königs noch nicht voll bestätigt. Sie finden mich erst auf halber Strecke. Um Ihren Ausdruck zu übernehmen, auch ich muß mein Werden vollenden.«

Trotz all der bestürzenden Eindrücke des gestrigen Tages begriff ich allmählich, warum ich mich beim ersten Anblick des Königs so beruhigt gefühlt hatte. Es tat mir wohl, hier mit ihm zu sitzen; es tat mir ungewöhnlich wohl. Er hatte seine langen Beine ausgestreckt, hatte den Rücken gebeugt, die Arme waren auf der Brust gekreuzt, und in seinem Gesicht lag ein grüblerischer, aber heiterer Ausdruck. Seine wulstigen Lippen öffneten sich hin und wieder zu einem leisen nachdenklichen Summen. Es erinnerte mich an den Laut, den man manchmal aus einem Kraftwerk kommen hört, wenn man an einem Sommerabend in New York daran vorüberkommt: die Türen sind offen, alles Messing und aller Stahl ist in Bewegung, glänzt unter einem kleinen Licht, und ein alter Mann in Drillichanzug und Pantoffeln raucht eine Pfeife, umgeben von dieser Fülle elektrischer Kraft. Wahrscheinlich bin ich magischen Eindrücken mehr zugänglich als irgendein Mensch. Entgegen allem äußeren Anschein bin ich höchst mediumistisch und beeinflußbar. ›Henderson‹, sagte ich zu mir, und nicht zum ersten Male, ›es ist einer dieser *luth suspendu*-Fälle *sitôt qu'on le touche il résonne*. Und du hast gestern gesehen, wenn du es bisher nie gesehen hast, was Wildheit sein kann, dieses Ballspielen mit dem Schädel des eigenen Vaters. Und nun jetzt das mit den Löwen. Löwen! Und der Mann hat ein fast abgeschlossenes Medizinstudium. Das Ganze ist verrückt.‹ Das sagte ich mir im stillen.

Aber dann mußte ich auch daran denken, daß ich mit dieser inneren Stimme herumlief, die ständig *Ich darbe* wiederholte, rasend und fordernd, Verwirrung anrichtend, begehrend, begehrend, und ständig enttäuscht, und die mich weiterjagte, wie Treiber das Wild. Ich konnte dem Leben keine Forderungen stellen, sondern mußte mich seinen Bedingungen unterwerfen. Aber in gewissen Augenblicken wäre ich froh gewesen, hätte ich nur sagen können, daß mein Fieber allein all das verursacht hatte, was geschehen war, seit ich mich von Charlie und seiner Braut getrennt und mich auf meine eigene Expedition begeben hatte – die Arnewi, die Frösche, Mtalba, und die Leiche und das Dahinrasen in Weinlaub mit diesen Riesenfrauen. Und jetzt diese machtvolle schwarze Persönlichkeit, die mich beruhigte – aber war Dahfu zu trauen? Wieweit war ihm zu trauen? Und ich selbst lief hier in der grünen Seidenhose umher, die zu dem Amt des Regenkönigs gehört. Ich litt, horchte auf meine Stimme, strengte meine Ohren an und meine mißtrauischen Augen. Oh! Wie soll ein Mann gebrochen werden, dem die Wirklichkeit keine feste Wohnung gegeben hat! Wie soll er gebrochen werden! Jetzt saß ich in diesem Palast mit seinen rohen roten Wänden und den weißen Felsen, zwischen denen die Blumen blühten. An der Tür waren Amazonen und, vor allem, diese grimmige alte Tatu mit den großen Nüstern. Sie saß unter ihrer Soldatenmütze träumend auf dem Fußboden.

Trotz allem spürte ich, als wir uns hier unterhielten, daß wir Männer von ungewöhnlichem Format waren. Die Vertrauenswürdigkeit war etwas für sich.

In diesem Augenblick begann eine Unterhaltung, die nirgendwo in der Welt eine Wiederholung finden konnte. Ich zog die grüne Hose ein wenig hoch. Mein Kopf fieberte, aber ich forderte mir selbst Entschlossenheit ab, und ich sagte mit fester Stimme: »Majestät, ich habe nicht die Absicht, vor den Folgen der Wette zu kneifen. Ich habe bestimmte Grundsätze. Aber ich weiß noch immer nicht, worauf das alles hinausläuft, daß ich hier als Regenkönig verkleidet herumlaufe.«

»Es ist nicht nur eine Verkleidung«, sagte Dahfu. »Sie sind der Sungo. Es ist buchstäblich zu nehmen, Mr. Henderson. Ich hätte aus Ihnen keinen Sungo machen können, wenn Sie nicht die Kraft besessen hätten, Mummah von der Stelle zu bewegen.«

»Gut, dann ist das okay – aber all das übrige, das mit den Göttern? Mir war dabei sehr übel, Hoheit, ich sage Ihnen das ganz offen. Ich habe nie behaupten können, daß ich ein sehr gutes Leben führte. Ich bin sicher, es steht in jedem meiner Gesichtszüge geschrieben . : .« Der König nickte. »Ich habe eine Menge angestellt, sowohl als Soldat wie als Zivilist. Ich sage es rundheraus, ich verdiene es nicht einmal, daß man auf Toilettenpapier von mir schreibt. Aber als ich sah, wie die Leute anfingen Mummah und Hummat und all die übrigen zu schlagen, fiel ich zu Boden. Es wurde dort draußen ziemlich dunkel, und ich weiß nicht, ob Sie das gesehen haben oder nicht.«

»Ich habe Sie gesehen. Es entspricht nicht meiner Vorstellung vom Sein, Henderson.« Der König sprach leise. »Ich habe völlig andere Vorstellungen. Sie werden sehen. Aber wollen wir ganz unter uns sprechen?«

»Wollen Sie mir einen Gefallen tun, Hoheit, einen großen Gefallen? Den größten Gefallen, der sich denken ließe?«

»Gewiß. Ja, sicher.«

»Also gut denn, es handelt sich darum: Sind Sie bereit, sich von mir die Wahrheit sagen zu lassen? Darin liegt meine einzige Hoffnung. Wenn nicht, mag meinetwegen alles zum Teufel gehen.«

Er begann zu lächeln. »Wie könnte ich Ihnen dies verweigern? Ich freue mich darüber, Henderson-Sungo, aber Sie müssen mich dieselbe Bitte stellen lassen, es wird wertlos sein, wenn es nicht gegenseitig geschieht. Aber haben Sie eine Vorstellung über die Form, in der die Wahrheit hinzunehmen ist? Sind Sie darauf vorbereitet, wenn sie in einer anderen, nicht erwarteten, Form erscheint?«

»Majestät, es ist abgemacht. Dies ist ein Pakt zwischen uns. Ach, Sie verstehen nicht, welch einen großen Gefallen Sie mir tun. Als ich die Arnewi verließ (und ich kann Ihnen ruhig sagen, daß ich mich dort blöd benahm – vielleicht wissen Sie es), dachte ich, daß ich meine letzte Chance verspielt hätte. Ich war gerade im Begriff, mir über das Grun-tu-molani klarzuwerden, als diese furchtbare Geschichte geschah, die allein mein Verschulden war, und ich zog betrübt davon. Oh, ich war gedemütigt. Sie sehen, Hoheit, ich denke ständig über den Schlaf des Geistes nach und wann er wohl je gesprengt werden wird. Gestern daher, als ich der Regenkönig wurde – oh, was war das für ein Erlebnis! Wie werde ich es jemals Lily (meiner Frau) begreiflich machen?«

»Ich verstehe dies durchaus, Mr. Henderson-Sungo. Ich wünschte inständig, Sie eine Zeitlang bei mir zu behalten, da ich hoffe, daß wir uns über Wichtiges aussprechen könnten. Denn ich finde es nicht leicht, mich meinem eigenen Volk verständlich zu machen. Nur Horko ist überhaupt draußen in der Welt gewesen, und auch mit ihm kann ich mich nicht offen aussprechen. Man ist hier gegen mich ...«

Das vertraute er mir fast wie ein Geheimnis an, und nachdem er gesprochen hatte, schlossen sich seine breiten Lippen, und es wurde still in dem Kabinett. Die Amazonen lagen auf dem Boden, als schliefen sie – Tatu mit ihrer Mütze und die anderen beiden nackt, bis auf die wamsartigen Dinger, die sie trugen. Ihre schwarzen Augen waren nur leicht geöffnet, beobachteten aber scharf. Ich konnte hören, wie sich die Frauen hinter der dicken Tür unseres Kabinetts bewegten.

»Sie haben recht, Hoheit«, sagte ich. »Es geht nicht nur darum, auf die Wahrheit gefaßt zu sein. Es geht auch noch um etwas anderes: um Einsamkeit. Als wäre ein Mensch sein eigenes Grab. Wenn er aus diesem Grab heraussteigt, vermag er das Gute nicht vom Schlechten zu unterscheiden. So geht es mir zum Beispiel seit einiger Zeit durch den Kopf, daß eine Verbindung zwischen der Wahrheit und Schlägen besteht.«

»Was heißt das wieder? Was meinen Sie . . .?«

»Ich meine folgendes. Als ich im letzten Winter Holz hackte, sprang ein Stück von dem Klotz in die Höhe und zerschlug mir meine Nase. Und das erste, was ich dabei dachte, war *Wahrheit*!«

»Ach«, sagte der König, und dann begann er, vertraulich und leise von vielem zu sprechen, von dem ich bisher nie etwas gehört hatte, und ich starrte ihn mit weit aufgerissenen Augen an. »Wie die Dinge liegen«, sagte er, »mag dies vielleicht einen Zusammenhang mit dem Fall haben. Ich glaube nicht, daß es wirklich so ist. Aber ich habe das Gefühl, die menschliche Natur folgt einem Gesetz, in dem die Gewalt eine Rolle spielt. Der Mensch ist ein Wesen, das unter Schlägen nicht stillhalten kann. Nehmen wir einmal das Pferd – es braucht nie Rache. Auch nicht der Ochse. Aber der Mensch ist ein Rache-Wesen. Wenn er bestraft wird, sinnt er darauf, von der Bestrafung loszukommen. Kann er von der Bestrafung nicht loskommen, droht sein Herz daran zu vermodern. So ist es wohl – glauben Sie nicht, Mr. Henderson-Sungo? Der Bruder erhebt seine Hand gegen den Bruder und der Sohn gegen den Vater (wie schrecklich!) und der Vater auch gegen den Sohn. Außerdem ist es auch eine Sache der Kontinuität, denn schlüge der Vater nicht den Sohn, wären sie sich nicht gleich. Es geschieht, um die Ähnlichkeit zu verewigen. Oh, Henderson, der Mensch kann unter den Schlägen nicht stillhalten. Wenn er es im Augenblick muß, wird er seine Augen niederschlagen und im stillen auf Mittel sinnen, sich von den Schlägen freizumachen. Diese Urschläge spürt jeder noch heute. Den ersten soll Kain versetzt haben, aber wie konnte das geschehen? In der Zeiten Anfang erhob sich eine Hand, die zuschlug. Daher zucken die Menschen noch immer zurück. Alle sind von dem Wunsch beseelt, sich selbst zu retten und zu befreien und den Schlag auf die anderen abzuwälzen. Und darin sehe ich die irdische Gewalt. Was aber den Wahrheitsgehalt der Gewalt betrifft, so ist das eine andere Frage.«

Das Kabinett war nur noch Schatten, aber die Hitze mit ihrem Duft von verbrennenden Pflanzen erfüllte die Luft.

»Einen Augenblick, Sire«, sagte ich; ich runzelte die Stirn und biß mich auf die Lippen. »Lassen Sie mich sehen, ob ich Sie recht verstanden habe. Sie sagen, die Seele werde sterben, wenn sie nicht jemandem das Leid zufügen kann, an dem sie selber leidet?«

»Eine Zeitlang, ich bedaure, es sagen zu müssen, empfindet sie dann Frieden und Freude.«

Ich zog die Brauen hoch, und das war nicht ganz einfach, denn die Peitschenhiebe auf die ungeschützten Teile meines Gesichtes waren gräßlich. Ich warf dem König einen meiner erstaunten Blicke zu, aus dem einen Auge. »Sie bedauern, das sagen zu müssen, Hoheit? Ist das der Grund, weswegen ich und die Götter geschlagen werden mußten?«

»Ja, Henderson, ich hätte Sie besser aufklären müssen, als Sie den Wunsch äußerten, Mummah von der Stelle zu bewegen. Insoweit haben Sie recht.«

»Aber Sie glaubten, ich sei der geeignete Mann dafür, und Sie glaubten es, ehe ich mich richtig umgesehen hatte.« Dann hörte ich mit den Vorwürfen auf. Ich sagte: »Sie müssen etwas wissen, Hoheit: es gibt Menschen, die Böses mit Gutem vergelten können. Sogar ich verstehe das. Trotz meiner Verrücktheit.« Ich begann am ganzen Leibe zu zittern, als mir klar wurde, auf welcher Seite ich dabei stand und die ganze Zeit gestanden hatte.

Merkwürdigerweise merkte ich, daß er mit mir einer Meinung war. Es erfreute ihn, daß ich dies gesagt hatte. »Jeder mutige Mann wird so denken«, sagte er. »Er wird nicht leben wollen, indem er den Zorn weitergibt. A schlug B? B schlug C? – wir haben nicht genug Buchstaben für die ganze Kette. Ein mutiger Mann wird versuchen, das Übel bei sich enden zu lassen. Er wird den Schlag bei sich behalten. Kein Mensch wird ihn von ihm bekommen, und das ist ein edles Streben. Ein Mann wirft sich in das Meer der Schläge und sagt, er glaube nicht, es sei unendlich. Auf diese Weise sind viele tapfere Menschen gestorben. Aber noch viel mehr, die mehr ungeduldig als tapfer waren. Die sagten: ›Genug Last an Zorn. Ich kann nicht ertragen, daß mein Nacken unfrei sein soll. Ich kann nichts mehr von diesem widerlichen Fruchtbrei essen.‹«

Ich möchte an dieser Stelle erklären, daß König Dahfus Schönheit mich ebenso bewegte wie seine Worte, wenn nicht sogar mehr. Seine schwarze Haut schimmerte wie von der Feuchtigkeit, die sich auf Pflanzen sammelt, wenn sie in voller Blüte stehen. Sein Rücken war lang und muskulös. Seine schwellenden Lippen waren leuchtend rot. Menschliche Vollkommenheit ist kurzlebig, und wir lieben sie vielleicht mehr, als wir sollten. Aber ich konnte nicht dagegen an. Es geschah unfreiwillig. Ich fühlte einen stechenden Schmerz im Zahnfleisch, wo sich so etwas ohne meinen Willen selber registriert, und da wußte ich, wie sehr der König mich beeindruckte.

»Aber auf die Dauer gesehen haben Sie recht, und Böses mit Gutem zu vergelten, ist sicherlich die rechte Antwort. Auch ich unterschreibe das, aber es scheint in weiter Ferne zu liegen, jedenfalls für die menschliche Gattung als Ganzes. Vielleicht bin ich nicht der rechte Mann für eine Prophezeiung, Sungo, aber ich glaube, das Edle wird sich in der Welt durchsetzen.«

Ich zitterte; ich bebte, als ich das hörte. Bei Gott! Ich hätte alles hingegeben, was ich besaß, um das von einem anderen zu hören. Mein Herz war so erregt, daß ich spürte, wie mein Gesicht sich in die Länge zog, bis es so lang gewesen sein muß wie ein Häuserblock. Ich loderte von Fieber und geistiger Erregung über die Erhabenheit unseres Gesprächs, und ich sah die Dinge nicht nur doppelt oder dreifach, sondern in unzähligen flimmernden Farben, Gold, Rot, Grün, Umbra und so weiter, die alle konzentrisch um jeden Gegenstand herumflossen. Manchmal schien mir Dahfu dreimal so groß, wie er in Wirklichkeit war, mit diesem Spektrum um sich herum. Überlebensgroß ragte er vor mir auf und sprach mit mehr als einer Stimme. Ich griff durch die grüne seidene Hose des Sungo nach meinen Beinen, und ich bin sicher, daß ich in diesem Augenblick von Sinnen gewesen sein muß. Leicht. Ich war wirklich außer mir, und ich weiß, was ich damit sage. Der König behandelte mich mit klassisch afrikanischer Würde, und sie ist einer der Gipfel des menschlichen Verhaltens. Ich weiß nicht, wo sonst Menschen noch so edel sein können. Hier, im Mittelpunkt der Finsternis, in einem kleinen Raum in einer verborgenen Falte unweit des Äquators, in dieser gleichen Stadt, wo ich unter dem Mond und den blauen Wäldern des Himmels mich mit der Leiche auf meinem Rücken abgemüht hatte. Angenommen, eine Spinne bekäme einen Raptus und finge plötzlich an, eine Abhandlung über Botanik von sich zu geben oder über sonst etwas – ein verwandeltes Ungeziefer, können Sie mir folgen? Genauso griff ich nach den Worten des Königs über die Stunde des Edlen in der Welt.

»König Dahfu«, sagte ich, »ich hoffe, Sie werden mich als Ihren Freund betrachten. Ich bin von dem, was Sie sagen, tief beeindruckt. Obgleich ich von all dem Neuen – dem Fremden – ein wenig benebelt bin. Dennoch fühle ich mich hier glücklich. Gestern habe ich eine Tracht Prügel bekommen. Nun schön. Da ich irgendwie der Typ des Dulders bin, freue ich mich wenigstens, daß es zur Abwechslung mal zu etwas nütze war. Aber gestatten Sie mir die Frage, wann das Edle seine Stunde haben wird – wie soll das je vor sich gehen?«

»Sie möchten gern wissen, was mir eine solche Zuversicht gibt, daß meine Prophezeiung sich schließlich einmal erfüllen wird?«

»Ja, sicher«, sagte ich, »natürlich bin ich außerordentlich neugierig. Ich meine, welches praktische Verfahren empfehlen Sie?«

»Ich verhehle nicht, Mr. Henderson-Sungo, daß ich davon eine Vorstellung habe. In der Tat wünsche ich nicht, daß es mein Geheimnis bleiben soll. Ich bin sehr darauf aus, es Ihnen mitzuteilen. Ich freue mich, daß Sie mich als Freund betrachten wollen. Ohne Vorbehalt, ich beginne eine ähnliche Haltung Ihnen gegenüber einzunehmen. Ihre Ankunft hat mich mit Freude erfüllt. Die mit dem Sungo verbundenen Unannehmlichkeiten bedaure ich wirklich aufrichtig. Wir konnten nicht umhin, Sie uns dienstbar zu machen. Der Grund liegt in den äußeren Umständen. Sie werden mir verzeihen.« Dies war praktisch ein Befehl, na schön. Aber ich gehorchte ihm nur zu gern, und ich verzieh ihm auch. Ich war noch nicht so verrottet oder vom Leben auf den Kopf geschlagen, um das Außergewöhnliche nicht zu erkennen. Ich sah, daß er eine Art Genie war. Weit mehr als das. Ich erkannte, daß er ein Genie meines eigenen geistigen Typs war.

»Ja, gewiß, Hoheit. Das ist gar keine Frage. Ich wollte durchaus, daß Sie sich gestern meiner bedienten. Ich sagte es ja selbst.«

»Schön, ich danke Ihnen, Mr. Henderson-Sungo. Das also ist erledigt. Wissen Sie, daß Sie vom Fleisch-Standpunkt aus etwas wie eine Sondererscheinung sind? Sie sind ziemlich monumental. Ich meine rein körperlich.«

Bei dieser Bemerkung wurde ich ein wenig steif, denn sie klang etwas doppeldeutig, und ich sagte: »So?«

Der König rief: »Wir wollen doch nichts von unserem Wahrheitspakt zurücknehmen, Mr. Henderson!«

Daraufhin stieg ich von meinem hohen Roß herunter. »Oh, nein, Hoheit. Er bleibt bestehen«, sagte ich. »Komme, was wolle. Es war kein faules Gerede. Ich meinte es ernst mit jedem Wort, und ich möchte, daß Sie mir davon nichts erlassen.«

Das gefiel ihm, und er sagte: »Ich bemerkte vorhin, im Hinblick auf die Wahrheit sei ein Mensch vielleicht nur bereit, das hinzunehmen, was er von vornherein als wahr betrachtet hat. Ich bezog mich auf Ihren äußeren Menschen als Gestalt. Sie spricht in vieler Hinsicht für sich.«

Er warf einen Blick auf den Haufen Bücher neben seinem Sitz, als hätten sie damit etwas zu tun. Ich drehte den Kopf ihnen zu, um die Titel zu lesen, aber im Raum war es dafür zu dämmerig.

Er sagte: »Sie sehen so grimmig aus.«

Das ist mir nichts Neues; dennoch – aus seinem Munde verletzte mich diese Bemerkung. »Nun, was wollen Sie?« sagte ich. »Ich bin der Typ Mann, der nicht ohne Entstellung überleben kann. Das Leben hat mich durchgeknetet. Es war auch nicht nur der Krieg ... Ich wurde schwer verwundet, wie Sie wissen. Aber die Schüsse des Lebens ...« Ich schlug mir auf die Brust. »Genau hier! Wissen Sie, was ich meine, König? Aber natürlich will ich nicht, daß selbst ein Leben wie das meine weggeworfen wird, wenn ich auch bisweilen mit Selbstmord gedroht habe. Wenn ich keinen aktiven Beitrag leisten kann, möchte ich wenigstens etwas illustrieren. Auch wenn ich davon eigentlich nichts weiß. Ich scheine gar nichts zu illustrieren.«

»Oh, das ist eine irrige Annahme. Sie illustrieren ganze Bände«, sagte er. »Für mich sind Sie ein Schatz an Illustrationen. Ich verurteile Ihre äußere Erscheinung nicht. Ich sehe nur in Ihrer Konstitution die Welt. Bei meinen medizinischen Studien ist das für mich eines der erregendsten Erlebnisse gewesen, und ich habe selbständig systematisch die verschiedenen Typen studiert; dabei gelangte ich zu einem ganzen Klassifikationssystem, folgendem: Die Agonie. Der Appetit. Der Halsstarrige. Der immune Elefant. Das schlaue Schwein. Der schicksalhafte Hysterische. Der Todbereite. Der Phallus-Protz oder Nur-Zeuger. Der Tiefschläfer. Der vom Narzißrausch Trunkene. Die idiotischen Lacher. Die Pedanten. Die kämpfenden Lazarusse. Oh, Henderson-Sungo, wie viele Gestalten und Formen! Unzählige!«

»Ja. Das ist ein tolles Thema!«

»In der Tat. Ich habe ihm Jahre gewidmet, und ich habe auf meinem ganzen Wege von Lamu nach Istanbul und Athen Beobachtungen angestellt.«

»Eine dicke Scheibe Welt«, sagte ich. »Dann sagen Sie mir doch, was illustriere ich am meisten?«

»Nun«, sagte er, »alles an Ihnen, Henderson-Sungo, schreit hinaus: ›Erlösung, Erlösung! Was soll ich tun? Was muß ich tun? Sofort! Was wird aus mir werden?‹ und so weiter. Das ist schlimm.«

In diesem Augenblick hätte ich nicht verheimlichen können, wie erstaunt ich war, selbst wenn ich den Doktor im Verheimlichen gemacht hätte, und ich grübelte darüber nach: »Ja. Das wollte Willatale mir wohl nach und nach sagen. Ihr Grun-tu-molani war nur ein Ausgangspunkt.«

»Ich kenne diesen Arnewi-Ausdruck«, sagte der König. »Ja, ich bin auch dort gewesen, bei Itelo. Ich verstehe, was dieses Grun-tu-molani bedeutet. Ja, wirklich. Und ich kenne auch die Dame, ein Prachtexemplar, ein menschliches Juwel, ein Triumph des Typus – ich beziehe mich auf mein Klassifikationssystem. Zugegeben, Grun-tu-molani ist viel, aber es allein reicht nicht aus. Es ist mehr vonnöten, Mr. Henderson. Ich kann Ihnen jetzt etwas zeigen – etwas, ohne das Sie mein spezielles Ziel und auch meinen besonderen Gesichtspunkt nicht ganz begreifen werden. Wollen Sie mit mir kommen?«

»Wohin?«

»Ich kann es nicht sagen. Sie müssen mir vertrauen.«

»Nun gut. Okay. Ich nehme an . . .«

Meine Zustimmung war alles, was er wollte, er erhob sich, und Tatu, die mit der Soldatenmütze über ihren Augen an der Wand gesessen hatte, erhob sich gleichfalls.

16

Aus diesem kleinen Raum kam man durch eine Tür in eine lange, von Stroh geschützte Galerie. Tatu, die Amazone, ließ uns hinaus und folgte uns dann. Der König war mir auf dem Wege durch diese Privatgalerie bereits weit voraus. Ich versuchte, ihn einzuholen, und die Notwendigkeit, schneller zu gehen, ließ mich spüren, wie das gestrige Gerenne meine Füße zerschunden hatte. So humpelte und schlurfte ich dahin, während Tatu mit ihrem festen militärischen Schritt hinter mir kam. Sie hatte die Tür des kleinen Kabinetts von außen verriegelt, so daß niemand folgen konnte, und nachdem wir die etwa fünfzehn Meter lange Galerie durchquert hatten, schob sie einen anderen schweren Holzriegel an der Tür am dortigen Ende zur Seite. Er muß schwer wie Eisen gewesen sein, denn ihre Knie knickten ein, aber die alte Frau war kräftig gebaut und verstand ihr Handwerk. Der König ging hindurch, und ich sah eine Treppe, die hinunterführte. Sie war ziemlich breit, aber finster – ein schwarzer Abgrund. Dieser Finsternis entstieg ein widerwärtiger Modergeruch, der mir vorübergehend den Atem verschlug. Aber der König schritt unangefochten in die modernde Finsternis hinein, und ich dachte: »Hier wäre eine Grubensicherheitslampe oder ein Käfig mit Kanarienvögeln angebracht«, und ich versuchte, die ängstlichen Bedenken aus meinem Herzen zu verscheuchen. ›Aber schön‹, dachte ich, ›wenn ich unbedingt soll, gehe ich eben hinunter. Eins, zwei, drei, und jetzt los, Hauptmann Henderson.‹ Sie sehen, in einem solchen Augenblick pflegte ich an mein soldatisches Ich zu appellieren. So meisterte ich meine Angstgefühle, hauptsächlich indem ich meine Beine marschieren ließ, und betrat diese Finsternis. »König«, sagte ich, als ich drin war. Aber es kam keine Antwort. Meine Stimme zitterte, ich hörte es selbst, und dann vernahm ich unten das rasche Stampfen von Schritten. Ich streckte beide Arme aus, fand aber kein Geländer und keine Wand. Durch den vorsichtigen Gebrauch meiner Füße entdeckte ich jedoch, daß die Treppe breit und gleichmäßig war. Alles Licht von oben wurde abgeschnitten, als Tatu die Tür zuschlug. Im nächsten Augenblick hörte ich einen schweren Riegel einschnappen. Jetzt hatte ich nur noch die Wahl, entweder gleichfalls hinunterzusteigen oder mich hinzusetzen und zu warten, bis der König zu mir zurückkehrte. Mit der zweiten Möglichkeit setzte ich mich der Gefahr aus, seine Achtung und alles übrige sonst zu verlieren, was ich gestern dadurch gewonnen, daß ich Mummah bezwungen hatte. Deshalb ging ich weiter, und dabei sagte ich mir, was für ein ungewöhnlicher und wahrscheinlich großer Mann dieser König war, daß er geradezu ein Genie sein mußte, wie erstaunlich seine persönliche Schönheit war, wie mich sein nachdenkliches Summen an jenes Elektrizitätswerk in der 16. Straße in New York an einem heißen Abend erinnert hatte, daß wir Freunde und durch einen Wahrheitspakt verbunden waren; schließlich, daß er prophezeit hatte, das Edle habe eine größere Zukunft als je zuvor. Von all dem sprach mich das letzte am stärksten an. Daher tappte ich mit wunden Füßen dem König nach und sagte mir immer wieder: »Hab' Vertrauen, Henderson, es wird langsam Zeit, daß du ein wenig Vertrauen hast.« Plötzlich wurde es etwas heller, und das Ende der Treppe kam in Sicht. Ihre Breite hing mit der architektonischen Plumpheit des Palastes zusammen. Ich befand mich jetzt unter dem Gebäude. Aus einer engen Öffnung über meinem Kopf kam Tageslicht; dieses Licht war ursprünglich gelb, wurde aber durch den Kontakt mit den Steinen grau. In der Öffnung saßen zwei Eisenstacheln, die sogar ein Kind am Hindurchkriechen hinderten. Als ich mir meine Lage besah, entdeckte ich einen kleinen Durchgang, der aus dem Granit ausgehauen war und zu einer anderen Treppe hinunterführte, die gleichfalls aus Stein bestand. Sie war schmal und führte sehr tief hinab, und bald stellte ich fest, daß sie brüchig war, daß durch die Spalten Gras sproß und Erde drang. »König«, rief ich, »König, hallo, sind Sie dort unten, Hoheit?«

Aber von unten kam nichts als leichte warme Luftstöße, die die Spinnweben hochwehten. ›Warum rennt der Kerl denn nur so?‹ dachte ich, und meine Backen zuckten, und ich stieg weiter hinunter. Statt kälter zu werden, erschien die Luft wärmer, das Licht füllte den steinernen Raum wie eine graue und gelbe Flüssigkeit, die Oberflächen der Wand wirkten als Filter, denn die Atmosphäre war so gleichmäßig verteilt wie Wasser. Ich erreichte schließlich den Boden, die allerletzten Stufen waren aus Erde und die Fundamente der Mauern mit Erde vermischt. Das erinnerte mich an die Vision des gesprenkelten Zwielichts in jenem Aquarium in Banyules-sur-Mer, wo ich das Tier, den Tintenfisch, seinen Kopf gegen das Glas pressen sah. Aber während ich dort Kälte verspürt hatte, wurde mir hier sehr warm. Ich schritt voran, dabei hatte ich das Gefühl, daß meine Aufmachung – der Helm natürlich, aber auch die grüne Seidenhose des Regenkönigs, die leicht und dünn war – zu übertrieben, ein Hemmschuh für mich war. Allmählich gaben die Mauern immer mehr Raum und weiteten sich zu einer Art Höhle. Links versank der Tunnel in Finsternis. Sie zu betreten, hatte ich durchaus nicht die Absicht. Rechts erhob sich eine halbrunde Wand, in der sich eine große, mit Holz verrammelte Tür befand. Sie war halb geöffnet, und an der Ecke dieser Tür sah ich Dahfus Hand. Für etwa zwanzig Sekunden war das alles, was ich von ihm sah, aber ich brauchte mich jetzt nicht mehr zu fragen, wo er mich hingeführt hatte. Ein leiser knurrender Laut hinter der Tür sagte genug. Es war die Höhle des Löwen. Und weil die Tür nur angelehnt stand, hielt ich es für ratsam, mich nicht zu rühren. Ich blieb, wo ich war, wie angegossen stehen, denn zwischen mir und dem Tier, von dem ich jetzt von Zeit zu Zeit flüchtig etwas sah, befand sich nur der König. Dieses Tier war nicht das, das er einfangen mußte. Ich konnte mir noch nicht genau erklären, in welcher Beziehung der König zu ihm stand, aber ich stellte fest, daß er selbst nicht zögerte, hineinzugehen, daß er jedoch das Tier auf mich vorbereiten mußte. Er erwartete von mir, daß ich mit ihm die Höhle betrat. Das stand außer Frage. Und als ich jetzt diesen knurrenden, leisen, gefährlichen Laut hörte, den das Tier von sich gab, hatte ich das Gefühl, ich säße rittlings auf einem Seil. Es schien zwischen meinen Knien hindurchzulaufen. Ich befahl mir strikt, Vertrauen zu haben, aber als Soldat hatte ich auch an meine Rückzugsmöglichkeit zu denken, und hier befand ich mich in einer Zwickmühle. Lief ich die Treppe hinauf, stieße ich oben auf eine verriegelte Tür. Klopfen oder Schreien würde zu nichts führen. Tatu würde niemals öffnen, und ich sah mich bereits den ganzen Weg hinaufgejagt und dort liegen und das Tier sein Gesicht in meinem Blut waschen. Ich vermutete, daß die Leber als erstes daran glauben müsse, da das bei Raubtieren so üblich ist; sie fressen das nahrhafteste und wertvollste Organ sofort. Mein anderer Weg führte in jenen dunklen Tunnel, und der, nahm ich an, führte wahrscheinlich zu einer weiteren verschlossenen Tür. So stand ich dort also in dieser traurigen grünen Hose mit den fleckigen Shorts darunter und versuchte, mich selbst stahlhart zu machen. Inzwischen schwoll das Brummen und Knurren an und ab, und ich vernahm auch die Stimme des Königs; er sprach auf das Tier ein, manchmal auf Wariri und manchmal auf Englisch, vielleicht zu meinem Besten, um mich zu beruhigen. »Ruhig, ruhig, Liebling. Hier, hier, meine Gute.« Es war also ein Weibchen, und er sprach leise und eindringlich, besänftigend, und ohne die Stimme zu erheben, sagte er zu mir: »Henderson-Sungo, sie weiß jetzt, daß Sie hier sind. Sie müssen jetzt allmählich dichter herankommen – nach und nach.«

»Wirklich, Hoheit?«

Er streckte mir von der Tür her seine Hand entgegen, und seine Finger bewegten sich. Ich trat einen Schritt vor, und ich kann nicht leugnen, daß in mein Bewußtsein der Schatten des Katers fiel, den ich unter dem Bridgetisch zu erschießen versucht hatte. Außer dem Arm des Königs konnte ich nur wenig sehen. Er winkte mich weiter zu sich heran, und ich machte in meinen mit Gummi besohlten Schuhen ausnehmend kleine Schritte. Die Knurrlaute des Tieres waren jetzt für mich so scharf wie Dorne, und vor meinen Augen kamen und gingen matte Flecke von der Größe eines Silberdollars. Zwischen diesen Sekunden, in denen ich wie blind war, konnte ich sehen, wie der Körper des Tiers vor der Öffnung hin und her strich – das ruhige, blutdürstige Gesicht, die durchdringenden Augen und die wuchtigen Tatzen. Der König faßte hinter sich und berührte mich; er umklammerte mit seinen Fingern meinen Arm und zog mich an seine Seite. Jetzt hielt er mich in seinem Arm. »König, wozu brauchen Sie mich hier?« flüsterte ich. Die Löwin stieß mich beim Wenden an, und als ich sie spürte, seufzte ich auf.

Der König sagte: »Verhalten Sie sich ganz still«, und er sprach wieder zu der Löwin, er sagte: »Oh, mein Liebling, meine Gute, das ist Henderson.« Sie rieb sich an ihm, so daß ich den Druck ihres Gewichts durch seinen Körper hindurch fühlte. Sie reichte uns bis gut über die Hüften. Als er sie berührte, kräuselte sich ihr bärtiges Maul, so daß die Wurzel eines jeden Haars schwarz erschien. Dann entfernte sie sich, kehrte hinter uns um, kam wieder zurück und begann dieses Mal mich zu untersuchen. Ich fühlte, wie ihr Maul sich zunächst in meine Achselhöhlen schob, sich dann zwischen meine Beine wühlte, was natürlich mein Glied schnellstens unter meinem Wanst Schutz suchen ließ. Der König hatte mich umfaßt und stützte mich und sprach weiterhin leise und besänftigend auf die Löwin ein, deren Atem die grüne Seide der Sungo-Hose aufblähte. Ich klemmte die Innenseite meiner Wange zwischen die Zähne samt der zerbrochenen Brücke, während sich meine Augen langsam schlossen und mein Gesicht, wie ich deutlich spürte, sich zu einer einzigen Maske der Ergebung in das Schicksal verwandelte. In das Leiden. (Hier ist alles, was von einem gewissen Leben übrigbleibt, nimm es hin, sagte mein Ausdruck.) Die Löwin aber wendete den Kopf von meinen Schenkeln ab und begann noch einmal hin und her zu gehen, und der König (mein Tröster) sagte zu mir: »Henderson-Sungo, es ist alles in Ordnung. Sie wird nichts gegen Sie haben.«

»Woher wissen Sie das?« sagte ich mit trockener Kehle.

»Woher ich das weiß!« Er sprach mit betonter Zuversicht. »Woher *ich* das weiß?« Er lachte leise auf und sagte: »Weil ich sie kenne – es ist doch Atti.«

»Ausgezeichnet! Ihnen mag das selbstverständlich erscheinen«, sagte ich, »aber mir ...« Hier brach mein Satz ab, denn die Löwin kam gerade wieder auf uns zu, und ich fing einen Blick aus ihren Augen auf. Sie waren so groß, so durchdringend, zwei grimmige Kreise. Dann ging sie an mir vorüber, wobei sie an Dahfus Seite entlangstrich; ihre Wamme schwang leise hin und her, und sie drehte sich wieder um und schob den Kopf, Zärtlichkeit suchend, unter Dahfus Hand. Sie trottete wieder zu der anderen Seite der Höhle, dieses großen, von steinernen Wänden umgebenen Raumes, der das graue und gelbe Licht filterte. Sie lief an den Mauern entlang zurück, und wenn sie knurrte, waren die Schnurrhaare an der Wurzel ihres Bartes samten und dunkel. Der König rief sie, freudig, spielerisch, nasal, afrikanisch und singend: »Atti, Atti.« Und er sagte: »Ist sie nicht ausnehmend schön?« Dann belehrte er mich: »Sie werden still stehen bleiben, Mr. Henderson-Sungo.« Erregt flüsterte ich: »Nein, nein, bewegen Sie sich nicht«, aber er achtete nicht darauf. »König, um des Himmels willen«, sagte ich. Er versuchte mir zu bedeuten, daß ich mir keine Gedanken machen solle, war aber so mit seiner Löwin beschäftigt, als er mir zeigte, wie innig die Beziehung zwischen ihnen war, daß sein Schritt, als er sich von mir entfernte, den Sprüngen ähnelte, die er gestern beim Werfen der Schädel in der Arena getan hatte. Ja, genau wie gestern tanzte und sprang er in seinen goldbestickten weißen Pantoffeln, mit kraftvollen Beinen. Diese Beine in der sauberen engen Hose hatten etwas Stolzes und offenbar auch Glückliches. Selbst in meiner höchsten Furcht hatte ich den Eindruck, daß ein Mann mit solchen Beinen Glück haben müsse. Ich wünschte allerdings, daß er mit seinem Glück nicht Schindluder trieb oder seine Beziehung zu der Löwin gerade auf diese Weise zur Schau stellte, da soviel Vertrauen oft der Auftakt zu einem Fiasko sein kann – oder meine Erfahrung ist keinen Heller wert. Noch immer trottete die Löwin, den Kopf unter seine Finger geschmiegt, neben ihm her. Er führte sie von mir fort zur entgegengesetzten Seite der Höhle, wo an der Mauer auf schweren Pfosten eine hölzerne Plattform oder Bank errichtet war. Hier setzte er sich nieder, legte ihren Kopf auf sein Knie, kraulte und streichelte sie, und die Löwin tat dabei so, als boxe sie mit ihm. Sie saß auf ihren Schenkeln, während ihre Tatzen zuschlugen. Ich sah, wie sich ihre Schultern bewegten, als der König an ihren kleinen, runden Ohren zupfte. Aus der Stellung, in der ich mich befand, rührte ich mich keinen Zentimeter, nicht einmal, um meinen Helm wieder hochzuschieben, als er bei dem Stirnrunzeln, das die Folge meiner angespannten Konzentration gewesen war, über meine Brauen hinuntersank. Nein, ich stand halb taub, halb blind da, mit zugeschnürter Kehle und alle Schließmuskeln geschlossen. Inzwischen hatte der König eine der ihm eigenen gelösten Stellungen eingenommen, und er ruhte jetzt auf seinem Ellbogen. Diese Haltung wirkte entspannt, und in jedem Augenblick seines irdischen Lebens umgab ihn ein besonderer Schatten von Glanz – das Zeichen für eine intensivere Kraft des Seins. Atti stand mit den Vordertatzen auf der Kante des Gestells und leckte ihm das Brustbein; ihre Zunge schabte und preßte sich gegen seine Haut, und er hob ein Bein und legte es wie im Spiel über ihren Rücken. Das verschlug mir derart den Atem, daß ich fast verging, und ich weiß nicht, ob der Grund dafür die Angst um seine Sicherheit oder irgend etwas anderes war. Ich weiß es einfach nicht – vielleicht Entzücken. Bewunderung. Er streckte sich seiner ganzen Länge nach auf dieser Plattform aus, und von Liegen sollte man eigentlich nur noch sprechen, wenn es so geschieht wie bei diesem König. Bei ihm war es wie eine Kunst, und vielleicht war es kein Scherz gewesen, als er sagte, durch das Liegen erhalte er sich stark, denn es schien seine Vitalität wirklich zu steigern. Das Tier ging mit einem leisen, tiefen Knurrlaut auf seine großen, die Klauen verbergenden Hintertatzen hinunter und sprang neben ihn auf das Gestell. Dort oben lief es hin und her, und dabei warf es mir dann und wann einen Blick zu, als bewache es ihn. Wenn es mich ansah, geschah es mit jenem runden, durchdringenden Blick angeborener Strenge. Es lag keine direkte Drohung darin, alles Persönliche fehlte; dennoch sträubten sich mir dabei sämtliche Haare trotz der Einzwängung durch den Helm. Ich wurde wieder die dunkle Besorgnis nicht los, daß mein beabsichtigter Anschlag auf die Katzenwelt hier irgendwie bekannt sein könne. Auch machte ich mir Gedanken über die Stunde, die des Geistes Schlaf sprengt. Möglich, daß ich deren Wesen völlig falsch gedeutet hatte. Wie konnte ich wissen, daß es für mich vielleicht nicht die Stunde des Gerichts war?

Jedoch im Augenblick gab es wirklich keine Wahl. Ich konnte nichts anderes tun als stehenbleiben. Und das tat ich. Schließlich reckte der König hinter der Löwin, die gerade über ihm hin und her strich, seine Hand aus. Er zeigte auf die Tür und rief: »Bitte, schließen Sie sie, Mr. Henderson.« Und er fügte hinzu: »Eine offene Tür macht sie nervös.«

Daraufhin fragte ich ihn: »Ist es ratsam, daß ich mich von der Stelle rühre?« Meine Stimme klang schrecklich verrostet.

»Sehr langsam«, sagte er, »aber machen Sie sich keine Sorgen, denn sie tut genau, was ich ihr sage.«

Ich stahl mich zu der Tür hin, indem ich rückwärts ging, und als ich sie in ganz langsamem Tempo erreicht hatte, wäre ich am liebsten hinausspaziert und hätte mich draußen hingesetzt, um zu warten. Aber unter keinen Umständen, mochte kommen, was wollte, konnte ich es mir leisten, meine Beziehung zu dem König zu gefährden. Ich lehnte mich deshalb gegen die Tür und drückte sie heimlich seufzend mit meinem Gewicht zu. Ich war völlig erledigt. Ich konnte solche Krisen am laufenden Band nicht ertragen.

»Kommen Sie näher, Henderson-Sungo«, sagte er. »Bis jetzt ist es aller Bewunderung wert. Nur ein bißchen schneller, doch nicht abrupt. Es ist für Sie besser, wenn Sie dichter daneben stehen. Die Löwin ist weitsichtig. Ihre Augen sind auf Entfernungen eingestellt. Kommen Sie näher.«

Ich trat also näher, dabei verfluchte ich ihn leise, und auch seine Löwin, und beobachtete das Klopfen von Attis Schwanz, der mit der Gleichmäßigkeit eines Metronoms hin und her pendelte. In der Mitte des Raumes war ein Stein, mein einziger Halt in Gottes ganzer Welt.

»Weiter, weiter. Näher«, sagte er und machte mit zwei Fingern ein Zeichen. »Sie wird sich an Sie gewöhnen.«

»Wenn ich daran sterbe«, sagte ich.

»Oh, nein, Henderson, sie wird auf Sie einen Einfluß haben, wie sie ihn auf mich gehabt hat.«

Als ich in Reichweite war, zog er mich zu sich heran, wobei er mit der linken Hand das Gesicht des Tieres zur Seite schob. Mit großer Mühe kletterte ich neben ihm hinauf. Dann wischte ich mir mein Gesicht ab. Unnötigerweise, denn durch das Fieber war es völlig trocken. Atti trottete an das Ende der Plattform und kehrte wieder um. Der König ließ sie, als sie sich näherte, nicht an meinen Hinterkopf heran, der sich sträubte wie ein Seeigel. Sie beschnupperte meinen Rücken. Der König lächelte und fand, daß wir uns großartig aufeinander einspielten. Ich weinte leise. Dann lief Atti davon, und der König sagte: »Haben Sie doch nicht solche Angst, Henderson-Sungo.«

»Ach, Hoheit, ich kann mir nicht helfen. Ich habe wirklich Angst. Nicht nur vor ihr – ich habe richtige Angst – aber das allein ist es nicht. Es ist der ganze Wust aufregender Erlebnisse. Das wirft mich um. Der ganze Wust aufregender Erlebnisse. Und ich kann nicht verstehen, daß ich, nachdem mich die Angst nun schon so oft gepackt und durchgeschüttelt hat, noch immer nicht imstande bin, ihr zu trotzen.« Und ich schluchzte weiter, aber nicht zu laut, denn ich wollte damit nichts heraufbeschwören.

»Versuchen Sie doch lieber die Schönheit dieses Tiers zu würdigen«, sagte er. »Glauben Sie nicht, ich versuchte, Sie einer Feuerprobe zu unterziehen, weil es mir nur auf diese Probe ankommt. Glauben Sie, es sei eine Nervenprobe? Gehirnwäsche? Auf Ehre, das ist es nicht. Wäre ich nicht meiner Herrschaft über das Tier sicher, würde ich Sie nicht in eine solche Lage bringen.

Das wäre wahrhaftig skandalös.« Er hatte seine Hand mit dem Granatring auf dem Nacken des Tiers liegen, und er sagte: »Wenn Sie jetzt bleiben, wo sie sind, werde ich Ihnen zu dem vollsten Vertrauen verhelfen.«

Er sprang von der Plattform herunter, und die Plötzlichkeit, mit der er das tat, versetzte mir einen empfindlichen Schock. Ich spürte, wie sich in meiner Brust das Entsetzen entlud. Die Löwin sprang ihm sofort nach, und beide gingen zusammen in die Mitte der Höhle. Der König blieb stehen und gab Atti einen Befehl. Sie setzte sich. Er sprach erneut, und sie legte sich lang auf den Rücken, wobei sie das Maul öffnete, und dann kauerte er sich hin und schob ihr seinen Arm in den Rachen, indem er die faltigen Lefzen hinunterdrückte; ihr Schwanz fuhr, während sie ausgestreckt dalag, in einem großen Bogen über das Gestein, fegte mit äußerster Kraft darüber hinweg. Der König zog seinen Arm wieder heraus, ließ Atti aufstehen, und kroch dann unter sie und legte seine Beine um ihren Rücken; seine Füße in den weißen Pantoffeln schlangen sich um Attis Flanken und seine Arme um ihren Hals. Auge in Auge trug sie ihn hin und her, während er auf sie einsprach. Sie murrte, aber augenscheinlich nicht seinetwegen. Sie gingen zusammen einmal durch die ganze Höhle und zu der Plattform zurück, wo Atti stehenblieb, ihren leisen Knurrlaut von sich gab und ihre Lefzen zurückzog. Der König hing in seiner purpurnen Hose an ihr und sah zu mir hinauf. Bis dahin hatte ich nur gedacht, ich hätte die Abstrusität der Welt gesehen. Aber offenbar hatte ich noch nicht einmal angefangen, etwas Entscheidendes zu sehen! Als der König unter Atti hing, mir mit seinen wulstigen Lippen von unten ins Gesicht lächelnd, erkannte ich, daß ich noch nicht einmal eine leise Ahnung gehabt hatte. Mann –! Hier war das, was man Meisterschaft nennt – Genie, nicht mehr und nicht weniger. Das Tier selbst war sich dessen bewußt. Von Attis Tier-Standpunkt aus betrachtet, war es klar und bedurfte gar keiner weiteren Erklärung, daß sie den Burschen liebte. Ihn liebte! Mit der Liebe eines Tiers. Auch ich liebte ihn. Wer hätte etwas dagegen tun können?

Ich sagte: »Das schlägt alles, was ich je sah.«

Er ließ sich von dem Tier herunterfallen und schob Atti mit seinem Knie beiseite. Dann sprang er wieder auf die Plattform. Im gleichen Augenblick war auch Atti wieder da und erschütterte das ganze Gestell.

»Jetzt ist Ihre Ansicht eine andere, nicht wahr, Mr. Henderson?«

»König, sie ist eine andere. Sie ist so anders wie nur möglich.«

»Ich merke jedoch«, sagte er, »Sie fürchten sich noch immer.«

Ich versuchte zu sagen, ich fürchtete mich nicht, aber mein Gesicht verkrampfte sich, und ich konnte diese Worte nicht herausbringen. Dann begann ich zu husten, wobei ich meine Faust, den Daumen nach innen, vor meinen Mund hielt, und meine Augen wurden feucht. Schließlich sagte ich: »Es ist ein Reflex.«

Das Tier trottete heran, und der König ergriff mich am Handgelenk, ohne daß ich Widerstand leisten konnte, und preßte meine Hand auf Attis Flanke. Langsam glitt ihr Fell unter meinen Fingerspitzen dahin, und die Nägel wurden zu fünf brennenden Kerzen. Die Knochen der Hand glühten auf. Danach schoß ein fürchterlicher Schock durch den Arm hindurch bis in die Brust.

»Nun haben Sie Atti berührt, und wie finden Sie das?«

»Wie ich es finde?« Mit Hilfe meiner Zähne versuchte ich Herr meiner bebenden Unterlippe zu werden. »Oh, Majestät, entschuldigen Sie. Nicht alles an einem Tage. Ich tue, was ich kann.«

Er gab mir zu: »Es ist wahr, ich bin auf schnelle Fortschritte aus. Aber mich beseelt nur der Wunsch, Ihre Anfangsschwierigkeiten in kurzer Zeit zu überwinden.«

Ich roch an meinen Fingern; sie hatten den eigentümlichen Geruch der Löwin angenommen. »Hören Sie«, sagte ich, »ich leide selber geradezu krankhaft an Ungeduld. Aber ich muß sagen, daß ich mehr auf ein Mal nicht verkrafte. Auf meinem Gesicht habe ich noch Wunden von gestern, und ich fürchte, Atti wird das frische Blut riechen. Ich weiß, daß niemand diese Tiere in Schach halten kann, wenn sie das erst einmal wittern.«

Dieser wunderbare Mann lachte mich aus und sagte: »Oh, Henderson-Sungo, Sie sind köstlich.« (*Das* hatte ich von mir nie angenommen.) »Sie sind für mich wirklich unschätzbar, und wissen Sie, nicht viele Menschen haben Löwen angefaßt.«

»Ich hätte auch ohne das auskommen können«, hätte ich am liebsten geantwortet. Aber da er eine so hohe Meinung von Löwen hatte, behielt ich es für mich, in der Hauptsache. Ich murrte nur.

»Und wie ängstlich Sie sind! Wirklich! In höchstem Grade. Es entzückt mich geradezu. Ich habe nie solche Äußerungen von Furcht gesehen. Sie kamen für mich einem angstvollen Vergnügen nahe. Wissen Sie, daß viele starke Menschen diese Mischung aus Angst und Befriedigung am meisten lieben? Ich glaube, daß Sie zu diesem Typ gehören. Außerdem liebe ich an Ihnen, wenn Ihre Augenbrauen in Bewegung geraten. Sie sind wirklich außergewöhnlich. Und Ihr Kinn gleicht dann einem Pfirsichkern, und Sie verfärben sich, als würden Sie gewürgt, Ihr Gesicht schwillt, und Ihr Mund klafft weit auseinander. Und als Sie weinten! Ich war entzückt, als Sie zu weinen begannen.«

Ich wußte, daß dies nicht persönlich gemeint war, sondern aus seiner wissenschaftlichen oder medizinischen Begeisterung für derartige Erscheinungen stammte. »Was geht mit Ihrem labium inferiorum vor?« sagte er, noch immer mit meinem Kinn beschäftigt. »Woher kommen bei Ihnen die unzähligen Falten im Fleisch?« (Das war mir äußerst aufschlußreich.) Er war mir so überlegen und bestürzte mich derart durch seine Gegenwart, durch den Extra-Schatten oder rauchigen Glanz, den er ausstrahlte, und durch seinen Spazierritt mit der Löwin, daß ich ihn alles ohne Einwand aussprechen ließ. Als der König noch einige weitere erstaunliche Bemerkungen über meine Nase, meinen Wanst und die Linien an meinen Knien gemacht hatte, sagte er: »Atti und ich, wir beeinflussen uns gegenseitig. Ich wünschte, Sie würden der Dritte in diesem Bunde.«

»Ich?« Ich wußte nicht, wovon er eigentlich redete.

»Wenn ich einige Bemerkungen über Ihre Konstitution mache, müssen Sie nicht denken, ich wisse nicht zu würdigen, wie beachtlich Sie in anderen Bereichen sind.«

»Soll ich Sie so verstehen, Hoheit, daß Sie sagen wollen, Sie hätten mit mir und diesem Tier bestimmte Pläne?«

»Ja, und ich will sie erklären.«

»Nun, ich denke, wir sollten mit Bedacht vorgehen«, sagte ich. »Ich weiß nicht, welche Belastung mein Herz aushält. Wie meine Ohnmachtsanfälle zeigen, vertrage ich nicht allzuviel. Haben Sie außerdem eine Vorstellung, wie Atti sich verhalten würde, wenn ich umkippte?«

Darauf sagte er: »Vielleicht haben Sie für den ersten Tag genug Fühlung mit Atti genommen.« Er verließ die Plattform wieder, und das Tier folgte ihm. Mit Hilfe eines Taus, das über ein ausgekehltes Rad in etwa fünf Meter Höhe über dem Erdboden lief, wurde ein schweres Tor in die Höhe gezogen, und der König entließ die Löwin aus der Höhle in ihren besonderen Verschlag. Ich habe Angehörige der Gattung Katze durch eine Tür stets nur auf Grund eigenen Entschlusses gehen sehen, und Atti war keine Ausnahme. Während der König sich an das Tau hängte, durch das die Tür hochgezogen wurde, mußte sie erst ein paarmal hin und her schlendern. Als sie am Ausgang war, hätte ich am liebsten vorgeschlagen, er solle ihr mit dem Fuß einen kleinen Stoß auf das Hinterteil versetzen, um ihr die Entscheidung zu erleichtern, da er doch offenbar ihr Herr sei, aber unter den gegebenen Umständen konnte ich es wirklich nicht über mich bringen. Schließlich betrat sie mit jenem weichen, kurzen, so leichten, so bewußten, so wachen Schritt den nächsten Raum. Der König lockerte das Tau und ließ die große Klappe heruntergleiten. Sie stieß mit einem lauten Krach auf den Steinboden, und er kehrte zu mir auf die Plattform zurück. Er sah sehr freundlich aus. Friedlich. Er lehnte sich nach hinten zurück, und seine starkgeäderten Augenlider sanken ein wenig herunter, und er atmete ruhig, entspannt. Als ich so in meiner barbarischen Hose, unter der die Shorts hervorguckten, dicht neben ihm saß, schien mir, ihn trage etwas mehr als nur die Bretter unter uns. Denn schließlich befand auch ich mich auf ihnen, und ich fühlte mich nicht so getragen. Jedenfalls wartete ich ab, bis er seine Ruhe beendet hätte. Wieder einmal rief ich mir jene prophetischen Worte des Daniel zu Nebukadnezar ins Gedächtnis: »*Man wird dich von den Leuten stoßen, und mußt bei den Tieren auf dem Felde bleiben.*« Der Löwengeruch saß noch immer an meinen Fingern. Ich roch mehrmals an ihnen, und in meinen Gedanken tauchten wieder die Frösche der Arnewi auf, die Rinder, die sie verehrten, der Kater meiner Mieter, den ich umzubringen versucht hatte, ganz zu schweigen von den Schweinen, die ich gezüchtet hatte. Es war ganz sicher, diese Prophezeiung hatte für mich eine besondere Bedeutung, denn sie sagte vielleicht, daß ich für die menschliche Gemeinschaft nicht völlig geeignet sei.

Der König, der seine kurze Ruhe beendet hatte, war wieder zum Sprechen bereit.

»Nun denn, Mr. Henderson«, begann er in seiner exotischen und eigentümlich betonenden Art zu sprechen.

»Ja, König, Sie wollten mir gerade erklären, weshalb es wünschenswert sei, sich an diesen Löwen anzuschließen. Bisher begreife ich das noch nicht recht. Ach, ich bin ganz verwirrt!«

»Ich will die Sache klarstellen«, sagte er, »vor allem will ich Ihnen einiges Nähere über Löwen sagen. Vor gut einem Jahr fing ich Atti. Die Wariri haben eine traditionelle Methode, sich in den Besitz eines Löwen zu setzen, wenn sie ihn brauchen. Die Treiber ziehen los, und das Tier wird in ein sogenanntes Hopo getrieben, eine sehr große, mehrere Kilometer umfassende Anlage draußen im Busch. Die Tiere werden durch Lärm von Trommeln und Hörnern aufgescheucht und in das breite Ende des Hopo in Richtung auf das schmale gejagt. An diesem schmalen Ende befindet sich die Falle, und ich als König bin verpflichtet, das Tier einzufangen. Auf diese Weise wurde Atti gefangen. Ich muß Ihnen sagen, daß jeder Löwe, mit Ausnahme meines Vaters Gmilo, verboten und unzulässig ist. Atti wurde unter schärfster Mißbilligung und Opposition hierher gebracht und gab Anlaß zu sehr viel Besorgnis und Parteinahme. Besonders bei dem Bunam.«

»Sagen Sie, was ist eigentlich mit diesen Burschen los?« sagte ich. »Sie verdienen keinen König wie Sie. Mit Ihren Fähigkeiten könnten Sie ein großes Land regieren.«

Der König war, glaube ich, erfreut, das von mir zu hören. »Trotz allem«, sagte er, »gibt es beträchtlichen Ärger mit dem Bunam, meinem Onkel Horko und anderen, ganz zu schweigen von der Königinmutter und einigen der Frauen. Denn, Mr. Henderson, nur ein einziger Löwe, der verstorbene König, ist erlaubt. Es herrscht die Vorstellung, die übrigen seien Übeltäter und Bösewichte. Begreifen Sie das? Der Hauptgrund, warum der verstorbene König von seinem Nachfolger eingefangen werden muß, ist, daß man ihn nicht dort draußen in der Gesellschaft solcher Übeltäter lassen kann. Von den Hexen der Wariri heißt es, sie unterhielten unerlaubte Beziehungen zu bösen Löwen. Auch einige Kinder, die angeblich aus solch einer Verbindung stammen, sind gefährlich. Wenn ein Mann – das füge ich noch hinzu – beweisen kann, daß seine Frau ihn mit einem Löwen betrogen hat, verlangt er eine besonders harte Bestrafung.«

»Das ist sehr ungewöhnlich«, sagte ich.

»In einem Wort«, fuhr der König fort, »ich bin der Gegenstand doppelter Kritik. Erstens ist es mir noch nicht gelungen, Gmilo, meinen Vater-Löwen, einzufangen. Zweitens wird behauptet, ich führte Böses im Schilde, weil ich Atti gefangenhalte. Allen Gegnern zum Trotz bin ich jedoch entschlossen, Atti nicht herzugeben.«

»Was wollen sie denn?«, sagte ich. »Daß Sie abdanken, so wie der Herzog von Windsor?«

Er antwortete mit einem leisen Lachen, dann sagte er in die abgrundtiefe Stille des Raumes hinein – die gelbgraue Luft drückte auf uns, senkte sich immer tiefer, wurde allmählich immer dunkler: »Ich habe keine derartige Absicht.«

»Nun«, sagte ich. »Wenn Sie darüber aufgebracht sind, verstehe ich das vollkommen.«

»Henderson-Sungo«, sagte er, »ich sehe, ich muß Ihnen mehr darüber sagen. Der König führt seinen Nachfolger bereits hierher, wenn dieser noch sehr jung ist. Und so besuchte ich oft meinen

Löwen-Großvater. Sein Name war Suffo. Seit frühester Kindheit stehe ich daher mit Löwen auf familiärem oder vertrautem Fuß, und die Welt hat mir keinerlei Ersatz geboten. Ich entbehrte den Kontakt mit Löwen so stark, daß, als mein Vater Gmilo starb und ich in der Schule von dem traurigen Ereignis erfuhr, trotz meiner Neigung für das Medizin-Studium ich nicht ganz ablehnend war. Ich kann sogar soweit gehen, zu behaupten, daß mich das ständige Fehlen einer solchen Beziehung schwächte und ich nach Hause zurückkehrte, um meine Kräfte aufzufüllen. Natürlich wäre es höchstes Glück gewesen, hätte ich Gmilo sogleich fangen können. Als ich aber statt dessen Atti fing, konnte ich sie nicht freilassen.«

Ich ergriff eine Falte meiner prunkhaften Hose, um mir über das Gesicht zu wischen, das durch das Fieber bedenklich trocken war. In diesem Augenblick hätte ich eigentlich von Schweiß triefen müssen.

»Und dennoch«, sagte er, »muß Gmilo gefangen werden. Ich werde ihn fangen.«

»Ich wünsche Ihnen viel Glück.«

Darauf drückte er kräftig mein Handgelenk und sagte: »Ich würde Ihnen keinen Vorwurf daraus machen, Mr. Henderson, wenn Sie wünschten, daß das Ganze ein Wahn oder eine Halluzination wäre. Aber um meinetwillen, da Sie mir gegenüber die Bitte um gegenseitige Aufrichtigkeit geäußert haben, flehe ich Sie an, geduldig zu sein und standhaft zu bleiben.«

Eine Handvoll Sulfattabletten, dachte ich, würde mir jetzt sehr guttun.

»Oh, Mr. Henderson-Sungo«, sagte er nach einem langen Augenblick des Nachdenkens, während er weiter mein Handgelenk heftig drückte – selten geschah bei ihm irgend etwas abrupt. »Ja, ich könnte das durchaus verstehen – Täuschung, Einbildung, Traumvorstellungen. Jedoch, es handelt sich nicht um Träume und Schlaf, sondern um Wachsein. Ha, ha! Die Männer mit dem größten Appetit waren von jeher diejenigen mit dem größten Zweifel an der Wirklichkeit. Diejenigen, die es nicht ertragen konnten, daß Hoffnung sich in Elend, Liebe sich in Haß, Tod und Schweigen und so weiter verwandelt. Der Geist hat ein Recht auf seine vernünftigen Zweifel, und mit jedem kurzen Leben erwacht er, sieht und versteht er, was soviele andere Geister von gleich kurzer Lebensspanne hinterlassen haben. Es ist ganz natürlich, wenn man sich zu glauben weigert, daß so viele kurze Spannen etwas so großartig Einheitliches geschaffen haben sollten. Daß Menschenwesen durch Nachdenken *makellos* werden sollten. Das läßt einen Menschen aufseufzen. Ja, Sungo, dieses gleiche vergängliche menschliche Wesen ist ein Meister der Einbildungskraft. Und gerade jetzt scheint dieser wertvolle Besitz ihn dahinsterben und nicht lebendiger werden zu lassen. Warum? Es ist eine erstaunliche Tatsache. Ach, was für ein quälendes Bild, Henderson«, sagte er. »Um zum Schluß zu kommen, zweifeln Sie nicht an mir, Dahfu, Itelos Freund, Ihrem Freund. Denn Sie und ich haben einen Freundschaftsbund geschlossen, und Sie müssen mir Ihr Vertrauen schenken.«

»Das ist von mir aus okay, Königliche Hoheit«, sagte ich. »Es entspricht ganz meinem Wunsch. Ich verstehe Sie noch nicht, aber ich bin bereit, mich auf eine Bewährungsfrist einzulassen. Und zerbrechen Sie sich über die Möglichkeit einer Halluzination nicht zu sehr den Kopf. Wenn Sie der Sache auf den Grund gehen, gibt es nicht viele Männer, die durch dick und dünn dem wirklichen Leben treu geblieben sind wie ich. In wenigem war ich so treu wie hier. Von Zeit zu Zeit verlor ich den Kopf, aber ich war dann immer wieder da, und, bei Gott, es ist nicht leicht gewesen. Aber hier liegt nun einmal meine Liebe. Grun-tu-molani!«

»Ja«, sagte er, »in der Tat. Das ist eine Haltung, die ich gutheiße. Grun-tu-molani. Aber in welcher Gestalt und Form? Nun, Mr. Henderson, ich bin überzeugt, Sie sind ein Mann von umfassender und weitreichender Einbildungskraft, und daß auch Sie unbefriedigt sind . . . Sie besonders sind unbefriedigt.«

»Unbefriedigt sein liegt auf der richtigen Linie«, sagte ich. »Die Form, in der es sich äußert, heißt: *ich darbe, ich darbe.*«

Erstaunt fragte er mich: »Wie, was soll das bedeuten?«

»Irgend etwas in mir nährt ständig dieses Gefühl«, sagte ich. »Es hat Zeiten gegeben, in denen es mich kaum verließ.«

Das haute ihn glattweg um, wenn ich so sagen darf, und er saß völlig still, seine Hände auf die breiten Oberschenkel gepflanzt, sein Gesicht mit dem wulstigen Mund und der breiten, weitgeöffneten, glänzenden Nase mir zugewandt.

»Und Sie hören das?«

»Ich habe es praktisch die ganze Zeit hindurch gehört«, sagte ich.

In leisem Ton sagte er: »Was ist es? Verlangt es sein Recht? Wie seltsam! Das ist eine sehr nachdenklich stimmende Erscheinung. Ich kann mich nicht erinnern, schon einmal davon gehört zu haben. Hat die Stimme je gesagt, wonach sie darbt?«

»Nein«, sagte ich, »niemals. Ich habe sie nie veranlassen können, Namen zu nennen.«

»Höchst ungewöhnlich«, sagte er, »und sehr peinvoll, nicht wahr? Aber die Stimme wird sich so lange melden, bis Sie eine Antwort gegeben haben, möchte ich meinen. Es beeindruckt mich tief, was ich da höre. Was das auch ist, wie hungrig muß es sein. Man wird dabei auch an eine lange Gefängnisstrafe erinnert. Aber Sie sagen, die Stimme will nicht erklären, wonach sie darbt? Und daß sie auch keine näheren Hinweise geben will, ob sie Leben oder Tod begehrt.«

»Nun ja, ich habe häufig mit Selbstmord gedroht, Hoheit. Immer wieder einmal kocht es in mir, und ich mache viel Theater und drohe meiner Frau damit, mir eine Kugel in den Kopf zu jagen. Nein, ich konnte die Stimme nie dazu veranlassen, zu sagen, wonach sie darbt, und bisher habe ich ihr immer nur geboten, was sie nicht will.«

»Oh, in den meisten Fällen sterben wir an dem, was wir nicht wollen. Das ist ein sehr bemerkenswertes Phänomen, nicht wahr, Henderson? Wieviel besser kann ich mir jetzt erklären, weshalb Sie mit Mummah Erfolg hatten. Einzig auf Grund dieses eingekerkerten Darbens.«

Ich schrie: »Oh, können Sie das jetzt verstehen, Königliche Hoheit? Wirklich? Ich bin so dankbar, wie Sie sich gar nicht vorstellen können. Ich kann kaum richtig geradeaussehen.« Und das war Tatsache. Ein Gefühl der Liebe und Dankbarkeit bewegte, drückte, quetschte mir in unerträglicher Weise mein Inneres ab. »Sie möchten wissen, was dieses Erlebnis für mich bedeutet? Weshalb sagen wir, es sei seltsam oder eine Illusion? Ich weiß, daß es keine Illusion ist, wenn ich Ihnen gegenüber offen sprechen und erklären kann, was es für mich bedeutet hat, immer wieder dieses *ich darbe*, *ich darbe* zu hören. Mit dieser Erfahrung im Hintergrund brauche ich mir keine Gedanken über Halluzinationen zu machen. Ich weiß ganz genau, daß das, was mich so erregt, etwas durchaus Greifbares ist. Ehe ich von zu Hause wegging, las ich in einer Zeitschrift, in der Wüste (der großen amerikanischen Wüste) gebe es Blumen, die vielleicht in vierzig oder fünfzig Jahren einmal blühen. Das hängt ganz von der Niederschlagsmenge ab. Also, nach diesem Artikel kann man die Samen nehmen und sie in einen Kübel Wasser legen, aber sie werden nicht keimen. Nein, Sir, Hoheit, Einweichen in Wasser genügt nicht. Es muß der Regen sein, der durch den Boden dringt. Er muß sie eine bestimmte Zahl von Tagen lang umspülen. Und dann erblickt man zum ersten Male in fünfzig oder sechzig Jahren Lilien, Rittersporn und ähnliches. Rosen. Wilde Pfirsiche.« Ich hatte jetzt eine ganz verkrampfte Kehle, und heiser fuhr ich fort: »Die Zeitschrift war *Scientific American*. Ich glaube, ich sagte Ihnen schon, Hoheit, meine Frau ist darauf abonniert. Sie ist geistig sehr rege und wißbe –« Wißbegierig wollte ich sagen. Von Lily zu sprechen, erregte mich gleichfalls sehr.

»Ich verstehe Sie, Henderson«, sagte der König voller Ernst. »Nun ja, uns verbindet eine gewisse Seelenverwandtschaft oder Entente.«

»König, ich danke Ihnen«, sagte ich. »Ja, wirklich, wir stehen am Anfang eines hoffnungsvollen Weges.«

»Für eine Weile bitte ich Sie, den Dank aufzusparen. Ich muß zunächst um Ihr geduldiges Vertrauen ersuchen. Außerdem bitte ich Sie gleich von vornherein, davon überzeugt zu sein, daß ich nicht mit der Absicht, mich zurückzuziehen, die Welt dort draußen verlassen habe und zu meinen Wariri zurückgekehrt bin.«

Ich kann gleich an dieser Stelle sagen, daß der König eine Ahnung von Löwen, vom Geist des Menschen, der Einbildungskraft, der Intelligenz und der Zukunft der Menschheit hatte. Denn, sehen Sie, die Intelligenz ist jetzt frei (sagte er), und sie kann an jedem beliebigen Punkt ansetzen und jedem beliebigen Punkt zustreben. Und es ist möglich, daß der König den Kopf verlor und daß er von seinen Vorstellungen fortgerissen wurde. Denn er war kein bloßer Träumer, sondern einer von jenen, die nicht nur träumen, sondern zugleich auch handeln, ein Mann mit einem Programm. Und wenn ich sage, daß er den Kopf verlor, so meine ich damit nicht, daß ihn seine Urteilskraft verließ, sondern daß seine Begeisterungszustände und Visionen ihn weit fortrissen.

17

Der König hatte gesagt, er begrüße meinen Besuch, weil er ihm die Gelegenheit zu einem Gespräch biete, und das war keine Lüge. Wir sprachen und sprachen und sprachen, und ich kann nicht behaupten, daß ich ihn völlig verstand. Ich kann nur sagen, daß ich mit einem endgültigen Urteil zurückhielt, sorgfältig hinhörte und ständig daran dachte, wie er mich darauf hingewiesen hatte, die Wahrheit trete möglicherweise in Formen ans Tageslicht, auf die ich nicht vorbereitet war.

Ich will Ihnen daher eine kurze Zusammenfassung seiner Ansichten geben. Er war irgendwie davon überzeugt, daß, besonders im Hinblick auf die Menschen, eine Beziehung zwischen Innen und Außen bestehe. Und da er ein strebsamer Student und eifriger Leser gewesen war, hatte er in seiner Hochschulbibliothek dort oben in Syrien die Stelle des Pförtners gehabt und hatte nach den Öffnungszeiten noch dagesessen und sich den Kopf mit ausgefallenen Werken vollgepfropft. Er sagte zum Beispiel: »James' *Psychologie* ein sehr attraktives Buch.« Er hatte sich durch einen ganzen Haufen solcher Bücher hindurchgearbeitet. Geradezu besessen war er von dem Glauben an die Umformbarkeit von Menschenmaterial, daß man in beiden Richtungen vorgehen könne, entweder von der Rinde zum Kern oder vom Kern zur Rinde, daß das Fleisch den Geist beeinflusse und der Geist das Fleisch, wieder zurück zum Geist und noch einmal wieder zurück zum Fleisch. Der Vorgang, wie er ihn sah, war äußerst dynamisch. Von meiner Kenntnis des Geistes und Fleisches ausgehend, sagte ich: »Sind Sie wirklich und wahrhaftig sicher, daß es so ist, Hoheit?«

Sicher? Er war mehr als sicher. Er war triumphierend sicher. In seinem Überzeugtsein erinnerte er mich sehr stark an Lily. Es begeisterte sie beide, etwas zu glauben, und sie hatten eine Neigung, seltsame Behauptungen aufzustellen. Dahfu sprach auch gern von seinem Vater. Er erzählte mir zum Beispiel, daß sein verstorbener Vater Gmilo in jeder Hinsicht, abgesehen von Bart und Mähne, ein Löwentyp gewesen sei. Dahfu war zu bescheiden, um selber den Anspruch auf eine Ähnlichkeit mit Löwen zu erheben, aber ich sah sie. Ich hatte sie bereits bemerkt, als er in der Arena herumsprang und mit den Bändern die Schädel durch die Luft wirbelte und wieder auffing. Er begann mit der elementaren Beobachtung, die viele Menschen vor ihm gemacht hatten, daß Bergbewohner bergähnlich seien, Flachlandmenschen flachlandgleich, Meerfahrer meerähnlich, Viehzüchter (»Ja, die Arnewi, Ihre Gefährten, Sungo«) viehähnlich. »Es ist in gewissem Sinne eine Montesquieusche Vorstellung«, sagte er, und dann schloß er daran unendliche Beispiele. Tausende von Menschen hatten im Laufe ihres Lebens derlei festgestellt: Menschen, die mit Pferden zu tun haben, hatten Ponyfrisuren und kräftige Zähne, starke Adern, ein heiseres Lachen; Hunde und ihre Herren wurden sich allmählich ähnlich; Ehemänner und ihre Frauen glichen sich im Laufe der Zeit auffällig an. Indem ich mich in jener grünen, seidenen Hose vorbeugte, dachte ich: ›Und Schweine . . .?‹ Aber der König sagte: »Die Natur ist ein gründlicher Nachahmer. Und da der Mensch der König der Organismen ist, ist er auch der Meister der Anpassung. Er ist der große künstlerische Anempfinder. Er selbst ist sein größtes Kunstwerk, mit seinem Körper, denn er arbeitet mit dem Fleisch. Welches Wunder! Was für ein Triumph! Aber auch, was für ein Elend! Wieviel Tränen fließen deswegen!«

»Ja, wenn Sie recht haben, stimmt das sehr traurig«, sagte ich.

»Die Schuttmassen vergeblichen Bemühens füllen das Grab und den Sarg«, sagte er, »der Staub frißt wieder, was aus ihm gebildet war, und doch fließt der Lebensstrom immer noch. Es gibt eine Entwicklung. Daran müssen wir denken.«

Kurz, der König verfügte über eine erschöpfende wissenschaftliche Erklärung für die Art, in der die Menschen Gestalt annahmen. Für ihn genügte es nicht, daß am Körper irgendwelche Unstimmigkeiten sein mochten, die ihren Ursprung im Gehirn hatten. Dort hatte *alles* seinen Ursprung. »Ich möchte zwar das Niveau unserer Erörterung nicht mindern«, sagte er, »aber, nur als Beispiel, der Pickel auf der Nase einer Dame kann ihre eigene Idee sein, die auf Grund des feierlichen Befehls ihrer Seele durch eine Umformung verwirklicht worden ist; in einem umfassenderen Sinne ist die Nase selbst, obgleich zum Teil ererbt, zum Teil auch die eigene Idee dieser Dame.«

Mein Kopf kam mir im Augenblick so leicht vor wie ein Weidenkorb, und ich sagte: »Ein Pickel?«

»Ich sehe darin ein Zeichen für tief innerliche Wünsche, die nach außen lodern«, sagte er. »Aber, wenn Sie dazu neigen, eine Schuldfrage zu stellen – nein! Vorwürfe führen uns nicht weiter. Wir sind weit von der Freiheit entfernt, darüber Herr zu sein. Dennoch, der Vorgang vollzieht sich von innen aus. Krankheit ist eine Sprache der Seele. Das ist eine zulässige Metapher. Wir sagen, die Blumen sprächen die Sprache der Liebe. Lilien für die Reinheit, Rosen für die Leidenschaft, Gänseblümchen wissen zu schweigen. Ha, ha! Dies las ich einmal auf ein Kissen gestickt. Aber, und das meine ich ernst, die Seele ist polyglott, denn wenn sie die Furcht in Symptome verwandelt, verwandelt sie auch die Hoffnung. Es gibt Wangen oder ganze Gesichter der Hoffnung, Füße des Respekts, Hände der Gerechtigkeit, Augenbrauen der Heiterkeit, und so weiter.« Die Reaktion, die er in meinem Gesicht las, die einfach toll gewesen sein muß, erfreute ihn. »Oh«, sagte er. »Erschrecke ich Sie?« Er liebte das.

Im Laufe weiterer Gespräche sagte ich ihm: »Ich gebe zu, daß Ihre Vorstellung mich wirklich an meinem Lebensnerv trifft – bin ich also für mein eigenes Äußeres verantwortlich? Ich gebe zu, mein äußerer Mensch hat mir lange schrecklich zu schaffen gemacht. Physisch bin ich mir ein Rätsel.«

Er sagte: »Der Geist des Menschen ist in gewissem Sinne der Schöpfer seines Körpers. Ich habe nie ein Gesicht, eine Nase wie bei Ihnen gesehen. Für mich ist dieser Zug schon allein unter dem Gesichtspunkt der Umformung eine Entdeckung.«

»Nun, König«, sagte ich, »das ist die schlimmste Mitteilung, die ich je erhalten habe, abgesehen von Todesfällen in der Familie. Weshalb soll ich verantwortlich sein, und zwar mehr als ein Baum? Wäre ich eine Weide, würden Sie mir solche Dinge nicht sagen.«

»Oh«, sagte er, »Sie laden sich zuviel auf.« Und er fuhr in seinen Erklärungen fort, wobei er alle möglichen medizinischen Nachweise und Gehirnuntersuchungen zitierte. Er erzählte mir, immer und immer wieder, daß die Gehirnrinde nicht nur von den Extremitäten und den Sinnen her Eindrücke empfange, sondern auch Befehle und Anweisungen zurücksende. Wie dies in Wirklichkeit vor sich ging, welche Kammern welche Funktionen, wie zum Beispiel Temperatur oder Hormone, steuerten, und so weiter, konnte ich wirklich nicht ganz klar erfassen. Er sprach ständig von vegetativen Funktionen oder etwas Ähnlichem, und ich konnte ihm bei jedem zweiten Satz nicht folgen.

Schließlich drängte er mir einen ganzen Stapel seiner Bücher auf, und ich mußte sie mit hinunter in mein Zimmer nehmen und ihm versprechen, sie durchzuackern. Diese Bücher und Zeitschriften hatte er von der Hochschule mit nach Hause gebracht. »Wie?« sagte ich. Und er erklärte, er sei über Malindi gekommen und habe sich dort einen Esel gekauft. Er habe sonst nichts mitgebracht, keine Kleidung (was sollte er hier damit?) oder andere Gegenstände, mit Ausnahme eines Stethoskops und eines Blutdruckmessers. Denn er sei wirklich, als er zu seinem Stamm zurückgerufen wurde, im dritten Jahre seiner medizinischen Ausbildung gewesen. »Genau das hätte ich gleich nach dem Kriege tun sollen – Medizin studieren«, sagte ich. »Statt mit Unfug die Zeit zu vergeuden. Glauben Sie, ich wäre ein guter Arzt geworden?« Er sagte: Oh – er sehe nicht ein, warum nicht. Zunächst zeigte er sich etwas reserviert. Aber nachdem ich ihn von meiner Aufrichtigkeit überzeugt hatte, schien er wirklich darin eine Zukunft für mich zu sehen. Er deutete an, obwohl ich vielleicht Assistenzarzt sein würde, wenn andere Männer sich vom Berufsleben zurückziehen, gehe es schließlich nicht um andere Männer, sondern um mich, E. H. Henderson. Ich hätte Mummah hochgehoben. Vergessen wir das nicht. Natürlich könnte ein Kirchturm auf mich herunterfallen und mich zerquetschen, aber abgesehen von solchen unvorhersehbaren Fällen, sei ich so gebaut, daß ich es auf neunzig Jahre bringen könne. So nahm der König schließlich meinen Ehrgeiz ernst, und er sagte ganz allgemein mit großer Würde: »Ja, das ist ein sehr schätzenswertes Ziel.« Noch etwas anderes nahm er ernst, und das waren meine Pflichten als Regenkönig. Als ich einen Scherz darüber zu machen versuchte, unterbrach er mich kurz und sagte: »Es ist wohl angebracht, nicht zu vergessen, Henderson, daß sie der Sungo sind.«

Hier nun also, bis auf einen einzigen Punkt, mein Tagespensum! Jeden Morgen bedienten mich die beiden Amazonen, Tamba und Bebu, und boten mir ein Joxi, eine Trampelmassage, an. Sie unterließen es nie, sich über meine Ablehnung erstaunt und enttäuscht zu zeigen und wendeten die Behandlung bei sich selbst an; sie massierten sich gegenseitig. Jeden Morgen hatte ich auch ein Gespräch mit Romilayu und versuchte ihn wegen meines Verhaltens zu beruhigen. Ich glaube, es machte ihm Sorgen und erstaunte ihn, daß ich mit dem König so intim, frère et cochon, war. Aber ich sagte ihm immer wieder: »Romilayu, das mußt du einfach verstehen. Dies ist ein ganz besonderer König.« Aus meinem Zustand schloß er jedoch, daß es sich bei Dahfu und mir um mehr als bloße Gespräche handelte, daß auch ein Experiment durchgeführt wurde, über das ich Ihnen erst später Näheres sagen will.

Vor dem Lunch versammelten sich die Amazonen. Diese Frauen mit den kurzen Westen oder Kollern warfen sich vor mir in den Staub. Jede feuchtete ihren Mund an, damit der Schmutz daran haften blieb, und ergriff meinen Fuß und stellte ihn auf ihren Kopf. Der ganze Ort war von Prunk, Hitze, Gedränge, Feierlichkeit, Trommelwirbel und Hörnerklang erfüllt. Und ich hatte noch immer Fieber. In mir flackerten kleine Feuer von Krankheit und Übereifer. Meine Nase war über alles Maß ausgetrocknet, obgleich ich der König der Feuchtigkeit war. Außerdem stank ich nach Löwe – wie spürbar, kann ich nicht sagen. Jedenfalls erschien ich in den grünen Hosen mit meinem Helm und meinen mit Krepp besohlten Schuhen vor der Amazonentruppe. Dann brachten sie die Staatsschirme herbei, deren Falten dicken Augenlidern glichen. Einige Frauen preßten Dudelsackpfeifen unter ihren Ellbogen. Bei all diesem Herumstehen und Gekreisch klappten die Diener die Bridgestühle auf, und wir alle setzten uns zum Lunch.

Alle waren anwesend, der Bunam, Horko, der Assistent des

Bunam. Es war nur gut, daß dieser Bunam nicht viel Raum beanspruchte. Denn Horko ließ ihm sehr wenig. Dünn und aufgereckt sah mich der Bunam mit jenem ewigen Starrblick menschlicher Erfahrung an; er verwurzelte sich zwischen seinen Augen. Seine beiden Frauen, mit kahlen Köpfen und strahlenden kurzen Zähnen, waren beide sehr sonnig. Sie sahen aus wie zwei Mädchen, die viel für Spaß übrig haben. Immer wieder glättete Horko sein Gewand auf seinem Bauch oder faßte nach den schweren roten Steinen, die seine Ohrläppchen hinunterzogen. Ein weißer flaumiger Kloß wurde vor mich hingesetzt, ähnlich wie Kartoffelmehl, nur grobkörniger und salziger; wenigstens würde er meiner Brücke keinen weiteren Schaden zufügen. Sicherlich könnte ich vor Schmerz umkommen, ehe ich zivilisierte Gegenden erreichte, falls die Metallteile sich lösen sollten, die von Mlle. Montecuccoli und dem Zahnarzt Spohr auf den kleinen Zahnstümpfen verankert worden waren. Ich machte mir selbst Vorwürfe, denn ich besitze eine Ersatzbrücke und hätte niemals ohne sie losfahren sollen. Zusammen mit den Gipsabdrücken befand sie sich in einer Schachtel, und diese Schachtel lag in dem Kofferraum meines Buick. Dort war eine Feder, die den Wagenheber an den Ersatzreifen klemmte, und aus Sicherheitsgründen hatte ich die Schachtel mit der Ersatzbrücke an der gleichen Stelle untergebracht. Ich sah sie vor mir. Ich sah sie so deutlich, als läge ich in jenem Kofferraum. Es war eine graue Pappschachtel, die mit rosa Seidenpapier gefüllt war und die Aufschrift trug »Zahntechnisches Laboratorium Buffalo«. Da ich fürchtete, auch noch die Reste der Brücke zu verlieren, kaute ich selbst die salzigen Klöße mit äußerster Vorsicht. Der Bunam mit jener fanatischen Falte tiefen Denkens aß wie jeder andere. Er und der Schwarzledermann sahen sehr okkult aus; dieser schien ständig im Begriff, ein Paar Flügel auszubreiten und davonzufliegen. Auch er kaute, und tatsächlich herrschte in dem Palastgarten eine gewisse Alice-im-Wunderland-Fröhlichkeit. Auch mehrere Kinder, nur Kopf und Rumpf, wie kleine schwarze Pumpernickel, spielten im Sande ein Kieselsteinspiel.

Wenn Atti unter dem Palast brüllte, verlor niemand darüber ein Wort. Von allen zuckte nur Horko zusammen, aber das Zukken verlor sich schnell wieder in dem Lächeln seines flachen Gesichtes. Er glänzte beständig, sein Blut muß die reine Möbelpolitur gewesen sein. Genau wie der König war er von der Natur gut bedacht, und er hatte die gleiche Augenfarbe, nur quollen seine Augen hervor. Und sicherlich hatte er in jenen Jahren, die er in Lamu zugebracht hatte, während sein Neffe im Norden auf der Hochschule war, eine prachtvolle Zeit verlebt. Er war bestimmt kein Kirchengänger, soweit ich das beurteilen kann.

Nun, es war jeden Tag das gleiche. Nach dem Zeremoniell des Mahles ging ich, von den Amazonen begleitet, zu Mummah. Von sechs Männern, die sie auf dicken Stangen getragen hatten, war sie in ihren Schrein zurückgebracht worden. Ich war selber dabeigewesen. Der Raum, den sie mit Hummat teilte, lag in einem gesonderten Hof des Palastes, in dem sich hölzerne Pfeiler und ein steinerner Behälter mit widerlich riechendem Wasser befanden. Dieses war unser besonderer Sungo-Vorrat. Mein täglicher Besuch bei Mummah stimmte mich heiter. Einerseits war der schlimmste Teil des Tages vorüber (ich werde es zu gegebener Zeit erklären), und anderseits empfand ich mehr und mehr eine stark persönliche Neigung zu ihr, die nicht nur meinem Erfolg zuzuschreiben war, sondern auch einer gewissen Eigenschaft an ihr, sei es als Kunstwerk oder als Gottheit. Obwohl sie häßlich war, mit diesen Storchennest-Haarflechten und zu schwachen Beinen, die unter der Masse ihres Körpers nachgaben, schrieb ich ihr gütige Absichten zu. Ich sagte jedesmal: »Schönen guten Tag, Verehrteste. Ich wünsche Ihnen alles Gute. Wie geht es Ihrem Alten?« Denn ich nahm an, daß Hummat mit ihr verheiratet war, der plumpe alte Berggott, den Turombo, die Sportkoryphäe in dem roten Fez, hochgehoben hatte. Es schien eine gute Ehe zu sein, und die beiden standen dort in gutem Einvernehmen miteinander in der Nähe des Steinkübels mit dem fauligen Wasser. Und während ich Mummah die Tageszeit entbot, füllten Tamba und Bebu ein paar Kürbisse, und wir durchschritten einen weiteren Gang, wo schon ein ansehnlicher Trupp Amazonen mit Schirm und Hängematte wartete. Beides war grün, genau wie meine Hose, von der echten Sungo-Farbe. Man half mir in die Hängematte, und ich lag, eine Sprenglast, auf ihrem Boden und blickte hinauf zu dem strahlenden Himmel, den die Kraft der nachmittäglichen Hitze regungslos gemacht hatte, und der straffe Schirm drehte sich mit seinen trägen schläfrigen Fransen bald wie der Uhrzeiger, bald entgegengesetzt. Selten verließen wir das Tor des Palastes, ohne daß Atti dort unten knurrte, worüber die schwitzenden, schwer arbeitenden Amazonen stets erstarrten. Die Schirmträgerin wankte dann meist, und ich bekam einen gezielten Schlag der Sonne ab, einen jener Stöße heftigen Feuers, bei denen das Blut in mein Gehirn sprang, wie der Kaffee in einer Kaffeemaschine.

Mit dieser Erinnerung an die Experimente, mit denen der König und ich befaßt waren und seine besonderen Absichten verfolgten, betraten wir, von einer einzigen Trommel begleitet, die Stadt. An Tamba und Bebu traten Menschen mit kleinen Schalen heran und ließen sich eine Wasserspende geben. Besonders Frauen, denn der Sungo hatte auch für Fruchtbarkeit zu sorgen; Sie verstehen, das hängt mit der Feuchtigkeit zusammen. Diese Expedition fand jeden Nachmittag zu den Schlägen der trägen, fast regelwidrigen, tiefen Trommel statt. Sie erzeugte einen straffen und fast verpuffenden Reifenpannen-Ton, der jedoch stets den Takt hielt. Draußen in der Sonne gingen die Frauen, die aus ihren Hütten traten, um sich in tönernen Schalen ihre Tropfen von dem Tank-Wasser zu holen. Ich lag im Schatten und lauschte, meine Finger schwerfällig über meinem Bauch verkettet, den schläfrigen Trommelrufen. Wenn wir das Stadtzentrum erreichten, kletterte ich heraus. Dies war der Marktplatz. Es war zugleich der Gerichtshof. In ein rotes Gewand gehüllt, saß der Richter oben auf einem Misthaufen. Er war ein Mann mit rohen Gesichtszügen; sein Aussehen gefiel mir nicht. Es fand stets eine Gerichtsverhandlung statt, und der Angeklagte war an einen Pfosten gebunden und mit Hilfe eines gegabelten Stockes, der ihm in den Gaumen hineingepreßt war und seine Zunge hinunterdrückte, mundtot gemacht. Die Verhandlung wurde meinetwegen unterbrochen. Die Anwälte stellten ihr lautes Geraufe ein, und die Menge rief: »Sungo! Aki-Sungo« (Großer weißer Sungo). Ich verbeugte mich. Tamba oder Bebu reichte mir einen mit Löchern versehenen Kürbis, ähnlich den Wäschesprengern, die früher von den Waschfrauen benutzt wurden. Nein, warten Sie – ähnlich dem Weihwedel, den die Katholiken in ihren Kirchen verwenden. Ich besprengte die Leute, und sie kamen dann lachend und unter Verbeugungen zu mir und hielten ihre Rücken dem Sprühregen hin, alte zahnlose Kerle mit ergrauten Haaren in der Spalte ihrer Hintern und junge Mädchen, deren Brüste auf die Erde zeigten, starke Burschen mit kraftvollem Rückgrat. Es entging mir aber nicht, daß sich in die Achtung vor meiner Kraft und meinem Amt ein gewisser Spott mischte. Jedenfalls sah ich stets darauf, daß der Gefangene, der an den Pfosten gebunden war, seinen vollen Anteil erhielt, und gab zu dem Schweiß auf der Haut des armen Burschen noch ein paar Wassertropfen dazu.

Dies waren, kurz umrissen, meine Pflichten als Regenkönig, aber ich muß Ihnen vor allem etwas über die besondere Absicht des Königs und all die Schriften sagen, die er mir gegeben hatte.

Diese ließ ich liegen; nach unserer einleitenden Unterhaltung nahm ich an, daß damit Unannehmlichkeiten verbunden sein könnten. Da waren die beiden Bücher, die recht abgenutzt aussahen, und da waren wissenschaftliche Neudrucke, nicht gebunden, mit schäbigen Titelseiten. Ich blätterte ein paar von diesen durch. Der Druck war eng und zu fett, und die einzigen Lichtstellen im Text waren mit Zeichnungen von Molekülen ausgefüllt. Im übrigen waren die Wörter so dick und schwer wie Grabsteine, und ich war sehr entmutigt. Es war ganz so, wie wenn man mit der Limousine an den Friedhöfen in Queens vorüber zum LaGuardia-Flugplatz fährt. So schwer. Jeder von den Toten war mit der Post fortgeschickt, und die Steine waren wie Briefmarken, die der Tod beleckt hat.

Jedenfalls war es ein heißer Nachmittag, und ich saß über die Schriften gebeugt und suchte herauszubekommen, was ich mit ihnen anfangen könnte. Ich trug meine Tracht, die grüne seidene Hose und den Helm mit dem kleinen Nippel oben und die Schuhe mit den Kreppsohlen, die ausgetreten waren und sich verzogen wie spöttelnde Lippen. Ja, so ist es. Krankheit und Fieber haben mich schläfrig gemacht. Die Sonne herrscht unangefochten. Die Schattenstreifen wirken unverrückbar. Die Luft ist traumschwer vor Hitze, und die Berge gleichen an einigen Stellen Melassebonbons, gelben, bröckeligen, aus Zellen bestehenden, mit Höhlen versehenen, ausgedörrten Gebilden. Sie sehen aus, als wären sie schädlich für die Zähne. Und ich habe diese Schriften vor mir. Dahfu und Horko hatten sie dem Esel aufgeladen, als sie von der Küste her über die Berge kamen. Hinterher wurde das Tier geschlachtet und der Löwin als Nahrung vorgeworfen.

›Warum soll ich dieses Zeug lesen?‹ dachte ich. Mein Widerstand dagegen war groß. Vor allem fürchtete ich, dabei festzustellen, daß der König ein verdrehter Kerl war; ich empfand es als nicht gerecht, wenn sich, nachdem ich die weite Reise gemacht hatte, um den Schlaf des Geistes zu durchlöchern, und nachdem ich Mummah hochgehoben hatte und Regenkönig geworden war, Dahfu jetzt einfach als exzentrisch erweisen sollte. Deshalb streikte ich. Ich legte ein paar Patiencen. Danach fühlte ich mich äußerst schläfrig und blickte starr auf die von der Sonne bestimmten Farben draußen, dieses Grün wie Maleranstrich, dieses Braun wie Erdkruste.

Ich bin ein mit Nerv und Herz beteiligter Leser. Ich halte ein Buch dicht vor mein Gesicht, und es bedarf nur eines einzigen guten Satzes, um mein Gehirn in einen Vulkan zu verwandeln;

ich fange sofort an, alles auszuspinnen, und an mir fließt eine regelrechte Gedankenlava herab. Lily behauptet, ich hätte zuviel geistige Energie. Nach Frances' Meinung jedoch besaß ich überhaupt kein Gehirn. Alles, was ich wahrheitsgemäß sagen kann, ist das: als ich in einem der Bücher meines Vaters las »die Vergebung der Sünde währet ewiglich«, war mir, als sei ich am Kopf von einem Stein getroffen worden. Ich habe doch wohl erzählt, daß mein Vater Geldscheine als Lesezeichen benutzte, und ich nehme an, ich muß das Geld aus diesem speziellen Buch in die Tasche gesteckt haben, und ich vergaß dann sogar den Titel. Vielleicht wollte ich nicht mehr als dies über die Sünde hören. So wie der Satz da stand, war er ausgezeichnet, und ich fürchtete vielleicht, der Mann würde ihn im folgenden nur verwässern. Jedenfalls bin ich der spontane und nicht der systematische Typ. Außerdem, wenn ich es schon nicht bei diesem *einen* Satz aushielt – was käme dabei heraus, wenn ich das ganze Buch las?

Nein, ich bin zum Lesen nie ruhig genug gewesen, und es gab eine Zeit, da hätte ich meines Vaters Bücher den Schweinen vorgeworfen, wenn ich geglaubt hätte, es könnte ihnen guttun. Ein solcher Bücherbestand verwirrte mich. Als ich anfing, etwas über Frankreich zu lesen, stellte ich fest, daß ich nichts über Rom wußte, das doch davor lag, und über Griechenland, und dann weiter Ägypten und so die ganze Zeit zurück bis zum Ur-Abgrund. Ich wußte ganz einfach nicht genug, um nur ein einzelnes Buch zu lesen. Schließlich fand ich, daß die einzigen Dinge, die mir Freude machten, so etwas waren wie *Das Abenteuer der Chirurgie*, *Der Sieg über den Schmerz* oder Arztbiographien – etwa Osler, Cushing, Semmelweis und Metchnikoff. Weil ich Wilfred Grenfell so verehrte, begann ich mich für Labrador, Neufundland, den nördlichen Polarkreis und schließlich für die Eskimos zu interessieren. Man hätte annehmen können, daß Lily für die Eskimos ebensoviel übrig haben würde wie ich, aber sie hatte es nicht, und ich war sehr enttäuscht. Die Eskimos sind auf das unbedingt Nötige heruntergeschraubt, und ich dachte mir, sie würden Lily zusagen, weil sie ein solcher Grundtyp ist.

Nun ja, sie ist es, und dann ist sie es auch wieder nicht. Sie ist von Natur aus nicht aufrichtig. Man sehe sich nur an, was sie über alle ihre Verlobten zusammenlog. Und ich bin nicht sicher, daß Hazard ihr auf dem Wege zur Trauung in das Auge schlug. Wie kann ich es? Sie sagte mir, ihre Mutter sei tot, obwohl die alte Dame noch am Leben war. Sie belog mich auch mit dem Teppich, denn es *war* der, auf dem ihr Vater sich erschoß. Ich möchte fast behaupten, daß bestimmte Vorstellungen die Menschen zur Unwahrheit verleiten. Ja, sie verführen sie häufig zum Lügen.

Lily hat auch etwas von einem Erpresser. Sie wissen, ich liebe dieses Prachtweib von Herzen, und manchmal stelle ich mir im Geist zu meinem eigenen Ergötzen Lily Stück für Stück vor. Ich beginne mit einer Hand oder einem Fuß oder auch einer Zehe und gehe dann zu allen Gliedern und Gelenken über. Ich empfinde dabei eine wundervolle Befriedigung. Die eine Brust ist kleiner als die andere, wie Junior und Senior; ihre Beckenknochen sind nicht gut gepolstert, sie ist an der Stelle etwas hager. Aber ihr Körper wirkt zart und hübsch. Außerdem bekommt ihr Gesicht manchmal einen weißen Schimmer, der mich mehr anzieht als alles andere. Trotzdem, sie ist leichtsinnig und ein Verschwender und hält das Haus nicht in Ordnung und ist ein vollendeter Betrüger und nutzt mich aus. Ehe wir heirateten, schrieb ich für sie rund zwanzig Briefe überallhin, an das State Department und etwa ein Dutzend diplomatische Vertretungen. Sie benutzte mich als persönliche Referenz. Sie wollte nach Burma oder Brasilien, und dahinter stand die Drohung, daß ich sie nie wiedersehen würde. Ich wußte nicht, was ich tun sollte. Ich konnte sie doch nicht bei all diesen Leuten schlechtmachen. Aber als wir geheiratet hatten und ich gern unsere Flitterwochen bei den Kupfer-Eskimos kampierend verbracht hätte, wollte sie nichts davon hören. Auf jeden Fall (um bei dem Thema der Bücher zu bleiben) las ich Freuchen und Gontran de Poncins und drillte mich darauf, im Winter im Freien zu hausen. Ich baute mir mit einem Messer ein Iglu, und bei starkem Frost gab es zwischen Lily und mir Krach, weil sie nicht bereit war, mit mir und den Kindern wie die Eskimos unter Fellen zu schlafen. Ich wollte das ausprobieren.

Ich blätterte sämtliche Schriften durch, die Dahfu mir gegeben hatte. Ich vermutete, daß sie etwas mit Löwen zu tun hatten, und trotzdem, Seite für Seite, kein einziger Hinweis auf Löwen. Mir war nach Stöhnen und Dösen, nach allem möglichen, nur nicht danach, mich an diesem heißen afrikanischen Tage, als der Himmel so blau war, wie Kornschnaps weiß ist, mit einem so spröden Stoff herumzuschlagen. Der erste Artikel, den ich mir vornahm, weil der einleitende Abschnitt leicht wirkte, war mit Scheminsky gezeichnet, und er war durchaus nicht leicht. Aber ich biß mich durch, bis ich auf den Ausdruck Obersteiners Allochirie stieß, und da brach ich zusammen. Ich dachte: ›Verflucht! Was soll das alles! Weil ich dem König gesagt habe, ich wollte Arzt werden, denkt er, ich hätte medizinische Kenntnisse. Ich sollte ihm lieber klaren Wein einschenken.‹ Das Zeug war einfach zu schwierig.

Aber dennoch bot ich alles dafür auf, was in mir war. Ich übersprang Obersteiners Allochirie und brachte es am Ende fertig, diesen oder jenen Absatz zu begreifen. Die meisten dieser Artikel befaßten sich mit der Beziehung zwischen Körper und Geist, und sie verbreiteten sich besonders über die Körperhaltung, Verwechslungen zwischen rechts und links sowie verschiedene Gefühlsüberspitzungen und Entstellungen. Danach konnte zum Beispiel ein Mann mit einem normalen Bein fest davon überzeugt sein, er habe das Bein eines Elefanten. Das war an sich sehr interessant, und ein paar der Beschreibungen waren absolut erstklassig. Ich mußte nur immer denken: ›Es wäre besser, ich scheuerte, säuberte, frischte die alte Intelligenz auf und machte mir klar, worauf der Mann hinaus will, denn mein Leben kann davon abhängen.‹ Es war eben mein Schicksal, zu denken, das Leben habe sich für mich so vereinfacht, daß ich – endlich! – mit ihm fertig werden konnte, und dann in einem baufälligen Palast bei der Lektüre solcher anspruchsvollen medizinischen Publikationen zu landen. Es gibt wohl nur noch wenige Eingeborenen-Fürsten, die nicht gebildet sind, und auf allen Polytechnischen Lehranstalten studieren Gens de couleur aus der ganzen Welt, und manche davon haben schon erstaunliche Entdeckungen gemacht. Aber ich habe nie von einem gehört, der genau im Fahrwasser von König Dahfu schwamm. Natürlich war es möglich, daß Dahfu eine Klasse für sich war. Das wieder legte den Gedanken nahe, daß ich bei ihm vielleicht wirklich in der Patsche saß, denn man kann von Leuten, die eine Sonderklasse darstellen, nicht erwarten, daß sie vernünftig sind. Da ich der einzige Angehörige einer bestimmten Klasse bin, weiß ich das aus persönlicher Erfahrung.

Ich ruhte mich gerade von dem Artikel dieses Scheminsky ein wenig aus, legte eine Patience und atmete schwer, über sie gebeugt, als des Königs Onkel Horko an diesem besonderen Hitzetag mein Zimmer im Erdgeschoß des Palastes betrat. Hinter ihm kam der Bunam, und mit dem Bunam zusammen war stets sein Begleiter oder Assistent, der Schwarzledermann. Diese drei machten einer vierten Person den Weg frei, einer älteren Frau, die nach Witwe aussah. Man kennt Witwen fast immer eindeutig heraus. Sie hatten sie zu einem Besuch bei mir herangeschleppt, und aus der Art, wie sie zur Seite traten, ging hervor, daß sie die Hauptperson war. Bevor ich mich erhob, geriet ich ins Schwanken – der Raum in meinem Zimmer war beschränkt, und er war schon von Tamba und Bebu, die auf der Erde lagen, und von Romilayu, der sich in der Ecke befand, ziemlich ausgefüllt. Wir waren acht in einem Zimmer, das mich allein kaum zu fassen vermochte. Das Bett war fest angebracht und konnte nicht hinausgeschafft werden. Es war mit Fellen und einheimischen Lumpen bedeckt, und die befleckten Karten, über denen ich gebrütet hatte, waren in vier ungleichmäßigen Reihen ausgelegt – ich hatte König Dahfus Druckschriften beiseite geschoben. Und jetzt brachten sie mir diese ältere Dame in einem befransten Kleid, das ihr von den Schultern bis etwa in die Mitte der Oberschenkel hing. Sie kamen aus der brennenden Wildnis des afrikanischen Nachmittags und, da ich die blanken, schmutzigen roten und schwarzen Karten mit der sehenden Blindheit eines Spielers angestarrt hatte, konnte ich zuerst die Frau nicht richtig erkennen. Aber dann trat sie näher zu mir heran, und ich sah, daß sie ein rundes, aber nicht völlig rundes Gesicht hatte. Auf der einen Seite des Gesichtes fehlte die Symmetrie. Am Kinnbacken. Ihre Nase war aufgestülpt, und sie hatte sehr volle Lippen, während das zarte Hervortreten der unteren Hälfte ihres Gesichtes den Eindruck erweckte, daß sie es ganz ihrem Gegenüber zuwandte. In ihrem Mund fehlten ein paar Zähne, aber ich wußte sofort, wen ich vor mir hatte. ›Sicher‹, dachte ich, ›ist es eine Verwandte von Dahfu. Es muß seine Mutter sein.‹ Ich sah die Verwandtschaft an dem Hervortreten ihrer unteren Gesichtshälfte, an den Lippen und der roten Tönung ihrer Augen.

»Yasra. Königin«, sagte Horko. »Mutter Dahfu.«

»Madame, es ist mir eine Ehre«, sagte ich.

Sie ergriff meine Hand und legte sie auf ihren Kopf, der selbstverständlich rasiert war. Alle verheirateten Frauen hatten rasierte Köpfe. Die Geste wurde ihr dadurch erleichtert, daß sie gut einen halben Meter kleiner war als ich. Horko und ich überragten alle übrigen. Er war in sein rotes Gewand gehüllt, und wenn er sich hinabbeugte, um zu ihr zu sprechen, hingen die Steine an seinen Ohren herunter wie die beiden Lappen eines Hahns.

Ich nahm meinen Helm ab und entblößte die riesigen Striemen und Brüschen auf Nase und Backen, die ich von der Regenzeremonie zurückbehalten hatte. Meine Augen müssen vor lauter Feierlichkeit ein bißchen entstellt gewesen sein, denn sie zogen die Aufmerksamkeit des Schwarzledermannes auf sich, der auf sie hinzuweisen schien und etwas zu dem Bunam sagte. Ich aber legte die Hand der alten Königin auf meinen Kopf und sagte respektvoll: »Lady, Henderson ist Ihr Diener. Und das ist mein

Ernst.« Über meine Schulter sagte ich zu Romilayu: »Sage ihr das.« Sein Haarschopf war dicht hinter mir, und seine Stirn darunter war faltiger als sonst. Ich sah, wie der Bunam zu den Karten und den Schriften auf meinem Bett hinblickte, und ich schob sie alle hinter mich, da ich das Eigentum des Königs nicht seinem prüfenden Blick aussetzen wollte. Dann sagte ich zu Romilayu: »Sage der Königin, daß sie einen prächtigen Sohn hat. Der König ist ein Freund von mir, und ich bin genauso sein Freund. Sage, ich sei stolz darauf, ihn zu kennen.«

Inzwischen dachte ich: ›Sie ist in sehr schlechter Gesellschaft, nicht wahr?‹, weil ich wußte, daß der Bunam die Aufgabe hatte, den König beiseite zu schaffen, sobald ihn seine Kräfte verließen; Dahfu hatte mir das gesagt. Tatsächlich war der Bunam der Henker ihres Gatten – und jetzt erschien die Königin mit ihm an einem späten Nachmittag zu einem Höflichkeitsbesuch? Da stimmte doch etwas nicht.

Zu Hause wäre das die Cocktailstunde gewesen. Die großen Räder würden ihr Tempo verlangsamen, und all die den Himmel verunstaltenden Bauten würden im Dunkel versinken, und die Welt mit ihrer Konvention und ihrer Erfindergabe, ihrer Bürde an Ehrgeiz und ihrer Sucht nach Umgestaltung, würde sich entspannen.

Die alte Königin mochte meinen Gedanken gespürt haben, denn sie war traurig und bekümmert. Der Bunam starrte mich an, offensichtlich hatte er irgend etwas gegen mich vor, während Horko mit seinem herunterhängenden fleischigen Gesicht zunächst düster blickte. Der Zweck dieses Besuches war ein zweifacher – man wollte mich dazu bringen, daß ich etwas über die Löwin aussagte und dann auch allen Einfluß ausübte, den ich vielleicht auf den König hatte. Er war wegen Atti schlecht angeschrieben, äußerst schlecht.

In der Hauptsache führte Horko das Wort, der dabei die verschiedenen Sprachen durcheinander benutzte, die er sich während seines Aufenthaltes in Lamu angeeignet hatte. Er sprach sowohl eine Art Französisch als auch Englisch und etwas Portugiesisch. Sein Blut schimmerte mit Hochglanz durch sein Gesicht hindurch, und seine Ohren wurden durch ihren Schmuck fast bis auf seine fetten Schultern hinuntergezogen. Er näherte sich seinem Thema, indem er ein wenig von seinem Aufenthalt in Lamu sprach – einer sehr modernen Stadt, nach seiner Beschreibung zu schließen. Autos, Caféhäuser und Musik, Sprachen vieler Länder. »Tout le monde très distingué, très chic«, sagte er. Ich deckte mit einer Hand mein defektes Ohr ab und hielt ihm dafür ganz mein anderes hin, wobei ich nickte, und als er sah, daß ich auf sein Afro-Französisch aus Lamu einging, begann er lebhaft zu werden. Man sah ihm an, daß sein Herz dieser Stadt gehörte, und für ihn waren die Jahre, die er dort verbracht hatte, wahrscheinlich die schönsten. Es war sein Paris. Es fiel mir nicht schwer, mir vorzustellen, daß er sich dort ein Haus, Dienstpersonal und Mädchen zugelegt und in einem leichten Jackett, vielleicht mit einer Blume im Knopfloch, seine Tage in einem Café verbracht hatte, denn er war ein typischer Erfolgsmensch. Seinem Neffen nahm er übel, daß er davongegangen war und ihn acht oder neun Jahre dort sitzengelassen hatte. »Gehen weg Lamu Schule«, sagte er. »Pas assez bon. Schlecht, schlecht, sage ich. Nicht gehen weg von Lamu. Wir gehen. Er gehen. Vater König Gmilo sterben. Moi aller chercher Dahfu. Ein Jahr.« Über den kahlen Schädel der Königin Yasra hinweg hob er mir seine kräftigen Finger entgegen, und aus seinem Unwillen entnahm ich, daß man ihn offenbar für Dahfus Verschwinden verantwortlich gemacht hatte. Es war seine Pflicht, den Erben zurückzubringen.

Aber er merkte, daß ich den von ihm angeschlagenen Ton nicht mochte, und sagte: »Sie Freund Dahfu?«

»Das will ich meinen.«

»Oh, ich auch. Roi neveu. Aime neveu. Sans blague. Gefährlich.«

»Rücken Sie mit der Sprache heraus, was soll das Ganze?«

Als er meine Verärgerung sah, redete der Bunam nachdrücklich auf Horko ein, und die Königinmutter, Yasra, rief: »Sasi ai. Ai, sasi, Sungo.« Da sie zu mir aufblickte, sah sie zweifellos die Unterseite meines Kinns, den Schnurrbart und meine offenen Nüstern, aber nicht meine Augen, so daß sie nicht wußte, wie ich ihre Bitte aufnahm, denn eine Bitte war es. Sie begann daher, meine Finger mit Küssen zu bedecken, ähnlich, wie es Mtalba in der Nacht vor meiner gescheiterten Expedition gegen die Frösche getan hatte. Wieder merkte ich, daß ich dort sehr empfindlich war. Diese Hände haben infolge des Mißbrauchs, der mit ihnen getrieben worden ist, ein gut Teil ihrer Form verloren. Da war zum Beispiel der Zeigefinger, mit dem ich, Pancho Villa nachahmend, auf die Katze unter dem Bridgetisch gezielt hatte. »Oh, Königin, tun Sie das nicht«, sagte ich. »Romilayu – Romilayu – sage ihr, sie möge das lassen. Hätte ich so viele Finger wie Hämmer in einem Klavier«, erklärte ich ihm, »würden ihr alle zu Diensten sein. Was will die alte Königin? Diese Burschen setzen sie unter Druck, das sehe ich ihnen doch an!«

»Schützen Sohn, Sir«, sagte Romilayu hinter mir.

»Wovor?« sagte ich.

»Löwe Hexe, Sir. Oh, sehr schlechter Löwe.«

»Sie haben die alte Mutter eingeschüchtert«, sagte ich mit einem finsteren Blick auf den Bunam und seinen Assistenten. »Dies ist der reinste Totengräber. Nicht glücklich, wenn er keine Leichen um sich hat oder Leute ins Grab bringen kann. Ich kann es direkt riechen. Und dann seht euch diese Fledermaus mit den Lederflügeln an, seinen ständigen Schatten. Er könnte im *Phantom der Oper* auftreten. Er hat ein Gesicht wie ein Ameisenbär – aber er frißt Seelen. Du sagst ihnen klipp und klar, daß ich den König für einen ausgezeichneten und edlen Mann halte. Schärfe ihnen das ein«, sagte ich zu Romilayu, »im Interesse der alten Dame.« Aber ich konnte sie von dem Thema nicht abbringen, sosehr ich auch den König herausstrich. Sie waren gekommen, um mich über Löwen aufzuklären. Bis auf einen einzigen hätten die Löwen die Seelen von Zauberern. Der König habe Atti gefangen und sie an Stelle seines Vaters Gmilo, der noch immer auf freiem Fuße sei, in sein Haus genommen. Sie verübelten ihm das sehr, und der Bunam war hier, um uns zu sagen, daß Dahfu mich in seine Hexerei hineinzuziehen suche. »Ach, puh«, sagte ich zu diesen Männern. »Ich könnte nie eine Hexe sein. Mein Charakter ist genau das Gegenteil davon.« Horko und Romilayu, die zwischen ihnen standen, ließen mich schließlich die Bedeutung und den Ernst – die Schwere – des Konflikts erkennen. Ich versuchte, mich herauszuhalten, aber er war da: sie legten ihn mir auf wie eine Steinplatte. Die Menschen seien aufgebracht. Die Löwin richte Unheil an. Einige Frauen, die mit der Löwin in deren früherer Inkarnation verfeindet gewesen waren, hätten Fehlgeburten gehabt. Außerdem sei da die Dürre, die ich durch das Hochheben von Mummah beendet hatte. Infolgedessen sei ich sehr populär. (Mir schoß das Blut in den Kopf. Ich spürte, wie mein Gesicht dunkelrot wurde.) »Es war nicht der Rede wert«, sagte ich. Aber dann erklärte mir Horko, wie schlimm es sei, daß ich in die Höhle hinunterginge. Ich wurde erneut darauf aufmerksam gemacht, daß Dahfu nicht das volle Anrecht auf den Thron habe, solange Gmilo nicht gefangen sei. Der alte König sei gezwungen, sich draußen im Busch in übler Gesellschaft aufzuhalten (bei den anderen Löwen, von denen jeder ein erwiesener Bösewicht sei). Sie behaupteten, die Löwin verführe Dahfu, halte ihn von der Erfüllung seiner Pflicht ab, und sie verhindere Gmilos Rückkehr.

Ich versuchte, ihnen klarzumachen, daß andere Menschen eine ganz andere Vorstellung von Löwen hätten. Ich sagte ihnen, sie könnten doch nicht gut sämtliche Löwen mit einer einzigen Ausnahme verurteilen, und irgendwo müsse da ein Fehler stecken. Dann wandte ich mich an den Bunam, denn ich sah, daß er offenbar der Führer der Anti-Löwen-Gruppe war. Ich dachte, sein zerfurchter Blick, die ernste Ader auf seiner Stirn und die runzligen Hautpartien um seine Augen müßten bedeuten (auch hier, wo ganz Afrika unter dem unangefochtenen und weitgespannten Himmel brannte wie Ozeane grünen Öls), was sie bei uns in New York bedeutet hätten, nämlich tiefes Grübeln. »Nun, ich finde, Sie sollten den König gewähren lassen. Er ist ein außergewöhnlicher Mann und tut außergewöhnliche Dinge. Manchmal müssen diese großen Männer ihre Grenzen sprengen. So wie Cäsar oder Napoleon oder Chaka der Zulu. Des Königs Interesse ist die Wissenschaft. Ich bin zwar kein Fachmann, aber ich nehme an, er denkt an die Menschheit als Ganzes, die in einen Zustand der Lethargie verfallen ist und eine Spritze tierischer Natur zur Auffrischung braucht. Sie sollten sich darüber freuen, daß er kein Chaka ist und Sie nicht umbringen will. Es ist ein Glück für Sie, daß er nicht dieser Typ ist.« Ich dachte, eine Drohung könne vielleicht ganz angebracht sein. Sie schien jedoch keine Wirkung zu haben. Die alte Frau flüsterte noch immer und hielt meine Finger, während sich der Bunam, als Romilayu sich an ihn wandte und sich die größte Mühe gab, meine Worte zu übersetzen, in eisige Ablehnung hüllte, so daß sich nur seine Augen bewegten, und sie bewegten sich sehr wenig, sie funkelten vor allem. Und dann, als Romilayu fertig war, gab der Bunam seinem Assistenten durch ein Schnalzen mit den Fingern ein Zeichen, und der Schwarzledermann zog aus seinem Lumpenmantel einen Gegenstand hervor, den ich zuerst irrtümlich für eine eingeschrumpfte Eierpflanze ansah. Er hielt sie am Stiel und schob sie mir vor das Gesicht. Da blickten mich zwei trockene tote Augen an und Zähne aus einem nicht mehr atmenden Mund. Aus den Augen kam ein teilnahmsloser und erloschener Blick. Sie sahen mich aus dem Jenseits an. Eine der Nüstern dieses Spielzeugs war abgeflacht, die andere war aufgebläht, und das ganze Gesicht schien zu bellen, diese schwarze, vertrocknete Kind- oder Zwerg-Mumie, die am Halse gehalten wurde. Mein Atem brannte wie Senf, und jene Stimme innerer Verständigung, die ich vernommen hatte, als ich die Leiche hochhob, versuchte zu sprechen, aber sie kam nicht über ein Flüstern hinaus. Ich nehme an, daß manche Menschen mehr Tod in sich tragen, als andere. Offenbar habe ich zufälligerweise ein großes Tod-Potential. Jedenfalls frage ich mich allmählich (oder vielleicht ist es mehr eine Bitte als eine Frage), warum er immer in meiner Nähe ist – warum?! Warum kann ich ihm nicht eine Zeitlang entgehen? Warum, warum!

»Nun, was ist das?« sagte ich.

Es war der Kopf einer der Löwen-Frauen – einer Zauberin. Sie war losgezogen und hatte sich mit Löwen eingelassen. Sie hatte Menschen vergiftet und verhext. Der Assistent des Bunam hatte sie festgenommen, und man hatte ihr den Prozeß gemacht und sie stranguliert. Aber sie war wiedergekommen. Diese Leute fakkelten nicht lange, sondern erklärten, sie sei genau dieselbe Löwin, die Dahfu gefangen hatte. Sie war Atti. Es gab keinen Zweifel daran.

»Ame de Lion«, sagte Horko. »En bas.«

»Ich weiß nicht, wieso Sie so sicher sein können«, sagte ich. Ich konnte meine Augen nicht von dem eingeschrumpften Kopf mit seinem erloschenen, teilnahmslosen Blick abwenden. Er sprach zu mir wie jenes Tier in Banyules in dem Aquarium, nachdem ich Lily in den Zug gesetzt hatte. Ich dachte genau wie damals in dem trüben, feuchten, steinigen Raum: ›Das ist es! Das Ende!‹

18

In jener Nacht betete Romilayu mit größerer Inbrunst als je. Seine Lippen schoben sich weit vor, und die Muskeln spielten unter seiner Haut, während seine stöhnende Stimme sich aus tiefsten Tiefen emporrang. »Das ist gut, Romilayu«, sagte ich, »bete. Schütte es aus. Bete wie wild. Leg alles hinein, was in dir ist. Laß nicht nach, Romilayu, bete, sage ich dir.« Er schien mir nicht genug hineinzulegen, und ich verblüffte ihn völlig, als ich in der grünen Seidenhose aus dem Bett stieg und neben ihm auf dem Boden hinkniete, um gemeinsam mit ihm zu beten. Wenn Sie es wissen wollen, es war nicht das erste Mal in den letzten Jahren, daß ich einige Worte an Gott richtete. Romilayu blickte unter jener Wolke von Pudelhaar auf, das über seine niedrige Stirn herabhing, dann seufzte er und zitterte, ob aber aus Befriedigung darüber, daß er bei mir eine gewisse Religiosität feststellte, oder aus Entsetzen darüber, daß er plötzlich meine Stimme auf seiner Welle hörte, oder über mein Aussehen, konnte ich natürlich nicht wissen. Oh, ich war völlig mitgerissen! Jener eingeschrumpfte Schädel und der Anblick der armen Königin Yasra hatten mein Innerstes erreicht.

Und ich betete und betete: »Oh, Du ... Etwas«, sagte ich, »Du Etwas, durch das es kein Nichts gibt. Hilf mir, Deinen Willen zu tun. Erlöse mich von meinen törichten Sünden. Befreie mich von meinen Fesseln. Himmlischer Vater, öffne mein stummes Herz, und bewahre mich um Christi Willen vor unwirklichen Dingen. Oh, Du, der Du mich von den Schweinen nahmst, laß mich nicht wegen Löwen den Tod erleiden. Und vergib mir meine Missetaten und Torheiten und laß mich zu Lily und den Kindern zurückkehren.« Auf meinen schweren Knien liegend, Handfläche gegen Handfläche gepreßt, betete ich dann stumm weiter, und mein Körpergewicht drückte mich fast auf die breiten Bretter hinunter.

Ich war erschüttert, sehen Sie, weil ich jetzt deutlich begriff, daß ich zwischen die Partei des Königs und des Bunam geraten war. Der König ging darauf aus, sein Experiment an mir durchzuführen. Er war der Ansicht, daß es niemals für einen Mann zu spät sei, sich zu ändern, mochte er auch noch so ausgeprägt sein. Und er sah in mir einen beispielhaften Fall und hatte sich zum Ziel gesetzt, daß ich von seinem Löwen Löweneigenschaften einsog. Als ich am Morgen nach dem Besuch von Yasra, dem Bunam und Horko darum bat, beim König vorgelassen zu werden, führte man mich zu seinem Privatpavillon. Es war ein Garten, der erkennen ließ, daß er nach einem bestimmten Plan angelegt worden war. An den vier Ecken standen Zwergorangen. Blühender Wein bedeckte die Palastwand wie Bougainvillaea, und hier saß der König unter einem seiner aufgespannten Schirme. Er trug seinen breiten Samthut mit den Menschenzähnen und saß auf einem Polstersessel, umgeben von Frauen, die sein Gesicht mit kleinen viereckigen Tüchern aus bunter Seide abtupften. Sie zündeten ihm seine Pfeife an und reichten ihm Getränke, und sooft er einen Schluck nahm, sorgten sie dafür, daß ihn ein Brokattuch verdeckte. Neben einem der Orangenbäume spielte ein alter Mann ein Saiteninstrument. Es war sehr lang, nur ein wenig kürzer als eine Baßgeige, unten abgerundet und stand auf einem dikken Pflock und wurde mit einem Bogen aus Pferdehaaren gestrichen. Es gab laute krächzende Töne von sich. Der alte Musiker bestand nur aus Knochen, die Knie waren nach außen gebogen, er hatte einen länglichen glänzenden Kopf, eine Runzel neben der anderen. Ein paar weiße Haare flatterten wie Spinnweben hinter ihm in der Luft.

»Oh, Henderson-Sungo, gut, daß Sie hier sind. Es gibt gleich einige Vorführungen.«

»Hören Sie, ich muß Sie unbedingt sprechen, Hoheit«, sagte ich. Ich wischte mir über mein Gesicht.

»Natürlich, aber zuerst wollen wir uns Tänze ansehen.«

»Aber ich muß Ihnen unbedingt etwas sagen, Majestät.«

»Ja, natürlich, aber zunächst steht Tanz auf dem Programm. Meine Damen werden uns unterhalten.«

Seine Damen! dachte ich und schaute mir diese Ansammlung nackter Frauen an. Denn nachdem er mir gesagt hatte, man würde ihn strangulieren, wenn er ihnen nicht mehr zu Diensten sein könne, waren sie mir unheimlich. Einige aber sahen prächtig aus, die größten bewegten sich mit giraffenähnlicher Eleganz, ihre kleinen Gesichter waren mit Narbenmustern geschmückt. Ihre Hüften und Brüste saßen auf ihren Körpern besser als irgendein Gewand. Ihre Gesichtszüge waren breit, aber nicht grob; im Gegenteil, ihre Nasenflügel waren sehr dünn und fein, und ihre Augen waren sanft. Die Frauen waren angemalt und geschmückt und mit einem Moschus parfümiert, der ein wenig nach süßem Kerosin roch. Einige trugen Perlen, die hohlen goldenen Walnüssen glichen; die Perlen waren zwei- oder dreimal um den Leib geschlungen und hingen bis auf die Beine hinunter. Andere trugen Korallen und Perlen und Federn, und die Tänzerinnen trugen bunte Schals, die lose um ihre Schultern wallten, wenn sie mit eleganten, langen Beinen über den Hof rannten, denn das Kratzen der Musik ging ständig weiter, und der alte Mann strich seinen Bogen mit unermüdlichem Rasp, Rasp, Rasp.

»Aber ich habe etwas auf dem Herzen, das ich Ihnen unbedingt sagen muß.«

»Ja, ich habe es mir schon gedacht, Henderson-Sungo. Wir müssen uns jetzt jedoch den Tanz ansehen. Dies dort ist Mupi, sie ist ausgezeichnet.« Das Instrument schluchzte, stöhnte und krächzte, wenn der alte Mann mit seinem barbarischen Bogen es abschliff. Mupi, die sich zuerst in die Musik hineinhörte, schwang sich zwei- oder dreimal hin und her, hob dann ihr Bein mit durchgedrücktem Knie, und als ihr Fuß langsam auf den Boden zurückkehrte, schien er etwas zu suchen. Und dann begann sie sich zu wiegen und tastete weiter, mit den Füßen abwechselnd, über den Boden und schloß die Augen. Die dünnen, gehämmerten goldenen Schalen, die hohlen Walnüssen glichen, klimperten dabei auf Mupis Leib. Sie nahm dem König die Pfeife aus der Hand und klopfte auf ihrem Oberschenkel die kohligen Aschenreste aus, drückte sie mit der Hand fest an, und während sie sich selbst damit verbrannte, blickten ihre Augen, die unter dem Schmerz tränten, unverwandt in die seinen.

Der König flüsterte mir zu: »Sie ist ein gutes Mädchen – ein sehr gutes Mädchen.«

»Sie ist zweifellos in Sie verliebt«, sagte ich. Das Tanzen zu dem Krächzen des mit zwei Saiten bespannten Instruments ging weiter. »Hoheit, ich muß Ihnen sagen . . .« Der Besatz aus Zähnen klirrte, als der König mir seinen Kopf mit dem weichen, breitkrempigen Hut zuwandte. In dem Schatten dieses Hutes wirkte sein Gesicht noch lebendiger als sonst, besonders seine eingedrückte Nase und seine wulstigen Lippen.

»Hoheit.«

»Oh, Sie sind sehr hartnäckig. Nun gut. Da Sie behaupten, es sei so dringend, lassen Sie uns an einen Ort gehen, an dem wir sprechen können.« Er erhob sich, und sein Aufstehen verursachte unter den Frauen große Erregung. Sie begannen hin und her zu springen, tapsten quer durch den kleinen Pavillon, schrien auf und klapperten mit ihrem Schmuck; einige weinten vor Enttäuschung darüber, daß der König aufbrechen wollte, und einige machten mir mit schrillen Worten Vorwürfe, daß ich ihnen Dahfu entzog, während mehrere schrien: »Sdudu lebah!« Lebah – ich hatte das Wort bereits aufgeschnappt – war die Wariri-Bezeichnung für Löwe. Die Frauen warnten ihn also vor Atti; sie warfen ihm böswilliges Verlassen vor. Der König winkte ihnen lachend mit einer großen Geste zu. Er wirkte sehr liebevoll, und ich vermute, er sagte, sie alle seien ihm sehr teuer. Ich wartete, stand ruhig daneben, massig, mein sorgenvolles Gesicht noch immer steif von den Brüschen.

Die Frauen hatten recht, denn Dahfu führte mich nicht in sein Gemach zurück, sondern wieder in die Höhle hinunter. Als ich merkte, wohin er ging, eilte ich ihm nach und sagte: »Warten Sie, warten Sie. Besprechen wir die Sache schnell. Nur eine Minute.«

»Es tut mir leid, Henderson-Sungo, aber wir müssen zu Atti gehen. Ich will Sie dort unten anhören.«

»Verzeihen Sie mir, König, wenn ich das sage, aber Sie sind sehr halsstarrig. Falls Sie es nicht wissen sollten: Sie sind in einer höllischen Lage.«

»Oh, zum Teufel«, sagte er. »Ich weiß, was sie im Schilde führen.«

»Sie sind zu mir gekommen und zeigten mir den Schädel einer Person, von der sie behaupteten, sie sei die gleiche wie Atti in einem früheren Dasein.«

Der König hielt inne. Tatu hatte uns eben durch die Tür eingelassen und stand jetzt mit dem schweren Bolzen in den Armen wartend in der Galerie. »Das ist die wohlbekannte Furcht. Wir werden ihr widerstehen. Alter Mann, in Fällen wie diesem kann nun manchmal nicht alles eitel Wonne sein. Setzen Ihnen die Leute sehr zu? Es geschieht, weil ich meine Zuneigung für Sie gezeigt habe.« Er legte mir die Hand auf die Schulter.

Die Berührung seiner Hand war vielleicht der Grund, daß ich auf dem obersten Treppenabsatz zusammenbrach. »Hier«, sagte ich, »ich bin bereit, fast alles zu tun, was Sie sagen. Ich habe vom Leben viel abbekommen, aber im Grunde hat es mich nicht wirklich abgeschreckt, König. Ich bin Soldat. Alle Männer meiner Familie sind Soldat gewesen. Sie haben die Bauern geschützt, und sie beteiligten sich an den Kreuzzügen und kämpften gegen die Mohammedaner. Und mütterlicherseits hatte ich einen Vorfahren – General U. S. Grant hätte nie einen Kampf ohne ihn begonnen. Er sagte immer: ›Ist Billy Waters da?‹ ›Hier, Sir.‹ ›Sehr gut. Beginnen Sie mit der Schlacht.‹ Verdammt, in meinen Adern rollt kriegerisches Blut. Aber, Hoheit, mit dieser Löwengeschichte machen Sie mich völlig kaputt. Und was ist mit Ihrer Mutter?«

»Oh, zum Teufel mit meiner Mutter, Sungo«, sagte er. »Glauben Sie, die Welt sei nur ein Ei, und wir sind hier, um darüber herzufallen? Zuerst kommen die Phänomene. Turmhoch über allem anderen. Ich spreche von einer großen Entdeckung zu Ihnen, und Sie reden mit mir über Mütter. Ich weiß, sie wollen ihr auch Angst einjagen. Meine Mutter hat meinen Vater Gmilo nun schon ein halbes Jahrzehnt überlebt. Kommen Sie mit mir durch die Tür, und lassen Sie Tatu die Tür schließen. Kommen Sie, kommen Sie.« Ich blieb stehen. Er rief: »Kommen Sie, sage ich!«, und ich schritt durch die Tür. Ich sah, wie Tatu den großen Klumpen Holz, der als Bolzen diente, an seinen Platz wuchtete. Er fiel herunter, die Tür schlug zu, und wir waren im Dunkeln. Der König lief die Treppe hinunter.

Dort, wo das Licht durch das Gitterwerk in der Decke drang, jenes wässerige, von dem Gestein bestimmte gelbliche Licht, holte ich ihn ein.

Er sagte: »Warum sehen Sie mich so drohend an? Sie haben einen gefährlichen Ausdruck im Gesicht.«

Ich sagte: »König, so ist mir eben ums Herz. Ich sagte Ihnen ja schon, daß ich mediumistisch bin. Und ich ahne Schlimmes.«

»Kein Zweifel, denn wir haben Sorgen. Aber ich werde Gmilo fangen, und die Sorgen werden völlig aufhören. Dann wird niemand mir etwas abstreiten oder mich anfechten. Täglich sind Kundschafter hinter Gmilo her. Tatsächlich habe ich schon Meldungen über ihn erhalten. Ich kann Ihnen versichern, er wird eingefangen.«

Ich sagte mit allem Eifer, daß ich hoffte, er werde ihn fangen und der Sache ein Ende machen, so daß wir uns wegen dieser beiden Würger, des Bunam und des Schwarzledermannes, keinen Kummer mehr zu machen brauchten. Dann würden sie aufhören, seine Mutter zu verfolgen. Bei dieser zweiten Erwähnung seiner Mutter sah er mich böse an. Zum erstenmal betrachtete er mich lange mit einem finsteren Gesicht. Dann setzte er seinen Weg die Treppe hinunter fort. Erschüttert folgte ich ihm. Nun gut, überlegte ich, dieser schwarze König war wohl wirklich ein Genie. Genau wie Pascal, der im Alter von zwölf Jahren den 32. Satz des Euklid ganz aus sich entdeckte.

Aber warum Löwen?

›Weil Sie, Mr. Henderson‹, antwortete ich mir selbst, ›nicht den Sinn der wahren Liebe kennen, wenn Sie glauben, man könne bewußt eine Wahl treffen. Man liebt einfach, das ist alles. Eine Naturgewalt. Unwiderstehlich. In seine Löwin hat er sich beim ersten Anblick verliebt – coup de foudre.‹ In dieses Zwiegespräch mit mir selbst vertieft, rannte ich den letzten, mit Unkraut bewachsenen Teil der Treppe hinunter. Gleichzeitig hielt ich meinen Atem an, da wir uns der Höhle näherten. Die Wolke von Entsetzen um mich erstickte mich noch mehr als zuvor; sie schien auf mein Gesicht einen richtigen Widerstand auszuüben und machte mir das Atmen schwer. Ich bekam kaum noch Luft. Als das Tier uns hörte, begann es in seinem Verschlag zu brüllen. Dahfu blickte durch das Gitter und sagte: »Es ist alles in Ordnung, wir können hineingehen.«

»Jetzt? Glauben Sie, sie ist okay? Es klingt so, als ob sie unruhig ist. Soll ich nicht lieber hier draußen warten«, sagte ich, »bis Sie wissen, wie der Wind weht?«

»Nein, Sie müssen mitkommen«, sagte der König. »Verstehen Sie noch immer nicht, daß ich etwas für Sie zu tun versuche? Etwas Gutes? Ich kann mir kaum einen Menschen vorstellen, der dies nötiger hätte. Wirklich, an Lebensgefahr ist nicht zu denken. Das Tier ist zahm.«

»Zahm für Sie, aber mich kennt sie doch noch nicht richtig. Ich bin genauso bereit wie jeder andere, ein vernünftiges Risiko auf mich zu nehmen. Aber ich kann mir nicht helfen, ich habe vor ihr Angst.«

Er machte eine Pause, und während dieser Pause dachte ich, daß ich jetzt beträchtlich in seiner Achtung sank, und nichts hätte mich mehr verletzen können als dies. »Oh«, sagte er, und er war ganz besonders nachdenklich. Schweigend hielt er inne und dachte nach. In diesem Augenblick wirkte und klang er wieder überlebensgroß. »Ich glaube mich zu erinnern, als wir von Schlägen sprachen, daß es an tapferen Männern fehlte.« Dann seufzte er und sagte mit seinem ernsten Mund, der auch im Schatten seines Hutes eine sehr rote Farbe hatte: »Die Angst ist einer der Herren über die Menschheit. Sie hat den größten Herrschaftsbereich von allen. Sie macht die Menschen weiß wie Kerzen. Sie spaltet jedes Auge in zwei Hälften. Die Angst hat mehr hervorgebracht als alles andere«, sagte er. »Als formende Kraft steht sie nur der Natur nach.«

»Trifft das dann nicht auch auf Sie zu?«

Mit einem Nicken völligen Einverständnisses sagte er: »Oh, gewiß. Es trifft zu. Es trifft auf jeden zu. Obgleich vielleicht nichts sichtbar ist, ist diese Kraft doch immer zu hören, wie Radio. Sie ist auf fast allen Frequenzen. Und alle zittern mehr oder weniger und zucken zusammen.«

»Und Sie glauben, es gebe ein Heilmittel?« sagte ich.

»Ja, ich glaube es ganz bestimmt. Sonst wären alle besseren Überlegungen aufzugeben. Aber ich möchte Sie keinesfalls drängen, mit mir zu kommen und zu tun, was auch ich getan habe. Was mein Vater Gmilo getan hat. Was Gmilos Vater Suffo getan hat. Was wir alle getan haben. Nein. Wenn es tatsächlich über Ihre Kräfte geht, können wir ebensogut ein letztes Grußwort wechseln und getrennte Wege gehen.«

»Warten Sie noch eine Sekunde, König, haben Sie es nicht so eilig«, sagte ich. Ich war gekränkt und erschreckt; nichts hätte schmerzlicher sein können, als meine Verbindung zu ihm zu verlieren. Irgend etwas in meiner Brust war explodiert, meine Augen füllten sich, und fast erstickend sagte ich: »Sie wollen mich doch nicht so abschieben, König? Sie wissen, wie ich empfinde.« Er spürte, wie sehr ich mir die Sache zu Herzen nahm; dennoch wiederholte er, es sei vielleicht besser, wenn ich ihn verließe, denn obgleich wir temperamentsmäßig als Freunde zueinander paßten und auch er eine tiefe Neigung zu mir habe und dankbar sei für die Gelegenheit, mich kennengelernt zu haben, sowie für meine Dienste, die ich den Wariri durch das Hochheben der Mummah geleistet hätte, könne die Freundschaft doch nur vertieft werden, falls ich Löwen verstünde. Ich müsse einfach wissen, was es damit auf sich habe. »Warten Sie eine Sekunde, König«, sagte ich. »Ich fühle mich Ihnen eng verbunden, und ich bin bereit, zu glauben, was Sie mir sagen.«

»Sungo, ich danke Ihnen«, sagte er. »Auch ich bin Ihnen verbunden. Es ist gegenseitig. Aber ich verlange eine noch tiefere Beziehung. Ich habe den Wunsch, verstanden und ins Vertrauen gezogen zu werden. Wir müssen eine grundlegende Ähnlichkeit entwickeln, und das liegt bei Ihnen durch Kontakt zu dem Löwen. Wie sollen wir sonst den von uns geschlossenen Wahrheitspakt aufrechterhalten?«

Bis ins Innerste bewegt, sagte ich: »Oh, das ist hart, König, sich mit dem Verlust einer Freundschaft bedroht zu sehen.«

Die Drohung war auch ihm außerordentlich schmerzlich. Ja, ich sah, daß er fast so sehr litt wie ich. Fast. Denn wer kann leiden wie ich? Leiden gehört zu mir wie zu einem Industriegebiet der Rauch.

»Ich verstehe es nicht«, sagte ich.

Er führte mich zu der Tür und ließ mich durch das Gitter zu der Löwin Atti hinsehen, und in jenem leisen, ihm eigentümlichen persönlichen Ton, der überraschend auf den Mittelpunkt des Themas zusteuerte, sagte er: »Was ein Christ vielleicht in der Hagia Sophia empfindet, die ich als Student in der Türkei besuchte, gibt mir der Löwe. Wenn Atti ihren Schwanz bewegt, trifft sie mein Herz. Sie fragen, was Atti für Sie tun könne? Vielerlei. Erstens ist sie unvermeidlich. Probieren Sie es, und Sie werden finden, daß ihr nicht auszuweichen ist. Und genau das brauchen Sie, denn Sie sind ein Ausweicher. Oh, Sie sind Wichtigem ausgewichen. Aber Atti wird das ändern. Sie wird Ihr Bewußtsein auf Hochglanz bringen. Sie wird Sie überpolieren. Sie wird Ihnen den jeweiligen Augenblick aufzwingen. Zweitens sind Löwen große Erleber. Aber nicht in Hast. Sie erleben mit bewußtem Aufwand. Der Dichter sagt: ›Die Tiger des Zorns sind weiser als die Pferde der Lehre.‹ Lassen Sie uns auch die Löwen in diese Anschauung einschließen. Außerdem – beobachten Sie Atti! Betrachten Sie sie! Wie schreitet sie einher, wie schlendert sie dahin, wie liegt sie da, wie blickt sie, ruht sie oder atmet sie? Ich weise besonders auf die Atmungspartie hin«, sagte er. »Sie atmet nicht flach. Diese Freiheit der Zwischenrippenmuskeln und Attis geschmeidiger Bauch« (ihr Unterleib, der sich unseren Blicken darbot, war makellos weiß) »stellt die lebenswichtige Verbindung zwischen ihren Körperteilen her. Sie verleiht diesen braunen Juwelenaugen ihre Glut. Es gibt noch subtilere Dinge, etwa wie

Atti etwas andeutet oder Liebkosungen fordert. Aber ich kann nicht erwarten, daß Sie das auf den ersten Blick sehen. Atti kann Sie vieles lehren.«

»Lehren? Sie meinen im Ernst, sie könne mich verändern?«

»Ausgezeichnet. Genau das. Verändern. Sie sind vor dem, was Sie waren, geflohen. Sie glaubten nicht, daß Sie untergehen müßten. Noch einmal, ein letztes Mal, versuchten Sie es mit der Welt. Mit einer Hoffnung auf Änderung. Ah, seien Sie nicht überrascht, daß ich Sie so durchschaue«, sagte er, da er sah, wie es mich bewegte, zu entdecken, daß meine Lage verstanden wurde. »Sie haben mir viel gesagt. Sie sind offen. Dies macht Sie unwiderstehlich wie wenige. Sie haben Ansätze zu einem erhabenen Charakter. Sie könnten edel sein. Einige Teile sind vielleicht schon so lange begraben, daß man sie als tot registrieren müßte. Ob diesen Teilen eine Auferstehung beschieden ist? Hier tritt die Wandlung ein.«

»Sie glauben, es gibt eine Chance für mich?« sagte ich.

»Durchaus nicht unmöglich, wenn Sie meinen Weisungen folgen.«

Die Löwin strich hinter der Tür entlang. Ich hörte ihr leises, sanftes, anhaltendes Knurren.

Dahfu schickte sich jetzt an, hineinzugehen. Meine untere Hälfte wurde eisig. Meine Knie fühlten sich an wie zwei Steinblöcke in einem kalten alpinen Gebirgsstrom. Mein Schnurrbart bohrte und stach in meine Lippen, und daran merkte ich, daß sich mein Gesicht verdüsterte und verzerrte, und ich wußte, daß sich meine Augen mit tödlicher Schwärze füllten. Wie schon zuvor nahm der König, als wir hineinschritten, meine Hand, und ich betrat die Höhle mit dem stummen Seufzer: »Hilf mir, Gott! Oh, hilf!« Der Geruch warf einen geradezu um, denn hier, in der Nähe der Tür, wo sich die Luft fing, stank es nach allen Seiten. Aus dieser Dunkelheit kam das Gesicht der Löwin, voller Runzeln und mit diesen Schnauzhaaren, die den spindeldürren Linien glichen, die ein Diamant in eine Glasfläche ritzt. Atti ließ sich von dem König streicheln, ging aber an ihm vorbei, um mich in Augenschein zu nehmen, trat zu mir mit jenen hellen Kreisen unmenschlichen Zornes, konvex, braun und rein, mit Ringen aus schwarzem Licht darin. Zwischen ihrem Maul und den Nüstern trennte eine Linie ihre Lippe, gleich der Taille des Stundenglases, und verlief dann im Maul. Atti beschnüffelte meine Füße, bahnte sich erneut ihren Weg zu meinen Lenden und ließ meine Schamteile eiligst Zuflucht in meinem Bauch suchen. Dann schob sie ihren Kopf in meine Achselhöhle und schnurrte mit so fürchterlichem Vibrieren, daß mein Kopf summte wie ein Kessel.

Dahfu flüsterte: »Sie mag Sie. Oh, ich freue mich. Ich bin begeistert. Ich bin so stolz über Sie beide. Haben Sie Angst?«

Ich zerplatzte fast. Ich konnte nur nicken.

»Später werden Sie mit Vergnügen über sich selbst lachen. Jetzt ist es normal.«

»Ich kann nicht einmal meine Hände zueinander bringen, um sie zu ringen«, sagte ich.

»Fühlen Sie sich gelähmt?« sagte er.

Die Löwin ging davon, machte auf den dicken Polstern ihrer Füße längs der Wände einen Rundgang durch die Höhle.

»Können Sie sehen?« fragte er.

»Kaum. Ich kann überhaupt kaum etwas sehen.«

»Lassen Sie uns mit dem Rundgang beginnen.«

»Hinter einem Gitter täte ich es sehr gern. Es wäre großartig.«

»Sie weichen wieder aus, Henderson-Sungo.« Seine Augen blickten mich unter der leicht gefalteten Samtkrempe an. »Wandlung ist so nicht zu erzielen. Sie müssen eine neue Gewohnheit entwickeln.«

»Ach, König, was kann ich tun? Meine Öffnungen, sowohl vorn wie hinten, sind fest zugeschraubt. Sie können in der nächsten Sekunde in das andere Extrem verfallen. Mein Mund ist völlig ausgetrocknet, meine Kopfhaut legt sich in Falten, in meinem Hinterkopf habe ich ein drückendes und schweres Gefühl. Es könnte sein, daß ich ohnmächtig werde.«

Ich erinnere mich, daß er mich mit gespannter Neugierde betrachtete, als dächte er von einem medizinischen Standpunkt über diese Symptome nach. »Alle die Widersprüche bieten jetzt ihre ganze Kraft auf«, lautete seine Diagnose. Die Schwärze seines Gesichtes schien nicht zu übertreffen zu sein, und doch war sein Haar, das unter dem Rand seines Hutes hervorkam, noch schwärzer. »Nun gut«, sagte er, »wir lassen sie herauskommen. Ich habe volles Vertrauen zu Ihnen.«

Mit schwacher Stimme sagte ich: »Es freut mich, daß Sie so denken. Wenn ich nicht in Stücke gerissen werde. Wenn ich hier nicht halb verspeist liegen bleibe.«

»Ich gebe Ihnen mein Wort. So etwas ist unmöglich. Sehen Sie nur, wie sie geht. Schön! Nicht wahr? Außerdem ist das undressiert, arteigene Schönheit. Ich glaube, wenn die Furcht sich gelegt hat, werden Sie Attis Schönheit bewundern können. Ich glaube, dieser Teil der Verzauberung ist das Ergebnis eines Sieges über die Furcht. Wenn die Furcht weicht, tritt die Schönheit an ihre Stelle. Dies sagt man auch, wenn ich mich recht erinnere, von vollkommener Liebe, und es bedeutet, daß die Ich-Bezogenheit geschwunden ist. Oh, Henderson, sehen Sie, wie rhythmisch Atti sich gibt. Haben Sie sich in Anatomie I mit der Katze befaßt? Sehen Sie, wie sie mit ihrem Schwanz ausschlägt. Ich spüre es, als erlebte ich es an mir selbst. Nun also, folgen wir ihr.« Er führte mich hinter der Löwin herum. Ich beugte mich vor, und meine Beine waren plump und trunken. Die grüne Seidenhose schwebte nicht mehr, sondern war elektrisch geladen und klebte an der Rückseite meiner Oberschenkel fest. Der König sprach ununterbrochen weiter, und darüber war ich froh, denn seine Worte waren mein einziger Halt. Ich konnte seinen Darlegungen nicht im einzelnen folgen – dazu war ich nicht fähig –, aber nach und nach begriff ich, daß er von mir wollte, ich solle das Verhalten von Löwen nachahmen oder mimisch darstellen. Was soll das hier werden, dachte ich, die Stanislawski-Methode? Moskauer Künstlertheater? Meine Mutter hatte 1905 Rußland bereist. Am Vorabend des Russisch-Japanischen Krieges sah sie die Mätresse des Zaren im Ballett auftreten.

Ich sagte zu dem König: »Und wie paßt hierzu Obersteiners Allochirie und all das medizinische Zeug, das Sie mir zu lesen gaben?«

Er antwortete geduldig: »Alle Teile fügen sich gut zueinander. Es wird gleich klar sein. Zunächst aber versuchen Sie mit Hilfe des Löwen, die Zustände, die gegeben sind, und die Zustände, die gemacht sind, zu unterscheiden. Beobachten Sie, daß Atti ganz Löwe ist. Sie weicht nicht von dem Innewohnenden ab. Ist ganz und gar innerhalb des Gegebenen.«

Aber ich sagte mit gebrochener Stimme: »Wenn sie nicht versucht, sich menschlich zu geben, warum soll ich dann versuchen, den Löwen zu spielen? Ich werde es nie schaffen. Wenn ich schon jemanden kopieren soll, warum dann nicht Sie?«

»Ach, lassen Sie diese Einwände, Henderson-Sungo. *Ich* habe Atti kopiert. Übertragung vom Löwen auf den Menschen ist möglich. Ich weiß es aus Erfahrung.« Und dann rief er: »Sakta«, was für die Löwin das Stichwort war, daß sie laufen sollte. Sie trottete los, und der König sprang hinter ihr her, und auch ich rannte und versuchte, ihm dicht auf den Fersen zu bleiben. »Sakta, sakta«, rief er wieder, und Atti kam auf Touren. Jetzt lief sie schnell an der gegenüberliegenden Wand entlang. In wenigen Minuten würde sie mich eingeholt haben.

Ich rief Dahfu zu: »König, warten Sie, lassen Sie mich um Himmels willen vor Ihnen herlaufen.«

»Springen Sie hinauf«, rief er zu mir zurück. Ich aber hoppelte und stampfte ihm nach, um ihn möglichst zu überholen, und schluchzte. Vor meinem geistigen Auge sah ich Blut in großen Tropfen, größer als Viertel-Dollar-Stücke, aus meiner Haut hervorsprudeln, als die Löwin mir ihre Klauen ins Fleisch schlug, denn ich war überzeugt, daß ich wegen meines Laufens jagdbares Wild war und sie mich zerreißen würde, sobald sie mich erreichen konnte. Oder sie würde mir das Genick brechen. Ich dachte, vielleicht war das besser. Ein einziger Hieb, ein einziger Augenblick des Schwindels, der Geist füllt sich mit Nacht. Ach, Gott! Eine Nacht ohne Sterne. Ohne alles.

Ich konnte mit dem König nicht Schritt halten, und deshalb tat ich, als stolperte ich, und ließ mich schwer auf den Boden fallen, seitwärts, und gab einen wahnsinnigen Schrei von mir. Als der König mich auf meinem Bauch hingestreckt liegen sah, streckte er seine Hand vor Atti aus, um sie zum Stehen zu bringen, und rief dabei: »Tana, tana, Atti.« Sie sprang zur Seite und ging auf das hölzerne Gestell zu. Von der Erde her beobachtete ich sie. Sie ging auf ihren Keulen in die Hocke und schwang sich mit leichtem Sprung auf die Bretter, auf denen sie so gern lag. Sie streckte das eine Bein vor und begann, sich mit ihrer Zunge abzulecken. Der König kauerte neben ihr und sagte: »Haben Sie sich verletzt, Mr. Henderson?«

»Nein, ich bin nur durchgerüttelt«, sagte ich.

Dann begann er mit Erklärungen. »Ich will Sie auflockern, Sungo, weil Sie so verkrampft sind. Das ist der Grund, weswegen wir laufen. Ihr Bewußtsein hat die Neigung, das Selbst zu isolieren. Das macht Sie außerordentlich verkrampft und gehemmt, deshalb möchte ich als nächstes –«

»Als nächstes?« sagte ich. »Was denn noch? Mir genügt es. Ich bin in den Staub erniedrigt, schon jetzt. Was um des Himmels willen wird noch von mir erwartet, König? Zuerst überfiel man mich mit einer Leiche, dann schmiß man mich in den Viehteich, und die Amazonen versohlten mich. Nun gut. Für den Regen. Auch die Sungo-Hose und alles. Gut! Aber jetzt dieses?«

Er antwortete mit viel Nachsicht und Mitgefühl, dabei griff er nach einer gefältelten Ecke seines Samthutes – der Hut hatte die Farbe dicken Weines –: »Geduld, Sungo«, sagte er. »Die eben erwähnten Dinge waren für uns, für die Wariri. Denken Sie nicht, ich sei undankbar. Aber dieses ist für Sie.«

»Das sagen Sie beständig. Wie aber kann diese Löwen-Methode heilen, was mir fehlt?«

Durch das Hervortreten der unteren Hälfte erweckte das Gesicht des Königs, wie das seiner Mutter, den Eindruck, daß es jetzt ganz dem Gast gehörte. »Oh«, sagte er. »Edles Verhalten, edles Verhalten! Ohne edles Verhalten wird immer nur Elend sein. Ich hörte, daß Sie aus Amerika fortgingen wegen des Fehlens an edlem Verhalten. Sie haben Ihre ersten Proben gut bestanden, Henderson-Sungo, aber Sie müssen weitermachen. Ziehen Sie Nutzen aus den von mir angestellten Studien, die Ihnen durch glücklichen Zufall zugänglich sind.«

Ich leckte an meiner Hand, denn ich hatte sie mir beim Hinfallen verletzt, und dann setzte ich mich auf und brütete. Er hockte mir gegenüber, die Arme um seine Knie gelegt. Über seine großen Arme hinweg sah er mich fest an und versuchte mich dazu zu bringen, ihn anzusehen.

»Was soll ich denn tun?«

»Was ich getan habe. Was Gmilo, Suffo, all die Vorväter taten. Sie alle spielten den Löwen. Jeder nahm den Löwen in sich auf. Wenn Sie handeln, wie ich wünsche, werden auch Sie den Löwen spielen.«

Wenn dieser Körper, wenn mein Fleisch nur ein Traum war, dann bestand vielleicht gewisse Hoffnung auf ein Erwachen. Das war mein Gedanke, als ich dort unter Schmerzen lag. Ich lag sozusagen am Boden der Dinge. Schließlich seufzte ich und stand auf, es war eine der größten Anstrengungen, die ich je unternommen habe. Darauf sagte er: »Warum aufstehen, Sungo, nachdem wir Sie in hingestreckter Lage haben?«

»Was sagen Sie, hingestreckte Lage? Wollen Sie, daß ich krieche?«

»Nein, natürlich nicht, das Kriechen ist für eine andere Tierart. Aber bleiben Sie auf allen vieren. Ich möchte, daß Sie die Haltung eines Löwen annehmen.« Er ging selbst auf alle viere hinunter, und ich mußte zugeben, daß er sehr einem Löwen ähnelte. Atti, die Pfoten gekreuzt, blickte nur gelegentlich zu uns hin.

»Sehen Sie?« sagte er.

Und ich antwortete: »Gut, Sie sind natürlich dazu imstande. Sie sind dazu erzogen. Außerdem ist es Ihr Einfall. Aber ich kann es nicht.« Ich plumpste wieder auf den Boden zurück.

»Oh«, sagte er. »Mr. Henderson, Mr. Henderson! Ist das der Mann, der davon sprach, aus einem Grab der Einsamkeit aufstehen zu wollen? Der mir das Gedicht von der kleinen Fliege auf dem grünen Blatt in der untergehenden Sonne aufsagte. Der den Wunsch hatte, sein Werden zu beenden? Ist das der Henderson, der um die halbe Welt flog, weil eine Stimme in seinem Innern *Ich darbe* sagte? Und jetzt, weil sein Freund Dahfu ihm ein Heilmittel reicht, umfällt? Sie lehnen meine Freundschaft ab?«

»Nun, König, das ist nicht wahr. Es ist einfach nicht wahr, und Sie wissen es. Ich würde alles für Sie tun.«

Um dies zu beweisen, erhob ich mich auf meine Hände und Füße und stand dort mit gelenkigen Knien, ich versuchte starr geradeaus zu blicken und soviel wie möglich einem Löwen zu ähneln.

»Oh, ausgezeichnet«, sagte er. »Ich bin sehr froh. Ich war sicher, daß Sie genügend Geschmeidigkeit in sich hatten. Lassen Sie sich jetzt auf Ihre Knie nieder. Oh, das ist besser, viel besser.« Mein Bauch schob sich zwischen meinen Armen nach vorn. »Ihr Körperbau ist alles andere als gewöhnlich«, sagte er. »Aber ich beglückwünsche Sie aufrichtig dazu, daß Sie Ihre frühere starre Haltung abgelegt haben. Nun, Sir, würden Sie nicht noch ein bißchen mehr Geschmeidigkeit annehmen? Sie scheinen wie aus einem Stück gegossen. Das Zwerchfell dominiert. Können Sie die verschiedenen Teile bewegen? Geben Sie etwas von Ihrem heftigen Widerstand in der Haltung auf. Warum so traurig und so erdhaft? Sie sind jetzt ein Löwe. Nehmen Sie, geistig, die Umgebung in sich auf. Den Himmel, die Sonne und die Tiere des Busches. Sie sind mit allen verwandt. Die Stechmücken sind Ihre Vettern. Der Himmel ist Ihr Denken. Das Laub ist Ihre Versicherung, und Sie bedürfen keiner anderen. Die Rede der Sterne tönt ohne Unterbrechung die ganze Nacht. Können Sie mir folgen? Hören Sie, Mr. Henderson, haben Sie in Ihrem Leben große Mengen Alkohol zu sich genommen? Das Gesicht deutet darauf hin, besonders die Nase. Es ist nichts Persönliches. Vieles läßt sich ändern. Keineswegs alles, aber sehr, sehr vieles. Sie können eine neue Körperhaltung haben, die Ihre eigene Körperhaltung sein wird. Sie wird der Stimme von Caruso ähneln, die ich auf Schallplatten gehört habe, nie eine Spur von Ermüdung, weil die Funktion so natürlich ist wie bei den Vögeln. Jedoch«, sagte er, »erinnern Sie mich stark an ein anderes Tier. Aber an welches?«

Ich hatte nicht die Absicht, ihm etwas zu sagen. Meine Stimmbänder schienen aneinanderzukleben wie die Strähnen zu lange gekochter Spaghetti.

»Oh, wahrhaftig! Wie ausnehmend groß Sie sind«, sagte er. In dieser Weise machte er weiter.

Schließlich fand ich meine Stimme wieder und fragte ihn: »Wie lange soll ich in dieser Stellung bleiben?«

»Ich habe meine Beobachtungen gemacht«, sagte er. »Es ist sehr wichtig, daß Sie bei Ihrem ersten Versuch ein klein wenig von einem Löwen fühlen. Lassen Sie uns mit dem Brüllen beginnen.«

»Glauben Sie, das wird Atti nicht reizen?«

»Nein, nein. Sehen Sie, Mr. Henderson, ich möchte, daß Sie sich vorstellen, ein Löwe zu sein. Ein buchstäblicher Löwe.«

Ich stöhnte.

»Nein, Sir. Bitte, tun Sie mir den Gefallen. Ein richtiges Brüllen. Wir müssen Ihre Stimme hören. Sie ist meistens ziemlich gehemmt. Ich sagte Ihnen schon, Ihr Bewußtsein neigt zur Isolierung des Selbst. Stellen Sie sich also vor, Sie seien bei Ihrer Jagdbeute. Sie wollen einen Störenfried verscheuchen. Beginnen Sie vielleicht mit einem Knurren.«

Nachdem ich diesem Mann nun einmal so weit gefolgt war, gab es keine Möglichkeit, zu kneifen. Es blieb keine Alternative. Ich mußte es tun. Daher fing ich an, in meiner Kehle zu knurren. Ich war verzweifelt.

»Mehr, mehr«, sagte er voller Ungeduld. »Atti hat keine Notiz genommen, daher ist es noch so gut wie nichts.«

Ich ließ den Ton lauter werden.

»Und blicken Sie dabei wild um sich. Brüllen, brüllen, brüllen, Henderson-Sungo. Haben Sie keine Angst. Tun Sie sich keinen Zwang an. Knurren Sie richtig. Fühlen Sie den Löwen. Gehen Sie auf die Vordertatzen hinunter. Hoch mit dem Hinterteil. Drohen Sie mir. Reißen Sie diese prächtigen mischfarbenen Augen auf. Oh, geben Sie mehr Ton. Besser, besser«, sagte er, »obwohl noch immer zuviel Pathos. Geben Sie mehr Ton. Jetzt mit Ihrer Hand – Ihrer Pfote – ein Schlag! Drauf! Legen Sie sich zurück! Noch einmal – schlagen, schlagen, schlagen, schlagen! Fühlen Sie es! Seien Sie Bestie! Sie werden später das Menschliche wiederentdecken, aber im Augenblick seien Sie völlig Tier!«

Und so war ich das Tier. Ich gab mich ihm hin, und all mein Leid brach in dem Brüllen durch. Meine Lungen lieferten die Luft, aber der Ton entströmte meiner Seele. Das Brüllen verbrannte meine Kehle und verletzte meine Mundwinkel, und plötzlich füllte ich die Höhle wie die Baßpfeife einer Orgel. Soweit hatte mein Herz mit seinem Geschrei mich gebracht. Hier endete ich. Oh, Nebukadnezar! Wie gut verstand ich jetzt Daniels Prophezeiung. Denn ich hatte Klauen und Haare und ein paar

Zähne, und ich kochte von heißem Geschrei über, aber als dies alles heraus war, blieb noch immer ein Rest. Das allerletzte war meine menschliche Sehnsucht.

Was den König betraf, so war er in einem Zustand der Hingerissenheit, er lobte mich, rieb sich die Hände, blickte mir ins Gesicht. »Oh, gut, Mr. Henderson. Gut, gut. Sie sind die Sorte Mann, für die ich Sie hielt«, hörte ich ihn sagen, als ich innehielt, um zu verschnaufen. Ich könnte auch gleich bis zum äußersten gehen, dachte ich, als ich im Staube und in dem Löwenabfall herumkroch, nachdem ich es so weit gebracht hatte; daher gab ich mich völlig hin und brüllte mir die Seele aus dem Leibe. Jedesmal, wenn ich meine hervorquellenden Augen öffnete, sah ich, wie sich neben mir der König in seinem Hut freute und die Löwin auf dem Gestell mich anstarrte, eine Kreatur aus purem Golde.

Als ich nicht mehr weiterkonnte, fiel ich flach auf mein Gesicht. Der König dachte, ich sei vielleicht ohnmächtig geworden, er fühlte mir den Puls, tätschelte meine Wangen und sagte: »Kommen Sie wieder zu sich, lieber Freund.« Ich schlug die Augen auf, und er fuhr fort: »Ach, fehlt Ihnen nichts? Ich machte mir Sorge um Sie. Sie verfärbten sich von Hochrot zu Tiefblau, beginnend am Brustbein und dann bis ins Gesicht hinauf.«

»Nein, mir fehlt nichts. Wie mache ich mich?«

»Wundervoll, mein Bruder Henderson. Glauben Sie mir, es wird sich als wohltätig erweisen. Ich werde Atti wegführen und Sie ausruhen lassen. Für das erste Mal haben wir genug getan.«

Nachdem der König Atti in ihrem hinten gelegenen Raum eingeschlossen hatte, saßen wir zusammen auf dem Gestell und unterhielten uns. Er schien überzeugt, daß der Löwe Gmilo sehr bald auftauchen werde. Er war in der Umgegend beobachtet worden. Dann, sagte mir der König, wolle er die Löwin freilassen und die Auseinandersetzung mit dem Bunam beenden. Danach fing er an, wieder über die Beziehung zwischen Körper und Geist zu sprechen. Er sagte: »Alles hängt davon ab, daß man in der Gehirnrinde ein wünschenswertes Vorbild hat. Denn die hohe Ich-Vorstellung ist alles. Wie die Vorstellung ist, so ist der Mensch. Anders ausgedrückt, man ist fleischlich, wie die Seele ist. Und auf diese Weise ist ein Mensch wirklich der Gestalter seines Ich. Körper und Antlitz werden insgeheim von dem Geist des Menschen gemalt, und zwar mittels der Gehirnrinde und der Gehirnhöhlen drei und vier, die den Strom der Lebensenergie überall dirigieren. Und dies erklärt, worüber ich so erregt bin, Henderson-Sungo.« Denn er war jetzt höchst erregt. Er schwebte in höheren Regionen. Die Begeisterung trug ihn dorthin. Der Versuch, mit seinem Fluge Schritt zu halten, machte mich schwindlig. Auch war ich über einige Folgerungen aus seiner Theorie erbittert, die ich allmählich zu verstehen begann. Denn war ich der Maler meiner eigenen Nase und Stirn, eines solchen krummen Rückens, solcher Arme und Finger, nun, dann war das ein ausgemachtes Kapitalverbrechen gegen mich selbst. Was hatte ich getan! Ein verpfuschtes Stück Menschheit! Oh, ho, ho, ho, ho! Am besten, der Tod spülte mich hinweg und löste diese Riesensammlung von Irrtümern auf. »Die Schweine sind schuld«, fiel mir plötzlich ein, »die Schweine! Löwen für ihn, Schweine für mich. Ich wünschte, ich wäre tot.«

»Sie sind so nachdenklich, Henderson-Sungo.«

Ich war in diesem Augenblick nahe daran, dem König zu grollen. Ich hätte mir sagen sollen, daß sein Glanz keine sichere Gabe war, sondern genau wie dieser wacklige rote Palast auf zweifelhaftem Fundament ruhte.

Er begann jetzt, mir eine neue Art Vortrag zu halten. Er erklärte, die Natur sei möglicherweise eine Mentalität. Ich war mir nicht ganz sicher, was er damit meinte. Er fragte sich, ob auch leblose Gegenstände eine geistige Existenz haben könnten. Er sagte, Madame Curie habe etwas darüber geschrieben, daß die Beta-Teilchen wie Vogelschwärme aufträten. »Erinnern Sie sich?« sagte er. »Der große Kepler glaubte, der ganze Planet schlafe, wache und atme. Sollte das aufgelegter Schwindel sein? In dem Fall könnte sich der Geist der Menschen mit dem All-Vernünftigen zur Vollbringung bestimmter Leistungen verbinden. Durch Einbildungskraft.«

Und dann begann er zu wiederholen, welche Reihe von Monstren die menschliche Einbildungskraft statt dessen hervorgebracht habe. »Ich habe sie unter den von mir erwähnten Typen zusammengefaßt«, sagte er, »wie: der Appetit, die Agonie, der Verhängnisvoll-Hysterische, die kämpfenden Lazarusse, die immunen Elefanten, die idiotischen Lacher, der Völlig-Genitale, und so weiter. Stellen Sie sich vor, was statt dessen durch andere Vorstellungen der Einbildungskraft hätte entstehen können. Welche heiteren, strahlenden Typen, welche Typen der Fröhlichkeit, wieviel Schönheit und Güte, wieviel Lieblichkeit und edles Benehmen. Ach, ach, ach, was könnten wir sein! Wir sind aufgerufen, uns zu Gipfeln aufzuschwingen. Sie hätten ein solcher Gipfel sein sollen, Mr. Henderson-Sungo.«

»Ich?« sagte ich, noch immer von meinem Gebrüll betäubt. Mein geistiger Horizont war alles andere als klar, obgleich die Wolken auf ihm nicht niedrig und finster waren.

»Sie haben«, sagte Dahfu, »vom Grun-tu-molani gesprochen. Was konnte Grun-tu-molani sein, wenn im Hintergrund Kühe stehen?«

Schweine! hätte er zu mir sagen sollen.

Es war zwecklos, deswegen Nicky Goldstein zu verfluchen. Es war nicht seine Schuld, daß er Jude war, daß er erklärt hatte, er wolle in den Catskills Nerze züchten, und daß ich ihm gesagt hatte, ich wolle Schweine züchten. Das Schicksal ist doch weit komplizierter. Ich muß auf Schweine festgelegt gewesen sein, lange ehe ich Goldstein erblickte. Zwei Säue, Hester und Valentina, mit gesprenkelten Bäuchen und rauhen, roten, rostigglänzenden Borsten, schimmernd wie Seide, nadelhart bei Berührung, liefen mir ständig nach. »Paß auf, daß sie sich nicht auf der Auffahrt hinlegen«, sagte Frances. Das war damals, als ich ihr riet: »Besser, du läßt die Finger von ihnen. Diese Tiere sind ein Teil von mir geworden.«

Nun, waren diese Tiere ein Teil von mir geworden? Ich zögerte, vor Dahfu mit der Sprache herauszurücken und ihn rundheraus zu fragen, ob er ihren Einfluß sehen könne. Mich heimlich prüfend, befühlte ich meine Backenknochen. Sie traten wie die Pilze hervor, die auf Baumstämmen wachsen, jene Pilze, die, wenn man sie aufbricht, weiß wie Schweineschmalz sind. Meine Finger krochen unter meinem Helm auf meine Augenwimpern zu. Schweinewimpern kommen nur auf dem oberen Lid vor. Ich hatte einige auf dem unteren, aber sie waren spärlich und abgestumpft. Als kleiner Junge hatte ich geübt, wie Houdini zu werden, und versucht, vom Fußende meines Bettes aus auf dem Bauch liegend mit meinen Wimpern vom Fußboden Nadeln aufzulesen. Er hatte es getan. Ich schaffte es nie, aber nicht, weil meine Wimpern zu kurz waren. Oh, ich hatte mich durchaus verändert. Jeder wandelt sich. Wandel ist uns verordnet. Wandlungen müssen sein. Aber wie? Der König würde sagen, sie unterlägen der Lenkung durch das Leitbild. Und jetzt befühlte ich meine Backen, meine Schnute; ich wagte nicht hinunterzusehen, was vielleicht an mir vorgegangen war. Schinken. Kaldaunen, ein ganzer Kessel voll. Der Rumpf, ein fetter Zylinder. Es schien mir, daß ich nicht einmal ohne zu grunzen atmen konnte. Bruder! Ich legte meine Hand über Nase und Mund und sah mit kummervollen Augen zum König hin. Er aber hörte das gutturale Schwingen der

Stimmbänder und sagte: »Was machen Sie da für ein merkwürdiges Geräusch, Henderson-Sungo?«

»Wonach klingt es, König?«

»Ich weiß nicht. Ein tierischer Laut? Merkwürdig, Sie sehen nach Ihrer Anstrengung recht wohl aus.«

»Ich fühle mich gar nicht so wohl. Ich bin keiner Ihrer Gipfel. Sie wissen das genauso wie ich.«

»Sie stellen die Leistung einer starken und ursprünglichen, wenn auch blockierten Einbildungskraft dar.«

»Können Sie das sehen?« sagte ich.

Er sagte: »Was ich sehe, ist außerordentlich gemischt. Phantastische Elemente haben sich aus Ihrem Körper an die Oberfläche gekämpft. Auswüchse. Sie sind eine außergewöhnliche Mischung aus hitzigen Kräften.« Er seufzte und lächelte ruhig; seine Stimmung war in diesem Augenblick sehr ruhig. Er sagte: »Wir sprechen nicht im Sinne eines Tadels. Es wirken so viele Faktoren dabei mit. Als Gärstoff. Als Blähstoff. Jeder ist anders. Tausend kleine Dinge, die der Gegenstand ihres Einflusses gar nicht bemerkt. Die wahre, reine Intelligenz tut, was sie kann, aber wer vermag ein Urteil abzugeben? Negative und positive Elemente kämpfen miteinander, und wir können ihnen nur zusehen und uns wundern oder weinen. Manchmal sieht man einen klaren Fall von Widerstreit zwischen Engel und Geier. Das Auge ist vom Himmel, die Nase flackert in vieldeutigem Rot. Gesicht und Körper sind das Buch der Seele, aufgeschlagen für den, der mit Kenntnis und Sympathie zu lesen weiß.« Grunzend sah ich den König an.

»Sungo«, fuhr er fort, »hören Sie gut zu, und ich will Ihnen sagen, wovon ich fest überzeugt bin.« Ich tat, was er wollte, denn ich nahm an, er werde mir vielleicht etwas Hoffnungsvolles über mich selbst sagen. »Der Weg unserer Spezies«, sagte er, »erweist, daß eine Vorstellung nach der anderen sich buchstäblich verwirklicht. Nicht Träume. Nicht bloße Träume. Ich sage, nicht bloße Träume, weil sie irgendwie gegenständlich werden. Auf der Schule in Malindi las ich alles von Bulfinch. Und ich sage, nicht bloßer Traum. Nein. Vögel flogen, Harpyien flogen, Engel flogen, Dädalus und sein Sohn flogen. Und sehen Sie, es ist nicht mehr Traum und Erzählung, denn das Fliegen gibt es wirklich. Sie sind hierhergeflogen, nach Afrika. Alle menschliche Leistung hat diesen gleichen Ursprung, genau. Die Einbildung ist eine Naturkraft. Genügt das nicht, um einen Menschen in Ekstase geraten zu lassen? Einbildung, Einbildung, Einbildung! Sie verwandelt zu Wirklichkeit. Sie stützt, sie ändert, sie erlöst! Sie sehen«, sagte er, »ich sitze hier in Afrika und widme mich dem auf ganz persönliche Art, so gut ich vermag, davon bin ich überzeugt. Was der Homo sapiens sich vorstellt, in das kann er sich langsam verwandeln. Oh, Henderson, wie freue ich mich, daß Sie hier sind! Ich habe mich nach jemandem gesehnt, mit dem ich das erörtern kann. Einem verwandten Geist. Sie sind für mich ein Gottgesandter.«

19

Rings um den Palast zog sich ein Garten mit allen möglichen Pflanzen und Steinen. Die Bäume waren karg und voller Knorren und Dornen. Dann wuchsen dort die Blumen, die auch zu dem Bereich des Sungo gehörten. Meine Mädchen gossen sie, und sie gediehen in diesen weißen, hohlen Steinen. In der Sonne wirkten die roten Blüten besonders glatt und straff. Ich kam jeden Tag, völlig von meinem Brüllen mitgenommen, aus der Höhle, meine Kehle war aufgerauht, mein Kopf fiebrig, meine Augen wie nasser Ruß, ich hielt mich kaum auf den Beinen und war besonders schwach und zitterig in den Knien. Ich brauchte dann nichts als die Wucht der Sonne, um mich als Genesender zu fühlen. Sie wissen, wie das bei manchen Menschen ist, wenn sie von zehrenden Krankheiten genesen. Sie werden merkwürdig empfindlich; sie laufen herum und grübeln; die geringsten Beobachtungen erregen sie, sie werden sentimental; in jeder Ecke sehen sie etwas Schönes. So beugte ich mich, von allen beobachtet, über diese Blumen, bückte mich hoffnungslos mit meinen Augen voll feuchten Rußes zu den Schalen aus altem Gestein, die mit durchnäßtem Humus gefüllt waren, hinunter, roch an den Blumen, grunzte und seufzte, ein schwitzender Haufen Elend; die Sungo-Hose klebte an mir, und das Haar auf meinem Kopf, besonders hinten, strotzte. Ich bekam allmählich schwarze Locken, dicker als gewöhnlich, wie ein Merino-Schaf, kohlschwarz, und die drückten meinen Helm nach oben. Vielleicht arbeitete mein Geist, der sozusagen seine Paten wechselte, an der Entstehung eines ganz anderen Menschen.

Jeder wußte, woher ich kam, und hatte mich sicherlich brüllen hören. Wenn ich Atti hören konnte, konnten sie auch mich hören.

Von allen beobachtet und gefährlich beobachtet von Feinden, meinen und des Königs, schleppte ich mich in den Garten hinaus und versuchte die Blumen zu riechen. Nicht, daß sie Duft hatten. Sie hatten nur die Farbe. Aber das genügte; sie fiel auf meine Seele, schreiend, während Romilayu stets hinter mir erschien, um mir notfalls Hilfestellung zu leisten. (»Romilayu, wie findest du diese Blumen? Sie sind höllisch laut«, sagte ich.) In dieser Zeit, als ich durch meinen Umgang mit der Löwin befleckt und gefährlich scheinen mußte, wich er mir nicht aus und suchte auch keine Sicherheit im Hintergrund. Er ließ mich nicht fallen. Und da ich Treue über alles liebe, versuchte ich zu zeigen, daß ich ihn von allen seinen Verpflichtungen mir gegenüber entband. »Du bist ein echter Kamerad«, sagte ich, »du verdienst von mir weit mehr als einen Jeep. Ich möchte noch etwas hinzutun.« Ich klopfte ihm auf den buschigen Kopf – meine Hand schien sehr dick; jeder meiner Finger fühlte sich wie eine Jamswurzel an –, und dann grunzte ich den ganzen Rückweg zu meinem Gemach. Dort legte ich mich hin, um mich auszuruhen. Ich war völlig ausgebrüllt.

In meinen Knochen war einfach kein Mark mehr, so daß sie mir hohl vorkamen. Ich lag auf der Seite, keuchend und ächzend, mit dieser ausgedehnten Hülle, meinem Bauch. Manchmal bildete ich mir ein, ich sei von den Pfoten bis zum Helm, in der ganzen Größe von 1,93 m, das Bild jenes vertrauten, auf dem Leib gesprenkelten Tieres, mit abgebrochenen Stoßzähnen und breiten Backenknochen. Gewiß, innen, mein Herz schwamm in menschlichem Gefühl, aber äußerlich, wenn Sie wollen: auf der Schwarte, trug ich alle die seltsamen Mißstände und Entstellungen eines ganzen Lebens zur Schau.

Um die Wahrheit zu sagen, ich hatte zu der Wissenschaft des Königs kein volles Vertrauen. Dort unten in der Höhle schlenderte er, während ich Höllenqualen litt, gelassen, behaglich und fast träge herum. Er sagte mir, daß die Löwin auf ihn einen sehr beruhigenden Einfluß ausübe. Wenn wir manchmal nach meinen Übungen auf dem Gestell lagen, wir alle drei gemeinsam, sagte er: »Es ist hier sehr geruhsam. Ich schwebe geradezu. Sie müssen es einmal an sich ausprobieren. Sie müssen versuchen ...« Aber ich hatte fast das Bewußtsein verloren, schon vorher, und ich war noch nicht darauf eingestellt, mit dem Schweben zu beginnen.

Dort unten in der Höhle war alles schwarz und bernsteinfarben. Die Steinwände waren gelblich. Dann das Stroh. Dann der Dung. Der Staub war schwefelfarben. Das Fell der Löwin ging von dem Dunkel des Rückgrats allmählich ins Helle über, zur Brust hin gemahlener Ingwer und auf dem Bauch weißer Pfeffer, und unter den Flanken war sie weiß wie die Arktis. Aber ihre schmalen

Fersen waren schwarz. Auch ihre Augen waren schwarz umringt. Manchmal hatte ihr Atem einen Fleischgeruch.

»Sie müssen versuchen, sich noch mehr zu einem Löwen zu machen«, verlangte Dahfu beharrlich, und das tat ich bestimmt. Unter Berücksichtigung meiner besonderen Schwierigkeiten, erklärte der König, mache ich Fortschritte. »Ihr Brüllen ist noch immer gehemmt. Das ist allerdings ganz natürlich, da Sie sich von so vielem befreien müssen.« Wie jeder weiß, war das keine Lüge. Es wäre mir sehr unangenehm gewesen, Zeuge meiner eigenen Mätzchen zu sein und meine eigene Stimme zu hören. Romilayu gab zu, daß er mich hatte brüllen hören, und man konnte den übrigen Eingeborenen keinen Vorwurf daraus machen, daß sie annahmen, ich sei Dahfus Double in den Schwarzen Künsten, oder was sie ihm sonst andichteten. Aber was der König Pathos nannte, war in Wirklichkeit (ich konnte mir nicht helfen) ein Schrei, der meinen ganzen Lauf auf dieser Erde von der Geburt bis nach Afrika zusammenfaßte; und in mein Brüllen schlichen sich gewisse Worte ein wie »Gott«, »Hilfe«, »Herr, erbarme Dich«, nur daß dabei ein »Huuulf!« und erbuuuurm!« herauskam. Komisch, was für Worte sich da einstellten. »Au secours«, was zu »Sekuuur« wurde, und auch »De Profuuundis«, außerdem Stellen aus dem »Messias« (»Er ward verschmähet und verachtet, ein Mann der Schmerzen« etcetera). Ganz von selbst ist manchmal bei mir das Französische wieder da, die Sprache, in der ich meinen kleinen Freund François immer wegen seiner Schwester verhöhnte.

So brüllte ich also täglich, und der König saß daneben, den Arm um seine Löwin gelegt, als wohnten sie einer Opernvorstellung bei. Atti sah geradezu passend angezogen aus. Nach etwa einem Dutzend dieser qualvollen Anstrengungen trübte und umdunkelte sich mein Geist, und meine Arme und Beine waren völlig erschöpft.

Der König gestattete mir eine kurze Ruhepause und ließ mich immer von neuem probieren. Hinterher zeigte er sich sehr teilnahmsvoll. Er sagte: »Ich nehme an, Sie fühlen sich jetzt wohler, Mr. Henderson.«

»Ja, wohler.«

»Leichter?«

»Sicherlich, auch leichter, Euer Gnaden.«

»Ruhiger?«

Ich begann dann zu schnaufen. Ich war innerlich völlig durchgedreht. Mein Gesicht kochte; ich lag am Boden, und ich setzte mich aufrecht, um die beiden anzusehen.

»Wie sind Ihre Empfindungen?«

»Wie ein brodelnder Kessel, Hoheit, ein regelrechter brodelnder Kessel.«

»Ich sehe, Sie leiden unter einer jahrzehntelang angehäuften Bürde.« Dann fuhr er, fast mitleidig, fort: »Haben Sie noch immer vor Atti Angst?«

»Weiß Gott! Ich würde lieber aus einem Flugzeug abspringen. Ich würde mich dabei nicht halb so fürchten. Im Kriege habe ich mich zu der Luftlandetruppe gemeldet. Mir kommt der Gedanke, Hoheit, ich könnte in dieser Hose aus 5000 Meter Höhe abspringen und hätte gute Chancen.«

»Ihr Humor ist köstlich, Sungo.«

Diesem Mann fehlte völlig, was wir alle als zivilisierten Charakter kennen.

»Ich bin sicher, daß Sie bald etwas davon merken werden, was es heißt, ein Löwe zu sein. Ich bin von Ihrer Begabung überzeugt. Das alte Ich leistet wohl noch Widerstand?«

»O ja, ich spüre dieses alte Ich mehr denn je«, sagte ich. »Ich spüre es die ganze Zeit. Es hat eine schreckliche Gewalt über mich.« Ich hustete und grunzte, und ich war verzweifelt. »Als ob ich eine Acht-Zentner-Last trüge – wie eine Galapagos-Schildkröte. Auf meinem Rücken.«

»Manchmal muß ein Zustand, ehe er sich bessert, sich verschlimmern«, sagte er, und er fing an, mir von Krankheiten zu erzählen, die er kennengelernt hatte, als er während seines Studiums auf Krankenhausstationen gewesen war, und ich versuchte ihn mir als Medizinstudenten in weißem Kittel und weißen Schuhen vorzustellen. Er hielt die Löwin am Kopf; ihre fleischbrühefarbenen Augen beobachteten mich; die Schnauzhaare, die an Diamantenkratzer erinnerten, schienen so grausam, daß ihr eigenes Fell an der Haarwurzel vor ihnen zurückwich. Atti war von zorniger Natur. Was kann man mit einer zornigen Natur tun?

Das war der Grund für meine Empfindungen bei der Rückkehr aus der Höhle in das brennend heiße Licht des Gartens mit seinen Steinen und den roten Blumen. Horkos Bridgetisch war zum Lunch unter den Schirm gestellt, aber zuerst mußte ich mich ausruhen und wieder zu Atem kommen, und dann dachte ich: ›Gut, vielleicht hat jeder sein eigenes Afrika. Und wenn er zur See geht, seinen eigenen Ozean.‹ Damit meinte ich, daß ich, da ich ein stürmischer Mensch war, auch ein stürmisches Afrika hatte. Das heißt aber nicht, daß ich der Ansicht bin, die Welt sei meinetwegen vorhanden. Nein, ich glaube tatsächlich an die Wirklichkeit. Das ist allgemein bekannt.

Jeden Tag spürte ich mehr, daß jedermann wußte, wo ich den Morgen verbrachte, und deshalb Angst vor mir hatte – ich war hier eingefallen wie ein Drache; vielleicht hatte der König mich holen lassen, damit ich ihm half, dem Bunam zu trotzen und die Religion des ganzen Stammes umzukrempeln. Und ich versuchte, wenigstens Romilayu zu erklären, daß Dahfu und ich nichts Böses anstellten. »Sieh, Romilayu«, sagte ich zu ihm, »der König ist eben von der Natur reich ausgestattet. Er mußte ja nicht hierher zurückkehren und sich der Gnade seiner Frauen ausliefern. Er tat es, weil er der ganzen Welt eine Wohltat zu erweisen hofft. Ein Mann kann viel Verrücktes tun, und solange er dafür keine Theorie hat, verzeihen wir es ihm. Steht aber hinter seinen Taten eine Theorie, dann fällt jeder über ihn her. So ist es mit dem König. Doch mir tut er nichts zuleide, alter Freund. Es stimmt, es hört sich so an, aber glaube es nicht. Ich mache diesen Lärm aus freien Stücken. Wenn ich nicht gut aussehe, liegt das daran, daß ich mich nicht wohlfühle; ich habe Fieber, und das Innere meiner Nase und meines Halses ist entzündet. (Nasenkatarrh?) Der König würde mir wohl etwas dagegen geben, wenn ich ihn darum bäte, aber ich möchte ihn nicht damit belästigen.«

»Ich Sie nicht tadele, Sir.«

»Versteh mich nicht falsch! Die Menschheit braucht Männer wie diesen König mehr denn je. Ein Wandel muß möglich sein! Wenn nicht, ist es zum Gotterbarmen.«

»Ja, Sir.«

»Die Amerikaner gelten für dumm, aber sie sind bereit, sich dafür einzusetzen. Nicht nur ich allein. Denke zum Beispiel an die Puritaner und die Verfassung und den Bürgerkrieg und den Kapitalismus und die Eroberung des Westens. Alle wichtigeren Aufgaben und großen Eroberungen liegen vor meiner Zeit. Das größte Problem von allen blieb ungelöst, das Problem, wie wir dem Tode begegnen sollen. Wir müssen einfach etwas unternehmen. Nicht nur ich. Millionen von Amerikanern sind seit dem Kriege ausgezogen, die Gegenwart zu erlösen und die Zukunft zu entdecken. Ich schwöre dir, Romilayu, in Indien, in China, in Südamerika und in der ganzen Welt sind Kerle genau wie ich. Kurz bevor ich von zu Hause aufbrach, las ich in der Zeitung ein Interview mit einem Klavierlehrer aus Muncie, der in Burma buddhistischer Mönch wurde. Siehst du, das ist das, was ich meine. Ich bin ein Kerl mit Feuer und Idealen. Und es ist das Schicksal meiner Generation von Amerikanern, in die Welt hinauszuziehen und der Weisheit des Lebens nachzuspüren. Was denkst du eigentlich, was ich hier will?«

»Ich weiß nicht, Sir.«

»Ich wollte mich nicht mit dem Tode meiner Seele abfinden.«

»Ich Methodist, Sir.«

»Ich weiß, aber das würde mir nie helfen, Romilayu. Und bitte, versuche nicht, mich zu bekehren, ich habe ohnehin schon genug Sorgen.«

»Ich Sie nicht quäle.«

»Ich weiß. Du stehst mir in der Stunde meiner Heimsuchung bei, Gott segne dich dafür. Ich stehe ebenso König Dahfu bei, bis er seinen Vater Gmilo einfängt. Wenn ich einmal Freundschaft geschlossen habe, Romilayu, bin ich ein hingebungsvoller Freund. Ich weiß, was es heißt, in sich selbst begraben zu sein. Dies eine habe ich gelernt, obgleich mir schwer etwas beizubringen ist. Ich sage dir, der König ist von der Natur reich ausgestattet. Ich wünschte, ich käme hinter sein Geheimnis.«

Romilayu, auf dessen runzligem Gesicht die Narben schimmerten (Zeichen seiner früheren Wildheit), aber dessen milde, mitfühlende Augen eine Leuchtkraft hatten, die nicht von außen kam (sie hätte nie den Schatten durchbrechen können, der, einer Schirmkiefer gleich, über seiner niedrigen Stirn stand), wollte wissen, hinter welches Geheimnis ich bei Dahfu zu kommen suchte.

»Nun«, sagte ich, »die merkwürdige Erscheinung, daß dieser Mann sich nicht durch Gefahr verblüffen läßt. Man bedenke einmal, was er alles zu fürchten hat, und dann betrachte man die Art, wie er auf dem Sofa liegt. Du hast das nie gesehen. Er hat oben ein altes grünes Sofa, das vor hundert Jahren von den Elefanten hierhergeschleppt worden sein muß. Und wie er auf diesem Sofa liegt, Romilayu! Und die Frauen bedienen ihn. Aber auf dem Tisch daneben hat er jene beiden Schädel, die bei der Regenzeremonie herhalten mußten, der eine ist der Schädel seines Vaters, der andere der seines Großvaters. Bist du verheiratet, Romilayu?«

»Ja, Sir, zweimal. Aber jetzt ich nur eine Frau besitze.«

»Nun, genau wie ich. Und ich habe fünf Kinder, darunter zwei etwa vier Jahre alte Knaben, Zwillinge. Meine Frau ist sehr gut gebaut.«

»Ich sechs Kinder.«

»Machst du dir Sorgen um sie? Es ist noch immer ein wilder Erdteil, darüber können die Ansichten kaum auseinandergehen.

Ich mache mir ständig Sorgen, daß sich meine beiden Kleinen im Walde verirren könnten. Wir sollten uns einen Hund anschaffen – einen großen Hund. Auf jeden Fall werden wir künftig in einer Stadt wohnen. Ich werde mich noch einmal auf die Schulbank setzen. Romilayu, ich werde meiner Frau einen Brief schicken, und du wirst ihn nach Baventai und auf die Post bringen. Ich habe dir Bakschisch versprochen, mein Alter, und hier sind die Papiere für den Jeep, auf dich umgeschrieben. Ich wünschte, ich könnte dich mit in die Staaten zurücknehmen, aber da du eine Familie hast, ist das nicht gut möglich.« Sein Gesicht drückte sehr wenig Freude an dem Geschenk aus. Er bekam besonders viele Runzeln, und da ich ihn allmählich kannte, sagte ich: »Verdammt, spiele doch nicht ständig mit Tränen. Was gibt es denn zu weinen?«

»Sie Kummer, Sir«, sagte er.

»Ja, ich weiß. Aber da ich zu den Widerborstigen gehöre, hat das Leben beschlossen, mich in eine harte Schule zu nehmen. Ich bin ein Drückeberger, Romilayu, und darum geschieht mir das recht. Was ist denn los, alter Freund, sehe ich schlecht aus?«

»Ja, Sir.«

»Meine Gefühle sind stets in mein Gesicht gesickert«, sagte ich. »Das hängt nun einmal mit meiner Konstitution zusammen. Macht dir vielleicht jener Frauenschädel Sorgen, den sie uns gezeigt haben?«

»Man Sie töten, vielleicht«, sagte Romilayu.

»Du hast recht, dieser Bunam ist ein schlechter Schauspieler. Der Kerl ist ein Skorpion. Aber vergiß nicht, ich bin der Sungo. Schützt mich denn Mummah nicht? Ich nehme an, meine Person ist vielleicht heilig. Außerdem brauchten sie bei meiner Halsweite zwei Mann, um mich zu strangulieren. Ha, ha! Du mußt dir meinetwegen keine Sorgen machen, Romilayu. Sobald diese Geschichte mit dem König ein Ende hat und ich ihm seinen Papa habe einfangen helfen, werde ich dich in Baventai wiedersehen.«

»Bitte Gott, daß er schnell macht«, sagte Romilayu.

Als ich bei dem König das Gespräch auf den Bunam lenkte, lachte er mich aus. »Wenn ich Gmilo in meiner Hand habe, bin ich unumschränkter Herr«, sagte er.

»Aber das Tier rast und mordet dort draußen in der Savanne herum«, sagte ich, »und Sie tun, als hätten Sie es bereits hinter Schloß und Riegel.«

»Löwen verlassen ein bestimmtes Gebiet selten«, sagte er, »Gmilo ist hier in der Nähe. Eines Tages wird man auf ihn stoßen. Schreiben Sie Ihrer Frau den Brief«, sagte Dahfu zu mir, und dabei lachte er sehr leise auf seinem grünen Sofa inmitten des schwarzen Trupps nackter Frauen.

»Ich werde ihr heute schreiben«, sagte ich.

Dann ging ich hinunter, um mit dem Bunam und Horko zu lunchen. Horko, der Bunam und der Schwarzledermann des Bunam warteten bereits an dem Bridgetisch unter dem Regenschirm auf mich. »Meine Herren . . .«, »Asi, Sungo«, sagten alle. Ich war mir stets bewußt, daß diese Männer mich hatten brüllen hören und wahrscheinlich den Gestank der Höhle an mir riechen konnten. Aber ich setzte mich einfach darüber hinweg. Wenn der Bunam, was selten geschah, in meine Richtung blickte, war er sehr düster. Ich dachte: ›Vielleicht lege ich dich schneller um, als du mich. Niemand kann das wissen, und es wäre klüger von dir, mich nicht zu hart anzupacken!‹ Das Benehmen Horkos dagegen war unverändert freundlich, und er schob seine rote Zunge heraus und stützte sich mit seinen knorrigen Knöcheln auf den kleinen Tisch, bis er unter seinem Gewicht ins Wanken geriet. Es herrschte Intrigenstimmung unter der durchsichtigen Seide des Schirms. Draußen in der Sonne jedoch sprangen für uns Unterhaltungskünstler herum, Füße verschwanden unter Gewändern und tauchten wieder aus ihnen auf, denn Horkos Leute tanzten zu unserer Erheiterung, der alte Musiker spielte seine Pendelbratsche, und andere trommelten und trompeteten in dem Palastgarten mit seinen weißen versteinerten Gehirnen und den roten Blumen, die im Humus wuchsen.

Auf den Imbiß folgte die tägliche Pflicht des Wasserausteilens. Die Arbeitsfrauen, denen die Stangen tiefe Striemen in die Haut ihrer Schultern gegraben hatten, trugen mich in die Gassen der Stadt hinaus, wo der Sand in den Radspuren zu Pulver eingedörrt war. Die einsame Trommel bumste hinter mir; sie schien die Menschen vor diesem Henderson, dem von dem Löwen befleckten Sungo, zu warnen. Noch immer erschienen aus Neugier Leute, um mich zu sehen, aber nicht mehr in der früheren Zahl, auch hatten sie nicht den Wunsch, von dem verrückten Regenkönig besprengt zu werden. Als wir daher zu dem Misthaufen im Stadtzentrum gelangten, wo sich das Gericht befand, ließ ich es mir angelegen sein, hinunterzusteigen und nach rechts und links Wasserspritzer auszuteilen. Dies nahm man stoisch hin. Der Richter in seinem karmesinroten Gewand hätte mich, wäre er dazu in der Lage gewesen, offensichtlich gern daran gehindert. Es geschah jedoch nichts. Der Gefangene mit dem gegabelten Stock im Munde lehnte sein Gesicht gegen den Pfosten, an den er gebunden war. »Ich hoffe, du gewinnst, Kamerad«, sagte ich zu ihm und kletterte wieder in meine Hängematte.

An jenem Nachmittag schrieb ich an Lily folgenden Brief:

»Mein liebes Kind, Du machst Dir wahrscheinlich um mich Sorgen, aber ich nehme an, Du wußtest die ganze Zeit, daß ich am Leben war.«

Lily behauptete, sie könne stets sagen, wie es um mich stehe. Sie besitze eine Art privilegierter Liebes-Intuition.

»Der Flug hierher war großartig.«

Als schwebte man die ganze Zeit innerhalb eines Edelsteins.

»Wir sind die erste Generation, die sich die Wolken von beiden Seiten ansehen kann. Was für ein Privileg! Zuerst träumten die Menschen aufwärts. Jetzt träumen sie sowohl aufwärts wie abwärts.

Dies muß irgend etwas irgendwo ändern. Für mich war das ganze Erlebnis wie ein Traum. Ägypten gefiel mir. Alle waren in einheitlich weiße Lumpen gehüllt. Aus der Luft glich die Mündung des Nils einem ausgefransten Tau. An manchen Stellen war das Tal grün und an manchen gelb. Die Wasserfälle sahen aus wie Mineralwasser. Als wir im eigentlichen Afrika landeten und Charlie und ich uns ans Filmen machten, war es nicht gerade das, was ich bei meiner Abreise erwartet hatte.« *Denn ich stieß auf eine Pest, als ich das Haus der alten Dame betrat, und stellte fest, daß ich alle Kraft zusammennehmen oder in Scham versinken mußte.* »Charlie wurde in Afrika nicht umgänglicher. Ich las R. F. Burtons *Die ersten Schritte in Ostafrika*, sowie Spekes *Journal*, und wir waren in keinem Punkt der gleichen Meinung. Daher trennten wir uns. Burton war von sich sehr eingenommen. Er wußte sehr gut mit Degen und Säbel umzugehen, und er sprach jedermanns Sprache. Ich stelle ihn mir charakterlich ähnlich wie General Douglas McArthur vor, er war sehr davon überzeugt, eine historische Rolle zu spielen, und lebte von dem Gedanken an das klassische Rom und Griechenland. Ich mußte mich entscheiden, einen anderen Kurs einzuschlagen, denn nach allen bürgerlichen Maßstäben ist es mit mir aus. Die Genies haben jedoch eine große Schwäche für das simple Leben.«

Als er nach England zurückkehrte, jagte sich Speke eine Kugel in den Kopf. Diese biographische Einzelheit ersparte ich Lily. Mit Genie meine ich jemand wie Plato oder Einstein. Licht war alles, was Einstein benötigte. Was konnte simpler sein?

»Hier fand sich ein Eingeborener mit Namen Romilayu, und wir wurden Freunde, obgleich er zunächst vor mir Angst hatte.

Ich bat ihn, mir unzivilisierte Teile Afrikas zu zeigen. Es gibt noch einige ganz wenige. Überall sonst schießen moderne Regierungen und gebildete Schichten in die Höhe. Ich bin auf ein solches gebildetes, afrikanisches Königshaus gestoßen und bin zur Zeit Gast eines Königs, der fast Doktor der Medizin ist. Trotzdem befinde ich mich ohne Frage abseits der gewohnten Wege, und das habe ich Romilayu (er ist ein prachtvoller Bursche) und, indirekt, Charlie zu verdanken. Bis zu einem gewissen Grade ist es schrecklich gewesen, und das ist es auch jetzt noch. Ein paarmal hätte ich meine Seele so leicht aufgeben können, wie ein Fisch eine Luftblase von sich gibt. Du weißt, Charlie ist im Grunde kein schlechter Kerl. Aber ich hätte mich nicht einer Hochzeitsreise anschließen sollen. Ich war das fünfte Rad am Wagen. Sie ist eine von jenen Madison-Avenue-Püppchen, die sich ihre Backenzähne ziehen lassen, um ein apartes Gesicht (eingefallene Wangen) zu erzielen.«

Bei weiterem Zurückdenken sehe ich jedoch, daß mir die Braut mein Verhalten bei der Hochzeit niemals in der Welt verzeihen konnte. Ich war Trauzeuge, und es handelte sich um einen formellen Akt, und ich gab ihr nicht nur keinen Kuß, sondern saß statt Charlie auf dem Wege zu Gemignanos Restaurant nach der Trauung allein mit ihr in dem Wagen. In meiner Innentasche, zusammengerollt, befand sich ein Notenblatt – Mozarts »Türkisches Rondo« für zwei Violinen. Ich war betrunken; wie konnte ich eine Geigenstunde durchstehen? In Gemignanos Restaurant benahm ich mich höchst anstößig. Ich erklärte: Ist dies Parmesankäse oder Seifenpulver? Ich spuckte ihn auf das Tischtuch, und danach schnaubte ich mir die Nase in mein Kavaliertuch. Schrecklich, daß mein Gedächtnis so lückenlos ist!

»Hast Du für mich ein Hochzeitsgeschenk geschickt oder nicht? Wir müssen ein Geschenk schicken. Beschaffe um Himmels willen ein paar Fleischmesser. Ich muß Dir sagen, daß ich Charlie sehr verpflichtet bin. Ohne ihn wäre ich vielleicht statt hierher in die Arktis, zu den Eskimos gegangen. Dieses afrikanische Erlebnis war ungeheuerlich. Es war unangenehm, es war gefährlich, es war eine tolle Sache! Aber ich bin in zwanzig Tagen um zwanzig Jahre gereift.«

Lily wollte nicht mit mir in dem Iglu schlafen, aber ich setzte meine Polarexperimente trotzdem fort. Ich fing ein paar Kaninchen mit der Schlinge. Ich übte Speerwurf. Ich baute mir nach Beschreibungen in Büchern einen Schlitten. Vier oder fünf Schichten von gefrorenem Urin auf die Kufen, und sie schossen über den Schnee wie Stahl. Ich bin überzeugt, daß ich bis zum Pol vorgestoßen wäre. Aber ich glaube nicht, daß ich dort gefunden hätte, was ich suchte. In diesem Fall hätte ich die Welt durch mein Getrampel von Norden her durcheinandergebracht. Wenn mir meine Seele versagt blieb, würde es die Erde mit einer Katastrophe bezahlen.

»Hier wissen sie nicht, was Touristen sind, und daher bin ich kein Tourist. Eine Frau sagte einmal zu ihrer Freundin: ›Im letzten Jahr haben wir eine Weltreise gemacht, dieses Jahr werden wir wahrscheinlich woanders hinfahren.‹ Ha, ha! Manchmal wirken die Berge hier sehr porös, gelb und braun und erinnern mich an die alten Schwammbonbons aus Melasse. Ich habe in dem Palast mein eigenes Zimmer. Dies hier ist ein sehr primitiver Teil der Welt. Auch die Felsen wirken primitiv. Von Zeit zu Zeit habe ich ein schwelendes Fieber. Es erinnert mich an eins jener Kohlenbergwerke, die wegen Grubenbrand zugemauert wurden. Im übrigen scheint mir der Aufenthalt hier körperlich gutgetan zu haben, abgesehen davon, daß ich ständig grunze. Ich frage mich, ob das etwas Neues ist, oder hast Du es schon einmal zu Hause an mir bemerkt?

Wie geht es den Zwillingen und Ricey und Edward? Ich würde auf dem Heimweg gern in der Schweiz zwischenlanden und die kleine Alice besuchen. Ich möchte mir bei dem Aufenthalt in Genf auch gern meine Zähne nachsehen lassen. Du könntest Dr. Spohr in meinem Namen sagen, daß die Brücke eines Morgens beim Frühstück entzweiging. Schicke mir die Reservebrücke c/o Amerikanische Botschaft Kairo. Sie befindet sich im Kofferraum des Kabrioletts unter der Drahtfeder, die den Wagenheber an dem Reserverad festhält. Ich habe sie sicherheitshalber dorthingelegt.

Ich habe Romilayu eine besondere Zulage versprochen, wenn er mich abseits der gewohnten Wege führen würde. Wir haben zweimal haltgemacht. Die Menschheit muß sich bewußter allem Schönen zuwenden. Ich lernte eine Dame kennen, die Bittahnis-Frau genannt wird. Sie sah eigentlich nur wie eine fette alte Frau aus, aber sie besaß eine erstaunliche Weisheit; als sie mich betrachtete, meinte sie, ich sei ein sonderbarer Kauz, aber das machte ihr gar nichts aus, und sie sagte eine Menge erstaunlicher Dinge. Zunächst erklärte sie mir, mir sei die Welt fremd. Einem Kind ist sie fremd. Aber ich bin kein Kind. Das hat mich zugleich gefreut und gequält.«

Das Königreich des Himmels ist für Kinder des Geistes. Aber gehört dieses großnasige, feiste Schreckgespenst dazu?

»Natürlich gibt es diese Fremdheit und jene Fremdheit. Die eine Art Fremdheit mag ein Geschenk sein, und eine andere Art vielleicht Strafe. Ich wollte der alten Dame sagen, daß alle das Leben verstehen, nur ich nicht – wie erkläre sie sich das? Ich bin anscheinend ein sehr eitler und törichter, unbesonnener Mensch. Wie habe ich mich so verirrt? Ganz gleich, wessen Schuld das ist, wie finde ich wieder zurück?«

Ich bin noch sehr jung und ich stehe draußen im Grase. Die Sonne glüht und schwillt; die Hitze, die sie ausstrahlt, ist auch ihre Liebe. Genau die gleiche Lebendigkeit habe ich in meinem Herzen. Da ist Löwenzahn. Ich versuche, dieses Grün aufzulesen. Ich lege meine liebestrunkene Wange an das Gelb des Löwenzahns. Ich versuche, in das Grün einzutreten.

»Dann erklärte diese Dame mir, ich hätte Grun-tu-molani, ein schwer erklärbarer einheimischer Ausdruck, der im ganzen jedoch besagt, daß man leben, nicht sterben will. Mir wäre es lieb gewesen, wenn sie mir mehr darüber gesagt hätte. Ihr Haar war wollig, und ihr Bauch roch wie Safran; in dem einen Auge hatte sie grauen Star. Ich fürchte, ich werde nie wieder Gelegenheit haben, sie zu sehen, da ich mich blöde benahm und wir uns verziehen mußten. Ich kann nichts Näheres darüber schreiben. Aber ohne Prinz Itelos Freundschaft wäre ich vielleicht in ernsthaften Schwierigkeiten gewesen. Ich glaubte, die Gelegenheit, mit Hilfe einer wirklich weisen Persönlichkeit mein Leben zu studieren, verpaßt zu haben, und ich war darüber sehr niedergeschlagen. Aber ich liebe Dahfu, den König des zweiten Stammes, zu dem wir kamen. Ich bin jetzt bei ihm und wurde mit einem Ehrentitel, Regenkönig, ausgezeichnet, was wahrscheinlich hier die Regel ist, wie früher die Aushändigung des Stadtschlüssels durch Jimmy Walker. Damit ist ein bestimmtes Gewand verbunden. Aber ich kann Dir nur in großen Zügen berichten. Ich nehme an einem Experiment mit dem König teil (ich sagte Dir, daß er fast Dr. med. ist), und das ist eine wahre Prüfung, Tag für Tag.« *Das Gesicht des Tiers ist für mich reines Feuer. Jeden Tag. Ich muß die Augen schließen.*

»Lily, wahrscheinlich habe ich dies in der letzten Zeit nicht ausgesprochen, aber ich empfinde für Dich, mein Liebling, ein aufrichtiges Gefühl, das mir bisweilen das Herz zusammenpreßt. Man kann es Liebe nennen. Obgleich ich finde, das ist ein Bluffwort.« *Besonders für jemanden wie mich, der – zu welchem Zweck? – aus dem Nicht-Sein ins Sein berufen worden ist. Was habe ich mit der Liebe von Ehemännern oder mit der Liebe von Ehefrauen zu schaffen? Ich bin für so etwas zu ungewöhnlich.*

»Als Napoleon auf St. Helena war, sprach er viel über Moral. Es war etwas spät. Als ob er sich schon etwas daraus machte. Ich will daher mit Dir nicht über Liebe sprechen. Wenn Du glaubst, Du seist Dir darüber im klaren, dann leg los! Du hast gesagt, Du könntest nicht bloß für Sonne, Mond und Sterne leben. Du hast gesagt, Deine Mutter sei gestorben, als sie es gar nicht war, und das war sicherlich sehr neurotisch von Dir. Du warst x-mal verlobt und immer ganz aus den Fugen. Du hast mich betrogen. Handelt so die Liebe? Nun schön. Aber ich erwartete von Dir, daß Du mir helfen würdest. Dieser König hier ist einer der intelligentesten Menschen der Welt, und ich habe großes Vertrauen zu ihm, und er sagt mir, ich solle aus den Zuständen, die ich selber schaffe, in die Zustände hinübertreten, die von selbst da sind. Wenn ich zum Beispiel aufhörte, ständig solchen Lärm zu machen, würde ich vielleicht etwas Schönes hören. Ich würde vielleicht einen Vogel hören. Nisten die Zaunkönige noch immer im Gesims? Ich sah, wie dort das Stroh hervorkam, und war überrascht, daß sie hineingelangen konnten.« *Ich könnte es nie machen wie die Vögel. Ich würde alle Zweige zerbrechen. Ich hätte den Pterodaktylus vom Himmel verscheucht.*

»Die Geige gebe ich auf. Ich habe das Gefühl, daß ich mit ihrer Hilfe mein Ziel nie erreichen werde«, *meinen Geist von der Erde aufzuschwingen, aus dem Leibe dieses Todes auszubrechen. Ich bin sehr halsstarrig gewesen. Ich wollte mich in eine andere Welt hinaufschwingen. Mein Leben und meine Taten waren ein Gefängnis.*

»Nun, Lily, von jetzt an soll alles anders werden. Wenn ich zurückkomme, werde ich Medizin studieren. Mein Alter spricht dagegen, aber Alter hin, Alter her, ich werde es trotzdem tun. Du kannst Dir nicht vorstellen, wie versessen ich darauf bin, in ein Laboratorium zu kommen. Ich erinnere mich noch immer an den Geruch solcher Räume. Formaldehyd. Ich weiß, ich werde mit lauter jungen Menschen zusammen sein, die Chemie, Zoologie, Physiologie, Physik, Mathematik und Anatomie treiben. Ich bin darauf gefaßt, daß es eine rechte Prüfung sein wird, besonders das Sezieren eines Leichnams.« *Noch einmal, Tod, du und ich.*

»Ich habe mit den Toten jedoch auch schon früher zu tun gehabt und nie einen Dollar damit verdient. Ich könnte zur Abwechslung auch einmal etwas im Interesse des Lebens tun.« *Was ist dieses große Instrument eigentlich? Warum leidet es so, wenn es falsch gespielt wird? Wie kann es, richtig gespielt, so viel vollbringen, sogar zu Gott vorstoßen?* »Knochen, Muskeln, Drüsen, Organe. Osmose. Ich möchte, daß Du mich beim Medical Center anmeldest und meinen Namen mit Leo E. Henderson angibst. Den Grund dafür sage ich Dir, wenn ich nach Hause komme. Findest Du das nicht aufregend? Mein liebes Kind, als Frau eines Arztes wirst Du sauberer sein, häufiger baden und Deine Leibwäsche regelmäßiger waschen müssen. Du wirst Dich an Unterbrechung Deines Schlafes, nächtliche Anrufe und ähnliches gewöhnen müssen. Darüber, wo ich praktizieren werde, habe ich noch keine Entscheidung getroffen. Ich nehme an, falls ich es zu Hause versuchte, würde ich die Nachbarn in Angst und Schrecken jagen. Wenn ich als Doktor der Medizin mein Ohr an ihre Brust legen wollte, würden sie aus der Haut fahren.

Vielleicht bewerbe ich mich daher um eine missionarische Tätigkeit wie Dr. Wilfred Grenfell oder Albert Schweitzer. Oder – ja! Axel Munthe – wie wäre es damit? China fällt jetzt natürlich aus. Sie würden uns vielleicht festnehmen und bei uns Gehirnwäsche machen. Ha, ha! Aber wir könnten es mit Indien versuchen. Ich habe das dringende Verlangen, mich den Kranken zu widmen. Ich möchte sie heilen. Menschen, die heilen, sind heilig.« *Ich selbst bin so erbärmlich gewesen, ich glaube, am Ende muß doch noch eine gute Eigenschaft in mir sein.* »Lily, ich will aufhören, mich selber zuschanden zu schlagen.«

Ich glaube nicht, daß die Kämpfe der Sehnsucht je zu gewinnen sind. Ganze Zeitalter waren von Verlangen und Wollen, von Wollen und Verlangen erfüllt, und wie endeten sie? Remis, immer wieder im Staub.

»Wenn das Medical Center mich nicht zulassen will, wende Dich zuerst an die Johns Hopkins und dann einfach der Reihe nach an alle anderen. Ein weiterer Grund, warum ich in der Schweiz zwischenlanden will, ist, daß ich mir einen Überblick über die medizinischen Ausbildungsmöglichkeiten verschaffen möchte. Ich könnte dort mit den Leuten sprechen, ihnen meinen Fall erklären, und sie würden mich vielleicht zulassen.

Klemm Dich also schnell hinter diese Briefe, Liebste, und noch etwas: Verkauf die Schweine. Ich möchte, daß Du Kenneth, den Tamworth-Eber, sowie Dilly und Minnie verkaufst. Schaff sie uns vom Halse.

Wir sind komische Geschöpfe. Wir sehen nicht die Sterne, wie sie sind – weshalb lieben wir sie eigentlich? Sie sind nicht kleine, goldene Gegenstände, sondern unendliches Feuer.«

Fremd und seltsam? Weshalb denn nicht? Es ist seltsam. Es ist alles seltsam.

»Ich habe hier überhaupt nicht getrunken, abgesehen von ein paar Schlückchen, die ich beim Schreiben dieses Briefes zu mir nahm. Beim Lunch serviert man ein einheimisches Bier, sogenanntes ›pombo‹, das recht gut ist. Gegorene Ananas. Alle Menschen hier sind sehr lebhaft. Manche Leute tragen Federn, manche Bänder, manche Tücher, Ringe, Armbänder, Perlen, Muscheln, goldene Walnüsse. Einige der Haremsfrauen schreiten wie Giraffen. Die unteren Hälften ihrer Gesichter treten vor. Bei dem Gesicht des Königs fällt das besonders auf. Er ist sehr begabt und eigenwillig.

Manchmal habe ich das Gefühl, in meinem Innern macht ein ganzer Haufen Pygmäen tolle Sprünge, schreit herum und gebärdet sich wie toll. Ist das nicht merkwürdig? Dann wieder bin ich sehr ruhig, ruhiger als je.

Der König ist der Ansicht, man sollte ein passendes Bild von sich selbst haben ...«

Ich glaube, ich habe versucht, Lily zu erklären, was Dahfus Ideen waren, aber Romilayu verlor die letzten paar Seiten des Briefes, und das war wohl ganz gut so, denn als ich sie schrieb, hatte ich eine beträchtliche Menge getrunken. Alles in allem, glaube ich, sagte ich – oder vielleicht dachte ich es auch nur –: »Eine Stimme in mir sprach, ›Ich darbe!‹ *Ich* darbe? Ich? Sie hätte zu mir sagen sollen, *sie* darbt, *er* darbt, *sie* darben. Und außerdem, macht die *Liebe* die Wirklichkeit zur Wirklichkeit. Das Gegenteil bewirkt das Gegenteil.«

20

Romilayu und ich sagten am Morgen einander Lebewohl, und als er schließlich mit dem Brief an Lily davonzog, war mir gar nicht wohl zumute. Der Magen schien sich mir umzudrehen, als sein runzliges Gesicht durch die sich schließenden Palasttore blickte. Ich glaube, er erwartete, in letzter Minute von seinem unbeständigen und unvernünftigen Arbeitgeber zurückgerufen zu werden. Aber ich stand regungslos da – mit dem Helm, der dem Rückenschild der Schildkröte glich, und in dieser Hose, die mir das Aussehen eines versprengten Angehörigen eines Zuaventrupps gab. Das Tor schloß sich vor Romilayus narbigem und gefurchtem Gesicht, und ich war sehr niedergeschlagen. Tamba und Bebu lenkten mich jedoch von meiner Traurigkeit ab. Wie üblich begrüßten sie mich damit, daß sie im Staube lagen und meinen Fuß auf ihren Kopf setzten, und dann legte Tamba sich auf den Bauch, damit Bebu mit ihren Füßen das Joxi vornehmen konnte. Sie trat auf Tambas Rücken, Rückgrat, Hals und Hinterteil herum, und dies schien Tamba ein himmlisches Vergnügen zu bereiten. Sie schloß die Augen, ächzend und wohlig. Ich dachte, eines Tages muß ich das auch einmal versuchen; es mußte eine Wohltat sein, so sehr gefiel es diesen Menschen; allerdings war es dafür nicht der rechte Tag, ich war zu traurig.

Die Luft erwärmte sich schnell, doch waren noch immer Rückstände der stechenden Nachtkälte da; ich spürte es durch den dünnen grünen Stoff, den ich trug. Der Berg, der nach Hummat benannt war, war gelb; die Wolken waren weiß und von großer Schwere. Sie lagen ungefähr in Höhe von Hummats Hals und Schultern wie ein Kragen. Ich saß im Hause und wartete darauf, daß der Morgen an Wärme zunahm, hatte die Hände gefaltet und bereitete mich geistig auf meine tägliche Auslieferung an Atti vor, wobei ich mir ernsthaft vorzunehmen versuchte: Ich muß mich ändern. Ich darf nicht von der Vergangenheit leben, das richtet mich zugrunde. Die Toten sind meine Kostgänger, sie bringen mich um Haus und Heim. Die Schweine waren mein Trotz. Ich erklärte der Welt, daß sie ein Schwein sei. Ich muß anfangen, mir über die Art der Lebensführung Gedanken zu machen. Ich muß Lily das Erpressen austreiben und die Liebe auf einen richtigen Kurs bringen. Denn letztlich hatten Lily und ich viel Glück. Aber was konnte dann ein Tier für mich tun? Wenn man der Sache auf den Grund ging? Wirklich? Ein Raubtier? Auch wenn man annimmt, daß ein Tier sich einer natürlichen Gnade erfreut? Wir hatten unseren Anteil an dieser natürlichen Gnade, bis unsere Kindheit endete. Aber wird nicht von uns erwartet, etwas anderes zu vollbringen – Projekt Nummer zwei – die zweite Gnade? Ich konnte solche Dinge nicht dem König sagen, er war so in Löwen verschossen. Ich habe nie einen Menschen gesehen, der so in ein Tier vernarrt war. Und ich konnte wegen meiner Gefühle zu ihm das, was er von mir wollte, nicht ablehnen. Ja, in mancher Hinsicht ähnelte dieser Mann auffällig einem Löwen, aber das bewies nicht, daß Löwen ihn so gemacht hatten. Das war wieder etwas von Lamarck. Auf dem College hatten wir Lamarck einfach zur Tür hinausgelacht. Ich erinnerte mich, daß der Lehrer sagte, dies sei eine bürgerliche Vorstellung von der Autonomie des individuellen Geistes. Wir waren alle oder fast alle Söhne reicher Männer, und doch lachten wir über die bürgerlichen Vorstellungen, bis wir fast platzten. Nun gut, sagte ich mir und runzelte die Stirn, Romilayus Weggang fiel mir schwer auf die Seele, dies ist die Quittung für lebenslanges Handeln ohne Denken. Wenn ich auf jenen Kater schießen mußte, wenn ich Frösche in die Luft sprengen mußte, wenn ich Mummah hochheben mußte, ohne zu merken, in was ich mich hineinmanövrierte, so lag es durchaus auf derselben Linie, wenn ich jetzt auf allen vieren kroch, brüllte und den Löwen spielte. Ich hätte statt dessen unter Willatales Anleitung etwas vom Grun-tu-molani lernen sollen. Aber ich werde mein Gefühl gegenüber diesem Mann – ich meine Dahfu – niemals bereuen; um mir seine Freundschaft zu erhalten, hätte ich noch weit mehr getan.

Über solchen Gedanken brütete ich in meinem Zimmer im Palast, als Tatu eintrat, die ihre alte italienische Soldatenmütze trug. In der Annahme, es handele sich um die tägliche Aufforderung, mich zu dem König in die Höhle zu begeben, erhob ich mich schwerfällig, aber sie begann mir durch Worte und Gesten klarzumachen, ich solle bleiben, wo ich war, und auf den König warten. Er sei auf dem Wege zu mir.

»Was ist denn los?« sagte ich. Aber niemand konnte mir eine Erklärung geben, und ich machte mich in Erwartung des mir angekündigten Besuches ein wenig zurecht; ich hatte mich verdrecken und mir den Bart wachsen lassen, da es kaum sinnvoll war, sich zu säubern, um sich dann auf allen vieren herumzubewegen, zu brüllen und in der Erde zu wühlen. Heute jedoch ging ich zu Mummahs Zisterne, wusch mir Gesicht, Hals und Ohren und ließ mich auf der Schwelle meines Zimmers von der Sonne trocknen. Es ging schnell. Inzwischen bedauerte ich, daß ich Romilayu so bald fortgeschickt hatte, denn dieser Morgen rief mir noch mancherlei ins Gedächtnis, das ich Lily hätte mitteilen sollen. Das da war eigentlich nicht alles, was ich zu sagen hatte, dachte ich. Ich liebe sie. Weiß Gott! Ich hatte wieder einmal versagt. Aber ich hatte nicht viel Zeit für Reue, denn Tatu kam mir durch den ungepflegten Garten des Palastes entgegen, gestikulierte mit beiden Armen und sagte: »Dahfu. Dahfu ala-mele.« Ich stand auf, und sie führte mich durch die Gänge des Erdgeschosses zu dem Außenhof des Königs. Er lag bereits in seiner Hängematte, unter dem purpurnen Schatten seines riesigen Seidenschirms. In seiner Faust hielt er seinen Samthut und winkte mit ihm, und als er mich über sich sah, öffneten sich seine wulstigen Lippen. Er stülpte den Hut über sein hochgerecktes Knie und sagte lächelnd: »Ich vermute, Sie können sich denken, welcher Tag heute ist.«

»Ich vermute –«

»Ja, es ist der Tag. Mein Löwentag.«

»Wirklich?«

»Der Köder ist von einem jungen Löwen gefressen worden. Die Beschreibung von Gmilo paßt auf ihn.«

»Nun, es muß erhebend sein«, sagte ich, »sich vorzustellen,

daß Sie jetzt wieder mit Ihrem lieben Vater vereint werden. Ich wünschte mir nur, so etwas könne auch mir zuteil werden.«

»Henderson«, sagte er (an diesem Morgen fand er an meiner Gesellschaft und der Unterhaltung mit mir ein besonderes Vergnügen), »glauben Sie an die Unsterblichkeit?«

»Mehr als eine Seele würde Ihnen erklären, daß sie eine zweite Runde mit dem Leben auf keinen Fall durchstehen könnte«, sagte ich.

»Meinen Sie das wirklich? Aber Sie wissen mehr von der Welt als ich. Trotzdem, Henderson, mein guter Freund, dies ist ein festliches Ereignis für mich.«

»Besteht begründete Aussicht, daß es sich um Ihren Vater, den verstorbenen König, handelt? Ich wünschte, ich hätte das vorher gewußt. Ich hätte Romilayu nicht fortgeschickt. Er ist heute morgen losgezogen. Hoheit, könnten wir ihm einen Läufer nachsenden?«

Der König schenkte dieser Bemerkung keine Aufmerksamkeit, und ich nahm an, seine Erregung riß ihn zu sehr fort, um ihn an meine praktischen Fragen denken zu lassen. Was bedeutete Romilayu an einem solchen Tage für ihn?

»Sie werden das Hopo mit mir teilen«, erklärte er, und, obwohl ich nicht wußte, was das besagte, stimmte ich selbstverständlich zu. Mein eigener Schirm kam heran, diese grüne Höhle oder Hülle mit querlaufenden Fasern in der seidenen Durchsichtigkeit, die es mir erleichterten, zu glauben, daß es nicht ein Phantasiebild, sondern ein Gegenstand sei, denn weshalb sollte ein Phantasiebild solche querlaufenden Linien haben? Nicht wahr? Die Stange wurde von kräftigen Frauenhänden gehalten. Träger brachten meine Hängematte.

»Wollen wir denn dem Löwen in einer Hängematte nachjagen?« sagte ich.

»Wenn wir den Busch erreichen, werden wir zu Fuß weitergehen«, sagte er.

Mit einer jener kräftigen Äußerungen, die nun einmal zu mir gehören, stieg ich daraufhin in die Hängematte des Sungo, in die ich versank. Es schien mir, als schickten wir beiden Männer uns an, das Tier mit bloßen Händen einzufangen – diesen Löwen, der den alten Bullen gefressen hatte und jetzt irgendwo in dem hohen Grase fest schlief.

Frauen mit glattrasiertem Kopf huschten lärmend und aufgeregt zu uns heran, und genau wie am Tage der Regenzeremonie hatte sich eine bunt aufgeputzte Menge versammelt – Trommler,

Männer in Farbenschmuck, Muscheln und Federn, sowie Hornisten, die ein paar Probetöne bliesen. Die Hörner waren ungefähr dreißig Zentimeter lang und hatten große Mundstücke aus grünlich oxydiertem Metall. Sie erzeugten ein Teufelsgetöse, gleich dem Gehöhn der Angst, diese Instrumente. Von den Hörnern, Trommeln und Rasseln und den Lärmmachern in der Gruppe der Treiber umgeben, wurden wir durch die Tore des Palastes getragen. Die Arme der Amazonen erzitterten unter der Last meines Körpergewichts. Als wir in die Stadt einzogen, erschienen allerlei Menschen und betrachteten mich; sie starrten in die Hängematte hinein. Unter ihnen befanden sich der Bunam und Horko, und dieser, das spürte ich, erwartete von mir, daß ich etwas zu ihm sagte. Ich sagte jedoch kein Wort.

Ich hielt ihnen mein massiges rotes Gesicht entgegen. Der Bart war allmählich wie ein Besen hochgeschossen, und das Fieber, das wieder gestiegen war, schwächte meine Augen und Ohren. Gelegentlich überraschte mich ein Zittern in den Wangen; ich konnte nichts dagegen tun, und ich vermutete, daß die Nerven meiner Kiefer, meiner Nase und meines Kinns unter dem Einfluß der Löwin sich beunruhigend veränderten. Der Bunam war erschienen, um mit mir zu sprechen oder mich zu warnen; das konnte ich sehen. Ich hätte gern meine H und H Magnum mit dem Zielfernrohr von ihm zurückgefordert, aber natürlich kannte ich nicht die Wörter für »geben« und »Gewehr«. Die Frauen kämpften mit meinem Gewicht, und die Hängematte hing tief nach unten und berührte fast den Boden. Die Stangen waren für ihre Schultern fast zuviel, als die Frauen den brutalen weißen Regenkönig mit seinem dunklen, geröteten Gesicht, dem schmutzigen Helm, der grellen Hose und den dicken, behaarten Schienbeinen trugen. Die Leute brüllten, klatschten in die Hände und sprangen in ihren Lumpen und Fellen in die Höhe, wobei sie Büschel gefärbter Haare als Wimpel schwangen, Frauen mit Säuglingen, die an ihren langen, schwammigen Brüsten hingen, und Männer mit abgebrochenen Zähnen oder Lücken. Soweit ich es beurteilen konnte, jubelten sie keineswegs dem König zu; sie verlangten, er solle Gmilo, den richtigen Löwen, herbeischaffen und sich von der Hexe Atti trennen. Ohne irgendeine Regung zog der König in seiner Hängematte an ihnen vorbei. Ich sah, daß sein Gesicht von dem Schatten des purpurnen Schirms gebadet war und daß er seinen großen Samthut trug, an dem er genauso hing, wie ich an dem Helm. Hut, Haar und Gesicht waren unter dem leicht getönten Licht des Seidengewölbes eng miteinander vereint, und er ruhte dort hingestreckt mit dem gleichen köstlichen Behagen, das ich von Anfang an bewundert hatte. Über ihm, wie auch über mir, umklammerten fremde Hände die verzierte Stange des Schirms. Die Sonne schien jetzt mit aller Kraft und bedeckte die Berge und das Gestein um uns mit flimmernden Schichten. In Bodennähe verwandelte sich der Sonnenglanz fast in greifbares goldenes Laub. Die Hütten waren Höhlen der Finsternis, und über dem Stroh der Dächer lag ein siecher, müder Glanz.

Bis wir die Stadtgrenze erreichten, sprach ich ständig vor mich hin: »Wirklichkeit! Oh, Wirklichkeit! Verwünschte Wirklichkeit!«

In dem Busch setzten mich die Frauen ab, und ich trat aus der Hängematte auf glühenden Boden. Es war festgeschichteter weißer, sonnenhafter Felsen. Auch der König stand jetzt. Er sah auf die Menge zurück, die in der Nähe der Stadtmauer geblieben war. Bei den Wildtreibern befand sich der Bunam und, dicht hinter ihm, ein weißes Geschöpf, ein völlig gefärbter oder gekalkter Mann. Unter dem Kreidegewand erkannte ich ihn. Es war der Assistent des Bunam, der Scharfrichter. Ich erkannte ihn in dieser weißen Metamorphose an den Falten seines schmalen Gesichtes.

»Was soll das bedeuten?« fragte ich und ging über das geschichtete Gestein und das stopplige Unkraut zu Dahfu hinüber.

»Keine Ahnung«, erwiderte der König.

»Sieht er bei einer Löwenjagd stets so aus?«

»Nein. Andere Tage, andere Farben, je nach Ausdeutung der Omina. Weiß ist nicht das beste Omen.«

»Was haben sie vor? Sie verabschieden Sie nicht gerade freundlich.«

Der König tat so, als könne er sich nicht damit abgeben. Jeder menschliche Löwe hätte sich verhalten wie er. Dennoch schien er dadurch beunruhigt, wenn nicht tief getroffen. Ich machte eine sehr heftige halbe Kehrtwendung, um die ominöse Gestalt scharf unter die Lupe zu nehmen, die das Selbstvertrauen des Königs unmittelbar vor diesem Ereignis, vor der Wiedervereinigung mit der Seele seines Vaters, untergraben wollte. »Ist diese weiße Tünche ernst zu nehmen?« sagte ich zu dem König.

Da sie weit auseinanderstanden, blickten seine Augen völlig getrennt; als ich ihn ansprach, schmolzen sie wieder zu einem einzigen Blick zusammen. »Sie möchten es so.«

»König«, sagte ich, »soll ich etwas tun?«

»Was denn?«

»Sagen Sie es nur. An einem Tage wie diesem gestört zu werden, ist gefährlich, nicht wahr? Es sollte auch für diese Männer gefährlich sein.«

»Wirklich? Nein. Wieso?« sagte er. »Diese Menschen leben in dem alten Universum. Warum nicht? Dies gehört zu meinem Handel mit ihnen, nicht wahr?« Etwas von der goldenen Tönung des Gesteins trat, strahlend, in sein Lächeln. »Sehen Sie, dies ist mein großer Tag, Mr. Henderson. Ich kann mir alle diese Omina leisten. Wenn ich erst Gmilo eingefangen habe, können sie nichts mehr sagen.«

»Stecken und Steine brechen meine Beine, aber das ist eitel Aberglaube, und so weiter. Nun, Hoheit, wenn Sie es so betrachten, ausgezeichnet, in Ordnung.« Ich blickte in die aufsteigende Hitze, die ihre Farbe von den Steinen und Pflanzen entlieh. Ich hatte erwartet, der König werde den Bunam und seinen Begleiter, der mit der Farbe des bösen Omen angemalt war, barsch anfahren, aber er machte nur eine einzige Bemerkung zu ihnen. Sein Gesicht wirkte sehr voll unter dem Samthut mit der breiten Krempe und all den weichen Dellen obenauf. Die Schirme waren hinten geblieben. Die Frauen, die Gattinnen des Königs, standen auf geeigneten hohen Punkten an der niedrigen Stadtmauer; sie beobachteten die Vorgänge und riefen Verschiedenes (ich nehme an, Abschiedsgrüße). Unter der Kraft der Hitze erbleichte das Gestein mehr und mehr. Die Frauen schickten seltsame Worte der Liebe und Ermunterung oder der Warnung oder des Lebewohls herüber. Sie winkten, sie sangen, und sie machten Zeichen mit den beiden Schirmen, die sich auf- und abwärts bewegten. Die Treiber, jetzt still, hatten nicht vor uns haltgemacht, sondern marschierten mit den Hörnern, Speeren, Trommeln und Rasseln davon. Es waren sechzig oder siebzig Mann, und sie verließen uns in einer geschlossenen Gruppe, gingen dann aber allmählich ausschwärmend auf den Busch zu. Wie die Ameisen begannen sie sich zwischen das goldgelbe Unkraut und die Geröllblöcke des Abhangs zu verteilen. Diese Geröllblöcke glichen, wie bereits bemerkt, massigen Gegenständen, die eine unwissende Gewalt von oben hinuntergekämmt hatte.

Nach dem Abmarsch der Treiber blieben der Bunam, der Zauberer des Bunam, der König und ich, der Sungo, sowie drei Begleiter mit Speeren etwa dreißig Meter von der Stadt entfernt allein zurück.

»Was haben Sie ihnen gesagt?« fragte ich den König.

»Ich habe dem Bunam gesagt, ich würde mein Ziel trotzdem erreichen.«

»Sie sollten jedem von ihnen einen Tritt in den Hintern geben«, sagte ich mit einem finsteren Blick auf die beiden Burschen.

»Kommen Sie, Henderson, mein Freund«, sagte Dahfu, und wir setzten uns in Bewegung. Die drei Männer mit Speeren schlossen sich uns an.

»Wozu sind diese Männer da?«

»Zur Unterstützung in dem Hopo«, sagte er. »Sie werden es sehen, wenn wir an das schmale Ende des Feldes kommen. Das ist besser als jede Erklärung.«

Als wir in das hohe Gras des Busches hinuntergingen, hob der König sein schräg hervortretendes Gesicht mit der glatten, eingedrückten Nase und prüfte den Geruch der Luft. Auch ich sog sie ein. Sie war trocken und leicht und roch wie in Gärung gebrachter Zucker. Ich nahm jetzt das Zittern von Insekten wahr, die unter den Stämmen, ganz am Boden der Hitze, ihre Instrumente spielten.

Der König begann schnell zu gehen, mehr springend als schreitend, und als wir, die Speerträger und ich, folgten, fiel mir auf, daß das Gras hoch genug war, um fast jedes Tier mit Ausnahme eines Elefanten verbergen zu können, und daß ich nicht einmal eine Sicherheitsnadel hatte, um mich zu verteidigen.

»König«, sagte ich. »Ssst! Warten Sie einen Augenblick.« Ich konnte hier nicht laut sprechen; ich spürte, daß dies nicht der rechte Zeitpunkt war, Lärm zu machen. Dem König paßte dies offenbar nicht, denn er wollte nicht stehenbleiben, aber ich rief leise weiter, und schließlich wartete er auf mich. Ziemlich aufgepeitscht starrte ich ihm aus allernächster Nähe in die Augen, rang ein paar Augenblicke nach Luft und sagte dann: »Nicht einmal eine Waffe? So ganz ohne alles? Erwartet man von Ihnen, daß Sie dieses Tier am Schwanz packen?«

Er entschied sich dafür, mit mir Geduld zu haben. Ich konnte sehen, wie die Entscheidung fiel. Darauf könnte ich schwören. »Das Tier, und ich hoffe, es ist Gmilo, befindet sich vermutlich im Bereich des Hopo. Sehen Sie, Henderson, ich darf nicht bewaffnet sein. Was wäre, wenn ich Gmilo etwa verwundete?« Er sprach von dieser Möglichkeit voller Entsetzen. Ich hatte bisher nicht bemerkt (was war mit mir los?), wie außerordentlich erregt der König war. Das war mir hinter seiner Herzlichkeit verborgen geblieben.

»Was wäre dann?«

»Man würde mein Leben fordern, als hätte ich einem lebendigen König ein Leid zugefügt.«

»Und was ist mit mir – auch von mir wird nicht erwartet, daß ich mich verteidige?«

Der König antwortete einen Augenblick lang nicht. Dann sagte er: »Sie sind mit mir.«

Darauf konnte ich nichts mehr sagen. Ich beschloß, mich, soweit es ging, meines Helmes zu bedienen, das hieß also, dem Tier auf das Maul zu schlagen und es in Verwirrung zu setzen. Ich brummte vor mich hin, daß er sich als einfacher Student in Syrien oder Libanon besser stünde, und er verstand mich, obgleich ich undeutlich sprach, und sagte: »O nein, Henderson-Sungo. Ich bin glücklich, und Sie wissen es.« In seiner enganliegenden Reithose schritt er wieder weiter. Meine Hose behinderte mich, als ich ihm nachsetzte. Was die drei Männer mit Speeren betraf, so gaben sie mir sehr wenig Sicherheitsgefühl. Ich erwartete jeden Augenblick, daß der Löwe gleich einem Feuerbrand auf mich zuspringen, mich zu Boden schlagen und in Blutlachen auflösen würde. Der König erstieg einen Geröllblock und zog mich mit sich hinauf. Er sagte: »Wir befinden uns in der Nähe der Nordwand des Hopo.« Er zeigte auf sie. Sie bestand aus zerfetzten Dornen und abgestorbenen Pflanzen aller Art, die zu einer Dichte von einem halben bis vollen Meter aufgehäuft und übereinander getürmt waren. Es wuchsen dort unheimlich aussehende Blumen; sie waren rot und orangefarben, und in der Mitte waren sie schwarzgefleckt, und schon der bloße Anblick machte mir Halsschmerzen. Dieses Hopo war ein riesiger Trichter oder ein großes Dreieck. An der Basis war es offen, während sich an der Spitze oder dem Ausfluß die Falle befand. Nur eine der beiden Seiten war von Menschenhand errichtet. Die andere bestand aus einer natürlichen Felsenformation, wahrscheinlich dem Ufer eines alten Flusses, das die Höhe einer Klippe erreichte. Neben der hohen Mauer aus Unterholz und Dornen lief ein Pfad, den des Königs Füße unter dem stacheligen gelben Gras fanden. Wir gingen weiter über heruntergefallene Astteile und Rebengeflecht auf das spitze Ende des Hopo zu. Von den Hüften an, die schmal waren, ging des Königs Gestalt in die Breite und wirkte zu den Schultern hin groß. Er schritt mit kräftigen Beinen und schlankem Hinterteil einher.

»Sie brennen sicherlich darauf, dieses Tier in die Hände zu bekommen«, sagte ich.

Manchmal glaube ich, Vergnügen stellt sich nur ein, wenn man tun und lassen kann, was man will, und ich konnte mich des Eindrucks nicht erwehren, daß der König in diesem Punkt von den

Löwen gelernt hatte. Tun und lassen, was man will, darin besteht das Vergnügen, trotz aller Gedankenarbeit, die geleistet worden ist. Und der König zog mich jetzt mit der Gewalt seiner persönlichen Größe mit sich, weil er so begabt war und eine starke Lebenskraft besaß, die sich in dem rauchfarbenen, bläulichen Zittern seines Extra-Schattens äußerte. Weil er einfach seinen Willen durchsetzen mußte. Und deshalb schleppte ich mich hinter ihm her, ohne jeden Waffenschutz, es sei denn, man sähe den Helm dafür an, oder, daß ich diese grüne Hose ausziehen und das Tier in sie hineinstecken konnte – sie wäre dafür wohl weit genug gewesen.

Dann blieb der König stehen, wandte sich zu mir um und sagte: »Sie brannten genauso, als es darum ging, Mummah hochzuheben.«

»Das stimmt, Hoheit«, sagte ich. »Aber wußte ich, was ich tat? Nein, keineswegs.«

»Aber ich weiß es.«

»Nun ja, König«, sagte ich, »es steht mir nicht an, dies in Frage zu stellen. Ich werde alles tun, was Sie sagen. Aber Sie sagten, daß der Bunam und der andere Mann in der weißen Farbe aus dem alten Universum stammten, und ich nahm an, Sie selbst ständen außerhalb davon.«

»Nein, nein. Wissen Sie, wie man das Ganze ersetzen könnte? Es läßt sich nicht tun. Auch wenn es, in höchsten Augenblicken, kein altes und kein neues gibt, sondern nur ein Wesen, das über unsere Maßnahmen zu lächeln vermag – zu lächeln auch über das Menschsein. Das so ganz von sich selbst erfüllt ist«, sagte er. »Dennoch muß Spielraum für das Leben zugelassen sein. Maßnahmen sind nötig.« Hier schwebte mir sein Geist zu hoch, und daher unterbrach ich ihn nicht, und er sagte: »Für Gmilo war der Löwe Suffo sein Vater. Für mich Großvater. Gmilo ist mein Vater. Wenn ich König der Wariri sein soll, muß es sein. Wie wäre ich sonst König?«

»Richtig, ich verstehe Sie«, sagte ich. »König«, erklärte ich ihm, und ich sprach so ernst, daß es vielleicht fast wie eine Reihe von Drohungen klang, »sehen Sie diese Hände? Dies ist Ihr zweites Händepaar. Sehen Sie diesen Leib?« Ich legte meine Hand auf meine Brust. »Er ist Ihr Ersatzmann, sozusagen. Hoheit, für den Fall, daß etwas passieren sollte, sollen Sie wissen, wie ich empfinde.«

Mein Herz war sehr bewegt. Mir begann das Gesicht zu schmerzen. Angesichts seiner edlen Haltung suchte ich diesem Mann die

Unbeherrschtheit meiner Gefühle zu ersparen. Das Ganze geschah im Schatten der Hopowand, und unter dem Saum starrer Dornen. Der enge Pfad längs des Hopo war schwarz und golden, wie wenn Gras bei hellem Tageslicht brennt und die Hitze sichtbar ist.

»Ich danke Ihnen, Mr. Henderson. Ich weiß jetzt, wie Sie empfinden.« Nach kurzem Zögern sagte er: »Darf ich eine Vermutung wagen? Ihre Gedanken gelten dem Tod?«

»Das stimmt. Ich gebe es zu.«

»Nicht wahr, sehr? Sie neigen ganz besonders dazu.«

»Im Laufe der Jahre habe ich viel mit ihm zu tun gehabt.«

»Ganz besonders, ganz besonders«, sagte er, als unterhielte er sich mit mir über eines meiner Probleme. »Manchmal meine ich, es wäre nützlich, sich das Grab im Verhältnis zur Erdkruste vorzustellen. Wie groß ist der Radius? Mehrere tausend Kilometer bis zum Mittelpunkt der Erde. Nein, Gräber sind nicht tief, sondern unbedeutend, nur einige Handbreit von der Oberfläche und nicht weit von Fürchten und Begehren. Mehr oder weniger die gleiche Furcht, mehr oder weniger das gleiche Begehren bei Tausenden von Generationen. Das Kind und der Vater, der Vater und das Kind tun das gleiche. Fürchten das gleiche. Begehren das gleiche. Über der Kruste, unter der Kruste, immer und immer wieder. Nun, Henderson, wozu sind die Generationen da? Bitte, erklären Sie mir das. Nur zur unveränderten Wiederholung von Furcht und Begehren? Das kann nicht der Zweck sein, immer, immer wieder. Jeder tüchtige Mann wird versuchen, den Kreislauf zu unterbrechen. Aus diesem Kreislauf kommt nur heraus, wer die Dinge in seine eigene Hand nimmt.«

»Oh, König, warten Sie eine Sekunde. Einfach dem Licht entrückt – das genügt. Müssen es für das Grab gleich mehrere tausend Kilometer sein? Wie können Sie so sprechen?« Aber ich begriff ihn trotzdem. Alles, was man von den Menschen zu hören bekommt, ist Begehren, Begehren, Begehren, das aus der Brust aufsteigt, und Furcht, die sich lähmend auf sie wirft. Genug endlich! Es ist Zeit für ein Wort der Wahrheit. Zeit für etwas, das des Hörens wert ist. Andernfalls stürzen wir, mit der Fallgeschwindigkeit eines Steins, vom Leben in den Tod. Genau wie ein Stein, unmittelbar hinein in die Taubheit, wiederholen bis zum letzten Augenblick *Ich darbe, ich darbe, ich darbe*, schlagen dann auf die Erde auf und gehen für immer in sie ein! Tatsächlich dachte ich, draußen in der afrikanischen Sonne, vor der mich die stachelige Wand aus Dornen vorübergehend abschirmte: es ist ein Vergnügen, wenn stachelige Gegenstände wie Dornen etwas für uns tun. Unter den schwarzen Widerhaken, die die Büsche über uns ineinandergehäkelt hatten, dachte ich es zu Ende und gab zu: das Grab war vergleichsweise flach. Man konnte nicht viele Kilometer ins Innere gehen, bis man auf den geschmolzenen Teil der Erde stieß. Hauptsächlich Nickel, denke ich – Nickel, Kobalt, Pechblende, oder wie sie das Magma nennen. Fast noch ein von der Sonne abgerissener Brocken.

»Gehen wir«, sagte er. Ich folgte ihm nach diesem kurzen Gespräch bereitwilliger. Er konnte mich von fast allem überzeugen. Seinetwegen fügte ich mich in den Zwang, wie ein Löwe zu sein. Ja, dachte ich, ich glaubte, ich könne mich verwandeln; ich war willens, mein altes Ich zu überwinden; um das zu tun, muß ein Mann eine neue Form annehmen; er muß sich sogar in eine Rolle hineinzwingen; vielleicht muß er sich eine Zeitlang selbst betrügen, bis es zu wirken beginnt; seine eigene Hand malt wieder auf dem vielbemalten Schleier. Ich würde nie einen Löwen abgeben, ich wußte es; aber ich konnte vielleicht bei dem Versuch hier und dort einen kleinen Gewinn erzielen.

Ich bin nicht ganz sicher, daß ich all die Dinge, die der König sagte, genau wiedergegeben habe. Vielleicht habe ich einiges davon ein wenig entstellt, um es in mich aufnehmen zu können.

Wie dem auch sei, ich folgte ihm mit bloßen Händen zu dem Ende des Hopo. Wahrscheinlich war der Löwe bereits erwacht, denn die Treiber, vier bis fünf Kilometer entfernt, hatten zu lärmen begonnen. Es klang, als sei es sehr fern, weit draußen in den goldenen Streifen des Busches. Vor uns flackerte eine luftblaue, schläfrige Hitze, und während ich in den Gischt und das Geblitz des Sonnenlichtes hineinblinzelte, sah ich eine unvermittelt ansteigende Erhebung in der Hopo-Mauer. Es war ein strohgedeckter Anstand, auf einer acht bis neun Meter hoch gelegenen Plattform. Eine Leiter aus Weinreben hing herab, und der König griff energisch nach diesem rohen, schlaff wirkenden Ding. Er kletterte nach Seemannsart von der Seite her hinauf, zog sich kraftvoll und beharrlich zur Plattform hoch. Von dem trocknen Gras und den braunen Fasern des Eingangs her sagte er: »Fassen Sie zu, Mr. Henderson.« Er hatte sich geduckt, um mir die Leiter hinzuhalten, und ich sah seinen Kopf, auf dem der gefältelte, mit Zähnen garnierte Hut saß, nur ganz wenig über seinen kräftigen Knien. Meine Krankheit, die Seltsamkeit des Ganzen und die Gefahr stürmten vereint auf mich ein. Statt einer Antwort gab ich einen Seufzer von mir. Ich muß ihn jahrzehntelang mit mir herumgeschleppt haben, denn er war überdimensional und entrang sich mir wie eine große Wasserblase dem Grunde des Atlantik.

»Was ist los, Mr. Henderson?« sagte Dahfu.

»Der liebe Gott mag es wissen.«

»Ist Ihnen etwas zugestoßen?«

Ich hielt meinen Kopf nach unten gesenkt, als ich ihn schüttelte. Durch meine Brüllerei war, glaube ich, mein ganzer Körper aus den Fugen geraten, und einiges in Freiheit gesetzt, was ganz nach unten gehörte. Und jetzt war nicht der rechte Augenblick, den König damit zu behelligen – an seinem großen Freudentag.

»Ich komme schon, Hoheit«, sagte ich.

»Verschnaufen Sie sich einen Augenblick, wenn Sie es nötig haben.«

Er ging auf der Plattform unter der dort errichteten Hütte auf und ab und kam dann wieder an den Rand zurück. Er blickte aus diesem zerbrechlichen Strohdom herunter. »Nun?« sagte er.

»Wird das dort oben uns beide tragen?«

»Kommen Sie, kommen Sie, Henderson«, sagte er.

Ich hielt mich an der Leiter fest und begann hinaufzuklettern, wobei ich immer beide Füße auf jede Sprosse setzte. Die Speermänner hatten dabeigestanden und gewartet, bis ich (der Sungo) dem König folgte. Jetzt schritten sie unter der Leiter vorbei und stellten sich um die Ecke des Hopo herum auf. Hier, am Ende, war die Konstruktion primitiv, schien aber stabil. Ein verriegeltes Tor sollte, wenn das andere Wild hindurchgetrieben war, heruntergelassen werden, um den Löwen in der Falle zu fangen, und die Männer sollten das Tier dann mit ihren Speeren in die gewünschte Lage stoßen, so daß der König es einfangen konnte.

Auf der zerbrechlichen Leiter, die unter meinem Gewicht schwankte, erreichte ich die Plattform und setzte mich auf den Boden, der aus zusammengebundenen Stangen bestand. Das Ganze war so etwas wie ein von der Hitze getragenes Floß. Ich konnte mir jetzt ein genaues Bild machen. Die gesamte Vorrichtung war im Vergleich zu den Ausmaßen eines voll ausgewachsenen Löwen nicht tiefer als ein Fingerhut.

»Das also ist es?« sagte ich zu dem König, nachdem ich die Anlage gründlich betrachtet hatte.

»Wie Sie sehen«, sagte er.

Auf der Plattform stand also dieses Schneckenhaus aus Stroh, und von der Öffnung an der Innenseite des Hopo sah ich einen geflochtenen Käfig herabhängen, der unten mit Steinen beschwert war. Er war glockenförmig und aus halbstarren Weinreben hergestellt, die jedoch stark wie Kabel waren. Ein Weinrebentau lief über eine Rolle, die an einer Stange hing, welche an dem einen Ende an dem Dachbaum der Hütte befestigt und mit dem anderen Ende in die Seite der Klippe eingeklemmt war, einer Spannweite von drei bis dreieinhalb Metern. Unter ihr verlief eine andere Stange vom Boden der Hütte aus; auch sie war auf der entgegengesetzten Seite in den Felsen eingesetzt. Auf dieser Stange oder Stiege, die, wenn überhaupt, nicht breiter war als mein Handgelenk, sollte sich der König an dem Tau und dem glockenförmigen Netz entlangbalancieren, und wenn der Löwe hereingetrieben war, sollte Dahfu das Netz auf den Mittelpunkt einstellen und fallen lassen. Wenn er das Tau losließ, würde er dann wohl den Löwen fangen.

»Dies . . .?«

»Was meinen Sie?« sagte er.

Ich brachte es nicht fertig, viel dazu zu sagen, aber, so sehr ich auch gegen meine Empfindungen ankämpfte, ich konnte sie nicht unterdrücken – nicht an diesem Ausnahmetag. Man sah mir an, wie sie mir zu schaffen machten.

Er sagte: »Hier fing ich Atti.«

»Sooo, mit dem gleichen Apparat?«

»Und Gmilo fing Suffo.«

Ich sagte: »Nehmen Sie den Rat eines . . . Ich weiß, daß ich nicht viel . . . Aber ich halte sehr viel von Ihnen, Hoheit. Sie sollten nicht . . .«

»Nun, was ist mit Ihrem Kinn, Mr. Henderson? Es bewegt sich auf und nieder.«

Ich biß mir mit den oberen Zähnen auf die Lippe. Schließlich sagte ich: »Hoheit, verzeihen Sie es mir. Ich würde mir lieber den Hals abschneiden, als Sie an einem Tage wie diesem entmutigen. Aber muß die Sache von hier oben aus gemacht werden?«

»Sie muß.«

»Ließe sich nicht eine Neuerung einführen? Ich würde alles tun, das Tier betäuben . . . ihm einen Mickey geben . . .«

»Ich danke Ihnen, Henderson«, sagte er. Ich finde, seine Freundlichkeit mir gegenüber war mehr, als ich verdiente. Er erinnerte mich nicht mit vielen Worten daran, daß er der König der Wariri war. Ich rief mir diese Tatsache schnell selber ins Gedächtnis. Er gestattete mir, zugegen – sein Begleiter zu sein. Ich durfte nicht störend eingreifen.

»Oh, Majestät«, sagte ich.

»Ja, Henderson, ich weiß. Sie sind ein Mann mit vielen guten Eigenschaften. Ich habe es bemerkt«, sagte er.

»Ich dachte, vielleicht gehöre ich in eine Ihrer negativen Kategorien«, sagte ich.

Darüber lachte er ein wenig. Er saß jetzt mit gekreuzten Beinen an dem Eingang der Hütte, die gegenüber von Hopo und Klippe lag, und er begann, halb nachdenklich, aufzuzählen: »Die Agonie, der Appetit, der Immune, der Nur-Zeuger, und all die anderen. Nein, ich versichere Ihnen, Henderson, daß ich Sie nie in eine negative Gruppe eingereiht habe. Sie sind eine Sondermischung. Vielleicht eine große Menge Agonie. Vielleicht ein kleiner Schuß Lazarus. Aber ich kann Sie nirgends ganz unterbringen. Keine Rubrik reicht völlig für Sie. Vielleicht weil wir Freunde sind. In einem Freund sieht man viel mehr. Bei Freunden ist es mit Rubriken nicht getan.«

»Ich habe mich etwas zu lange mit einer bestimmten Art Tier abgegeben, das hat mir geschadet«, sagte ich. »Wenn ich es noch einmal tun müßte, würde ich es anders machen.«

Wir saßen auf der wackligen Plattform unter dem goldenen Glockenturm des Strohdachs. Das Licht zeichnete ein zartes Muster auf den Boden. Wir hockten abwartend unter den Fasern und Strohhalmen. Auf der luftblauen Hitze schwebte in leichten Böen der Geruch von Pflanzen zu uns herauf, und wegen meines Fiebers hatte ich das Gefühl, in freier Luft einen Umschlagepunkt zwischen Materie und Licht gefunden zu haben. Ich sah, wie er von innen weggetragen wurde, und hatte den Eindruck, ich sähe draußen Weinen und schmerzvolles Sich-Krümmen. Außerstande, diese Vorstellung von den Dingen zu ertragen, stand ich auf und betrat die Stange, auf der der König später balancieren sollte.

»Was tun Sie?«

Ich probierte sie für ihn aus. Ich sagte: »Ich kontrolliere den Bunam.«

»Sie dürfen dort nicht stehen, Henderson.«

Mein Gewicht bog die hölzerne Stange nach unten, aber man hörte kein Knacken, es war sehr hartes Holz, und ich war von der Probe befriedigt. Ich zog mich wieder auf die Plattform zurück, und wir saßen oder hockten zusammen vor der Graswand des Schutzdaches auf einem schmalen Vorsprung, fast in Reichweite der beschwerten Falle, die dort wartend hing. Uns gegenüber befand sich die Klippe aus kiesigem Gestein, und in ihrer Verlängerung über das Ende des Hopo hinaus, über den Köpfen der wartenden Speerträger, sah ich tief in der Schlucht eine Art kleinen Steingebäudes. Ich hatte es bisher nicht bemerkt, weil in dieser Schlucht oder diesem Hohlweg ein kleiner Wald von Kakteen lag, die eine rote Knospe oder Beere oder Blüte hervorbrachten, und der Wald das Gebäude zum Teil verdeckte.

»Haust jemand dort unten?«

»Nein.«

»Ist das Ding nicht mehr bewohnt? Wird es benutzt? Wo ich zu Hause bin, ist die Landwirtschaft zum Teufel gegangen, und man stößt überall auf alte Häuser. Aber das da ist ein reichlich merkwürdiger Ort für einen Wohnsitz«, sagte ich.

Das Tau, an dem der Käfig oder das Netz hing, war an dem Türpfosten festgebunden, und der Kopf des Königs lehnte gegen den Knoten. »Es dient nicht zum Wohnen«, erklärte er mir, ohne einen Blick auf das Haus zu werfen.

Ein Grabmal? dachte ich. Wessen Grabmal?

»Ich nehme an, die Treiber beeilen sich. Ah! Glauben Sie, daß Sie sie sehen können? Es wird laut.« Er stand auf, und ich tat es gleichfalls und schirmte meine Augen gegen das grelle Licht ab, während ich meine Stirn anspannte.

»Nein. Ich sehe nichts.«

»Ich auch nicht, Henderson. Dies ist der schwerste Teil. Ich habe mein ganzes Leben gewartet, und jetzt sind wir in der letzten Stunde.«

»Nun, Hoheit«, sagte ich, »für Sie müßte es eigentlich doch leicht sein. Sie kennen diese Tiere, solange Sie leben. Sie sind dazu erzogen; Sie sind Fachmann. Wenn ich etwas gern sehe, dann ist es ein Kerl, der seine Arbeit versteht. Gleichgültig ob Gerüstbauer, Dachdecker, Fensterputzer oder sonst jemand, der starke Nerven und einen gewandten Körper hat . . . Sie hatten mich beunruhigt, als Sie mit jenem Schädeltanz begannen, aber schon eine Minute später hätte ich meinen letzten Zehner auf Sie gesetzt.« Und ich holte meine Brieftasche heraus, die ich an der Innenseite des Helmes festgeklebt hatte, und um ihm diese Augenblicke zu erleichtern, sagte ich, unter dem einsetzenden Geschmetter der Hörner und dem ständigen Dröhnen der Trommeln (während wir dasaßen, als hätte man uns in der strahlend hellen Luft ausgesetzt): »Hoheit, habe ich Ihnen schon die Bilder von meiner Frau und meinen Kindern gezeigt?« Ich suchte in der dicken Brieftasche nach ihnen. Ich hatte dort meinen Paß und vier Eintausend-Dollar-Noten, da es mir mit Reiseschecks in Afrika zu unsicher war. »Dies ist meine Frau. Wir haben eine Menge Geld für ein Porträt ausgegeben und hatten ständig Meinungsverschiedenheiten. Ich bat sie, es nicht aufzuhängen, und bekam darüber fast einen Nervenzusammenbruch. Aber dieses Foto von ihr ist eine Pracht.« Lily trug darauf ein weit ausgeschnittenes punktiertes Kleid. Sie sah sehr vergnügt aus. Ihr Lächeln galt mir, denn ich stand an der Kamera. Sie sagte gerade liebevoll, ich sei ein Narr; wahrscheinlich hatte ich irgendwelche Mätzchen gemacht. Durch das Lächeln waren ihre Wangen rund und voll; nach dem Bilde konnte man nicht beurteilen, wie rein und blaß ihre Hautfarbe ist. Der König nahm es in die Hand, und ich muß ihm meine Anerkennung zollen, daß er es fertigbrachte, sich in einem Augenblick wie diesem Lilys Bild anzusehen.

»Sie ist eine seriöse Person«, sagte er.

»Finden Sie, daß sie wie die Frau eines Arztes aussieht?«

»Ich finde, sie sieht aus wie die Frau irgendeiner seriösen Person.«

»Aber ich glaube, sie wäre nicht mit Ihrer Spezies-Idee einverstanden, Hoheit, weil sie fand, ich sei der einzige Mann in der Welt, den sie heiraten konnte. Ein Gott, ein Gatte, nehme ich an. Nun, dies sind die Kinder . . .«

Ohne näher darauf einzugehen, besah er sich Ricey und Edward, die kleine Alice in der Schweiz, die Zwillinge. »Es sind keine eineiigen Zwillinge, Majestät, aber sie bekamen ihren ersten Zahn am gleichen Tage.« Das nächste Stückchen Zelluloid enthielt einen Schnappschuß von mir selbst; ich war in dem roten Gewand und der Jagdmütze mit der Geige unter dem Kinn und hatte einen Ausdruck im Gesicht, den ich nie zuvor bemerkt hatte. Ich suchte schnell die Verleihungsurkunde des Verwundetenabzeichens heraus.

»Oh? Wirklich? Sie sind Hauptmann Henderson?«

»Ich habe den Dienst quittiert. Vielleicht möchten Sie gern meine Narben sehen, Hoheit. Es ist durch eine Landmine passiert. Ich bin noch leidlich davongekommen. Ich wurde über fünf Meter fortgeschleudert. Hier am Oberschenkel können Sie es nicht so gut sehen, weil sie eingesunken und das Haar darüber gewachsen ist und alles zugedeckt hat. Die schlimme Wunde war die am Bauch, meine Eingeweide fingen schon an herauszufallen. Ich drückte meine Därme hinein und ging gebückt zum Verbandsplatz hinüber.

»Ihre Kümmernisse gefallen Ihnen wohl, Henderson?«

Er sagte stets derartige Dinge zu mir und eröffnete unvorhergesehene Perspektiven. Ich habe einige davon vergessen, aber einmal fragte er mich nach meiner Meinung über Descartes. »Sind

Sie auch der Ansicht dieses Mannes, daß das Tier eine seelenlose Maschine sei?« Oder: »Glauben Sie, daß Jesus Christus noch immer eine Quelle menschlicher Typen ist, Henderson, als eine Vorbild-Kraft? Ich habe mir bei meinen Konstitutionstypen, also Agonie, Appetit und den übrigen, oft gedacht, sie sind vielleicht degenerierte Formen großer Originale, wie Sokrates, Alexander, Moses, Jesaias, Jesus.« So und ähnlich war seine unberechenbare Art, sich zu unterhalten.

Er beobachtete, daß ich in Puncto Kummer und Leiden eine Sondererscheinung war. Und, ja, ich wußte, was er da sagte, als wir auf diesen Stangen neben der Borstenfülle des Strohes saßen, diesem grotesken, trockenen, haarigen, stechenden Pflanzenskelett. Als er darauf wartete, seinen Herzenswunsch zu befriedigen, sagte er mir, Leiden sei das dem Beten Nächstliegende, von dem ich etwas verstünde. Glauben Sie mir, ich kannte meinen Mann, und so seltsam er war, ich verstand ihn. Ich *war* auf mein Leiden ungeheuer stolz. Ich glaubte, niemand in der Welt könne so leiden wie ich.

Wir konnten jedoch nicht mehr ruhig miteinander sprechen, denn der Lärm war zu nahe. Das Zirpen der Zikaden war in vertikalen Spiralen aufgestiegen, gleich Säulen aus dünnstem leuchtendem Draht. Jetzt sollten wir überhaupt keines der leiseren Geräusche mehr hören. Die Speermänner hinter dem Hopo hoben das verriegelte Tor in die Höhe, um die Tiere durchzulassen, die von den Treibern aufgescheucht worden waren. Denn die Gräser des Busches begannen bereits zu zittern wie Wasser, wenn ein mit Fischen gefülltes Netz sich der Oberfläche nähert.

»Sehen Sie dorthin«, sagte Dahfu. Er deutete zu der Klippenseite des Hopo hin, wo Tiere mit gewundenen Hörnern liefen; ob es Gazellen oder Elenantilopen waren, konnte ich nicht sagen. An der Spitze war ein Bock. Er trug große, gewundene Hörner wie Rauchglas, und er sprang voller Entsetzen mit stoßendem Atem und weit aufgerissenen Augen. Auf einem Knie hockend, suchte Dahfu das Gras nach Anzeichen ab, indem er über seinen Unterarm visierte, so daß seine Nase fast bedeckt war. Die kleinen Tiere erzeugten Ströme in dem Gras. Vogelschwärme fuhren in die Höhe, wie Massen von Noten; sie flogen auf die Klippen zu und hinunter in die Schlucht. Unter uns trappelten die Tiere. Ich sah nach unten. Am Boden lagen Planken. Ich hatte es nicht bemerkt. Sie waren in einigem Abstand von der Erde angebracht, und der König sagte: »Ja, Henderson. Nach dem Einfangen werden Räder daruntergeschoben, so daß das Tier abtransportiert werden kann.« Er beugte sich tief hinunter, um den Speerträgern Weisungen zu geben. Als er sich vorbeugte, wollte ich ihn am liebsten festhalten, aber ich hatte seine erhabene Person nie berührt. Ich war mir nicht sicher, daß es richtig sein würde.

Dem Bock und den drei Hindinnen, die sich mit herzzerreißendem Entsetzen durch die enge Öffnung des Hopo quetschten, folgte eine Menge kleiner Tiere; sie stürmten die Öffnung wie neue Einwanderer. Vorsichtiger dagegen gab sich eine Hyäne, und im Gegensatz zu den anderen Tieren, die nicht merkten, daß wir dort waren, warf dieses Tier uns auf der Plattform einen Blick zu und ließ ein leichtes Knurren wie eine Fledermaus hören. Ich suchte nach etwas, womit ich nach der Hyäne werfen konnte. Aber bei uns auf der Plattform war nichts Geeignetes, und so spuckte ich statt dessen hinunter.

»Der Löwe ist da – der Löwe, der Löwe!« Der König stand auf, zeigte auf etwas, und ungefähr hundert Meter entfernt bemerkte ich eine langsame Bewegung im Gras, nicht das Herumspringen kleinerer Tiere, sondern eine kreisrunde, auffällige Veränderung, die ein mächtiger Körper verursachte.

»Glauben Sie, daß das Gmilo ist? He – ist er hier? Sie können ihn fangen, König. Ich weiß, Sie können es.« Ich hatte mich auf der schmalen Graswand aufgerichtet, und während ich sprach, schleuderte und schwang ich meinen Arm nach oben und nach unten.

»Henderson – lassen Sie das«, sagte er.

Dennoch machte ich einen Schritt auf ihn zu, und darauf schrie er mich an; sein Gesicht war zornig. Deshalb hockte ich mich hin und hielt den Mund. Mein Blut fieberte, als flösse es offen unter dem grellen Licht der Sonne.

Der König betrat jetzt die schmale Stange, legte zwei Längen des Käfigtaues um seinen Arm und begann den Knoten zu lösen, gegen den er während unseres Wartens sein Haupt gelehnt hatte. Der Käfig mit seinen großen, unregelmäßigen Maschen aus Weinranken und den hufähnlichen Steingewichten schwankte wegen seines festeren unteren Teils ganz unten. Abgesehen von den Steinen hatte das Ganze fast keine Substanz; es war beinahe Luft, genauso wie eine Qualle beinahe Wasser ist. Der König hatte seinen Hut beiseite geworfen; er wäre ihm im Wege gewesen; und über seinem dicht gewachsenen Haar, das sich nur wenige Millimeter über seine Kopfhaut erhob, schien sich das Blau der Atmosphäre zu kondensieren, wie wenn man im Wald ein paar Streichhölzer anzündet und die Bläue über diesen schwarzen Hölzern Falten zu schlagen beginnt.

Wegen der Sonnenglut verzerrte ich angestrengt das Gesicht, denn ich war ihr ausgeliefert, als ich wie ein Wasserspeier über dem Ende des Hopo hing. Das Licht war in diesem Augenblick stark genug, um wunde Flecke zu hinterlassen. Und noch immer, trotz der Trompetenstöße der Treiber, zirpten die Zikaden, schickten ihre Spiralen in die Höhe. Auf der Klippenseite des Hopo ließ der Fels seinen Charakter erkennen. Er murmelte, er werde nichts durchlassen. Alles mußte auf ihn warten. Die kleinen Blüten des Kaktus in der Schlucht, falls es Blüten waren und nicht Beeren, schäumten rot auf, und die Dornen stachen mich. Die Dinge schienen zu mir zu sprechen. Ich befragte sie im stillen über die Sicherheit des Königs, der die verrückte Idee habe, er müsse Löwen fangen. Aber ich erhielt keine Antwort. Dies war nicht der Zweck ihres Redens. Sie erklärten nur sich selbst; jedes nach seinem Gesetz erklärte, was es sei; nichts bezog sich auf den König. So duckte ich mich also hin, krank vor Hitze und Angst. Mein Gefühl für den König hatte alles andere in mir beiseite gedrängt, und das drückte auf die benachbarten Organe.

Mit Pauken und mit Hörnerklang, mit Schreien und Gekreisch kamen die Treiber heran, und die hinteren sprangen aus dem schulterhohen Gras auf und bliesen auf diesen Hörnern aus grünem und braunrotem Metall entstellte Töne. Schüsse wurden in die Luft gefeuert, vielleicht aus meiner eigenen H und H Magnum mit dem Zielfernrohr. Und vorn stachen und stießen die Speere in wildem Durcheinander in das Gras.

»Haben Sie das gesehen, Mr. Henderson – eine Mähne?« Dahfu beugte sich auf der Stange vor, er hielt sich an dem Tau fest, und die Steingewichte schlugen über seinem Kopf aneinander. Ich konnte den Anblick nicht ertragen, wie er dort auf dieser dünnen Stange balancierte (dem reinsten Speil für Kinderdrachen), während jener Saum aus Steinen wenige Zentimeter über ihm an dem runden Ding sich klappernd drehte. Jeder dieser Steine hätte den König erschlagen können.

»König, ich kann das nicht mitansehen. Seien Sie vorsichtig, um Himmels willen. Mit diesem Apparat ist nicht zu spaßen.« Es genügte, sagte ich mir, daß dieser edle Mann sein Leben auf dieser primitiven Erfindung aufs Spiel setzen mußte; er brauchte die Sache nicht noch gefährlicher zu machen, als sie war. Vielleicht gab es dafür jedoch keine sichere Methode. Und außerdem sah es aus, als ob er diesen Balanceakt auf der schmalen Stange oft geübt hätte. Die Steingewichte kreisten bei der Bewegung des Königs mit krampfhafter Erregung. Diese verzwickte, unförmige Takelage klapperte ihre Runden ab wie ein Karussell, und der netzförmige Schatten drehte sich am Erdboden.

Ungefähr zwanzig Herzschläge lang wußte ich nur zum Teil, wo ich mich befand oder was vor sich ging. In der Hauptsache hatte ich ein wachsames Auge auf den König, bereit, mich selbst hinunterzustürzen, wenn er fallen sollte. Dann vernahm ich an der Schwelle des Bewußtseins ein Knurren, und von diesem Strohthron herab – ich lag auf den Knien – sah ich in das große, wütende, haarumkränzte Gesicht des Löwen. Es war völlig gerunzelt, zusammengezogen; in diesen Runzeln lauerte die Finsternis des Mordes. Die Lippen waren von dem Zahnfleisch weggezogen, und der Atem des Tiers kam über mich, heiß wie Vergessen, roh wie Blut. Ich begann laut zu sprechen. Ich sagte: »Oh, mein Gott, was Du auch von mir denken magst, laß mich nicht unter diesen Schlächterladen fallen. Schütze den König. Zeige ihm Deine Gnade.« Und an diese Worte schloß sich als Anhängsel von selbst der Gedanke, dies sei alles, was die Menschheit brauche: Verwandlung in das Bild eines wilden Tiers gleich dem dort unten. Dann versuchte ich mir wegen der Klarheit dieser wütenden Augen zu sagen, daß von jeher nur Visionen so hyperaktuell werden konnten. Aber es war keine Vision. Das Knurren dieses Tiers war in der Tat die Stimme des Todes. Und ich dachte daran, daß ich meiner lieben Lily gegenüber damit geprahlt hatte, wie sehr ich die Wirklichkeit liebte. »Ich liebe sie mehr als du«, hatte ich gesagt. Aber ach, die Unwirklichkeit! Die Unwirklichkeit, die Unwirklichkeit! Das ist meine Formel für ein kummervolles, aber ewiges Leben gewesen. Von dieser Bahn hatte mich jetzt jedoch die Kehle des Löwen heruntergeblasen. Seine Stimme kam einem Schlag auf meinen Hinterkopf gleich.

Die verriegelte Tür war hinuntergegangen. Durch die Spalten entwischten noch immer kleine Tiere – springende und sich krümmende, wahnsinnig sich windende Streifen Pelz. Unter uns wütete der Löwe und warf sein Gewicht gegen dieses Gitter. War er Gmilo? Man hatte mir gesagt, Gmilos Ohren seien, als er noch jung war und ehe er von dem Bunam in Freiheit gesetzt wurde, gekennzeichnet worden. Aber natürlich mußte man das Tier fangen, ehe man nach seinen Ohren sehen konnte. Dies mochte durchaus Gmilo sein. Durch die Barriere geschützt, stachelten die Männer ihn mit den Speeren, während er nach den Schäften schlug und sie in seinem Rachen einzufangen suchte. Sie waren ihm zu flink. Vorn finteten vierzig oder fünfzig Speerspitzen und setzten ihm zu, während von hinten Steine flogen, und bei jedem Steinwurf schüttelte das Tier sein riesiges Gesicht mit den gelben Haarsträngen, die sein Vorderteil so massig erscheinen ließen. Sein schmaler Bauch war befranst, und auch seine Vorderbeine – wie die Wildlederhose eines Präriebewohners. Verglichen mit diesem Geschöpf war Atti nicht größer als ein Luchs.

In seinen weichen Schuhen auf der Stange balancierend, rollte Dahfu eine Länge des Taues von seinem Oberarm ab; das Netz bockte, und die Bewegung sowie das Aneinanderschlagen der Steine zogen das Auge des Löwen auf sich. Die Treiber schrien zu Dahfu hinauf: »Yenitu lebah!« Ohne auf sie zu achten, hielt er sich an der Leine fest und drehte den Rand des Netzes, das jetzt in der Höhe seiner Augen war, herum. Bei dem Herumwirbeln des Apparats schlug Stein gegen Stein; der Löwe hob sich auf seine Hinterbeine und schlug nach diesen Gewichten. An der Spitze der Treiber stand der weiß angemalte Mann des Bunam; er schoß herbei und schlug dem Tier mit dem dicken Ende des Speers auf die Backe. Von oben bis unten war dieser Kerl in sein schmutziges Weiß, das wie Ziegenleder aussah, gekleidet, und sein Haar war mit der Kalkpaste bedeckt. Ich spürte jetzt den Druck des Löwen auf die Pfosten, die die Plattform trugen. Sie waren nicht dicker als Stelzen, und wenn er gegen sie stieß, vibrierten sie. Ich dachte, das Ganze werde zusammenfallen, und ich griff nach dem Fußboden, denn ich rechnete damit, daß ich hinuntergeschleudert werden würde wie ein Wasserturm, wenn ein Güterzug aus den Schienen springt und ihn völlig zertrümmert, wobei sich dann die Wassermassen ins Freie ergießen. Die Stange unter Dahfus Füßen schwankte, aber er fing die Erschütterung mit Hilfe des Taues und des Netzes ab.

»König, um Gottes willen!« hätte ich am liebsten geschrien. »In was haben wir uns eingelassen?« Wieder flog ein dichter Hagel von Steinen nach vorn. Manche schlugen gegen die Hopo-Wand, aber andere trafen das Tier und trieben es unter die kreisenden Gewichte jenes verfluchten Netzes aus Weinreben. Zum Teufel mit allen Reben und Kletterpflanzen! Der König begann zu schwanken, als er diese Glocke aus Knoten und Steinen zurechtzog und bediente.

Einen Augenblick lang war ich von meiner Sprachlosigkeit erlöst. Meine Stimme kehrte zurück, und ich sagte zu ihm: »Werden Sie nicht nervös, König. Konzentrieren Sie sich auf das, was Sie tun.« Dann hatte ich plötzlich einen Kloß in der Kehle, etwa so groß wie ein Stopfei.

Daß ich sehen konnte, war fast der einzige Beweis dafür, daß mein Leben weiterging. Eine Zeitlang war alles sonstige unterbrochen.

Der Löwe, der sich auf die Hinterbeine stellte, schlug wieder nach dem langsam herunterkommenden Netz. Es war jetzt in Reichweite, und er verfing sich mit seinen Klauen in den Reben. Ehe er sie wieder freizerren konnte, ließ der König die Falle hinunterfallen. Das Tau sauste über die Rolle, die Gewichte bummerten auf den Brettern, wie ein Rudel Pferde, und der Kegel fiel auf den Kopf des Löwen. Ich lag auf dem Bauch und streckte dem König meinen Arm hin, aber er kam ohne meine Hilfe wieder zum Rand der Plattform und rief: »Was sagen Sie nun! Henderson, was sagen Sie nun!«

Die Treiber kreischten auf. Der Löwe hätte durch das Gewicht der Steine zu Boden gedrückt werden müssen, aber er stand noch immer fast aufrecht. Am Kopf war er gefangen; seine Vordertatzen zerfetzten die Reben, und wild um sich schlagend, fiel er hin. Den hinteren Teil seines Körpers hatte das Netz nicht erfaßt. Unter dem Gebrüll des Löwen schien es in der Grube des Hopo zu dunkeln. Ich lag noch immer da und hielt meine Hand dem König hin, aber er ergriff sie nicht. Er blickte auf das vom Netz überspannte Gesicht des Löwen hinunter, auf den Bauch mit der Mähne und die Achselhöhlen; mir fiel dabei die Straße nördlich von Salerno ein, wo mich die Sanitäter festgehalten und wegen meiner Läuse von Kopf bis Fuß rasiert hatten.

»Sieht er wie Gmilo aus? Was glauben Sie, Hoheit?« sagte ich. Ich konnte mir jetzt überhaupt keinen Vers mehr machen.

»Ach, es klappt nicht«, sagte der König.

»Was klappt nicht?«

Der König war über eine Beobachtung bestürzt, die mir bisher entgangen war. Mich hatte das Gebrüll und Gekreisch bei dem Einfangen völlig betäubt, und ich starrte auf die wütend um sich schlagenden Beine des Löwen und auf die schwarzen und gelben Klauen, die wie Dornen aus den breiten Polstern seiner Tatzen herausragten.

»Sie haben ihn. Was ist denn los, was soll jetzt geschehen?«

Aber nun wurde mir klar, worum es ging, denn es konnte niemand an das Tier heran, um sich die Ohren anzusehen; der Löwe war in der Lage, sich unter dem Netz zu drehen, und da sein Hinterkörper frei war, konnte man nicht in seine Nähe.

»Binde doch mal jemand ein Seil um seine Beine«, schrie ich.

Der Bunam war unten und gab mit seinem elfenbeinernen Stock Zeichen nach oben. Der König ging wieder vom Rand der Plattform fort und faßte nach dem Tau, das durch einen Knoten am weiteren Abrollen gehindert war. Die Stange über ihm bäumte sich und tanzte, als er das ausgefranste Ende des Taues ergriff. Er zog daran, und die Rolle begann zu kreischen. Der Löwe war nur unvollkommen gefangen, und der König versuchte jetzt, das Netz über die hinteren Körperteile des Tiers zu ziehen.

Ich rief ihm zu: »König, überlegen Sie sich das noch einmal. Sie schaffen es nicht. Der Löwe wiegt viele Zentner, und er hat das Netz fest in den Klauen.« Ich dachte nicht daran, daß nur der König die Situation retten und niemand zwischen ihn und den Löwen treten konnte, da der Löwe möglicherweise der tote König Gmilo war. Es lag also allein in des Königs Hand, das Einfangen des Tieres zu vollenden. Das Gedröhn der Trommeln, das Blasen der Hörner und das Werfen mit den Steinen hatte aufgehört, und von der Menge war nur von Zeit zu Zeit, wenn der Löwe gerade nicht brüllte, ein lauter Schrei zu hören. Einzelne Stimmen gaben dem König Hinweise über die Lage, die schlecht war. Ich erhob mich und sagte: »König, ich will hinuntergehen und mir das Ohr des Löwen ansehen, sagen Sie mir nur, worauf ich zu achten habe. Warten Sie, König, warten Sie.« Aber ich zweifle, ob er mich hörte. Mit weit gespreizten Beinen stand er in der Mitte der Stange, die sich tief hinunterbog und unter der kraftvollen Bewegung seiner Beine wippte und schaukelte, und das Tau, die Rolle und der Block schrien, als seien sie geharzt, und die Steingewichte bummerten auf den Brettern. Der Löwe schlug, auf dem Rücken liegend, um sich, und der ganze Aufbau wankte. Wieder dachte ich, der Hopo-Turm werde zusammenstürzen, und ich griff nach dem Stroh hinter mir. Dann sah ich etwas Rauch oder Staub über dem König und merkte, daß er von den aus Fell geschnittenen Bändern stammte, die den Block der Rolle mit dem Holz verbanden. Das Gewicht des Königs und das Rütteln des Löwen waren für diese Befestigungen zuviel gewesen. Eine war gerissen, das war das Wölkchen, das ich sah. Und jetzt ging die zweite dahin.

»König Dahfu!« schrie ich laut.

Er stürzte. Block und Rolle schlugen auf dem Stein vor den auseinanderstiebenden Treibern auf. Der König war auf den Löwen gefallen. Ich sah, wie das Hinterteil des Tiers zusammenzuckte. Die Pranken wüteten los. Sofort rann Blut, noch ehe der König sich wegrollen konnte. Ich hing jetzt mit meinen Fingern am Rand der Plattform, hing hinunter und fiel dann, und beim Abstürzen schrie ich. Ich wünschte, dies wäre die ewige Grube gewesen. Der König hatte sich von dem Löwen fortgerollt. Ich zog ihn noch weiter weg. Durch die aufgerissene Kleidung schoß sein Blut.

»Oh, König! Mein Freund!« Ich bedeckte mein Gesicht.

Der König sagte: »Wehe, Sungo.« Seine Augen waren entstellt. Sie waren geschwollen.

Ich zog meine grüne Hose aus, um die Wunde damit zu verbinden. Die Hose war das einzige, was ich zur Hand hatte, und sie war ungeeignet, sie war sogleich vollgesogen.

»Helft ihm doch! Helft!« sagte ich zu der Menge.

»Ich habe es nicht geschafft, Henderson«, sagte der König zu mir.

»Aber König, was reden Sie denn? Wir werden Sie in den Palast zurückbringen. Auf dies hier werden wir etwas Sulpha-Puder tun und Sie nähen. Sie werden mir sagen, was ich zu tun habe, Majestät, denn Sie sind von uns beiden der Arzt.«

»Nein, nein, sie werden mich nie wieder zurücktragen. Ist es Gmilo?«

Ich lief los und ergriff das Tau sowie die Rolle und schleuderte den hölzernen Block wie eine Bola nach den noch immer stoßenden Beinen; ich wand das Tau ein dutzendmal um sie herum, wobei ich fast das Fell herunterriß und schrie: »Du Biest! Du verfluchtes Aas, du!« Das Tier fauchte mich durch das Netz hindurch an. Dann erschien der Bunam und besah sich die Ohren. Er streckte die Hand nach hinten aus und verlangte irgendetwas. Sein Mann in der schmutzig-weißen Bemalung reichte ihm eine Flinte, und er drückte die Mündung auf die Schläfe des Löwen. Als er losfeuerte, riß die Explosion einen Teil vom Kopf des Tiers weg.

»Es war nicht Gmilo«, sagte der König.

Es freute ihn, daß sein Blut nun nicht am Kopf seines Vaters klebte. »Henderson«, sagte er, »Sie werden dafür sorgen, daß Atti nichts geschieht.«

»Aber Hoheit, Sie sind noch immer König, Sie werden sich selber um Atti kümmern.« Ich fing zu weinen an.

»Nein, nein, Henderson«, sagte er. »Ich bin unmöglich . . . bei den Frauen. Man müßte mich töten.« Der Gedanke an diese Frauen bewegte ihn. Ein paar von ihnen muß er geliebt haben. Sein Leib unter dem zerrissenen Gewand glich einem Feuerrost, und einige Treiber stimmten bereits Totenklagen an. Der Bunam stand abseits, er mied uns.

»Beugen Sie sich dicht zu mir«, sagte Dahfu.

Ich kauerte mich neben seinen Kopf und wandte ihm mein gesundes Ohr zu, und während mir die Tränen durch die Finger liefen, sagte ich: »Oh, König, König, ich bin ein Mann, an dem Unsegen klebt. Ich bin ein Unglücksbringer, und um mich herum ist Tod und Verderben. Die Welt hat Ihnen genau den falschen Mann geschickt. Ich bin ansteckend, wie die Typhus-Marie. Wäre ich nicht gekommen, wäre bei Ihnen alles okay. Sie sind der edelste Mensch, der mir je begegnet ist.«

»Es ist umgekehrt. So liegen die Dinge nicht ... In der ersten Nacht, als Sie hier waren«, erklärte er, im Kampf mit der immer näher schleichenden Erstarrung, »jener Leichnam war der frühere, der Sungo vor Ihnen. Weil er Mummah nicht hochheben konnte ...« Seine Hand war blutig; er legte Daumen und Zeigefinger an seine Kehle.

Haben sie ihn erdrosselt? Mein Gott! Und was war mit jenem starken Burschen Turombo, der sie nicht hochheben konnte? Ach, er wollte nicht Sungo werden, es ist zu gefährlich. Es war mir zugedacht. Ich war der Angeschmierte. Ich war der Dumme.«

»Sungo ist auch mein Nachfolger«, sagte er und berührte meine Hand.

»Ich Ihren Platz einnehmen? Wovon reden Sie, Hoheit!«

Die Augen schließend, nickte er langsam. »Wenn kein mündiges Kind – dann der Sungo König.«

»Hoheit«, sagte ich und erhob meine von Tränen erstickte Stimme, »was haben Sie mir da eingebrockt? Man hätte mir sagen sollen, in was ich da hineingeriet. Tut man so etwas einem Freund an?«

Ohne die Augen wieder zu öffnen, aber trotz seiner zunehmenden Schwäche lächelnd, sagte der König: »Es ist mir angetan worden ...«

Dann sagte ich: »Majestät, rücken Sie ein wenig und lassen Sie mich neben Ihnen sterben. Oder tauschen Sie mit mir, und bleiben Sie am Leben; ich habe ohnehin nie gewußt, was ich mit dem Leben anfangen sollte, und ich werde statt Ihrer sterben.« Ich rieb und schlug mit den Fäusten mein Gesicht, während ich zwischen dem toten Löwen und dem sterbenden König im Staube hockte. »Der Schlaf des Geistes ist zu spät für mich gesprengt worden. Ich habe zu lange gewartet, und mich mit Schweinen ruiniert. Ich bin ein gebrochener Mann. Und mit Ihren Frauen werde ich nie fertig werden. Wie kann ich das? Ich werde Ihnen bald folgen. Diese Burschen werden mich töten. König! König!«

Aber in dem König war jetzt nicht mehr viel Leben, und wir nahmen bald Abschied. Er wurde von den Treibern hochgehoben, das Ende des Hopo wurde geöffnet, und wir begannen die Schlucht hinunter zwischen den Kakteen auf jenes Steingebäude zuzugehen, das ich zuerst von der Plattform oben auf der Mauer gesehen hatte. Auf dem Wege verblutete er und starb.

Dieses kleine Haus, das aus flachen Platten errichtet war, hatte zwei Lattentüren, die in zwei Kammern führten. In einer dieser Kammern legten sie seine Leiche nieder. In die andere steckten sie mich. Ich wußte sowieso kaum, was vorging, und ich ließ sie mich hineinführen und die Tür verriegeln.

21

Eine Zeitlang, in einem weit zurückliegenden Abschnitt meines Lebens, hatte das Leiden eine gewisse Würze. Später begann es diese Würze zu verlieren; es wurde einfach widerwärtig, und, wie ich zu meinem Sohn Edward in Kalifornien sagte, ich konnte es nicht mehr ertragen. Verflucht! Ich hatte es satt, solch ein Monstrum des Grams zu sein. Aber jetzt, beim Tode des Königs, war es nicht mehr aktuell, und es hatte überhaupt keine Würze. Es war nur schrecklich. Weinend und trauernd wurde ich von dem alten Bunam und seinem weißgefärbten Helfer in den Steinraum gebracht. Obwohl die Worte gebrochen herauskamen, sagte ich immer wieder: »Es wird für Strohpuppen vergeudet.« (Das Leben.) »Sie geben es Strohpuppen und Narren.« (Wo wir sind, da sollten eigentlich andere sein.) So führten sie mich hinein, und ich weinte mir die Seele aus dem Leib. Ich hatte zuviel verloren, um irgendwelche Fragen zu stellen. Schließlich wurde ich dadurch aufgeschreckt, daß sich ein Mensch vom Fußboden erhob. »Zum Teufel, wer ist da?« fragte ich. Zwei offene zerfurchte Hände erhoben sich, um mich zu warnen. »Wer sind Sie?« sagte ich erneut, und dann erkannte ich einen dicht behaarten Schädel von der Form einer Schirmkiefer und große staubige Füße, die mehr wie Pflanzen wirkten.

»Romilayu!«

»Ich auch hier, Sir.«

Sie hatten ihn nicht mit dem Brief an Lily fortgelassen, sondern ihn festgenommen, als er die Stadt verlassen wollte. Schon ehe die Jagd begann, hatten sie also beschlossen, der Welt zu verheimlichen, wo ich war.

»Romilayu, der König ist tot«, sagte ich.

Er versuchte mich zu trösten.

»Dieser wunderbare Mann. Tot!«

»Ein feiner Herr, Sir.«

»Er dachte, er könne mich ändern. Aber ich habe ihn zu spät im Leben kennengelernt, Romilayu. Ich war zu schwerfällig. Schon zu sehr verdorben.«

Alles, was ich noch an Kleidung besaß, waren Schuhe und Helm, Unterhemd und Shorts, und ich saß auf dem Fußboden, wo ich mich ganz zusammenkauerte und unaufhörlich weinte. Romilayu konnte mir zunächst nicht helfen.

Aber vielleicht ist die Zeit erfunden worden, damit alles Elend einmal ein Ende hat. Damit es nicht ewig dauern soll. Vielleicht ist etwas Wahres daran. Und Glück, das gerade Gegenteil, ist ewig? Im Glück ist die Zeit ausgelöscht. Im Himmel schlagen keine Uhren.

Nie habe ich mir einen Tod so sehr zu Herzen genommen, wie diesen. Da ich versucht hatte, die Wunden des Königs zu verbinden, war ich überall mit Blut befleckt, und das war schnell angetrocknet. Ich wollte es abreiben. Gut, dachte ich, vielleicht ist das ein Zeichen, daß ich sein Dasein fortsetzen sollte. Aber wie? So gut ich es vermag. Aber was vermag ich denn? Ich kann in meinem ganzen Leben nicht drei Dinge nennen, die ich richtig gemacht habe. Und auch dies brach mir das Herz.

So ging der Tag dahin, und auch die Nacht ging dahin, und am Morgen fühlte ich mich leicht, trocken und ausgehöhlt. Als triebe ich dahin, wie ein altes Faß. Alle Feuchtigkeit war an der Außenseite. Innen war ich hohl, dunkel und trocken; ich war nüchtern und leer. Und der Himmel war rosa. Ich sah ihn durch die Stäbe der Tür. Der Schwarzledermann des Bunam, noch immer in seinem Gewand aus weißer Tünche, war unser Wächter, und er brachte uns gebackene Jamswurzeln und andere Früchte. Zwei Amazonen, jedoch nicht Tamba und Bebu, bildeten seinen Stab, und alle behandelten mich ausnehmend ehrerbietig. Im Laufe des Tages sagte ich zu Romilayu: »Dahfu hat gesagt, wenn er tot sei, würde ich König werden.«

»Man nennt Sie Yassi, Sir.«

»Bedeutet das König?« Ja, das bedeutete es. »Ein schöner König«, sagte ich nachdenklich. »Es ist doch lächerlich.« Romilayu äußerte sich nicht dazu. »Ich müßte dann der Ehemann all dieser Frauen sein.«

»Sie das nicht mögen, Sir?«

»Mensch, bis du wahnsinnig?« sagte ich. »Wie könnte ich auch nur daran denken, diesen ganzen Weiberhaufen zu übernehmen? Ich habe die Frau, die ich brauche. Lily ist einfach eine wunderbare Frau. Und überhaupt, der Tod des Königs hat mich zu sehr mitgenommen. Ich bin angeschlagen, siehst du das denn nicht, Romilayu? Ich bin sogar schwer angeschlagen, und zu nichts mehr fähig. Dies hat mich umgeworfen.«

»Sie nicht so allzu schlecht aussehen, Sir.«

»Ach, du willst mir nur gut zureden. Aber du solltest mein Herz sehen, Romilayu. Ich habe ein ausgepumptes Herz. Es hat mehr Schläge abbekommen, als es ertragen kann. Sie haben es viel zu sehr herumgestoßen. Laß dich nicht durch diesen Riesenleib täuschen. Ich bin viel zu feinfühlig. Jedenfalls, Romilayu, es ist wahr, ich hätte an jenem Tage nicht wetten sollen, daß es keinen Regen gibt. Es sah nach bösem Willen auf meiner Seite aus. Aber der König, Gott segne ihn, ließ mich in eine Falle gehen. Ich war nicht wirklich stärker als dieser Turombo. Er hätte Mummah hochheben können. Er wollte einfach nicht der Sungo werden. Er hat sich bewußt davor gedrückt. Es ist eine zu gefährliche Stellung. Diese Geschichte verdanke ich dem König.«

»Aber auch er gefährliche Stellung«, sagte Romilayu.

»Ja, das stimmt. Warum sollte ich es besser haben wollen als er? Du hast recht, alter Freund. Ich danke dir, daß du mir den Kopf zurechtrückst.« Ich dachte eine Weile nach, dann fragte ich ihn als einen Mann mit erprobtem Urteil: »Glaubst du nicht, ich würde diese Weiber erschrecken?« Ich machte eine Grimasse, um das, was ich sagen wollte, ein wenig zu veranschaulichen. »Mein Gesicht ist halb so lang wie bei einem anderen der ganze Körper.«

»Das finde ich nicht, Sir.«

»Nein?« Ich faßte unwillkürlich hin. »Nun, auf jeden Fall will ich nicht hierbleiben. Obgleich ich wohl nie wieder eine Gelegenheit haben werde, König zu werden.« Und während ich intensiv über den großen Mann nachdachte, der eben gestorben, eben endgültig ins Nichts hinübergegangen war, in dunkle Nacht, fühlte ich, daß er mich dazu ausersehen hatte, an seine Stelle zu treten. Es hing von mir ab, ob ich meiner Heimat den Rücken kehren wollte, wo ich nichts gewesen war. Er hatte gemeint, daß ich das Zeug zum König hätte und daß ich die Gelegenheit, das Leben noch einmal zu beginnen, gut nutzen würde. Und daher entbot ich ihm, durch die Steinwand hindurch, meinen Dank. Aber zu Romilayu sagte ich: »Nein, ich würde bei dem Versuch, seine Stellung auszufüllen, draufgehen. Außerdem muß ich nach Hause. Und schließlich bin ich kein Zuchthengst. Mit Bluff ist hier nichts getan. Ich bin sechsundfünfzig oder gehe darauf zu. Mir würden vor Angst die Knie schlottern, daß die Frauen mich anzeigen könnten. Und der Bunam und Horko und diese Leute würden mich beschatten, und ich könnte der alten Königin Yasra, der Mutter des Königs, nie vor die Augen treten. Ich habe ihr ein Versprechen gegeben. Ach, Romilayu, als ob ich dazu imstande wäre, irgend etwas zu versprechen. Machen wir, daß wir hier herauskommen. Ich komme mir wie ein lausiger Betrüger vor. Das einzig Anständige an mir ist, daß ich in meinem Leben gewisse Menschen geliebt habe. Oh, der arme Kerl ist tot. Oh, ho, ho, ho, ho! Es bringt mich um. Es wäre Zeit, daß wir von dieser Erde heruntergeblasen würden. Wenn wir nur keine Herzen hätten, damit wir nicht merken, wie traurig es ist. Aber wir laufen mit diesen Herzen, diesen fleckigen Mangopflaumen in der Brust, herum, die uns ein Schnippchen schlagen. Und nicht nur, daß ich vor all diesen Frauen Angst habe, es wird auch niemand mehr da sein, mit dem ich reden könnte. Ich bin jetzt in dem Alter, in dem ich menschliche Stimmen und menschliche Intelligenz brauche. Das ist das einzige, was einem noch bleibt. Güte und Liebe.« Ich verfiel wieder ins Trauern, denn traurig war ich ununterbrochen gewesen, seit man mich in dem Grabmal eingeschlossen hatte, und ich blieb es auch noch eine Zeitlang, soweit ich mich erinnere. Dann sagte ich plötzlich zu Romilayu: »Kamerad, der Tod des Königs war kein Zufall.«

»Was meinen Sie, Sir?«

»Es war kein Zufall. Dahinter steckte ein Plan, davon bin ich allmählich überzeugt. Jetzt können sie behaupten, er sei dafür bestraft worden, daß er Atti bei sich hatte, sie unter dem Palast einsperrte. Du weißt, sie hätten nicht gezögert, den Mann zu ermorden. Sie dachten, ich würde nachgiebiger sein als der König. Oder würdest du das diesen Burschen nicht zutrauen?«

»Nein, Sir.«

»Natürlich nein, Sir. Wenn ich je einen dieser Kerle zu fassen bekomme, zerquetsche ich ihn wie alte Bierbüchsen.« Ich preßte meine Hände gegeneinander, um zu zeigen, was ich machen würde, und bleckte die Zähne und knurrte. Vielleicht hatte ich doch etwas von den Löwen gelernt, aber nicht die Grazie und Kraft der Bewegung, die sich Dahfu dadurch angeeignet hatte, daß er unter ihnen aufgewachsen war, sondern das mehr Grausame des Löwen, entsprechend meiner geringeren und weniger gründlichen Erfahrung. Wenn man der Sache auf den Grund geht, kann keiner vorhersagen, was er auf dem Wege der Beeinflussung übernehmen wird. Ich glaube, Romilayu war durch diesen Sprung aus der Trauer in die Vergeltung etwas überrascht, aber er schien zu merken, daß ich nicht mehr ganz ich selbst war; er war bereit, mir gegenüber Nachsicht zu üben, denn er war wirklich ein sehr edelmütiger und verständnisvoller Mensch und ein guter Christ. Ich sagte: »Wir müssen daran denken, hier herauszukommen. Peilen wir einmal die Lage. Wo sind wir denn eigentlich? Und was können wir tun? Und was haben wir zur Verfügung?«

»Wir ein Messer, Sir«, sagte Romilayu, und er zeigte es mir. Es war sein Jagdmesser, und er hatte es schnell in sein Haar gesteckt, als die Männer des Bunam ihm am Rande der Stadt nachsetzten.

»Oh, guter Mann«, sagte ich und nahm das Messer und hielt es wie zum Stechen.

»Graben besser«, sagte er.

»Ja, das leuchtet ein. Du hast recht. Ich würde mir gern den Bunam greifen«, sagte ich, »aber das wäre Luxus. Rache ist Luxus. Ich muß listig sein. Halte mich zurück, Romilayu. Es ist deine Aufgabe, mich vor Dummheiten zu bewahren. Du siehst, ich bin außer mir, nicht wahr? Was ist nebenan?« Wir begannen die Wand abzusuchen, und schon nach kurzer Überprüfung entdeckten wir hoch oben zwischen den Steinplatten einen Spalt, und wir bohrten abwechselnd mit dem Messer.

Manchmal hielt ich Romilayu mit meinen Armen hoch, und manchmal ließ ich ihn auf meinem Rücken stehen, während ich auf alle viere hinunterging. Auf meinen Schultern zu stehen, war für ihn unpraktisch, da die Decke zu niedrig war.

»Ja, irgend jemand hat sich an dem Block und der Rolle in dem Hopo zu schaffen gemacht«, fing ich wieder an.

»Vielleicht, Sir.«

»Von vielleicht kann gar keine Rede sein. Und warum hat der Bunam dich festnehmen lassen? Weil es ein Anschlag auf Dahfu und mich war. Natürlich – der König hat mir auch allerhand eingebrockt, indem er es zuließ, daß ich Mummah wegtransportierte. Das hat er getan.«

Romilayu bohrte weiter, bohrte die Klinge in den Mörtel, und die Bröckchen kratzte und polkte er mit seinem Zeigefinger heraus. Der Staub fiel auf mich herab.

»Aber der König lebte selbst unter Todesdrohung, und womit er fertig werden mußte, damit hätte ich auch fertig werden können. Er war mein Freund.«

»Sie Freund, Sir?«

»Ja, Liebe kann sich auch auf diese Weise äußern, alter Freund«, sagte ich. »Ich glaube, mein Vater wünschte, ich *weiß*, er wünschte es, daß ich an Stelle meines Bruders Dick dort oben bei Plattsburg ertrunken wäre. Bedeutete das, daß er mich nicht liebte? Keinesfalls. Da auch ich sein Sohn war, quälte den Alten dieser Wunsch. Ja, wenn ich es an seiner Stelle gewesen wäre, hätte er fast ebensoviel geweint. Er liebte seine beiden Söhne. Aber Dick hätte am Leben bleiben sollen. Er war nur dieses eine Mal unbeherrscht, der Dick; vielleicht hatte er eine Marihuana-Zigarette geraucht. Es war ein zu teurer Preis für eine einzige Marihuana. Oh, ich mache dem Alten keine Vorwürfe. So ist eben das Leben; und haben wir ein Recht, es zu schelten?«

»Ja, Sir«, sagte er. Er bohrte angestrengt, und ich merkte, daß er mich nicht verstand.

»Wie kann man es schelten? Es hat ein Recht auf unsere Achtung. Es tut seine Schuldigkeit, das ist alles. Ich habe diesem Mann nebenan erklärt, eine Stimme in mir sage: *ich darbe.* Wonach darbte sie denn?«

»Ja, Sir« (und dabei ließ er erneut Mörtel auf mich herabrieseln).

»Sie darbte nach Wirklichkeit. Wieviel Unwirklichkeit konnte sie ertragen?«

Er bohrte und bohrte. Ich war auf allen vieren, und meine Worte waren zum Fußboden gesprochen. »Man will uns glauben machen, edles Verhalten sei unreal. Aber der Fall liegt ja ganz anders. Das mit der Illusion paßt gar nicht auf uns. Man macht uns weis, daß wir uns mehr und mehr von Illusionen nähren. Nun, ich nähre mich überhaupt nicht von Illusionen. Man erklärt: Denke groß! Na, das ist natürlich Quatsch, wieder so ein Slogan. Aber Größe! Das ist ganz etwas anderes. Oh, Größe! Oh, Gott! Romilayu, ich meine nicht aufgeblasene, geschwollene, falsche Größe. Ich meine nicht Überheblichkeit, oder daß man auf seinen Einfluß pocht. Aber da das Universum selbst in uns gelegt ist, verlangt es Spielraum. Uns ist das Ewige aufgebürdet. Es verlangt seinen Anteil. Das ist der Grund, weshalb ein rechter Kerl es nicht erträgt, so niedrig zu sein. Und ich kann ein Lied davon singen. Vielleicht hätte ich zu Hause bleiben sollen. Vielleicht hätte ich es lernen sollen, die Erde zu küssen.« (Ich tat es jetzt.) »Aber ich dachte, ich würde explodieren, dort in der Heimat. Ach, Romilayu, ich wünschte, ich hätte diesem armen Burschen mein Herz ganz öffnen können. Ich bin über seinen Tod völlig aus der Fassung geraten. Ich habe mich nie so elend gefühlt. Aber diesen hinterlistigen Brüdern werde ich es schon zeigen, wenn ich je die Möglichkeit dazu habe«, sagte ich.

Völlig unangefochten kratzte und bohrte Romilayu weiter, dann preßte er sein Auge an das Loch und sagte leise: »Ich sehe, Sir.«

»Was siehst du?«

Er antwortete nicht und stieg herunter. Ich stand auf, rieb mir den Mauerstaub von meinem Rücken und preßte mein Auge an das Loch. Dort sah ich den Leib des toten Königs. Er war in ein ledernes Leichentuch gehüllt, und seine Gesichtszüge waren unsichtbar, denn das Oberteil lag über seinem Kopf. An den Hüften und Füßen war der Körper mit Riemen geschnürt. Der Assistent des Bunam war der Totenwächter und saß auf einem Stuhl neben der Tür; er schlief. Es war in diesen beiden Räumen sehr heiß. Neben ihm standen zwei Körbe mit kalten gebackenen Jamswurzeln. Und an den Henkel des einen dieser Körbe war ein junger Löwe gebunden, noch gefleckt, wie es sehr junge Löwen sind. Ich schätzte, er war zwei oder drei Wochen alt. Der Mann schlief fest, obwohl er auf einem Stuhl ohne Rückenlehne saß. Seine Arme waren schlaff und zwischen Brust und Oberschenkel gepreßt. Die Hände mit ihren dick hervortretenden Venen hingen fast auf den Erdboden hinunter. Mit Haß im Herzen sagte ich zu mir selbst: »Warte, du Halunke. Du entgehst mir nicht.« Infolge der eigenartigen Lichtverhältnisse wirkte er weiß wie Satin; nur seine Nüstern und die Furchen auf seinen Wangen waren schwarz. »Dir besorge ich es noch«, versprach ich ihm stumm.

»Nun also, Romilayu«, sagte ich. »Diesmal laß uns unseren Verstand zusammennehmen. Wir wollen es nicht so machen wie in der ersten Nacht mit der Leiche dieses anderen Burschen, des Sungo vor mir. Laß uns einen Plan entwerfen. Zunächst bin ich einer der Anwärter auf den Thron. Sie werden mir sicher nichts zuleide tun, da ich innerhalb des Stammes ein Dekorationsstück bin, und sie werden das Ganze zu ihrem eigenen Wohlgefallen inszenieren wollen. Sie haben bereits den jungen Löwen, der mein toter Freund ist, sie gehen also ziemlich schnell vor, und auch wir müssen schnell vorgehen. Wir müssen noch schneller vorgehen.«

»Was Sie tun, Sir?« sagte er, über meinen Ton mehr und mehr beunruhigt.

»Ausbrechen, natürlich. Glaubst du, daß wir so, wie wir sind, es zurück nach Baventai schaffen?«

Er konnte oder wollte nicht sagen, was er davon hielt, und ich fragte: »Es sieht schlecht aus, was?«

»Sie krank«, sagte Romilayu.

»Ha. Ich schaffe es, wenn du es schaffst. Du weißt, was ich

leiste, wenn ich erst mal wieder in Schwung bin. Willst du dich lustig machen? Ich könnte auf meinen Händen quer durch Sibirien laufen, und außerdem, Kamerad, wir haben keine Wahl. Bei Gelegenheiten wie dieser kommt unbedingt das beste in mir zum Durchbruch. Das ist das Valley-Forge-Element in mir. Es wird schwer sein, bestimmt. Wir werden diese Jamswurzeln mitnehmen. Das müßte helfen. Du willst doch nicht etwa hierbleiben?«

»Wehe, nein, Sir. Sie töten mich.«

»Dann finde dich damit ab«, sagte ich. »Ich nehme nicht an, daß diese Amazonen die ganze Nacht aufbleiben. Wir leben im zwanzigsten Jahrhundert, und sie können aus mir keinen König machen, wenn ich es nicht will. Niemand kann mich hinsichtlich dieses Harems feige nennen. Aber, Romilayu, ich fände es klug, so zu tun, als wollte ich die Stellung haben. Sie werden sicher nicht wollen, daß mir irgend etwas passiert. Es würde sie in eine höllische Klemme bringen, wenn sie mir etwas zuleide täten. Außerdem müssen sie davon ausgehen, daß wir auf keinen Fall so dumm sind, ohne Lebensmittel oder Schußwaffe Hunderte von Kilometern durch Niemandsland zu marschieren.«

Als Romilayu mich in dieser Stimmung sah, bekam er's mit der Angst. »Wir müssen zusammenhalten«, sagte ich trotzdem zu ihm. »Wenn sie mich nach ein paar Wochen umbrächten – und das ist anzunehmen; ich bin jetzt nicht in der Verfassung, mich aufzuspielen und dir dicke Versprechungen zu machen –, was würde dann aus dir werden? Sie würden auch dich töten, damit ihr Geheimnis gewahrt bleibt. Und wieviel Grun-tu-molani hast du? Du willst doch wohl leben, mein Lieber?«

Er kam nicht dazu, darauf zu antworten, denn Horko erschien, um uns einen Besuch zu machen. Er lächelte, aber sein Auftreten war etwas förmlicher als früher. Er nannte mich Yassi und zeigte seine fette rote Zunge – vielleicht um sich nach seinem langen Weg durch die Hitze des Buschs abzukühlen; ich nahm jedoch an, es war ein Zeichen des Respektes.

»Guten Tag, Mr. Horko.«

Höchst befriedigt, machte er eine tiefe Verbeugung, während er seinen Zeigefinger über den Kopf hielt. Sein Oberkörper war durch das straffe Futteral, sein rotes Hofgewand, stets sehr eingezwängt, und das Blut in seinem Gesicht staute sich. Die roten Edelsteine an seinen Ohren zogen diese herunter, und als er das Gesicht zu einem Lächeln verzog, sah ich ihn, freilich nicht offen, voller Haß an. Da ich jedoch nichts tun konnte, verwandelte ich all diesen Haß in List, und als er sagte: »Sie jetzt König. Roi Henderson. Yassi Henderson«, antwortete ich: »Ja, Horko. Dahfus Tod ist ein schmerzlicher Verlust, nicht wahr?«

»Oh, sehr schmerzlich. Dommage«, sagte er, denn er liebte es, die Wörter anzuwenden, die er in Lamu aufgeschnappt hatte.

Die Menschen können doch noch immer nicht diese blöde Heuchelei lassen, dachte ich. Sie begreifen nicht, daß es auch dafür zu spät ist.

»Nicht mehr Sungo. Sie Yassi.«

»Ja, in der Tat«, sagte ich. Ich beauftragte Romilayu: »Sage dem Herrn, es freue mich Yassi zu sein, und es sei mir eine große Ehre. Wann fangen wir an?«

Wir müßten noch warten, sagte Romilayu, der dolmetschte, bis die Made aus dem Munde es Königs trete. Und dann würde die Made zu einem winzigen Löwen, und dieser kleine junge Löwe werde der Yassi werden.

»Wenn bei der Geschichte Schweine eine Rolle spielten, würde ich Kaiser werden, nicht nur ein Buschnegerkönig«, sagte ich, und mir stieß meine eigene Bemerkung bitter auf. Ich wünschte, Dahfu hätte noch gelebt, um sie hören zu können. »Aber sage Mr. Horko« (er neigte sein fettes Gesicht lächelnd, während die Steine an den Ohren wieder wie Senkbleie herunterhingen; ich hätte ihm mit dem größten Vergnügen den Kopf umdrehen und abreißen können) »es sei eine riesige Ehre. Obgleich der tote König ein größerer und besserer Mann war als ich, will ich alles tun, was in meinen Kräften steht. Ich denke, wir haben eine große Zukunft. Ich bin in erster Linie von zu Hause weggegangen, weil ich in meinem eigenen Lande nicht genug zu tun hatte, und auf eine solche Gelegenheit wie diese hier habe ich stets gehofft.« So sprach ich, und ich machte ein finsteres Gesicht, gab ihm aber den Anschein der Aufrichtigkeit. »Wie lange müssen wir in diesem Totenhause bleiben?«

»Er sagen, nur drei, vier Tage, Sir.«

»Ist das recht?« sagte Horko. »Nicht lange. Sie heiraten toutes les Damen.« Er begann seine Finger in die Luft zu werfen, um mir in Zehnern anzugeben, um wieviele es sich handele. Siebenundsechzig.

»Machen Sie sich gar keine Sorgen«, sagte ich zu ihm.

Und als er sich verabschiedet hatte – ganz zeremoniell und mit dem deutlich erkennbaren Gefühl, mich in der Tasche zu haben –, sagte ich zu Romilayu: »Wir gehen heute nacht von hier weg.«

Romilayu sah stumm zu mir auf und verzog vor Verzweiflung die Oberlippe.

»Heute nacht«, wiederholte ich. »Wir haben Mondschein. Letzte Nacht war es so hell, daß man im Telephonbuch hätte lesen können. Sind wir schon einen vollen Monat in dieser Stadt?«

»Ja, Sir – Was wir tun?«

»Du wirst in der Nacht schreien. Du wirst sagen, ich sei von einer Schlange gebissen worden, oder von etwas Ähnlichem. Dieser Lederbursche wird mit den beiden Amazonen erscheinen, um festzustellen, was los ist. Wenn er die Tür nicht öffnet, müssen wir einen anderen Ausweg suchen. Aber nehmen wir an, die Tür *wird* geöffnet. Dann nimmst du diesen Stein – verstehst du? – und klemmst ihn bei der Türangel ein, so daß sich die Tür nicht schließen läßt. Mehr brauchen wir nicht. Wo ist dein Messer?«

»Ich behalten das Messer, Sir.«

»Ich brauche es nicht. Ja, du behältst das Messer. Meinetwegen. Kannst du mir folgen? Du wirst schreien, daß der Sungo-Yassi, oder was ich für diese Mörder bin, von einer Schlange gebissen wurde. Mein Bein schwillt schnell an. Und du mußt an der Tür stehen und sofort den Stein einklemmen.« Ich zeigte ihm genau, was ich von ihm wollte.

Als dann die Nacht begann, saß ich da und machte Pläne, konzentrierte meine Ideen und versuchte, ihre Klarheit vor meinem Fieber zu schützen, das jeden Nachmittag zunahm und bis weit in die Nacht hinein stieg. Ich mußte gegen das Delirium ankämpfen, da mein Zustand durch die Stickluft des Totenhauses verschlimmert wurde, und die Stunden des Wachseins verbrachte ich an dem Spalt in der Mauer und richtete jeweils ein Auge angespannt auf den Leichnam des Königs. Manchmal kam es mir vor, als könne ich unter dem Leichentuch einige Gesichtszüge erkennen. Aber das war wohl mehr geistig ... geistige Täuschung; Traum. Mein Kopf war nicht in Ordnung, das merkte ich sogar in diesem Zustand. Ich spürte es besonders in der Nacht, unter dem Einfluß des Fiebers, wenn Berge und Götzenbilder und Rinder und Löwen und massige schwarze Frauen, die Amazonen, und das Gesicht des Königs und das Stroh des Hopo vor meinem Geist erschienen, unangemeldet kamen und wieder gingen. Ich ließ mich jedoch nicht unterkriegen und wartete auf den Mondaufgang, den Zeitpunkt, für den ich den Beginn unserer Aktion angesetzt hatte. Romilayu schlief nicht. Aus der Ecke, in der er angelehnt lag, war sein Blick ununterbrochen auf mich gerichtet. Ich konnte an seinen Augen, die ständig da waren, feststellen, wo er sich befand.

»Sie Ihren Plan nicht geändert, Sir?« fragte er ein- oder zweimal.

»Nein, nein. Nichts wird geändert.«

Und als ich den Augenblick für gekommen hielt, holte ich tief und kräftig Luft, so daß mein Brustbein krachte. Meine Rippen waren wund. »Los!« sagte ich zu Romilayu. Der Mann nebenan schlief sicherlich, denn ich hatte seit Einbruch der Nacht kein Geräusch gehört. Ich hob Romilayu mit meinen Armen hoch und hielt ihn an den Spalt, den wir ausgebohrt hatten. Als ich ihn packte, konnte ich das Zittern spüren, das durch seinen Körper lief, und er fing an zu schreien und zu stottern. Ich fügte dem, wie aus dem Hintergrund, ein paar Seufzer hinzu, und dann wachte der Mann des Bunam auf. Ich hörte seine Füße. Dann muß er lauschend dagestanden haben, als Romilayu mit zitternder Stimme wiederholte: »Yassi k'muti!« K'muti hatte ich von den Treibern gehört, als sie Dahfu zum Totenhaus trugen. K'muti – er liegt im Sterben. Es muß das letzte Wort gewesen sein, das seine Ohren erreichte. »Wunnutu zazai k'muti. Yassi k'muti.« Es ist keine schwere Sprache; ich schnappte sie schnell auf.

Dann öffnete sich die Tür zum Grab des Königs, und der Mann des Bunam begann zu rufen.

»Oh«, sagte Romilayu zu mir, »er rufen zwei Frauen-Soldaten, Sir.«

Ich stellte ihn auf seine Füße und legte mich auf den Fußboden. »Der Stein liegt bereit«, sagte ich. »Geh an die Tür, und tu, was du tun sollst. Wenn wir nicht herauskommen, haben wir keinen Monat mehr zu leben.«

Durch die Tür sah ich Fackellicht, und das besagte, daß die Amazonen im Sturmschritt herbeigekommen waren, und das Merkwürdigste an der ganzen Geschichte ist, daß mich der Mord in meinem Herzen am meisten beruhigte. Er gab mir Selbstvertrauen. Es wirkte auf mich wie Balsam, daß es, wenn ich den flachgesichtigen Mann des Bunam in die Finger bekam, sein Tod sein würde. ›Ihn wenigstens will ich um die Ecke bringen‹, dachte ich ständig. So, mit voller Berechnung, stieß ich Schreie der Angst und der Schwäche aus – und ich weidete mich an diesen Tönen der Schwäche, denn in Wirklichkeit hatte ich das Gefühl, daß meine Kräfte im Augenblick zwar geschwächt waren, daß sie aber wiederkehren würden, sobald ich den Mann des Bunam zu fassen bekam. Von der Tür wurde ein Brett entfernt. Im flakkernden Schein der hochgehobenen Fackeln sah der Mann des Bunam, wie ich mein Bein umklammerte und mich krümmte. Der Riegel wurde weggezogen, und eine der Amazonen begann die Tür zu öffnen. »Der Stein«, schrie ich wie vor Schmerz, und im Schein des Lichts sah ich, daß Romilayu den Stein, genau meinem Auftrag gemäß, der Länge nach unter die Türangel geschoben hatte, obgleich ihm die Amazone die Spitze eines Speers unmittelbar unters Kinn hielt. Er wich in Richtung auf mich zurück. Dies sah ich unter dem großen, leckenden, zerfetzten, qualmenden Feuergewebe. Die Amazone schrie auf, als ich sie an ihren Beinen zu Fall brachte. Die Speerspitze kratzte die Wand, und ich schickte ein Stoßgebet zum Himmel, daß sie nicht Romilayu getroffen hatte. Ich schlug den Kopf der Frau gegen die Steine. Unter diesen Umständen konnte ich es mir nicht leisten, irgendwelche Rücksichten darauf zu nehmen, daß sie eine Frau war. Das Feuer war in Eile erstickt und die Tür schnell zugeschlagen worden, aber sie klemmte an dem Stein gerade genug, daß ich mit den Fingern den Rand umklammern konnte. Sowohl die zweite Amazone als auch der Mann des Bunam zogen in entgegengesetzter Richtung, aber ich riß das Ding auf. Ich arbeitete lautlos. Ich war jetzt von der Nachtluft eingehüllt, die sofort eine wohltuende Wirkung auf mich ausübte. Zunächst schlug ich die zweite Amazone nur mit der Außenkante meiner Hand, ein Nahkampftrick. Das genügte. Es lähmte sie, und sie fiel zu Boden. All das spielte sich noch immer lautlos ab, denn sie machten ebensowenig Lärm wie ich. Dann setzte ich dem Mann nach, der nach der anderen Seite des Mausoleums zu entkommen suchte. Drei Schritte, und ich packte ihn beim Haar. Ich hob ihn am ausgestreckten Arm senkrecht in die Höhe, so daß er im Licht des Mondes mein Gesicht sehen konnte. Ich knurrte. Durch die Gewalt meines Zugriffs wurde die ganze Haut seines Gesichtes nach oben gezogen, so daß seine Augen schräg lagen. Als ich ihn an der Kehle packte und ihn zu würgen begann, kam Romilayu zu mir gelaufen und schrie: »Nein, nein, Sir.«

»Jetzt erwürge ich ihn.«

»Nicht ihn töten, Sir.«

»Misch dich nicht ein«, schrie ich und zog den Mann des Bunam an den Haaren hin und her. »*Er* ist der Mörder. Seinetwegen ist jener Mann nebenan tot.« Aber ich hatte aufgehört, das Teufelswerkzeug des Bunam zu würgen. Ich hielt ihn nur weiter am Kopf und schüttelte seinen weißgetünchten Leib. Er gab keinen Laut von sich.

»Sie ihn nicht töten«, sagte Romilayu ernst, »Bunam uns nicht jagt.«

»Mein Herz schreit nach Mord, Romilayu«, sagte ich.

»Sie sind mein Freund, Sir?«

»Dann werde ich ihm ein paar Knochen zerbrechen. Ich werde dir entgegenkommen«, sagte ich. »Du hast ein Recht darauf, Forderungen an mich zu stellen. Ja, du bist mein Freund. Aber was ist mit Dahfu? War er nicht auch mein Freund? Na gut, ich zerbreche ihm nicht die Knochen. Ich werde ihn schlagen.«

Aber ich schlug ihn auch nicht. Ich schleuderte den Mann in den Raum, in den wir eingeschlossen gewesen waren, und die beiden Amazonen ebenfalls. Romilayu riß ihnen ihre Speere weg, und wir verriegelten die Tür. Dann gingen wir in die andere Kammer. Der Mond war jetzt ganz aufgegangen, und alle Gegenstände waren gut zu erkennen. Romilayu ergriff den Korb mit Jamswurzeln, während ich zu dem König hinüberging.

»Wir jetzt gehen?«

Ich blickte unter das Leichentuch. Das Gesicht war geschwollen und aufgedunsen, außerordentlich entstellt. Die Folgen der Hitze waren schon spürbar, und trotz der Liebe, die ich für ihn empfand, mußte ich mich abwenden. »Lebe wohl, König«, sagte ich. Ich verließ ihn.

Aber dann, als wir uns zum Gehen anschickten, schoß mir plötzlich etwas durch den Kopf. Der angebundene junge Löwe fauchte uns an, und ich hob ihn hoch.

»Was Sie tun?«

»Dieses Tier wird uns begleiten«, sagte ich.

22

Romilayu wollte protestieren, aber ich drückte das Tier an mich; ich hörte sein leises Knurren, und seine Krallen zerkratzten mir die Brust. »Der König hätte es bestimmt gewollt, daß ich es mitnehme«, sagte ich. »Sieh mal, er muß in irgendeiner Form weiterleben. Verstehst du das?« Soweit das Auge reichte, war alles in helles Mondlicht getaucht. Ich hatte das Gefühl, wieder Herr meines Verstandes zu sein. Das Licht strömte von den Gipfeln der Berge auf uns herab. Vor uns breitete sich ein fünfzig Kilometer weites Gelände aus, der Weg unserer Flucht. Ich nehme an, Romilayu hätte mir erklären können, daß dieses Tier das Kind meines Feindes war, der mir Dahfu geraubt hatte. »Nun gut, bedenke aber«, sagte ich, »ich habe jenen Kerl nicht getötet. Wenn ich also ihn schonte . . . Romilayu, laß uns hier nicht herumstehen und in die Luft starren. Ich kann das Tier nicht zurücklassen, und ich will es nicht. Sieh mal«, sagte ich, »ich kann es in meinem Helm tragen. Ich brauche ihn nachts nicht.« Es war wirklich so, daß die nächtliche Brise meinem Fieber guttat.

Romilayu fügte sich, und wir begannen unsere Flucht, indem wir an der Seite der Schlucht hinauf durch die Schatten des Mondes sprangen. Wir wählten unseren Weg so, daß zwischen uns und der Stadt das Hopo lag, und steuerten, mit geradem Kurs auf Baventai, den Bergen zu. Ich rannte mit dem kleinen Löwen hinterher, und wir liefen jene ganze Nacht im Laufschritt, so daß wir bei Sonnenaufgang ungefähr dreißig Kilometer hinter uns hatten.

Ohne Romilayu hätte ich keine zwei von den zehn Tagen überstanden, die wir bis Baventai brauchten. Er wußte, wo Wasser war und welche Wurzeln und Insekten wir essen konnten. Nachdem die Jamswurzeln zu Ende gegangen waren, und das war am vierten Tag, mußten wir uns von Raupen und Würmern ernähren. »Du könntest bei der Luftwaffe Instrukteur für Methodik des Überlebens sein«, sagte ich. »Du wärest für sie ein Juwel. So lebe ich zu guter Letzt doch noch von Heuschrecken, wie Johannes der Täufer. ›Es ist eine Stimme eines Predigers in der Wüste.‹« Aber wir hatten diesen Löwen, der gefüttert und besorgt werden mußte. Ich zweifle, ob es schon irgendwann einmal ein derartiges Handikap gegeben hat. Ich mußte auf meiner Handfläche mit dem Messer Raupen und Würmer zerkleinern und eine Paste machen, und ich fütterte damit das kleine Wesen. Tagsüber, wenn ich den Helm brauchte, trug ich den kleinen Löwen unter meinem Arm, und manchmal führte ich ihn an der Leine. Er schlief auch in dem Helm, neben der Brieftasche und dem Paß, knabberte dabei an dem Leder und fraß schließlich den größten Teil davon. Daraufhin trug ich meine Papiere und die vier Eintausend-Dollar-Noten in meinen Shorts.

Auf meinen mageren Wangen sprossen die Barthaare in verschiedenen Farben, und während des größten Teiles unseres Trecks war ich geistig gestört und tobte. Immer wieder setzte ich mich hin und spielte mit dem kleinen Löwen, den ich Dahfu nannte, während Romilayu nach Eßbarem suchte. Ich war viel zu unbewandert, um ihm helfen zu können. Trotzdem war mein Verstand bei vielen entscheidenden Fragen sehr klar und sogar ausnehmend gut und messerscharf. Wenn ich die Kokons und die Larven und die Ameisen aß, wobei ich, nur mit den Shorts bekleidet, auf der Erde hockte, während der Löwe unter mir lag und Schatten suchte, orakelte ich und sang, ja, mir fielen viele Lieder aus dem Kindergarten und der Schule ein, zum Beispiel: »Fais do-do«, »Pierrot«, »Malbrough s'en va-t-en guerre«, »Nußbraune Maid« und »Die spanische Gitarre«, und dabei kraulte ich das Tier, das sich ganz wundervoll an mich gewöhnt hatte. Es rollte sich zwischen meinen Füßen und zerkratzte meine Beine. Da es jedoch nur von Würmern und Raupen lebte, konnte es nicht sehr gesund sein. Ich fürchtete und Romilayu hoffte, daß das Tier sterben würde. Aber es ging alles recht gut. Wir hatten die Speere, und Romilayu erlegte ein paar Vögel. Ich glaube mich bestimmt zu erinnern, daß wir einen Raubvogel erlegten, der zu nahe an uns herangekommen war, und daß wir uns an ihm gütlich taten.

Und am zehnten Tage (wie mir Romilayu später sagte, denn ich hatte den Überblick verloren), kamen wir nach Baventai, das auf seinen Felsen schmorte, aber nicht so sehr wie wir. Die Mauern waren weiß wie Eier, und die braunen Araber in ihren Gewändern und Umhüllungen sahen zu, wie wir von der völlig kahlen Straße heraufstiegen, und ich grüßte jeden, indem ich, wie Churchill, mit zwei Fingern das V-Zeichen machte, gab ein sich überschlagendes, schreiendes, kehliges Lachen des Überlebens von mir, hielt den kleinen Löwen Dahfu am Genick in die Höhe, zeigte ihn all diesen schweigsamen Männern mit den umwickelten Köpfen und den Frauen, die nur ihre Augen preisgaben, sowie den schwarzen Hirten, denen das von der Sonne zerschmolzene Fett aus den Haaren tropfte. »Holt die Kapelle. Blast einen Tusch«, sagte ich zu ihnen allen.

Sehr bald klappte ich zusammen, aber ich ließ mir von Romilayu versprechen, daß er sich um das kleine Tier kümmern würde. »Dies ist für mich Dahfu«, sagte ich. »Bitte, achte darauf, daß nichts passiert, Romilayu. Es wäre jetzt für mich eine Katastrophe. Ich kann dir nicht drohen, alter Freund. Ich bin zu schwach, und ich kann nur bitten.«

Romilayu sagte, ich solle mir keine Sorgen machen. Wenigstens erklärte er mir: »Geht in Ordnung, Sir.«

»Ich kann bitten«, sagte ich zu ihm. »Ich bin nicht der, für den ich mich gehalten habe. Nur noch eins, Romilayu . . .« Ich befand mich in einem Eingeborenenhaus und lag auf einem Bett, als er, neben mir kauernd, das Tier aus meinen Armen nahm. »Ist es uns verheißen? Zwischen dem Anfang und dem Ende, ist es verheißen?«

»Was verheißen, Sir?«

»Nun, ich meine eine gewisse Klärung. Ist sie nicht verheißen? Romilayu, ich meine wahrscheinlich die Einsicht. Vielleicht wird sie bis zum letzten Atemzug hinausgeschoben; aber es gibt eine

Gerechtigkeit. Ich glaube, daß es eine Gerechtigkeit gibt und daß uns vieles verheißen ist. Obgleich ich nicht bin, was ich dachte.«

Romilayu wollte mich trösten, aber ich sagte zu ihm: »Du brauchst mir keinen Trost zuzusprechen. Denn der Schlaf ist gesprengt, und ich bin zu mir selbst gekommen. Nicht Knabengesang hat es bewirkt. Ich möchte nur wissen, warum dies von jedem einzelnen durchgefochten werden muß, denn gegen nichts wird so hart gekämpft wie gegen das Zu-sich-kommen. Statt dessen kultivieren wir diese Wunden. Brennende Wunden, fruchtbare Wunden.« Ich drückte den Löwen an meine Brust, das Kind unseres blutdürstigen Feindes. Wegen meiner Schwäche und Mattigkeit konnte ich mich Romilayu nur noch durch Blicke verständlich machen. »Laß mich nicht fallen, alter Kamerad«, suchte ich durch sie zu sagen.

Dann ließ ich ihn das Tier nehmen, und ich schlief einige Zeit und hatte Träume, oder ich schlief nicht, sondern lag im Hause irgendeines Menschen auf dem Feldbett, und an Stelle von Träumen hatte ich Halluzinationen. Eines jedoch wiederholte ich mir selber ständig und sagte es auch Romilayu, nämlich, daß ich zu Lily und den Kindern zurück müsse; ich würde mich erst wieder richtig wohlfühlen, wenn ich sie wiedersah, und vor allem Lily. Ich entwickelte mich zu einem bedenklichen Fall von Heimweh. Denn ich sagte: »Was ist das Universum? Gewaltig. Und was sind wir – winzig. Deshalb kann ich ebensogut auch zu Hause sein, wo meine Frau mich liebt. Und selbst, wenn es nur so schien, als liebe sie mich, war auch das noch besser als gar nichts.« So oder so empfand ich zärtliche Gefühle für sie. Ich erinnerte mich ihrer auf die verschiedenste Art; mir fielen wieder einige ihrer typischen Äußerungen ein, zum Beispiel man habe für dieses zu leben und nicht für jenes; nicht böse, sondern gut; nicht der Tod, sondern das Leben, und alle ihre sonstigen Theorien. Aber es war wohl ganz gleichgültig, was sie sagte, selbst durch ihr Predigen hätte ich mich nicht davon abhalten lassen, sie zu lieben. Romilayu kam häufig zu mir, und im schlimmsten Fieberwahn erschien mir sein schwarzes Gesicht wie splittersicheres Glas, mit dem man alles angestellt hatte, was Glas auszuhalten vermag.

»Oh, man kommt nicht von dem Rhythmus los, Romilayu«, erinnere ich mich, viele Male zu ihm gesagt zu haben. »Man kommt einfach nicht davon los. Die linke Hand schüttelt die rechte, das Einatmen folgt dem Ausatmen, die Systole antwortet der Diastole, die Hände spielen Backe-backe-Kuchen, und die

Füße tanzen miteinander. Und die Jahreszeiten. Und die Sterne, und was dazu gehört. Und die Gezeiten mit allem Drum und Dran. Du mußt in Frieden damit leben, denn wenn es erst anfängt dir zuzusetzen, bist du der Unterlegene. Du kannst es nicht besiegen. Es geht weiter und weiter und weiter. Zum Teufel, wir kommen niemals von dem Rhythmus los, Romilayu. Ich wünschte, meine abgelebten Tage würden aufhören, mich zu quälen, und mich ungeschoren lassen. Alles Schlechte kommt ständig wieder nach oben, und das ist der scheußlichste Rhythmus, den es gibt. Daß das Schlechte in einem Menschen sich wiederholt, ist das schlimmste Leiden, von dem man je gehört hat. Aber man kann nicht aus der Regelmäßigkeit heraus. Der König hat mir jedoch gesagt, ich solle mich ändern. Ich solle nicht der Typ der Agonie sein. Oder ein Lazarus. Die Gräser sollten meine Vettern sein. Nun, Romilayu, nicht einmal der Tod weiß, wieviele Tote es gibt. Er könnte nie eine Volkszählung veranstalten. Aber diese Toten sollten verschwinden. Sie zwingen uns, an sie zu denken. Das ist ihre Unsterblichkeit. In uns. Aber mein Rücken bricht zusammen. Ich schleppe zuviel mit mir herum. Das ist nicht recht – wo bleibt dabei das Grun-tu-molani?«

Er hielt mir das kleine Tier hin. Es hatte alle Strapazen überstanden und gedieh prächtig.

Dann, nach einigen Wochen in Baventai, als ich zu genesen begann, sagte ich zu meinem Führer und Begleiter: »Mein Lieber, ich glaube, es wäre besser, wenn ich mich wieder auf die Beine machte, solange das Tier noch klein ist. Ich kann nicht warten, bis es ein ausgewachsener Löwe ist, nicht wahr? Es wird, auch in seinem jetzigen Stadium, nicht gerade einfach sein, es in die Staaten mitzunehmen.«

»Nein, nein, Sie zu krank, Sir.«

Und ich sagte: »Ja, ich bin nicht gerade in der allerbesten Verfassung. Aber ich werde damit schon fertig werden. Es ist nur ein Schwächezustand. Im übrigen bin ich ganz intakt.«

Romilayu war sehr dagegen, aber ich überredete ihn schließlich dazu, daß er mich nach Baktale brachte. Dort kaufte ich mir eine Hose, und der Missionar verabreichte mir einige Sulpha-Tabletten, bis meine Dysenterie zum Stillstand gekommen war. Das dauerte einige Tage. Danach schlief ich zusammen mit dem kleinen Löwen unter einer Khakidecke hinten im Jeep, während Romilayu uns nach Harar in Äthiopien fuhr. Das dauerte sechs Tage. Und in Harar kaufte ich Romilayu für einige hundert Dollar Geschenke. Ich packte den Jeep mit allen möglichen Dingen voll.

»Eigentlich wollte ich einen Abstecher nach der Schweiz machen und meine kleine Tochter Alice besuchen«, sagte ich. »Meine Jüngste. Aber ich sehe jetzt wahrscheinlich nicht gut aus, und es hat keinen Sinn, die Kleine zu erschrecken. Ich tue es vielleicht besser ein andermal. Außerdem habe ich den Löwen.«

»Sie ihn nach Hause nehmen?«

»Wohin ich gehe, wird auch er gehen«, sagte ich. »Und Romilayu, du und ich, wir kommen eines Tages wieder zusammen. Die Welt ist klein geworden. Man stöbert heute jeden auf, vorausgesetzt, daß er noch lebt. Du hast meine Adresse. Schreibe mir. Nimm es nicht so schwer. Das nächste Mal, wenn wir uns begegnen, trage ich vielleicht einen weißen Kittel. Du wirst stolz auf mich sein. Ich werde dich umsonst behandeln.«

»Oh, Sie zu schwach zum Reisen, Sir«, sagte Romilayu. »Ich Angst, Sie zu verlassen.«

Mir ging es genauso nahe wie ihm.

»Höre, Romilayu, ich bin nicht umzubringen. Die Natur hat alles versucht. Sie hat mir nichts erspart. Und trotzdem bin ich noch da.«

Er sah jedoch, daß ich kraftlos war. Man hätte mich mit einem Dunststreifen verschnüren können.

Und nachdem wir einander Lebewohl gesagt hatten, endgültig, für immer, stellte ich fest, daß er sich auch weiterhin an meine Fersen heftete und, wenn ich in Harar mit dem kleinen Löwen herumlief, aus gewisser Entfernung ein Auge auf mich hatte. Meine Beine zitterten, mein Bart war der reinste Stachelkaktus. Ich besah mir, von dem Löwen begleitet, den Palast des alten Königs Menelik, hinter der nächsten Ecke aber stand indes mein wollköpfiger Romilayu, Angst und Besorgnis im Gesicht, um sich zu vergewissern, daß ich nicht zusammenklappte. Damit er seinen Willen hatte, übersah ich ihn einfach. Noch als ich das Flugzeug bestieg, beobachtete er mich. Es war die Route nach Khartum, und der Löwe befand sich in einem Weidenkorb. Der Jeep stand neben der Rollbahn, und Romilayu saß darin betend am Steuer. Er hatte seine Hände aneinander gelegt wie Riesenkrebse, und ich wußte, daß er sein Äußerstes tat, um für mich Sicherheit und Wohlergehen zu erflehen. Ich rief: »Romilayu!« und stand auf. Mehrere der Fluggäste schienen zu denken, ich sei im Begriff, das kleine Flugzeug zum Umkippen zu bringen. »Dieser schwarze Bursche hat mein Leben gerettet«, sagte ich zu ihnen.

Aber jetzt waren wir in der Luft, flogen über die Schatten der

Hitze. Ich setzte mich dann hin, nahm den Löwen aus dem Korb und hielt ihn auf dem Schoß.

In Khartum hatte ich mit den Leuten vom Konsulat eine Auseinandersetzung darüber, wie zu verfahren sei. Es gab viel Geschrei um den Löwen. Sie sagten, mit dem Verkauf von Tieren an den Zoo in den Staaten seien ganz bestimmte Leute befaßt, und sie erklärten mir, wenn ich nicht korrekt verführe, müsse der Löwe in Quarantäne. Ich antwortete, ich sei bereit, zu einem Tierarzt zu gehen und für ein paar Spritzen zu sorgen, aber ich erklärte ihnen: »Ich muß eiligst nach Hause. Ich bin krank gewesen, und ich kann mir keine Verzögerung leisten.« Die Burschen sagten, sie sähen allein, daß ich eine ganze Masse durchgemacht hätte. Sie versuchten, mich über meine Reise auszuholen, und fragten, auf welche Weise ich mein ganzes Zeug losgeworden sei. »Das geht Sie einen Dreck an«, sagte ich. »Mein Paß ist in Ordnung, nicht wahr? Und Moneten habe ich. Mein Urgroßvater war der Chef Ihres lausigen Haufens, und er war kein frostiger, hochgestochener, dürrer Zivilist wie Sie. Sie sind einer wie der andere. Sie denken, amerikanische Bürger seien Trottel und Geistesschwache. Hören Sie, alles was ich von Ihnen will, ist schnelle Erledigung der Formalitäten – ja, ich habe im Innern dies und das gesehen. Das stimmt. Ich habe einen Einblick getan in einige grundlegende Dinge, aber erwarten Sie nicht von mir, daß ich Ihre überflüssige Neugierde kitzele. Ich würde nicht einmal dem Botschafter Auskunft geben, wenn er mich fragte.«

Das war nicht nach Ihrem Geschmack. In ihrem Büro ging es mit mir durch. Der Löwe saß auf dem Schreibtisch dieser Leute, schmiß ihre Heftmaschine herunter und zwickte sie durch die Anzüge. Sie fertigten mich so schnell ab wie sie konnten, und ich flog noch am gleichen Abend nach Kairo. Dort rief ich Lily über die transatlantische Leitung an. »Ich bin es, Liebling«, rief ich. »Ich komme Sonntag nach Hause.« Ich wußte, daß sie jetzt bestimmt im Gesicht bleich war und immer bleicher, weißer und weißer wurde, wie stets bei großer Erregung, und daß ihre Lippen sich fünf- oder sechsmal bewegten, ehe sie ein Wort herausbringen konnte. »Liebling, ich komme nach Hause«, sagte ich. »Sprich deutlich, murmele nicht so.« »Eugen!« hörte ich, und dann drängten sich die Wellen der halben Welt, die Luft, das Wasser das Gefäßsystem der Erde, dazwischen. »Schatz, ich will jetzt alles anders machen, hörst du mich? Ich habe was gelernt.« Von dem, was sie sagte, konnte ich nicht mehr als zwei oder drei Worte verstehen. Die Atmosphäre mit ihren geisterhaften Rufen trat dazwischen. Ich konnte mir denken, daß sie von Liebe sprach; ihre Stimme bebte, und ich vermutete, daß sie Moral predigte und mich zurückrief. »Dafür, daß du so stattlich bist, wirkt deine Stimme sehr winzig«, sagte ich mehrmals. Sie konnte mich gut hören. »Sonntag, Idlewild. Bring Donovan mit«, sagte ich. Dieser Donovan ist ein alter Rechtsanwalt, der das Vermögen meines Vaters verwaltete. Er muß jetzt achtzig sein. Ich brauchte vielleicht wegen des Löwen seine juristische Hilfe.

Das war an einem Mittwoch. Am Donnerstag flogen wir nach Athen. Ich dachte, ich müßte mir die Akropolis ansehen. Deshalb mietete ich einen Wagen und einen Fremdenführer, aber ich war zu krank und in zu großer Verwirrung, um sehr viel davon aufzunehmen. Der Löwe war bei uns, an einer Leine, und abgesehen von der Khakihose, die ich in Baktale gekauft hatte, war ich angezogen wie in Afrika, der gleiche Helm, die gleichen Gummischuhe. Mein Bart war erheblich ins Kraut geschossen; auf der einen Seite sproß er halb weiß, aber mit vielen Streifen in Blond, Rot, Schwarz und Purpur. Die Leute vom Konsulat hatten mir nahegelegt, mich einmal zu rasieren, damit man mich auf dem Paßbild erkennen könne. Aber ich nahm ihren Rat nicht an. Was die Akropolis betraf, so sah ich auf den Höhen etwas, das gelb, knochenartig, rosenfarben war. Ich erkannte, daß es sehr schön sein mußte. Aber ich konnte nicht aus dem Auto heraus, und der Fremdenführer schlug es nicht einmal vor. Überhaupt sagte er sehr wenig, fast nichts; aber seine Augen verrieten, was er dachte. »Für das alles gibt es Gründe«, sagte ich zu ihm.

Am Freitag kam ich nach Rom. Ich kaufte mir einen Cordanzug, burgunderfarben, und einen Tirolerhut mit Bersaglierifedern, außerdem ein Hemd und eine Unterhose. Außer zu diesen Einkäufen verließ ich mein Zimmer nicht. Ich war nicht darauf aus, mich dadurch, daß ich den Löwen an einer Leine auf der Via Veneto spazierenführte, zu einer Attraktion zu machen.

Am Sonnabend flogen wir weiter über Paris und London; das war die einzige Möglichkeit, die ich finden konnte. Ich verspürte keine Lust, diese beiden Städte wiederzusehen. Übrigens auch keinen anderen Ort. Für mich war der beste Teil des Fluges der über dem Wasser. Ich konnte davon gar nicht genug bekommen, so als wäre ich völlig ausgetrocknet – das Wasser brach sich in langen Wellen, nichts als endloser Ozean tief unter uns. Aber die Tiefe machte mich glücklich. Ich saß am Fenster, in den Wolken. Das Meer wirkte durch die späte, erbarmungslose, übergrelle, seegebleichte Sonne wie eine undurchsichtige Masse. Wir schwebten über dem ruhigen Gewoge des Wassers dahin, dem bleiernen, aber unendlich weiten Wasser, dem Herz des Wassers.

Andere Fluggäste lasen. Ich persönlich begreife das nicht. Wie kann man in einem Flugzeug sitzen und so gleichgültig sein? Natürlich kamen sie nicht aus Zentralafrika wie ich; sie waren nicht von der Zivilisation getrennt gewesen. Sie stiegen mit ihren Büchern von Paris und London aus in das Himmelsgewölbe auf. Aber ich, Henderson, mit meinem finster blickenden Gesicht, mit Cordanzug und Bersaglierifedern – der Helm befand sich in dem Weidenkorb mit dem jungen Löwen, da ich glaubte, er brauche auf dieser neuartigen, erregenden Reise zu seiner Beruhigung einen vertrauten Gegenstand –, ich bekam einfach nicht genug von dem Wasser und von diesen umgestülpten Gebirgsketten aus Wolken. Diesen Schloßhöfen des ewigen Himmels. (Nur sind sie nicht ewig, das ist es eben; man sieht sie einmal und nicht wieder, sie sind Luftgebilde und nicht verweilende Wirklichkeiten; Dahfu wird nie wieder zu sehen sein, und bald werde ich nie wieder zu sehen sein; aber jeder kann die Bestandteile sehen: das Wasser, die Sonne, die Luft und die Erde.

Die Stewardeß bot mir zu meiner Beruhigung eine Zeitschrift an, als sie sah, wie überreizt ich war. Sie wußte, daß ich im Gepäckraum den jungen Löwen Dahfu hatte, denn ich hatte für ihn Koteletts und Milch bestellt, und dadurch, daß ich ständig hin und her lief und im hinteren Teil des Flugzeuges herumkroch, erregte ich Mißfallen. Sie war ein einsichtsvolles Mädchen, und schließlich erklärte ich ihr, wie alles zusammenhing, daß mir der junge Löwe wichtig sei, und daß ich ihn meiner Frau und meinen Kindern mitbringen wolle. »Er ist ein Andenken an einen sehr teuren Freund«, sagte ich. Er sei auch eine rätselhafte Form dieses Freundes, hätte ich diesem Mädchen am liebsten klarzumachen versucht. Sie stammte aus Rockford in Illinois. Etwa alle zwanzig Jahre erneuert sich die Erde in jungen Mädchen. Verstehen Sie, was ich meine? Die Wangen dieser Stewardeß hatten die vollkommene Form, die zur Jugend gehört; ihr Haar war gekräuseltes Gold. Ihre Zähne waren weiß und lächelten huldvoll, wenn man einen Wunsch äußerte. Sie war Milch und Honig. Gesegnet seien ihre Hüften. Gesegnet ihre Schenkel. Gesegnet ihre zarten kleinen Hände, die ein wenig von den Ärmelaufschlägen ihrer Uniform bedeckt waren. Gesegnet dieses rauhe Gold. Ein wundervolles kleines Geschöpf; ihre Haltung war die eines Kameraden oder Spielgefährten, wie es bei jungen Frauen des Mittelwestens üblich ist. Ich sagte: »Sie erinnern mich an meine Frau. Ich habe sie seit Monaten nicht gesehen.«

»Oh? Seit wie vielen Monaten?« sagte sie.

Das konnte ich ihr nicht sagen, denn ich wußte nicht, welches Datum wir hatten. »Haben wir jetzt September?« fragte ich.

Erstaunt sagte sie: »Wissen Sie das wirklich nicht? Nächste Woche haben wir Thanksgiving.«

»Schon so weit! Ich habe die Immatrikulationsfrist verpaßt. Ich werde bis zum nächsten Semester warten müssen. Sie müssen wissen, ich wurde in Afrika krank, delirierte und verlor jeden Überblick über die Zeit. Wenn man tief ins Innere geht, muß man damit rechnen, wissen Sie das, Kindchen?«

Es erheiterte sie, daß ich sie Kindchen nannte.

»Studieren Sie denn?«

»Statt zu uns selbst zu kommen«, sagte ich, »bringen wir alle Arten von Mißbildungen und Abnormitäten hervor. Wenigstens gegen diese läßt sich etwas tun. Verstehen Sie? Während wir auf den Tag warten?«

»Welchen Tag, Mr. Henderson?« sagte sie und lachte mich an.

»Haben Sie die Arie nie gehört?« sagte ich. »Hören Sie zu, ich werde Ihnen ein Stück davon vorsingen.« Wir befanden uns in dem hinteren Teil des Flugzeuges, wo ich das Tier Dahfu fütterte. Ich sang: »Wer mag den Tag Seiner Zukunft erleiden (den Tag Seiner Zukunft)? Und wer besteht, wenn Er erscheinet (wenn Er erscheinet)?«

»Ist das nicht Händel?« sagte sie. »Das kenne ich vom Rockford College!«

»Richtig«, sagte ich. »Sie sind eine kluge junge Frau. Ich habe nämlich einen Sohn Edward, dessen ganzer Verstand bei dem Cool Jazz zum Teufel gegangen ist ... Ich habe meine ganze Jugend hindurch geschlafen«, fuhr ich fort, während ich dem Löwen sein gekochtes Fleisch reichte. »Ich schlief, und schlief wie unser Passagier aus der ersten Klasse.« Anmerkung: Ich muß erklären, daß wir uns auf einem dieser Stratocruiser mit einer regelrechten Luxuskabine befanden, und ich hatte beobachtet, daß die Stewardeß dort mit Steaks und Champagner hineinging. Der Mann kam nie heraus. Sie sagte mir, er sei ein berühmter Diplomat. »Ich nehme an, er muß eben sein Geld abschlafen, es kostet doch soviel«, bemerkte ich. »Wenn er an Schlaflosigkeit leidet, wird es für einen Mann in seiner Stellung eine furchtbare Enttäuschung sein. Begreifen Sie, warum ich so ungeduldig bin, meine Frau wiederzusehen, mein Fräulein? Ich möchte unbedingt wissen, wie es jetzt sein wird, nachdem der Schlaf gesprengt ist. Und auch die Kinder. Ich habe sie sehr lieb – glaube ich.«

»Warum sagen Sie: glaube ich?«

»Ja, ich glaube es. Wir werden sehen müssen. Wissen Sie, wir sind eine sehr merkwürdige Familie in bezug auf die Wahl von Hausgenossen. Mein Sohn Edward hatte einen Schimpansen, der in einem Cowboy-Anzug steckte. Dann, in Kalifornien, hätten er und ich beinahe einen kleinen Seehund mitgeschleppt. Meine Tochter brachte eines Tages einen Säugling nach Hause. Natürlich mußten wir ihn ihr wegnehmen. Ich hoffe, sie wird diesen Löwen als Ersatz betrachten. Ich hoffe, ich kann sie überreden.«

»Wir haben einen kleinen Jungen im Flugzeug«, sagte die Stewardeß. »Er würde von dem kleinen Löwen wahrscheinlich hell begeistert sein. Er sieht ziemlich traurig aus.«

Und ich sagte: »Wer ist denn der Kleine?«

»Nun, seine Eltern waren Amerikaner. Um seinen Hals hängt ein Brief, in dem alles Nähere steht. Dieses Kind spricht überhaupt nicht Englisch. Nur Persisch.«

»Erzählen Sie weiter«, sagte ich.

»Der Vater arbeitete in Persien für irgendeine Ölgesellschaft. Der Junge wurde von persischen Hausangestellten erzogen. Jetzt ist er Waise und soll bei den Großeltern in Carson City in Nevada leben. In Idlewild soll ich ihn jemandem übergeben.«

»Armer kleiner Kerl«, sagte ich. »Warum bringen Sie ihn nicht her, dann werden wir ihm den Löwen zeigen.«

Daraufhin holte sie den Jungen. Er war sehr bleich und trug ein kurzes Höschen mit über Kreuz angebrachten Hosenträgern und einen kleinen dunkelgrünen Sweater. Er hatte schwarzes Haar, wie mein eigener Junge. Dieses Kind rührte mein Herz. Sie wissen, wie es ist, wenn einem das Herz sinkt. Wie ein vom Fall verletzter Apfel an einem kalten Herbstmorgen. »Komm her, Kleiner«, sagte ich und faßte nach seiner Hand. »Es ist eine schlimme Sache«, sagte ich zu der Stewardeß, »ein kleines Kind allein um die ganze Welt herum zu schicken.« Ich nahm den Löwen Dahfu und gab ihn dem Jungen. »Ich glaube nicht, daß er weiß, was das ist – er nimmt wahrscheinlich an, es sei ein Kätzchen.« »Aber er findet Gefallen daran.«

In der Tat verscheuchte das Tier die Traurigkeit des kleinen Jungen, und daher ließen wir die beiden spielen. Und als wir auf unsere Plätze zurückkehrten, nahm ich den Jungen mit mir und versuchte ihm die Bilder in der Zeitschrift zu zeigen. Ich gab ihm sein Mittagessen, und abends schlief er auf meinem Schoß ein, und ich mußte die Stewardeß bitten, für mich ein Auge auf den Löwen zu haben – ich könne jetzt nicht von meinem Platz weg. Sie sagte, er schlafe auch.

Und während dieser Etappe des Fluges erwies mir mein Gedächtnis eine große Gnade. Ja, es spendete mir bestimmte Erinnerungen, und sie waren mir jetzt außerordentlich wichtig. Im Grunde ist es doch gar nicht so schlecht, wenn man ein langes Leben hinter sich hat. Man entdeckt dann in der Vergangenheit auch manches Gute. Zuerst dachte ich: ›Zum Beispiel die Kartoffeln. Sie gehören eigentlich zu den Nachtschattengewächsen.‹ Danach dachte ich: ›Eigentlich haben die Schweine kein Monopol auf das Grunzen, sie auch nicht.‹

Diese Überlegungen erinnerten mich daran, daß ich nach dem Tode meines Bruders Dick von zu Hause wegging; ich war bereits ein stämmiger Junge von etwa sechzehn, mit einem Schnurrbart, gerade frisch auf dem College gelandet. Der Grund, warum ich wegging, war, daß ich's nicht ertragen konnte, den alten Herrn trauern zu sehen. Wir haben ein schönes Haus, ein regelrechtes Kunstwerk. Die Grundmauern sind aus Stein und einen Meter dick; die Räume sind über fünf Meter hoch, die Fenster dreieinhalb, und sie beginnen zu ebener Erde, so daß das Licht durch jene Art von leicht trübem altmodischem Glas überall eindringt. In diesen alten Räumen ist ein Friede, den selbst ich nicht zerstören konnte. Nur eins ist nicht in Ordnung: das Ganze ist nicht modern. Es ist überhaupt nicht wie das Leben sonst, und daher verleitet es zu Fehlschlüssen. Und von mir aus hätte Dick es gern haben können. Aber der alte Herr, das ganze Gesicht von weißem Bart umwuchert, ließ mich spüren, daß unsere Familie mit Dick oben in den Adirondacks erloschen sei, als er nach dem Füllfederhalter schoß und die Kaffeemaschine des Griechen traf. Auch Dick war ein breitschultriger Mann mit Wuschelkopf, wie wir anderen alle. Er war in den wilden Bergen ertrunken, und da sah mich mein Vater an und war verzweifelt.

Ein alter Mann, der enttäuscht ist, dem die Kräfte schwinden, versucht unter Umständen, sich mit Hilfe von Wutausbrüchen wieder stark zu machen. Jetzt verstehe ich das. Aber mit sechzehn konnte ich das nicht einsehen, wenn wir eine Auseinandersetzung hatten. Ich arbeitete in jenem Sommer auf einem Autoschrottplatz, wo ich mit dem Schneidbrenner alte Wagen auseinanderschnitt. Ich war, ungefähr fünf Kilometer von zu Hause entfernt, Herr und Meister der schrottreifen Wagen. Es tat mir gut, auf diesem Autofriedhof zu arbeiten. Ich habe in jenem Sommer nichts weiter getan als Autos zerlegt. Ich war über und über mit Schmiere und Rost bedeckt und von dem Schneidbrenner verbrannt und geblendet, und ich stapelte ganze Berge von Schutzblechen, Achsen und Innenteilen auf. Selbst am Tage von Dicks Beerdigung ging ich zur Arbeit. Und am Abend, als ich mich an der Hinterseite des Hauses unter dem Gartenschlauch wusch, japste ich, während das kalte Wasser mir über den Kopf floß, und der alte Mann erschien auf der Veranda, im dunklen Grün des Weinlaubs. Nebenan befand sich ein vernachlässigter Obstgarten, den ich später abholzte. Das Wasser schoß über mich hinweg. Es war kalt wie der Weltraum. Voller Zorn begann der alte Mann mich anzuschreien. Der Schlauch tanzte auf meinem Kopf, aber innerlich war ich heißer als der Schneidbrenner, mit dem ich an alle diese alten Wagenleichen von der Chaussee heranging. Mein Vater in seinem Schmerz fluchte mir. Ich wußte, daß er es ernst meinte, weil er nicht so gepflegt sprach wie sonst. Er fluchte, nehme ich an, weil ich ihn nicht tröstete.

Daraufhin ging ich von Hause fort. Ich reiste per Anhalter an die Niagarafälle. Ich kam hin und versank in ihren Anblick. Ich war von den abwärtsstürzenden Wassermassen hingerissen. Wasser kann sehr heilend sein. Ich stieg auf die *Maid of the Mists*, die alte, später verbrannte, und besichtigte die Höhle der Winde und all das andere. Dann fuhr ich nach Ontario hinauf und nahm einen Posten in einem Vergnügungspark an. Das waren die hauptsächlichsten Dinge, an die ich mich in dem Flugzeug erinnerte, den Kopf des amerikanisch-persischen Kindes auf meinem Schoß, unter uns der Nordatlantik mit seinem schwarzen Leben, während die vier Propeller sich mit uns heimwärts durch die Lüfte schraubten.

Dann also kam Ontario, obgleich ich nicht mehr weiß, welcher Teil der Provinz. Der Park war auch Rummelplatz, und Hanson, der Leiter, brachte mich zum Schlafen in den Ställen unter. Dort sprangen die Ratten nachts über meine Beine hin und her und fraßen Hafer, und das Tränken der Pferde begann bei Tagesanbruch, in dem blauen Licht, das sich in den hohen Breiten gegen Ende der Dunkelheit einstellt. In dieser blauen Stunde der Nacht, wenn der Dunst auf allem lastete, besorgten die Neger die Pferde. Ich arbeitete mit Smolak. Ich hatte dieses Tier, Smolak, fast vergessen, einen alten braunen Bären, dessen Dompteur (auch Smolak; der Bär war nach ihm benannt worden) mit dem Rest der Truppe weggelaufen war und ihn Hanson zurückgelassen hatte. Für einen Dompteur lag kein Bedarf vor. Smolak war zu alt, und sein Herr hatte ihn ausrangiert. Dieses ausrangierte alte Geschöpf war fast grün vor Alter und hatte nur noch ein paar Zähne, die an Dattelkerne erinnerten. Für dieses armselige Tier hatte Hanson sich eine Verwendung ausgedacht. Es war ursprünglich darauf dressiert gewesen, Fahrrad zu fahren, aber jetzt war es zu alt. Jetzt konnte es zusammen mit einem Kaninchen von einem Teller fressen; danach trank es, mit einer Mütze und einem Lätzchen ausstaffiert, wobei es auf den Hinterbeinen stand, aus einer Säuglingsflasche. Aber da war noch etwas, und dabei spielte ich eine Rolle. Es war noch ein Monat bis zum Ende der Saison, und jeden Tag dieses Monats fuhren Smolak und ich gemeinsam vor zahlreichen Zuschauern auf einer Achterbahn. Dieses arme, gebrochene, heruntergekommene Geschöpf und ich, wir allein, fuhren zweimal am Tage die hohe Bahn ab. Und während wir aufwärts klommen und abwärts schossen und hinunter sausten und in die Kurven gingen und wieder höher stiegen als das Riesenrad und in die Tiefe stürzten, klammerten wir uns aneinander. Durch gemeinsame Verzweiflung verbündet, umarmten wir uns, Wange an Wange, wenn aller Halt uns zu verlassen schien und wir uns auf die senkrecht hinunterführende Fahrt begaben. Ich preßte mich an sein leidgewohntes, abgenutztes, jämmerliches und ausgeblichenes Fell, während es brummte und mich anwinselte. Manchmal machte sich das Tier naß. Aber es war sich offensichtlich darüber klar, daß ich es gut mit ihm meinte, und es schlug nicht nach mir. Für den Fall eines Angriffs trug ich eine Pistole mit Platzpatronen bei mir; ich habe sie nie benutzen müssen. Zu Hanson sagte ich, wie ich mich erinnere: »Wir zwei haben das gleiche Schicksal. Smolak wurde verstoßen, und ich bin auch ein Ismael.« Wenn ich in dem Stall lag, dachte ich über Dicks Tod und über meinen Vater nach. Aber die meiste Zeit verbrachte ich nicht bei den Pferden, sondern bei Smolak, und dieses arme Tier und ich, wir standen uns sehr nahe. Ehe also die Schweine in meinen Gesichtskreis traten, nahm ich schon einen tiefen Eindruck von einem Bären mit. Wenn daher körperliche Dinge ein Bild der geistigen sind und sichtbare Gegenstände die Wiedergaben unsichtbarer, und wenn Smolak und ich beide Ausgestoßene waren, zwei Spaßmacher vor der Menge, aber Brüder in unserer Seele – ich durch ihn verbärt und er wahrscheinlich durch mich vermenschlicht –, so trat ich vor die Schweine nicht als Tabula rasa. Das ist nur einleuchtend. Irgend etwas Tiefes war bereits in mich eingeritzt. Ich frage mich, ob Dahfu dies von allein herausgefunden hätte.

Noch einmal. Alles, was ich erreicht habe, hatte ich stets der Liebe und nichts anderem zu verdanken. Und wenn Smolak (bemoost wie eine Ulme im Walde) und ich zusammen dahinfuhren und wenn er auf dem höchsten Punkt einen Schrei ausstieß, sobald wir diese bodenlose Fahrt über die schmalen gelben Gestelle begannen, und dann noch einmal hinauf zur Bläue der Ewigkeit (oh, der Stoff, der den Umschlag aus Farbe füllt, diesen zarten Beutel lebenspendender Gase), während die kanadischen Bauerntölpel da unten mit roten Gesichtern ihren Spaß hatten, all diese knubbelfingerigen Kerle, umarmten wir uns, der Bär und ich, in einem höheren Gefühl als Entsetzen und flogen in dem vergoldeten Wagen dahin. Ich wühlte meine Augen in seinen kläglichen, abgetragenen Pelz. Er hielt mich in seinen Tatzen und gab mir Trost. Und das Großartige ist, daß er mir keine Vorwürfe machte. Er hatte zuviel vom Leben gesehen, und irgendwo in seinem riesigen Kopf hatte er herausgefunden, daß den Lebewesen nichts zugemessen ist, was ungetrübt seinen Lauf nimmt.

Lily wird mit mir unter Umständen die ganze Nacht aufbleiben müssen, dachte ich, wenn ich ihr dies alles erzähle.

Was dieses schlafende Kind an meiner Brust betraf, das mit nichts als einem persischen Wortschatz nach Nevada reisen sollte – nun, noch zog es hinter sich seine Wolke der Herrlichkeit. Gott weiß, ich habe die meine so lange hinter mir her geschleppt, wie ich konnte, bis sie schmutzig wurde, nur noch aus Fetzen grauen Nebels bestand. Dennoch, ich habe stets gewußt, was es war.

»Nun seh sich bloß einer die beiden an«, sagte die Stewardeß, womit sie meinte, daß auch der Kleine wach war. Zwei sanftgraue Augen richteten sich auf mich, sie verdrängten fast das ganze Weiß – völlig neu dem Leben hingegeben. Sie hatten jenen neuen Glanz. Zugleich hatten sie auch uralte Kraft. Nie wäre ich davon zu überzeugen, *daß das zum erstenmal war.*

»Wir werden gleich kurz landen«, sagte die junge Frau.

»Was sagen Sie da? Haben wir so schnell New York erreicht? Ich habe meiner Frau gesagt, sie solle mich am Nachmittag abholen.«

»Nein«, sagte die Stewardeß, »es ist Neufundland, wegen des Treibstoffs«, sagte sie. »Es wird gleich Tag werden. Können Sie es denn nicht sehen?«

»Ach, ich sehne mich danach, etwas von diesem kalten Zeug einzuatmen, durch das wir geflogen sind«, sagte ich. »Nach so vielen Monaten in den Tropen. Verstehen Sie, was ich meine?«

»Sie werden wohl Gelegenheit haben«, sagte das Mädchen.

»Schön, dann geben Sie mir doch eine Decke für das Kind. Ich will auch ihm ein paar Atemzüge frischer Luft verschaffen.«

Wir gingen tiefer und setzten zur Landung an, und währenddessen übergoß plötzlich ein stechendes Rot von der Sonne her die Wolken in der Nähe der Meeresoberfläche. Es war nur ein kurzes Aufflammen, und gleich danach war wieder das graue Licht da, und Klippen in einem Eispanzer begegneten sich mit der grünen Bewegung des Wassers, und wir stießen in die tieferen Luftschichten vor, die weiß und trocken unter dem Grau des Himmels lagen. »Ich werde einen Spaziergang machen. Willst du mit mir kommen?« sagte ich zu dem Jungen. Er antwortete mir auf persisch. »Nun, also dann!« sagte ich. Ich breitete die Decke aus, und er stellte sich auf den Sitz und schlüpfte hinein. Ich hüllte ihn ein und nahm ihn in meine Arme. Die Stewardeß wollte gerade mit Kaffee zu jenem unsichtbaren Erster-Klasse-Passagier hinein.

»Schon fertig? Wo ist denn Ihr Mantel?« fragte sie mich.

»Dieser Löwe ist mein gesamtes Gepäck«, sagte ich. »Aber das macht nichts. Ich bin auf dem Lande aufgewachsen. Ich bin abgehärtet.«

So wurden wir hinausgelassen, dieser kleine Junge und ich, und ich trug ihn aus dem Flugzeug hinunter und über den gefrorenen Boden eines fast ewigen Winters, ich sog die Luft so tief ein, daß sie mich fast umwarf, lauteres Glück, indes die Kälte durch den steifen italienischen Cord mit seinen breiten Rillen von allen Seiten in mich eindrang und die Haare meines Bartes zu Stacheln wurden, da die Feuchtigkeit meines Atems gleich gefror. Gleitend lief ich in jenen immer noch gleichen Wildlederschuhen über das Eis. Innen die Strümpfe zerfielen allmählich und zerkrümelten, denn ich war nie dazu gekommen, sie zu wechseln. Zu dem kleinen Jungen sagte ich: »Atme tief ein. Dein Waisenschicksal hat dein Gesicht zu sehr gebleicht. Pumpe dich mit dieser Luft voll, Kind, und hol dir etwas Farbe.« Ich hielt den Jungen dicht an meine Brust. Er schien keine Angst zu haben, daß ich mit ihm hinfallen könnte. Er war für mich die reine Medizin, und die Luft ebenso; auch sie war ein Heilmittel. Außerdem das Glück, das ich in Idlewild von dem Wiedersehen mit Lily erhoffte. Und der Löwe? Er gehörte auch dazu. Runde für Runde umkreiste ich den leuchtenden und nietenreichen Flugzeugkörper, hinter den Tankwagen. Aus dem Innern blickten dunkle Gesichter herunter. Die großen, herrlichen Propeller standen still, alle vier. Ich glaube, ich hatte das Gefühl, daß ich jetzt an der Reihe war, in Bewegung zu sein, und so lief ich – springend, springend, stampfend und in kribbelnder Unruhe über den reinen weißen Saum des grauen arktischen Schweigens.

Saul Bellow
Der mit dem Fuß im Fettnäpfchen
und andere Erzählungen

Saul Bellows Chicago, seine Menschen, seine bildhafte Sprache begegnen uns wieder in diesem Sammelband von Erzählungen, die der amerikanische Nobelpreisträger, der 1985 70 Jahre alt wird, im Laufe der letzten Jahre geschrieben hat. Doch diese Erzählungen zeigen Saul Bellow von einer anderen, neuen Seite; die Texte sind leichter, heiterer.

»Ich wollte lachen«, bemerkte Saul Bellow zur Titelerzählung. Es ist die Geschichte eines berühmten Musikkritikers, der in den entscheidenden Augenblicken grundsätzlich das Falsche sagt, dessen Fluch es zu sein scheint, andere durch seine witzigen Bemerkungen zu kränken. Und diese Bemerkungen holen ihn am Ende seines Lebens ein – er bleibt mit dem Fuß im Fettnäpfchen.

Die Helden von Bellows Erzählungen wollen alles erfassen, verstehen, durchdringen, sie maßen sich zu allem eine Meinung an; das macht sie manchmal zu Witzbolden und oft zu erhabenen Dummköpfen. Sie sind nicht immer sympathisch, aber faszinierend in ihrer Offenheit und in ihren aberwitzigen Bestrebungen. Saul Bellows Erzählungen bestechen durch die genau beobachteten Szenen, die pointierten Darstellungen, durch ihre Komik und kunstvolle Sprache – und sie sind ein großes Lesevergnügen.

P. G. Wodehouse

»... eine Institution des britischen Humors«
(Frankfurter Allgemeine Zeitung)

dtv 1613

dtv 1661

dtv 1710

dtv 1792

dtv 10078

Schwein oder
Nichtschwein
dtv 10126

Schloß Blandings im
Sturm der Gefühle
dtv 10194

Adel vergißt sich
dtv 10279

Schwamm drüber, Sir
dtv 10380

Jeeves Takes Charge
Jeeves übernimmt das
Ruder
dtv 9154

Romane, die Sie in Bann schlagen

Lothar-Günther Buchheim:
Das Boot
dtv 1206

Heimito von Doderer:
Die Strudlhofstiege
dtv 1254

Saul Bellow:
Die Abenteuer des Augie March
dtv 1414

Oskar Maria Graf:
Unruhe um einen Friedfertigen
dtv 1493

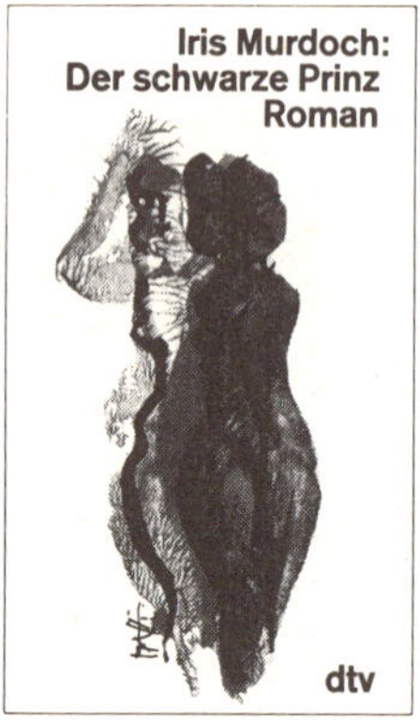

Iris Murdoch:
Der schwarze Prinz
dtv 1501

Jakob Wassermann:
Caspar Hauser
dtv 10192